安徽师范大学汉语言文学教育部特色专业建设教材
安徽师范大学中国古代文学国家级教学团队建设教材
安徽师范大学中国现当代文学省级重点学科建设教材

# 文学研究导论



主　编　俞晓红　杨四平

编写者　(以姓氏笔画为序)

王　昊　王海洋　叶文举
叶永胜　叶帮义　刘　萍
许　德　朱菊香　杨四平
李建栋　张公善　吴振华
俞晓红　郭自虎　黄　静

安徽师范大学出版社

**图书在版编目（CIP）数据**

文学研究导论/俞晓红、杨四平主编．—芜湖：安徽师范大学出版社，2012.3
ISBN 978－7－81141－757－9
Ⅰ.①文… Ⅱ.①俞… ②杨… Ⅲ.①文学研究—高等学校—教材 Ⅳ.①I0

中国版本图书馆 CIP 数据核字（2012）第 029429 号

文学研究导论
**俞晓红 杨四平 主编**

出 版 人：张传开
责任编辑：胡志恒
装帧设计：丁奕奕

出版发行：安徽师范大学出版社
芜湖市九华南路 189 号安徽师范大学花津校区　　邮政编码：241002
网　址：http：//www. ahnupress. com/
发 行 部：0553－3883578　5910327　5910310（传真）　E－mail：asdcbsfxb@126. com
经　销：全国新华书店
印　刷：安徽芜湖新华印务有限责任公司
版　次：2012 年 5 月第 1 版
印　次：2012 年 5 月第 1 次印刷
规　格：787×960　1/16
印　张：20.5
字　数：357 千
书　号：ISBN 978－7－81141－757－9
定　价：42.00 元

# 目　录

# 绪论

《文学研究导论》的课程性质定位为“学术研究入门”。它是在中国古代文学、中国现当代文学、外国文学等原有的专业基础课讲授完毕之后，在研修层次上为高校汉语言文学专业本科生开设的方向课，旨在向中文专业高年级学生介绍相关课程的学科性质、学术研究的基本领域和主要方法、专业学术论文的写作等内容，以期为中文本科生的毕业论文选题、考研方向的选择与确定，提供基本的专业指导。

作为汉语言文学专业文学类三大基础课程，“中国古代文学”、“中国现当代文学”、“外国文学”有其民族、国别、地域、时代甚至时段的巨大差异：它们所涵括的对象、范围和空间区域各有不同；然就研究的方法而言，则又异形而同质，有其内在的甚或本质的相通之处。绪论将多以中国古代文学研究为例，说明文学研究的基本问题和基本方法，希望读者能顾此及彼，举一反三，从中获得有益的启示。

## 一、文学研究的对象与层面

文学研究首先触及的问题，是它的对象、范畴、学术领域与空间，其次是研究的基本方法。前者是问，文学研究“什么”？后者是说，“如何”研究文学？

一般的理解，文学研究的对象是文学作品，研究者通过对具体作品的阅读与理解，透过表面的文字形态，去洞察作品的主题意蕴与情感内涵，去把握作品的形象特质或意象特征，感受其艺术表现的独有风格，领略其语言文字的魅力所在。这是我们通常理解的文艺学层面上的对作品本体的研究。这类研究往往表现为对作品的艺术鉴赏，并借以表达今人的价值判断。但文学研究仅止于此是远远不够的。常言说“文学是人学”，文学研究不能脱离“人”这个主体来进行。从作品形成的角度言，我们要研究作者；从作品构成的角度言，我们要研究文学作品中的人物形象，或作者通过作品所要表达的“人”的思想与情感；从作品流播的角度言，我们要研究读者和观众等接受群体。显然，作品的形成和流播都离不开“人”的作用，研究“人”有助于更深入地理解作品。有时候，作者的主观意蕴和作品的客观效果存在着不一致的现象，读者不仅要理解作者想说什么，作品实际说了什么，而且还要探究何以如此。这就会涉及接受者的知识结构和价值观与创作者的创作动机之间存在着何种差异、研究者的价值判断具备什么样的当代性内涵等问题。有时候，我们要探讨某种文学风格、文学流派或团体的形成，则势必要涉及作家群体创作、时代精神风貌、地域文化特质等一系列相关问题。而这些，实际上已经由作品研究的层面进入了文学史研究的层面。

文学研究的重要内容之一是文学史研究。那么，什么是文学史？袁行霈主编《中国古代文学史》明确指出：“文学史是人类文化成果之一的文学的历史。”① 如果将中间的定语省去，该表述就成了“文学史是文学的历史”，中心词“历史”便是对它的学科定位。文学史著作有国别的，如《中国文学史》；有断代的，如《魏晋南北朝文学史》；有分类的，如《中国小说史略》。“凡研究和阐明人类社会发展过程的纵向学科，不管它是整体的、断代的，或者是分类的，都应归属于历史学科。”② “文学史”是在文学和文化层面上对“人类社会发展”作“纵向”的考察，着眼于“过程”的研究，因此它自然属于历史学科的范畴。中国古代不乏文学家和史学家一身兼任的现象，史学和文学所拥有的相同文化基因，沟通了文学和历史，这为历史学视阈下的文学研究准备了先天的优势条件。但文学史毕竟是“文学发展”的历史，因此，文学史既属于历史学科，又具备文学学科的性质。这一双重品格决定了文学史的研究与教学，必须具备史学的眼光和历史的维度，同时又须立足于文学本体，考察并试图阐明文学史发生发展的过程和规律。以“中国古代文学史”的研究为例，它所关注的内容，应包含以下多维层面。

一是中国古代文学史发生发展的客观过程及其演进的规律。这需要研究者运用宏观的历史思维和科学的文学史观，对文学史的整体风貌作出准确而客观的理解，对文学史的演进与变迁作出深度诠释。中国古代文学发展到元代，由于多元文化的影响，出现了很多异质，表现出与元前完全不同的历史风貌：创作主体从诸多为正史接纳的、有较高社会地位的人物，转换为多半排斥在正史之外、不为官方所认可、社会地位较低甚至没留下真实姓名的人物；接受主体从读者和作者同属于特定的文化阶层，转为读者疏离于创作群

① 袁行霈主编：《中国古代文学史》（第1卷），高等教育出版社2005年版，第4页。
② 张静如：《张静如文集》（第2卷），海天出版社2006年版，第448页。

体，作者与读者不再局限于同一文化圈；创作过程从出口成章、七步成诗，或“两句三年得，一吟双泪流”，改换成世代累积型的集体创作；创作目的由“藏之名山，传之后世”，变成或为勾栏瓦舍提供演出脚本，或是直接当做文化商品提供给市场，以换得谋生资本；文学主张从“诗言志”、“文以载道”，变迁为在“言志”与“载道”之外，更多了些“娱乐”、“消遣”的功能；表现方式从以抒情为主，转向以叙事为主；表现主体从作者主观形象，迁移至一大批源于社会生活并富有永恒的艺术生命力的客体形象；流播方式从以口头流传为主，转为借助刻坊和印刷机，作为文化消费品进入市场运作，书面阅读功能得到加强。元代可谓是一个古代文学的多维结构发生历史性变迁的特殊时代。如果不注意瞻前顾后、关注整体，则可能造成文学史研究的裂层，无法对古代文学史的总体风貌作一圆览。

二是某一时代或时期文学观念、文学现象、代表作家、风格流派、经典作品所赖以生成的社会历史文化条件，包括特定时期的政治制度、官方政策法规、经济状况、文化思潮、社会人心、民风民俗、文人社团活动等。这需要拓展研究者的文化学视野，借助相关史料对文学的现象与流派、作品的创作与流播作出多向度的研究。明代文学流派之多，纷争之烈，理论之自觉，主张之明确，超过以往任何一个朝代，是中国古代文学史上的一个突出现象。这与明代文人结社之风大盛密切相关。结社本是中国文人的习好，而于明代尤烈，三百年内有名目可考的文人社团有八九百个之多，大多集中在江浙皖闽等东南沿海地区。明中叶以后，长江中下游沿江城市商品经济迅速发展，城市文化生活观念随之有了很大的改变，文化社团活动也随之增多。史家曾言，一个时代有一个时代的文学，任何时代的文学都印鉴着彼此不同的历史环境、社会生活、政治文化、意识形态所铸就的文化内涵。对时代文化内涵的认识和解读，有助于理解和把握各种文学史现象的特殊性；有较明晰的时间主线和较细密的文化坐标，文学史的研究和描述才会呈现历史的现场感和流动感。否则，文学史将会异化成若干个内在关联被人为切割而致中断的个别现象的线性排列与堆积。

三是某一文体产生、演进、变异的历史过程。中国古代文体学比较发达，从《典论·论文》到后来的各类诗话词话，体系完备而细密，达到一定的理论高度，对文体辨析和文体融合问题的认识尤其深入。以史学眼光来审视各类文体，则要关注某一文体的形成受到了文学内部或文学外部的哪些因素的影响，这种文体的产生发展与社会历史事实之间有哪些互动的因素存在，它在自身的发展过程中与其他文体的关系如何等。就语体特征来看，唐代文言小说明显承续了唐前史传文学、杂传、志怪笔记等的叙事传统，而宋元话本则呈现出一种完全不同的文体风貌，不少文学史教材都将宋元话本与唐代文言小说直接衔接，然而其间艺术轨迹的错位是显而易见的。事实上，敦煌藏卷中的一部分叙事性文学作品已经具备了白话小说的基本条件和美学特征，它的韵散结合的体式和口语化的语言对宋元话本有直接的影响，其间血缘关系较为明显，应该视作中国古代白话小说的滥觞。这种体式未见于唐前汉语文献，却为唐前汉译佛典所特有。中国早期白话小说的出现与佛教文化的传译流播有极为密切的联系①。考察具体文体形成的历史过程，需要融合研究者的文化素养、知识结构、生活经验、价值判断等，以构成全面系统的文学史观，这样才有利于揭示某一文体的形成过程、形成的内因与外因。

四是作家作品的创作史，包括作家的人生轨迹与心路历程、创作动机，作品的成书过程、题材流变、版本变迁等内容。先贤曾曰："颂其诗，读其书，不知其人，可乎？"② 今世之人阅读理解古代文学作品，是在借助这些文本实现与古人的对话，从而获取种种超越时空拘囿的精神力量。而对话的方式，或先知其人，通过对作家人生经历的解读，进而颂其诗、读其书；或先阅读古代诗书，进而激发了解作家生命轨迹的愿望。知其人，论其世，颂其诗，读其书，这就表现出解读古代文学经典的一种历史维度。"知人"有时会作适当的历史延伸。探究《红楼梦》作者的创作历程，往往会追溯曹雪芹的家世渊源。这是因为有关曹雪芹的史料实在是太少了，研究者无法清晰地描绘他的写作史；探究曹氏家族的历史变迁，可以借此了解并说明曹氏百年望族谱系和家族文化氛围对一个天才作家心灵成长历程和丰厚文化积淀的深远影响。《莺莺传》之"始乱终弃"的情节结构，"善补过"的时人之评，经由秦观、毛滂的歌舞曲《调笑转踏》和赵令畤的《商调·蝶恋花》鼓子词的改编，已表现出谴责张生薄情的意向；至金代董解元《西厢记诸宫调》对其故事进行再创作，改变了结局，因此带来戏剧冲突、形象特质的改变，进而赋予了作品以反封建的主题；再至王实甫杂剧《西厢记》，又作了进一步的改造，将崔莺莺写成置爱情幸福于功名利禄之上的千古佳人。作品题材的流变，反映出不同作家文学观念的变异，要说明这种变异的时代文化原因，就必然要探寻不同作家所处文化环境的历史性变迁。"知人论世"是文学批评的一条重要原则，离开了这一历史维度，文学批评便会走向单纯的审美观照，甚至

---

① 参见俞晓红：《佛教与唐五代白话小说研究》，人民出版社2006年版。
② 杨伯峻：《孟子译注》，中华书局1960年版，第251页。

偏废于理论的空乏。

五是作品面世后经由历代读者的审美解读所形成的接受史，包括历代读者对文本的审美反应、审美观念和价值取向的发展变化及其原因。诸多文学经典有其“本文的召唤结构”①，为后世的解读提供了无限延伸的意义空间；不同时代文化浸染的不同身份的读者，对作品的理解与阐释又有自己的个性空间。《红楼梦》问世后，在行为方式、情趣心态、理想信念方面或多或少会引起读者不同的情感反应。乾隆时商人之女会因沉湎于贾宝玉之多情而伤感致病，终至气噎夭亡；今日之女大学生却会鄙夷怡红公子的脂粉气，赞赏柳湘莲的阳刚气。嘉道时读者涂瀛认为林黛玉绝尘埃而信天命，不妨“仙之”；王希廉却认为黛玉一味痴情，心地褊窄，德固不美；光绪时许伯谦尊薛抑林，好友邹弢与之争论，一言不合，几挥老拳。钗黛优劣之争，从来就没有停止过喧哗，而蕴藏其后的阅读接受心理，却有其在在而殊的历史文化因素。所谓“一千个读者就有一千个哈姆雷特”，历代读者、批评家、改编者的无数微观接受，构成了经典作家作品绵延数百年的辉煌接受史。今人的教学与研究如能擎起接受史珠链中数颗闪亮的明珠，则更能衬托经典作品文本的璀璨炫目。

## 二、文学研究的特点与目标

20 世纪末，高校中文本科专业将一向融文学史和文学作品为一体的“文学”类基础课程，分化为“文学史”和“作品选”两门课程，“古代文学”、“现当代文学”和“外国文学”概莫能外。从课程性质看，“文学史”和“作品选”从一门课程中分立出来，在扩大了课程容量的同时，也使它们具有了学科独立的意味。既是两门课程，则应各有其学科知识结构，各有其重点和特点；但这两门课程又是互为联系的一个整体，其内在关联无法割裂。与此相应，文学研究存在着从“史”切入还是从“作品”切入的问题。换言之，“文学史研究”和“文学作品研究”是彼此关联、角度有异的两种思维范式，我们既要明白其间的必然联系，也要理解和把握它们各自的侧重点。

从其关联性而言，“文学作品”的阅读、分析、鉴赏是“文学史”研究的基础。文学史的主要构件是一个个具体的文学作品，没有作品，也就没有文学的历程。读者正是通过对文学作品的感知、欣赏和理解，把握某种文体的产生与发展、某个作家的观念与创作、某种文学现象的诞生与演变等的过

---

① 伊泽尔：《阅读活动：审美响应理论》，中国人民大学出版社 1988 年版。

程，并进而把握整个文学史的脉络与趋势。解读作品，是从微观角度考察文学史之所以形成的基础；了解文学史，是从宏观的视角认识文学作品之所以产生的客观条件及其在文学史上的地位与价值。没有文学史坐标的作品，将成为一个个彼此疏离、缺乏因果联系的点状文本；缺少作品支撑的文学史，将会是内容空乏、毫无生命迹象的线形框架。研读文学史，势必要以具体作品为例印证文学史现象，训练我们的史学思维，培养科学合理的文学史观；解析文学作品，亦当借助文学史背景揭示作品内涵，延伸我们的审美思考，拓展理解的维度。“文学史”和“文学作品”先天具备的关联性和不可分割性，决定了我们的研究不能将它们判然分开。

“文学史研究”和“文学作品鉴赏”的区别是十分明显的。前者属于史学范畴，以“史”的描述为主，侧重于文学现象的历史形态和其间因果联系的揭示；后者属于纯文学范畴，以文本阐释为主，侧重于经典文本的自身结构和精神主题的解析。就其内在结构而言，一个侧重于文学思潮与文学现象、文学作品的时代政治经济文化背景、作家创作历程、作品本事与题材流变、作品的流播与文学史定位；一个侧重于具体作品的文体、主旨、形象、表现方式、精神追求与美学价值。就其解读方式而言，一个是历史大叙事，有其自然时间的顺序；一个是文学审美观照，有其不断生成的意义空间。就其思维特征而言，一个是史学思维，体现理性精神；一个是审美思维，较多感悟性质。由此而带来的研究方式与目标也体现出一定的差异：一个是启动宏观视阈，展示文学史的原生形态和具体构成，从源头上认识文学现象，拓展我们的史学视野和学术理性，培养我们文学传统的自豪感和文化传承的使命感；一个是进行微观透析，关注文本内在的生命精神，从微观的生命世界里认识人生，激发我们对作品的解读兴趣，提高我们的审美阐释能力，并进而通过对文本意义的价值判断和多维阐发，提升我们的道德情操内涵，促进理想人格的自我完善。“文学史”的文学与史学兼而有之的性质，决定了研究者不能离开文学本体的内容去描述历史，也不能超脱历史的坐标单纯关注文学本身。忽略文学性的历史细节和原生故事，可能导致文学史现象的生命力的缺失；若是只强调文学的本体性，单方面侧重于文学作品的审美特征与规律，则有可能以牺牲文学的历史性为代价。

古人认为文史哲不分家，人文学科应该是一个综合性的整体。近代学术的不断进步，使得人文学科的分化越来越细，人文学科之间的精神联系也逐渐被忽略而造成断裂；即便在汉语言文学的学科内部，研究者也往往是某一术业有精深的专攻，却很难兼顾旁门学科。如何认识“文学史”与诸多相关课程（学科）的关系，决定了我们的研究视野是否开阔、研究成果是否厚重。这需要研究者对相关课程之间的相关性与差异性有清晰的认识，具备较为完备的知识结构。古代汉语作为中文专业基础课的基础，学好将有益于文学作品的深入理解和研究。掌握了一定的上古文字、词汇、语法的知识之后，研读先秦文学作品的文学内涵、美学价值和文学史意义，就可以最大限度地发挥文学研究的功能，形成汉语学习和文学研读的互补共构。文学理论系列的课程也是文学研究必不可少的支撑，它所具备的哲学、美学、文学批评学的理论高度，在一定程度上对解读文学史和文学作品起理论引领的作用；缺乏文学理论的观照，文学作品和文学史现象将会蜕化成单个文本的罗列和史料的堆积，很难产生举一反三、由此及彼的研读效应。研究者还需要掌握一定的文化学知识、比较文学视野和文学的当代性意识，充分了解中国现当代文学现象和世界文学经典作品，站在一个文化史的制高点，将文学置于古今中外世界文学的大格局中作影响的或平行的研究，以当代人的文学史观、当代人的价值判断和当代人的审美观念，去探寻、解读、剖析古代的和现代的、中国的和外国的文学现象与经典作品，促成它在当下文化建设中的有效价值判断与美学建构，期望通过这样的关切过程，参与人类文明的共同体。

文学学科分化之细，带来研究领域与学术风格的个性差异。长于史学思维短于义理思维者，多鄙夷理论之疏落空乏；长于理论阐发短于史料铺陈者，则多指斥考证之饾饤琐屑。擅长平实描述者轻视意义阐释的美学张力，擅长理论思辨者则排斥文本结构的深层解剖，对其久远的历史向度更是不屑一顾。习相轻而不尚相重，多因以自己所长为衡量标准，将自我的文学体验、学术特长和研究个性推定为普遍有效的教学研究范型，实有假学术公器之名、行回护己短之私的嫌疑。有学者曾言：“站在人类文化的立场，没有任何理由可以排斥对历史中某一门学问的研究工作。我也发现不出今日中国知识分子在学术上的成就，具备了排斥某一门学问的资格。”① 斯言极是。

## 三、文学研究的意义与前提

有人曾持这样的观点：鉴赏优秀的文学作品可以带给我们精神愉悦，而文学史研究则没有多大用处，它既不能给我们审美享受，也不能推动社会生产力的发展，古代文学史的研究更是如此。这自然是一种误解。事实上，任何一种学术的研究都有它质的规定性，在不同的层面和意义上体现其特定的

① 徐复观：《中国人性论史·先秦篇》，上海三联书店2001年版，第7页。

价值。这种价值无法量化，也不能仅用同一个尺度来考量。考古学试图通过已经成为久远过去的人类物质世界的遗迹的考察，探究人类较早时期的生活状态和精神样貌；与此相类，历史学意义上的文学研究也是试图通过对过去世界物质的或精神的文学遗迹的探寻，深切地了解人类社会久远以前的人文原生态，理解传承至今的经典文化系统的具体构成与发展流程，借此促进我们对今日世界人文精神体系的建设和推进。将人类过去的人文状貌呈现给现在的公众，这是一种责任。此即所谓无用之大用。人文学科内部的任何一种思考和研究，俱可作如是观。

相关的一种担心是，那么久远的过去（或者那么遥远的别国他域）的文学遗迹，能为我们清晰了解并真实把握吗？出于对生命有限性的了解，人们常常对已成为历史的过去世界感到畏惧，总以为它和我们距离遥远。如果我们将思维的目光投向人类历史的全过程，这个问题将变得简单。美国新史学派的倡导人詹姆斯·鲁滨孙（1863—1936）在他的著述《新史学》中，曾用“压缩式的表解”来解释历史概念。他说，假定将人类的全部历史压缩到12小时之中，假定人类的历史是24万年，那么每一小时代表2万年，每分钟代表333年又4个月；又假定现在是正午，那么11点30分以前，我们一点记载也没有，11点40分时，埃及和巴比伦文化的遗迹才开始出现，希腊的文学、哲学和科学到现在才不过7分钟，而所谓的古人如苏格拉底、柏拉图、亚里士多德等人，和我们是同时代人①。如果按照这样的图表来衡量古代文学史和我们的距离，那么庄子离我们今天才7分钟，李杜离我们才3分50秒，林黛玉离我们不过45秒左右的时间。他们和我们是同时代人。既然这样，他们的思维方式、精神追求与个性风貌，与我们今天的没有什么太大的不同。在那些遗留至今的甲骨帛纸文献的记载里、空间建筑和地下文物的呈现上、口头音声的流播传布中，密密层层地铭记着他们的思想与意志、情绪与爱欲、思维方式、行为准则、表达特征等的量化元素，等待今人去搜寻和感知。我们所要做的，就是阅读、观察、思考、归纳，并借助我们的描述复原其原生的样貌。

这一复原工作的前提基础，是要对文学研究对象所赖以生存的具体历史文化情境先行扫描定位。与文学相关的图谱文献是我们做文学研究时所应关注的重要内容。电子资讯的发达，令一些人感叹读图时代的到来。实际上，“读图”本来就是中国古代最悠久的阅读传统之一。所谓左图右史，先秦典籍

① 鲁宾孙著，何炳松译：《新史学》，广西师范大学出版社2005年版，第132页。

多有图文并置者，如《周易》即文辞与图像并存[①]；《诗经·大雅》中的一些篇章如《大明》、《皇矣》、《生民》、《公刘》等，原为西周宗庙祭典中赞述壁画的诗章[②]。屈原放逐，见楚有先王之庙及公卿祠堂，图画天地山川神灵，琦玮谲诡，及古圣贤怪物行事，“周流罢倦，休息其下，仰见图画，因书其壁，呵以问之”，于是有了《楚辞·天问》的问世[③]。《山海经》原以图画为主，文字乃是对图画的解说[④]，所以晋陶渊明《读山海经》诗云“泛览周王传，流观山海图”，“览”是读文字，“观”是读图像，两者恰成互补共构态势。宋代学者郑樵曾在《通志·图谱略》中批评时人“见书不见图”，只关注文字而不重视图像；他认为古之学者“为学之要”，是“置图于左，置书于右；索象于图，索理于书”[⑤]。图之有像，有如书之有理；图像与文字互相发明，可以使史书更接近生活实际，以更好地发挥鉴古知今的作用。所以郑樵说：“图谱之学不传，则实学尽化为虚有。”[⑥] 图文并重是中国文学发展史的特征之一。图史并重的阅读方式，与史家的思考方式和人类的认知本能一脉相承，蕴藏着深厚的传统文化价值。南宋杂剧人物画、偃师宋墓杂剧与宋杂剧艺人丁都赛雕砖拓本，元明戏曲刻本的绣像插页影印件，一些原始书页、文字资料的影印件，在一定意义上已转换成图像文献资料，它们可以直观地印证相关文学史生成过程中的特定场景或生动的历史细节。作为一种有意味的形式，它们激发着读者的想象，与文字材料共构了特殊的文化语境，助成对生成文学史的社会文化生活原生态样貌的揭示。

图像而外，音声也是文学史的一个构件。从《诗经》、《离骚》、《九歌》、《九章》，到唐诗、宋词、元明清戏曲，中国古代文学史的发展历程从没缺少过音声的伴随；诗词歌赋的文本往往渗透着音乐的元素，而元明杂剧、明清传奇的曲牌、宫调与音乐的关系，更是超过了它与文本内容的关系。借助音声元素以辅助说明文学史的相关问题，是文学研究过程中应关注的重要内容之一。这在戏曲研究中尤显凸出。很多时候人们将戏曲当作纯文本的对象来阅读研究，但从戏曲本身的发生、发展和衰微的历史看，如果作家仅将它当作案头阅读的文本来创作，读者也仅将它当作文学脚本来阅读，那么它的生命力是非常有限的。文学史上诸多“案头化”剧本的创作并不具备经典的特

---

① 高亨：《周易古经今注》，中华书局 1984 年版，第 51 页。

② 李山：《诗大雅若干诗篇图赞说及由此发现的雅颂间部分对应》，《文学遗产》2000 年第 4 期。

③ 王逸：《楚辞补注》（卷三），中华书局 1983 年版，第 85 页。

④ 袁珂：《袁珂神话论集》，巴蜀书社 1988 年版，第 15 页。

⑤ 王树民点校：《通志二十略》（下），中华书局 1955 年版，第 1825 页。

⑥ 王树民点校：《通志二十略》（下），中华书局 1955 年版，第 1825 页。

质和魅力，已足能证明这一点，明代杂剧的案头化倾向、清初传奇的案头化创作，都大大限制并影响了那些戏曲作品艺术成就的提升及其在世间的流传。戏剧作品能否在舞台演出、其曲词是否适合演员演唱、其声腔是否与该剧内容相配合，这是戏曲作品的特质，由其文体的内在规定性所决定。明代戏曲有“四大声腔”，其中昆山腔在经过激烈的竞争后胜出，成为独擅剧坛200余年、为封建正统文化所唯一认同的雅部声腔，与明嘉靖年间魏良辅对昆腔的改造有关，也与《浣纱记》使用昆腔演唱有很大关系。所谓的“沈汤之争”，不仅仅是戏曲创作理念上的争执，其间也有不同声腔的使用所导致的效果上的差异。努力还原文本生成的历史文化情境，在多元文化视野中展示一个个立体化的文本空间，发掘文学史中蕴藏的丰富的文化底蕴和人文精神，智商与情商俱高，这更能体现“以人为本”的当代人文意识。

## 四、学位论文的选题与写作

文学方向的本科论文选题有很多种选择，如某一作家作品的个案研究；某类作家群体、作品类型的专题研究；某一题材在不同体裁的文学作品中的流变研究；某一主题或母题的不断重写研究；某一种体裁的文学作品的断代研究；某一类作品的意象、意境、表现艺术的研究；不同国家民族或不同语言文化的文学作品的比较研究等等。选题时可以发挥自己所长，选择一个感兴趣的问题来确定。题目可以从老师上课过程中获得启发，也可以从自己长期的读书思考中悟得。本科论文的选题大小要适中，微观的或者中观的均可，不宜过于宏观，提倡以小见大，难易适中，阅读新材料，选择新角度，写出新观点。选题角度可以从作品文本切入，在文艺学层面上对作品文本的题旨、意境、情感、风格、手法等内在价值做具体的分析判断；也可以从作品外围切入，在文献学、历史学层面上对作家行迹、作品版本、年谱年表等相关问题做详细地爬疏整理；也可以从更广阔的范围切入，在文化学、哲学层面上对与作者作品相关的社会文化心理及其文化史意义作出有一定高度的综合分析与评价。

论文选题无论哪个方向，都有其自身的特点、规律和相应的难度。有人会觉得，文学研究系列内，古代文学论文好写，因为资料丰富；有人会觉得，现当代文学离我们比较近，好理解，应该更好写；也有人会认为，外国文学论文容易，只要会阐释就可以写。凡此种种，都是误解。古代文学首先存在文字上的难关，这为我们阅读作品带来一定的难度；而且古代文学沉积至今，研究者多，已有的研究成果相对也较多，要想在观点和结论上有所突破、有所创新并非易事。现代文学研究也存在时间短、对相关文学现象难以综览的问题，因为越晚近出现的东西，认识起来越不易客观。从历史学的角度看，研究对象本身需要一定时间的冲刷，需要一个沉淀的过程。在刚刚经历过的事件面前，理性很难达到科学合理的精密程度；一些文学的泡沫也需要时间来淘洗。千百年的文学之所以成为经典，重要原因之一是它们经历了历代无数读者的接受，这一接受过程仿佛淘洗的筛子，留下的是金子，淘去的是沙，或泡沫。越晚近的作品因为缺少这个被接受、被历练的过程，可能会出现泥沙俱下、鱼目混珠的现象。这更需要我们练就一双学术的火眼金睛，运用学术理性和正确方法，就选题作出恰当的辨析思考。

与此相应，论文写作需要一种实事求是的态度，需要客观冷静的理性精神，才能得出比较符合文学史实际的结论。如果单纯凭借感悟来阐释文学作品，研究者的主观情志就可能多于作品的客观意蕴。因此外国文学的研究也需要我们多方阅读和了解有关研究对象的种种文学的和非文学的元素，要懂得搜集资料，掌握相关文献，了解材料之间的联系、作家之间的联系、作品之间的联系，还要注意作品与理论之间、前代作家与后世作品之间等的纵横联系。在此基础上注意甄别材料，并善于正确地解读材料。尤其是外国文学作品经过翻译者的译介，可能与原著有所偏离，只看译本有可能会导致阐释的隔阂。阅读外文原著是一个高难度的前提条件，但它可能与文学本真更接近。有时候研究者对研究对象会有拔高甚至崇拜的潜在心理，这也会影响到研究结论的客观理性。读《岳阳楼记》，今人可能对谪守巴陵郡的滕子京充满了同情。其实滕子京此前为泾州知府，因为滥用公款挥霍无度才遭贬抑；到巴陵郡后，又借重修岳阳楼之机敛财。范仲淹所谓“政通人和，百废俱兴”，有一定的溢美动机。有理性的研究就要实事求是地对待相关材料，而不能把研究对象崇拜化。文学研究中的理性精神，是使论文有所创新的重要前提。

写作论文前应先拟好提纲，安排好全文的结构与层次。本科学位论文结构要清晰合理，除了引言和结语，正文一般在三到四个层次即可。论文材料宜丰赡充实，论证过程应严谨可靠。论文语言追求准确、简洁、明畅，所谓“信、达、雅”，也同样适用于论文写作。引文须可靠规范，遵守学术引用的伦理规则，尊重作者原意，不能断章取义，并明确标注出处等相关信息。注释和参考文献格式应注意以下六大要素：时代或国别；作者译者；书刊名称；期刊号或出版日期；出版者和出版时间；页码。

“文学研究”是一项复杂的综合工程。从初学者角度而言，人文学科的大学生应有清晰的自学意识和良好的思维习惯，不能满足于堂上的听讲和辨析。

文学作品的大量阅读和深层思考应发生在课前和堂后。没有这种阅读，没有学与思的结合，没有主动性的参与，没有积极的探究性思维，只是被动地等待教师的灌输，是不可能成长为一个有独立思考能力和鲜明当代意识的大学生的。哺是需要的，但待哺不如觅食。教师的主导作用更应体现为授之以渔，教会学生学习、思考和研究的方法。果能如此，乃一大幸事。

# 第一章　先秦至南北朝文学研究

## 第一节　先秦至南北朝诗赋研究

中国是诗歌的国度，先秦时期在黄河流域与长江流域就矗立着两座诗歌高峰——《诗经》和《楚辞》。诗歌是先秦至南北朝文学创作的主要文体之一。和诗歌有着深刻内在关系的赋的创作也很繁盛。新世纪以来，先秦至南北朝诗赋有许多前沿问题或热点问题值得关注，其研究比较繁荣，涉及的问题很多，讨论的课题也非常繁复。研究中有一些特点值得我们去总结和反思。

### 一、出土文献与文史研究

我们知道，对于古典文学研究来说，文献是一个重要的基础。王国维曾在《最近二三十年间中国新发现之学问》的演讲中说："古来新学问起，大都由于新发现，有孔子壁中书之发见，而后有汉以来古文学家之学，有赵宋时古器之出土，而后有宋以来古器物古文字之学，唯晋时汲冢竹书出土后，因永嘉之乱，故其结果不甚显著。然如杜预之注《左传》、郭璞之注《山海经》，皆曾引用其说，而《竹书纪年》所记禹、益、伊尹事迹，至今成为中国文学上之重大问题。"可见除了现存的文献之外，出土的文献对古典文学的研究是能够起到极大的推动作用的。由于先秦两汉魏晋南北朝文学，特别是先秦文学，距今甚为遥远，记录文献的载体不发达，文献传抄也较为困难，因此留下的文献异常之少，故而常有文献不足征的困境。所以，如果有一些新的文献出现，或是一些考古发现，对这一时期的文学研究无疑会起到推进作用。以《诗经》研究为例，新的文献发现为《诗经》研究增添了新的生长点，并在完善和改变传统的一些研究结论，如敦煌《诗经》卷子、河北平山三器、熹平石经残石、湖北《硕人》铭神兽镜、吐鲁番《毛诗》残卷等，一直受到《诗经》研究者的高度重视，有数以千百计的专题论文得到发表，尤其是2001年上海博物馆馆藏战国楚竹书《孔子诗论》的公布，引起众多学者的关注与争论，出版的专著就有刘信芳《孔子诗论述学》、黄怀信《上海博物馆所藏的战国楚竹书〈诗论〉解义》、陈桐生《孔子诗论研究》等，论文有120篇之多。上海博物馆所藏的战国楚竹书《孔子诗论》总共有完简、残简29支，有1006字。其主要内容有两个方面，一是论《讼》、《大夏》、《小夏》、《邦风》等，一是综合的论诗篇。今本《诗经》有《国风》、《小雅》、《大雅》和《颂》，而战国楚竹书《诗论》的编排却与此相反，称为《讼》（颂）、《大夏》、《小夏》（上古时期，“夏”和“雅”通）和《邦风》（也许是汉代为了避汉高祖刘邦的讳，而将“邦”改名为“国”）。战国楚竹书《诗论》中的许多诗句用字和今本《诗经》也有些不同。因此战国楚竹书《诗论》一出现之后，就引起了许多学者的激烈讨论。他们曾就竹书作者、写作时代、简序排列、简文释读等方面的问题进行热烈的辩论，并在此基础上，进一步探讨了《孔子诗论》所包含的理论内涵，如《孔子诗论》中关于“民性固然”、“以色喻于礼”等命题，实际上已经触及到诗歌创作中的情感与礼义之关系，深入到儒家文学理论的核心，具有重大的理论价值。战国楚竹书《孔子诗论》的出现，毫无疑问推动了《诗经》的深入研究。如孔子的“删诗”说，一直以来是一大公案，《诗》是否真如司马迁在《史记·孔子世家》里所说，在未删之前有三千篇之多？我们知道，《左传》里面引用了许多的逸诗，而战国楚竹书《诗论》里就有7篇佚诗的篇名，也许尽管《诗》的原有篇数没有司马迁所说的三千篇之多，但远远超过三百篇的可能性却是存在的，那么孔子“删诗”说是否完全错误呢？还有战国楚竹书《诗论》所涉及的60首诗歌的篇名中有52首与今天所见《诗经》的篇名是相对应的，而且经过诸多学者的考证，能够对应的诗名更多，或是和今天所见诗名通假，或是缩写，或是异名，这些也为我们理解《诗经》的命题方式提供了一些新的思路。再者，由战国楚竹书《诗论》，我们或许能够发现儒家更为丰富的诗学思想以及与《毛诗序》的关系。《诗经》研究之所以在新世纪以来，形成了一个令人关注的高峰，与战国楚竹书《孔子诗论》这样出土文献的发现是密不可分的。结合新的出土文献可以对以前引起纷争的观点加以辨析，也许正是王国维所主张的“二重证据法”的重要作用。这一点在先秦文学的研究中体现得尤为昭著，这一特点应当引起我们的关注。

## 二、研究方法的多样性

古典文学的研究一方面需要充足的文献来支撑，能够做到论之有据；另一方面，在现有的文献基础上，我们如何去研究，能够做到言之成理，这里涉及研究方法的问题。新世纪以来，古典文学研究方法呈现了多元化的趋势，无论是利用本土的“知人论世”、“以意逆志”等方法，还是借鉴国外研究的诸多方法如阐释学、现代接受美学、语言学研究、文学本体论、精神分析理论、文化人类学、现象学、符号学，在具体的研究中都有所运用。其中关于先秦至南北朝诗赋研究比较有声势且较有价值的，重点介绍两种。

1. 原生态的研究方法

这一点在先秦文学的研究中表现得特别鲜明。因为先秦文学具有文史哲不分家的特性，是一个大文学的范畴。因此，许多学者借助于先秦文学的研究，力图还原先秦时代的社会文化状况，学界或称之为原生态的研究方法。还是以《诗经》研究为例，如扬之水的《诗经名物新证》、姚小鸥的《诗经三颂与先秦礼乐文化》、李山《〈诗·大雅〉若干篇图赞说及由此发现的〈雅〉〈颂〉间部分对应》等论著论文即为此研究方法所使用的代表，他们研究的对象虽然有所不同，但都有一个共同的研究目标，那就是试图恢复《诗经》的原始内涵或原始面貌。扬之水在做文字考据的同时，“更援实物以证，并因此揭示出其中所包含的历史的、文化的因素，并因此使物与诗互为映照、互见光彩”①，还原诗歌生动的语境，切实展示诗歌原来的底蕴，目的是“编缀起礼仪与人生曾经有过的一种诚挚与温厚的结合”②。姚小鸥则试图复原三《颂》与商、周礼乐文化的内在联系，消除诗歌解读与“古代社会生活实际”之间的隔膜，把三《颂》“置于先秦礼乐文化背景下去进行考察”③，“是用原生态把握方式进行研究的结晶”④。李山也声称扬弃以《大明》、《思齐》、《绵》、《皇矣》、《生民》、《公刘》等诗为史诗的一般性看法，而要真切地理解它们的创作实际状况，“真正文学地读解这些诗篇”，主张用“周家宗庙礼数”来研究《大明》等诗的创作实况⑤。由此，我们也可以窥见原生态研究方法的真正意旨。

2. 接受史的研究方法

新世纪以来，对古典文学研究方法产生最大影响的西方理论就是现代接受美学。接受美学是20世纪60—70年代在当时联邦德国发展成熟的一种比

① 扬之水：《诗经名物新证》，北京古籍出版社2000年版，第5页。

② 扬之水：《诗经名物新证》，北京古籍出版社2000年版，第28页。

③ 姚小鸥：《自序》，《诗经三颂与先秦礼乐文化》，北京广播学院出版社2000年版，第3页。

④ 李炳海：《序》，姚小鸥《诗经三颂与先秦礼乐文化》，北京广播学院出版社2000年版，第1页。

⑤ 李山：《〈诗·大雅〉若干篇图赞说及由此发现的〈雅〉〈颂〉间部分对应》，《文学遗产》2000年第3期。

较完整的全新的文学研究理论体系，它本质上是“以现代阐释学和现象学为理论基础，以历史与现实的读者为中心，研究本文的接受历史和读者对本文的审美反应规律的理论流派”①。所以接受史的代表人物姚斯说：“只有当作品的连续性不仅通过生产主体，而且通过消费主体，即通过作者与读者之间的相互作用来调节时，文学艺术才能获得具有过程性特征的历史。”② 当然，接受美学的一些思想在此前的文论包括中国古典文论中已经有所透露，如“诗无达诂”、“作者用一致之思，读者各以其性而自得” 等思想皆有所表现，只是没有形成自觉的理论体系而已。把接受史的方法自觉地引进古典文学研究在20世纪末已经兴起，至新世纪之初更是走向了异常繁盛的局面，这在唐宋文学的研究中表现得最为突出。不过，在先秦两汉魏晋南北朝诗赋的研究中，同样有不少学者运用了该方法对这一段时期的文学进行了讨论。如关于陶渊明的接受史研究，除了一些单篇论文之外，李剑锋出版过专著《元前陶渊明接受史研究》，论者主要按时代分东晋南北朝、隋唐五代、两宋（上、下）分阶段讨论了陶渊明接受史的奠基期、发展期、高潮期等不同时期陶渊明其人、其文的被接受状况和影响问题，使我们对元代之前陶渊明的接受状况有了一个大致的了解。论者在元前陶渊明接受史的研究基础上，认为“回归自然、审美地享受平凡而美好的人生是中国古代文人乃至人类摆脱文明社会异化现象的强烈渴求”，“中国读者对作品的阐释评价在形式上偏于以直观、具体、随感、漫谈为特点的审美鉴赏，中国古代诗论体系是在不断的审美鉴赏基础上层积而成的”，“平淡深粹、自然悠远是我国古典诗美理想和艺术精神之一，它主要是在对陶渊明的接受历史中形成的，体现了中国读者的审美追求”，“作者与作品之间的界线模糊，人格批评与诗学批评混一，重视文如其人的作家作品，重视作者、作品的道德评价是中国接受理论不同于西方接受理论的重要特色”，“仿作、和作、用典等的层出不穷是中国文学接受史上一个普遍而重要的现象，这对读者、作者、作品都有着不可忽视的意义”，“读者对作家作品的接受明显受制于他所处的时代，特别是这个时代的美学追求和价值追求。同时读者对时代也有能动性，有着特殊阅历、禀性和能力的读者尤其如此”③。论者在利用西方接受史理论时，也注意到了中国化的特色，并不完全照搬，有自己的研究特色。

---

① 陈文忠：《前言》，《中国古典诗歌接受史研究》，安徽大学出版社 1998 年版，第 1 页。
② 姚斯著，周宁、金元浦译：《接受美学与接受理论》，辽宁人民出版社 1987 年版，第 19 页。
③ 李剑锋：《元前陶渊明接受史研究》，齐鲁书社 2002 年版，第 422—436 页。

## 三、学术史研究热点与难点

新世纪以来，先秦至南北朝诗赋在研究课题上也有些新的趋向。因为刚跨入到一个新的世纪，一方面，回顾性、综述性的研究较多，诸如关于《诗经》、《楚辞》、汉赋、汉乐府等都有20世纪综述性评论的文章，这些研究对于总结过去研究的得失、寻找不足、启示未来的研究路数无疑是大有裨益的；另一方面，对一些学者研究的研究，也成了一个新的生长点。以《楚辞》研究为例，几乎过去《楚辞》研究的一些著名学者、包括当代的学者都曾有人撰文讨论过，有的学者甚至给过去的《楚辞》研究者进行了定位，如徐志啸的《现代楚辞研究八大家论著述评》，就是在20世纪一百年《楚辞》研究学者著作中选择了梁启超的《楚辞研究》、闻一多的《天问疏证》、郭沫若的《屈原研究》、游国恩的《楚辞概论》、姜亮夫的《楚辞通故》、陈子展的《楚辞直解》、林庚的《天问论笺》、汤炳正的《屈赋新探》等作为讨论的对象，窥探八大家《楚辞》研究独特的治学风格与成就特点，同样带有学术史研究的性质。

当然，先秦两汉魏晋南北朝文学研究由于文献资料的匮乏，存在着不少疑点，这样也就留下了一些研究的难题，诸如《诗经》的编订问题、《毛诗序》的创作年代问题、《楚辞》的作品归属问题，司马迁的生卒年问题等等。由于文献的不足征以及对文献的理解问题，一直众说纷纭，存在着争论。不过，新世纪在先秦两汉魏晋南北朝文学研究方面讨论较为热烈的问题，当属《玉台新咏》的作者问题。《玉台新咏》的编录者为徐陵，在新世纪之前这并没有存在太大的异议，基本上为诸多学者所认可。但是新世纪以来，关于《玉台新咏》的作者问题成为了学界讨论的热点，除了“徐陵说”之外，出现了“张丽华说”、“徐妃说”、“某位宫妃说”等较为新异的论点。代表之作有章培恒的《〈玉台新咏〉为张丽华所“撰录”考》、《再谈〈玉台新咏〉的撰录者问题》、《〈玉台新咏〉的编者与梁陈文学思想的实际》、樊荣的《〈玉台新咏〉“撰录”真相考辨——兼与章培恒先生商榷》、邬国平《〈玉台新咏〉张丽华撰录说献疑——向章培恒先生请教》、胡大雷的《〈玉台新咏〉为梁元帝徐妃所“撰录”考》、谈蓓芳《〈玉台新咏〉版本考论》、牛继清《〈玉台新咏〉是张丽华所“撰录”吗？——从文献学角度看〈玉台新咏〉为张丽华所“撰录”考》、汪浩的《论〈玉台新咏〉一书的编撰者》、刘林魁的《〈玉台新咏〉编者和编纂时间再探讨》等，对《玉台新咏》的作者问题重新进行了讨论。如章培恒认为《玉台新咏》为张丽华所作，他首先反驳撰录者为徐陵的看法。章氏认为，从《〈玉台新咏〉·序》来看，徐陵“不可能再为此书加上‘徐陵撰’一类的题署。否则就成为他公然自称为最受皇帝宠爱的妃子，而他又是男性，所以这实际上意味着他宣称自己为最受皇帝宠爱的娈童。这不但使自己为社会所不齿，从此陷入万劫不复之境”，而且梁武帝“倡导节俭”，而徐《序》则“大肆宣扬其生活的豪奢、靡丽”，“武帝岂能容忍”，况且梁武帝不喜“艳歌”，因此“如果徐陵神智正常，他在梁朝绝不敢以妃子名义撰录‘艳歌’”，“所以，此书绝非徐陵在梁代假借妃子的名义所编”，故而学者应该接受《玉台新咏》是“一位妃子所编”的看法。章氏进一步根据史籍考证在梁、陈诸妃中唯有张丽华与《〈玉台新咏〉·序》中“所述妃子的情况相应”，所以《玉台新咏》应该为张丽华所编录[①]。此论出来之后，樊荣撰文加以辩驳，他认为《〈玉台新咏〉·序》与徐陵的“身世”、“交往”、“政治经历”、“个人遭遇”等暗合，《玉台新咏》编录于梁代，所以“撰录与序言不应割裂，均应是徐陵所为”[②]。胡大雷又提出了“徐妃说”，他提供了《玉台新咏》为徐妃撰录的五条根据：她本人擅长诗歌创作；其兄徐君蒨为宫体诗的大家；徐妃所在的西府是当年宫体诗基地；徐妃所在的西府有撰录艳歌集的经验；《玉台新咏》为梁元帝徐妃所撰录有版本依据。故而胡氏认为《玉台新咏》为徐妃所撰录。谈蓓芳则又提出了“《玉台新咏》只可能编撰于陈代，其编者绝不可能是徐陵，而只能处于该书《序》中所言的一位宫中妃子之手”，并且认为“撰录者”和“校勘者”皆为一位“无双无对”的女性[③]。当然从诸多新说的论证来看，大多还是为推测之词，并没有足够的凿实的证据，所以还很难推翻《玉台新咏》为徐陵撰录的看法。不过，关于《玉台新咏》编录者的热烈争论，倒是新世纪先秦两汉魏晋南北朝文学研究一个非常值得关注的现象。

## 四、研究的新变

在先秦两汉魏晋南北朝文学的研究中，《诗经》、《楚辞》、《庄子》、《左传》、《史记》、《古诗十九首》、“建安文学”、陶渊明、大小谢等一直都成为文学研究的重点对象，这是不容置疑的，汉赋在20世纪也渐渐受到重视，并

① 章培恒：《〈玉台新咏〉为张丽华所“撰录”考》，《文学评论》2004年第2期。

② 樊荣：《〈玉台新咏〉“撰录”真相考辨——兼与章培恒先生商榷》，《中州学刊》2004年第6期。

③ 谈蓓芳：《〈玉台新咏〉版本考——兼论此书的编撰时间和编者问题》，《复旦学报》2004年第4期。

趋于研究的兴盛。但仍然有一些具有较大意义的文学现象，由于自身的特性，再加上历来对其评价的偏颇，在20世纪并未引起足够的注意。新世纪以来，学者逐渐对它们产生了浓厚的兴趣，认识到它们的价值，研究也愈来愈深入。最典型的就是体现在宫体诗的研究上。

宫体诗由于它本身思想内容上的特点，长期以来不太受到重视。20世纪末，由于思想上的逐渐开放，人们对其思想内容开始作深入的讨论。由于宫体诗的艺术在向唐诗的过渡中实际上起到了比较重要的作用，新世纪的宫体诗研究重心转向了对宫体诗艺术性的深入挖掘，如傅刚《宫体诗论》、石观海《论宫体诗派的艺术贡献》、《宫体诗派与古诗的律化》、仪平策《宫体诗审美意义的文化解释》、归青《观赏性：宫体诗的基本特质》、《论宫体诗的审美机制》、李文《论宫体诗的新变》、胡旭《重色家风与梁代的宫体诗》、林大志《宫体诗研究二题——六世纪诗风流变的一个侧面》等文章都力求对宫体诗进行重新审视。这些文章探讨了宫体诗与永明体的关系，指出了它在艺术上的新变特征，认为宫体诗“吟咏情性”，传承了诗歌的永恒主题，而体物寓情则拓宽了诗歌表现的意象领域，并进一步指出，中国古代诗歌真正律化始于南朝，而从事这种律化的生力军就是宫体诗派，构建了五言诗中的“新绝句”、“准五律”和七言诗中的“隔句韵式”，是古诗变为格律诗的不可或缺的环节，为近体诗的成熟和七言新体的形成奠定了坚实的基础，在审美意义上又提出宫体诗是以唯美态度观照“欲”，以诗意方式表现“欲”。这些讨论无疑推动了对过去常常受到漠视的一些文学现象的深入研究，成为古典文学研究新的生长点。

综观新世纪以来先秦至南北朝诗赋研究的状况，研究呈现了繁荣的局面，研究方法多元化，研究课题也逐渐走向深入。不过，有一点似应引起我们的反思，那就是对先秦至南北朝诗赋的文学性研究，仍不够充分，尽管在文学的学术史、宗教学、文化学、历史学、考古学，包括文献学的研究等方面，取得了不少令人瞩目的成绩，但应该说这些研究只是外部研究，最终的目的还是应该回归到文学性的本体研究上。显然，这一研究不够充分，研究成果数量也不多。

【范文选读】

# 《九歌》六论

潘啸龙

一组"情致缥缈"的歌①，赢得了历代诗论家的青睐，却伤透了众多治骚者的脑筋——这就是诗人屈原的名作《九歌》。

《九歌》描摹神鬼情状如画，"喜读之可以佐歌，悲读之可以当哭"②。然而，它究竟是什么性质的歌？其名为"九"，何以歌辞却有十一篇？它与神话传说的《九歌》又有什么关系？它表现了什么样的国风民俗？对于这些问题，诗论家尽可以不予理会，治骚者则非"打破砂锅问到底"不可。否则，将何以面对当代和后世读者追询的目光！

## 一、从"天穆之野"看夏启《九歌》在"沅湘之间"的流传

说起屈原《九歌》的源始，治骚者们总要追溯到神话传说中的"天帝之乐"《九歌》，猜测这两者之间必然有着某种联系。但由于治骚的老祖宗王逸没有将它们联系起来解说，于是又怀疑屈原《九歌》自是沅湘民间流传的"新九歌"③，与传说中夏启偷来的天乐"名同而异"。

神话传说缥缈微茫，本不须信其真假有无。但它们既然是现实生活中人们幻想的产物，其中就必有一些蛛丝马迹可供后人探索和研究。关于神话传说的《九歌》，《山海经》中有这样的记载——

> 西南海之外，赤水之南，流沙之西，有人珥两青蛇，乘两龙，名曰夏后开。开上三嫔于天，得《九辩》与《九歌》以下。此天穆之野，高二千仞。开焉得始歌《九招》。④

《竹书纪年》亦云：

> （夏后启）十年，帝巡狩舞《九韶》于天穆之野。

---

① 吴世尚《楚辞疏》之"叙目"，清雍正五年尚友堂刊本。
② 陈本礼《屈辞精义》顾莼批语，清嘉庆十七年裛露堂刊本。
③ 姜亮夫《屈原赋校注》之"九歌解题"，人民文学出版社1957年版。
④ 《山海经·大荒西经》，见袁珂《山海经校注》，上海古籍出版社1980年版，第414页。

"天穆之野"，是夏启"得《九辩》与《九歌》以下"的地方，也是他"将将鍠鍠，筦磬以方"、"渝食于野，万舞翼翼"①。大事歌舞《九歌》、《九招》的地方。指明这一点非常重要，因为还有另一些材料将证明：楚之远祖高阳帝颛顼，以及那位"婞直亡身"的治水英雄伯鲧，也都降生在这里。

明白了这一点，我们也就不难理解：夏启即帝位以后，何以要巡狩"天穆之野"，其意实在于重游其祖先的发祥之地。传说他三次被天帝邀去作客，而临走却将"天乐"《九辩》、《九歌》一并偷到人间来了。当然，世间本没有什么"天乐"，不过我们从这个传说可以推知：当年夏启"衣锦还乡"之时，曾经有过大规模的祭祀祖宗和神鬼的活动，而《九歌》就是当时为娱乐祖宗、神鬼而创制的歌乐。后世既尊颛顼为天帝，《九歌》也就被蒙上了一层神秘的色彩，升格为"天帝之乐"了。

上述这一切，与屈原所作《九歌》又有什么关系呢？……只是少有人留意到流传《九歌》的"沅湘之间"，其实也属于传说中的"天穆之野"。

值得注意的是，鲧在其未被殛于羽山之前，其封地正是在"崇"②，故《竹书纪年》、《国语》中均称其为"崇伯鲧"。"崇"由"崇山"而得名，自然应在崇山所处的"南蛮"地界。鲧作为昌意的子孙被封于此，正与前文引《华阳国志》所说的若水之北相去不甚远。但前文又引《竹书纪年》说："（颛顼）帝产伯鲧，是维若阳，居天穆之阳。"伯鲧的封地明明在"衡岭之南"的"崇"，而《竹书纪年》却直指其为"天穆之阳"。可见传说中的"天穆之野"范围是很大的。不仅包括蜀中的若水以北，而且及于楚南之衡、湘一带。

由此看来，屈原"窜伏"的"沅湘之间"，正属于传说中的"天穆之野"。当年，夏后启曾在这里大事歌舞过祭神之乐《九歌》；多少个世纪以后，又是在这个地区流传着同是祭神的歌乐《九歌》。如何解释这一历史的巧合呢？合理的解释只能是："沅湘之间"流传的《九歌》，原来就是传说中的夏启《九歌》。它本是夏启在"天穆之野"祭祀祖宗、鬼神的乐歌，随着夏王朝的覆灭，它便失去了作为国之祀乐的地位，当然不再为人们在后世王朝的庙堂祀典中演奏，而逐渐演变为民间的祀神、娱神之歌，在属于"天穆之野"的若水、沅湘一带流传。作为对往古历史的朦胧回忆，人们还能在传说中追溯到它与夏启的联系，编制出夏启上天"窃"《九歌》以下的神话，给予了

① 《墨子·非乐篇》，上海商务印书馆缩印明嘉靖唐尧臣本，《墨子》卷八。

② 《史记索隐》注《夏本纪》引《连山易》"鲧封于崇"，见《史记》，中华书局1959年版，第50页。

这组歌乐以“天帝之乐”的美誉——这就是屈原为之改辞的沅湘《九歌》的来源。

## 二、非“俗”非“典”的《九歌》“祭祀之礼”

倘若撇开上文考察的结论，对屈原为之作辞的《九歌》本身作一番研究，则它实在是一组令人起种种疑窦的歌乐。

王逸《章句·九歌序》以为，《九歌》无非是“沅湘之间”的“俗人祭祀之礼、歌舞之乐”。那么，它就是一组地方性的祭神歌乐了。但是，流传于“沅湘”民间的地方性祀乐，为什么偏偏要祭那与“沅湘”俗人毫无关系的黄河之神——河伯呢？历来信从王逸之说的治骚者，没有一人对这问题作出过满意的解答，最后只好归之于沅湘民俗的“信巫鬼、重淫祀”，因而非“楚之望也”的河伯，也莫名其妙地被列入了祭祀之列。

况且，《九歌》上祭东皇太一、日神、云神、司命，下祭河伯、湘神、山鬼，其间还有专祀捐躯将士的“国殇”，俨然一副“有天下者”郊祀上帝、遍祀群神的架势。这样的祭祀规模，又岂是沅湘“俗人祭祀之礼”所可比拟的？正是由于这一点，明人汪瑗毫不含糊地断言：“此乃祭天之礼，楚国之典也，非民间之俗也。旧说以为楚俗信鬼而好祀，失之远矣。如后祭云、祭日、祭山、河、国殇之类，岂可谓民间之俗乎？”① 著名学者闻一多也不相信王逸的说法，干脆把《九歌》认作《楚郊祀歌》，将它从沅湘俗人的祀神之乐提到了楚之祀典的地位②。

如果《九歌》是楚郊祀歌，那么，其中的湘水之神自然也在国祀之列了。但是，奇怪得很，与楚国有着“十八世之盟”（秦《诅楚文》中语）的秦君后代，竟也不知这湘水之神！据《史记·秦始皇本纪》载，秦始皇二十八年，“浮江，至湘山祠，逢大风，几不得渡。上问博士曰‘湘君，何神？’博士对曰：‘闻云，尧女、舜之妻，而葬此’。”祭湘神之礼若入楚之国典，秦始皇焉得不知！不仅如此，湘水之于楚，其重要性远不如江、汉。若要祭祀山川之神，江、汉之水自是非祀不可③，何以《九歌》却不祀江、汉而祀湘神呢？

最重要的反证材料，是1965年、1977年在湖北江陵楚墓“望山一号”、“天星观一号”出土的竹简。据考古学者鉴定，“望山一号”墓主“可能死于

---

① 汪瑗：《楚辞集解·九歌》注，明万历四十三年乙卯汪文英刻本。

② 闻一多：《什么是〈九歌〉》，见《神话与诗》第276页。

③ 《史记·封禅书》记秦并天下后，叙及祀楚之名川，特意标明“沔，祠汉中”。

楚威王时期或楚怀王前期”。[1]“天星观一号”墓主下葬时间“应晚于公元前361年，而在公元前340年前后，即楚宣王或威王时期”[2]。“望山一号”墓主邵固为楚悼王曾孙、楚王的侍者，地位相当于大夫；“天星观一号”墓主番勅，位在上卿、上柱国之属。两墓主的生活年代与屈原的生活年代均相距不远，其社会地位也相接近。令人感兴趣的是，墓中均保存有一批记录祭祀及卜筮情况的竹简。其祭祀对象除楚之先公、先王外，有“大水”、“句土”、“司命”、“云君”、“东城夫人”、“司祸”、“地宇”等。其中除“司命”、“云君”与《九歌》相同外，《九歌》所祀的“东皇太一”、“河伯”、“湘君”、“湘夫人”、“山鬼”等，却是两墓茫茫皆不见。有人推测，“两墓竹简没有出现‘东皇太一’这类主神，说明两墓主人没有资格进行这种祭祀”，而“只有地位尊贵的楚王才能有这种资格”。因此，“《九歌》歌舞的出现，只能产生于楚国宫廷，而不能产生于沅、湘这样偏僻的南楚之地”[3]。我则有一个与此相反的推论：两墓主人祭“大水”而不祭“湘君”，祭“句土”、“地宇”、而不祭“山鬼”；而《九歌》则又祭“湘君”、“山鬼”而不祭“大水”、“句土”，正反映了楚之京都士大夫祭祀与南楚偏僻之地“俗人”祭祀的不同。因此，《九歌》倒并非“楚国宫廷”的祀神歌乐，而可能是沅湘一带的民间祭歌。倘若不然，则江陵贵族尚且要祭“大水”、“句土”，而作为楚之国祀的《九歌》，倒可以视“大水”（估计即江、汉之水）、“句土”若不见，反去祭那僻处南楚的“湘神”和“山鬼”么？这样看来，王逸把《九歌》认作沅湘之间的“俗人祭祀之礼、歌舞之乐”，又不为无据了。

又似楚之“郊祀歌”，又似沅湘民间“俗人祭祀之礼”，无论治骚者从哪个方面观察，人们对这“非俗非典”、“亦典亦俗”的《九歌》祭祀之礼的疑问，都不能得到圆满的解决。

但是，倘若从前文考察所得的结论来观察《九歌》，则沅湘《九歌》“非俗非典”的矛盾便可迎刃而解。

前文已经证明：楚南沅湘之间，原就属于传说中的“天穆之野”，这里所流传的《九歌》，原非民间俗人祭祀之礼，而是当年夏启祭祀祖宗、神鬼的歌乐。也就是说，当初它是在“国祀”的规模上被创制的。夏亡以后，代之而起的殷、周王朝，当然不会再采用它。特别是西周王朝，周公制礼作乐，建

---

① 陈振裕：《望山一号楚墓的年代与墓主》，见《中国考古学会第一次年会论文集》。

② 湖北荆州博物馆《江陵天星观一号楚墓》，见《考古学报》1982年第1期。

③ 汤漳平：《从江陵楚墓竹简看〈楚辞·九歌〉》，见中国屈原学会编《楚辞研究》，齐鲁书社1988年版，第258页。

立了自己的祀典和歌乐。《诗经》中的“周颂”以及“大雅”中的一部分诗章，便是那时代的产物。夏启《九歌》在后世庙堂之上消歇了许多年，人们便不再熟悉它。但是，它在夏启祖先的发祥地“天穆之野”一带，却还不绝如缕，在民间世代流传。在流传过程中逐渐改变了原来的面貌，由国之祀典歌乐演化为“俗人”的祀神、娱神之乐，而带上了浓重的地方色彩。作为人们对夏启时代祭祀之乐的朦胧回忆，沅湘之间的《九歌》当然会保留原始祭歌的部分内容；而作为地方性的祀神、娱神之乐，它又会掺入一些“俗人”祭祀之礼。其“亦典亦俗”、“非典非俗”的矛盾，正是在这样的历史演化中造成的。

明白了这一点，我们便不难解释，沅湘之间的《九歌》何以会出现祭祀“河伯”的怪事。在夏启时代的版图中，黄河是横贯中原的名渎。当年夏启到“天穆之野”祭祀祖宗，遍祀山川之神，对河伯当然是非祀不可的。因此河伯虽不入“楚之望也”的国之祀典，却可以作为夏启原始祀歌的内容，为“天穆之野”的沅湘《九歌》在流传中所保留。

“湘君”和“湘夫人”，本来与夏启原始《九歌》所祀之神无关，也不入楚国祀典之列，它们显然属于《九歌》在流传过程中被掺入的沅湘民间“俗人祭祀之礼”。湘水在楚国的地位，虽比不上江、汉，但在沅湘人民生活中却是不可或缺的。沅湘民间在祀神之礼中给它留下尊贵的一席，正表现了人们对它所怀有的亲切感情。

与此相似的还有《国殇》。《国殇》所祀乃为国捐躯的将士。对他们的祠祀，也不入“国之祀典”。据《国语》记载，楚卿屈到有疾，召其宗老而属之曰：“祭我必以芰。”及祥，宗老将荐芰，其子“屈建命去之”①。以楚卿之贵，其祭尚由宗族而不入国祀，至于战死疆场者，当然也不入祀典之礼。据《左传》襄公二十三年记，齐之勇士杞殖，为齐庄公返国，战死于莒。“齐侯归，遇杞梁之妻于郊，使吊之。辞曰：‘殖之有罪，何辱命焉？若免于罪，犹有先人之敝庐在，下妾不得与郊吊。’齐侯吊诸其室。”杞梁以齐庄公之忠臣，复为之战死，庄公却不能为之郊吊，必得归于杞梁先人之庐，而“吊诸其室”。可见，即使是为国捐躯的将士，其祭祀亦不入国之祀典。那么，《九歌·国殇》对“死于国事者”的祭祀，当然也应是沅湘民间“俗人祭祀之礼”了。春秋战国之际，楚国屡次与中原诸侯、西戎强秦交战，沅湘之间子弟，其战死沙场者亦多矣！他们既不为国之祀典所礼，沅湘父老为之设奠祭

① 《国语·楚语》，上海古籍出版社1978年版，第532页。

之礼，嘉奖他们的勇武精神，表达对他们的深切怀思和悼念，也是可以理解的。有些研究者因为《国殇》中有“出不入兮往不反，平原忽兮路超远”之句，便断言《国殇》所祀乃死于“蓝田之战”的将士。其实，沅湘子弟受朝廷之征召，在国境之内抗御敌寇之侵犯，其远离家园，战死异乡，同样可咏之为“出不入兮往不反”，又何必非在秦之“蓝田”不可？

沅湘《九歌》正是在这样流传的过程中，既保留了夏启《九歌》的一部分内容，同时又渐次掺入了地方性的“俗人祭祀之礼”，终于显现了它“非典非俗”、“亦典亦俗”的面貌。

## 三、评“助却秦师”说和“哈雷彗星”之证

…… ……

## 四、《九歌》的篇目结构之谜

《九歌》题名为“九”，而歌辞却有十一篇，究竟是什么道理？这个问题几乎成了《九歌》研究中的千古难解之谜。谜尽管难解，治骚者却不甘心望而却步。自唐、宋以降，人们因提供的谜底不同而分成了两派。

一派意见以为：“九”乃极数，而非实指，故《九歌》名虽曰“九”，而可以包括“十一篇”之数……今人郭沫若、游国恩诸家均取此说。

这一派意见似乎解决了“九”与“十一”的矛盾，但仍未能廓清人们心头的疑云。《七发》虽非七章，但除去开头的“序言”部分，其用以启发楚太子者实乃“七事”。因此，《七发》之“七”非为虚拟是很明白的。至于“九”为极数，凡甚多之数皆可以九约，则《汉郊祀歌》岂不亦可以极数“九”该之，何以偏偏称之为“十九章之歌”？这样看来，《九歌》之名曰“九”，必非“大凡”之名。但为什么又有“十一篇”呢？

另一派意见以为，“九”乃实数，《九歌》原本为九篇。之所以有“十一篇”，乃可以“错附”、“合篇”、“迎、送神曲”诸说来作解释。

但“合篇说”似乎也未能令治骚家满意，于是又出现了“迎、送神曲”之说。此说的开创者当是清人王夫之，其《楚辞通释》就是将《礼魂》视为“前十祀之所通用”的“送神之曲”。我们虽不能断言王氏之说受到了汪瑗“乱辞”说的启发，但“送神曲”说与“乱辞”说实际上是相通的。王夫之只是将《礼魂》解为“送神曲”，对前十篇则未提出疑问。王说的进一步发展，则是孙作云、郑振铎、闻一多诸先生的“迎、送神曲”之说。闻一多先生以为：“迎神、送神本是祭歌的传统形式……本篇既是一种祭歌，就必须会

有迎、送神的歌曲在内。既有迎、送神曲，当然是首尾二章。”① 闻先生将《东皇太一》和《礼魂》解为迎、送神曲，则中间九章为《九歌》之正文，《九歌》之名为“九”，于是也得到了解释。

此说虽然是上引诸说中最圆满的一种解释，但倘要仔细揣摩，疑点仍将不少：“东皇太一”本在《九歌》祭祀的诸神之中，且《东皇太一》不仅有“迎”，而且有娱、有祭，与其他九篇同。为什么非要将它与《东君》、《云中君》之类判然分别，而独标为“迎神曲”呢？按闻一多先生所说，因为太一神最贵，故《九歌》主体实为迎送太一之神，其他诸神，无非是娱乐太一神的“陪衬”。若此，则《九歌》当名为《太一之歌》，何以又名为“九”呢？以“九”名歌，就等于说作为陪衬地位的九神反倒升格为祭歌的主体，则主次、本末颠倒如此，岂非怪事！可见，用“迎、送神曲”之说来解释《九歌》之名“九”，特别是把《东皇太一》视为迎神之曲，其实也还不太圆通。

在探讨《九歌》的篇目结构时，我们发现了一个有趣的现象：令唐、宋以降治骚者揣摩不透的《九歌》篇目之谜，在汉代人那里似乎并不存在。他们甚至没有提出过《九歌》何以有“十一篇”的疑问！试问，汉人究竟是如何理解《九歌》的呢？

我们还是从王逸说起。王逸对《九歌》篇目结构的看法，实包含在《礼魂》的注释之中。其注“成礼兮会鼓”句云：“言祠祀九神，皆先斋戒，成其礼敬，乃传歌作乐，急疾击鼓，以称神意也。”这段注释极为重要，因为它实际上揭示了《九歌》的篇目结构之谜。

首先，按照王逸的理解，《九歌》之所以称“九”，是因为它所“祠祀”的乃为“九神”。这就从根本上推翻了后世所说“九为极数”的说法，而使《九歌》之“九”，从祠祀神灵的实际数目上得到了体现。其次，在后世引起极大争议的《礼魂》的性质，其实早在王逸的注文中就有了答案。原来，《礼魂》在《九歌》中并非作为独立的篇章出现的，它也决不是后世所说的“祀善终者”。王逸称它是祠祀九神“成其礼敬”以后的“传歌作乐”、“以称神意”之辞。注文中的一个“皆”字，说明《九歌》每祀一神，均得奏此《礼魂》。那么，它显然就是祠祀九神所“通用”的歌乐无疑。明人汪瑗说它“固前十篇之乱辞也”。这一大胆猜测的合理性，在王逸注文中得到了证实。

作为证据，我们还可以举汉人王褒的《九怀》以及王逸自己所作的《九思》为例。这两篇赋作，均袭用了《九歌》的特殊句式（即“XXX兮

---

① 闻一多：《什么是〈九歌〉》。

XX”)，可知其为模仿《九歌》之体而不是《九章》之体。两赋正文均九篇，篇末有“乱曰”。这就证明，不仅东汉王逸，就是西汉王褒等赋家，也都视《九歌》为“九”篇，视《礼魂》为“乱辞”。值得注意的是，在洪兴祖之前的楚辞本中，原就有“一本自《东皇太一》至《国殇》上皆有祠字”，惟于《礼魂》不加“祠”字。《礼魂》之作为“乱辞”，难道还有什么可怀疑的吗？《礼魂》之被看作“礼善终者”，此说并非出自王逸，而不过是唐以后某些治楚辞者妄加的意见。经过洪兴祖《补注》的引述，遂使《九歌》祠祀之礼增添了一神，给后世的《九歌》研究蒙上了更多的疑云。

现在还有一个疑点需要解决：《九歌》除去《礼魂》仍有十篇，何以王逸独称其为“九神”？难道真如闻一多先生所说，《东皇太一》是“迎神之曲”吗？回答应该是否定的。王逸于《东皇太一》“穆将愉兮上皇”句后注曰：“上皇，谓东皇太一也。言己将修祭祀，必择吉良之日，斋戒恭敬，以宴乐天神也”；于《云中君》“华采衣兮若英”句后亦注曰：“言己将修饗祭以事云神，乃使灵巫先浴兰汤，沐香芷，衣五采华衣，饰以杜若之英，以自洁清也”。这就可以证明：王逸所理解的《九歌》，“东皇太一”与“云神”之类一样，属于被祠祀的“九神”之列。“迎、送神曲”说将“东皇太一”排除在“九神”之外，显然没有十足根据。那么《九歌》所祀，究竟是哪九位神灵呢？现列表如下，可以看得比较清楚：

1. 东皇太一：实即“上皇”，即天帝颛顼。
2. 东君：日神。
3. 云中君：云神。
4. 湘　君：湘神 ↘
　　　　　湘水夫妇之神。
　 湘夫人：湘神 ↗
5. 大司命：生死寿夭之神。
6. 少司命：子嗣之神。
7. 河伯：黄河之神。
8. 山鬼：山神。
9. 《国殇》：死于国事者之神。

从上表可以发现，《九歌》中出现的神灵虽有十位，而其类别实只“九神”。湘君、湘夫人均居湘为神，且结为夫妇，自不可别为二神。倘若我们再比较一下《九歌》前十篇之结构、章法，亦唯有“二湘”两篇内容互可相通，篇末结句亦相呼应，将它们视为同一篇之二章，似更符合情理；即使仍分为二篇，也无碍于它们之共为湘水一神的性质。至于“二司命”，则所司职守不同，一为寿夭之神，一为子嗣之神，自不可合为一神。由此可见，《九歌》之名“九”，并非在其篇数，而在于其所祠祀的神灵之类为“九”。

## 五、“非象神，神物不至”——论《九歌》的祭神形式

《九歌》不仅在其祭祀对象、性质和规模上明显地带有“非典非俗”的矛盾，就是在祭神形式上也教人揣摩不透——如果它是人们的祭神歌辞，其降神、颂神自应以第二人称贯串全诗；但歌中却不时出现“余”、“吾”等第一人称，且许多歌辞显然是被祭对象的“自说自话”；如果它不是祭神歌辞，而是如有些治骚者所说，乃是人们扮演神灵而演出的歌舞，则其辞应就神灵自身立意，通篇宜以第一人称贯串，但《九歌》歌辞却又时时穿插有“汝”、“君”之类的第二人称，这又显现了祭神者的口吻。

为了解决这个矛盾，人们曾从各个方面进行过探索。汉人王逸最早注意到了南楚的“巫风”习俗，在注释中引进了巫觋降神的方式。尽管他的解说并不彻底，在许多场合均将诗中的“余”、“吾”指为诗人屈原自己，以牵合他的“上陈事神之敬，下见己之冤结，托之以风谏”的见解。但他在运用“巫风”习俗考察《九歌》方面，毕竟为后世治骚者提供了重要的启迪。

与否定《九歌》为带有“巫风”特色的祭歌的意见相反，我则以为：《九歌》不仅是一组祀神祭歌，而且是带有“巫风”特色的祭歌。它的表现形式，只有从“巫风”特点方面才可以得到合理的解释。

先秦时代的“巫风”若何？我们已无法详知。好在先秦、两汉相承，我们从汉代有关巫术活动的记载中，还可以略窥一斑。

据《史记·封禅书》载：“齐人少翁以鬼神方见上。上有所幸王夫人，夫人卒，少翁以方盖夜致王夫人及灶鬼之貌云，天子自帷中望见焉。”……生人欲降其神，必“作其形”。这正是巫者降神的一大特点。

不仅如此。巫者降神以后，俗人并不能直接与其“通话”。人神交接的媒介，仍需借助于巫。上引《史记·封禅书》提供了一个例证：“游水发根言上郡有巫，病而鬼神下之。上召置祠之甘泉。及病，使人问神君……置酒寿宫神君。寿宫神君最贵曰大禁、司命之属，皆从之。非可得见，闻其言，言与人音等。时去时来，来则风肃然。居室帷中。时昼言，然常以夜。天子祓然后入。因巫为主人，关饮食。”据上文所记，汉武帝以堂堂天子之贵，也还不能与鬼神直接交通，而只能由巫来为其招待鬼神“饮食”。上郡之巫其降神是如此，据《汉书·武五子传》之所载，南方广陵女巫的降神亦莫能外。

如果我们再参照《墨子·非乐篇》所引“汤之官刑”所记“其恒舞于宫，是谓巫风”，可知这种“巫风”还有一个特点，那就是降神的活动常与歌舞结合在一起。

我们当然不能断言，屈原为之作辞的《九歌》就是一批装神弄鬼的巫觋歌舞（这一点下文将有论述）。但是，作为沅湘民间的祭神、娱神之歌，在其表现形式上，则显然带有浓重的“巫风”色彩。

第一，《九歌》对所祭神灵的形象，有着极其动人的描绘……从这一点来看，不正是“非象神、神物不至”、“世人作其形而迎之”的“巫风”降神的方式吗?

第二，《九歌》中的许多歌辞，运用了“吾”、“余”等第一人称。许多语气只有用被祀之神的口吻来解释，才能贯通全诗。也就是说，在《九歌》祭祀之礼中，降临的神灵是可以“说话”的，这当然也得由它们的装扮者来“代言”。而这样的“代言”方式，不正带有神附巫身的“巫风”特点吗?

第三，《九歌》在描述“灵之来兮蔽日”时，往往要“扬枹兮拊鼓，疏缓节兮安歌”、“翾飞兮翠曾，展诗兮会舞”。凡此种种，不正是“巫祝皆以舞蹈致神”的“巫风”降神形式么!

上述三条，对于我们把握《九歌》的祭神特点非常重要，它雄辩地证明：《九歌》是一组带有“巫风”降神、娱神色彩的民间祭歌。

仔细考察《九歌》，我们可以发现，其降神、娱神的方式大体有如下三种：

第一种是巫觋装扮的神灵，直接降临祭祀场所。《九歌》中对“东皇太一”(上皇)、云神、国殇的祭祀，即属于这种方式。

第二种是扮演神灵的巫觋与迎接神灵降临的“俗人”的对唱。《九歌》对“东君”、“大司命”、“少司命”的祭祀，即属于这种方式。

第三种是所祠祀的神灵在背景中若隐若现，并不降临现场；由巫觋所扮演的迎神者居于祭祀的中心，通过唱、舞以表达其不能接遇神灵的怀思、哀怨之情。《九歌》对湘神夫妇、“河伯”、“山鬼”的祭祀，就属于这一类。之所以如此，大约与所祀对象为“山川之神”有关，人们对其祠祀是采取“望祀”的方式，故迎神而神不临，只能在歌舞中遥致祭品而已。

前两种方式，历来的治骚者大都能接受，这第三种方式，却最易引起误会。如《湘君》、《湘夫人》两篇，由于神灵没有降临祭祀现场，且歌中又多哀婉、怀思之情，近代的治骚者大都不把它们看成祭歌，而解说为表现湘君夫妇相慕不能相聚的恋情，这实在是一种误解。湘君、湘夫人既称为“夫妇”，且同居湘水为神，他们之间却相企而不能相见，本已教人费解；而湘君夫妇既不能相见，又各自将玦、佩、袂、褋遗于江澧之间，则又为何？有些研究者因此涉想出《湘君》为湘夫人企待湘君、《湘夫人》为湘君企待湘夫人，他们各自把对方相赠之物捐弃于江以表情思，来解决这个矛盾。但是，篇名明明题为《湘君》，偏以湘夫人之行事当之；篇名题为《湘夫人》，又以湘君之行事当之。这种涉想，岂非过于迂曲？

在我看来，二《湘》所述，均为巫觋迎接湘水夫妇之神而神不临的情状。在《湘君》中，男巫装扮得“要眇宜修”，乘舟接迎湘君神灵，一直迎到大江，虽发扬精诚，犹未能接遇湘君；而伴唱的男女唱出了缠绵悱恻的怀思之歌；并将进献的祭品——玉玦、玉佩沉入滔滔江水。在《湘夫人》中，女巫装扮成湘夫人模样，并在湘水畔筑下芬芳美好的水室，以迎接湘夫人神灵的到来。但湘夫人恍惚缥缈，始终未降临水室，反被湘君所遣“九嶷”之神接去，人们只好将献给湘夫人的袂、褋之类祭品遥致于江中，祝颂其安乐逍遥地度过这美好的时光。《山鬼》所述也与此相似：装扮成山鬼的女巫，载歌载舞地表现她前往山中接迎神灵的景象，但由于“路险难兮独后来”，错过了时间，终于未能迎到神灵，因而唱出了凄哀的歌。这样来解说二《湘》、《山鬼》，不更符合《九歌》所表现的“俗人祭祀之礼”及其所具有的“巫风”特点吗？

有人也许会问：《九歌》作为祭歌，既然是用来迎神、祭神和娱神的，为什么其间所透露的情致，有不少是缠绵悱恻，充满哀伤悲切之音的？“娱神”之乐就该如此悲哀吗？

我的回答是：娱神之乐并不排斥“悲切之音”，甚至可以说，惟其其乐“悲切”，才更显得美妙动人，为神灵所愉悦。这是什么道理呢？原来，我们的古人于音乐是“以悲为胜”的。汉人枚乘的《七发》，记楚太子病，吴客以七事诱导太子。其进言音乐之美时，夸赞的就是用“独鹄晨号”“鹍鸡哀鸣”于其上下的“龙门之桐”所作的琴，“野茧之丝以为弦，孤子之钩以为隐，九寡之珥以为约”的琴声之美，称之为“天下之至悲”，欲使太子“强起而听之”。这说明，秦汉之际的楚人，也爱好悲伤的音乐。此理既明，《九歌》中的某些篇章之所以极尽哀怨悱恻之情，也就得到了合理的解释。古人的心目中既以悲音为美，他们便猜测鬼神也如世人一般喜欢悲音。所以，在祭神、娱神时，不仅有庄严的颂声，而且也伴以缠绵的哀音了。

若从文学发展的眼光来观察《九歌》，那么，《九歌》所给予后世文学的影响，更主要在于诗歌的“代拟”艺术方面。自汉以降，诗歌中的“代言”

体逐渐得到发展，它们与《诗经》那种“直抒己怀”的表现方式显然是不同的。我们能不能说，这也许正是从《九歌》的就神灵本身立意、代神灵抒情的方式中，得到了启迪呢？

## 六、深沉动人的人生感喟

屈原《九歌》对于“巫风”只是采取了它的形式，而改变了它本身所带有的那种糊弄和欺骗世人的可憎面目。《九歌》虽是祠祀神灵的祭歌，但其中的神灵已被赋予了浓重的“人情味”。这样的歌辞内容所决定的祭神活动，反映了当时的人们已经开始从对神灵的膜拜中，逐渐得到了某种解脱。

《九歌》的许多篇章，写得缠绵悱恻，表现了种种契阔离合的深沉情思。有些治骚者因此断言，它寄寓了诗人屈原政治上的讽谏之意，甚至将东君、云中君、湘君、山鬼，强为比附成某国君、某地人民等。诚然，屈原为《九歌》作辞，在抒情达意之中，不掺入自己的感喟，那是不可思议的。问题在于，诗人之作《九歌》，全从“俗人祭祀之礼”立意，抒写人们与神灵交接、离合的情思，而并非是抒写个人的身世遭际。因此，它所表露的感喟之情，正如马茂元先生所说，是“从现实的人和人的生活条件中”，“提炼出了”一些“最动人的经验和感觉。”[①] 也就是说，它是大多数人所经历过的那种深切动人的人生感喟（当然也包括诗人自己）。诸如，对于光明的热烈赞颂，对于生死、寿夭的挂牵，对于战死者的怀念，以及“乐莫乐兮新相知，悲莫悲兮生别离”的慨叹，就都是在那个动乱、黑暗、充满了战争、杀戮和由此造成家人不能相聚、男女常被分隔的生活条件下，人们的共同体验和感情。诗人将这些深沉的感喟，化在《九歌》对于神灵的迎降、送别之中，从而使这组祭歌表现出了强烈的抒情色彩。所以，《九歌》所描述的，虽是天地间神灵的形貌，表述的却是社会中人的情思。将它看成纯粹是诗人自我抒情之作，无疑大大缩小了它的意义，且不符合《九歌》的实际内容；处处将它比附为屈原借祭神之语，写“己之冤结”，“托之以风谏”，则更是隔靴搔痒、不着边际了。

（原载《中国社会科学》1986年第4期，收入本书时略有删节）

**【评　析】**

楚辞研究是先秦诗歌研究的重镇之一，历来治骚者甚夥，重要的课题几

---

① 马茂元：《论〈九歌〉》，收《晚照楼论文集》，上海古籍出版社1981年版，第17页。

乎皆有开垦而且较为深入，但作者却能对楚辞研究中的不足或偏误发起挑战，进行了深入清理和重新挖掘，完成了带有系列特色的重要课题研究，成为当代楚辞研究名家之一。《〈九歌〉六论》既是作者楚辞研究的一次自我超越，也是当代楚辞研究史上的一篇典范之作。作为论文，其研究方法有以下几点值得注意：其一，纠误与立论的有机结合。此种方法基本上贯穿了全文。如作者关于非“俗”非“典”的《九歌》“祭祀之礼”的讨论，就是在对王逸、汪瑗、闻一多、马其昶、浦江清、孙作云等人观点的批驳基础之上提出来的，并能深入探讨其成因，最终得出了沅湘《九歌》“既保留了夏启《九歌》的一部分内容，同时又渐次掺入了地方性的‘俗人祭祀之礼’，终于显现了它‘非典非俗’、‘亦典亦俗’的面貌”的观点，显然是对前人的很大突破。而关于《九歌》“非象神，神物不至”的祭祀形式的讨论，则是在扬弃前人的见解基础之上，更多地从文本和文化背景出发，正面阐述了《九歌》作为祭神与娱神之歌，所带有的“巫风”色彩的表现特点，降神与娱神的具体类型，以及对中国文学“代拟”艺术的影响。这种破立结合的方法，既带有清理的特征（对读者而言，同时有助于了解到课题的相关研究状况），又能使自己的观点得到有力的支撑和彰显，可谓“破中有立，独抒己见”。其二，文献学与文艺学的完美融合。作者对前人的挑战，并非游谈无根的“标新立异”，也非为了取得“轰动效应”，而是立足于扎实的论证基石之上，其论述既有从作品本身真切寻绎作为内证，同时也有作品之外的相关材料寻求作为外证。本文除了采用了我们常见的文史文献之外，还有效地利用了竹简等出土文献，佐证有力；而从王褒《九怀》、王逸《九思》等论《礼魂》作为“乱辞”、从《九歌》内容本身论其深沉动人的人生感喟，则又是对作品内部所作的文艺学分析，可以说做到了文献学与文艺学的相互支撑。其三，旧学与新学的多元融会。一般的屈赋研究或沉浸于文献考订，或致力于美学考察，或专心于文化考评，很难做到跨域和融合，作者却能在深厚的知识积淀基础上，对研究视野实现多学科的融汇和拓展。《〈九歌〉六论》就是多学科融合下产生的学术范例。它运用了传统的方法，得心应手地衔接了神话学、民族学、宗教学、天文学、民俗学、现代阐释学、接受美学等学科，对《九歌》研究史上几个聚讼纷纭的课题，提出了新颖的见解。如论“从‘天穆之野’看夏启《九歌》在‘沅湘之间’的流传”，提出《九歌》“本是夏启在‘天穆之野’祭祀祖宗、鬼神的乐歌”、“作为对往古历史的朦胧回忆，人们还能在传说中追溯到它与夏启的联系，编制出夏启上天‘窃’《九歌》以下的神话”的结论，就潜在地运用了神话学、民族学等相关学科的理论。总而言之，范文显示了

“清理”与“综合”的特点，能够“推陈出新”，进而达到“自成一家”的高度。

范文在写作上也有诸多优长值得学习。其一，从文章结构看，本文虽名曰《〈九歌〉六论》，看起来似乎如作者所言“不成系统”，但认真揣摩，不难发现有两个重要特点：一是就所选六个子课题而论，皆为《九歌》研究中很难绕开的重大课题，立意甚高；二是文章行文环环相扣，前后呼应，内在逻辑思路非常严谨。第一部分是基础，后面每一个部分都层层展开，由文学所生存的外部环境，深入到文学内部情调、艺术表现的研究等等。其二，每一部分都有节标题，有利于读者对此部分论述内容的把握，总体上也有助于读者厘清文章的写作思路。其三，文章用语颇有特色。各层发端常用设问领起，既提出了问题，也给读者留下了悬念，读之有波澜、有声色、有曲折。同时，作者行文往往论辩色彩较浓，重视排比、对举等修辞方式的使用，句式上又能够做到长短结合，字里行间显现着自己独具的性情，故绝非生硬、干枯的学究式文字可比。

**【文献链接】**

1. 曹道衡：《略论〈两都赋〉与〈二京赋〉》，《文学评论》1992 年第 3 期。

2. 龚克昌：《评汉代的两种辞赋观》，《文史哲》1993 年第 5 期。

3. 归青：《观赏性：宫体诗的基本特质》，《学术月刊》2005 年第 4 期。

4. 蒋立甫：《〈诗经〉中“天”“帝”名义述考》，《安徽师范大学学报》1995 年第 4 期。

5. 廖群：《厅堂说唱与汉乐府艺术特质探析——兼论古代文学传播方式对文本的制约和影响》，《文史哲》2005 年第 3 期。

6. 刘跃进：《道教在六朝的流传与江南民歌隐语》，《社会科学战线》1996 年第 3 期。

7. 潘啸龙：《屈原评价的历史审视》，《文学评论》1990 年第 4 期。

8. 徐公持：《理极滞其必宣——论两晋人士的嵇康情结》，《文学遗产》1998 年第 4 期。

9. 赵敏俐：《论汉帝国的统一强盛与汉诗创作的繁荣》，《东北师范大学学报》1988 年第 6 期。

10. 周建忠：《曹植对屈赋继承与创新的动态过程》，《江西社会科学》1989 年第 4 期。

## 第二节　先秦至南北朝散文研究

20世纪以来，先秦至南北朝散文研究的总体情况是：先秦两汉散文研究突飞猛进，南北朝散文研究稳步推进。先秦两汉散文研究成果丰硕，主要原因在于地下考古文献的出土及文学研究观念的转型；而南北朝散文研究整体稳步推进，是由于这一阶段的散文研究在20世纪80年代以后受到了充分的重视。

### 一、先秦历史散文研究

1.《左传》研究

先秦历史散文的研究中，《左传》历来是一个热点，作为古文经学之一的《左传》，它和《公羊传》、《谷梁传》合称为“春秋三传”。新中国的建立，开启了《左传》研究从清朝以来的经史考据向主题思想、艺术成就等文学研究全面推进的转折。

1949年以后，一个值得注意的现象是文学史编写中对《左传》文学成就的重视。1960年代的游国恩《中国文学史》对《左传》的思想内容、艺术成就两个方面进行了分析，此后的1996年的章培恒、骆玉明《中国文学史》，以及1999年袁行霈《中国古代文学史》，尽管对《左传》的文学成就的研究各有千秋，但都肯定了《左传》之于叙事散文的突出贡献。这一阶段《左传》研究见于著作者不少，但从文学角度着眼者不多。1979年中华书局出版的钱锺书《管锥编》中，对《左传》的书法、释义、行文技法进行了深入研究。当下《左传》的注解本以杨伯峻《春秋左传注》为精要，是至今学术界公认的全面中肯易读的《左传》注解本。此外有影响的还有童书业《春秋左传研究》，沈玉成与刘宁合著的《春秋左传学史稿》以及孙绿怡的《〈左传〉与中国古典小说》。另外，陈致宏《语用学与〈左传〉外交辞令》[①]、《语用学与〈左传〉外交赋诗》[②] 对《左传》语言与文学的关系进行了深入研究，视点比较新颖。美籍华人王靖宇《〈左传〉与传统小说论集》中收录王靖宇《从〈左传〉看中国叙事散文》、《论〈左传〉的修辞手法》等从叙事学方面对〈左传〉研究的几篇文章，切入点比较独到。近年来的博士论文也有一些

① 台北万卷楼图书股份有限公司2000年版。
② 台北万卷楼图书股份有限公司2000年版。

亮点，如傅希亮《道德史观与〈左传〉文学研究》[①]、李永祥《〈左传〉文学论稿》[②]、李青苗《〈左传〉辞令研究》[③]从《左传》的文学艺术本身着眼进行研究。

1949年至今，《左传》研究的单篇论文在2000篇以上，其中《左传》文学研究的论文主要围绕叙事艺术与人物语言两方面展开。前者如何法周《读〈秦晋崤之战〉——〈左传〉散文艺术手法三例》[④]、易平《〈左传〉叙事体例分析》[⑤]、刘凤泉《〈左传〉叙事文学略论》[⑥]。后者如何新文《〈左传〉的写人艺术》[⑦]、戴伟华《〈左传〉"言语"对战国诸子散文的影响》[⑧]。

总体而言，新中国成立以来至今《左传》文学研究成果丰硕。当下《左传》研究倾向是从词性、修辞、叙事及其与先秦诸子散文、其他历史散文的关系等方面着手，文学本身的研究已经退潮，较少新见，《左传》研究明显地陷入了低谷期，无论是专著还是单篇论文都很难出现力作。这一方面是因为20世纪80年代以来学者们成果厚重，后来者难以超越；另一方面，从新中国成立前的经史之争到新中国成立后的文学研究，《左传》研究的思路很清晰，目的也很明确，这一研究经过50多年的充分释放后，处于一个自然的低谷期。《左传》文学研究如果要突破，恐怕需要新的研究视角或新的出土文献来注入活力。

2.《尚书》研究

在清代以前，《尚书》研究的重点主要放在今古文之争上，清代阎若璩《今古文尚书疏证》的面世，已使得这一争论有所平息。此后，《尚书》的文学价值才逐渐受到重视。各个版本的文学史、散文史开始注意论及《尚书》，单篇散文如胡念贻《〈尚书〉的散文艺术及其在文学史上的地位和影响》[⑨]是《尚书》文学研究的力作。至今，进行《尚书》文学研究的文章数量不多，主要还是因其文学性不强、文本本身不容易读懂两方面的原因。但《尚书》本身的文学价值亦是客观存在。曹道衡、刘跃进《先秦两汉文学史料学》既

① 首都师范大学2004年博士论文。
② 陕西师范大学2010年博士论文。
③ 东北师范大学2010年博士论文。
④《河南大学学报》1984年第2期。
⑤《江西大学学报》1983年第4期。
⑥《济南大学学报》1994年第2期。
⑦《华中师范学院学报》1984年第6期。
⑧《江西社会科学》1985年第3期。
⑨《社会科学战线》1981年第1期。

充分指出《秦誓》等篇“文气跌宕，音节和谐”的特点，又客观说明“《尚书》的文体虽质朴而有时显得拙稚”① 的事实。《尚书》文学研究中，尚可推进的课题有《尚书》对后世散文说理体制、语言的影响等。

3.《国语》研究

前代学者在《国语》的作者、成书年代、与其他史书的类比等研究上用力颇勤。关于《国语》的文学研究，由于其出于多国史官，故写史的重点倾向有别，所以《国语》的文学特质显得不够齐一。不过，这也为其文学艺术的多元性提供了条件，故《国语》的语言风格一直是文学研究的重点。钱基博《中国文学史》指出：“《越语》尤奇峻，然亦有委靡繁絮，不能振起者。”袁行霈《中国文学史》以为：“《周语》旨在说教、行文委婉，多长篇大论，《鲁语》篇幅不长，语言隽永，《楚语》、《吴语》、《越语》则文字流畅整饬，颇有气势。”

尽管新中国成立以来《国语》研究的单篇论文不下千篇，经史考据、文学研究成果不少，但尚无学术集大成气象的出现。东北师范大学2008年张居三博士论文《〈国语〉研究》在这方面已作出尝试，但效果还是不甚明显，《国语》研究的高潮期尚待出现。

国语的版本，古本以汉高诱注本《国语》及吴韦诏注本《国语》为佳，现通行本以中华书局版的徐元诰《国语集解》为佳。

4.《战国策》研究

《战国策》以其独特的纵横家思想、言语而备受研究者青睐。文学研究重心主要体现在思想倾向、艺术成就等方面。

思想内容研究。由于《战国策》以纵横家语为主，与儒家一统思想大相径庭，故在20世纪前，鲜有对其思想称许者。20世纪以后，受西学思想的影响，这一状况得到改观。郑振铎《插图本中国文学史》对其思想极为称道：“《战国策》在文学上的威权不下于《春秋左传》及《国语》。而‘国策’的时代是一个新的时代，旧的一切已完全推倒，完全摧毁，所有的言论都是独创的，直截的，包含可爱的，机警与雄辩的。所有的行动都是勇敢的，不守旧习惯的，都是审辨直接的，利害极为明瞭的。因此，《战国策》遂给读者一个新的特创的内容。她如一部中世纪的欧洲的传奇，如一部记述魏、蜀、吴三国的史事的小说《三国志演义》，使读者永远的喜欢读她。”此外，钱基博《中国文学史》也高度评价了《战国策》的思想内容。不过，1949年至1980

① 曹道衡，刘跃进：《先秦两汉文学史料学》，中华书局2005年版，第98页。

年间，由于受特定阶段意识形态的影响，研究者多将《战国策》的纵横思想儒家化，这显然是失之偏颇的。1980年以后，这一思想得到斧正，《战国策》的思想研究重新步入正轨。标的性研究文章有熊宪光《论〈战国策〉的思想倾向》[①]、郭预衡《谈〈战国策〉的思想和艺术》[②]、谢东贵《〈战国策〉思想新探》[③]。此后，研究者不乏其人，但基本没有新的创见，说明这一问题已形成共识。

《战国策》的艺术成就是研究最为充分深入的命题。林庚《中国文学简史》已肯定了其"散文的紧凑生动富于戏剧性都与《左传》不相上下"、"文字比《左传》更为流畅"的优点。熊宪光《论〈战国策〉的文学成就》[④]、黄祥兴《略论〈战国策〉对汉大赋的影响》[⑤] 为80年代比较有影响力的研究成果。此后，如常振国《妙语传神——谈〈战国策·唐雎为安陵君劫秦王〉的语言艺术》[⑥]，潘北齐《评〈战国策〉的写人艺术及其影响》[⑦]，郑杰文《〈战国策〉的刚健文气》[⑧]，裴登峰《从夸饰与虚构的运用看〈战国策〉的文学价值》[⑨]，付强、工颖《〈战国策〉人物形象塑造探究》[⑩] 等对《战国策》文学艺术的研究都颇具气象。有集大成性质的著作是郑杰文的两部著作《能辩状善斗——中国古代纵横家论》(1995)、《战国策文新论》(1998)，目前出版的著作及硕博论文中，尚无出其右者。

总之，《战国策》的研究从1980年以后进入了一个全盛时期，这一时期单篇论文发表约200多篇，专著20多部，相关的硕博学位论文50多篇。不过，《战国策》的研究尚有诸多推进的余地，尤其是1973年长沙马王堆三号墓出土的帛书二十七章《战国纵横家书》中，除却十章与今本《战国策》相同以及与其他史料相同的部分外，有十六章是今本《战国策》所无的佚书部分，可以坐实的是，这些资料入土的时间早于《史记》的编撰，司马迁尚未见过类似资料，其中的部分史料可以纠正《史记》、《汉书》之误，而对于先秦史料不足的情况而言，《战国纵横家书》更显得弥足珍贵。故其对于《战国

---

① 《西南师范学院学报》1982年第3期。

② 《西南师范大学学报》1986年第3期。

③ 《安徽师范大学学报》1991年第1期。

④ 《研究生论文选集·中国古代文学分册》，江苏人民出版社1983年版。

⑤ 《上饶师专学报》1986年第1期。

⑥ 《新闻战线》1986年第1期。

⑦ 《南京师范大学学报》1986年第3期。

⑧ 《文史哲》1997年第4期。

⑨ 《西北师范大学学报》2003年第2期。

⑩ 《牡丹江师范学院学报》2005年第1期。

策》研究中补史、研文都有大的帮助。大陆学者对于地下文献的研究也不少，然不及台湾地区学者和日本学者用力，故大陆学者利用地下发掘文献对《战国策》进行研究的工作尚待进一步推进深入。

## 二、先秦诸子散文研究

1. 总体研究

在五四前，先秦诸子散文受清中叶以来疑古之风的影响，出现了一大批考据扎实的文章。从康有为、梁启超至五四时期，受自由思想或学术个性的影响，出现了“古史辨”派，《古史辨》的编辑出版，代表了诸子散文考辨之学高潮的到来。而集大成者当属钱穆《先秦诸子系年》(1935) 的出版。

1949 年以后，诸子散文的文学性受到重视。冯雪峰于 1950 年撰《谈谈杂文》，指出先秦诸子散文“都是最好的、最出色的和最本质的杂文”①。此后著作如林庚《中国文学简史》、李泽厚《美的历程》、徐北文《先秦文学史》、姜书阁《骈文史论》、郑凯《先秦幽默文学论》、万陆《中国散文美学》，文章如郭预衡《战国文章的两大特征》②、朱宏达《先秦散文面面观》③、郑子瑜《论先秦诸子的修辞技巧》④，从情感、审美、语言、修辞等角度对先秦诸子作了通览式的研究，成果斐然。不过，至今在先秦诸子的通览式研究中，成就最高者当属谭家健。其扛鼎之作《先秦散文纲要》(1987)、《先秦散文艺术新探》(1995) 出版有时，然至今无人能望其项背。

2.《庄子》研究

在具体子书研究中，最热的莫过于《庄子》。1949 年前，对《庄子》文学性研究较突出者当属闻一多《古典新义 · 庄子》⑤，文章集中对《庄子》散文的思致、情趣、想象与文辞之美进行论述。1941 年刘大杰《中国文学发展史》指出《庄子》散文有“新奇有味轻飘无痕”的特点。1949 年至 1979 年间，受阶级斗争观点左右，《庄子》的文学研究基本止步不前。1979 年以后至今，国内围绕《庄子》的研究论文有 5000 篇以上，相关专著 300 部以上，各类硕博论文亦在 400 篇左右，《庄子》文学的研究也呈现出百花齐放的状态，主要围绕《庄子》的散文艺术而展开。以下列举有影响者。

① 此文收入其《论文集》中卷，人民文学出版社 1981 年版。
② 《社会科学战线》1981 年第 3 期。
③ 《语文战线》1981 年第 11 期。
④ 《社会科学战线》1980 年第 4 期。
⑤ 《新月》1929 年第 2 卷 9 期。

寓言的艺术一直是《庄子》研究的重点。较早对《庄子》寓言进行分类的是胡念贻的《谈谈庄子的寓言》[①]，虽然并不太深入，但颇有开创之功。之后陶白《〈庄子〉寓言研究》[②] 将《庄子》的寓言分类研究推进了一步。刘松来《〈庄子〉形象系列之我见》[③] 分析了《庄子》寓言的塑造手法。王锺陵《略论庄子表述的三种方法：寓言、比喻、类比》[④] 指出《庄子》在表述时往往借用寓言、比喻、类比三种方法，而且更为独特的是："《庄子》中多有寓言中套寓言的表述方式。寓言与寓言表面上看似互不相干，实际上深层次中却有着关联，且相互为用。寓言的种种发展形态在《庄子》中有着相当充沛的体现：从精莹浑融的神话到寓言的退化。"王文散发着理论光辉与敏锐的感触，将《庄子》寓言的研究推向了新的高度。

《庄子》的浪漫主义艺术也一直是研究的重点。尚永亮《浅论庄子和浪漫主义文学》[⑤] 重点讨论了《庄子》散文浪漫主义及中国浪漫主义文学艺术的优缺点及《庄子》浪漫主义艺术对后世文学的影响。孙以昭《评庄子的散文艺术》[⑥] 指出《庄子》形象性与抽象性的衔接，亦即浪漫主义与现实主义的对接，视角颇为独到。此外，多数学者多从夸张、想象、情感、神话等角度来分析《庄子》散文的浪漫主义特色。近20年来，关于《庄子》浪漫主义艺术的文章数量不多，质量也呈下滑趋势。原因可能出于缺乏新的视角切入，难以在其浪漫主义艺术研究方面推陈出新。

《庄子》的文艺思想也是1980年代以来研究的热点。较有影响的有何炜《庄子和屈原——在文体与主体之间》[⑦]、赵明《诗意的沉思与哲学的诗化——庄周屈原比较论》[⑧]、蒋振华《庄子寓言的悲剧意识及其情感历程》[⑨]、颜翔林《论庄子的诗意与审美的死亡观》[⑩]。

近10年是《庄子》散文研究单篇论文的高产期，但少有力作也是一个事实。不过，整体而言，《庄子》文学研究并未陷于平庸或倒退。可喜的是，一些硕博士论文对《庄子》散文艺术的各个方面进行了集大成式的研究，相信

① 《阅读与欣赏》（四），北京出版社1963年版。
② 《扬州师范学院学报》1985年第1期。
③ 《文学遗产》1987年第2期。
④ 《文学遗产》2009年第2期。
⑤ 《淮南师范学院学报》1983年第1期
⑥ 《学术评论》1985年第5期。
⑦ 《四川大学学报》1992年第6期。
⑧ 《齐鲁学刊》1996年第4期。
⑨ 《湖南教育学院学报》1996年第4期。
⑩ 《江海学刊》1996年第6期。

会在未来出一批集大成式的成果。

3.《孟子》研究

《孟子》的文学性在1949年前的钱基博《中国文学史》中被高度赞扬："包罗天地，揆叙万类，以浩然之气，发仁义之言；无心于文，而开辟抑扬，高谈雄辩，曲尽其妙。"1950年以后，《孟子》研究方面有影响力的成果有谭家健的《略谈〈孟子〉散文的艺术特征》[①]，强调了孟子文章的抒情性。此后，《孟子》文学研究的热点在其论辩艺术上，如徐立的论文《孟子论说文的特色》[②] 重点分析了其比喻的艺术，公木的专著《先秦寓言概论》（1984）重点分析了其寓言简洁、优美、深隽、亲切、犀利等相反相成的特点，很有见地。1980年代以来，《孟子》研究的单篇论文有4000篇左右，其论辩艺术已得到充分讨论。从目前发表的单篇论文及网络上可查阅的178篇硕博士学位论文的研究趋向看，《孟子》散文的文学艺术在宏观研究方面的不多，微观深入的研究在大力拓展，而且，横向交叉研究的命题呈上升趋势，说明《孟子》文学研究在微观方面依然大有可为。

4.《论语》、《老子》、《墨子》研究

学界一直将思想史研究、哲学研究作为研究重点，文学研究一直处于附属地位。《论语》的文学性研究方面，以胡念贻的《从人物形象论〈论语〉的文学价值》[③]、吴景和的《〈论语〉文学价值初论》[④]、陆文蔚的《〈论语〉的语言艺术》[⑤]、林坚的《〈论语〉的文学趣味性初探》[⑥] 等为代表。《老子》的文学性研究，较有影响力的成果是朱谦之的《老子韵例》[⑦]。《墨子》的文学研究，以谭家健《〈墨子〉在先秦散文史上的地位》[⑧] 最有影响力。总体而言，与《庄子》、《孟子》的文学研究相比，《论语》、《老子》、《墨子》的研究中，哲学性研究远比文学性研究热得多，成果也丰厚，而这也从另外一个角度说明，《论语》、《老子》、《墨子》的文学研究大有潜力可挖。

---

① 《光明日报》1957年9月8日至15日。
② 《华南师范学院学报》1980年第3期。
③ 《文史哲》1962年第3期。
④ 《延边大学学报》1979年第2期。
⑤ 《教学与进修》1984年第3期。
⑥ 《盐城师范专科学校学报》1983年第2期。
⑦ 见《老子校释》之附录，龙门联合书局，1958年版。
⑧ 《中州学刊》1983年第4期。

## 三、两汉政论散文研究

汉代政论散文是继先秦散文之后，兴起的中国历史上第二个散文高潮期。汉代政论散文的研究主要围绕陆贾、贾谊、晁错、董仲舒、桓宽、扬雄、王充、王符等人的散文作品展开。

陆贾、贾谊、晁错处于西汉前期，汉灭秦而立国，故其政论散文内容多为吸取历史教训、发展经济、崇尚节俭等鲜明时代性主题，风格则近于战国纵横家散文遗风。

1. 陆贾散文研究

整个20世纪，陆贾《新语》的真伪及其在中国思想史上的任何时候都一直是研究重点，在其文学性的研究方面，各版《中国文学史》注意较多，其铺陈、比喻、排比的手法及气势充沛、议论纵横的战国纵横家遗风等特点都在多种《中国文学史》中得到了较为充分的论证。陆贾《新语》的文学性被重点关注，还是在2000年以后的10年间。项永琴《从汉赋研究看陆贾〈新语〉》以为："《新语》的语言变化良多，有散文句，有韵文句，或韵或散，亦韵亦散，纷呈叠集，而以散文的气势驾驭之，形成一种高下急徐鳞次而现的声调美。整齐中寓有疏落荡漾之致，富丽却不伤芜靡，排比而不致板滞，时时处处皆洋溢着陆贾江河直下，滔滔汩汩却又不失雍容儒雅的辩才。"① 此外陈碧娥《论陆贾〈新语〉的文艺思想》②、刘涛《陆贾〈新语〉赋化倾向探析》③ 对其文学艺术作了进一步研究。另有硕士毕业论文如胡兴华的《陆贾及其〈新语〉研究》④、史娟《陆贾及〈新语〉研究》⑤ 对《新语》的文学成就作了总结性研究。总体而言，《新语》的文学研究已有一定成果，但不够充分，如其文艺的成因、对西汉及后代文学的影响等学术命题几乎都未有涉及者，《新语》文学研究上的集大成更是无从谈起。

2. 贾谊散文研究

贾谊政论散文的研究主要集中在《陈政事疏》、《过秦论》上。方孝岳《中国散文概论》称《过秦论》为"千古论说文中的魁杰"，陈柱《中国散文史》以为《陈政事疏》"为汉人奏议中第一长篇文字，实为后世万言书之

---

① 《山东大学学报》2000年第3期。
② 《重庆工商大学学报》2007年第4期。
③ 《山东教育学报学报》2007年第6期。
④ 西北师范大学2003年硕士论文。
⑤ 首都师范大学2006年硕士论文。

祖”。袁行霈《中国古代文学史》以为：贾谊“善于把秦王朝大起大落的历史情势，内化为作品的气势，其具体做法就是通过鲜明的对比，造成巨大的感情落差”，“贾谊政论文的艺术价值，恰恰来自他迸发出的政治热情和诗人的浪漫想象”。可以说是对贾谊政论散文的艺术及其成因进行了全方位的概览。单篇论文有影响力者有王季星《贾谊和他的作品》①、胡念贻《贾谊和他的散文》②、陈满铭《贾谊及其作品析论》③、王洲明《贾谊诗文的特点及在文学史上的地位》④、李伯齐《贾谊散文浅论》⑤、邓朴安《试论贾谊政论散文的审美特征》⑥、郭建勋《论贾谊的辞赋及其意义》⑦、李炳海《高山瀑布峡谷激流——论贾谊政论文的气势》⑧、刘跃进《贾谊〈诗〉学寻踪》⑨、刘跃进《贾谊的学术背景及其文学风格的形成》⑩、张强《贾谊赋考论四题》⑪ 等。专著中王兴国《贾谊评传》是一部较全面评价其人生及散文成就的里程碑式的著作。由于《过秦论》被选入中学语文课本，故学术界对贾谊政论散文研究始终保持着热情，1980 年代以来围绕贾谊的学术论文在 450 篇以上。贾谊政论散文的研究上，其影响、接受，及其与前后历史阶段其他散文的横向比较研究尚不够深入，这一领域依然留有许多学术命题等待研究突破。

3. 晁错散文研究

晁错政论散文的文学研究一直比较萧条。鲁迅《汉文学史纲要·贾谊与晁错》曾对其散文高度赞扬：“《贤良对策》、《言兵事疏》、《守边劝农疏》，皆为西汉鸿文，沾溉后人，其泽甚远。”此后，在文学研究方面做出进一步推进的是朱碧松的《试论贾谊和晁错的政论文》⑫ 和刘玉玺的《试比较晁错与贾谊的政论散文之异同》⑬。此外，对晁错的政论散文的文学性进行研究者寥寥无几，晁错政论散文的研究尚待推进与突破。

① 《东北人民大学学报》1956 年第 4 期。
② 《光明日报》1962 年 3 月 4 日。
③ 《国文学报》第 9 期，1980 年 6 月。
④ 《文史哲》1982 年第 3 期。
⑤ 《文苑纵横谈》1983 年第 3 期。
⑥ 《上海大学学报》1989 年第 6 期。
⑦ 《求索》1993 年第 4 期。
⑧ 《中国文学研究》1999 年第 3 期。
⑨ 《周口师范学院学报》2003 年第 1 期。
⑩ 《文史哲》2006 年第 2 期。
⑪ 《文学遗产》2006 年第 4 期。
⑫ 《光明日报》1962 年 11 月 25 日。
⑬ 《南都学坛》1998 年第 4 期。

汉代政论散文在西汉武帝时期至东汉末，有名的散文家有董仲舒、邹阳、枚乘、司马相如、司马迁、杨恽、王充、王符、马第伯等，然学界对其散文的研究多在思想史、政治史等方面，文学性的研究颇为缺憾，此不赘述。

## 四、《史记》研究

《史记》作为中国第一部纪传体通史，学界对其相当重视。据本人统计，在20世纪的100年间，《史记》研究的论文有2000多篇，专著200多部；而2000年至2010年的10年间，仅大陆《史记》研究界已发表的相关论文就有2100多篇，专著130多部，可以说近10年是《史记》研究的集中爆发期，而且《史记》文学研究的充分程度也优于《史记》的史学研究。以下主要从三个方面对《史记》文学研究进行分析。所选仅为《史记》文学研究中全局性的、有影响力的文章或著作。

1. 总体评价及生卒年考证研究

对《史记》文学进行总体评价是20世纪《史记》研究的一个重要倾向。不过，由于学力及研究向度的原因，能做到对《史记》文学成就进行总体观览者并不多。鲁迅较早对《史记》作出较高评价。其《汉文学史纲要·司马相如与司马迁》指出司马迁"恨为弄臣，寄心楮墨，感身世之戮辱，传畸人于千秋，虽皆《春秋》之义，固不失为史家之绝唱，无韵之《离骚》矣"。"无韵之《离骚》"饱含了对《史记》发愤抒情的创作动机及情韵丰富的散文特质之深刻认识。方孝岳《中国散文概论》以为《史记》"立后世叙事文之极则"。此外袁著《〈史记〉文学之研究》①、李长之《司马迁之人格与风格》(1948)、吴汝煜《论史记散文的艺术美——兼谈司马迁的审美观》(1986)、宋嗣廉《史记艺术美研究》(1985)、可永雪《〈史记〉文学成就论稿》(1991)都对《史记》的文学成就作出了充分论述。

在生卒年考证研究方面，袁传璋以系列文章《司马迁生于武帝建元六年新证》②、《从书体演变角度论〈索隐〉〈正义〉的十年之差——兼为司马迁生于武帝建元六年说补证》③、《王国维之司马迁"卒年与武帝相终始说"商兑——太史公生年考辨之一》④，得出了较为可靠的结论。

---

① 中央大学半月刊第1卷13期，1930年5月。

② 《陕西师范大学学报》1988年增刊。

③ 台湾《大陆杂志》第90卷第4期，1995年4月15日出版。

④ 《安徽师范大学学报》1984年第2期。

2. 横向比较研究

《史记》与其他史传、小说等的横向比较研究是《史记》文学研究中的一大重点。有较大影响力的论文有毕熙燕《〈史记〉对〈战国策〉的吸纳和改造》①、莫砺峰《〈左传〉人物描写艺术对〈史记〉的影响》②、李少雍《〈史记〉纪传体对唐代传奇的影响》③、赵永清《〈史记〉对〈三国志通俗演义〉成书影响刍议》④、俞樟华《史记与水浒》⑤、赵逵夫《论〈史记〉的讽刺艺术及对〈儒林外史〉的影响》⑥。

3. 艺术成就研究

这方面的研究以张大可《论〈史记〉的实录精神》⑦、刘振东《论司马迁之"爱奇"》⑧、李世萼《谈太史公讽刺之奇——〈史记〉讽刺艺术之一》⑨、金荣权《论司马迁悲剧心态及精神》⑩、张大可《论〈史记〉互见法》⑪。

总之,《史记》文学研究成果丰厚,但如其悲剧特色等诸多文学命题仍尚待进一步探讨。

## 五、《洛阳伽蓝记》、《水经注》研究

1. 《水经注》研究

林庚《中国文学简史》较早注意到了《水经注》的文学意味,李景华《中国散文通史》分析了《水经注》的语言特点及其对唐代韩、柳古文的影响,曹道衡《南北朝文学史》指出《水经注》的高水平文学艺术的产生受到当时南朝山水散文及南北朝地志创作兴盛之风的影响,郦道元在撰书时,部分地方直接吸取了当时地志及散文的成果。曹道衡也具体分析了《水经注》中审美主客体交融的特色。周建江《北朝文学史》以为其清丽的语言风格明显受到魏晋清谈之风的影响。总之,《水经注》文学研究成果较为丰硕,但其研究仍不够充分,如与同时期散文的横向比较研究等尚需继续推进。

① 《新疆师范大学学报》1983 年第 1 期。
② 《南京大学学报》1983 年第 4 期。
③ 《文学评论丛刊》1984 年第 18 辑。
④ 《贵州文史丛刊》1986 年第 2 期。
⑤ 《求索》1992 年第 1 期。
⑥ 《社会科学》1981 年第 4 期。
⑦ 《天人古今》1994 年第 1 期。
⑧ 《文学评论》1984 年第 4 期。
⑨ 《杭州师范学院学报》1982 年第 1 期。
⑩ 《信阳师范学院学报》1991 年第 3 期。
⑪ 见《史记研究》,甘肃人民出版社 1985 年版。

2.《洛阳伽蓝记》研究

罗根泽于1960在《光明日报》发表《〈洛阳伽蓝记〉试论》，探讨了此书创作的目的，黄公渚《〈洛阳伽蓝记〉的现实意义》[①] 涉及其散文艺术，曹道衡《南北朝文学史》对其文学成就高度评价，以为其“首先表现在作者以生动精致的笔墨，巧妙的描述了不同建筑的多姿多彩，或宏丽，或精美，标志着我国散文写景状物的艺术水平有了新的开拓”[②]。曹虹《〈洛阳伽蓝记〉新探》[③] 指出其中蕴含有作者的某种悲怆情绪。

总体而言，《水经注》、《洛阳伽蓝记》的文学研究在1990年前一直不够充分，也不是热点。1990年前后，曹道衡、沈玉成《南北朝文学史》面世，宣告了北朝散文研究全盛期的到来。即便如此，与南朝骈文、南北朝诗歌研究热相比，北朝散文的文学研究依然不够充分。

**【范文选读】**

## 王国维之司马迁“卒年与武帝相终始说”商兑[④]

袁传璋

### 引　言

司马迁用他全部的生命，“述往事，思来者”，谱写了一部“究天人之际，通古今之变，成一家之言”（《报任安书》）的《太史公书》。他在这部伟大的史诗里，以他对社会和人生的深睿认识，启迪着炎黄子孙的智慧，以他是是非非的正义裁决，滋育着我们民族的精神。司马迁的一生遭际是极其悲惨的，他既无辜罹受专制帝王惨无人道的摧残，还备受封建士大夫的诟辱讪笑；司马迁的一生又是无比光辉的，他的高峻浑雄的人格永远值得后人仰慕，他的名山事业赢得了全人类的普遍崇敬。“千秋万岁名，寂寞身后事”，司马迁用《太史公书》为自己建造了一座坚过金石的不朽丰碑。

遗憾的是，由于《汉书·司马迁传》记载的缺略，却未能在这座纪念碑上镌刻太史公的生卒年代。

我们要感谢晋代学者张华，因为他在《博物志》中收录了司马迁受任太

---

① 《文史哲》1956年第11期。
② 人民文学出版社1998年版，第400页。
③ 《文学遗产》1995年第4期。
④ 载于《太史公生平著作考论》，安徽人民出版社2005年版。

史时的一条官方档案；我们还要感谢唐代的司马贞，因为他在《史记索隐》内为《太史公自序》作注时，征引了今本《博物志》早已亡佚的这条弥足珍贵的资料。正是凭着这吉光片羽，使后人有可能准确地推算出太史公的生辰。

然而关于司马迁的卒年，却似乎缺乏直接的史料可资考定。班固的《司马迁传》在整录《报任安书》后，对于太史公晚年的行迹不著一字。于是司马迁的结局遂成为一大疑案。司马迁在完成《太史公书》后，是继续担任中书令，“尊宠任职”直至令终，还是“自引深藏岩穴”，逍遥林泉以了余生？是先武帝刘彻而死，还是“隐忍苟活”到昭、宣时代？古往今来的许多学者，曾提出过种种猜测，异说纷纭，莫衷一是，以致有人认为“史公卒年绝不可考”。

但是司马迁的卒年和死因却有查考清楚的必要，这不仅仅是为了永远纪念这位文化巨人的需要，而且还在于搞清太史公卒于何年、死于何因，对于我们认识司马迁的人格、理解《太史公书》的风格，以及整理今本《史记》，均有着直接的意义；同时，这对于研究汉武帝末期的社会政治生活也有重要的价值。

事实上司马迁的卒年和死因，不仅有查考清楚的必要，而且也有查考清楚的可能。司马迁生活在史学昌明的汉代，他本人留下了两篇重要的自传性文章——《太史公自序》和《报任安书》；除了官方的档案和奉诏撰修的《汉书》外，还有许多热心史学的学者私家撰著了多种汉史和记载有汉一代典章故事的杂著。对于彪炳大汉的文章宗匠司马迁的行迹，不会不留下各种形式的记录。他的生年既有案可稽，他的卒年更不会“绝不可考”。

笔者不揣谫陋，愿在前修时贤研究的基础上，为对司马迁卒年与死因这个课题的最终解决，献上几片垫路的燕石。马克思说：“真理是由争论确立的，历史的事实是由矛盾的陈述中清理出来的。”（《马克思恩格斯通信集》第一卷第567页）在披露笔者的锥指管见之前，有必要对这个课题的研究现状稍加董理。让我们首先从商榷一个最具影响的见解开始。

## 一、王国维考证司马迁卒年的三段论式

第一个对司马迁的生平行迹作出全面系统的研究的，是近代史学大师王国维。他在一九一六年作《太史公系年考略》，一九二三年作《太史公行年考》，考定司马迁生于汉景帝中元五年（前一四五年），推断其卒年“与武帝相终始”。半个世纪以来，王说几被视作定论。一些颇有影响的中国通史、哲学史、文学史，以及古代文史作品的选本，在述及司马迁的生卒年代时，无

不援引王先生的结论。

然而王先生对司马迁生年的考证，是建立在改字立说的基础上的。郭沫若先生一九五五年发表《太史公行年考有问题》，以确切的史料证明，司马迁生于汉武帝建元六年（前一三五年），王先生所定生年实不足据。那么，王先生对司马迁卒年的推断其真确性又当如何呢？我认为这同样是个值得重新商兑的问题。

为了便于讨论，兹将王国维先生的意见整录如下。《太史公行年考》排比司马迁的行迹，讫于"昭帝始元元年，乙未，六十岁"。他的根据是：

> 案史公卒年绝不可考。惟《汉书·宣帝纪》载"后元二年，武帝疾，往来长杨、五柞宫。望气者言长安狱中有天子气，上遣使者分条中都官狱系者，'轻重皆杀之'。内谒者令郭穰夜至郡邸狱，丙吉拒闭，使者不得入。"此"内谒者令"，师古注云："内者署属少府"，不云"内谒者"；二刘《汉书刊误》因以"谒"为衍字。又按《刘屈氂传》有"内者令郭穰"，在征和三年，似可为刘说之证。然《丙吉传》亦称"内谒者令郭穰"，与《宣纪》同。然则果《宣帝纪》与《丙吉传》衍"谒"字，抑《刘屈氂传》夺"谒"字，或郭穰于征和三年为内者令，至后元二年又转为内谒者令，均未可知也。如"谒"字非衍，则内谒者令当即中谒者令，亦即中书谒者令……《宣帝纪》与《丙吉传》之"内谒者令"，疑本作"中谒者令"，隋人讳"忠"，改"中"为"内"，亦固其所。此说果中，则武帝后元二年郭穰已为中谒者令，时史公必已去官或前卒矣。要之史公卒年虽未可遽知，然视为与武帝相终始，当无大误也。（《观堂集林》卷十一《史林三·太史公行年考》）

王先生的这段著名考证，是由一个形式逻辑的三段论式组成的。他的大前提是：至迟在汉武帝后元二年，郭穰已为内谒者令；小前提是：内谒者令即中谒者令，亦即中书谒者令；结论是：后元二年"时史公必已去官或前卒矣"。因而推定司马迁卒于昭帝始元元年（前八六年）。这番考证，长期以来被人们奉为"可靠证据"而从不置疑，即令是对《行年考》持强烈批评态度的文章对此也予以回避。

## 二、王国维的大前提——郭穰在后元二年担任内谒者令，事实上并不存在

但我们只要细加推勘，便会发现王先生关于司马迁卒年的考据是没有根

据的。

我们先考察王先生的大前提“郭穰在后元二年担任内谒者令”是否可靠。考郭穰其人在今本《汉书》中凡三见，依时间的先后录引如下：

(1)《刘屈氂传》：“是时（按：指武帝征和三年）治巫蛊急，内者令郭穰告丞相（按：指左丞相刘屈氂）夫人以丞相数有谴，使巫祠社，祝诅主上，有恶言。”

(2)《宣帝纪》：“后元二年……上遣使者分条中都官狱系者，轻重皆杀之。内谒者令郭穰夜至郡邸狱，(邴）吉拒闭，使者不得入。”

(3)《邴吉传》：“后元二年……内谒者令郭穰夜到郡邸狱，吉闭门拒使者，不内。”

乍看起来，三条史料中有两条称郭穰的任职是“内谒者令”，其与“内者令”相较，机数是二与一之比，似可证王说之不诬；然而在《宣帝纪》“内谒者令郭穰夜至郡邸狱”句下有颜师古的一则条理精严的注释，却使王说根本动摇：

《百官表》云：“内者署，属少府。”《续汉书志》云：“掌宫中布张诸亵物。”丁孚《汉官》云：“令秩千石。”盖当时权为此使。

颜氏的这条注释，先释内者署的领属关系，次释其职掌范围及其主官的秩禄官阶，最后指出当时以内者令去分条中都官狱系者是“权为此使”。所谓“权为”，是说按照设官分职的常规，“掌宫中布张诸亵物”的内者令本无分条官狱系者之责，但因当时巫蛊诏狱捕系者数以万计，“轻重皆杀之”，有关的官员不够差遣，故扫除之隶的内者令也权充执法使者了。从颜师古的注文，人们不难看出，他是为“内者令”疏解，而不是为“内谒者令”作注。由此可知，颜师古所注的《汉书》原作“内者令郭穰”，而不像今本《汉书》那样作“内谒者令郭穰”。我们知道，颜师古在唐太宗贞观十一年（六三七年）任秘书少监，为太子李承乾注《汉书》，他所使用的《汉书》底本，是历朝宝传的中秘书，其文本最接近班固《汉书》原本旧貌，文字远较俗本可靠。贞观十五年（六四一年）十二月《汉书注》成，时人称“颜秘书为孟坚忠臣”。二刘《汉书刊误》据师古注指出《宣帝纪》“内谒者令郭穰”句中之

"谒"字为衍文，洵为卓见。假若颜氏据本亦作"内谒者令郭穰"，而谒者职"掌宾赞受事"，不预"布张诸亵物"，并且持节奉使亦属谒者常事，决非偶一"权为"，那么，颜氏此注就是文不对题，然而精严如颜师古，岂会闹出这样的笑话！

其实，王国维先生是注意到颜师古的这条重要注文的，他在自己的考证中引述了颜注的第一句话，便是明证。但他为了证成己说，不惜割弃对自己的论点不利然却事涉关键的注文的主要部分，使得本来并不复杂的问题遂滋纷讹。

我们说今本《汉书·宣帝纪》"内谒者令郭穰"句中"谒"字系衍文，并非仅仅依据颜师古注这条单文孤证，除此之外，我们还可以举出两项重要证据：

(1)《艺文类聚》卷十二"帝王部二·汉宣帝"条引《汉书》曰："孝宣皇帝讳询，字次卿，武帝曾孙、戾太子孙也……号曰皇曾孙。生数月，遭巫蛊事，太子、良娣、皇孙、王夫人皆遇害，曾孙坐系郡邸狱。邴吉为廷尉监，治巫蛊……至后望气者言长安狱有天子气。上遣使皆杀之。内者令郭穰夜至郡邸狱，吉拒闭，不得入。曾孙赖吉得全。"（据中华书局影印宋绍兴刊本《艺文类聚》，一九五九年出版）

(2)《太平御览》卷八十九"皇王部十四·中宗孝宣皇帝"条引"《汉书》帝纪曰：孝宣皇帝，武帝曾孙，戾太子孙也……号曰皇曾孙。生数月，遭巫蛊事……曾孙坐系郡邸狱……至后元二年，望气者言长安狱有天子气。上遣使者皆杀之。内署令郭穰夜至郡邸狱，吉拒闭，不得入。曾孙赖吉得全。"（据商务印书馆影印宋本《太平御览》，一九三五年出版）

《艺文类聚》编纂于唐高祖武德七年（六二四年），《太平御览》成书于宋太宗太平兴国八年（九八三年）。《类聚》引《汉书·宣帝纪》作"内者令郭穰"，《御览》引《汉书·宣帝纪》作"内署令郭穰"。"内者令"、"内署令"，都是"内者署令"的省称。这两部著名的类书没有一本引《汉书》作"内谒者令郭穰"的，而均与颜师古所见《汉书》作"内者令郭穰"相吻合。据《汉书》颜注及《类聚》、《御览》所引《汉书》三证，今本《宣帝纪》"内谒者令郭穰"句中之"谒"字为衍文，铁定无疑。《汉书·邴吉传》所载郭穰夜至郡邸狱，与《宣帝纪》所载为同一事，班固原本亦应作“内者令郭穰”；今本作“内谒者令郭穰”者，当涉《宣帝纪》衍文致误。

现在我们可以确凿地说，郭穰其人从征和三年至后元二年，担任的都是内者署令一职，并无迁转“内谒者令”之事；《宣帝纪》及《邴吉传》中“内谒者令郭穰”句中的“谒”字应予刊削；王国维先生的大前提不能成立。

## 三、王国维的小前提——内谒者令亦即中书谒者令，纯属凿空为说

王先生的小前提——内谒者令本作中谒者令，而中谒者令即中书谒者令——能否成立呢？答案同样是否定的。

第一，所谓“内谒者令，疑本作中谒者令”，是建立在“隋人讳‘忠’，改‘中’为‘内’，亦固其所”的假定之上的，而这个假定纯属臆测，在《史记》与《汉书》中找不到任何根据。试看，司马迁任中书令，具见《汉书·司马迁传》，隋人并未因讳“忠”的缘故，改“中书令”为“内书令”；《汉书·百官公卿表》载少府官属有“中书谒者、黄门、钩盾、尚方、御府、永巷、内者、宦者七官令丞”，其中“中书谒者”与“内者”联书，而中书谒者亦未改作“内书谒者”；《史记》的《吕太后本纪》、《樊郦滕灌列传》和《汉书》的《高后纪》《魏相传》，均有“中谒者”、“大中谒者”的官名，而隋人也未讳“忠”改字。甚至就在王先生所引《宣帝纪》的一段文字中，“内谒者令郭穰”的上文是“望气者言长安狱中有天子气，上遣使者分条中都官狱系者”，两次出现“中”字；假如王先生的推测——隋人为避祖讳，改《汉书》原文“中谒者令”为“内谒者令”——确为事实，隋人何不一例改“长安狱中”为“长安狱内”，改“中都官狱”为“内都官狱”或“京都官狱”？既要避讳改字，同段文字中的三个“中”字，却改其一而留其二，天下岂有此等文理！仅此一端，讳“忠”改字说之“不中”，于此益见。所谓“隋人讳‘忠’，改‘中’为‘内’，亦固其所”说，充其量只是王国维先生“想当然耳”的一种大胆假设，倘若追究事实，则是子虚乌有。

第二，从前汉设官分职的历史沿革考察，所谓“中谒者令即中书谒者令”的论断，亦疏阔无当。王先生如此断言的主要依据，是《汉书·成帝纪》建始四年春“罢中书宦官”句下的一段注文：

> 臣瓒曰：汉初中人有中谒者令。孝武加中谒者令为中书谒者令，置仆射。

王先生认为“其言当有所本”。按照臣瓒的说法，似乎武帝给中谒者令加“书”，予以处理禁中文书的事权，便成中书谒者令；成帝去“书”，取消其处理禁中文书的事权，便又由中书谒者令恢复为中谒者令。照此看来，中书谒者令与中谒者令，不过是加“书”去“书”而已的同官异名。如果臣瓒此说确“有所本”的话，那么，由此得出“中谒者令即中书谒者令”的结论，自是顺理成章之言，毋庸置疑的了。然而问题在于“当有所本”者是否真有所本。

首先，臣瓒“汉初中人有中谒者令”的说法值得怀疑。遍检《史记》与《汉书》的纪、传、世家及百官公卿表，汉初只有“中谒者”、“大中谒者”的官名，如刘邦为汉王时，有中谒者灌婴，称帝后有中谒者赵尧；高后以女主临朝称制，乃改由阉官（即所谓“中人”）担任中谒者，后遂成定制，却从未见汉初有设置由中人担任的“中谒者令”的纪录。中谒者令的官名始见于汉成帝建始四年裁撤中书谒者令之后，即《汉书·百官公卿表》所载的“成帝建始四年，更名中书谒者令为中谒者令”。可见中书谒者令设官在中谒者令之前。臣瓒不晓，将二者的关系搞颠倒了。其实，王国维先生是注意到汉初中人只有中谒者而无中谒者令这种情况的，所以他在引用臣瓒“孝武加中谒者令为中书谒者令”时，有意识地删去“中谒者令”中的“令”字，引作“孝武加中谒者为中书谒者令”，为他的武帝后中书谒者令又称中谒者的断案提供文献学上的佐证。

其次，臣瓒说“孝武加中谒者令为中书谒者令”，与《汉书·佞幸传》所载的中书官遴选程序相悖。《佞幸传》载，弘恭、石显初“为中黄门，以选为中尚书，宣帝时任中书官”。由此可见，中尚书（按：中书谒者的别称）是从黄门宦官中选拔的，而中书谒者令（即《佞幸传》所称的“中书官”）又是由中尚书升授的。由于中书谒者职“掌诏诰答表，皆机密之事”（《北堂书钞·设官部》引《汉旧仪》），入选条件较高，必须明习故事，善于奏对，有深厚的文化素养。这与选任“掌宾赞受事”的谒者或中谒者专注重仪表的堂皇及嗓音的洪亮者大相径庭。睢阳贩缯者灌婴担任中谒者绰有余裕，却未必能胜任中书谒者之责。仅从上述的选任程序，即可知中书谒者令并非是由谒者迁转的。

复次，根据萧望之的奏议，知中书宦官系由尚书官发展而来，与中谒者本无牵涉。按《汉书·佞幸传》，元帝“初元中，前将军萧望之……领尚书事，知（石）显专权邪辟，建白以为：尚书，百官之本，国家枢机，宜以通明公正处之。武帝游宴后庭，故用宦者，非古制也。宜罢中书宦官，应古不近刑人。”又《汉书·萧望之传》云：“望之以为中书政本，宜以贤明之选。自武帝游宴后庭，故用宦者，非国旧制，又违古不近刑人之义。白欲更置士人。”萧望之的建白说明：中书官系由尚书官演变而成。从职掌来说，中书一同尚书，中书官实即以宦官担任的设于后宫的尚书官，故又称“中尚书”。因其总掌禁中书记，故加“中”称中书令，以别于外朝的尚书令。以宦者担任中书官，“非国旧制”，为汉初所无有，它是武帝晚年游宴后庭、独裁大政的产物，它与中谒者风马牛不相及。

萧望之的建白与晋人臣瓒的说法皎然不同。二说孰有所本、孰可信从呢？王国维先生是取臣瓒而非萧说的。而我们认为萧望之的意见毋庸置疑，应该尊重。从萧望之的阅历、学识和地位来看，他最了解中书令设置的沿革。按《汉书·萧望之传》，萧望之于汉元帝初元二年（前四七年）被迫自杀，卒年六十余。据此可以推知他当生于汉武帝元封元年（前一一〇年）前后。武帝末年，他正在太常从博士受业，时年在二十左右。嗣后历任昭、宣、元三朝，为前汉中叶极负盛名的博洽多闻、谙熟汉家制度的一代“儒宗”。当他向元帝建白时，他是前将军、侍中，又兼领尚书事的辅政大臣，他对中书官的建置及其与尚书官的关系的了解，均出自亲身闻见，自非后世传闻耳食者如臣瓒之徒的臆度所可比拟。况且在元帝之初，武帝朝的耆旧尚存，对于尚书、中书之演变这一重要的汉家制度，望之岂敢信口雌黄。从萧望之建白的性质来看，他对中书官设置历史的陈述，也必属真确。望之向元帝建议裁撤中书宦官，事关中枢政制的重大改作，他斗争的对象又是当时操持国柄、“专权邪辟”的阉竖——中书令石显，他的建白稍有不实，即会被政敌坐以诬罔欺君之罪而罹灭族之祸。因此，度时审势，可以相信萧望之的建白必属确凿无疑。它道出了前汉中书谒者令设官的本源。而《汉书·佞幸传》所载前汉选任中书官的程序也可与萧说相互发明。晋人臣瓒所言既与萧说扞格，又与前汉选任中书官的程序相悖，足证其言实无所本。

王国维先生认定“中谒者令亦即中书谒者令”，还有一项依据，那便是《汉书·贾捐之传》中的一句话：贾捐之“言中谒者不宜受事”。王先生据此断言：“此即指宣帝后中书令出取封事言之。是则中书谒者武帝后亦兼称中谒者，不待成帝始改矣。”

这又是一种曲解。按《汉书·贾捐之传》，贾捐之在汉元帝即位之初，“上疏言得失。召待诏金马门……数召见，言多纳用。”王先生所引“（捐之）言中谒者不宜受事”，全句应为：“（捐之）言中谒者不宜受事、宦者不宜入宗庙。立止。”由“立止”二字可知，贾捐之所上二事，已被元帝“纳用”，从此，中谒者停止“受事”，宦者则禁止进入宗庙。如果王先生认为贾捐之所言的中谒者即指中书令的说法是正确的话，那么在捐之进言以后，中书令即失去“受事”之权。然而事实绝非如此。当时的中书令是宦者石显。据《汉书·贾捐之传》，在捐之上言之后，石显依然“鼎贵，上信用之”。终元帝之世，石显一直典领“枢机职”，操纵章奏，“事无大小，因显白决”，足见从未“止”其“受事”之权。由此可知，贾捐之所说的“中谒者不宜受事”，就是指中谒者而言，决非指中书谒者；停止“受事”的仅是中谒者，而不是中书谒者。《贾捐之传》的这条史料，还证明了汉武帝在设置中书宦官后，并未取消中谒者的建制。正因为中谒者从未废置，所以成帝建始四年罢中书宦官后，特给中谒者置长，“更名中书谒者令为中谒者令”（《汉书·百官公卿表》）。按《百官公卿表》，郎中令下属有“掌宾赞受事”的谒者。受事，即接受章奏，是谒者的本职之一。中谒者是在禁中侍应的谒者，自应有“受事”之权。中谒者受事与中书令出取封事本非一事；在贾捐之进言后，中谒者“立止”受事是事实，中书令从未终止受事也是事实，二者岂可牵合为一？王先生一时疏忽失检，在援用《贾捐之传》时，漏引了至关重要的“立止”二字，遂对贾捐之上言的内容作出错误的解释，并将设置时间先后不同、职守判然有别的中谒者与中书令二官附会为同官异名。这样违背史实的曲解，岂能证明“中谒者令亦即中书谒者令”？

既然所谓“内谒者令疑本作中谒者令”纯属凿空为说，而“中谒者令亦即中书谒者令”的断案又疏阔无当，那么王国维先生的小前提自应推倒。

### 结论：司马迁“卒年与武帝相终始说”不能成立

通过以上的辨析，我们清楚地看到，王国维先生的大前提——至迟在汉武帝后元二年郭穰已为内谒者令，事实上并不存在；小前提——内谒者令即中谒者令亦即中书谒者令，又属虚拟无征，因而王先生据此推导出来的结论——司马迁“卒年与武帝相终始”，也就成了无根之木，更不待说不能引作太史公卒年的“确切的证据”了。

那么，司马迁究竟卒于何年、死于何因呢？这个问题不是本文的任务，笔者另有专文考索。这里只能扼要地将鄙见呈献于下：司马迁在《太史公书》杀青后，既没有继续“尊宠任职”忝颜以终，也没有退处岩穴乐享天年，而是以悲壮勇决的英雄气概身殉自己的伟大理想。他暴卒于汉武帝征和二年（前九十一）的季冬，巫蛊之难之后。死因是由于《太史公书》和《报任安书》“微文刺讥，贬损当世”，再度触犯了汉武帝的逆鳞，因而以大逆无道罪被逮蒙难。

【评　析】

商榷类文章的写作不仅需要广博的资料征引，更需要精准的逻辑论证，如果二者不能得兼，轻者则不足以驳倒对方的观点，重者更可能致自己的观点进入新的“诬说”陷阱，故此类文章的写作需慎之又慎。

本文即做到了广征博引与论证精准的结合。文章先对王国维提出的“至迟在汉武帝后元二年郭穰已为内谒者令”之说进行质疑。王国维以为后元二年汉武帝疾，时郭穰之内谒者令当继司马迁之职，故推知此时司马迁“必已去官或前卒矣”，进而得出司马迁的卒年“与武帝相终始，当无大误也”的结论。而本文以为《汉书》之《宣帝纪》、《邴吉传》对郭穰“内谒者令”的职官记载当为“内者令”之讹，“谒”字乃衍文，因为唐人颜师古《汉书注》所据文本显示并无“谒”字，又《艺文类聚》、《太平御览》所引《汉书·宣帝纪》或言郭穰为“内者令”、或言郭穰为“内署令”（汉代官制，“内者令”与“内署令”皆“内者署令”之省称），皆无其任“内谒者令”之说，可知郭穰在有生之年所任为“内者署令”一职。接着，本论文从官制的角度进行分析，以为历史上有“中谒者”，根本就没有“内谒者令”之官职，尽管王国维也意识到了这一点，然王氏以为“隋人讳‘忠’，改‘中’为‘内’，亦固其所”，意谓隋人为避祖讳“忠”字，而将《汉书》中发音相同的“中”改为“内”；而本文指出《汉书》中多次出现“中”字，甚至王氏所引一段文字中也两次出现“中”字，说明隋人根本就没有对“中”字予以避讳，至此，王国维的避讳之说自然就不能立脚。然后，文章再次从官制考察，以为“内者署令”与“中谒者”之职为风马牛不相及的职官，故郭穰在后元二年所任之“内者署令”并非继司马迁中书令之职而来，因而王国维提出的司马迁卒于后元二年的说法站不住脚。

综上，本文主要从三个角度对王国维之说进行驳论。大处着眼，小处入手，环环相扣，层层深入，最终得出司马迁“卒年与武帝相终始说”不能成立的结论。细心的读者会发现，如此细针密线的考证论文，读来却并不觉着繁琐，这主要得益于袁先生清晰的论证思路。对于初学写作者而言，这篇文章不仅仅传达给我们文章的观点本身，而且也给予我们这样的启示：只要论证思路清晰，材料掌握充分，初学者也有可能写出较高质量的商榷类文章来。

【文献链接】

1. 曹虹：《〈洛阳伽蓝记〉新探》，《文学遗产》1995 年第 4 期。

2. 陈桥驿：《〈水经注〉的歌谣谚语》，《中国历史地理论丛》1989 年第 2 期。

3. 何法周：《读〈秦晋崤之战〉——〈左传〉散文艺术手法三例》，《河南大学学报》1984 年第 2 期。

4. 胡念贻：《〈尚书〉的散文艺术及其在文学史上的地位和影响》，《社会科学战线》1981 年第 1 期。

5. 马琴银：《孟子诗学思想二题》，《文学遗产》2008 年第 4 期。

6. 谭家健：《先秦散文纲要》，山西人民出版社 1987 年版。

7. 王锺陵：《〈庄子·养生主〉篇发微》，《学术月刊》1996 年第 12 期。

8. 肖黎、张大可：《论〈史记〉的互见法》，《社会科学辑刊》1983 年第 3 期。

9. 袁传璋：《〈项羽不死于乌江考〉研究方法平议》，《文史哲》2010 年第 2 期。

10. 郑杰文：《能辩状善斗——中国古代纵横家论》，山东人民出版社 1995 年版。

# 第二章　唐宋文学研究

## 第一节　唐宋诗研究

唐诗研究历来成为大热门，不仅研究成果无比丰硕，而且研究队伍非常庞大。仅就20世纪的唐诗研究来看，就出现了专著近千部，论文两万余篇，可谓汗牛充栋，蔚为大观。而宋诗研究虽然较唐诗研究逊色，但是随着《全宋诗》的编辑完成，宋代诗人及其诗歌的研究已经完全铺开，形成了一个轰轰烈烈的局面，研究成果也非常丰富。一个人要想读完这些研究材料，估计需要十年时间，作为大学中文系本科生来说，没有这个必要；但是为毕业论文选题提供参考，抓住一些主要的方面，还是有可能的。因此本章主要介绍唐诗、宋诗研究的一些重要领域和方面，介绍一些重要诗人的研究情况，并以一篇经典的论文为例，对具体的研究方法和思路作一些点拨，然后链接一些相关重要研究成果作为选题参考，期待能对论文选题及写作有所帮助。

### 一、唐诗研究

唐诗研究在20世纪走过了百年辉煌又曲折的历程。在文献整理、唐诗发展史、诗人诗作的生平考证及艺术风格探讨，诗学现象及诗派的研究，唐诗接受史及唐诗学建构等广泛的领域均取得巨大成绩或重大突破。唐诗研究总体上呈现出由衰而盛的发展态势。宏观地看，20世纪的唐诗研究可以划分为四个时期。1901—1949年为第一期，以中华人民共和国成立为标志，中国结束了近代史上的百年动荡颠沛的屈辱史。唐诗研究则受“五四”新文化运动的洗礼和清代学术研究的惯性影响，呈现出中西结合的研究特色。尤其王国维、陈寅恪、胡适、闻一多等学贯中西的学者的研究对整个20世纪的诗学研究均产生了重大而深远的影响，出现了《人间词话》、《白话文学史》、《唐诗杂论》、《元白诗笺证稿》等学术功力深厚的诗学著作。在20世纪可算作是具有相当高水准的起点，但在研究范围及方法上却有待多方推进拓展的阶段。

1950—1965 年为第二期。随着马克思主义毛泽东思想，尤其是毛泽东文艺思想取得统治地位，学术研究也受到深刻影响，在唐诗研究方面过于注重人民性，关注揭露社会黑暗的作品，致使许多在艺术上有重大成就的作家被忽视，唐诗研究出现重内容轻形式的单一化、概念化的倾向。而此时期也出现了《杜甫传》（冯至）、《杜甫研究》（萧涤非）等经得起历史检验的著作。1966—1976 年为第三期，十年“文革”动乱，学术研究被阶级斗争所冲垮，被迫处于停顿状态，唐诗研究方面除了出现一些通俗的诗歌选本如《李白诗选》、《白居易诗选》等和《李白与杜甫》（郭沫若）那本具有鲜明政治倾向的专著外，几乎是一片荒芜的空白，可算是百年诗学研究的低谷期。1977—2000 年为第四期，这是一个经历了短暂徘徊后迅速活跃发展的时期。20 世纪 80 年代初期以“鉴赏热”开篇，涌现出了大量的鉴赏文章和唐诗普及读物，许多文革中已完成但当时不敢出版或遭查封的著作纷纷出版，大大提高了唐诗的普及程度；与此同时古籍文献整理同步进行，取得丰硕成果；1980 年代中后期又出现“美学热”和“新方法热”，唐诗研究者也开始了研究方法的新尝试，虽然有得有失，但毕竟推动了唐诗研究的进展，此时唐诗史、唐诗学史开始建构。1990 年代后，研究进一步深化，呈现多元化的格局，一方面学术思想上开始深刻反思，另一方面研究趋向朝横向拓展和纵向深入，文献资料的辑佚整理带有总结性质，更加大型化、系统化，研究方向具有多角度多层次的特征，研究手段也与高科技相结合，出现多样化的新特色。一些学养深厚的学者对唐诗研究作出了重要贡献。

对唐诗进行宏观的综合研究，主要表现在三个方面：（1）对唐诗与唐朝社会风习、文人生活、文化背景以及哲学、宗教、艺术等邻近学科作综合研究。（2）对一个时期的诗坛总貌和诗歌发展趋势作概括的研究。（3）对唐诗和唐朝其他文学形式以及其他朝代的诗歌作比较研究。

1. 唐诗与社会文化背景研究

对唐诗的研究总会涉及整个唐代的历史文化背景，在 20 世纪上半叶，这方面的探讨一般在一些文学史或专论性著作中，如胡小石的《中国文学史讲稿》（1928），胡适的《白话文学史》（1928）等。真正以历史的眼光把握唐诗发展大的方面，着力探讨唐诗与唐代社会及整个思想文化的关系，闻一多的《唐诗杂论》和《杜少陵年谱》便是这方面的代表作，其中《类书与诗》、《宫体诗的自赎》、《四杰》、《贾岛》等论文都是闪着真知灼见光辉的重要成果。随后陈寅恪的《元白诗笺证稿》（1950）以元白诗为材料考证唐代历史文化、政治制度、社会生活乃至古文运动、民间歌谣以及知识分子的生存状态与文艺活动方式。这种诗史互证的研究方法对后来的唐诗研究乃至整个中国古典文学研究影响深远。20世纪80年代后程千帆的《唐代进士行卷与文学》、傅璇琮的《唐代科举与文学》、《唐代诗人丛考》、戴伟华的《唐代幕府与文学》等都是这方面的代表作。此外，孙昌武的《唐代佛学与文学》、陈允吉的《唐音佛教辨思录》、葛兆光的《道教与中国文化》、《想象力的世界》、葛晓音的《诗国高潮与盛唐文化》、余恕诚的《唐诗所表现的生活理想和精神风貌》（《唐诗风貌·第一章》）、袁行霈的《中国诗歌艺术研究》、张明非的《儒家诗教说在唐代的兴盛》、邓小军的《唐代文学的文化精神》等，都是这方面的成果。

2. 对四唐诗歌风貌与发展趋势的研究

对初唐诗坛和诗歌综论的著作首先要论闻一多的《唐诗杂论》。他将初唐诗分为“宫体”与“类书式”两类。将作家分为三类：以王绩、陈子昂为代表的求“真”的诗人；以卢照邻、骆宾王、张若虚为代表的求“美”的诗人；以王勃、杨炯、宋之问为代表的求“善”的诗人。他认为这三派奠定了盛唐诗的始基，从文学史发展来说极为重要。文学史的论述以游国恩《中国文学史》有代表性，一般性的诗史论述是：太宗到武后时期宫体诗弥漫，但完成了五、七言律诗形式的创造，接着四杰、陈子昂崛起反对宫体诗，标举风骨、兴寄，改变了齐梁体诗统治的局面，端正了唐诗发展的方向。这样的粗线条论述一直影响到20世纪80年代以后。随着研究者思路的开阔、新方法的应用、视角的改变，对初唐诗坛及诗歌的认识更加接近文学史实际，出现了葛晓音的《论初唐诗歌革新的基本特征》、袁行霈《百年徘徊——初唐诗歌的创作趋势》、余恕诚《初唐诗坛的建设与期待》（《唐诗风貌》第三章）。这些论文大都主张对“宫体诗”进行重新审视，重新评价，研究的思路都是从初唐宫体诗人的历史条件和创作条件及存留的作品出发，作出辩证的评断。其中余恕诚文在袁行霈文探讨的基础上进一步深入，揭示出初唐诗百年徘徊的关键原因是在初唐思想文化背景下，诗人的性情还未充分发展，因而纵使四杰、陈子昂已提出风骨兴寄并有所建设，但仍须等到开元之世，从各方面为诗人性情的健康发展与高扬提供最佳思想文化土壤与气候，方能出现大潮涌起、群星灿烂的局面，从创作主体心态个性的变化方面揭示出由初入盛的根本原因。

盛唐诗歌的综合研究，主要集中在盛唐诗歌的特质和盛唐气象，整体研究和边塞诗派研究、田园诗派研究几个方面。其中盛唐诗歌的特质即“盛唐气象”问题和边塞诗研究、田园诗研究均是20世纪唐诗研究中争论最多的问题之一。

闻一多在20世纪40年代的唐诗研究中，就将盛唐诗分为“齐梁陈”、“晋宋齐”、“汉魏晋”三个复古时期，这里的“复古”，实指盛唐诗从摆脱齐梁诗的影响逐步回升到汉魏健康风格的发展过程，并按这一大致的线索将盛唐的50多位重要诗人分为山水田园、边塞、写实等各种流派，这样的分类对后来的研究具有重要参考价值，20世纪50—60年代这方面的宏观研究进展不大。20世纪80年代后，人们从盛唐诗歌繁荣的原因、分期与因革、艺术特征等方面进行了综合探讨，取得了重要进展。如赵昌平的《开元十五年前后——论盛唐诗的形成与分期》通过对开元十五年后诗人结构的转变，社会风尚的转变及其诗人群体心理素质影响之考证与分析，指出了盛唐之音的特点及形成原因，并清理了盛唐诗歌风格的来龙去脉。

关于“盛唐气象”问题，学界展开了长期的争论。1954年，林庚的《诗人李白》出版，标举“盛唐之音”。1958年，他又发表了题为《盛唐气象》的论文，结合《沧浪诗话》，对盛唐气象作了系统的论述。他认为盛唐气象作为一个具有时代性格的艺术形象，是盛唐时代精神面貌的反映，其本质是蓬勃的朝气和青春的旋律。随后有人提出不同意见并展开了讨论，持不同意见者强调盛唐（特别是天宝以后）社会的矛盾和危机，认为一个危机四伏的社会不会有什么气象。这种意见以裴斐为代表。他在一系列关于李白的论文中一再论证：李白以一位卓越的诗人出现时唐帝国已开始崩溃，李白主要的诗作里并没有盛唐气象，有的是忧郁和愤怒。余恕诚的《唐诗风貌·盛唐气象》指出：把“盛唐气象”理解为单纯的对时代的颂歌，对唐帝国文治武功的夸耀，以及对躬逢盛世、如鱼得水的情感的抒发；或者因为盛唐诗中没有多少歌颂盛世的作品，相反许多诗歌是表现对现状的不满，包括对种种阴暗面的揭露、抗议，因而不存在“盛唐之音”，这两种观点都是片面的。进而提出“盛唐气象”包括“雄壮浑厚”和“感激怨怼”两方面的内涵，而李白诗歌正是这种盛唐气象的典型代表。袁行霈的论文《盛唐诗歌与盛唐气象》① 从盛唐的时代风貌、盛唐诗歌的新趋势、盛唐诗歌的根基等三个方面，对盛唐诗歌与盛唐气象的关系进行了论述，认为盛唐不仅是唐朝的高峰，也是中国封建社会的鼎盛期，盛唐涌现出以李白、杜甫、王维等为代表的一大批诗人，他们共同开辟了一个气象恢宏的是个黄金时代。所谓盛唐气象，主要是着眼于盛唐诗歌给人的总体印象。诗歌的时代风格、时代精神：博大、雄浑、深远、超逸；充沛的活力、创造的愉悦、崭新的体验；以及通过意象的运用、

① 《光明日报》1999年9月20日。

意境的呈现、性情和声色的结合而形成的新的美感——这一切结合起来就成为盛唐诗歌与其他时期的诗歌相区别的特色。而盛唐气象又是开明与开放的。唯开明才能革旧布新，云蒸霞蔚；唯开放才能海纳百川，博大深邃。

从地域文化的角度对盛唐诗歌创作风尚及其成因的研究方面，有赵昌平的《盛唐北地士风与崔颢李颀王昌龄三家诗》①，着重探讨北地豪侠型诗人群的行为特征与心路历程，以及三家在此同一历史文化氛围中，因经历性格之同异，对七言各体不同方向的推进，造成了他们高度个性文化风格与不尽相同的诗史成就。余恕诚《唐诗风貌》则以一种更开阔的视角，从地域和民族两个方面的因素探讨了它对形成唐诗刚健特质所产生的影响，认为唐诗气象非凡，具有壮阔的面貌，具有强劲的骨力、解放的气质、发越的精神状态。并指出一代诗歌风貌的形成，根源是复杂的，既有当代生活的影响，又有历史的积淀；既受文学本身发展规律的支配，又受诗人诸方面素质的制约，既表现出时间性，又表现出空间性，是一种多元的复合。

中唐诗歌的研究，胡适的《白话文学史》最早提到中唐是唐诗的极盛时代，认为中唐文学是啼愁号苦、痛定思痛的写实文学，风格由浪漫华丽回到平实冲淡，是成人的表现。这种观点在20世纪上半叶影响较大。其后郑振铎的《插图本中国文学史》更注重从诗歌体制演变和发展的角度来论述中唐诗坛，认为韩愈和白居易分别开辟了几个古人不曾窥见的园地，但他们各自走向极端：韩愈把沈、宋、王、孟以来的滥调，用艰险的作风一手拗弯过来；白居易则用他的平易近人、明白流畅的诗体，去纠正他们的庸熟。这使五、七言诗的园苑里更增多了两朵奇葩，诗国出现了两种崭新的作风。20世纪50—60年代由于政治气候的原因，如游国恩主编的《中国文学史》和社科院的《中国文学史》对中唐诗歌的评价用现实主义和浪漫主义代替以前的“写实”文学和“浪漫”文学的理论。20世纪80年代后，学术界从不同角度对中唐诗歌进行综合研究，在深度和广度上都有重大进展。如孟二冬的专著《中唐诗歌之开拓与新变》在中唐文化的广阔背景上，对中唐诗歌的总体特征及其形成原因，作了深入系统的研究，认为中唐诗歌以徘徊苦闷、哀怨惆怅、凄凉感伤为基调，气象内敛，境界狭窄。中唐诗人或雕琢炼饰，追求丽藻与远韵的统一；或崇俗尚质，追求浅切尽露的平易之风；或崇奇尚怪，追求“笔补造化”的人工之美。

中唐诗歌阶段性研究方面，罗宗强将中唐分成“大历至贞元”和“贞元

---

① 《唐代文学研究》1994年第5辑。

至元和”两段，认为前者创作思想的主要倾向，是避开战乱的现实生活，追求一种宁静闲适、冷落寂寞的生活情调，追求一种清丽纤弱的美；后者则表现为尚实尚俗，务尽露，尚奇尚怪、重主观、展现诗人自己的内心情状和心路历程，在诗歌思想上开辟了前所未有的领域。（《隋唐五代文学思想史》），余恕诚的《中唐韩白诗风的差异与进士集团的思想分野》（《唐诗风貌·第五章》）则立论新颖，很有启发意义。

对晚唐诗歌的研究，20 世纪的上半叶出版的诗歌论著和文学史如苏雪林《唐诗概论》、郑宾于《中国文学流变史》都持明确的否定态度；20 世纪 50—60 年代的游国恩等编《中国文学史》也是否定中有肯定，肯定的又多是唐末的现实主义创作风气。这种褒贬参半的评价一直延续到 20 世纪 80 年代中前期，直到吴调公的《“秋花”的“晚香”——论晚唐的诗歌美》认为晚唐诗歌之美在于具有幽艳晚香之韵后才有所改变。90 年代之后，晚唐诗歌的巨星李商隐研究取得重大突破，这才使晚唐文学的宏观研究取得重大推进，如袁行霈主编的《中国古代文学史》中就对李商隐设置专章，将其提高到与李、杜、韩、白并列的唐代大诗人行列，认为他是为唐诗的发展再度开疆辟土的大家，从而标志着新的文艺思想影响下的文学史研究取得重大突破。

晚唐诗歌整体风貌和发展规律的探讨，成果较丰富，如余恕诚的《晚唐两大诗人群苑及其风貌特征》（《唐诗风貌·第六章》），将晚唐诗人大体分为两大群体：一是继承贾岛、姚合、张籍的穷士诗人群，工于穷苦之言，诗歌风貌的特征是收敛、淡冷、着意；二是以李商隐、温庭筠、杜牧为代表，在心灵世界与绮艳题材的开拓上作出了重大贡献的诗人群，诗歌风貌特征是悲怆、绮丽、委婉。并认为晚唐诗人在艺术取径上不同，但无论哪一个群体的创作，从诗史上看，都是一种演进，而非亦步亦趋的承袭，晚唐诗歌政治的淡化，可能导致某种艺术实践（如以心像熔铸物象的对心灵世界的表达）的深化，但晚唐的深化，毕竟是深谷中的探幽，而非大面积的普遍提高，但这种过失主要不是由于诗人，而是时代社会政治气候所造成的文学上的生态失衡现象。

3. 唐诗艺术和诗歌体式、格律研究

唐诗艺术综论方面，着重探讨唐诗艺术的专著则有：王明居的《唐诗风格美新探》（1987），陈铭的《唐诗美学论稿》（1987），房日晰的《唐诗比较论》（1992），李浩的《唐诗美学》（1993），蒋长栋的《唐诗新论》（1996），吴功正的《隋唐五代美学史》（1999）等。

唐诗格律和语言研究方面，历代学者多关注唐诗本身的语言美、声律美，

20世纪学者则在传统的格律分析的基础上，运用现代音韵学、西方语言学的一些方法，对唐代近代体诗成立的过程和唐诗各种体式的声韵、格律形式进行了较为系统、科学的研究，比较有代表性的成果，如林庚的《唐诗的格律》[①]、《唐诗的语言》[②]，王力的《汉语诗律学》（1979），徐青的《古典诗律史》（1980）等。唐诗语言研究方面的成果有张相的《诗词曲语辞汇释》（1979），周祖譔的《唐五代韵书集存》（1983），蒋绍虞的《唐诗语言研究》（1990），孙寿玮的《唐诗宋词大辞典》（1995）等。

唐代古体诗具有独特的艺术魅力，在初盛唐时期曾发挥着近体诗无法承载的抒情功能，20世纪较早对唐代古体诗格律特征进行研究的是王力的《汉语诗律学》，其中详细讨论了“古体诗”的用韵、五古、七古的平仄、古风的黏对及出句末字的平仄、入律的古风、古风式的律诗、古体诗的对仗、语法等问题，其中大多是用唐诗例句分析的，对后来的研究者影响很大。专著方面有王锡九的《唐代的七言古诗》（1991）。论文主要有赵昌平的《从初盛唐七古的演进看唐诗发展的内在规律》[③]。七言歌行的研究成果有葛晓音的《初盛唐七言歌行的发展——兼论歌行的形成及其与七古的分野》[④]，从字法、句式和篇法结构等方面对歌行体制体调的规范作了细致深入的研究，由此揭示了初盛唐歌行体艺术风格发展变化的内在原因及特点，认为七言歌行从初唐靠字法句式的重复转向盛唐凭层意复沓的过程，说明了初唐歌行的骈俪化和盛唐歌行的散句化造成这两个时期歌行艺术风貌不同的内在原因。对唐代五古的研究显得比较薄弱，主要有张明非的《论初唐五言古诗的演变》[⑤]、莫砺锋的《论初盛唐的五言古诗》[⑥]等。

绝句研究方面，20世纪80年代后，除出现了沈祖棻《唐人七绝诗浅释》（1981）、刘永济《唐人绝句精华》（1981）、刘学锴等《唐代绝句赏析》（1981）等七绝选注评析专著外，还出版了周啸天的《唐代绝句史》（1998），该书是唯一一部对唐代绝句发展史进行细致描画的著作。论文方面重要的有葛晓音的《论初盛唐绝句的发展——兼论绝句的起源和形成》[⑦]，重点探讨了绝句的起源问题和形成过程，认为“绝句”的初始定义是以古绝为主要对象

① 《语文学习》1957年第5期。
② 《文学评论》1964年第1期。
③ 《中国社会科学》1986年第6期。
④ 《文学遗产》1997年第6期。
⑤ 《广西师范大学学报》1991年第2期。
⑥ 《唐代文学研究》1992年第3辑。
⑦ 《文学评论》1999年第1期。

的，它起于齐梁并非诗歌律化的结果；七绝的源头应该追溯到西晋的民谣，而非北朝的乐府民歌。五、七绝起源和形成的不同途径正是造成“五绝调古，七绝调近”这种差别的根源。绝句发展到盛唐，虽然已形成五七绝的基本体制和格调的差别，在句式、篇法等方面积累了不少经验，但无论是声律还是作法都没有定型。绝句的定型是在中晚唐到宋代完成的，然而它的巅峰期却是在盛唐，也就是说，绝句是在发展到最自由的阶段而进入最完美的境界的。

律诗研究方面有赵谦的《唐七律艺术史》（1992），该书将西方结构主义批评方法与中国传统的诗律分析、艺术评点结合起来，对唐代七律的形成和发展演变的历史进行评述，时有新见。论文方面有周勋初《从“唐人七律第一”之争看文学观念的演变》①，赵昌平《初唐七律的成熟及其风格溯源》②，程千帆等《七言律诗中的政治内涵——从杜甫到李商隐、韩偓》③ 等。此外对各种体式作综合研究的还有余恕诚的《几种主要诗体的艺术风貌》（《唐诗风貌·第十一章》）对五古、七古、五七言律诗、五七言绝句等诗体形式的主要风貌特征作了系统的分析研究，时有新见，如论律诗，作者认为看到律诗体制上的局限，有助于我们进一步认识唐代诗人的艺术功力和创造精神：（1）声律对偶在杜甫、李商隐等人的作品中被运用得极其得心应手，令人叹为观止。（2）律诗在妥帖地通过声律对偶的严格监禁之后，容易失去生气，但唐人在章法、在起结承转方面作了极大的努力，强大的生气，能够穿透极严密的关卡，流贯全身。（3）限于声律、对偶和篇幅，律诗不宜于叙事和描写人物，但杰出的诗人往往能在抒情写景中，以精炼含蓄的笔法，对事件和人物作出概括和暗示。（4）李白、杜甫等人，在律诗中并不放弃对自然的追求，或运古入律，或引口语入诗，特别是杜甫在体式上作了各种探索和变化，又好作拗体和连章，其根本意图就是要解决律体的内在矛盾，拓宽律诗的天地，使律诗能够变得灵活，适合于反映更丰富的生活内容。

## 二、宋诗研究

宋诗是继唐诗之后又一座高峰，但在历史上受到过不少批评。由于受到20世纪社会思潮、学术风气及历史上的“唐宋诗之争”的影响，百年宋诗研究经历了起伏的过程，由最初的推崇到逐渐被冷落乃至否定，再到逐渐转为客观评价。学术界在宋诗历史地位、艺术特征、作家与体派及宋诗史的研究、

① 《文学评论》1985 年第 5 期。
② 《中华文史论丛》1986 年第 4 期。
③ 《文艺理论研究》1988 年第 2 期。

文献整理等诸多方面取得了很大的成就。

宋诗的研究首先是对其历史地位的探讨，20 世纪初以陈三立、陈衍、沈曾植为代表的“同光体”诗人提出了著名的“三元说”，认为“诗莫盛于三元，上元开元，中元元和，下元元祐”（陈衍《石遗室诗话》）。后来沈曾植又将上元改为元嘉，提出“三关说”（元嘉、元和、元祐为诗体变化的三个关口），将宋诗与唐诗或晋宋诗并立，提高了宋诗的地位。1920—1930 年的文学史著作大体上肯定了宋诗变化唐诗的功绩，能在对比中把握宋诗的基本特色。1940 年代朱自清、缪钺、钱锺书、程千帆等学者对宋诗颇有研究。最有代表性的是缪钺的《论宋诗》和钱锺书《谈艺录》。新中国建立后，马列主义、毛泽东思想统一了学术界，长期以来出现对宋诗漠视的局面，除了陆游、王安石及遗民诗人等思想性强的作家外，像苏轼、黄庭坚等艺术成就虽高但政治上相对保守的诗人均受到责难。进入新时期之后，整个学术界环境气候发生改变，宋诗研究变得热起来，不仅重点作家苏、黄、陆、王受到重视，而且对宋诗发展史进行了探索，出现了大量的专著，如钱锺书《宋诗选注》（1989）、张白山《宋诗散论》（1984）、赵齐平《宋诗臆说》（1993）、赵仁珪《宋诗纵横》（1994）、韩经太《宋代诗歌史论》（1995）、许总《宋诗史》（1997）、程杰《宋诗学导论》（1999）等。

第二，对宋诗作美学、文化学的分析。这是随着 20 世纪 80 年代改革开放而从西方涌进来的美学热潮催生的必然结果。主要成果有周裕锴《中国古典诗歌的三种审美范型》①、周来祥《论宋代审美文化的双重模态》②、秦寰明《宋诗的复雅崇格倾向》③、韩经太《论宋诗的谐趣》④、邓小军《论宋诗》⑤、韩经太《宋诗与宋学》⑥、陈植锷《北宋文化史述论》（1992）、韩经太《理学文化与文学思潮》（1997）、沈松勤《北宋文人与党争》（1998）、周裕锴《文字禅与宋代诗学》（1998）论文和专著。

第三，作家、流派研究。成果有论文和专著两类，如郑孟彤《论欧阳修以文为诗的美学价值》⑦、刘宁《论欧阳修诗歌的平易特色》⑧、朱东润《梅尧

---

① 《学术月刊》1989 年第 7 期。
② 《文学遗产》1990 年第 2 期。
③ 《中国社会科学》1993 年第 4 期。
④ 《中国社会科学》1993 年第 5 期。
⑤ 《文史哲》1989 年第 2 期。
⑥ 《文学遗产》1993 年第 4 期。
⑦ 《文学遗产》1987 年第 1 期。
⑧ 《文学遗产》1996 年第 1 期。

臣诗的评价》[①]、葛晓音《北宋诗文革新的曲折历程》[②]、陶文鹏《论苏轼塑造人物的艺术》[③]、莫砺锋《论苏黄对唐诗的态度》[④]、胡传志《"苏学渐于北"的历史考察》[⑤]、葛晓音《苏轼诗文中的理趣——兼论苏轼推重陶、王、韦、柳的原因》[⑥]、徐中玉《论苏轼的创作经验》（1981）、王水照《苏轼的人生思考与文化性格》[⑦]、刘大杰《黄庭坚的诗论》[⑧]、莫砺锋《"夺胎换骨"辨》[⑨]、钱志熙《论黄庭坚的兴寄观及黄诗的兴寄精神》[⑩]、莫砺锋《论"王荆公体"》[⑪]、陈耀祥《宋诗的发展与陈与义诗》[⑫]、曾枣庄《陈师道师承关系辨》[⑬]、肖瑞峰《论陆游诗的意象》[⑭]、王兆鹏《建构灵性的自然——杨万里"诚斋体"新解》[⑮]、黎烈南《童心与诚斋体》[⑯]、程杰《论范成大以笔记为诗》[⑰]；专著如刘德清《欧阳修论稿》（1991）、宋柏年《欧阳修研究》（1995）、王水照《苏轼研究》（1990）、王友胜《苏轼研究史稿》（2000）、曾枣庄《三苏研究》（1999）、周启成《杨万里和诚斋体》（1990）、胡明《南宋诗人论》（1990）等。

流派研究方面，学术界对宋诗流派的划分有不同的看法，其中较为合理的是王水照主编的《宋代文学通论》（1997）将宋诗划分为白体、晚唐体、西昆体、新变派、荆公体、东坡体、江西诗派、四灵派、江湖派、道学体和遗民诗人等，比较全面地涵盖了宋诗流派。比较重要的成果有：吴小如《评西昆体》、白敦仁《宋初诗坛及"三体"》、张鸣《从"白体"到"西昆体"》、莫砺锋《江西诗派研究》（1986）、周裕锴《江西诗派风格论》、胡明《江湖

① 《中华文史论丛》1978 年第 7 辑。
② 《中国社会科学》1989 年第 2 期。
③ 《文学遗产》1994 年第 1 期。
④ 《文学评论》1994 年第 2 期。
⑤ 《文学遗产》1998 年第 5 期。
⑥ 《学术月刊》1995 年第 4 期。
⑦ 《文学遗产》1989 年第 5 期。
⑧ 《文学评论》1964 年第 1 期。
⑨ 《中国社会科学》1983 年第 5 期。
⑩ 《文学遗产》1993 年第 5 期。
⑪ 《南京大学学报》1994 年第 1 期。
⑫ 《文学遗产》1982 年第 1 期。
⑬ 《文学遗产》1993 年第 2 期。
⑭ 《文学遗产》1988 年第 1 期。
⑮ 《文学遗产》1992 年第 6 期。
⑯ 《文学遗产》2000 年第 5 期。
⑰ 《南京师范大学学报》1989 年第 4 期。

诗派泛论》、张瑞君《江湖诗派研究》(1999)、马兴荣《四灵诗述评》、葛兆光《从四灵诗说到南宋晚唐诗风》、方勇《南宋遗民诗人群体研究》(2000)、谢桃坊《略论宋代理学诗派》、张鸣《即物即理即境即心——略论两宋理学家诗歌对物与理的关照与把握》、莫砺锋《朱熹文学研究》(2000)等。

第四，文献整理方面，较为重要的有朱东润《梅尧臣集编年校注》(1980)、孔凡礼点校《苏轼诗集》(1982)、白敦仁《陈与义集校笺》(1990)、朝鲜活字本《王荆文公诗李壁注》(1993)、曾枣庄主编《苏诗汇评》(2000)、陈增杰校辑《永嘉四灵诗集》(1985)等。

此外尚有宋诗分期研究、宋诗史研究，因各种文学史描述甚详，不备举。

【范文选读】

# 论宋诗

缪　钺

宋初沿袭五代之馀，士大夫皆宗白居易诗，故王禹偁主盟一时。真宗时，杨亿、刘筠等喜李商隐，西昆体称盛，是皆未出中晚唐之范围。仁宗之世，欧阳修于古文别开生面，树立宋代之新风格，而于诗尚未能超诣，此或由于非其精力之所专注，亦或由于非其天才之所特长，然已能宗李白、韩愈，以气格为主，诗风一变。梅尧臣、苏舜钦铺之。其后王安石、苏轼、黄庭坚出，皆堂庑阔大。苏始学刘禹锡，晚学李白，王黄二人，均宗杜甫。“王介甫以工，苏子瞻以新，黄鲁直以奇。”(《苕溪渔隐丛话》卷四十二引《后山诗话》)宋诗至此，号为极盛。宋诗之有苏黄，犹唐诗之有李杜。元祐以后，诗人迭起，不出苏黄二家。而黄之畦径风格，尤为显异，最足以表宋诗之特色，尽宋诗之变态。《刘后村诗话》曰：“豫章稍后出，会粹百家句律之长，究极历代体制之变，搜讨古书，穿穴异闻，作为古律，自成一家。虽只字半句不轻出，遂为本朝诗家宗祖。”其后学之者众，衍为江西诗派。南渡诗人，多受沾溉。虽以陆游之杰出，仍与江西诗派有相当之渊源。至于南宋末年所谓江湖派，所谓永嘉四灵，皆爝火微光，无足轻重。故论宋诗者，不得不以江西派为主流，而以黄庭坚为宗匠矣。

唐代为吾国诗之盛世。宋诗既异于唐，故褒之者谓其深曲瘦劲，别辟新境；而贬之者谓其枯淡生涩，不及前人。实则平心论之，宋诗虽殊于唐，而善学唐者莫过于宋，若明代前后七子之规摹盛唐，虽声色格调，或乱楮叶，而细味之，则如中郎已亡，虎贲入座，形貌虽具，神气弗存，非真赏之所取也。何以言宋人之善学唐人乎？唐人以种种因缘，既在诗坛上留空前之伟绩，宋人欲求树立，不得不自出机杼，变唐人之所已能，而发唐人之所未尽。其所以如此者，要在有意无意之间，盖凡文学上卓异之天才，皆有其宏伟之创造力，决不甘徒摹古人，受其笼罩，而每一时代又自有其情趣风习，文学为时代之反映，亦自不能尽同古人也。

唐宋诗之异点，先粗略论之。唐诗以韵胜，故浑雅，而贵蕴藉空灵；宋诗以意胜，故精能，而贵深折透辟。唐诗之美在情辞，故丰腴；宋诗之美在气骨，故瘦劲。唐诗如芍药海棠，秋华繁采；宋诗如寒梅秋菊，幽韵冷香。唐诗如啖荔枝，一颗入口，则甘芳盈颊；宋诗如食橄榄，初觉生涩，而回味隽永。譬诸修园林，唐诗则如叠石凿池，筑亭辟馆；宋诗则如亭馆之中，饰以绮疏雕槛，水石之侧，植以异卉名葩。譬诸游山水，唐诗则如高峰远望，意气浩然；宋诗则如曲涧寻幽，情境冷峭。唐诗之弊为肤廓平滑，宋诗之弊为生涩枯淡。虽唐诗之中，亦有下开宋派者，宋诗之中，亦有酷肖唐人者；然论其大较，固如此矣。

兹更进而研讨之。就内容论，宋诗较唐诗更为广阔。就技巧论，宋诗较唐诗更为精细。然此中实各有利弊，故宋诗非能胜于唐诗，仅异于唐诗而已。

唐诗以情景为主，即叙事说理，亦寓于情景之中，出以唱叹含蓄。惟杜甫多叙述议论，然其笔力雄奇，能化实为虚，以轻灵运苍质。韩愈、孟郊等以作散文之法作诗，始于心之所思，目之所睹，身之所经，描摹刻画，委曲详尽，此在唐诗为别派。宋人承其流而衍之，凡唐人以为不能入诗或不宜入诗之材料，宋人皆写入诗中，且往往喜于琐事微物逞其才技。如苏黄多咏墨、咏纸、咏砚、咏茶、咏画扇、咏饮食之诗。而一咏茶小诗，可以和韵四五次。（黄庭坚《双井茶送子瞻》、《和答子瞻》、《省中烹茶怀子瞻用前韵》、《以双井茶送孔常父》、《常父答诗复次韵戏答》，共五首，皆用“书”、“珠”、“如”、“湖”四字为韵。）馀如朋友往还之迹，谐谑之语，以及论事说理、讲学衡文之见解，在宋人诗中尤恒遇之。此皆唐诗所罕见也。夫诗本以言情，情不能直达，寄于景物，情景交融，故有境界，似空而实，似疏而密，优柔善入，玩味无斁，此六朝及唐人之所长也。宋人略唐人之所详，详唐人之所略，务求充实密栗，虽尽事理之精微，而乏兴象之华妙。李白、王维之诗，宋人视之，或以为“乱云敷空，寒月照水”（许尹《山谷诗注序》），不免空洞。然唐诗中深情远韵，一唱三叹之致，宋诗中亦不多觏。故宋诗内容虽增扩，而情味则不及唐人之醇厚。后人或不满意宋诗者以此。

唐诗技术，已甚精美。宋人则欲百尺竿头，更进一步。盖唐人尚天人相半，在有意无意之间，宋人则纯出于有意，欲以人巧夺天工矣。兹分用事、对偶、句法、用韵、声调诸端论之。

### （一）用 事

杜甫自谓“读书破万卷，下笔如有神。”其诗中自有镕铸群言之妙。刘禹锡云：“诗用僻字须要有来去处。宋考功诗云：‘马上逢寒食，春来不见饧。’尝疑此字僻，因读《毛诗·有瞽》注，乃知六经中惟此有饧字。”宋祁云：“梦得作九日诗，欲用餻字，思六经中无此字，不复用。”诗中用字贵有来历，唐人亦偶及之，而宋人尤注意于此。黄庭坚《与洪甥驹父书》云：“自作语最难。老杜作诗，退之作文，无一字无来处。盖后人读书少，故谓韩杜自作此语耳。古之能为文章者，真能陶冶万物，虽取古人之陈言，入于翰墨，如灵丹一粒，点铁成金也。”黄庭坚欣赏古人，既着意于其“无一字无来处”，其自作诗亦于此尽其能事。如《咏猩猩毛笔》云：“平生几两屐，身后五车书。”用事“精妙隐密”，为人所赏。故刘辰翁《简斋诗注序》谓“黄太史矫然特出新意，真欲尽用万卷，与李杜争能于一词一字之顷，其极至寡情少恩，如法家者流。”实则非独黄一人，宋人几无不致力于此。兹举一例，以见宋人对于用字贵有来历之谨细。

《西清诗话》：“熙宁初，张掞以二府初成，作诗贺荆公，公和曰：‘功谢萧规惭汉第，恩从隗始诧燕台。’以示陆农师。农师曰：‘萧规曹随，高帝论功，萧何第一，皆摭故实，而请从隗始，初无恩字。’公笑曰：‘子善问也。韩退之《斗鸡联句》：感恩惭隗始。若无据，岂当对功字也。’乃知前人以用事一字偏枯，为倒置眉目，反易巾裳，盖谨之如此。”（《苕溪渔隐丛话》卷三十五）

唐人作诗，友朋间切磋商讨，如“僧推月下门”，易“推”为“敲”；“此波涵帝泽”，易“波”为“中”，所注意者，在声响之优劣，意思之灵滞，而不问其字之有无来历也。宋诗作者评者，对于一字之有无来历，斤斤计较，如此精细，真所谓“寡情少恩如法家者流”。此宋人作诗之精神与唐人迥异者矣。

所贵乎用事者，非谓堆砌饾饤，填塞故实，而在驱遣灵妙，运化无迹。宋人既尚用事，故于用事之法，亦多所研究。《蔡宽夫诗话》云：“荆公尝云：‘诗家病使事太多’，盖皆取其与题合者类之，如此乃是编事，虽工何益。若能自出己意，借事以相发明，情态毕出，则用事虽多，亦何所妨。”《石林诗话》云：“诗之用事，不可牵强，必至于不得不用而后用之，则事辞为一，莫见其安排斗凑之迹。苏子瞻尝作人挽诗云：‘岂意日斜庚子后，忽惊岁在已辰年。’此乃天生作对，不假人力。”大抵用事贵精切、自然、变化，所谓“用事工者如已出”（《王直方诗话》），即用事而不为事所用也。

非但用字用事贵有来历，有所本，即诗中之意，宋人亦主张可由前人诗中脱化而出，有换骨夺胎诸法。黄庭坚谓：“诗意无穷而人才有限，以有限之才，追无穷之意，虽渊明、少陵不得工也。不易其意而造其语，谓之换骨法；规摹其意形容之，谓之夺胎法。”

诗中用字用事用意，所以贵有所本，亦自有其理由。盖诗在各种文学体裁中最为精品，其辞意皆不容粗疏，又须言近旨远，以少数之字句，含丰融之情思，而以对偶及音律之关系，其选字须较文为严密。凡有来历之字，一则此字曾经古人选用，必最适于表达某种情思，譬之已提炼之铁，自较生铁为精。二则除此字本身之意义外，尚可思及其出处词句之意义，多一层联想。运化古人诗句之意，其理亦同。一则曾经提炼，其意较精；二则多一层联想，含蕴丰富。至于用事，亦为达意抒情最经济而巧妙之方法。盖复杂曲折之情事，决非三五字可尽，作文尚可不惮烦言，而在诗中又非所许。如能于古事中觅得与此情况相合者，则只用两三字而义蕴毕宣矣。然此诸法之运用，须有相当限度，若专于此求工，则雕篆字句，失于纤巧，反失为诗之旨。

## （二）对　偶

吾国文字，一字一音，宜于对偶，殆出自然。最古之诗文，如《诗经》、《尚书》，已多对句。其后对偶特别发展，故衍为骈文、律诗。唐人律诗，其对偶已较六朝为工，宋诗于此，尤为精细。《石林诗话》云：“荆公晚年，诗律尤精严，造语用字，间不容发，然意与言会，言随意遣，浑然天成，殆不见有牵率排比处。如‘含风鸭绿鳞鳞起，弄日鹅黄袅袅垂’，读之初不觉有对偶，至‘细数落花因坐久，缓寻芳草得归迟’，但见舒闲容与之态耳，而字字细考之，皆经檃括权衡者，其用意亦深刻矣。尝与叶致远诸人和头字韵诗，往返数四，其末篇云：‘名誉子真居谷口，事功新息困壶头。’以谷口对壶头，其精切如此。”大抵宋诗对偶所贵者数点：

（甲）工切　如“飞琼”对“弄玉”，皆人名，而“飞”字与“弄”字，“琼”字与“玉”字又相对。如“谷口”对“壶头”，皆地名，而“谷”字与“壶”字，“口”字与“头”字又相对。如“含风鸭绿鳞鳞起，弄日鹅黄袅袅垂”，“鸭绿”代水，“鹅黄”代柳，而“鸭”“鹅”皆鸟名，“绿”“黄”皆颜色，“鳞鳞”“袅袅”均形容叠字，而“鳞”字从“鱼”，“袅”字从

“鸟”，备极工切。

（乙）匀称　如“细数落花因坐久，缓寻芳草得归迟”，其中名词动词形容词相对偶者，意之轻重，力之大小，皆如五雀六燕，铢两悉称。

（丙）自然　对偶排比，虽出人工，然作成之后，应极自然，所谓“浑然天成，不见牵率处”。如黄庭坚《寄元明》诗：“但知家里俱无恙，不用书来细作行。”陈师道《观月》诗：“隔巷如千里，还家已再圆。”陈与义《次韵谢表兄张元东见寄》诗：“灯里偶然同一笑，书来已似隔三秋。”骤读之似自然言语，一意贯注，细察之则字字对偶也。

（丁）意远　对句最忌合掌，即两句意相同或相近也。故须词字相对，而意思则隔离甚远，读之始能起一种生新之感。如苏轼：“身行万里半天下，僧卧一庵初白头。”黄庭坚：“舞阳去叶才百里，贱子与公俱少年。”读上句时，决想不到下句如此接出，此其所以奇妙也。

## （三）句　法

杜甫《赠李白》诗云：“李侯有佳句，往往似阴铿。”《寄高适》诗云：“佳句法如何。”《江上值水如海势聊短述》诗云：“为人性僻耽佳句，语不惊人死不休。”韩愈《荐士》诗称孟郊云：“横空盘硬语，妥贴力排奡。”唐人为诗，固亦重句法，而宋人尤研讨入微。宋人于诗句，特注意于洗炼与深折，或论古，或自作，或时人相欣赏，皆奉此为准绳。王安石每称杜甫“钩帘宿鹭起，丸药流莺转”之句，以为用意高峭，五字之模楷。黄庭坚爱杜甫诗：“不知西阁意，肯别定留人。”肯别耶，定留人耶，一句有两节顿挫，为深远闲雅。《王直方诗话》云：“山谷谓洪龟父云：‘甥最爱老舅诗中何语？’龟父举‘蜂房各自开户牖，蚁穴或梦封侯王’，‘黄流不解涴明月，碧树为我生凉秋’，以为深类工部。山谷曰：‘得之矣。’张文潜尝谓余曰：‘黄九似：桃李春风一杯酒，江湖夜雨十年灯，真是奇语。’”观此可知宋诗造句之标准，在求生新，求深远，求曲折。盖唐人佳句，多浑然天成，而其流弊为凡熟、卑近、陈腐，所谓：“十首以上，语意稍同。”故宋人力矫之。《复斋漫录》云：“韩子苍言，作语不可太熟，亦须令生。东坡作《聚远楼》诗，本合用‘青山绿水’，对‘野草闲花’，以此太熟，故易以‘云山烟水’。此深知诗病者。”此事最足以见宋人造句之特色。若在唐人，或即用青山绿水矣，而宋人必易以云山烟水，所以求生求新也。然过于求新，又易失于怪僻。最妙之法，即在用平常词字，施以新配合，则有奇境远意，似未经人道，而又不觉怪诞。如黄庭坚“桃李春风一杯酒，江湖夜雨十年灯”，张耒称为奇语。“桃李”，

“春风”，“一杯酒”，“江湖”，“夜雨”，“十年灯”，皆常词也。及“桃李春风一杯酒，江湖夜雨十年灯”，六词合为两句，则意境清新，首句见朋友欢聚之乐，次句见离别索寞之苦，读之隽永有深味。前人诗中用“江湖”，用“夜雨”，用“十年灯”者多矣，然此三词合为一句，则前人所无。譬如膳夫治馔，即用寻常鱼肉菜蔬，而配合烹调，易以新法，则芳鲜适口，食之无厌。此宋人之所长也。

## （四）用　韵

唐诗用韵之变化处，宋人特注意及之欧阳修曰：“韩退之工于用韵。其得韵宽，则波澜横溢，泛人傍韵，乍还乍离，出人回合，殆不可拘以常格，如《此日足可惜》之类是也。得韵窄，则不复傍出，而因难以见巧，愈趋愈奇，如《病中赠张十八》之类是也。譬夫善驭马者，通衢广陌，纵横驰逐，惟意所之，至于水曲蚁封，疾徐中节，而不蹉跌，乃天下之至工也。”宋人喜押强韵，喜步韵，因难见巧，往往叠韵至四五次，在苏黄集中甚多。吕居仁《与曾吉甫论诗贴》云：“近世次韵之妙，无出苏黄，虽失古人唱酬之本意，然用韵之工，使事之精，有不可及者。”诗句之有韵脚，犹屋楹之有础石，韵脚稳妥，则诗句劲健有力。而步韵及押险韵时，因受韵之限制，反可拨弃陈言，独创新意。此皆宋人之所喜也。

## （五）声　调

唐诗声调，以高亮谐和为美。杜甫诗句，间有拗折之响，如“宠光蕙叶与多碧，点注桃花舒小红”，“一双白鱼不受钓，三寸黄柑犹自青”，“负盐出井此溪女，打鼓发舡何郡郎”。其法大抵于句中第五字应用平声处易一仄声，应用仄声处易一平声。譬如宠光二句，上句第五字应用平声，下句第五字应用仄声，则音调谐和。今上句用仄声“与”字，下句用平声“舒”字，则声响别异矣。因声响之殊，而句法拗峭，诗之神味亦觉新异。此在杜甫不过偶一为之，黄庭坚专力于此。宋人不察，或以为此法创始于黄。《禁脔》云：“鲁直换字对句法，如：‘只今满坐且尊酒，后夜此堂空月明。’‘清谈落笔一万字，白眼举觞三百杯。’‘田中谁问不纳履，坐上适来何处蝇。’‘秋千门巷火新改，桑柘田园春向分。’‘忽乘舟去值花雨，寄得书来应麦秋。’其法于当下平字处以仄字易之，欲其气挺然不群。前此未有人作此体，独鲁直变之也。”黄非独于律诗如此，即作古诗（尤其七古），亦有一种奇异之音节。方东树谓黄诗“于音节尤别创一种兀傲奇崛之响，其神气即随此以见”。（《昭

味詹言》)

总之，宋诗运思造境，炼句琢字，皆剥去数层，透过数层。贵“奇”，故凡想落笔，为人人意中所能有能到者，忌不用，必出人意表，崛峭破空，不从人间来。又贵“清”，譬如治馔，凡肥醲厨馔，忌不用。苏轼评黄诗云：“黄鲁直诗文如蝤蛑江瑶柱，格韵高绝，盘飧尽废。”任渊谓读陈师道诗，“似参曹洞禅，不犯正位，切忌死语”。方东树评黄诗曰：“黄山谷以惊创为奇，意，格，境，句，选字，隶事，音节，着意与人远，故不惟凡近浅俗，气骨轻浮，不涉毫端句下，凡前人胜境，世所程式效慕者，尤不许一毫近似之。”黄陈最足代表宋诗，故观诸家论黄陈诗之语，可以想见宋诗之特点。宋诗长处为深折，隽永，瘦劲，洗剥，渺寂，无近境陈言、冶态凡响。譬如同一咏雨也，试取唐人李商隐之作，与宋人陈与义之作比较之：

萧洒傍回汀，依微过短亭。气凉先动竹，点细未开萍。稍促高高燕，微疏的的萤。故园烟草色，仍近五门青。(李商隐《细雨》)

萧萧十日雨，稳送祝融归。燕子经年梦，梧桐昨暮非。一凉恩到骨，四壁事多违。衮衮繁华地，西风吹客衣。(陈与义《雨》)

李诗写雨之正面，写雨中实在景物，常境常情，人人意中所有，其妙处在体物入微，描写生物，使人读之而起一种清幽闲静之情。陈诗则凡雨时景物一概不写，务以造意胜，透过数层，从深处拗折，在空际盘旋。首二句点出雨。三四两句离开雨说，而又是从雨中想出，其意境凄迷深邃，决非恒人意中所有。同一用鸟兽草木也，李诗中之“竹”、“萍”、“燕”、“萤”，写此诸物在雨中之情况而已；陈诗用“燕子”、“梧桐”，并非写雨中燕子与梧桐之景象，乃写雨中燕子与梧桐之感觉，实则燕子、梧桐并无感觉，乃诗人怀旧之思，迟暮之慨，借燕子、梧桐以衬出耳。宋诗用意之深折如此。五六两句言人在雨时之所感。同一咏凉也，李诗则云“气凉先动竹”，借竹衬出；陈诗则云“一凉恩到骨”，直凑单微。“凉”上用“一”字形容，已觉新颖矣，而“一凉”下用“恩”字，“恩”下又接“到骨”二字，真剥肤存液，迥绝恒蹊。宋诗造句之烹炼如此。世之作俗诗者，记得古人许多陈词套语，无论何题，摇笔即来，描写景物，必“夕阳”“芳草”；偶尔登临，亦“万里”“百年”；伤离赠别，则“折柳”“沾襟”；退隐闲居，必“竹篱”“茅舍”。陈陈相因，使人生厌，宜多读宋诗，可以涤肠换骨也。再举宋人古诗为例，黄庭坚《跋子瞻和陶》诗云：

东坡谪岭南，时宰欲杀之。饱吃惠州饭，细和渊明诗。彭泽千载人，东坡百世士。出处虽不同，风味乃相似。

此诗纯以意胜，不写景，不言情，而情即寓于意之中。其写意也，深透尽致，不为含蓄，而仍留不尽之味，所以不失为佳诗。然若与唐人短篇五古相较，则风味迥殊。如韦应物《淮上即事寄广陵亲故》诗：

前舟已渺渺，欲渡谁相待。秋山起暮钟，楚雨连沧海。风波离思满，宿昔容鬓改。独鸟下东南，广陵何处在。

则纯为情景交融，空灵酝藉者矣。

宋诗中亦未尝无纯言情景以风韵胜者，如：

春阴垂野草青青，时有幽花一树明。晚泊孤舟古祠下，满川风雨看潮生。（苏舜钦）

梨花淡白柳深青，柳絮飞时花满城。惆怅东栏一株雪，人生看得几清明。（苏轼）

我家曾住赤栏桥，邻里相过不寂寥。君若到时秋已半，西风门巷柳萧萧。（姜夔）

诸作虽亦声情摇曳，神韵绝佳，然方之唐诗，终较为清癯幽折。至如：

书当快意读易尽，客有可人期不来。世事相违每如此，好怀百岁几回开。（陈师道）

则纯为宋诗意格矣。

宋诗既以清奇生新、深隽瘦劲为尚，故最重功力，“月锻季炼，未尝轻发”（任渊《山谷诗注序》），盖此种种之美，皆由洗炼得来也。吕居仁《与曾吉甫论诗贴》云：“要之此事须令有悟入，则自然越度诸子，悟入之理，正在工夫勤惰间耳。”此言为诗赖工夫也。因此，一人之诗，往往晚岁精进。王安石少以意气自许，故语惟其所向，不复更为涵蓄。后为郡牧判官，从宋次道尽假唐人诗集，博观而约取，晚年始尽深婉不迫之趣。作诗贵精不贵多。黄庭坚尝谓洪氏诸甥言：“作诗不必多，某生平诗甚多，意欲止留三百篇。”

诸洪皆以为然。徐师川独笑曰："诗岂论多少，只要道尽眼前景致耳。"黄回顾曰："某所说止谓诸洪作诗太多，不能精致耳。"作诗时必殚心竭虑。陈师道作诗，闭户蒙衾而卧，驱儿童至邻家，以便静思，故黄庭坚有"闭门觅句陈无己"之语，而师道亦自称"此生精力尽于诗，"末岁心存力已疲"，此最足代表宋人之苦吟也。

宋诗流弊，亦可得而言。立意措词，求新求奇，于是喜用偏锋，走狭径，虽镌镵深透，而乏雍容浑厚之美。《隐居诗话》云："黄庭坚句虽新奇，而气乏浑厚。"刘熙载云："杜诗雄健而兼虚浑，宋西江名家，几于瘦硬通神，然于水深林茂之气象则远矣。"此其流弊一。新意不可多得，于是不得不尽力于字句，以避凡近，其卒也，得小遗大，句虽新奇，而意不深远，乍观有致，久诵乏味。《隐居诗话》云："黄庭坚喜作诗，得名，好用南朝人语，专求古人未使之一二奇字，缀葺而成诗，自以为工，其实所见之僻也。"方东树曰："山谷死力造句，专在句上弄远，成篇之后，意境皆不甚远。"此其流弊二。求工太过，失于尖巧；洗剥太过，易病枯淡。《吕氏童蒙训》云："鲁直诗有太尖新、太巧处，不可不知。"方东树曰："山谷矫敝滑熟，时有枯促寡味处。"刘辰翁曰："后山外示枯槁，如息夫人绝世，一笑自难。"此其流弊三。

陈子龙谓："宋人不知诗而强作诗，故终宋之世无诗，然其欢愉愁苦之致，动于中而不能抑者，类发于诗馀，故其所造独工。"此言颇有所见，惟须略加解释。盖自中晚唐词体肇兴，其体较诗更为轻灵委婉，适于发抒人生情感之最精纯者，至宋代，此新体正在发展流衍之时，故宋人中多情善感之士，往往专借词发抒，而不甚为诗，如柳永、周邦彦、晏几道、贺铸、吴文英、张炎、王沂孙之伦是也。即兼为诗词者，其要眇之情，亦多易流入于词。如欧阳修，世人称其诗"多平易疏畅，律诗意所到处，虽语有不伦，亦不复问，而学之者往往遂失于快直，倾囷倒廪，无复馀地。"（《苕溪渔隐丛话》卷二十二引《石林诗话》）是讥其不能蕴藉也。然观欧阳修之词如：

寸寸柔肠，盈盈粉泪，楼高莫近危栏倚。平芜尽处是春山，行人更在春山外。（《踏莎行》）

芳菲次第还相续，不奈情多无处足。尊前百计得春归，莫为伤春眉黛蹙。（《玉楼春》）

尊前拟把归期说，未语春容先惨咽。人生自是有情痴，此恨不关风与月。（《玉楼春》）

何其深婉绵邈盖！欧阳修此种之情，既发之于词，故诗中遂无之矣。由此可知，宋人情感多入于词，故其诗不得不另辟疆域，刻画事理，于是遂寡神韵。夫感物之情，古今不易，而其发抒之方式，则各有不同。唐人中工于言情者，如王昌龄、刘长卿、柳宗元、杜牧、李商隐，若生于宋代，或将专长于词；而宋代柳周晏贺吴王张诸词人，若生于唐，其诗亦必空灵蕴藉。陈子龙谓："宋人不知诗而强作诗。"宋人非不知诗，惟前人发之于诗者，在宋代既多为词体夺之以去，故宋诗之内容不得不变，因之其风格亦不得不殊异也。

英国安诺德谓："一时代最完美确切之解释，须向其时之诗中求之，因诗之为物，乃人类心力之精华所构成也。"反之，欲对某时代之诗得完美确切之了解，亦须研究其时代之特殊精神，盖各时代人心力活动之情形不同，故其表现于诗者风格意味亦异也。宋代国势之盛，远不及唐，外患频仍，仅谋自守，而因重用文人故，国内清晏，鲜悍将骄兵跋扈之祸，是以其时人心，静弱而不雄强，向内收敛而不向外扩发，喜深微而不喜广阔。宋人审美观念亦盛，然又与六朝不同。六朝之美如春华，宋代之美如秋叶；六朝之美在声容，宋代之美在意态；六朝之美为繁丽丰腴，宋代之美为精细澄澈。总之，宋代承唐之后，如大江之水，潴而为湖，由动而变为静，由浑灏而变为澄清，由惊涛汹涌而变为清波容与。此皆宋人心理情趣之种种特点也。此种种特点，在宋人之理学、古文、词、书法、绘画，以至于印书，皆可征验。由理学，可以见宋人思想之精微，向内收敛；由词，可以见宋人心情之婉约幽隽；由古文及书法，可以见宋人所好之美在意态而不在形貌，贵澄洁而不贵华丽。明乎此，吾人对宋诗种种特点，更可得深一层之了解。宋诗之情思深微而不壮阔，其气力收敛而不发扬，其声响不贵宏亮而贵清泠，其词句不尚蕃艳而尚朴澹，其美不在容光而在意态，其味不重肥醲而重隽永，此皆与其时代之心情相合，出于自然。扬雄谓言为心声，而诗又言之菁英，一人之诗，足以见一人之心，而一时代之诗，亦足以见一时代之心也。

**【评　析】**

这是一篇较早论述宋诗特点及其艺术成就的经典论文，既能够体现作者深刻的思想，还能够对学习写作提供范式，很值得研读。

第一部分，属于学术背景综述，叙述的是宋诗发展的大概历程及其主要特点。从这一段文字可以看出缪钺先生学养的深厚，下语判断精确洗练。其中"宋诗之有苏黄，犹唐诗之有李杜"可谓精辟深刻，已成为学术界的通识。一篇论文的开头最要简洁，不要绕弯子，要直奔主题，将所要论述的对象、范围交代清楚。

第二部分论述宋诗和唐诗的差异，已经成为经典论断，被各种文学史著作争相引用，与钱锺书先生在《谈艺录》中提出的“唐诗多以丰神情韵擅长，宋诗多以筋骨思理见胜”有异曲同工之妙。唐诗美在韵和情辞，所以浑雅、丰腴，空灵洒脱，充满一种生气勃勃的英姿，仿佛刚脱笔砚的新鲜；而宋诗美在意与气骨，所以精能瘦劲，具有深刻曲折透辟的特点，带有一股持重老成的气象。几个绝妙的比喻将这种特点具体化形象化，使人们对唐宋诗的主要艺术特点有一个明确的认识。最后缪先生还准确地指出唐宋诗的缺点，毫不含糊。请注意：写论文时，同学们最容易犯论题本位主义的错误，往往对一个作家只分析正面的成就，而不敢或不愿指出其缺点和不足。要知道指出缺点和不足与指出成就一样需要眼光，需要认真思考，只有正反两方面结合，你的结论才能够辩证、准确，才能经得起检验和质疑。

第三部分是分论唐宋诗区别的一个总纲，清理出了从唐代杜甫到韩愈、孟郊过渡到宋代的艺术传承线索，指出宋诗的主要特点在于诗歌内容题材的日常生活化及艺术上重视议论说理并欲以人工胜天然的特点。接着举例论述宋诗的特点之一：善于用事（即运用典故）。缪先生不是一味反对在诗中运用典故，而是客观公允地指出用典的必然性和优越性。注意：缪先生没有忘记指出用典过度产生的弊端。分论宋诗的特点之二：对偶。先述运用对偶的历史渊源及其在诗歌中运用的必然性和必要性，然后细分“工切”“匀称”“自然”“意远”四个方面，列举具体例子说明宋诗运用对偶的妙处。分论宋诗特点之三：讲究句法。先是指出“唐人为诗，固亦重句法，而宋人尤研讨入微。宋人于诗句，特注意于洗炼与深折，或论古，或自作，或时人相欣赏，皆奉此为准绳”，然后列举一连串的有代表性例子，证明论点。注意：同学们面对某一方面例子特别繁多的情况该怎么办呢？要把握两个原则：一个是时间先后顺序的原则，不能次序凌乱前后混杂；另一个是代表性、经典型，一定要多引名作。列举完毕之后，要有一些概括的话总结一下，让结构完整。分论宋诗特点之四、五：用韵、声调。前者举唐代韩愈善于用韵为欧阳修赞赏及宋代吕本中的论述，概括宋诗用险韵追求新奇的特点；后者则举出具体的例子说明宋诗自觉追求声调和谐的美学特点。

然后，得出一个基本结论：宋诗运思造境，炼句琢字，皆剥去数层，透过数层。贵“奇”，故凡想落笔，为人人意中所能有能到者，忌不用，必出人意表，崛峭破空，不从人间来。又贵“清”，譬如治馔，凡肥醲厨馔，忌不用。为了加强整体印象，缪先生举出具体的完整作品进行分析，使结论坚实可靠。这一点上，李春青论文《唐宋诗的区别》值得一读。

最后，指出形成宋诗特点的原因。并解释了宋人不是不擅言情，因为真情流露进入了宋词的艺术领域，在诗歌方面则只有避开唐人之所长，从议论、格律、立意等方面锐意开拓，形成自己独特的不同于唐人的风貌特征。再次体现出缪先生宏阔的文学史观念，正因为有一部文学史（至少是诗歌史）了然于心，所以才能对唐诗、宋诗的特点把握准确，举重若轻，得出的结论令人信服。此文发表于1941年《时代与思想》第三期，虽然过去了70年，但依然闪烁着真理性的光辉。这是一篇值得反复研读的论文，可悟作文之法。

**【文献链接】**

1. 程千帆：《七言律诗中的政治内涵——从杜甫到李商隐、韩偓》，《文艺理论研究》1988年第2期。

2. 杜晓勤：《地域文化的整合和盛唐诗歌的艺术精神》，《文学评论》1999年第4期。

3. 葛晓音：《初盛唐七言歌行的发展——兼论歌行的形成及其与七古的分野》，《文学遗产》1997年第6期。

4. 李春青：《在文本与历史之间·第十章·宋诗与唐诗究竟何异》，北京大学出版社2005年版。

5. 莫砺锋：《唐宋诗歌论集》，凤凰出版社2007年版。

6. 徐复观：《中国文学精神·宋诗特征试论》，上海书店出版社2004年版。

7. 余恕诚：《唐诗所表现的生活理想和精神风貌》，《唐诗风貌·第一章》，安徽大学出版社2000年版。

8. 余恕诚：《中唐韩白诗风的差异与进士集团的思想分野》，《唐诗风貌·第五章》，安徽大学出版社2000年版。

9. 余恕诚：《晚唐两大诗人群苑及其风貌特征》，《唐诗风貌·第六章》，安徽大学出版社2000年版。

10. 赵昌平：《盛唐北地士风与崔颢李颀王昌龄三家诗》，《唐代文学研究》1994年第5辑。

## 第二节　唐宋词研究

词学研究是古代文学研究中的一大显学，而唐宋词的研究，更属于词学研究的重镇，这是因为唐宋词处于词史的产生和繁荣阶段，在词史上占有无可比拟的地位，也因其卓越的艺术成就和独特的艺术魅力，在整个文学史上具有非常重要的地位。本节在介绍词学研究体系的基础上，重点介绍20世纪以来学界在唐宋词研究方面采用的方法和取得的成就。这不仅是因为相对于金元词、明词、清词、近代词的研究而言，唐宋词的研究最为充分，对词学成为20世纪的显学贡献最大，也是因为唐宋词的研究方法和成就具有典范意义，对其他几个时段的词的研究颇具参考价值。

## 一、现代词学研究的形成

“词学”一词出现得比较早，但用“词学”来指称与词有关的学术研究，肇始于词的创作与研究开始复兴的清代。不过，包括清人在内的古代词学多以序跋、词话之类的形式出现，其间虽不乏精彩的见解，但总的来说，比较零碎简略，体系性不强，且多印象式的批评。到了清季四大词人（王鹏运、朱祖谋、郑文焯、况周颐），传统意义上的词学研究在涌现了一批集大成式的著作之后，也不可避免地走向了终结。王国维则开启了现代词学，其标志是1908年发表的《人间词话》。该书以境界论词，自成体系，令人耳目一新，体现出与旧词学的明显差异。这种开端经胡适的进一步发扬，词学研究的现代性得到了进一步的加强。到了民国四大词人（夏承焘、唐圭璋、龙榆生、詹安泰）时期，现代意义上的词学研究基本上形成了，词学真正成为一门独立的学科——其标志是出现了一批直接以“词学”命名的学术著作，如梁启勋的《词学》、吴梅的《词学通论》、徐珂的《清代词学概论》、胡云翼的《词学ABC》等；最突出的标志则是20世纪30年代《词学季刊》在上海的创立。《词学季刊》是专门发表现代词学界研究成果的期刊，聚集了当时最主要的词学专家，如吴梅、汪东、王易、陈洵、夏敬观、龙榆生、夏承焘、唐圭璋、俞平伯、刘永济、吴世昌、缪钺、宛敏灏。他们的词学研究取得了很大的成就，为其后的词学研究奠定了基本格局。也正是他们，以及后来出现的一大批词学研究的后继者，完成了词学研究由古代向现代的转换，并将现代词学研究不断推向深入。

大致说来，现代意义上的词学研究可以归纳为这样几个领域：文献学研究、本体学研究、文化学研究、词史研究。下面我们就从这四个方面介绍唐宋词研究的现状。

## 二、唐宋词研究的现状

1. 唐宋词的文献学研究

这是词学研究的基础工作，主要采用校勘、笺注、辑佚、辨伪等方法，对不同形式的词籍（包括词集、词论）进行整理，涉及考据学、版本学、目录学等诸多领域。现代词学的文献学奠基人是唐圭璋先生。早在新中国成立前，他就以个人之力完成了《全宋词》的编撰，获得学界好评。新中国成立后，唐圭璋先生完成了《全金元词》的编撰，还委托王仲闻（王国维次子）对《全宋词》加以修订，使这部宋词研究的基础性文献的质量得到了大幅度的提高。20 世纪 80 年代，孔凡礼的《全宋词补辑》，对《全宋词》作了不少增订，有关宋词的一代总集逐步趋于完善。《全唐五代词》的编撰也在 20 世纪不断地推陈出新。30 年代出版了林大椿《唐五代词》，80 年代又有张璋、黄畲合编的《全唐五代词》，90 年代出版了曾昭岷、曹济平、王兆鹏、刘尊明编著的《全唐五代词》，后出转精，为学界研究唐五代词提供了比较可靠的文本。

与总集编撰工作一道进行的是词的别集、选集的整理。目前，比较重要的、存词较多的唐宋词人的别集，基本上得到了较好的整理，其中詹安泰编注的《李璟李煜词》、夏承焘的《姜白石词编年笺校》、王仲闻的《李清照集校注》、姜书阁的《陈亮龙川词笺注》、徐培均校注的《淮海居士长短句》、钟振振校注的《东山词》、邓广铭的《稼轩词编年笺注》等，堪称典范之作。有的别集还出现了不同的整理本，如苏轼的词集，20 世纪初就有朱祖谋的编年本《东坡乐府》，后来龙榆生在此基础上完成了《东坡乐府笺》。80 年代以后，又相继出现了石声淮、唐玲玲的《东坡乐府编年笺注》，薛瑞生的《东坡词编年笺证》，邹同庆、王宗堂的《苏轼词编年校注》等整理本，各有胜义。秦观、周邦彦、李清照等著名词人的词集也有多种整理本。选集的整理亦颇受词学界的重视，如《花间集》的整理，1949 年以前就有华连圃的《花间集注》、李冰若的《花间集评注》，50 年代又有李一氓的《花间集校》。80 年代以后，李谊、房开江、于翠玲、周奇文、王新霞、高锋、朱恒夫、沈祥源与傅生文等学者也对其做了不同形式的整理，为学界阅读和利用这部唐五代词集提供了极大的方便。

词论资料（包括词话、序跋等）的整理也是词学文献学研究的重要对象。其成果早期主要见于唐圭璋的《词话丛编》，该书收集了部分宋人词论资料（如王灼的《碧鸡漫志》、张炎的《词源》、沈义父的《乐府指迷》等）。80

年代以来，学界在这方面投入了很大的精力，出版了不少词论资料汇编，如施蛰存主编的《词籍序跋萃编》，张璋编纂的《历代词话》及其续编，钟振振主编的《历代词纪事会评》（其中《两宋词纪事会评》未出版），朱崇才编纂的《词话丛编续编》，均不乏唐宋词的评论资料。还有不少专门收集唐宋词评论资料的著作，如唐圭璋编的《宋词纪事》，金启华主编的《唐宋词集序跋汇编》，张惠民编的《宋代词学资料汇编》，孙克强编的《唐宋人词话》，施蛰存、陈如江辑录的《宋元词话》，吴熊和、王兆鹏等主编的《唐宋词汇评》、邓子勉《宋金元词话全编》，从各种笔记、野史、诗话、文集中勾勒出丰富的论词资料，取材广泛，可补《词话丛编》之不足。这一时期，还出版了不少专门的作家资料汇编，如苏词汇评、李清照资料汇编、张孝祥资料汇编、辛弃疾资料汇编、吴文英资料汇编等。这些著作将散见于各种文献中的论词资料汇编在一起，极大地方便了学者的检索，省却了不少翻检之劳。

随着现代科学手段的普遍运用，学界推出了不少关于唐宋词的电子文献。与纸质文献相比，这类文献不仅便于携带和保存，更因其有诸多检索功能而为学界青睐。但此类文献良莠不齐，必须与传统的纸质文献配合方可放心使用。

2. 唐宋词的本体学研究

考察词体，主要是从音乐和文学的角度来揭示词体的特色，涉及词调、词谱、词律、词韵、词的宫调、词的鉴赏、词的美学研究等。其中，词调、词谱、词韵、词律、词的宫调等是词学研究的特色所在，但也是词学研究的难点所在。这是因为，词谱、词韵、词的宫调等的考察，大多离不开对词与音乐的关系的考察，而流传下来的关于词与音乐的史料很少，解读起来也非常困难，如果不是对音乐研究本身有一定素养的学者，几乎很难从事这类研究。新中国成立前这方面的成果主要集中在对燕乐、张炎《词源》、姜夔《白石道人歌曲》之旁谱研究等方面。80 年代以来，这方面的著作并不多见，仅见洛地《词乐曲唱》和《词体构成》，刘崇德《姜夔与宋代词乐》（与龙建国合著）、《唐宋词古乐谱百首》、《燕乐新说》等。总的来说，当代学界在这方面所取得的成果很难超越前人，因而更多是从艺术的角度来揭示词独特的美学特色与艺术魅力，此即词的文艺学研究。

词的文艺学研究，即通过鉴赏、美学研究等方法对词体进行艺术研究。与其他文体相比，词的音乐属性比较突出，因而从音乐的角度对词的本体进行研究，自是必然。但词本身有其文学属性，特别是词在发展过程中，音乐性渐渐减弱，而文学性逐步增强，因而对词进行文艺学的探讨，亦属题中应有之义。王国维的《人间词话》颇为重视词不同于诗的艺术个性，指出："词之为体，要眇宜修。能言诗之所不能言，而不能尽言诗之所能言。诗之境阔，词之言长。"缪钺在《诗词散论·论词》中对此作了进一步的阐述，认为："诗显而词隐，诗直而词婉，诗有时质言而词更多比兴，诗尚能敷畅而词尤贵蕴藉。"作者还将词体的文学特性概括为四端（文小、质轻、径狭、境隐），认为这是词体之所以能"离诗独立"的主要原因。王、缪关于词体的分析，颇为后学称引，并一直启发学界对词体的艺术特性加以细致的分析，叶嘉莹、万云骏、钱鸿瑛等人堪称继武。万云骏《诗词曲欣赏论稿》、叶嘉莹与缪钺合著的《灵溪词说》、钱鸿瑛的《词的艺术世界》，在揭示词的文学特征方面都有精到的见解。刘永济的遗著《词论》在融会古人论词精义的同时，对词的艺术性的阐释亦颇有新见。施议对在其师吴世昌有关词学论述的基础上，进一步提出了词体结构论，主张从结构入手探讨词体的本质，并已通过对屯田家法、易安体、稼轩体的解读作了较为成功的尝试（参施著《宋词正体》）。

20 世纪 80 年代中期以后，学界从美学的角度研究唐宋词，以期揭示出唐宋词独特的美学面貌。杨海明《唐宋词风格论》从风格的角度探讨唐宋词的美学风貌及其流变，是较早从事这一研究的代表性著作。其后，邓乔彬的《唐宋词美学》、杨海明的《唐宋词美学》、孙立的《词的审美特性》、张惠民的《宋代词学审美理想》、杨柏岭的《唐宋词审美文化阐释》，从不同角度深化了唐宋词的美学研究。与此同时，有些学者则从主题、意象等角度专题探讨唐宋词的艺术特色，细化了词的本体研究，如张仲谋《论唐宋词的"闲愁"主题》、刘尊明《论唐宋词中的"闲情"》、赵梅《重帘复幕下的唐宋词：唐宋词中的"帘"意象及其道具功能》等论文①。

对词之艺术的研究，往往离不开对词作本身的细读，亦即词的鉴赏。夏承焘的《唐宋词欣赏》、沈祖棻的《宋词赏析》是较早从鉴赏的角度研究唐宋词的两部著作，对 80 年代以来方兴未艾的古代文学鉴赏热的形成起到了很好的推动作用。叶嘉莹的《唐宋词十七讲》以其细腻的文本分析和深入浅出的理论阐释，进一步扩大了唐宋词的当代影响。这些著作连同上海辞书出版社等机构出版的各种唐宋词鉴赏辞典，吸引了一批青年学子从事词学研究，对词学研究的学术建设和队伍建设颇有贡献。

总的来说，已有的词的文艺学研究，主要是通过词与诗的对照来揭示的。

① 以上论文分见《文学遗产》1996 年第 6 期，《文学评论》2007 年第 4 期，《文学遗产》1997 年第 4 期。

其实，词体特色是相对于其他文体（尤其是诗歌）而言的，要揭示词体特色，自然要与其他文体加以比较。但这仅仅是词体比较研究的一个方面。词在形成自身特色与不断演变的过程中，也受到了其他文体的影响（如诗、赋、文），还会以各种方式影响到其他文体。这种文体之间的交融与互渗，虽然不乏零星的论文加以探究，但尚未得到学界的充分重视。如何从文体学的角度来揭示词体特色，值得我们进一步思考。

3. 唐宋词的文化学研究

主要是从社会、文化的角度，对词的创作和词史演进中出现的某些现象进行文化学的阐释。如果说词的本体学研究主要是从内部入手研究词的本色，那么词的文化学研究主要是从外部入手，努力从一个更广阔的角度阐释词体形成与演进的各种原因，以期解决单纯的艺术研究无法解释的词学问题。这一方法的提出，得益于80年代古代文学研究中出现的“方法热”。早在1989年第2版的《唐宋词通论》重印后记中，吴熊和就指出词是在综合各种复杂因素在内的历史背景下“产生的一种文学——文化现象，我们应该开阔视野，加速这方面的研究”。80年代以来，唐宋词的文化学研究在以下方面取得了比较突出的成就：一是从音乐文化角度研究唐宋词，如施议对《词与音乐关系研究》、王昆吾《唐代酒令艺术》，对词与音乐的关系加以考辨，有一定的创获。任半塘的《唐声诗》与杨晓霭的《宋代声诗研究》从音乐文艺的角度，对唐宋声诗加以细致的考辨，这对我们理解声诗与词的关系不无帮助。二是研究词与歌妓制度的关系，不仅有大量的单篇论文，而且出版了不少专著，如李剑亮的《唐宋词与唐宋歌妓制度》，沈松勤的《唐宋词社会文化学研究》对此也有专门的研究。三是研究词与商业文化、城市生活的关系，如王晓骊的《唐宋词与商业文化关系研究》、杨万里的《宋词与宋代的城市生活》。四是研究词与民俗等社会文化的关系，如黄杰的《宋词与民俗》。五是研究词与儒释道文化的关系，史双元的《宋词与佛道思想》、刘尊明的《唐五代词的文化观照》对此均有论述，崔海正的《宋词与宋代理学》、张春义的《宋词与理学》则对宋词与宋代理学（新儒学）思潮之间的关系进行了专门的研究。六是研究唐宋词与当时的士风、世风之间的关系，如韩经太的《宋词与宋世风流》、王晓骊的《“逐弦管之音，为侧艳之词”：试论冶游之风对晚唐五代北宋词的影响》等论文；七是研究唐宋词与地域文化（尤其是南方文化）的关系，如杨海明的《试论宋词所带有的“南方文学”特色》、《试论唐宋词所浸染的“南国情味”》等论文，以及崔海正的《宋代齐鲁词人概观》、汤涒的《敦煌曲子词地域文化研究》等著作；八是研究宋词的人文精神与文化品格，如沈家庄的《宋词文体特征的文化阐释》、孙维城的《“晋宋人物”与姜夔其人其词：兼论封建后期士大夫的文化人格》等论文①；九是以当代意识观照唐宋词，分析它所蕴涵的人生内涵，代表性著作是邓乔彬的《宋词与人生》、杨海明的《唐宋词与人生》，此外还有将唐宋词与当代的流行歌曲加以比较研究的著作。

总的来说，词的文化学研究及其与当代意识的结合，打破了新中国成立后很长一段时间内一味以政治标准来评价文学的做法，将词的外部联系拓展到它与文化各个层面之间的关联，不仅开阔了视野，而且增强了词学研究的当代性，开拓了词学研究的新领域。不过有的研究演变成了纯粹的文化学研究，这就失去了文学研究的本来意义。因此，词的文化学的研究要坚持文学的本位，尤其是要注意词的本色，不能简单地将词作为文化研究的材料。就已有的研究成果而言，有些方面的研究比较充分（如唐宋词与歌妓制度的研究），但也还存在一些薄弱的领域，如宋词与党争的关系就较少深入研究；宋词与理学虽有少量论著，但论述仍不够充分；至于由部分论著引出的宋词与宋型文化之间的关系，更是一个引而未发的课题；唐宋词与当代文化之间的联系也有许多可供挖掘的地方，如唐宋词与新诗之间的关系，值得进一步探讨。

4. 唐宋词史的研究

唐宋词史一向是词史研究的重点。不少学者综合运用考证、鉴赏、文化学等方法，进行唐宋词史的研究，包括词人的个案研究、流派（或群体）研究、时段研究、接受史与传播史等诸多领域。其中，词人的个案研究是词史研究的基础，涉及作品的编年、词人生平事迹的考证、年谱和传记的编写、词史地位的评价。王国维的《清真先生遗事》开启了现代词学编撰词人年谱的先河，夏承焘的《唐宋词人年谱》堪称现代词学中这一领域的典范性作品。夏著之后，相继出现了邓广铭的《辛稼轩年谱》、王兆鹏的《张元幹年谱》、韩酉山的《张孝祥年谱》、程章灿的《刘克庄年谱》、严杰的《欧阳修年谱》、郑永晓的《黄庭坚年谱新编》、孔凡礼的《苏轼年谱》、徐培均的《秦少游年谱长编》等著作。宛敏灏的《二晏及其词》对二晏的生平与创作加以全面地考察，堪称现代词学中个案研究的代表性著作。20 世纪 80 年代以后词学界也涌现了一批个案研究的力作，著作如杨海明的《张炎词研究》，刘扬忠的《辛

① 以上论文分见《中国社会科学》1994 年第 6 期，《文学遗产》1997 年第 3 期，《学术月刊》1984 年第 1 期，《文学遗产》1987 年第 1 期，《文学评论》1998 年第 4 期，《文学遗产》1999 年第 2 期。

弃疾词心探微》和《周邦彦传论》，王筱芸的《碧山词研究》，金启华和萧鹏合著的《周密及其词研究》，钟振振的《北宋词人贺铸研究》，钱鸿瑛的《梦窗词研究》，论文如叶嘉莹的《论咏物词之发展及王沂孙之咏物词》，施议对的《论稼轩体》，邓乔彬的《论姜夔词的清空》和《论姜夔词的骚雅》等①，均为80年代以来唐宋词史的编撰和唐宋词的综合研究奠定了坚实的基础。已有的作家研究成果，主要集中在温庭筠、李煜、柳永、苏轼、秦观、李清照、周邦彦、辛弃疾、姜夔等名家（特别是苏轼、李清照、辛弃疾三家），不仅有大量的单篇论文，还出版了各种研究专著、论文集。但唐宋词的研究过于集中在少数名家，容易出现大量的重复，也使得其他词人的研究显得较为薄弱。因此，今后的作家研究，既需要将名家研究推陈出新，也存在着一个扩大研究范围的问题。

流派（群体）研究或时段研究也是词史研究的重要组成部分。吴熊和的《唐宋词通论》即有专章论述唐宋词的流派，开启了80年代以来词派研究的先声。刘扬忠的《唐宋词流派史》堪称唐宋词流派研究的集大成著作。该书不仅翔实地考察了唐宋词流派演变的“过程”，还着力揭示出唐宋词流派形成与变化的历史动因。余传棚《唐宋词流派研究》着重考察了唐宋词发展过程中出现的花间词派、婉约派、颓放派、豪放派、雅正派。除了这些通论式的著作外，学界也不乏对具体词派所作的专题研究。王兆鹏的《南渡词人群体研究》和肖鹏的《群体的选择——唐宋人词选与词人群通论》，是大陆词学界较早进行唐宋词群体（流派）和时段研究的两部专著。新世纪以来，学界又相继推出了不少这方面的著作，如高锋的《花间词研究》、诸葛忆兵的《徽宗词坛研究》、彭国忠的《元祐词坛研究》、牛海蓉的《元初宋金遗民词人研究》、郭锋的《南宋江湖词派研究》、单芳的《南宋辛派词人研究》、丁楹的《南宋遗民词人研究》、金国正的《南宋孝宗词坛研究》。流派（或群体）研究或时段研究，不仅促进了词的分期和流派研究，也深化了词史的研究，使词史演进中某些群体或时段的面貌更为清晰地展示出来。

词人的个案研究与群体研究直接推动了唐宋词史的编撰工作。词史的编撰包括通史与断代史两种。早期的词学通史有刘毓盘的《词史》、吴梅的《词学通论》、王易的《词曲史》、胡云翼的《中国词史略》，但体例比较单调，论述亦较单薄。80年代以后相继出版了许宗元的《中国词史》、金启华的

① 以上论文分见《四川大学学报》1986年第4期，《中国社会科学》1987年第5期，《文学遗产》1982年第1期，《文学评论丛刊》第22辑。

《中国词史论纲》、艾治平的《婉约词派的流变》、黄拔荆的《中国词史》。这些通史式的著作虽然格局稍大，但因其并非建立在对个案深入研究的基础之上，对词史的把握比较简单，其成就远远不及唐宋词的断代史研究。唐宋词史的编撰在新中国成立前就有胡云翼的《宋词研究》、薛砺若的《宋词通论》。80 年代以来，随着个案研究的不断深入，和唐宋词史的整体把握不断加强，学界推出了不少有影响的唐宋词断代史著作，如杨海明的《唐宋词史》，这是新中国成立以来第一部融历史分析与美学评价为一体的唐宋词断代史著作，对唐宋词发展过程中出现的各种文学现象和创作实践，都做了深刻而精辟的论述。此后，谢桃坊的《宋词概论》，陶尔夫、诸葛忆兵合著的《北宋词史》以及陶尔夫、刘敬圻合著的《南宋词史》，木斋（王洪）的《唐宋词流变》与《宋词体演变史》，刘尊明的《唐五代词史论稿》，邓乔彬的《唐宋词艺术发展史》等著作，也对宋词的发展情况作了细致的描述。其中，邓著《唐宋词艺术发展史》特色尤其鲜明，堪与杨海明的《唐宋词史》、刘扬忠的《唐宋词流派史》并称为新时期以来三部标志性的唐宋词史。90 年代以来，不少博士和硕士论文从事专题史研究，这在很大程度上细化了唐宋词史的研究，如邓红梅的《女性词史》对唐宋女词人的研究，路成文的《宋代咏物词史论》对两宋咏物词史的探讨，以及徐安琪的《唐五代北宋词学思想史论》对唐宋词学思想史的考察。

随着新方法和新观念的介入，特别是传播学与接受美学理论被引入词学研究领域，唐宋词的传播史与接受史研究颇受学界关注，这不仅直接推动了 90 年代以来学界对词史中经典作家、经典作品经典化历程的研究，也大大加强了以往文学史研究中比较单薄的影响史研究。有的学者还将这种研究与统计学的方法结合起来，使文学分析与数据统计相互印证，既有实证依据，又有理论支撑，改变了传统的文学研究过于依赖印象式批评的做法，使以往某些模糊的认识得以清晰，如刘尊明与张春媚合写的《传播与温庭筠的词史地位》、刘尊明和田智会合写的《试论周邦彦词的传播及其词史地位》、刘尊明和王兆鹏合写的《从传播看李清照的词史地位：词学研究定量分析之一》、刘尊明和王兆鹏合写的《本世纪东坡词研究的定量分析——词学研究定量分析之一》、王兆鹏的《宋词名篇的定量考察》等论文①。这方面的著作则有龙建国《唐宋词与传播》、杨雨《传播学视野下的宋词生态》、李冬红《〈花间

① 以上论文分见《文学评论》2002 年第 6 期，《文学遗产》2003 年第 3 期，《文献》1997 年第 3 期，《文学遗产》1999 年第 6 期，《文学评论》2008 年第 2 期。

集〉接受史论稿》、张璟《苏词接受史研究》、钱锡生《唐宋词传播方式研究》、陈水云《唐宋词在明末清初的传播与接受》、谭新红《宋词传播方式研究》等。

## 三、唐宋词的阅读与选题

对一个本科生而言，要从事唐宋词的研究，主要的准备工作是读词和确定选题，而选题最好是在阅读的过程中逐渐形成，因此读词成了研究的基础工作。但存世的唐宋词多达两万多首，在有限的时间内，无法全部浏览，因此最可行的办法是找选本（选集）来读，再进而去读别集乃至总集，正所谓“初当读选本，以博其趣；继乃读专集，以精其诣”（唐圭璋《论词之作法》）。古今以来产生了很多的词选，比较适合当代读者的选本，首选龙榆生的《唐宋名家词选》。这个选本具有篇幅适中、选目精当、体例完备等优点，不足之处在于没有注释，这对于一个初学者来说，不免增加了阅读的困难。因此，一部有注释的唐宋词选本——中国社科院文学研究所集体编写的《唐宋词选》，就值得阅读。这个本子保留了《唐宋名家词选》的某些优点，如篇幅比较适中、选目大体精当，但与《唐宋名家词选》相比，《唐宋词选》的选目有一定的时代局限性：对豪放派的作品比较看重，对婉约派的作品有所不满。此外，俞陛云的《唐五代两宋词选释》、俞平伯的《唐宋词选释》、唐圭璋的《唐宋词简释》等选本，以及程郁缀的《历代词选》中的唐宋词部分，也值得一读。

但是，“读词不能只看选本，因为选本大抵只拣精的，不选坏的；而全集则精粗杂陈，瑕瑜互见”（俞平伯《读词偶得·诗余闲评》）。所以读完选本之后，大家还应该根据自己的兴趣去找自己喜欢的词人的别集，或是到总集中找自己喜欢的词作来读。就阅读方法而言，选本可泛读，别集宜精读。读词的时候，大家首先要疏通词句、典故的含义及全篇的大意。由于大多数唐宋词的别集甚至全唐五代词、全宋词等总集现在都有注释，所以障碍并不大。读词的关键是体会词心、词境。读词过程中，大家还很容易遇到另一种障碍，即作品是否有寄托的问题。相对于诗歌而言，词更强调比兴寄托，但一首作品到底有无寄托、寄托什么，常常众说纷纭。任二北在《词学研究法》中对此提出了较好的解决办法：“比兴之确定，必以作者之身世、词意之全部、词外之本事，三者为准。”抓住这三个标准，也就不会再犯古人说词生硬比附的毛病。另外，读词的同时，大家最好了解一些关于词的格律的知识，因为要把握词的句读，特别是对其声情有心得，离不开对格律的了解。关于格律方面的知识，许多词学入门或词学概论的著作都有所介绍，如夏承焘与吴熊和合著的《读词常识》、王力的《诗词格律》、龙榆生的《唐宋词格律》和《词学十讲》、吴丈蜀的《词学概说》、宛敏灏的《词学概论》、张中行的《诗词读写丛话》等。

读的作品多了，大家不难找到自己感兴趣的课题加以研究。选题可大，可小；可以侧重于考证，也可侧重于艺术分析，或侧重于理论探讨；可以是作家专论，也可以是词史演进线索的勾勒，或词史发展规律的探寻。总之，一切视研究对象与本人的研究特长而定。在确定选题的时候，大家应了解一下是否与学界已有的成果重复，或者学界这方面的研究取得了哪些进展。武汉大学王兆鹏教授编制的《20 世纪词学研究论著目录索引》，收录较全，且有网络版，极易检索。此外，一些词学辞典之类的工具书及时总结了当代的词学研究成果，也值得大家参考，如马兴荣等主编的《中国词学大辞典》，以及王兆鹏、刘尊明主编的《宋词大辞典》等。

**【范文选读】**

## 试论唐宋词所浸染的“南国情味”

杨海明

唐宋词坛，素以“婉约”为其“正宗”的风格。这种柔美、香艳、软弱的词风，折射着一定的时代精神，积淀着一定的审美心理，归根结底，是特定的政治、经济、文化、思想等综合因素所共同“凝聚”而成的产物，具体分析起来，其形成原因是相当复杂微妙的。不过，在这些错综的原因中间，唐宋词所浓厚地带有着的南方地域性，却也是一个不可忽视的方面。这个论点的提出，是基于下列两个事实之上的：首先，“文学是人学”，而现实生活中的人又是在一定的时间、空间条件下活动着的。对于人的“时间性”（或“时代性”），人们在进行文学评论时，已经给予了比较充分的重视；然而对于人的“空间性”（或“地域性”），则一向似乎注意得不够——这也许是为了免于陷入“地域决定论”的缘故吧。其实，人的地域性本是一个客观存在的事实，想否认也否认不了；只要不是过分夸大它的作用，而给它以正确的认识和解释，那是会有助我们开拓出一个新的研究视野的。深谙中国旧文化和中国民族性的鲁迅先生，就曾不止一次地谈到过这个问题。例如他在 1935 年 3 月致萧军、萧红的信中就说过：“其实，中国的人们，不但南北，每省也有些不同的；你大约还看不出江苏和浙江人的不同来，但江浙人自己能看出，我还能看出浙西人和浙东人的不同……由我看来，大约北人爽直，而失之粗；南人文雅，而失之伪。”全国之大，且不必说它；而即使是一省之内（如浙东与浙西、苏南与苏北），人们的某些风貌竟还存在着相当明显的差异，那么，由他们创作的文学作品，自然也该存在一定的地域性（或地方性）差别吧？虽然由于大家都使用着一种统一的文字，因而这种差别已经降低了很多，但是从“风格如人”的角度看，人的这种地域性毕竟是会给文学烙上一定深度的印记的。这不光是一个理论的问题，而且也是一个早被许多文学史现象所证明了的事实。其二，文学形象是主观的审美意识与客观的审美对象相互作用而达到统一的产物；就诗词来讲，则大致是由人的感情世界和自然、社会的“物象”共同来组成其“意境”的。所有在进行文学研究时，我们不仅要注意人的“主观能动性”（亦即审美意识的主动、甚至是主导的作用），而也不能忽视了物的“反作用”（亦即审美对象对于作者的“移情”作用）。只有合二者而观之，才是“圆照”的态度和全面的方法。从这个意义上看，在唐宋词的风格学范畴中，考察景物的地域性色彩对其词风的形成的影响，也应是一个有意义的论题。而事实也正是这样：随着中唐以后全国经济重心的南移，随着南方秀美的山水逐渐被更多的文人所熟悉和喜爱，随着南方城市面貌的日趋繁华，也随着唐宋词人的日益“南方化”（从籍贯和气质而言），唐宋词中所浸染和散发着的“南国情味”也就比之前代文学，显得格外的浓郁了。因此，本文就想暂时“撇开”（事实上也并未全部“撇开”）其他方面的因素，侧重于“南国情味”促成“婉约”词风的问题，来谈一点不一定成熟的看法。至于其他方面的问题（例如政治、经济、音乐、文学理论等等因素对于词风的影响），并非不重要，仅因限于篇幅，所以就不在这里多说。另外，这里所说的“唐宋词”，也主要是指文人所作的“婉约”词。

## 一、水之“钟秀”于词，功莫大焉

南国多水乡。谈到词所带有的“南国情味”，就首先要谈及它的多写水景。前人评论晚唐诗人许浑，说他“集中佳句甚多，然多用‘水’字”，故有“许浑千首湿”之称。（《苕溪渔隐丛话》前集卷二十四引《桐江诗话》）借用这个说法，我们也可以说，唐宋（婉约）词中，十之七八都充满着湿淋淋的“水意”。

不妨先以文人所较早创作的一些小令词来看：

刘禹锡在夔州学习民歌，写下了十一首《竹枝》词，其中就篇篇都不离一个“水”字（以及与水有关的桥、棹、柳等水乡景物）。读着诸如“山桃红花满上头，蜀江春水拍山流。花红易衰似郎意，水流无限似侬愁”之类的句子，我们便不难感受到里头流溢着的盎然“水意”。

白居易来到江南后写过三首《忆江南》，也就有两处提到过这儿的水景：“日出江花红胜火，春来江水绿如蓝”，“山寺月中寻桂子，郡亭枕上看潮头”。勾系着他惦念苏、杭之心的，便是它们美如画图的水乡景致。

温庭筠的词中也同样充满着有关于水的字面。其中直接写水的有：春水、小河、池塘、细雨、水风、细浪、南浦、越溪、水纹、寒潮、江畔、湖上；间接写及水的有：小船、江楼、驿桥、绿萍、兰棹、莲舟、杨柳丝、梧桐雨……从某种意义上讲，构成温词意境的基本“意象群”，便是这一大堆以水为中心的南国景物。

上面这些词人都是来自北方的。他们所见到的有关南国的“第一印象”，便是它的“多水”，所有反映到他们的词篇中，也就较多的是有关于水的描写。至于土生土长于南方的词人（按：据周笃文《宋词》一书统计，占宋词人的82.6%。唐五代词人中，南人比例亦甚高），他们的多写水景，那就更不必多言了。李璟的“菡萏香销翠叶残，西风愁起绿波间”，李煜的“问君能有几多愁？恰似一江春水向东流”，柳永的“今宵酒醒何处？杨柳岸、晓风残月”，秦观的“郴江幸自绕郴山，为谁流下潇湘去”，贺铸的“若问闲愁都几许？一川烟草，满城风絮，梅子黄时雨”，周邦彦的“五月渔郎相忆否？小楫轻舟，梦入芙蓉浦”，姜夔的“南去北来何事？荡湘云楚水，目极伤心”，吴文英的“箭径酸风射眼，腻水染花腥”，张炎的“三月休听夜雨，如今不是催花”……举凡唐宋婉约词中的那些言情名句，几乎都与水结下了不解之缘；仅从这一点看，说唐宋词是一种典型的“南方文学”，也就不嫌过分了。“骏马秋风冀北，杏花春雨江南”，古人心目中的江南，其最突出的一个特征就是多雨多水。正是这一番绵绵的春雨，催开了江南大地上的夭桃艳杏，造就了它“千里莺啼绿映红”的优美景色；也正是这一派连绵的江河溪川，滋养了基本根植于南方土地上的唐宋词苑，促使它开出了千娇百媚的秀花奇葩。水之“钟秀”于词，可谓功莫大焉。

## 二、“烟水迷离”帮助造就了词境的柔美性

缪钺先生谈词的意境，有过一段精辟入微的评论：“词体之所以能发生，能成立，则因其恰能与自然之一种境界，人心之一种情感相应合而表达之。此种境界，此种情感，永存天壤，则词即永久有人欣赏，有人试作。以天象论，斜风细雨，淡月疏星，词境也；以地理论，幽壑清溪，平湖曲岸，词境

也；以人心论，锐感灵思，深怀幽怨，词境也。”（《论词》，收于《诗词散论》集内）意境之组成总不外乎“情”、“景”两大因素，而照他看来，词境之组成，正是由极为深细幽微的感情和极为轻灵精美的景物所结合而成的。在他所举的景物中，“细雨”、“清溪”、“平湖”、“曲岸”之类，就都是有关于水的意象。他的如此举例并非是出于偶然的“随手拈来”，恰好表明了这样的一个事实：词境之柔美轻约，与它的多写水景，是关系甚密的。如果这个论断可以成立的话，我们还可作进一步的阐发，即：一方面，南方本多水乡泽国，它的烟水迷离的景色反映进词中，就极为有效地帮助形成了词境的“柔美性”；另一方面，词人们为着要塑造那种柔美的词境，他们也就有意识地选择和“摄取”有关于水景的“镜头”，以之来“柔化”和“美化”自己的意境。这两方面的情形合起来，就出现了唐宋词中多写水，而“多水”则又造就了词境的“柔美”这两种耐人寻味的文学现象。

先说第一方面的情形。

在阅读古典诗歌（特别是南北朝以来的诗歌）时，不知您是否会发现一个多少带有普遍性的现象？那就是，大凡写到山的诗歌，往往多表现为一种北国的、刚性的美感，而大凡写到水的诗歌，则往往多表现为一种南国的、柔性的美感。试举南北朝时两首著名的乐府诗为例。《敕勒歌》云：“敕勒川，阴山下。天似穹庐，笼盖四野。天苍苍，野茫茫，风吹草低见牛羊。”全诗以绵亘无垠的阴山作为背景，描摹出了西北大草原的无比辽阔和苍茫，风格确实刚劲雄放；而《西洲曲》则这样写道：“开门郎不至，出门采红莲。采莲南塘秋，莲花过人头。低头弄莲子，莲子青如水。置莲怀袖中，莲心彻底红。忆郎郎不至，仰首望飞鸿。”依仗着这一湾清澈的莲塘，就把那一腔缠绵的忆郎情怀娓娓道出，风格又是那么的柔婉细腻。前者得力于山，后者则得力于水。再以唐诗中那首千古传诵的《春江花月夜》和那首久享盛名的《轮台歌奉送封大夫出师西征》来作一个比较，前者抒写那梦幻一般迷茫的人生感慨和闺怨情绪，自始至终都紧扣着那条春江（开头云“春江潮水连海平，海上明月共潮生”，结尾云“不知乘月几人归，落月摇情满江树”），因而写得春思如潮、春情如水。后者写边塞的苦寒和战斗的激烈，则随处离不了那“金山”、“阴山”的描写（“羽书昨夜过渠黎，单于已在金山西”，“四边伐鼓雪海涌，三军大呼阴山动”），因而写得杀气如云、豪情如山。所以，在诗歌创作的传统里，挺拔、奇峭的“山”的形象中，便往往凝聚着“风云之气”和“英雄之志”，它们大多代表着北国型的刚美；而在柔婉、委曲的“水”的形象中，则往往凝聚着“风月之意”和“儿女之情”。它们代表着南国型的柔美。此话虽不能说得过分绝对，但却又是带着若干普遍性的现象。

因而，南方多水的景色，映照到词人的作品里头，就会使他们的词境，表现出一种柔美的特质。试举两词为证。先读：

湖上，闲望。雨潇潇，烟波花桥路遥。谢娘翠娥愁不销，终朝，梦魂迷晚潮。

荡子天涯归棹远，春已晚，莺语空肠断。若耶溪，溪水西，柳堤，不闻郎马嘶。（温庭筠《河传》）

若是抽去了“湖上”、“春雨”、“烟波”、“晚潮”，以及“若耶溪”畔的“柳堤”、“归棹”之类的描绘，要想形成那细如潇潇春雨、轻如濛濛烟波的柔美词境，那就简直无法想象。“情、景名为二，而实不可离。神于诗者，妙合无垠”（王夫之《姜斋诗话》），此词所写的烟水迷离之景与它所抒的幽约窈深之情，就是如此“妙合无垠”地结合成优美柔婉的词境的。

又如：

兰烬落，屏上暗红蕉。闲梦江南梅熟日，夜船吹笛雨潇潇。人语驿边桥。

这是浙江词人皇甫松的《梦江南》词。作者其时身在异乡，当他回忆江南旧家时，印象最深的还是它的雨夜情景。绵绵的梅雨，加上那驿桥畔的软语，给人的回忆犹是那样的温馨甜蜜而又迷惘惆怅。水乡那种特有的芳泽和情味，就使这首词产生出吸引读者的温软魅力来。

以上谈的还仅仅是水乡景致对于词境所产生的直接影响——它“反映”进词中，就形成了词境柔美的外观。而除此之外，水乡的自然环境还会对词境产生另一种间接而深刻的影响，这就是水乡柔美的景物首先“柔化”着词人的心理，然后又通过作者心理的变化再影响到词的意境。在谈论这个问题之前，我们不妨先以杜诗为例作一说明。杜甫从秦州赴蜀途中，由于所历之景，皆是崎岖险峻的崇山峡谷，因此发而为诗，就都是“奇险之音”（比如《石龛》诗云：“熊罴咆我东，虎豹号我西。我后鬼长啸，我前狨又啼”），但当抵达平旷的成都平原时，诗风却顿时变得平和起来了（如《鹿头山》诗云：“及兹险阻尽，始喜原野阔”）。李长祥评曰：“自秦州至此，山川之奇险已尽，诗之奇险亦尽，乃发为和平之音。使读者至此，别一世界。情移于境，不可强也。”（《杜诗详注》卷九《鹿头山》引）这里提出的“情移于境”，说的即是境对于情（客观环境对主观感情）的“感召”或“改造”作用。客观环境对于人的主观感情所产生的此种影响，折入到诗歌创作中，就会促使诗歌的情调、色泽以及它的风格和美感类型发生一定的变化。这种情况在词的写作中同样也可见到。比如辛弃疾，本身出生于北方的豪杰之士，他的词风明显地带有中原地区“深裘大马”的伉爽之气，但南渡既久，心理状态也就有了某种程度的变易。如他说：“家住江南，又过了、清明寒食。花径里，一番风雨，一番狼藉。”（《满江红·暮春》）这种“伤春”的情绪恐怕就是感生于“清明时节雨纷纷，路上行人欲断魂”的江南雨景（当然也与他政治上的愁闷分不开），因而在他的词中同样出现了与江南柔美、迷离的水景相为表里的婉约词境：

> 宝钗分，桃叶渡，烟柳暗南浦。怕上层楼，十日九风雨。断肠片片飞红，都无人管，倩谁唤流莺声住？　鬓边觑，试把花卜心期，才簪又重数。罗帐灯昏，呜咽梦中语：是他春带愁来，春归何处？却不解将愁归去。（《祝英台令·晚春》）

伏尔泰说过，杰出的作家总要从培育他们的国土上接受不同的趣味、色调和形式，例如意大利作家的质姿中便会不知不觉地渗入进意大利语的柔和和甜蜜（《论史诗》，见《西方文论选》上册323页）。照我们看来，辛词之所以出现如此哀怨而柔美的意境，恐怕就与江南水乡“烟柳暗南浦”的景致是很有关联的。苏辙曾说，太史公行天下，周览四海名山大川（主要是燕赵风光），故文多疏荡之奇气（《上枢密韩太尉书》）。袭用这个说法，我们也可以这样说，唐宋词人，由于大多长期置身于江南水乡，所以他们的词中，也就多表现出柔性的美感。此言或不为过。

再说第二种情况。人所共知，唐宋词的主体风格是偏柔、偏婉的。特别是由于种种因素的促发，在宋代就形成了“诗庄词媚”的颇有些类似于“分工”的现象。所以，词人们为要抒发自己那种深曲要眇的柔情，为要塑造那种幽细柔美的词境，他们便在天地万物中着意择取那类凄迷柔婉的事物，以造成种种哀艳悱恻、绵邈悄幽的意象——这样，以“水”为中心的水乡景物，便成了词人们最乐意写到词中的“外景”。

这里也有两种情况。一种是“就地取材”、“俯拾即是”。由于唐宋词的大部分作品本就采景于水乡，因此词人们只要随笔写来，篇中就会自然浸满

"水意"。如孙光宪词云："蓼岸风多橘柚香，江边一望楚天长，片帆烟际闪孤光。　目送征鸿飞杳杳，思随流水去茫茫，兰红波碧忆潇湘。"（《浣溪沙》）这是写的江陵风光；如吴文英词云："年事梦中休，花空烟水流。燕辞归，客尚淹留。垂杨不萦裙带住，漫长是，系行舟。"（《唐多令》）这又是写的江浙风光。由于他们身在水乡，因此"镜头"所对准处，随地都有着摄取不尽的烟雨景象。另一种情况是，唐宋词中有少量作品，写的实是中州风物。比如不少作于汴京（开封）的词篇，词人所面临的本非南国水乡之景，但是为要更好地表现那类柔情婉思，故他们也经常把词的"外景"作一些改制和"装扮"。比如周邦彦笔下的汴都，都呈现着这样的图景：

柳阴直，烟里丝丝弄碧。隋堤上，曾见几番，拂水飘绵送行色？

愁一箭风快，半篙波暖，回头迢递便数驿，望人在天北。

凄恻，恨堆积。渐别浦萦回，津堠岑寂，斜阳冉冉春无极。

一首《兰陵王》词中，就用了三个片段来描绘汴京城外的水景，读后简直使人不觉得这是在中州地域而似乎已置身于杭州的钱塘江畔了——当然，应该说汴京城里也有着河道水渠，但从作者有意地反复凸现这种"水景"来看，他实在是在努力对汴京作一番"南方化"或"水域化"的"打扮"，而这样做的结果就使词作的柔美程度有了明显的增加。

再如柳永那首名扬词坛的《雨霖铃》词，所写内容也本是汴京城郊的一次送别。然而它之最能打动人的名句"念去去，千里烟波，暮霭沉沉楚天阔"和"今宵酒醒何处？杨柳岸、晓风残月"，却都是南方既丽又凄、既美又柔的水乡景色。为了达到这种"借景"的目的，所有作者在安排"场景"时就特地把送行的场面放在汴河的水边来进行描绘——"汴水流，泗水流，流到瓜洲古渡头，吴山点点愁"（白居易《长相思》），仗着这条汴河的水流，柳永就让读者的想象随着那逝去的兰舟，顺流而下，飞到了遥远的楚天南国，使词境增添了某种柔美、凄迷的异乡色彩。所以，我们发现，整个唐宋词坛上，"山"的形象已在渐渐地淡化——有之，也是被"柔化"或"水化"过的"山"了，因而只居于水的陪衬地位；而关于"水"的形象，却被大大强化了。古人说，"盖谓文有得水分者，有得山分者。"（《魏叔子日录》卷二《杂说》）唐宋词，如从整体上看，就是"得水分"的文学。而"天下柔弱莫过于水"（《老子》），"水"所赋予唐宋词的，就是这类柔性的美感。

## 三、“斜桥红袖”帮助造就了词情的香艳性

如果说，江南水乡给人的“第一印象”是它的“多水”的话，那么随之而来的“第二印象”便是南方城市的“富丽”。晚唐诗人杜荀鹤对于苏州的描绘便是一个明证：“君到姑苏见，人家尽枕河。古宫闲地少，水港小桥多。夜市卖菱藕，春船载绮罗……”（《送人游吴》）“水港小桥”说的就是它的“丽”（而这又是同它的“多水”分不开的），“夜市”、“绮罗”则又是写它的“富”。再如柳永《望海潮》词中的杭州“重湖叠巘清嘉，有三秋桂子，十里荷花。”说的就是它的丽如花园；“市列珠玑，户盈罗绮，竞豪奢。”说的又是它的富如天堂。枕奠于水乡之上的南方城市，在唐宋两代，呈现出如此繁华的富丽景象，这就为当时文人的私生活增添了十分旖旎的风情、色调，也就在唐宋词所带有的“南国情味”中加注进了“香艳”的成分。所以我们看到的唐宋词境，已不仅仅是“西塞山前白鹭飞，桃花流水鳜鱼肥”（张志和《渔歌子》）式的、纯是青山绿水的“山水画”画面，而是“水声山色锁妆楼”（李珣《巫山一段云》）式的、以山水为背景的“仕女画”画面了。试读：

宝函钿雀金鸂鶒，沉香阁上吴山碧。杨柳又如丝，驿桥春雨时。

画楼音信断，芳草江南岸。鸾镜与花枝，此情谁得知？（温庭筠《菩萨蛮》）

被吴山、杨柳、驿桥、春雨、芳草、河岸等以水为中心的“意象群”所裹织在内的“萤心”，便是一位无比怨悱、愁闷的女性。但其实又何止这一首《菩萨蛮》是如此！“解剖”全部温词，它的主人公不是现实生活里的思妇、宫娥、青楼女、贾人妾，便是历史传说中的苏小小、西施、巫山神女、潇湘二妃。温庭筠自己所作的《新添声杨柳枝》即道：“合欢桃核终堪恨，里许原来别有人（仁）”，在这些柔美的水景包围之中隐现着的，就无不是一个个“雪肤花貌”的“仙子”和“佳人”。所以，深一层来看，它所呈现的烟水迷离的柔美词境还仅是一种外观，而其核心实是那一腔缠绵悱恻的“香艳”之情。关于这点，我们还可以从韦庄的两首《菩萨蛮》词中分别看出：

人人尽说江南好，游人只合江南老。春水碧于天，画船听雨眠……

如今却忆江南乐，当时年少春衫薄。骑马倚斜桥，满楼红袖招……

前者极言江南水景之柔丽，后者则极言江南城市之富艳。这两种风貌就构成了比较完全的“南国情味”：一方面是水网密布、桥栏纵横，另一方面又是娼楼如林、歌妓如云；而且，水乡之柔丽与城市之富艳这两者又总是结合在一块儿出现的：“红袖”招手在“斜桥”之旁，“青楼”则多建于“柳堤”之畔，“玉容”映现在“江楼”的帘影之间，“蝉鬟”则斜倚在“水轩”的曲栏之上……柔美的水景中，倒映着佳人的“倩影”；旖旎的艳情，又在摇荡的碧波中闪发出特种的光彩。两相凑泊，就形成了“红船满湖歌吹，花外有高楼”（僧挥《诉衷情》）的特有风光。所以不能不说唐宋（婉约）词实在是古典诗歌中的一件杰作，它竟能把人类蕴藏于心的“柔情”描绘得如水一般的缠绵悱恻、难舍难割；而究其原因，这又是跟“水边多丽人”的生活“源泉”分不大开的。

## 四、“江南小气”帮助造就了词风的软弱性

南国的水景是柔美的，南方的城市是富丽的，但它们却又有着“软弱”、“淫靡”的另一侧面。鲁迅先生就说过：“我不爱江南。秀气是秀气的，但小气”，“满洲人住江南二百年，便连马也不会骑了，整天坐茶馆。”（《鲁迅书信集》下册868页《致萧军》）这当然是一种语带讽刺的幽默话，不能“作真”来看；但它却又相当深刻地揭示了一个道理，那就是：比起北国“骏马秋风”的阔大气象来，江南的“杏花春雨”风光毕竟显得纤弱，因而它虽对造就作家和作品的细腻、委婉的气质和风格方面有所帮助，而对造就另一种恢宏、开阔的气度和风格方面，却又是大有限制的；更为重要的是，旧时代江南城市中那种不太健康的生活风气，又会多少腐蚀着人们的“士气”和“斗志”，使某些意志薄弱者沉湎于其中而不能自拔。这两种情况，在唐宋（婉约）词中就确都有所表现，因而就在一定程度上导引了词风的“软弱性”。

从自然面貌来看，江南山水是美丽的，但是这种美丽的后面却又隐藏着“软弱”。还是让唐宋词的作者们自己来说话吧。王观词云：“水是眼波横，山是眉峰聚。欲问行人去那边？眉眼盈盈处。”（《卜算子·送鲍浩然之浙东》）在他的眼里，江浙一带的山山水水，都像佳人的“眉眼”一样，显露着软态、弱态、媚态和美态。陈亮词云：“闹花深处层楼，画帘半卷东风软。春归翠陌，平莎茸嫩，垂杨金浅。迟日催花，淡云阁雨，轻寒轻暖。”（《水龙吟·春恨》）词人所写的江南景物显得又是那么柔、轻、淡、丽，它充分表现了一种“软性”的美感。“文章是案头之山水，山水是地上之文章”（张潮《幽梦影》卷上），在这种土壤上形成的“文章”和山水，就自然都会带有着某种相似

的、偏于“软弱”的形态。关于这点，毋庸我们多说，举出一例即可说明问题——那就是：唐宋（婉约）词中就绝少写到过“黄河”。人所共知，黄河是中华民族的摇篮，也是中国文化的主要发源地之一。因此，在以前的诗歌中，歌咏黄河的作品就不知有过多少。光是李白一人，就给我们留下过“黄河之水天上来，奔流到海不复回”，“黄河捧土尚可塞，北风雨雪恨难裁”和“黄河万里触山动，盘涡毂转秦地雷”等等名句，这就可知“黄河”在古诗中占据着何等重要的地位了。然而，它在唐宋（婉约）词苑中，却基本已经销声匿迹，光此事实就足以说明南方环境对于词人生活眼界和创作视野的限制了。要跳出这种题材狭窄、风格软弱的小圈子，那就有必要先跳出江南山水的小天地，到辽阔壮观的北国去作“行万里路”的游历——至少有些古代诗人便是这样认为的。如黄景仁说“自嫌诗少幽燕气，故作冰天跃马行”（《将之京师杂别》），如龚自珍说“为恐刘郎英气尽，卷帘梳洗望黄河”（《己亥杂诗》）。而在宋亡之后，也确就有人作过这样一次“冰天跃马”的黄河之行，不过那并非自愿的旅行，而是被迫而去的“应征”——这位词人就是张炎，他在夜渡古黄河时写下了这样一首词（《壶中天》）：

> 扬舲万里，笑当年底事，中分南北？须信平生无梦到，却向而今游历。老柳官河，斜阳古道，风定波犹直。野人惊问，泛槎何处狂客？
>
> 迎面落叶萧萧，水流沙共远，都无行迹。衰草凄迷秋更绿，惟有闲鸥独立。浪挟天浮，山邀云去，银浦横空碧。扣舷歌断，海蟾飞上孤白。

这首词苍凉悲劲，豪气横溢，论者以为“可与放翁、稼轩争席”（俞陛云《玉田词选释》），与作者的其他作品相比，真可谓是“别调”（沈祖棻《张炎词小札》）。张炎在此次北行之前，一直生活在风软尘香、温柔之乡的杭州城里，他的词风就像那西子湖一般既美又软（读一读他“波暖绿粼粼，燕飞来，好是苏堤才晓”以及“接叶巢莺，平波卷絮，断桥斜日归船”之类的句子即知），现今一到黄河，词风却顿时变得如此阔大、苍劲，这或许也与“江山之助”（《文心雕龙·物色》）有关吧（当然更与身世遭遇有关）。这个例子正好从反面说明了南国狭小气派的山水（这当然也是与北国山川相比而言的）对于造成词风之软弱性所发生的一定影响。

当然，我们更应该看到，在造成词风软弱的原因中，地理环境的因素并不是根本的原因。不然我们就无法解释为什么同是生活在南方的土地上，有些爱国词人却写出了慷慨悲壮的作品。宋理宗嘉熙四年（1240），福建籍词人陈人杰登杭州丰乐楼，他就不同意友人“东南妩媚，雌了男儿”（按：指东南妩媚的山水使男子汉大丈夫的英气全都销蚀、“雌化”之意）的意见，而尖锐指出：“诸君（按：指统治者）傅粉涂脂，问南北战争都不知。”（《沁园春》）在他看来，造成当时颓惰萎靡的社会风气之罪魁祸首，不应是无辜的东南山水，而应是当局者所执行的苟安政策以及他们所提倡的享乐生活。另一位四川籍词人文及翁也在他的词里进一步揭露当时士大夫文人在西湖这个“销金锅”里所过的淫靡生活：“一勺西湖水，渡江来百年歌舞，百年酣醉。”（《贺新郎》）国难当头，但是士人们却“簇乐红妆摇画舫”地躲在西湖一角里听歌赏舞，品酒赋诗，他们所作的词怎会不打上这种淫靡生活的烙印而显出软弱的面目来？

总起来说，“南国情味”应是一个比较广泛的人文概念。它既包括南方的自然（地理）环境，又包括南方的社会（政治、经济）环境，当然还包括南方的风俗习惯、语言特点以及文学传统等方面的复杂因素。本文仅从前二者入手，对它们所影响于唐宋词（主要是婉约词）的几个方面（词境、词情、词风）作了一些分析；而除此之外，还要许多方面尚未涉及——譬如南方美丽的民间传说，南方“言情”的文学传统，吴越软媚的地方语言对于词的影响等等——但仅从已谈的情况来看，唐宋词所接受的“南国情味”的浸染及其影响，也已看得很清了。在结束本文之时，让我们再来读一首宋末词人蒋捷的《一剪梅·舟过吴江》词：“一片春愁待酒浇，江上舟摇，楼上帘招。秋娘渡与泰娘桥，风又飘飘，雨又潇潇。　何日归家洗客袍？银字笙调，心字香烧。流光容易把人抛，红了樱桃，绿了芭蕉。”江南水景之柔美，江南城市之富丽，词情之香艳，词风之婉柔，不是全都“融化”在一片桨声橹响中，源源不绝地向我们扑面迎来吗？甜蜜、柔媚、温馨、香弱的“南国情味”，就如此地构成了唐宋（婉约）词的“词魂”，这种现象很值得引起治词史者的进一步思索。

（原载《文学遗产》1987年第1期，后收入《唐宋词论稿》，浙江古籍出版社1988年版）

## 【评　析】

本文是较早从地域文化的角度研究唐宋词的专题论文，较为圆融地解释了唐宋词形成婉约之美的地理因素。这一视角前人或有提及，但并未作过这样深入细致的分析。因此，从选题的角度来看，本文颇具创新意义和启示作用。在具体论述时，作者侧重于从“南国情味”来谈唐宋词“婉约”词风的形成问题，即着重分析唐宋婉约词与南方文化之间的关系。就论述本身而言，有三点尤其值得称道：一是在论述地理环境对唐宋词形成婉约的主体风格时，不是将二者简单比附，而是着重从词的境界（柔美与富丽）、意象（水）与南方文化的关系等入手，探求二者之间的中介，显得切实可信，故未因文化学的观照而丧失文学的本位。二是在分析南方文化给唐宋婉约词带来的影响时，既指出"烟水迷离"造就了词境的柔美性、"斜桥红袖"造就了词情的香艳性，也指出"江南小气"造就了词风的软弱性，既没有夸大这种影响而忽视其他因素对词的影响，也没有回避南方文化给唐宋婉约词带来的消极影响，立论辩证而公允。三是在强调地域文化给唐宋婉约词带来的独特影响时，不是就事（词）就事（词），而是注意将其与其他文体（特别是诗歌）加以对照，体现了宽广的文学史眼光，词受到南方文化影响而形成的独特面貌，也因这种广阔的文学史背景而显得更为清晰。与某些晦涩高深的学术论文相比，本文因其活泼生动、富有文采的笔触，体现出极强的可读性，这也在一定程度上增强了本文的说服力。当然，唐宋词（不限于婉约词）与地域文化的关系，本文仅仅是个开端，其间还有许多进一步探讨的地方，大家若是感兴趣，不妨继续研究下去。

【文献链接】

1. 邓乔彬：《论姜夔词的骚雅》，《文学评论丛刊》第22辑。

2. 刘扬忠：《稼轩词与酒》，《文学评论》1992年第1期。

3. 龙榆生：《两宋词风转变论》，《龙榆生词学论文集》，上海古籍出版社1997年版。

4. 缪钺：《论词》，《诗词散论》，上海古籍出版社1982年版。

5. 王兆鹏：《宋词名篇的定量考察》，《文学评论》2008年第2期。

6. 吴世昌：《论词的读法》，《诗词论丛》，北京出版社2000年版。

7. 杨海明：《试论人生意蕴是唐宋词的"第一生命力"》，《文学评论》2000年第1期。

8. 叶嘉莹：《拆碎七宝楼台——谈梦窗词之现代观》，《迦陵论词丛稿》，上海古籍出版社1980年版。

9. 余恕诚：《中晚唐诗歌流派与晚唐五代词风》，《文学评论》2009年第4期。

10. 詹安泰：《宋词风格流派略谈》，《宋词散论》，广东人民出版社1980年版。

# 第三节 唐宋文研究

唐宋散文特别是以韩柳欧苏为代表的八大家散文，在中国散文史上占有里程碑式的地位，他们继承秦汉散文优秀传统而创造出一种很适合表情达意的新文体，在后世被视为散文创作的典范。

## 一、唐代古文运动研究

唐宋散文的主要特点和风格的形成，与唐宋古文运动的发生和发展密切相关。以韩柳为首的唐代古文运动，是借助儒学复古旗帜而推行的文体、文风和文学语言的革新运动，对后世产生极大的影响。对于古文运动产生的原因、对其如何评价及其对后世文学的影响，学界作了多方面的探讨。

1. 唐代古文运动产生的原因

唐代古文运动之所以发生在中唐贞元、元和时期，其内外原因究竟有哪些？早在20世纪30年代，王锡昌所著《唐代古文运动》① 一书就从文艺思潮、民族关系和社会制度等方面作了较为全面的论述。到了60年代，钱冬父的《唐宋古文运动》② 则从社会、政治等方面分析古文运动产生和取得成功的原因。80年代以后，研究又有较大的突破和进展，主要专著有孙昌武的《唐代古文运动通论》、刘国盈的《唐代古文运动论稿》、葛晓音的《唐宋散文》等，刘国盈著认为唐代古文运动之所以发生在中唐贞元、元和年间，主要原因在于：一是文体改革的必然结果；二是作者队伍的壮大；三是时代的需要。此外，程千帆在《唐代进士行卷与文学》③ 中专门探讨了唐代古文运动与进士科举及行卷风尚的关系。80年代以后涉及这一问题的论文角度更为多样和新颖，如孙昌武的《唐代"古文运动"与佛教》④ 认为"古文"的表现形式、表现方法实际上受到佛典翻译文学的相当大的影响。罗宗强的《古文运动何以要到韩、柳出来才开了新局面》⑤ 认为散体文发展和繁荣是和功利主义的文学思想密切相关，韩、柳作为改革家，其政治主张影响到文体文风上的改革主张，从而给古文运动带来了生命力。

---

① 1935年燕京大学国文学系学位论文，抄本，藏北京大学图书馆。

② 中华书局上海编辑所1962年版。

③ 上海古籍出版社1980年版。

④ 《文学遗产》1982年第3期。

⑤ 《唐代文学论丛》1986年第7辑。

从文学自身因素来看，多数学者认为唐代古文运动是针对骈文对表达思想情感的束缚所作的一次文体解放。郑振铎指出：“骈俪文的矫揉做作，徒工涂饰，把正当的意思与情绪，反放到第二层去。而且这种骈四俪六的文体，也实在不能尽量的发挥文学的美与散文的好处。这样，骈俪本身的崩坏，便给古文运动者以最大的可攻击的机会……在大众正苦于骈俪文的陈腐与其无谓的桎梏的时候，韩愈们登高一呼，万山皆响，古文运动便立刻宣告成功了。”① 同时，亦有学者指出，唐宋八大家反对“绮靡”、“艰涩”的文风，形成平易流畅的文风；然而，韩柳等唐宋古文大家，并非一味排斥骈文，他们注意吸收骈文在艺术上的成就，并有自己独特的创造。

2. 整体评价及对后世文学的影响

对于唐代古文运动所取得的成就和不足，自20世纪上半叶开始，学界一直有争议。王锡昌的《唐代古文运动》肯定古文运动是中国文化之复兴，并非纯粹之复古运动，“实文学之革命运动”；30—40年代的其他相关论著和论文也大都持此观点。50—60年代，学界从唐代古文运动所取得的成就加以肯定，如打垮了骈文的长期统治，开创了散文的新传统，直接启示了北宋的文学革新运动，对后世影响深远；中国科学院文学研究所编著的《中国文学史》及游国恩等编著的《中国文学史》皆持此观点。“文革”期间至70年代末，出现过对古文运动否定的观点。80年代以后，学界的评价以肯定为主，如孙昌武在《唐代古文运动通论》中认为它造成了一种精炼畅达、富有表现力的新文体，开创了中国古典散文的新时代。罗宗强的《唐代古文运动的得与失》② 一文在肯定的同时亦指出唐代古文家重新混文笔为一，从而使散文理论一直停留在文章学水平上，“明道说”有很大局限，它常常是一种束缚，使散文成为一种宣传工具。

## 二、韩愈研究

韩愈在唐宋散文史上占有重要地位，季镇淮在《古文理论和实践》文中说：“韩愈的‘古文’是一种新型的散文。他是司马迁以后最大的散文家。他不仅恢复了散文传统而且把散文实用本能推广了，使散文在堂皇的著书立说之外，在日常生活中找到表现自己写景、抒情、言志的广阔天地。”③ 余恕诚先生指出：“如赵翼所说，唐文变骈为散，确实是在韩、柳以前已有开风气的

① 《插图本中国文学史》第2册，第368页。
② 《文史知识》1988年第4期。
③ 《北京大学学报》1958年第2期。

古文家。然而问题也正如他所说，毕竟‘未自开生面’。使唐代古文展现出前所未有的盛况，鲜明地显示出对骈文的优势，正式取得古文运动的成功，终究还是有待于韩、柳。韩、柳给古文运动带来的是全面的创新。”[①] 正因为如此，韩愈散文一直是唐宋散文研究首先面对的重镇。以下谈谈学界对于韩文的主要研究内容，以及研究方向——论文写作可供参考的话题。

1. 文学理论和审美观

韩愈能够成为唐代古文运动的领袖，和他有自觉的文学理论和明确的审美观有关，对此加以研究成为韩文研究的理论前提。它包括文道关系、“不平则鸣”说等。

文道关系。韩愈以其特有的道德热情、社会理想和政治视野，明确提出修辞明道的主张。韩愈所明之道并非抽象之道，而是与现实密切相关，具有实践意义，即讽时刺世、言志述怀，以文章的内容变革从而带动形式的变革。在韩愈看来语言文字并非简单的形式问题，而是与内在的修养密切相关。罗根泽的《韩愈及其门弟子文学论》[②] 从“道与文”的关系论述了韩愈的载道说理的文章能够成为“文学”的关键，虽为载道文学，仍合于“文学产于情感”的要素。王涵的《韩愈的“文统”论》[③] 文认为韩愈的“文道”观与孔、荀等先秦儒家的“文道”观不同，他能正确地吸收了“缘情”观念，顺应历史发展更新“言志”观念，情志并茂地开创了儒家散文创作的新路线。

“不平则鸣”说。此说出自韩愈《送孟东野序》首句“大凡物不得其平则鸣”。张少康的《论韩愈的文艺思想》[④] 文指出韩愈文艺思想的核心是“不平则鸣”，强调“发愤著书”的文艺创作传统。施旭升的《韩愈“不平则鸣”说的心理透视》[⑤] 文从文艺心理学的角度对韩愈的“不平则鸣”说进行了阐释，认为它揭示了创作者内在心理的不平衡，韩愈标举“善鸣”对创作主体的精神品格和艺术修养提出了较高要求。

2. 散文创作研究

韩愈是古文运动的领袖人物，既有理论倡导，亦有杰出的创作实践。因此，对于韩愈散文创作研究成为唐宋散文研究的一大关键。20 世纪 30 年代学界对韩文持肯定态度的有钱基博、陈柱、王锡昌等，或肯定韩文运气以驶辞，

---

① 《唐诗风貌》（修订本），中华书局 2010 年版，第 186 页。

② 《文艺月刊》第 9 卷第 4 期，1936 年版。

③ 《北京大学学报》1994 年第 6 期。

④ 《韩愈研究资料汇编》，汕头大学中文系编，1986 年版。

⑤ 《烟台师范学院学报》1990 年第 1 期。

或从忧国忧民出发将杜诗韩文并列，或从文体角度加以肯定，如王锡昌的《韩愈评传》[1] 认为韩文廓清了自魏晋以来文体的靡风，建设了朴实自然的古文。而周作人则对韩文加以否定，其《读韩退之与桐城派》说："但见其装腔作势，搔首弄姿而已。"[2] 并指出韩文对后世八股文模拟之风产生不良影响。50—60 年代肯定者以季镇淮等为代表，他在《古文理论和实践》[3] 一文中从文学发展史的角度考察了韩愈古文的价值、地位，认为韩愈"是司马迁之后最大的散文家，他不仅恢复了散文传统而且把散文实用本能推广了"。80 年代以后，学界对于韩文艺术成就的探讨则更为细致深入，如孙昌武的《论韩愈散文的艺术成就》[4]、刘国盈的《论韩愈的散文艺术》[5]、吴小林的《试论韩愈散文的创新特色》[6]、张啸虎的《论韩愈政论散文的艺术成就》[7]、邓小军的《韩愈散文的艺术境界》[8]、王章焕的《韩愈散文的叙事艺术》[9] 等。

3. 韩文的研究方向

对于韩文的研究，文本研究不失为一个方向，以下略举数端。（1）韩文语言上的创新。正如韩愈所说既能悦乎故又能即乎新，他主张去陈言，言必己出。其《樊绍述墓志铭》、《答李翊书》、《答刘正夫书》，皆有强调语言创新的阐述。韩文创造性地使用古代词语，并吸收当代口语，语言精练新颖，文从字顺。以此为参照系，认真阅读韩愈一些优秀篇章，注意其语言创新。（2）韩文的变化性。韩文以多变著称，后世学者称韩文所谓一篇之中段段变，一段之中句句变，此言虽有夸大，却揭示韩文多变之事实。如《杂说》（其四）、《进学解》、《送李愿归盘谷序》、《答张籍书》、《送温处士赴河阳军序》等，皆为这方面的典范之作。（3）内容与文体选择。韩文根据不同内容采用不同句式自由表达，其最大特点是真实。作为祭文如《祭十二郎文》感情沉痛至极，吞吐呜咽，纯用散体，是传统四言韵语、骈体的解放。韩愈的碑志改变了传统写法，得《史记》、《世说新语》之精髓，善于刻画人物个性，如《国子助教河东薛君墓志铭》、《试大理评事王君墓志铭》；《平淮西碑》采用

① 《时代青年》第 1 卷第 2 期，1936 年版。
② 《人间世》第 21 期。
③ 《北京大学学报》1958 年第 2 期。
④ 《辽宁师范学院学报》1981 年第 2 期。
⑤ 《北京师范学院学报》1982 年第 4 期。
⑥ 《唐代文学论丛》1983 年第 3 期。
⑦ 《中州学刊》1984 年第 3 期。
⑧ 《人文杂志》1994 年第 1 期。
⑨ 《河南师范大学学报》1996 年第 7 期。

《尚书》中古雅的语言，以简短的句子作叙事。韩愈杂文多托物寓意，亦庄亦谐，如《毛颖传》、《圬者王承福传》、《鳄鱼文》、《送穷文》等；序文如《送杨少尹序》、《送温处士赴河阳军序》，大量使用问句，极富意味，《祭田横墓文》几乎全是问句，吐出许多曲折。韩愈的议论文议论而不失形象，如《马说》、《送温处士赴河阳军序》。《原道》、《原性》、《原鬼》之类说理文，从社会生活出发，形象可感。

## 三、柳宗元研究

柳宗元与韩愈共同领导了“古文运动”，历来韩、柳并称。散文创作研究是20世纪柳宗元研究主要内容之一。

1. 文学理论和审美观

柳宗元的文学理论一直是柳学界研究的重点。20世纪上半叶的专门研究论文只有梁孝瀚的《柳宗元之文艺思潮及其影响》①，探讨全面系统且较为深入。60年代则有吴文治的《柳宗元的文学理论初探》②、方扬的《柳宗元的文学思想》③等。80年代以后，研究成果更多，也更为细致、深入，如高海夫的《柳宗元论“文”》④、殷慧中的《论柳宗元“以神志为主”的创作观》⑤对柳宗元的“明道”说作了认真的辨析。周振甫的《柳宗元的文章论》⑥，指出柳宗元的文论讲究“求道及物”、“明道论文”，富有创见。到了90年代，学界出现一些重在探讨柳宗元艺术审美情趣的文章，如高海夫的《悲剧生涯和悲剧美的创造——柳宗元审美意识研究之一》⑦，尚永亮的《冷峭：柳宗元审美情趣和悲剧生命的结晶》⑧等，正如论题所显示的主要在于揭示柳文的悲剧美和冷峭风格。

2. 散文创作研究

柳宗元在“古文”创作实践方面，也有许多新的突破，取得很高成就。20世纪50—60年代学界出现的文章侧重于从整体分析评价，如黄云眉的《柳

---

① 《协大艺文》第5期，1937年1月版。
② 《光明日报》1960年2月21日。
③ 《江海学刊》1961年第11期。
④ 《人文杂志》1980年第1期。
⑤ 《温州师范专科学校学报》1982年第2期。
⑥ 《文学遗产》1994年第2期。
⑦ 《陕西师范大学学报》1990年第1期。
⑧ 《江汉论坛》1990年第9期。

宗元文学的评价》[①]、刘大杰的《柳宗元及其散文》[②]、振甫的《柳宗元的散文》[③] 等，从思想和艺术方面对柳文加以肯定。80年代以后，学界更注重柳宗元散文艺术手法和境界，如孙昌武的《试论柳宗元的散文艺术》[④]、孙连琦的《柳文风格的演变及其原因初探》[⑤]、吴小林的《论柳宗元散文的幽美》[⑥]、邓小军的《柳宗元散文的艺术境界》[⑦]、张延中等的《试论柳宗元对文体的革新及其意义》[⑧] 等。从不同的角度对柳文作较为细致深入的论述。

3. 柳文的研究方向

（1）山水游记。柳宗元的山水游记尤其是永州八记在中国散文史上占有十分重要的地位。其主要特色表现为注重描摹景物，“语语指划如画”，同时柳宗元又摒弃六朝文人那种模山范水、流连光景的态度，将个人被贬南方而对自然的深切感受及思想感情融入其中。与他吸收六朝写景诗文技巧有关，亦与其长期在西南生活阅历及细致观察有关。如《钴鉧潭西小丘记》、《小石潭记》皆为上乘之作。（2）寓言小品。它是柳宗元散文中最富于独创性的另一文体，将深刻的社会内容与文学意味结合起来。他借鉴前人寓言写作技巧，又加以创新，使之不仅具有强烈的现实性和高度概括性，同时还创造出较完整的个性化的寓言形象，甚至还具有比较曲折复杂的情节，于是发展出集思想性与艺术性为一体，深受后人喜爱的寓言文体。如《三戒》、《罴说》、《鞭贾》、《蝜蝂传》皆为后人喜爱的名篇。（3）传记。柳宗元以敏锐的眼光、深邃的笔触，刻画一系列下层人物形象，从他们身上挖掘普通人所具有的高尚品质、善良的天性、聪明的才智。如卖药的宋清（《宋清传》）、狂士李赤（《李赤传》）、青年区寄（《童区寄传》）、少女雷五，甚至淫女（《河间传》）、郭橐驼（《种树郭橐驼传》），有的是寓言，有的接近小说。

## 四、宋代古文运动研究

在中国散文发展史上，唐宋古文运动一脉相承，从韩、柳到欧、苏的文体和文风改革，最终确立了“古文”的正宗地位。宋代古文运动，不仅使古

---

① 《文史哲》1954年第10期。
② 《光明日报》1958年7月27日。
③ 《新闻战线》1959年第19、20期。
④ 《南开学报》1980年第3期。
⑤ 《锦州师范学院学报》1984年第1期。
⑥ 《中国人民大学学报》1989年第5期。
⑦ 《四川师范大学学报》1993年第1期。
⑧ 《零陵师范专科学校学报》1997年第4期。

文大放异彩，甚至影响到诗赋这两种传统文体的革新。

宋代散文是继唐代散文的文体和文风改革后的新发展，以唐宋古文八大家闻名于世。八大家中，北宋占了六家。平易畅达是宋文的基本风格，但他们的散文又各具名家的个性风采。张志烈的《宋代散文简论》① 对北宋诸大家的文章风格和写作特点，有较为精确的概括。

1. 宋代古文运动产生的原因

一般认为，宋初作家倡导古文，是为了改变五代文体的衰陋之习。20世纪20—30年代，谢无量的《中国大文学史》、胡适的《国语文学史》以及完成于1943年的刘大杰的《中国文学发展史》皆持此看法，其精当的论述文字显示出论者的才华横溢、视野宏通。罗根泽《中国文学批评史》（1962）认为："唐代的革新运动是在针对着魏晋以迄唐代的骈文，宋代的革新斗争是在针对着晚唐以迄宋初的时文……宋代的诗文也不全同于三代两汉而完成了宋代的独特的风格。"50—60年代出版的文学史著作，如游国恩等主编的《中国文学史》等，多半把宋代古文运动与当时的社会政治和学术思想联系在一起。80年代之后，这一研究更加深入，曾枣庄在《北宋古文运动的曲折过程》② 中指出：北宋古文运动都反对时文，但在不同时期，古文家们所反对的时文，其对象是不同的；它是在战胜五代体、西昆体以及古文内部的不良倾向中曲折发展的。对此话题进行研究的主要专著有：祝尚书的《北宋古文运动发展史》（1995），程杰的《北宋诗文革新研究》（1996）。

2. 宋代散文的特色及其成因

宋代文风，与前代相比有自己的特征，平易畅达是宋代散文主要艺术特色。有学者对唐宋文的风格加以全面比较，章明寿的《从韩愈欧阳修作品看唐宋散文风格之异》③ 即从四个方面加以对比，认为唐文锤炼精致，宋文明白如话。究其原因，有学者认为这一风格形成与科举考试有关，曾毅在其《中国文学史》④ 中指出："宋人考试尚策论，策论主于明理，明理非散语不为功。"认为宋代古文的盛行与科举取士重策论有关，因而叙事言理更显明白。20世纪40年代胡云翼《新著中国文学史》中指出：由于古文要注重实用，倾向功用主义，"他们的文章并不要华丽好看，只要说得清，看得懂，因此造成一种最简易明白的文章。这种文章是最适宜于载道论学和记事用的"。王水

---

① 《四川大学学报》1979年第1期。

② 《文学评论》1982年第5期。

③ 《文学评论丛刊》第18辑，中国社会科学出版社1983年版。

④ 《订正中国文学史》下册，上海泰东书局1930年版。

照在《宋代散文的风格——宋代散文浅论之一》[①] 中指出：宋代散文形成的平易自然、流畅婉转的成熟风格，比唐文更宜于说理、叙事和抒情；这种风格的形成，既是传统散文发展的结果，也是北宋古文运动斗争的产物。

## 五、欧阳修散文研究

1. 北宋文坛领袖地位问题

欧阳修在北宋诗文革新运动中起到关键作用，在转变风气、培养后进、创作实践等方面做出卓越贡献。在欧阳修的文学创作中，散文所取得的成就最高，影响也最大。他开创一代文风，确立了散体文的正宗地位，建立流畅自然、平易婉转的风格作为宋代古文运动的基本目标。王水照《欧阳修散文创作的发展道路》一文指出：欧阳修“建立流畅自然、平易婉转的风格作为宋代古文运动的基本目标。他开创了一代文风，这是他对中国散文史的最突出的贡献”[②]。姜书阁在《苏轼在宋代文学革新中的领袖地位》一文则否定欧阳修作为诗文革新的领袖地位，认为苏轼才能成为文学革新的领袖[③]。由此而引发学界的争鸣，不过多数学者还是肯定欧阳修的领袖地位，苏轼只是在欧阳修的影响下作了进一步的发展。

2. 欧阳修散文艺术成就

欧阳修的散文艺术成就向来为学界所重视。从渊源来看，学界普遍认为学韩文而又以不同的面貌出现，钱基博指出：“特其文学韩愈而能自出变化。韩愈之不可及者，在雄快而发以重难；而修之不可及者，在俊迈而出之容易。”[④] 崔际银的《始于笃学，终乎新变——略论欧阳修对韩愈的继承与发展》[⑤]，何沛雄的《欧阳修与韩愈的“古文”关系》[⑥]，对此皆作了较为充分的阐述。多数学者认为欧文的基本风格为平易流畅而又善于曲折变化，这种特点与韩文的雄健、古奥、奇崛相比，更切近、实用，并为后世文章家所继承和发展，也是宋代古文运动的主要贡献，持此认识的有中国科学院文学研究所编的《中国文学史》[⑦]，万若增的《欧阳修散文的艺术成就及其影响》[⑧]，周

① 《光明日报》1962 年 11 月 11 日。

② 《社会科学战线》1991 年第 1 期。

③ 《文学遗产》1986 年第 3 期。

④ 《中国文学史》，中华书局 1995 年版，第 504 页。

⑤ 《河北师范大学学报》1996 年第 4 期。

⑥ 《社会科学战线》1997 年第 4 期。

⑦ 《中国文学史》（二），人民文学出版社 1962 年版，第 562 页。

⑧ 《语文学习》1979 年第 4 期。

振甫的《欧阳修散文的艺术特色》[①]。有学者指出欧文这种风格的形成，与其取寻常的景物、措辞平易、自然地叙事抒怀有关，如胡念贻的《欧阳修和他的散文》[②]，王冰彦的《欧阳修的“道”及其对文学创作的影响》[③]，刘宁的《欧阳修提倡平易文风的思想渊源和时代意义》[④]。

3. 欧阳修散文美学特征——“六一风神”

洪本建的《略论欧阳修散文的阴柔美》[⑤]及《略论“六一风神”》[⑥]，揭示“六一风神”主要包含欧文的阴柔美，散文的诗化等，并作了内涵上的阐发。王水照的《欧阳修散文创作的发展道路》[⑦]从美学趣味、结构层次、语言层次等方面对“六一风神”加以总结。柏寒的《风神绝世的优美散文——欧阳修散文的艺术风格》[⑧]则从形象性和抒情性的完美结合、富有理趣等方面对欧文作美学归纳。还有学者从欧阳修的心态入手分析“六一风神”，如陈晓芬《欧阳修的心态特点和他的散文风格》[⑨]，刘宁的《欧阳修提倡平易文风的思想渊源和时代意义》[⑩]。

4. 欧阳修散文研究方向

（1）平易自然的文风。欧阳修散文平易风格形成与强调文学的“致用”思想有关，从意象运用、语言表达、结构层次等方面都有体现。以下篇目较为典型，如《五代史伶官传序》平易近人，不作空论。《准诏言事上书》、《醉翁亭记》、《秋声赋》等从口语中提炼，用语纯熟。（2）散文的诗化。欧阳修将议论、抒情、叙事融合，情致缠绵。如《五代史伶官传序》文短而有力，语少而富有感情，极富有情韵，具有一唱三叹的艺术风味；《泷冈阡表》回环往复，含而不迫，感人肺腑；《石曼卿墓表》用抒情诗的写法，《醉翁亭记》就是一篇散文诗。（3）欧文语言特征。骈散结合的语言。欧阳修以古文之法入骈文，骈散互用，参差中有整齐之美，除《秋声赋》、《醉翁亭记》外，尚有《昼锦堂记》、《论狄青》、《真州东园记》等亦带有此特点，虚字传神。

---

① 《新闻战线》1960年第5期。
② 《散文》1981年第9期。
③ 《文学评论》1980年第6期。
④ 《文学遗产》1996年第1期。
⑤ 《华东师范大学学报》1985年第4期。
⑥ 《文学遗产》1996年第1期。
⑦ 《社会科学战线》1991年第1期。
⑧ 《重庆师范学院学报》1989年第4期。
⑨ 《华东师范大学学报》1993年第2期。
⑩ 《北京大学学报》1995年第2期。

## 六、苏轼散文研究

1. 苏文的总体地位

苏轼在散文创作方面有极高的造诣，学界普遍认为苏文体现了北宋散文的最高成就。张志烈的《宋代散文的杰出代表——苏轼》一文指出："继欧阳修之后领导古文运动取得完全胜利的是苏轼，他的理论主张为散文发展开辟了广阔天地；他的创作实践体现了北宋散文的最高成就。"① 朱靖华的《苏轼是北宋古文运动的真正完成者》指出苏轼作为北宋古文运动完成者的几方面理由。

2. 苏文的艺术特征

郭予衡《苏轼散文的一些艺术特色》② 指出，苏文的总体特征是"辞达"、"通脱"。张志烈的《宋代散文的杰出代表——苏轼》一文认为苏文艺术风格为"雄辩滔滔，气势纵横，结构多变，语言明白畅达，而尤长于形象的说理"。王水照《论苏轼散文的艺术美》③ 对苏文的艺术特征、渊源作详细分析，指出苏文具有圆活流转之美、错综变化之美、自然真率之美。对苏文各种艺术分析精到细致。何江南的《苏轼散文的比喻手法》④ 对于苏文善用比喻进行专门探讨。对于苏文的诗化倾向研究，狄松的《苏轼散文的诗化现象浅议》⑤，雷玉华的《论苏轼散文"以诗为文"的艺术特征》⑥，皆作了较为深入的探讨。此外，学界尚有对苏文作分类研究，论述苏轼的议论文的有：李青的《论苏轼议论文的写作特色》⑦。论述苏轼的游记文的有：王立群的《苏轼的游记文》⑧、《表现与再现——苏轼与柳宗元的比较》⑨、马承五的《"文理自然，姿态横生"——苏轼游记散文艺术谈》⑩。论述苏轼赋的有：周慧珍的《略论苏轼对赋体文学的发展》⑪、王文龙的《东坡赋的艺术特点》⑫、

---

① 《读书》1979 年第 5 期。
② 《光明日报》1962 年 1 月 28 日。
③ 《社会科学战线》1985 年第 3 期。
④ 《东坡文论丛》，四川文艺出版社 1986 年版，第 49—58 页。
⑤ 《理论学习月刊》1989 年第 2 期。
⑥ 《写作》1993 年第 6 期。
⑦ 《文学遗产》1985 年第 2 期。
⑧ 《河南大学学报》1986 年第 2 期。
⑨ 《天府新论》1987 年第 2 期。
⑩ 《华中师范大学学报》1986 年第 1 期。
⑪ 《天津社会科学》1986 年第 5 期。
⑫ 《天府新论》1987 年第 2 期。

孙民的《试论苏轼赋的形象特征》[1]。论述苏轼杂记文的有：晦之的《试论苏轼杂记文的创作艺术》[2]、洪柏昭的《苏轼杂记文中的艺术特色》[3]、王水照的《论苏轼散文的艺术美》[4] 等。

3. 苏轼散文研究方向

（1）苏文美学思想。苏轼倡导圆活流转、自然真率之美，可参看其《答谢民师书》、《文与可画筼筜谷偃竹记》等。（2）以诗为文。苏轼以诗为文，说理抒情，文有诗味。如前后《赤壁赋》、《祭欧阳文忠公文》等。（3）谐趣之美。苏文多谐趣，处处闪耀着智慧的光芒，有其思想、哲理、感情的深度，可参阅其《与参寥子书》、《试笔自书》、《记游松风亭》、《书上元夜游》等。（4）语言明快自然。如《谏买浙灯状》、《大雪论差役不便劄子》、《教战守策》、《贾谊论》、《留侯论》、《稼说》、《江行唱和集序》等。（5）巧譬善喻。苏文巧譬善喻，常将难以言说的情绪、感受具体化、形象化，或用事物比喻人，或用人比喻各种不同事物，往往在议论中用比喻说明道理。（6）游记文研究。苏轼是继柳宗元之后第一位大量创作游记的作家。苏轼游记文不作摹山范水的铺陈，而是随意点染，情境宛然，如《记承天寺夜游》、《记游定惠院》、《记游白水岩》等，皆将自然景物与人生哲理融会在一起。其《石钟山记》主旨在明理，但与叙事、写景交相映衬，并不抽象。

## 七、唐宋其他散文家研究

1. 唐代其他散文创作

这里的散文是与诗歌相对而言的，取其广义，实际上相当于文章。唐代最为后世称道的文体是诗歌，文人们常以诗篇著称于世，这样就难免遮蔽了他们当中作为出色的文章家的一面，比如初唐"四杰"的王勃、骆宾王就写出了《滕王阁序》、《代李敬业传檄天下文》这样传诵千古的骈文名篇；王维的《山中与裴秀才书》充满诗情画意，有声有色；大诗人李白所作《春夜宴从弟桃李园序》大气包举，如行云流水，极富诗意；中唐"元白"也是出色的文章改革家，在制诰等实用文体方面勇于革新，成就突出，与韩柳倡导的古文革新运动遥相呼应；其他如元结、杜牧、李商隐、陆龟蒙等著名诗人亦写出优秀的文章。对此我们不能忽视。

---

① 《辽宁大学学报》1986 年第 3 期。
② 《江汉学报》1962 年第 4 期。
③ 《东坡文论丛》，四川文艺出版社 1986 年版，第 59—70 页。
④ 《社会科学战线》1985 年第 3 期。

2. 王安石散文研究

对王安石的散文，有人给以极高评价。梁启超在《王荆公》中，将王安石说成足以与韩愈、欧阳修、苏轼相颉颃者，甚至有过之而无不及①。钱基博《中国文学史》认为，王安石的散文“词简而意无不到，格峻而笔能驶转，愈峭紧，愈顿挫”②。作为宋代杰出的政治家，王安石主张文“以适用为主”，多为说理论政之文。故其散文思想深刻，长于议论，严于叙事，而短于写景抒情。刘师培说王安石的散文“立论极严，如其为人”，“侈言法制，因时制宜，而文辞奇峭，推阐入深”（《论文杂记》）。刘熙载说：“荆公《游褒禅山记》云：‘入之愈深，其进愈难，而其见愈奇。’余谓‘深’、‘难’、‘奇’三字，公之学与文得失并见于此。”（《艺概·文概》）对于王安石散文的艺术性，学界有不同的看法，王河的《欧阳修、王安石、曾巩散文艺术风格之比较》③ 认为王安石文以气势胜，结构上善于变化，在语言方面，由于重视文章的功利主义价值，而忽视文章的审美快感，缺少余味。吴小林则提出不同的看法，认为王安石“在很多方面表现出对艺术技巧和审美形式的重视”④。

3. 曾巩散文研究

曾巩的文章在明清影响极大，而在20世纪80年代之前却显得颇为冷落，对其研究，起步较晚。真正加以重视的要到80年代，1984年中华书局出版由陈杏珍、晁继周点校的《曾巩集》，1986年12月江西人民出版社出版江西省文学艺术研究所编辑的《曾巩研究论文集》，1990年江西高校出版社出版王琦珍撰写的《曾巩评传》。王琦珍的《学术自应超董贾，文章元不让韩欧》认为“曾巩是古代散文史上一个卓有成就的大家”⑤。朱安群的《从鼎鼎大名到世罕见知——论曾巩文学地位的变迁》认为曾巩文章“太平、太实、太朴、太质”，“前人说曾巩‘学术自应超董贾，文章元不让韩欧’，捧得失当”⑥。王水照的《曾巩及其散文的评价问题》认为“（曾巩）成就虽然不及韩、柳、欧、苏，但他在风格、手法、技巧等方面都有自己的特点和长处”⑦。评价较为公允。对于曾巩散文风格，万陆的《曾巩散文理论和散文创作的特色》将

---

① 《饮冰室合集》第7册，专集第27《王荆公》，中华书局1989年版，第195—196页。
② 《中国文学史》，中华书局1995年版，第592页。
③ 《江西社会科学》1987年第1期。
④ 《江西社会科学》1994年12期。
⑤ 《文学遗产》1983年第4期。
⑥ 《文艺理论家》1988年第1期。
⑦ 《复旦学报》1984年第4期。

其概括成“古雅而又平正，蕴藉而又自然”①。曾巩文少抒情之作，以议论见长，其议论文写得纡徐委备，与欧阳修的风格近似，刘熙载云：“昌黎文来得硬直，欧、曾来得柔婉。硬直见本领，柔婉复见涵养也。”（《艺概·文概》）如果说韩文属阳刚美，那么欧、曾文为阴柔美。

**【范文选读】**

## 文体交融与唐代诗文的变化革新

余恕诚

唐代是我国文学艺术极盛时期。以文学而论，诗固然达到了中国诗史的顶峰，而文、赋、小说、词等成就也很高。王国维论“一代有一代之文学”（《宋元戏曲考序》），举诗为唐代文学代表，但钱锺书却质疑说：“唐诗遂能胜唐文耶?”（《谈艺录》四）可见唐文的成就也能与唐诗相颉颃。诗之李杜，文之韩柳，在中国诗文两体中分别居于巅峰地位，两个巅峰出现的时间相近，起伏之间，自然会有相互影响。一代之诗文达于极盛，且持续时间甚长，究其原因，除文体自身不断增强和开发其内在功能外，另一重要途径则是不同文体之间彼此渗透交融，产生相互滋补生成、相互促进带动的效果。本文打算就唐代诗歌与散文由相互影响带动所引起的变化发展，进行梳理分析，展示一代诗文互动互生的具体情景，并估价这种互动在文学发展上所作出的贡献。

### 一、诗格之变与文格之变

从总体上看，唐代诗歌在各种文体中居主流位置，引领一个时代的文学潮流。此时诗歌最富有活力，既多方面吸收各种文体的营养，同时亦以其强大的辐射力，影响于各种文体。“唐人文多似诗”②，唐文确实较其他时代之文具有更多的诗的印记与诗的特质。此中大致有两种情况：一方面是受时代风尚影响兼作者本身就是诗人，往往出手即是诗的语言，诗的情调，甚至出现诗的意境。它基本上属于不经意中的自然流露，并非出于作者的自觉。而另一种情况则是诗的发展变革，带动文的发展变革。我们将着重考察后一种情况，但前后两者也是彼此关联的。如写景之诗唐代高度发展，文亦深受其

① 《江西大学学报》1983年第4期。

② 毛先舒：《诗辩坻》卷三。

影响，柳宗元的永州八记等篇，达到写景文的最高峰，正是由于吸收了山水诗的艺术手法和营养。又如韩愈、柳宗元的赠序、宴序，在其散文中占有重要地位，而这种文体原是由诗序发展而来的。闻一多说："唐代早期某些散文，如王勃的《滕王阁序》，李白的《春夜宴桃李园序》等，原来只是作为集体写诗的说明书而存在，是附属于诗的散文，到中唐便发展为独立的一体，可说是由诗衍化出来的抒情散文，它形成了所谓八大家式的古文，显然是受了唐诗的影响而别具一格。"① 由此可见在深层次中前者对后者的促进作用。

1. 陈子昂的诗文革新理论

陈子昂《与东方左史虬修竹篇序》虽然是论文章，但具体内容，却是关于"风雅"、"兴寄"、"汉魏风骨"、"齐梁间诗"、"建安作者"、"正始之音"，以及东方虬和自己的诗作，因而实际上可以说是诗论。但唐代人从前期的古文家李华、独孤及、梁肃到韩愈、柳宗元，一直未把陈子昂局限在诗歌一边。梁肃总结唐代文章变化革新的过程，提出"唐文三变"说，首先就肯定了陈子昂"以风雅革浮奢"的功绩②，难道梁肃没有见到陈子昂论文的具体涉及的是诗，难道古文家能把论诗错认为论文？其实，"诗文原无二道"③，刘知幾甚至举《离骚》、《诗经》为例，认为"文之将史，其流一焉"④，连史学之文与诗，在一些基本原则上就是相通的，何况一般的文与诗。在中国古代文学理论批评中，关于诗歌的理论，是发展得最早、最充分的，从《书·尧典》的"诗言志"说、孔子的"兴观群怨"说，到《毛诗序》、钟嵘《诗品》、刘勰《文心雕龙》中的《辨骚》、《明诗》、《乐府》、《声律》、《比兴》等，从内容到形式，已有了堪称系统全面的理论，而其他文体，则缺乏完整的理论。甚至连堪称文苑中大国的赋，也不免要依傍借鉴于诗⑤。人们通常习惯于用诗的理论去认识其他文体。因此，当陈子昂把与诗论关系最密切的"风雅"、"兴寄"、"汉魏风骨"等提出来作为号召，针砭的对象也只举出"齐梁间诗"的时候，人们对其所指，在理论上却是扩展到广义的整个"文"的领域。当然，从诗文关系上来看，来自诗的方面对于文的带动力在这里也就表现出来了。

---

① 郑临川述评：《闻一多论古典文学·说唐诗》，重庆出版社1984年版，第82页。

② 梁肃：《补阙君前集序》。

③ 贺贻孙：《诗筏》。

④ 刘知幾：《史通·载文》。

⑤ 当赋被认是"古诗之流"的时候，它的依傍性就表现出来了。

2. 诗歌在开拓题材内容上的先导作用

韩、柳给古文运动带来的是全面的创新。这种创新，不是凭空所能成事的，需要在当时的文化背景下广泛地有所吸纳，然后熔铸以出。并且，韩、柳改革提升散文，仅仅依靠对前代散文遗产的继承是远远不够的。从韩、柳的理论和实践看，他们含英咀华，交通吸纳是多方面的，而当时成就空前走在散文前面的诗歌，则给了散文创作以巨大的启示和带动。

韩、柳散文，在内容上的突破，是以“不平则鸣”为纲领的。“不平则鸣”由韩愈提出，柳宗元自述其为文是“长吟哀歌，舒泄幽郁”（《上李中丞所著文启》），亦与“不平则鸣”相近。韩愈这一命题，在送孟郊序中提出，与其时诗中鸣声之强劲有关。诗人们感遇咏怀，郁于中而泄于外，空前扩展了文学的内容。

韩、柳散文，从内容看，除有关哲学和伦理道德等外，最有积极意义的，是那些针对社会现实，对政治、对人生表达自己认识和情感的作品，抒忧娱悲，抨击黑暗，为受打击、受压抑的不幸者鸣不平。这些现实性强、跟作者生活遭际和情感体验关系密切的内容，在其前一阶段的文中是很薄弱的，而在诗中，无论是追求理想、抒发豪情所反映出的盛大奋发的时代精神，还是自鸣不平、揭露黑暗所抒发的愤懑情绪，都是饱满而有力。那种在生动的艺术形象之中，蕴结作者成熟的思想与真实的生活感受，实即盛唐以来诗人们追求风骨兴寄之所系。实大声宏，从陈子昂的《感遇诗》，到李白的《古风》、《行路难》、《将进酒》、《梦游天姥吟留别》，杜甫的《兵车行》、《自京赴奉先县咏怀五百字》、《春望》、《北征》、《闻官军收河南河北》、“三吏”、“三别”，乃至元结的《舂陵行》、《贼退示官吏》等，有无数名篇，他们作为诗歌的代表，走在这一时期散文和其他各种文体的前面，其辐射和带动力是不言而喻的。

3. 诗歌在创作上、语言上对散文走向解放的推动

诗歌对于唐代散文的带动，当然绝不限于题材内容，其在创作的态度、方法以及语言、修辞、抒情、写景等方面的成功经验，对中唐散文发展创新也具有巨大的借鉴意义。韩愈在其《调张籍》中肯定李杜的高度成就，而关于要求摆脱拘挛追随李杜的劝勉，则应该是兼及诗与文两个方面。张籍《祭退之》诗云：“呜呼吏部公……独得雄直气，发为古文章。公文为时师，我亦有微声。”韩愈古文的“雄直气”，与他跟李杜“精神交通”，受其启发，当有一定关系。

韩愈从事古文革新，在当时受到保守者的嘲笑，连他的好友裴度也曾表

示反对。裴度《寄李翱书》云：

> 且文者，圣人假之以达其心，达则已，理穷则已，非故高之、下之、详之、略之也……昔人有见小人之违道者，耻与之同形貌、共衣服。遂思倒置眉目，反易冠带以异也。不知其倒之反之之非也，虽非于小人，亦异于君子也。故文人之异，在气格之高下，思致之浅深，不在其磔裂章句，隳废声韵也……昌黎韩愈，仆识之旧矣，中心爱之，不觉惊赏。然其人信美材也。近或闻诸侪类云：恃其绝足，往往奔放，不以文立制，而亦文为戏，可矣乎？可矣乎？

裴度的批评，涉及两个问题：一是在章法和句法上故意“高之、下之、详之、略之”，“磔裂章句，隳废声韵”，二是“以文为戏”。以上两点，在裴度等看来，是要加以规范的。而对韩愈说来，正是要从这两点上对当时安于故步、缺少生气的散文创作现状予以突破。传统的正宗散文，确如裴度所说，是“达其心，达则已，理穷则已”。这样的散文，平正通达，但往往缺少艺术力量。韩愈则如裴度所说：“恃其绝足，往往奔放。”并且，不止是奔放，按照《调张籍》的描写，乃是“刺手拔鲸牙，举瓢酌天浆。腾身跨汗漫，不著织女襄”。与其“地上友”的经营，也就是常规的做法，等于是一在天上舞，一在地下学步。

裴度所提出的故意“高之、下之、详之、略之”，“磔裂章句，隳废声韵”，主要是语言修辞上的问题，是韩愈破骈为散，并且创造他那种独具风格的散文语言。这在当时，许多人以为怪；但在后世，却获得了文学史上的高度评价。他的语言工夫，如他自己所说，是“沉浸醲郁，含英咀华”，多方面吸取，而取法于多姿多彩、生动活泼的诗歌语言是重要方面。

诗歌，尤其是近体诗，在语法修辞上与散文有很大的不同。王力《汉语诗律学》对古近体诗句法和语法曾作详细分析①，而钱锺书则形象地加以描述云：

> 韵语既困羁绊而难纵放，苦绳检而乏回旋，命笔时每恨意溢于句，字出乎韵，即非同狱囚之锒铛，亦类旅人收拾行縢，物多箧小，安纳孔艰。无已，“上字而抑下，中词而出外”（《文心雕龙·定势》），譬诸置

① 王力：《汉语诗律学》，上海教育出版社1963年版，第252—203页、第495—507页。

履加冠，削足适履。①

指出诗歌因受字数、对仗、音律等方面限制，难以自在地放开手脚来遣词造句。像出门人所带的旅行包，容量小而物品多，只好在安置上打主意，原在上的放于下，原在中的置于外，使其能够容纳。这样做当然是有困难费心力的。但类似于此的文体和语言之间关系，通过“高之、下之、详之、略之”等处理，却做到了“陈言之务去”，特别是使得语言的灵活性和潜能增大了。韩愈、柳宗元等正是多方面吸收借鉴诗歌，以救散文语言的板滞贫乏。韩愈《送李愿归盘谷序》中李愿的一段话，造语形容极为精彩。许多地方即取法于诗歌。如“喜有赏，怒有刑”，出自刘向《新序·杂事》：“喜则无赏，怒则无刑”，中间省略了“则”字。比照王力《汉语诗律学·近体诗的语法》属于“省略法”。“车服不维，刀锯不加，理乱不知，黜陟不闻”，比照王著近体诗的语法分类，属于“倒置法”中的“目的倒置”；同时，四个“不”字下面，省略了“能”一类字，属于“可能式的省略”。宋人刘克庄还指出其中“‘坐茂树’、‘濯清泉’即《楚辞》‘饮石泉’，‘荫松柏’也；‘飘轻裾，翳长袖’即《洛神赋》‘扬轻袿，翳修袖’也”②。由此可见，韩愈等人正是借鉴诗歌（包括与诗关系密切的辞赋），对散文的语言、修辞等进行了改造与提升。

韩柳之“以文为戏”，实际上是把文章作为纯文学意义上的“文”作为艺术作品来创作。处在中唐前期文坛上“贪常嗜琐”积习仍然很深的情况下，韩愈、柳宗元等破常规、脱拘挛的写法，特别是韩愈那种“猖狂恣睢，肆意有所为”的文章③，受到讥贬是不足为怪的。韩愈、柳宗元之所以能够冲破拘谨守常的习惯势力，不循故步，并获得成功，在《调张籍》中实际上已经从一个方面透露了信心的来源和取法之所自。与散文带实用性相比，诗歌的纯文学性质，一直是明确的。历代文人不仅以诗言志，而且也以诗作为怡情悦性的工具。“善戏谑兮，不为虐兮。”“戏”在诗歌创作中一开始就存在。到盛唐时，李白的夸张幻想，浪漫不羁，颇有游戏六合，“手弄白日，顶摩青穹”④ 的奇情奇趣。杜甫更有一种与生俱来的幽默风趣，胡适《白话文学史》中一再说杜甫“始终保持一点‘诙谐’的风趣”，“往往有‘打油诗’的趣

① 钱锺书：《管锥编》，中华书局 1986 年版，第 149—150 页。
② 刘克庄：《后村诗话》卷一。
③ 柳宗元：《答韦珩示韩愈相推以文墨事书》。
④ 李白：《暮春江夏送张祖监丞之东都序》。

味”，并举了多篇诗歌为例[1]。杜甫诗集中“戏题”、“戏作”、“戏赠”一类诗，多达22首。此外，在许多生活描写乃至写危难困苦的诗中，往往多有诙谐幽默非的成分。诗歌中这种把人的性情充分自由地展开，从奇幻放纵到幽默诙谐，都可任意而行的创作态度，对于散文的解放和变革，当然会有诱导促进作用。韩愈、柳宗元不怕讥嘲，敢于“以文为戏”，至少是有诗歌在一边与之相呼应并为之提供榜样。从诗的解放到文的解放，在韩、柳的诗文创作中不难发现踪迹。

## 二、中唐诗文互动的新形势与“以文为诗”

### 1. 盛唐之后诗歌的持续性发展问题

中唐时期诗文发展处于关键时刻。诗由陈子昂推动革新，至李白、杜甫和盛唐诗人，不仅完成了革新，而且充分吸收前代诗赋和各种文体中的有益成分，将传统的五七言诗推到极盛的境界。盛唐的巨大成就是令人振奋的。然而诗到这一步，也就自然出现了一个问题：当诗歌把五七言诗的潜能发挥得淋漓尽致，至少从汉魏六朝以来所形成的趋势看，几乎发展到了登峰造极的地步之后，再下一步诗将在什么地方、通过什么渠道寻求它新的生长点，以保证其持续性发展呢？

就散文而言，当它受诗歌发展与兴盛的带动，一步步革新和推进，到贞元、元和之际，在题材、体裁和各种艺术手法上都得到拓新，表现出空前活力的时候，它在艺术上同时也就具备了影响其他文体，给其他文体输送营养的能力。正好，此时诗歌在极盛之后，需要寻求新的发展，需要从汉魏六朝以来的传统轨道中走出，以开创新的局面。因而，诗文两体在中唐时期，展开了非常活跃的双向交融与渗透。

### 2. “以议论为诗”

“诗到元和体变新。”（白居易《馀思未尽加为六韵重寄微之》）中唐时期，在韩愈、孟郊、白居易、元稹、刘禹锡、李贺等人的努力下，诗歌向多方面拓展变化，迎来唐诗发展的第二次高潮。其中文对诗的渗透，文与诗的交融，给中唐诗歌开辟新局面以极大的推动。诗歌此时的变化，论者常称之“以文为诗”。所谓“以文为诗”究竟包含哪些内容呢？综合宋代至当代学者之说，大致是指以议论说理为诗，以才学为诗，平直详尽，缺少含蓄，以及以古文的文体、文法（包括章法、句法）、词语为诗，等等，涉及内容、表达

---

① 胡适：《白话文学史》第十四章《杜甫》，新月书店1928年版，第318—356页。

方式、写作规范等一系列问题，并且进一步影响作品的风格。尽管涉及许多方面，但一些诗歌，最能突出地给人以近于文的感觉，主要有两种情况：一种是大量出现议论和叙述，显得异于一般的抒情之作。特别是在情感不足的情况下发议论，会近似押韵之文；二是从体裁风格到章法句法用语用字，吸收了文的成分，具有将诗之押韵和文之体段句调组装到一起的新变意味。中国诗歌自先秦至汉魏六朝所形成的传统，是以抒情诗为主。叙事和议论，在诗中一般从属于抒情，不像在散文中可以占据主导地位。诗史上具有典范意义的《诗经·国风》、汉魏五古，绝大部分为抒情短章，涉及人物、事件，一般仅点到为止，连贯性的叙事很少，议论则更少。乐府诗虽有叙事，但都很简括。传播上处于优势，并在更大程度上支配诗史进程的是文人的抒情诗。

然而诗苑由成分比较单一的抒情诗维持局面的现象，终究是要发生变化的。到了唐代，随着社会生活的日益丰富复杂和文学的发展，简括的抒情短章已不能适应要求。初唐卢照邻、骆宾王的歌行，叙述和描写成分已大大增加。盛唐开元、天宝时期篇幅较长的五七言古诗内在成分更加趋于丰富多样。其后，杜甫经历安史之乱前后的巨大灾变，结合所见所感，创作史诗式的长篇；韩愈生活在矛盾更加尖锐复杂、社会生活更加动荡的中唐，他从考场到官场经受一系列的挫折和打击，借诗歌舒忧娱悲，同时亦以见世态人情。对于像杜甫、韩愈所从事的创作，传统式的抒情模式和五七言诗的章法、句法、用语、用字其局限性更为明显。因此，有必要借鉴吸收其他文体，特别是散文那种自由的形式、能够容纳和组织丰富内容的章法结构，以及含叙事、描写、抒情、议论在内的多种艺术手法，就成了借鉴与取法的主要对象。韩愈作为散文大家，把散文的各种手段一齐尝试着带入诗歌，诗文合力，促成诗歌内容、表现手段、风格样式的巨大开拓，可以说是历史发展的一种必然。

3. 虚字运用与句法新变

韩愈大量运用虚字入诗，以及与此有密切关系的句法上的新变，也是以文为诗的重要表现。韩愈诗歌的句法，变化多样，读者往往要抛开常规句法，追随他的语句组合方式，才能获得确切的理解。其句法的变态百出，又常与虚字的运用有密切的关系。或是用虚字变化意脉与节奏，或省略原来应该有的虚字，都会造成与常规的偏离。清代赵翼《瓯北诗话》卷三云：

> 昌黎不但创格，又创句法。《路旁堠》云："千以高山遮，万以远水隔。"此创句之佳者。凡七言多上四字相连，而下三字足之。乃《送区弘》云："落以斧引以纆徽。"又云："子去矣时若发机。"《陆浑山火》

云："溺厥邑囚之昆仑。"则上三字相连，而下以四字足之。

韩愈用虚字与变化句法，在其诗中大量存在，不止于赵翼所举的几例。

从诗与文两种文体关系上进行考察，韩愈运用虚字对其诗歌语言的总体影响，显然表现为将诗与文进一步拉近了。原来诗歌语言的规范、约束减弱了，灵活性加大了。这在中唐，除韩愈外，其他作家也有不同程度的类似表现。如钱锺书云："昌黎荟萃诸家句法之长，元白五古亦能用虚字，而无昌黎之神通大力，充类至尽，穷态极妍。"① 指出了元稹、白居易亦能用虚字，虽认为元、白没有韩愈的神通大力，但说明当时运用虚字，变化句法不是韩愈一家，而是韩愈、白居易两大诗人群体的共同趋向。

4. 以散文的章法入诗

中唐韩愈等人诗歌对散文的吸收，还表现在章法结构上。这在诗歌发展中也是一种明显的变化。只有到了韩愈，在诗歌中骋其为文之恣肆，才让人分明有以文法用之于诗的感觉。韩愈的《雉带箭》，"短幅中有龙跳虎卧之观"②。诗写纵火围猎，围绕猎物（野雉）和射猎者（将军）双线展开，交错分合地写射者、射技、被射物和观射者。诗中"将军欲以巧伏人，盘马弯弓惜不发"二句，点明射者为博得最佳效果的用心与策略，同时亦可以看作是作者暗示自己在用笔上的安排布置之法。先在空处（未射时）传神，然后一矢中的，"以留取势，以快取胜"③，推进到诗歌高潮处，立即收住。确实有似文的盘旋蓄势之法。韩愈诗歌运用散文的章法，随着内容的不同，变化多样。但归纳起来，不外直与曲两类。直的一类可以《山石》为代表。这首记游诗，从第一天黄昏，写到次日清晨。按入山、到寺、留宿、离山的过程，一直往下叙述。方东树云："从昨日追叙，夹叙夹议，情景如见，句法高古。只是一篇游记，而叙写简妙，犹是古文手笔。"④

韩愈诗歌中用文的章法而又较多曲折变化的，可以《八月十五夜赠张功曹》为代表：这首诗用主客对话，分三段，前后两段写月色和自己，中间一段为张功曹（署）的歌辞。表面上我是主，张是宾，实际上张的歌辞是诗中的主体，是诗人所要表达的真实思想情感。可谓反宾为主。从开头写月色，到张署唱歌，再到作者对张署的开导，都是跳跃转折。张署的歌辞，叙述两

---

① 钱锺书：《谈艺录》（补订本），中华书局1984年版，第73页。

② 清代汪琬语，转引自钱仲联：《韩昌黎诗系年集释》，第112页。

③ 清代查晚晴语，转引自钱仲联：《韩昌黎诗系年集释》，第112页。

④ 方东树：《昭昧詹言》卷十二，人民文学出版社1962年版，第270页。

人的被贬和遇赦量移，也是几经曲折。汪琬云："虚者实之，实者虚之，得反客为主之法。"① 方东树云："一篇古文章法。前叙，中间以正意苦语重语作宾，避实法也。一线言中秋，中间以实为虚，亦一法也。收应起，笔力转换。"② 都表明这是韩诗运用古文章法中偏于曲的一类。

章法上接近散文，在中唐其他诗人笔下也很常见，张籍的《祭退之》诗从语言风格到结构安排都像一篇祭文。元稹、白居易篇幅较长的诗一般顺起顺结，从头到尾有条有理地叙述事件，或抒情说理，也是以平直有序通于古文。

## 三、既是变局又是开局

中唐诗歌向散文靠近，吸收来自散文的各种艺术因素和营养，乃至在一些作品中出现散文化倾向，在作家中产生像韩愈这样"以文为诗"的代表人物，其规模和影响比起初盛唐诗对赋的吸收更有过之。中唐的诗史演进面临极盛之后寻找新的出路问题，五七言诗的传统遣词造句与章法结构，乃至它的语词和意象，其潜能已被盛唐诗人作了相当充分的发掘。此时诗歌要想获得新的表现力，适合于表现新的题材内容，需要对原有字法、句法、章法等进行改造。这是诗歌新发展对诗歌传统体制和艺术手段提出的挑战。而诗歌对此作出回应的主要途径即是以文为诗。唐代古文革新运动的成功，使古文达到繁荣的顶峰，极其富有影响力。韩愈作为古文大师，高才博学，"馀事作诗人"，能够在诗文两种艺术之间，游刃有余地自在穿行。"杜之诗法，韩之文法也。"③ 他吸收诗的养分对文的发展和提高作出了创造性贡献，同时又把文的多种因素引入诗歌，突破诗歌原先的规范和限制，带来体式风格上的种种重大变化。

严格说来，以文的字法、句法、章法入诗，属于表现手段问题，诗中的情感属于作者主体性的体现问题，二者不宜混为一谈。文的成分进入诗歌，出现某些不协调现象，以及某些经过尝试，证明不适合诗歌抒情要求的用法，会在发展中被扬弃或得到进一步完善。而由于其主流是引导诗歌开拓与发展，所以中晚唐以文为诗，一时形成风气。晚唐李商隐的《韩碑》称赞韩愈"破体"为文，而他自己的这篇名作，即以韩愈为榜样，把文体中的众多因素移之于诗，同样，杜牧亦是"奇僻处多出于元和，五、七言古恣意奇僻……援

---

① 转引自钱仲联：《韩昌黎诗系年集释》，第263页。

② 方东树：《昭昧詹言》卷十二，第271页。

③ 陈沆：《诗比兴笺》卷四，中华书局上海编辑所1959年版，第190页。

引议论处亦多以文为诗”①。至唐末，皮日休、陆龟蒙的《江湖散人歌》顺畅中杂有少量生涩的词句，等于是韩愈、白居易两家在以文为诗方面的糅合。沿波而下，以文为诗到北宋中叶更是成为诗坛普遍性的趋向。“宋之苏、梅、欧、苏、王、黄皆愈为之发其端”②，可见以文为诗是诗到中唐的大变局，也是在盛唐之诗极盛难继情况下，借助于处在高潮期的散文的强大影响力，启动起来的又一开局。交流与新变是文体发展的永恒主题，诗与文是中国文学中最富有积累和影响的两大文体，文学史上一系列现象显示出，两者发展变化的一条重要途径，即是从对方吸取艺术经验和养分，互相生发，实现体制上的突破与创新。

（原载《国学研究》第24卷，收入本书时略有删节）

## 【评　析】

这篇论文从文体交融的角度谈唐代诗文（主要是中唐诗文）的发展演变，既不同于单纯的作家作品研究，亦不同于以往学界侧重于从社会政治、经济、思想文化等一般套路研究文学，又不局限于某一文体自身研究，而是将诗文这两种最重要的文体界限打破，从“不同文体之间彼此渗透交融，产生相互滋补生成、相互促进带动”，寻绎唐代诗文发展演变规律，视野开阔，立意新颖。

文章的第一部分论述唐代诗歌对散文的影响，即“唐人文多似诗”，阐述诗的发展变革是如何带动文的发展变革，指出：“柳宗元的永州八记等篇，达到写景文的最高峰，正是由于吸收了山水诗的艺术手法和营养。又如韩愈、柳宗元的赠序、宴序，在其散文中占有重要地位，而这种文体原是由诗序发展而来的。”韩、柳诗文兼胜，拈取二人为例，极具典型性。本段文字主要从唐代诗文革新理论、口号入手，尤其是从人们习以为常的材料——陈子昂的《与东方左史虬修竹篇序》、韩愈的“不平则鸣”说，发掘诗对文的深刻影响，真是独具慧眼。此外还从韩愈散文章法和句法上故意高、下、详、略的经营以及“以文为戏”手法，论述诗歌在创作上、语言上对散文走向解放的推动。值得我们学习的是，这部分所使用的论证材料是大家所熟悉的，但是作者却能从中得出新颖的见解。可见，治学需要找准角度，作精深思考。

文章第二部分重在论述中唐散文对诗歌发展演变的影响，即“以文为

① 许学夷：《诗源辩体》卷三十，第285、287页。

② 叶燮：《原诗·内编》，丁福保辑：《清诗话》，上海古籍出版社1999年版，第570页。

诗”。文章抓住中唐时期诗文发展处于关键时刻这一逻辑前提，诗歌由李杜推向最高峰之后需要新的突破，而中唐以韩、柳为标志的新型散文的兴盛，正好为诗歌寻求新变提供了养料。具体表现在：一是以韩愈为代表的“以议论为诗”——借鉴与取法散文那种自由的形式、能够容纳和组织丰富内容的章法结构，以及含叙事、描写、抒情、议论在内的多种艺术手法；二是以韩愈等为代表的以散文的章法入诗。

文章最后指出，以韩愈为代表诗文大家将诗文交融，从而带来中国古代文学中最重要的两种文体新变化的意义，“以文为诗是诗到中唐的大变局，也是在盛唐之诗极盛难继情况下，借助于处在高潮期的散文的强大影响力，启动起来的又一开局”。以此收束，本论题的价值得到很好的提升。

【文献链接】

1. 邓小军：《韩愈散文的艺术境界》，《人文杂志》1994 年第 1 期。

2. 何沛雄：《欧阳修与韩愈的“古文”关系》，《社会科学战线》1997 年第 4 期。

3. 洪本健：《苏洵、苏辙散文创作比较论》，《江海学刊》1996 年第 4 期。

4. 李青：《论苏轼议论文的写作特色》，《文学遗产》1985 年第 2 期。

5. 林伯谦：《韩愈文学理论与佛法行持之研究》，《唐代文学研究》第 6 辑。

6. 罗宗强：《唐代古文运动的得与失》，《文史知识》1988 年第 4 期。

7. 祁志祥：《柳宗元园记创作刍议》，《文学遗产》2007 年第 5 期。

8. 王水照：《苏轼的人生思考与文化性格》，《文学遗产》1989 年第 5 期。

9. 吴小林：《论王安石的散文美学思想》，《江西社会科学》1994 年第 12 期。

10. 周明：《柳宗元山水文学的艺术美》，《文学评论》1984 年第 9 期。

# 第三章　元明清文学研究

## 第一节　元明清戏曲研究

古代戏曲研究是元明清文学研究中的一个重要而独特的研究领域。从宏观的视角考察，戏曲研究的版图可以分为四大板块：第一板块是戏曲文献研究，第二板块是戏曲史研究，第三板块是曲家曲作研究，第四板块是戏曲理论研究。它们代表了戏曲研究的四个不同层面，既相互独立又互相勾连。下面分别加以介绍。

### 一、戏曲文献研究

戏曲文献（广义的戏曲文献包括相关文物）研究是整个戏曲研究的基础，从某种程度上决定了戏曲研究的整体水平。20世纪以来的戏曲研究实况表明，戏曲文献的每一次发现都激发了戏曲研究的热潮，成为推动戏曲研究的强大引擎，如《元刊杂剧三十种》、《永乐大典戏文三种》、《脉望馆抄校本古今杂剧》、车王府曲本、清升平署戏曲等重要戏曲文献的发现。

与通俗小说相比，戏曲文献的积淀比较丰厚。明代中叶以后，部分文人对戏曲的创作、演出、点评、刊刻、改编及收藏较为重视，相关戏曲文献在部分公私藏书的目录中得到著录。有关戏曲的著述在清代日益增多，有些文人还将自己的戏曲作品收入文集。然而，这些多是基于个人兴趣与爱好的“选择性注意”，因此，它们虽然为戏曲研究提供了宝贵的资料，却也导致了对大量戏曲文献的“选择性遗忘”。20世纪戏曲研究的奠基者与开拓者是王国维，其戏曲研究是立足于坚实的戏曲文献整理与研究基础之上的。撰写《宋元戏曲考》之前，他辑释了大量的戏曲文献，先后完成了《曲录》、《戏曲考源》、《录鬼簿校注》、《优语录》、《唐宋大曲考》、《录曲余谈》、《古剧角色考》等著作。吴梅、王季思、赵景深、钱南扬、冯沅君、孙楷第、叶德均、周贻白、任二北等戏曲研究大家也都是从戏曲文献的搜集、整理与研究入手的。具体而言，戏曲文献的研究包括对戏曲目录、戏曲版本、戏曲校勘、戏曲文物的研究四个方面。

1. 戏曲目录研究

清人王鸣盛说："目录之学，学中第一紧要事，必从此问途，方能得其门而入。"按照编撰方式，戏曲目录可分为单科目录、综合目录两种类型。戏曲单科目录（或称戏曲专题目录）是专门著录某一体裁、样式的戏曲作品的目录。如周密《武林旧事》卷10中的《官本杂剧段数》、陶宗仪《辍耕录》中之《院本名目》等著录宋金杂剧的目录；钟嗣成《录鬼簿》、无名氏（或贾仲明）《录鬼簿续编》、朱权《太和正音谱》、祁彪佳《远山堂剧品》、黄丕烈《也是园藏书古今杂剧目录》、今人傅惜华《元代杂剧全目》、《明代杂剧全目》、《清代杂剧全目》等著录元明杂剧的目录；徐渭《南词叙录》的"宋元旧篇"和"本朝"部分、张大复《寒山堂曲谱》中的《谱选古今传奇散曲集总目》、今人钱南扬《宋元戏文辑佚》、《戏文概论》之"剧本第三"等著录宋元明戏文的目录；吕天成《曲品》、祁彪佳《远山堂曲品》、无名氏《古人传奇总目》、今人傅惜华《明代传奇全目》、郭英德《明清传奇综录》等著录明清传奇的目录；杨志烈《秦腔剧目考》、曾白融《京剧剧目辞典》等著录地方戏的目录。戏曲综合目录是著录各种戏曲样式、种类，甚至包括相关著述的目录，如黄文旸《曲海总目》、姚燮《今乐考证》、王国维《曲录》、庄一拂《古典戏曲存目汇考》、李修生《古本戏曲剧目提要》、齐森华等《中国曲学大辞典》、梁淑安等《中国近代传奇杂剧经眼录》等。有的藏书家编撰的藏书目录也收录了戏曲，多属于综合目录。如明代高儒《百川书志》、晁瑮《晁氏宝文堂书录》、钱曾《也是园藏书目》等有关戏曲目录的记载历来为研究者所重。孙崇涛《戏曲文献学》之第一编"戏曲目录学"对此有详尽的阐述。

曲家、曲目文献浩如烟海，散存各处，不易搜寻，因此，在以上戏曲目录著作中失载、漏著的情况还是比较严重的。从明清文人别集、诗集、方志、家谱等文献中搜寻佚失戏曲的名目、本事及戏曲家生平等材料，为各种戏曲目录著作做辑补的工作还有很大的空间。近年来在这方面创获较多的有以下两部著作：一是邓长风《明清戏曲家考略全编》，二是左鹏军《晚清民国传奇杂剧考索》附录的《晚清民国传奇杂剧目录》。

2. 戏曲版本研究

戏曲作品根据依托的物质媒介可以分为写本与刊本两类。戏曲刊本是戏曲的刻印本，如今存的《元刊杂剧三十种》，剧目标题中，4种标有"大都

（今北京）新编”，7种标有“古杭新刊”，其余未标刊刻地点的19种。《西厢记》的版本有2、3百种之多。戏曲版本不同于诗文的版本，诗文的不同版本，内容与词句差异很小，而不同戏曲版本的内容与词句往往差别很大，甚至面貌迥异。这是因为同一部戏既有案头阅读本与舞台演出本之分，也有不同声腔本子之别，它们直接影响戏曲的刊刻样态。通过戏曲版本的研究，可以识别文本的性质与用途，演剧的形态与地域，剧目的传布与流变，乃至剧种与声腔、班社与演员、剧场与形制等方面的具体情况。戏曲写本是戏曲的稿本及抄写本，包括靠手写得以保存、流传的戏曲脚本、乐曲、理论、图绘等文献。汇抄类戏曲写本有《永乐大典》抄本戏曲、《脉望馆钞校古今杂剧》、清宫大戏写本、清升平署戏曲抄本、车王府曲本等；单抄类戏曲写本包括戏曲作品类和戏曲理论类，此类写本大量存在，兹不赘引。稿本类的戏曲写本是指戏曲创作与论著的作者手稿、经人过录的誊写稿以及后人批注、补订的原始稿本等。有的已经有翻刻本或影印本问世，有的仍尘封在公私书库中令研究者难以寓目。

古代一些戏曲家及其创作情况往往依靠存世的写本才得以进入研究视野，如清初的苏州派曲家群即是如此。对于古代青阳腔的原始风貌，以往只能通过几种明代选刻本所选之零折散段加以蠡测，而《古本青阳腔剧本四种》写本的发现使清代青阳腔流播的状况及全本演出的风貌得以展现。戏曲版本的鉴定十分繁难，要求研究者不仅要有文字、音韵、书法、绘画、版刻、墨色、印章、纸张、印刷、装帧以及历史、典章、制度、风尚、习俗等方面的深厚学养，还要有长期接触古籍的实践经验，同时还要熟稔戏曲的艺术规律、舞台的呈现方式、戏曲的文学体制等。《戏曲文献学》之第二编“戏曲版本学”对此有系统的总结。值得一提的是，朱崇志《中国古代戏曲选本研究》也是戏曲校勘研究的重要成果。

3. 戏曲校勘研究

戏曲校勘主要包括文字对象和文体对象，前者指戏曲文本的字、词、句、段、篇，后者指曲调、宾白、科文等。由于戏曲“文备众体”，其校勘难度远甚于诗文校勘。明人赵琦美抄校《脉望馆抄校本古今杂剧》、臧晋叔选校《元曲选》、王骥德校定《新校注古本西厢记》、近人王国维校定《录鬼簿》、王季烈校定《孤本元明杂剧》，今人郑骞、徐沁君、宁希元分别校注《元刊杂剧三十种》、钱南扬校注《永乐大典戏文三种校注》、王季思主编《全元戏曲》、中国戏曲研究院编校《中国古典戏曲论著集成》、吴书荫《曲品校注》、孙崇涛等《青楼集笺注》、俞为民等《历代曲话汇编》等均是非常重要的戏曲校勘成果，它们为戏曲文献求得了相对正确的文献依据，力图还原戏曲文献的本来面目，扫除了戏曲文献中的文字障碍，使研究者能够直接走进文本，为进一步的研究提供了平台。这些著述分别或综合采用了对校法、本校法、他校法、理校法等校勘方法。《戏曲文献学》之第三编“戏曲校勘学”对此有全面的概括。

4. 戏曲文物研究

戏曲文物研究的对象是出土的相关戏曲文物（如戏衣、砌末、面具等）以及依存的戏楼（戏台）、壁画、雕砖等文物。在中国古代，戏曲的表演随处可见，很少有人关注戏曲文物。20 世纪 30 年代之后，戏曲文物屡有发现，一些与之有关的研究论文未能引起学界的反响。20 世纪 80 年代以来，戏曲文物研究成为戏曲研究中的一大亮点，并将王国维提出的二重证据法，发展成以书面文献与地下考古、田野调查相互印证的三重证据法。刘念兹认为：“（戏曲文物研究）专门研究历史上遗留下来的实物史料，考察论证有关戏曲起源、形成、发展的历史面貌，借以观察戏曲艺术形态的发生、衍变的历史过程，由点入面，一事一物，予以详尽的阐明，提出新问题，填补戏曲史上疑难不解的史实空白。”山西师范大学戏曲文物研究所编的《宋金元戏曲文物图论》、廖奔《宋元戏曲文物与民俗》、刘念兹《戏曲文物丛考》、黄竹三《戏曲文物研究散论》等都是戏曲文物研究方面的力作。车文明《20 世纪戏曲文物的发现与曲学研究》系统阐述了戏曲文物的发现对戏曲研究的巨大推动力量。戏曲文物可以补充史料的不足，甚至纠正史料记载的疏误，对于穿越历史迷雾，重构剧场实况、还原戏曲演出生态具有极其重要的作用。一些戏曲研究的难题可以通过戏曲文物的研究加以解决。

戏曲文物的考古发现具有偶然性，另外，戏曲文物研究是跨学科的研究，难度很大。它既是戏曲学与考古学的结合，又涉及历史学、民俗学、艺术学、金石学、古器物学、古建筑学、服饰学、文献学和音乐学等各门学科，需要研究者具有广博的学识与复合的知识结构，因此，多学科的学者组成团队发挥各自特长，才能使戏曲文物的研究前景更加广阔。

## 二、戏曲史研究

古代的戏曲理论家对戏曲的起源与发展有零星的论述，但是真正具备学理形态的探讨当属王国维的《宋元戏曲史》，它奠定了 20 世纪戏曲史研究的重要范式。王国维认为戏曲是以“歌舞演故事”，分析了戏曲的四要素，即歌、舞、演（代言体）、故事，并分别追溯其源头与演变，比较了歌舞戏、杂剧、南戏之异同，呈现出中国戏曲历史演进的轨迹。他认为戏曲的源头是先秦的巫觋和倡优。吴梅是传统曲学的最具代表性的学者，其《中国戏曲概论》继承了传统曲学模式，从金元戏剧论到明清戏剧，是一部比较简略的中国戏曲史，主要成就表现在制曲、谱曲、度曲、校定曲本、审定曲律等方面。青木正儿《中国近代戏曲史》主要论述的是明清戏曲史，详究戏曲之源流以明其变化之迹，雅部与花部在歌场上的变迁情状。由于处于草创期，以上三部著作显示出粗陈梗概的特点。董每戡《中国戏剧简史》按朝代划分中国戏剧史阶段，分为七章，阿英《元人杂剧史》分为“元曲的时代”、“元曲的人民性”、“元曲的文学”、“元曲的影响”四个部分，两作均留有鲜明的时代烙印。20世纪的中国戏曲史家中，周贻白用力最勤，自1936年以来先后出版了《中国戏剧史略》、《中国剧场史》、《中国戏剧小史》、《中国戏剧史讲座》、《中国戏剧发展史大纲》，诸作均突出剧场观念意识，强调戏曲的音乐性质与舞台表演性质。徐慕云《中国戏剧史》撰述的重心也在于剧场艺术，关注的焦点在于戏曲演员，特色在于论述了“古今优伶剧曲史”，认为西方戏剧重写实，中国戏剧重写意。

张庚、郭汉城主编《中国戏曲通史》共分为四编。第一编：戏曲的起源与形成；第二编：北杂剧与南戏；第三编：昆山腔与弋阳诸腔戏；第四编：清代地方戏。涉及戏曲史、戏曲文学、剧场艺术、戏曲艺术体制、戏曲文物等各个方面，是影响最大的戏曲史著作。吴国钦《中国戏曲史漫话》的特色在于从母题的历史演变和题材类型的角度考察戏曲文本，彭隆兴《中国戏曲史话》、杨世祥《中国戏曲简史》、钱念孙《中国戏曲演义》等侧重于普及，比较简略。余秋雨《中国戏剧文化史述》从戏剧美的角度重新审视中国古代戏剧现象，以戏剧美的萌芽、成长、成熟为线索考察中国戏剧的发展过程。许金榜《中国戏曲文学史》从纵向、横向两个方面展开论述，辅以对重点作家的分析，勾勒出戏曲文学发展的历史图景。廖奔、刘彦君《中国戏曲发展史》4卷140万言，称得上是近年来中国戏曲史研究的新硕果。此书内容覆盖广阔，吸收了最新的研究成果，如中国祭祀和祭祀仪式性戏剧的研究、民间目连戏和傩戏的研究的前沿成果均在书中有所反映。另外，对各个历史时期戏曲创作潮流的把握比较准确，史料丰富、考证精审、颇具新解也是其一大特色，如对女角色为何称“旦”的解释可备一说。然其不足之处在于未反映道光以后一个多世纪的戏曲现象，让人感觉不够完整。刘晓明《杂剧形成史》用类群理论对杂剧的发生与发展过程进行全面研究，颇多新见。断代戏曲史有李修生《元杂剧史》、黄卉《元代戏曲史稿》、李春祥《元杂剧史略》、季国平《元杂剧发展史》、郭英德《明清传奇史》、金宁芬《明代戏曲史》、徐子方《明杂剧史》、周妙中《清代戏曲史》、左鹏军《晚清民国传奇杂剧史稿》等。其中《明清传奇史》较有特色，它多方位地观照戏曲史现象，既注意形式、体制，又关注内容、价值，既考察戏曲文学本身，又从舞台艺术和社会变革、文化演进等角度透视传奇创作，故往往能推陈出新，如肯定邱浚道德化戏曲创作、邵灿案头化戏曲创作的文学史意义。剧种史著作有马少波《中国京剧史》，钮骠《中国京剧史》，胡忌、刘致中《昆剧发展史》，陆萼庭《昆剧演出史稿》等。

戏曲史研究绕不开对戏曲源头的追溯。上举通史性著作对此均有相应的解说。主要有祭祀说、巫觋说、模仿说、生活说、歌舞说、讲唱说、娱乐说、游戏说、劳动说、外来说等观点，这些观点的共同之处在于均是抓住戏曲四要素之一加以溯源的一源说，因此众说纷纭，无法达成共识。20 世纪 80 年代以来，学者们趋向于认同综合以上各种说法的戏曲起源的多源说。曾永义《戏曲源流新论》的观点比较独特，他认为戏曲雏形的形成，只能以一、二元素为基础，由此吸纳或结合其他元素成立，因为小戏的构成要素可以不同，它就可以异时异地在不同场所孕育滋生。小戏可以多源并起，而作为综合艺术的大戏只能一源多派。相对来说，戏曲的渊源研究取得了实质性的进展。王国维认为上古的巫觋、春秋时期的俳优、汉代的角抵、唐代的歌舞戏、参军戏、宋元的说唱艺术等等与戏曲形成均有密切的关系。姜亮夫从音乐的角度，认为戏曲源于词。李家瑞《由说书变成戏剧的痕迹》一文从诸宫调、打连厢、灯影戏、弹词、滩簧等说书形式考察戏曲的形成轨迹，认为戏曲是由以诸宫调为主的说书艺术演进而来的。吴则虞《试谈诸宫调的几个问题》一文，探讨了诸宫调对南北戏曲的影响。李啸仓《宋元伎艺杂考》一书认为，宋金杂剧、杂扮、影戏、傀儡、诸宫调等伎艺是戏曲发展中吸收养料的宝库。谭正璧《话本与古剧》一书集中探讨了宋元明的话本小说与宋元戏文、院本、元明清杂剧的渊源关系。胡忌《宋金杂剧考》探讨了宋金杂剧对宋元戏曲的影响。任半塘《唐戏弄》则探讨了唐代的歌舞、合生、大面、钵头、傀儡、参军戏等艺术样式对宋元戏曲的影响。孙楷第《傀儡戏考原》考察了宋代傀儡戏与宋元戏曲的渊源关系。有的学者探讨了外国文化对中国戏曲的影响。如贺昌群《元曲概论》从音乐的角度探讨了印度戏剧对中国戏曲的影响。许地山《梵剧体例及其在汉剧上底点点滴滴》一文探讨了伊朗文学与印度文学对戏曲的影响。郑振铎将杂剧、传奇与印度戏曲比较后发现在艺术体制上传奇（戏文）的艺术体制与杂剧完全不同，而与印度的戏曲有诸多相同之点，可见传奇与印度戏曲的关系密切。徐慕云也认为印度戏曲对中国戏曲的形成有重要影响。黄天骥《“旦”、“末”与外来文化》一文同样肯定中国戏曲的勃兴受到印度文化的启迪。康保成《梵曲啰哩嗹与中国戏曲的传播》一文也指出了中国戏曲受到印度等外来文化的影响。近年来，探讨外国文化对戏曲的影响成为一种方向。

## 三、曲家曲作研究

尽管20世纪90年代有学者基于对名著研究中低水平重复现象的不满，提出“悬置名著”的观点。但是不可否认，20世纪以来名家名作以其自身的迷人魅力吸引着大多数学人的热切关注，一直是学界研究的重镇。由于对名家名作集中研究的专著批量涌现在20世纪70年代末以后，兹举其要者加以胪列，以展示名家名作研究的繁荣景象。关于《琵琶记》及高则诚的研究有：侯百朋《高则诚和〈琵琶记〉研究》、《琵琶记资料汇编》、蓝凡《高则诚和〈琵琶记〉》、黄仕忠《〈琵琶记〉研究》、刘祯《高明年谱》。关于关汉卿的研究有：黄克《关汉卿戏剧人物论》、钟林斌《关汉卿戏剧论稿》、李汉秋等编《关汉卿研究资料》、张月中等编《关汉卿研究新论》、王学奇等《关汉卿全集校注》。关于《西厢记》的研究有：蒋星煜《明刊本西厢记研究》、《〈西厢记〉文献学研究》、段启明《〈西厢〉论稿》、霍松林《〈西厢〉述评》、吴国钦《〈西厢记〉艺术谈》、孙逊《董西厢与王西厢》、张燕瑾《〈西厢记〉浅说》、寒声等编《〈西厢记〉新论》等。关于汤显祖的研究有：徐朔方《论汤显祖及其他》、徐朔方笺注《汤显祖全集》、黄文锡等《汤显祖传》、毛效同编《汤显祖研究资料汇编》、徐扶明编《〈牡丹亭〉研究资料》、周育德《汤显祖论稿》、黄芝冈《汤显祖编年评传》、徐扶明《汤显祖与〈牡丹亭〉》、邹元江《汤显祖的情与梦》等。关于李玉与苏州派作家的研究有：苏宁《李玉和〈清忠谱〉》、王世德《〈十五贯〉研究》、颜长珂等《李玉评传》、吴新雷《中国戏曲史论》、李玫《明清之际苏州作家群研究》等。关于李渔的研究有：杜书瀛《论李渔的戏剧美学》、肖荣《李渔评传》、单锦珩《李渔传》、胡天成《李渔戏曲艺术论》、俞为民《李渔〈闲情偶寄〉曲论研究》、《李渔评传》、黄强《李渔研究》等。关于洪升的研究有：章培恒《洪升年谱》、王永健《洪升和〈长生殿〉》、孟繁树《洪升与〈长生殿〉研究》、中山大学中文系编《〈长生殿〉讨论集》。关于孔尚任的研究有：袁世硕《孔尚任年谱》、刘叶秋《孔尚任诗和〈桃花扇〉》、胡雪冈《孔尚任和〈桃花扇〉》、洪柏昭《孔尚任与〈桃花扇〉》等。

下面以20世纪以来的《桃花扇》研究为例，管窥学者在不同的时代语境与理论视域下对作品解读的巨大差异。20世纪之初，王国维基于文学的立场，从刻画人物性格的角度赞扬《桃花扇》是中国戏曲史上无与伦比的杰作，肯定它是一部悲剧杰构。吴梅从曲本位的立场，肯定《桃花扇》不仅词曲佳，且科白对偶亦无一不美。这种文艺学、美学的解读与当时的时代语境疏离，因此很长时期内没有造成反响，其经典意义在80年代才受到高度重视。与之形成鲜明对比的是，梁启超对《桃花扇》的研究。作为维新派的代表人物，梁启超特别强调小说戏剧开发民智、促进变革的功能。基于这种理论视域，他揭示了《桃花扇》的民族主义实质。因为与时代语境的契合，其观点影响深远。在萨孟武《由〈桃花扇〉观察明季的政治现象》、《〈桃花扇〉里的民族魂》等论文中可见其深刻烙印。抗日战争期间，在民族救亡图存的时代大背景下，《桃花扇》中的民族意识更是激起了人们的强烈共鸣。方霞光《花扇新序》一文认为《桃花扇》是明亡痛史，文中侯李的恋爱，不过是宾，是衬托；桃花扇一词乃出于杜撰，或别有寓意。这一时期的各种《中国文学史》都公认《桃花扇》是表现亡国哀感的历史剧。

新中国成立之后，唯物辩证法和历史唯物论成为学者研究《桃花扇》的理论话语系统，高度评价《桃花扇》中的民族意识、爱国主义精神成为学界的主流观点。王季思《〈桃花扇〉校注前言》一文论证了《桃花扇》的爱国主义思想和现实主义精神，分析了它的人物形象及曲词宾白和结构艺术。当时出版的多种《中国文学史》基本沿用了其观点。这一时期艺术真实和历史真实的关系问题得到深入的讨论，学者普遍认为历史剧是艺术品而不是历史书，《桃花扇》的人物塑造和情节艺术也得到了重点探讨。但是从1962年9月到文革期间，在以阶级斗争为纲的理论话语的干预之下，“左倾”思潮泛滥，《桃花扇》研究受到非学术的政治因素干扰，推崇《桃花扇》的各种论点被批判和否定了，《桃花扇》的思想倾向被认为是美化清朝统治者，宣传消极退隐，取消斗争，孔尚任被阐释成替康熙统治服务的、与人民水火不相容的反动文人，毫无民族意识和爱国精神可言。

20世纪70年代末至80年代初，出现了一批重新评价孔尚任和《桃花扇》的论文，特别是对剧中正面形象侯方域和李香君的分析，廓清并否定了文革之际的极左观点，起到了正本清源的作用。此后的学术思想异常活跃，学者们拓宽了视野，采用一些新的方法进行研究，分别从哲学史、宗教史、思想史、比较研究等角度着眼，多方位多层面地解读孔尚任的《桃花扇》，研究取得了可喜的进展。从80年代至90年代，国内各报刊发表的相关论文在数量和质量上都超越了前代。对《桃花扇》主题的研究尤其能体现这一特点，张松辉《谈〈桃花扇〉中的道家道教思想》[①] 一文认为，《桃花扇》把整个故事情节镶嵌在道教的框架之中，使全局笼罩了一层浓郁的宗教色彩，而且还把道教看作所有剧中人物的归宿，弥漫于《桃花扇》全剧的“兴亡之感”被解释为“人世无常，俗世可弃的道教意味”。张燕瑾在主体哲学视域之下，从“心灵史”的角度观照，认为《桃花扇》追求的是富有哲学性的悲剧目的而不是历史目的，孔尚任借历史的框架抒写“天崩地解”历史巨变之后对士林群体人格的反思，他是在用心灵感悟历史，借历史抒写心灵，写对人生对历史对社会的探求，充满了天才的孤寂之感和历史的沉思[②]。这种思考很有新意，对《桃花扇》悲剧意蕴的分析颇多创获，令人耳目一新。值得一提的是高小康《〈桃花扇〉与中国古典悲剧精神的演变》[③] 一文，该文结合中西悲剧理论，采用纵向比较的方法，指出《桃花扇》既不同于《窦娥冤》式的伦理主体的悲剧，也不同于《琵琶记》式的情感主体的悲剧，而是历史—哲学主体的悲剧，《桃花扇》的悲剧意义不仅仅在于它的社会政治题材，更重要在于通过作品中的彻底绝望的世界图景所显示出来的悲观主义哲理意蕴，即是“一种以出世解脱为归宿的虚无主义情绪”，这也是从晚明到清朝前期弥漫于文坛的普遍思潮。《桃花扇》真正要表现的是从个人恩怨到整个历史背景这样多层次构成的悲剧氛围，可称为情景悲剧。此论高屋建瓴，可称为《桃花扇》悲剧研究中的杰作。熊元义《中国悲剧的另一形态——〈桃花扇〉与〈哈姆雷特〉比较》[④] 则采用的是横向比较的方式，将《桃花扇》和《哈姆雷特》进行对比，试图找出中国古典悲剧形态的民族特色。此外，从民俗学、接受史、传播学等角度解读《桃花扇》的著述也时有出现。

## 四、戏曲理论研究

古代戏曲理论滥觞于古代的乐论和诗论，又有自己的鲜明特色。古代剧论家的戏曲理论研究是以曲为本位的，受这种思想的影响，元代以来的剧论关注的是戏曲的音乐、表演、导演、舞美等戏剧剧场理论。20 世纪以来，戏曲研究作为一门独立的学科后，戏曲理论研究才受到普遍关注。

---

① 《宗教学研究》2000 年第 4 期。
② 《历史的沉思——〈桃花扇〉解读》，《首都师范大学学报》1994 年第 2 期。
③ 《文学遗产》1999 年第 4 期。
④ 《戏剧文学》1998 年第 7 期。

1. 戏曲剧场理论的研究

在戏曲音乐研究方面，吴梅是承前启后的曲学大师，他的著作《中国戏曲概论》、《顾曲麈谈》是戏曲音乐研究中的经典。王季烈《螾庐曲谈》、周维培《论〈中原音韵〉》、庄永平《戏曲音乐史述》等是戏曲音乐研究方面的力作。刘崇德《元杂剧乐谱研究与辑译》是近些年出版的戏曲音乐研究的扛鼎之作。蓝凡《中西戏剧比较论稿》的第六章“戏曲演唱风味”指出戏曲演唱上的最高美学效果是韵味。俞为民《古代曲论中的表演论》一文概括了中国戏曲表演论的美学特征。高宇《中国戏曲导演学论集》是探讨古代戏曲导演与舞美方面的专门著作。齐如山《国剧脸谱图解的观感》一书论述了脸谱的色彩和眉眼口脑鼻的各种勾法。

2. 戏曲理论批评史的研究

赵景深《曲论初探》奠定了古代戏曲理论批评史研究的基本格局。夏写时《中国戏曲批评的产生和发展》、齐森华《曲论探胜》均是比较重要的著作，叶长海《中国戏剧学史稿》是通史类叙述模式的代表性作品，以戏曲批评史的发展为线索，按照发生、发展、高潮和衰落的事物发展规律为分期标准，逐层介绍和评判每一历史分期中理论批评家的理论著作和思想内涵，描绘出戏曲批评史的发展轨迹。谭帆、陆炜《中国古典戏剧理论史》、赵山林《中国戏剧学通论》则是通论类的代表作品。前者以戏剧观念的发展为中轴线，以“曲学”、“叙事理论”、“搬演理论”为戏曲理论史叙述的三大架构。后者将古代戏剧学划分成“史学”、“作法学”、“音律学”、“表演学”、“批评学”和“文献学”六个层面。傅瑾《中国戏剧艺术论》主要从中国戏剧的构成与形态、中国戏剧的抒情本质、程式与舞台表现手法、中国戏剧的欣赏与批评四个方面对古代戏曲的艺术特征展开论述，条目清晰，可读性强。其他重要著作还有张赣生《中国戏曲艺术》、朱光荣《中国古代戏曲艺术论》、傅晓航《戏曲理论史述要》、吴毓华《古代戏曲美学史》、李昌集《中国古代曲学史》、陈衍《中国古代编剧理论初探》、蔡钟翔《中国古典剧论概要》、陈竹《明清言情剧作学史稿》、谭源材《中国古典戏曲学论稿》、敬晓庆《明代戏曲理论批评论争研究》等。

3. 戏曲评点研究

戏曲评点是中国古代戏曲批评特有的理论形态，方孝岳《中国文学批评》、朱东润《中国文学批评史大纲》等都列专章论述，建国以后的中国文学批评史著作在所选取的评点家及其评点著作上均有所增加。20 世纪 90 代以来，戏曲评点受到学者的普遍关注，更是将其作为戏曲批评的重要内容加以研究，发表的论文有田根胜《戏曲评点与明清文艺思潮》、孙秋克《论戏曲评点的特点、历史发展和理论建树》、祁志祥《金圣叹的戏曲批评》等，出版的专著有朱万曙《明代戏曲评点研究》、徐国华、涂育珍《临川戏曲评点研究》等，取得了不小的成绩。谭帆认为戏曲评点是一个独特的文化现象，而非单一的文学批评，除了关注其理论批评价值外，还要扩宽视野，关注评点的文本价值与传播价值，前者指评点者的改订、修正、增删对戏曲文本的提高，后者指戏曲评点在戏曲扩大传播方面的重要影响。由于戏曲评点的材料非常之多，难以搜罗全面，结合谭帆所指方向，在这方面可以挖掘的空间较大。需要指出的是，散见于中国古代文人诗集中的大量咏剧诗从某种程度上也可以视作戏曲评点的重要资料，这方面的研究还留有很大的余地。

**【范文选读】**

## 试论《鸣凤记》的艺术构思

徐扶明

### （一）

明代嘉靖、隆庆年间，无名氏的《鸣凤记》是取材于明代的现实斗争的。在那时说来，这个戏可算是时事剧，富有强烈的现实意义。不仅在明代很流行，而且在清代流传也很广①。《桃花扇》、《表忠记》、《凤和鸣》、《丹心照》诸传奇作品，都在不同程度上受到它的影响②。直到今天，在舞台上演出《吃茶》（即《忠佞异议》）、《河套》（即《夫妻死节》）诸出，还能起着一定的教育作用③。

① 《坚瓠集》记载严世蕃的家伶金凤，在严家势败后，演《鸣凤记》，扮严世蕃，“举动酷肖”。《壮悔堂文集》记载明末金陵著名戏班兴化部和华林部，竞演《鸣凤记》。《郎潜纪闻》记载黄宗羲的太夫人，在寿日观《鸣凤记》演出，“因之恸哭”。《扬州画舫录》记载明末郝景春，观《鸣凤记》演出，至杨继盛被杀，“乃浮一大白，曰：‘好奇男子！’”此书又记曾曰唯，观《鸣凤记》演出，“恸哭”，“长跪不起”。此书还记载清代乾隆年间，扬州戏班演员老生山昆璧、白面马文观、三面顾天一，都以演《鸣凤记》著名。此外，程正揆《青溪遗稿》，记载清宫演出《鸣凤记》，所谓“传奇《鸣凤》动宸颜，发指分宜父子奸，重译二十四大罪，特呼内院说椒山”。

② 孔尚任：《桃花扇》第四十二出，引用了《鸣凤记》的部分情节，而且在题材选择和人物塑造上，也或多或少地受到了《鸣凤记》的影响。丁耀亢的《表忠记》（一名《蚺蛇胆》），其中《修本》、《后疏》诸出，均采自《鸣凤记》。又据《曲海总目提要》记载，无名氏的《凤和鸣》和《丹心照》，都参考过《鸣凤记》。

③ 明代万历年间戏曲选集《群音类选》卷十二，选入《鸣凤记》折子戏六出，其出目与原本不尽同，如《二臣哭夏》、《妻妾分别》（即《流徙分途》）、《采桑相遇》（即《桑林奇遇》）、《修本劝夫》（即《灯前修本》）、《典型死节》（即《夫妻死节》）、《林公祭郭》（即《献首祭告》）。

然而，明代取材于现实斗争的剧作，并非只有《鸣凤记》一种。仅据祁彪佳《曲品》记载，大约有一二十种，如《广爰书》、《清凉扇》等，但它们大都失传了。现存的《飞丸记》、《磨忠记》也不为人所重。长期以来，《鸣凤记》却受到了人们的欢迎。这究竟是什么缘故呢？

除了那些已经失传的剧作无法考察，姑且不论之外，只要把《飞丸记》、《磨忠记》与《鸣凤记》作一比较，就可以察见，无论在思想上和艺术上，前两者都明显地不及后者。对此，不是三言两语能够说得清楚的，姑且从简。本文重点想探讨一下《鸣凤记》的艺术构思。

## （二）

《鸣凤记》的作者，在这部剧作第一出《家门大意》里，借副末之口介绍剧情说："前后同心八谏臣，朝阳丹凤一齐鸣，除奸反正扶明主，留得功勋耀古今。"又说："四友三仁作古，双忠八义齐名。"所以，此剧叫做《同声鸣凤记》①。由此可知，明代嘉靖年间忠臣义士反对严嵩奸党的斗争，深深地激动了作者的心胸，因此，作者力图把这次事件的整个发展过程及其必然规律，用传奇形式表现出来，借以赞颂其中最突出的十个忠臣义士反权奸斗争的功绩，从而激励时人和教育后代。

凌廷堪《校礼堂诗文集·论曲绝句》云："弇州碧馆传《鸣凤》，少白乌丝述《浣纱》，事必求真文必丽，误将剪彩当春花。"就是说，《鸣凤》过于事求真，《浣纱》过于文求丽。可是，昭梿《啸亭杂录》云："桂洲（即夏言）居相位时，亦复贪婪倨傲，原非贤佐，不过为分宜（即严嵩）所陷，死非其罪，人多悯之。今《鸣凤记》演《河套》剧，居然黄发老臣，可与姚、宋并列者，亦未免过褒也。"就是说，不符合事实。看来，这两种说法互相矛盾。这到底是怎么一回事呢？在我看来，虽然出现在《鸣凤记》中的人物，大都姓名真实，如夏言、曾铣、邹应龙、严嵩、严世蕃、赵文华等，但作者并非机械地照搬真人真事，而是对生活作了提炼和集中，并予以艺术加工，使其更具有典型性。《曲海总目提要》指出：《鸣凤记》中《吃茶》一出，写"杨继盛晤赵文华，借吃茶讽赵，乃是增饰，未尝有此事"；《写本》一出，写杨继盛灯前修本，"乃摘取蒋钦事"。另一方面，《曲海总目提要》又指出："郭希颜无故上书，用自取死，非由嵩作，传奇中未免恶皆归焉。"由此可见，

---

① 《诗经》："凤凰鸣矣，于彼高岗；梧桐生矣，于彼朝阳。"凤鸣朝阳，就是凤凰在太阳初升时鸣叫。旧说含义有二，一是比喻罕有的吉兆，一是比喻高才得到施展的机会。《鸣凤记》剧名，兼有这两层意思。

《鸣凤记》无论对正面人物，还是对反面人物，都是基于生活而有增饰，所以，他们都成为艺术典型，从而更真实地反映出生活面貌，更鲜明地表现出思想倾向。

按照历史记载，明代嘉靖年间，严嵩窃据相位，大权在握，朝野满布爪牙，横行无忌。他们与夏言、杨继盛诸人之间的矛盾，错综复杂，既有涉及国家大事的，也有属于私人恩怨的。《鸣凤记》作者对复杂的生活矛盾，并没有兼收并蓄，而是抓住河套失地问题和倭寇入侵问题，作为剧中主要的戏剧冲突。坚持收复河套，还是主张“和戎之计”；抵御倭寇入侵，还是惧敌而害民。经过作者的艺术安排，这两场重大的冲突，紧密地前后相继，一浪高过一浪。所以，整个戏共四十一出，始终贯串着两种政治势力的尖锐斗争。这不是一般的忠奸斗争，而是有着丰富的爱国主义的思想内容。因此，这部剧作就具有更为深刻的社会意义。

按照明代传奇体制，剧中角色应以一生一旦为主，从开场直贯串到收场。可是，在《鸣凤记》里，却有两生两旦，杨继盛（生）和他的妻子刘氏（旦），邹应龙（生）和他的妻子沈氏（旦）。从第五出《忠佞异议》杨继盛出场，到第十六出《夫妇死节》，杨继盛夫妇都死了。这一生一旦的活动，显然是很短促的。而邹应龙夫妇的活动，却是断断续续地从头贯串到底的。显然，这种艺术安排是打破了传奇体制的。作者为什么一定要这样处理呢？这是因为，作者为了要突出杨继盛夫妇，便给以生、旦的地位，但他们的活动，却又很短促。邹应龙是“诛严”的重要人物，也应给他和他的妻子以生、旦地位，但在与严党斗争的过程中，邹应龙毕竟是后起人物。所以，作者在《鸣凤记》里，便采用两生两旦相错的特殊方法。前边以杨继盛夫妇为主，后边以邹应龙夫妇为主，同时，按照传奇体制，在第二出《邹林游学》里，让贯串全剧的主要人物邹应龙夫妇首先出场，先给观众留下一个印象。

## （三）

在《鸣凤记》里，夏言与严嵩同居于相位，为着收复河套问题，发生了尖锐的矛盾。夏言觉得自己“忝为宰相”，理应为国家复仇雪耻，便推荐曾铣总制三边，力图收复已失的国土。而严嵩欲夺夏言之权，又忌曾铣成功，竟勾结仇鸾，贿通内监，“私寝边兵”，反诬夏言、曾铣丧师辱国。看来，他们之间的矛盾，正显示了爱国志士与祸国权奸之间不可调和的冲突。随后许多忠臣义士接二连三地向严党展开不折不挠的斗争，都是与此有着密切的关联，由它而获得具体发展的。

杨继盛就是由于目睹严嵩、仇鸾“内外同谋，阴排曾铣”，危害恢复国土的大计，才愤然上本揭露严党的阴谋，卒被贬为边荒小吏的。及至夏、曾两人“忠义受殃”之后，杨继盛越发是“不除元凶志不休”，以免国家受到更大的祸害。而“言路官员，箝口结舌，尚恐祸至”。因此，他只得凭着单枪匹马，再次上本参奏严党罪恶，顽强地与严党展开搏斗。固然他也不幸为严党陷害而死，但他相信“天下事尚可为”，要将“平生未了事，留于后人补”，也就是寄希望于后继者，勉励后继者继续斗争。所以，在正直的人们看来，“群臣虽上奏章，未有如杨椒山之激切”。由此可见，杨继盛的斗争行动，是由夏、曾二人的斗争失败引起的，而他又以壮烈的牺牲和远大的理想，更加激励了人心，鼓舞了后继者的斗志。

果然，董传策、吴时来和张翀，亲眼看到“自杨椒山被祸以来，谏官尽皆屏息忘言”，而严党专横的气焰，确实越来越嚣张了，以致正直之士被害者日多，朝政大坏，所以，董、吴、张三人就继杨继盛之后，针对日趋恶化的形势，联名上本弹劾，改用集体进攻的斗争方式。因为，在他们想来，“三人同心，其利断金”，力量可以大一些。他们也明知“直言取祸，只是忠佞不两立，甘为杨椒山的下梢耳”。尽管他们的斗争，还是遭到了挫折，但邹应龙推崇他们“可谓中流砥柱”，“与昔年杨椒山无异”。从这里，又可以看出，董、吴、张三人的斗争行动，既接受了杨继盛的影响，而又影响到后继者邹应龙的斗争。

在这之后，又发生了郭希颜为国捐躯的事件。原来郭希颜对严党败坏朝政，陷害忠良，早就愤愤不平，一直期望着学生邹应龙、林润能够迅速地登上仕途，从而师生“戮力同心”，为国除奸。可是，等到董、吴、张三人直言被贬窜，邹、林两人一同登进士第，也立即遭到严党的暗算，由此，郭希颜就更看透“朝纲天昏日暗”，“又不比昔日了”，实在忍无可忍。他想，自己“虽无言责”，却也要把奸党祸机详奏一本，“就死也何辞”。不幸得很，他也被朝廷枭首了。但他曾预想到，“倘有不虞，谅邹生回朝，必与我报仇也”。这就加重了邹应龙义不容辞的继续斗争的责任。

是的，这许多忠臣义士的斗争行动，一次又一次地带给邹应龙、林润以深刻的影响。当邹、林两人游学之际，由于接受了郭希颜的掖导，就秉怀有共同为国建立功业的大志。及至他们初得功名，惊闻夏、杨诸人为国捐躯，不由得钦慕其忠义高风，恨未能偕同赴义，于是竭力抚恤忠义之士的遗孤，并待着为国除奸的时机。后来，他们“并登进士”，非但亲眼看到严党一系列的令人无法容忍的罪恶，而且自身也遭到严党的陷害，更加坚定了他们与严党斗争到底的意志。很清楚，邹、林两人是在斗争的环境中，不断受着生活的激发，接受了前辈忠臣义士的影响，一步步地担当起继续斗争的重任的。正因为如此，所以他们一觉察到严党罪恶盈贯，便进行了决战，终于取得了胜利，完成了前辈忠臣义士所未能完成的功业。

从夏言与严嵩发生冲突起，到邹、林两人与严党进行决战为止，经历的时间是很长的，斗争是时起时伏的，而“双忠八义”集中在为国除奸的同一目标下，前仆后继地结成一个坚强的正义阵营，所谓“朝阳丹凤一齐鸣”。虽然老的一辈，死的死，贬的贬，牺牲是非常惨重的，斗争也越来越趋于复杂和艰巨，但是，在步步激化的斗争过程中，新的斗争力量日益壮大起来，并“卒收诛严之功”。

与这许多忠臣义士相对立的严党，他们专政弄权，卖官鬻爵，过着奢侈糜烂的生活。当他们遭到正义力量的抨击，就不惜采用种种卑鄙毒辣的手段，对夏言、杨继盛诸人加以陷害和杀戮。而对外来入侵，他们却熟视无睹，置国家民族于不顾。像严嵩老贼，竟把倭寇入侵，视为无关紧要的小事，怪别人“辄敢大惊小怪”，扫了他的游兴。赵文华之流的走狗奴才，身为剿倭统帅，居然演出“祭海”的丑剧，而且乱杀良民以报功。然而，他们窃权愈大，内部争权夺利也越厉害，自董、吴、张三人被谪戍之后，赵文华与鄢懋卿便由暗中钩心斗角转而公开争宠，表现出严党势力日渐趋向崩溃和瓦解。等到邹、林两人建功还朝的时候，严党不仅恶贯满盈，而且已经四分五裂，因此，也就经不起新兴的正义力量的猛烈抨击了。

由此看来，《鸣凤记》正是告诉观众，在忠奸不两立的斗争过程中，起初，即使忠臣义士的斗争力量较之奸党的专横势力弱一些，但这只是暂时的现象。经过忠臣义士前仆后继地坚持斗争，自己这一方逐渐转弱为强，而奸党一方却由气焰嚣张日益转向分崩离析。正由于正气上升，邪气下降，整个斗争形势起了根本性的变化，所以忠臣义士终于能够击溃奸党，取得最后的胜利。《鸣凤记》之所以能够给予千百万为正义而斗争的人们以鼓舞和力量，其原因就在这里。

（四）

按照明代传奇体制，每部传奇作品，可以长达四五十出。可是，如果《鸣凤记》作者把自己所要写的十个忠臣义士的斗争事迹，原原本本地塞进剧中去，那么，即使传奇的篇幅再长些，也是难以容纳的。因此，作者对生活素材势必有所选择和加工，按照自己的艺术构思，在剧中作巧妙的安排。

请看：在《鸣凤记》里，作者并没有把十个忠臣义士的传记，一个一个地罗列出来，孤立地占许多篇幅，而是根据剧作主题的需要，对生活素材加以精选和捏合，分别组成几个故事。有的是个人专传，如杨继盛、郭希颜即是。有的是两个或三个人物的合传，邹应龙、林润、孙丕扬合传即是。这样做，不仅减少了头绪，节省了篇幅，而且便于把原来那些零碎的、凌乱的、各不相关的材料，组织成为一个个互相联系的整体。比如，根据历史记载，郭希颜与邹应龙、林润并无师生关系；邹应龙与林润也无同窗之谊，金兰之契。而《鸣凤记》作者，却把此三人有机地组织在一起。余可类推。这样处理，可以使观众感受到，这些忠臣义士前仆后继地向奸佞势力作斗争，是在各种不同的形势下，表现为多种多样的斗争活动，有的是孤身作战，有的是联名上书，有的是内应外合，从而显示了这场斗争的阶段性和复杂性。

不仅如此，作者对这些忠臣义士的专传和合传，又分别做了不同的艺术处理。有的是从人物的斗争过程中挑选出一些最能显示人物性格、最能激动人心的生活片段，集中在几场戏里，勾勒出几个人物的轮廓，甚至重点凸现出一两个人物。像夏、曾合传，杨继盛专传，董、吴、张合传，就是如此处理的。在这三个传记中，作者突出地写了夏言、杨继盛、张翀三个人物。作为贤相的夏言，积极推荐能为国家恢复失地的英才，义正词严地驳斥了奸相严嵩的所谓“久厌兵革”的谬论。杨继盛一再遭受折磨，仍然百折不回地抨击严党的罪恶。张翀忍痛割断了自己对妻儿的情爱，力图使“天下夫妻母子皆得安宁”，同时他吩咐家童准备棺木，以示慷慨赴义的决心。通过他们自身的行动，既展现了共同的斗争精神，又显示了各自的性格特色。况且他们的斗争行动，并不是彼此绝缘的，而是有着继承的关系，所以，这三个片段的斗争故事之间又有着连续性。如此，随着剧情的发展，就不断地出现了新的人物和斗争活动，使观众可以不断地获得新的激动和振奋。

作者对于郭希颜专传的处理，虽也是写其片段的斗争活动，但并没有用单独的篇幅，而只是把这个人物交织在同时描写的其他人物的场面上。象《邹林游学》、《拜谒忠灵》、《易生避难》诸出，着重地描写了邹应龙、林润、易弘器，由于受到郭希颜的引导，步步走上斗争道路。至于剧中写这个人物上本诤谏的活动，不过是在《易生避难》出里一笔带过罢了。显然，作者写这个人物所要强调的是前者，而不是后者。那么，这个人物在整个斗争活动中，与其他忠臣义士相比，则主要起着贯通和映衬作用。

作者对于邹、林合传的处理，却是运用了有头有尾的性格发展史的写法。当作者每写一次忠臣义士的斗争失败，就夹带写出邹、林两人所受到的现实生活的刺激和前辈忠臣义士的影响，使得夏、杨诸人的故事与邹、林两人的故事，有机地联系起来。所以，随着剧情的发展，这两个人物的性格，历经游学、中举、中进士诸阶段，一步一步地成长、坚强起来，终于向严党发起决战。然而，仅从这两个人物对待严世藩的卖官和送礼，又可以辨别出他们性格上的不同之点。邹应龙沉着老练，处处稳扎稳打，而林润疾恶如仇，事事溢于言表。

为什么作者对这些忠臣义士的斗争活动，要采取这许多不同的艺术处理呢？前人曾经指出，“曩如《鸣凤记》，亦足以劝忠斥佞，乃是以邹、林为主脑，以杨、夏为铺张”[1]。这又是为什么呢？对此，前人也曾提出解释，说是“《鸣凤记》以邹、林为正生者，以其卒收诛严之功”[2]。的确，作者之意，主要是在于宣扬忠臣义士诛除奸党的胜利，借以鼓舞人心，而不在于渲染忠臣义士相继死亡，令人看了灰心丧气。但后继者邹、林等人之所以能够卒收诛严之功，又是与前驱者夏、杨诸人的壮烈牺牲和深远影响分不开的。故作者处理邹、林两人的故事，就运用了性格发展史的写法。而对于夏、杨诸人的故事，就集中在几场戏里，虽片段但却强烈地表现出他们的斗争精神及其影响，适可而止。至于郭希颜的故事，由于作者突出其引导后继者把斗争进行到底的作用，所以，这个故事，虽也有一定的独立意义，但更重要的，却是它在夏、杨诸人的故事与邹、林两人的故事之间起着桥梁贯通的作用。

## （五）

然而，在《鸣凤记》里，许多忠臣义士的经历和遭遇，毕竟有一些很难避免的相同之处，但作者对这些相同之处，还是竭尽心力地予以不同的艺术处理，以免观众在看戏时感到重复、单调、呆板而乏味。比如：杨继盛之死，是用《夫妇死节》明场，具体地描写出来的，写得很壮烈，感人至深。夏言之死，却是通过《二臣哭夏》间接描写出来的，并借听事官向李本、周用报信，叙述了夏言就义的情景。郭希颜之死，乃是通过前一场《秋夜女工》中一个舍人背着赐死圣旨匆匆过场，与下一场《邹孙准奏》中邹应龙惊闻噩耗而哀悼，前后贯串交代出来的。曾铣之死，却是在《忠良会边》中，借邹应龙在边境观看曾铣所建设的防御工事，慨叹“人亡功在”而点明出来的。虽然后三者都是用间接描写（暗场）的手法，但它们不仅在用笔上有轻有重，

① 见郭棻《表忠记序》，载《表忠记》卷首。
② 见《表忠记》第八出评语。

而且选择的镜头也有所不同，因此，在重复之中，又有所变化，巧妙地揭示出忠臣义士共同的不幸命运，并分别给以不同分量的赞颂。

当然，作者安排《鸣凤记》中许多忠臣义士的活动场面，并没有把必要的重复手法，硬加以不必要的排斥。请看：当夏言就义的时候，正是“凛凛朔风天际暗，葵心飞散乱”。显然，作者是用风雪来加浓夏言就义的悲剧气氛的。乃至描写杨继盛就义，作者除了着重渲染风雪交加的氛围，还用人们复杂的感受，以强烈烘托的手法，写出杨继盛的坚贞和悲愤。最妙的是，等到严嵩父子势败回乡，在途中，严世蕃的小妾解语花，趁着雪天逃走了，无处可寻；他们的船，又被冰冻住，备受来往行人的讥嘲，尤其是严家家僮脱口说出“今日的雪，比杨员外杀的一日犹大”，更加触痛了严嵩父子的心肠。正是在这样的冰天雪地的环境中，严嵩父子大出洋相，受到了正义的惩罚。作者虽把夏、杨两人和严嵩父子都放置在相同的氛围里，却产生了迥然不同的作用，严嵩父子可耻可鄙，反衬出杨、夏诸人的高风亮节，从而加深了观众对忠臣义士的印象。

作者对剧中严嵩父子及其党羽，常让他们活动在一些荒淫享乐的场面上，如《严嵩庆寿》、《花楼春宴》、《端阳游赏》诸出，甚至常让他们出现在一些漫画式的出乖露丑的场面上，如《文华祭海》、《世蕃奸计》、《鄢赵争宠》诸出。通过这些场面的连续递变，就多方面地揭露出严嵩父子及其党羽的丑恶精神世界。他们狼狈为奸，生活腐化，而又互相倾轧，争权夺利，令人且笑且恨。况且作者又把忠臣义士的活动场面，与严党党羽的活动场面，常置于对比的地位，如《夏公命将》与《严嵩庆寿》，《花楼春宴》与《灯前修本》，《鄢赵争宠》与《忠良会边》等等。一边是忠勤为国，一边是奢侈享乐；一边是庆贺威权独掌，一边是发愤再作斗争；一边是日趋分崩离析，一边是积极同心筹措复仇。这就步步深入地呈现双方尖锐的对立状态，暗示出双方力量的对比和转化，因而牵动观众关心成败的心情。

紧随在对立着的场面之后，就是揭开双方正式冲突的场面。有的是正面地表现了双方面对面的斗争，如《忠佞异议》、《二相争朝》、《拜谒忠灵》、《雪里归舟》诸出；有的是侧面地表现了此方对彼方的攻击，如《杨公劾奸》、《幼海议本》、《邹孙准奏》、《严通宦官》、《世蕃奸计》诸出。同时双方之间的斗争，也就是愈演愈烈。当双方每一个回合的冲突结束，便出现了决定胜负之局的场面，如《二臣哭夏》、《夫妇死节》、《南北分别》、《三臣谪戍》诸出。忠臣义士为了坚持斗争，一次又一次地付出了重大的代价。当然，他们不是白白地付出代价，而是终于换来了《献首祭告》的最后胜利。至此，观众才长吁一口气。

如上所述，足以说明，《鸣凤记》是作者在生活基础上经过再创造的艺术作品。在这部剧作里，整个戏剧情节的安排，有着比较完善的艺术构思。一个紧张的戏剧纠葛，紧接着另一个紧张的戏剧纠葛，绵延不断，起起伏伏，概括地揭示出这次政治事件的发展过程及其必然规律，而又富有引人入胜的传奇性。这表现出作者对这次忠奸斗争的客观规律的认识水平，也表现出作者艺术修养的深度。因为，只有作者对所描写的生活具有一定的认识和理解，从而根据生活规律和艺术构思，巧妙地提炼生活素材，安排戏剧情节，塑造艺术形象，才能达到这样的艺术高度。

但我们也应该提出，在《鸣凤记》里，对于朱厚熜（嘉靖皇帝）的腐败无能，造成严党专权，忠良遭戮，缺乏必要的批判，相反的，通过忠臣义士复杂的思想活动，却宣扬了“皇恩岂负人”的封建意识。剧中有些人物，如曾铣、孙丕扬等，也只有粗糙的轮廓，还不能说是完美的艺术形象。固然作者善于运用多人多事而又互相统一的艺术结构，但在剧中也塞进了一些不必要的东西，如易弘器故事即是，以致整个戏的艺术结构还不够紧凑。凡此种种，都表现出作者的思想水平和艺术修养，还存在着一定的局限。

## 【评　析】

《鸣凤记》与《浣纱记》、《宝剑记》被誉为明代中叶的三大传奇，它并非中国古代戏曲史上的一流作品。从某种意义来说，选择以它为研究客体的论文对我们学习论文写作方法具有更大的参考价值。选文主要探讨《鸣凤记》的艺术构思，功底扎实，论证给力。作者认为此戏的艺术构思总体而言是完整、高超的。具体从以下四个方面加以论证：第一，根据所要表现的主题在历史真实的基础上有所损益，进而建构主要的戏剧冲突，使忠奸斗争中融入了爱国主义思想，并营造了不同于一般传奇的双生双旦的结构模式。第二，围绕主要矛盾，突出十个忠臣义士前仆后继斗争的阶段性与连续性，强调双方力量的变化，展示最终结局的必然性。第三，根据主题的需要，对生活素材加以精选和捏合，或用最能凸显人物性格的片段，或用性格发展史的写法，使人物之间发生密不可分的联系，达到“减头绪”、“密针线”的目的。第四，对相似的事件、场面采用不同的处理方法，或用明场，或用暗场，或用反衬，或用对比；揭示双方的斗争，或采用面对面的冲突，或用侧面表现的方法。

此文的几个优长值得我们认真学习：第一，客观、公允的研究态度。作者清醒地认识到研究对象的优点与缺点，既指出其艺术成就，这是“不虚美”；又批评其不足，这是“不隐恶”。初学写作者往往有拔高研究对象以提升研究意义的倾向，而忽视求真才是科学研究的第一要义，不明白“有一分证据，说一分话”的道理。第二，严密的逻辑、深入的论证。作者以戏曲文本为依据，层层深入地展开细致的论述，用证据说话，增强了其观点的说服力。初学者通常容易不加思考地信从学者的说法，忽略对文本的细读与分析，而这恰恰是最有力的论据，需要我们沙里淘金，从无疑处有疑，进而发现问题。第三，文史结合的方法。这对于历史剧的研究尤显必要，作者将史料与文本加以比较，突出历史剧的虚构特点及戏曲家的艺术匠心，显示了深厚的文史功底。初学者一般缺乏必要的文史知识积累，使其论证乏力而空泛。第四，宏观的文学史视野与鲜明的比较意识。尽管作者在正文中没有着力于此，但在引言部分与注释部分有着明确的体现，只有将一部文学作品置于文学史的历程中加以观照，再辅以共时与历时的比较，才能凸显其意义与文学史价值。初学者通常缺乏史的视野与比较意识，流于就事论事，使其论证难以深入下去。当然，选文也有不足，如每个部分若能加上概括性的小标题，就可以使文章的条理更清晰，增强可读性；又如苛求古人不宣传封建意识等。

**【文献链接】**

1. 康保成：《杨贵妃的被误解与杨贵妃形象的被理解》，《文学遗产》1998 年第 4 期。

2. 刘祯：《戏曲与民俗文化论》，《戏曲研究》第 70 辑。

3. 苗怀明：《二十世纪戏曲文献学述略》，中华书局 2005 年版。

4. 孙书磊：《论晚明文论话语下的〈牡丹亭〉批评》，《戏曲研究》第 72 辑。

5. 夏写时：《论中国演剧观的形成》，《戏剧艺术》1985 年第 4 期。

6. 解玉峰：《“悲剧”、“喜剧”与中国戏曲研究及其它》，《戏剧艺术》2000 年第 3 期。

7. 徐大军：《明清戏曲创作中的“拟剧本”现象》，《艺术百家》2008 年第 1 期。

8. 俞为民：《明代戏曲文人化的两个方面——重评汤沈之争》，《东南大学学报》2004 年第 1 期。

9. 赵山林：《“临川四梦”文学渊源探讨来源》，《文学遗产》2006 年第 3 期。

10. 郑尚宪：《论明清文人抒愤喜剧》，《南京师范大学学报》1997 年第 4 期。

## 第二节 元明清小说研究

无论在文学欣赏或文学研究领域，小说都属于非常重要的一种样式。对古代小说的研究也是当今学界的“显学”。就具体发展状况来说，元明清三代的小说无疑最为辉煌、最值得关注。按照一般的划分，我们可以把元明清小说研究分列为四个大的方面：一、元明清小说文献研究；二、元明清小说考证研究；三、元明清小说文本的研究；四、元明清小说理论研究。以下就 20 世纪以来的研究状况择其要者略作介绍。

### 一、小说文献研究

20 世纪初的十几年里，是小说文献学的酝酿期。这期间一些学者开始注意搜辑整理稀见的宋元小说，如缪荃孙发现并刊印《京本通俗小说》（后来被证明是伪书）；罗振玉、王国维在日本发现并刊印《大唐三藏法师取经诗话》等在当时产生很大影响。其后至 1949 年，小说文献受到空前关注，许多重要的小说文献得以发现，很多重要文献资源也从小说研究的角度进行了挖掘。这时的很多学者或怀抱明确的学术意识搜集研究，或躬身赴海外的欧洲、日本等地寻访典藏，取得了很大成绩。如阿英、郑振铎、马廉、王古鲁、孙楷第等人。王古鲁就在日本发现海内外孤本小说戏曲全书十种，其他明版小说书影照片一百余种，并抄得《二刻拍案惊奇》、《隋史遗文》各一种。后来这些珍贵文献都刊布于世。郑振铎也于 1927 年在巴黎图书馆发现一些稀见小说戏曲，后写成《巴黎国家图书馆中之中国小说与戏曲》一文。总之，这一阶段学人的努力为之后的小说文献学的体系格局打下了很好的基础，促进了开局时期的古代小说研究。其筚路蓝缕之功值得人们钦敬。

1949 年新中国建立后小说文献学继续发展，但建国初期的政治环境、政治权力的过多干预又对学术本身的发展形成很大阻碍。虽然这一时期学术研究由于采取了统一管理的体制有较强的目的性和计划性，但权力的过多干预妨碍了学术研究的自主性。不过由于学者们的辛勤努力，此一时期的文献发现与整理也取得了一定成就。进入 20 世纪 80 年代以后，小说文献学始步入繁荣阶段。这一时期小说文献的搜集整理与研究的范围明显扩大，开拓了不少新的领域。由于政治思想的解放，以前受鄙视、轻视的一些作品如才子佳人小说、艳情小说、公案小说等被关注。学界长期较忽视的除唐传奇、《聊斋志异》以外的文言小说研究也渐受重视。自80年代至今，这一时期小说文献方面的研究进展丰富多样且成绩巨大，特别是小说作品的整理出版与相关资料的编辑取得了很重要的成就。下面，仅从小说文献的重要发现、整理、出版和小说目录学的进展以及小说资料的整理汇编这三个方面稍加叙述。

1. 小说文献的重要发现、整理、出版

1949年之前，除前述的重要小说文献发现之外，其他如《游仙窟》、《全相平话五种》、《清平山堂话本》等的发现解决了小说史研究中的一些疑难问题；一些重要作品版本的发现也给小说研究中的作者、版本、成书过程等问题提供了非常重要的支撑和参考。如嘉靖本《三国志通俗演义》、世德堂本《西游记》、明代万历本《金瓶梅词话》、蒲松龄《聊斋志异》手稿及《红楼梦》的甲戌本、庚辰本等。这些作品大多后来都得到了及时的整理出版，推动了小说研究的发展。建国后30年，又新发现了《红楼梦》的己卯本、蒙古王府本甲辰本，《聊斋志异》24卷抄本等小说版本。整理出版方面重要的成绩有张友鹤《聊斋志异会校会注会评本》，该书不仅质量上乘，还兼有体例上的创新，将古代的相关注释、评语汇为一编，更加方便了阅读与研究；阿英《晚清文学丛钞》则是一部大型的晚清文学选集，其中小说卷有四卷，收录晚清小说20余种，是晚清小说研究的重要基础积累之作。20世纪80年代的新时期以来，新发现的重要文献则有中国历史博物馆的《李卓吾先生批评西游记》，1984年发现的载有《金瓶梅》评点家张竹坡诗文事迹的《张氏族谱》，由法国汉学家陈庆浩和韩国学者朴在渊在韩国发现的明代拟话本小说集《型世言》，1999年周兴陆于上海图书馆发现的吴敬梓《文木山房诗说》等。

此间不少重要的小说文献得以影印出版。如江苏广陵古籍刻印社影印出版的《笔记小说大观》、浙江人民出版社的《增像全图三国演义》、上海古籍出版社的《初刻拍案惊奇》、《二刻拍案惊奇》，己卯本《脂砚斋重评石头记》、人民文学出版社的《中国小说史料丛书》、中华书局的《古小说丛刊》、江西人民出版社、百花洲文艺出版社的《中国近代小说大系》、黑龙江人民出版社的《明清小说研究丛刊》等。同时期台湾也出版了《明清善本小说丛刊初编》（影印）、《白话中国古典小说大系》、《笔记小说大观丛刊》等等。这些整理出版的多方面成就极大地方便并且推动了古代小说的相关研究。

2. 小说目录学的进展

某一学科的目录是某一学科治学的必然门径。小说目录方面孙楷第先生具有重要的开创之功。他与20世纪30年代始，历经艰辛编著了《日本东京所见中国小说书目》、《中国通俗小说书目》、《戏曲小说解题》等。这些书目都是作者亲历访查的结果，而且编排合理。其中《中国通俗小说书目》著录内容方式是书名、卷数、存佚、版本、收藏单位、作者、序跋等，对每一种小说作品都写有提要介绍，非常方便使用。虽然由于条件限制，其所收书目不很全面，但开拓性的贡献令人敬佩。

阿英对小说目录的编制也很有成绩。他的《晚清小说目》、《红楼梦书录》、《小说闲谈》等是小说目录的重要补充；郑振铎也著有《中国小说提要》等，为学术研究作出自己的贡献。

时至新中国成立后，小说目录的编制成果又陆续有新的进展。一粟《红楼梦书录》是有关《红楼梦》的一部专题书目。它搜集了1954年以前与《红楼梦》相关的作品、研究资料九百多种，给相关学人的研究提供了方便的信息途径。海外的学者亦有相关成就。如澳大利亚的著名汉学家柳存仁就著有《伦敦所见中国小说书目提要》，系作者在英国伦敦访书所得，全书收录小说作品134部，其中有不少罕见秘本，有较高的学术价值。20世纪80年代后，随着小说研究局面的全面展开，学界的不断努力挖掘，对世间所存小说作品了解渐趋完备。胡士莹《话本小说概论》是一部收录完备的话本小说专题目录，林辰《百种小说书录》则把才子佳人小说、天花藏主人诸书、烟水散人诸书、世情小说、短篇中篇小说集等合收，著录小说70多种，俱有较高的学术价值。文言小说方面则有程毅中《古小说简目》和袁行霈、侯忠义《中国文言小说书目》，填补了文言小说研究领域的空白。

在前人辛勤努力的基础上，20世纪90年代，江苏社科院明清小说研究中心编撰的《中国通俗小说总目提要》和宁稼雨编撰的《中国文言小说总目提要》则代表了新时期小说书目的新成就。2004年，由石昌渝主编的《古代小说总目》（具体分“索引”、“白话”、“文言”三大卷）则是目前收录最为完备的中国古代小说目录，足资学界参考。

3. 小说资料的整理汇编

20世纪之前，基本没有人对小说资料进行收集整理。此后由于小说地位的提高，学界逐渐重视这方面的问题。早期的学者如蒋瑞藻、钱静方二人，分别著有《小说考证》、《小说丛考》等，属于基础之作。寿慕祺的《中国小说考》则内容丰富、搜罗广泛，涉及一百余种小说作品，兼具资料汇编的性质。这里特别值得一提的是，鲁迅先生最早对古小说资料进行了系统而集中的搜集整理。他的《古小说钩沉》从大量的古代典籍中辑得《青史子》、《集异记》、《笑林》等计36种古小说佚文。鲁迅先生还有一部录载通俗小说资料的《小说旧闻钞》，最早出版于 1926 年。全书辑录了《大宋宣和遗事》等共计 41 种小说资料，其开拓之功不可抹杀。

20 世纪 50—80 年代之间古代小说资料的整理汇编方面出现了一批颇具特色、质量很高的资料集。如王利器《元明清三代禁毁小说戏曲史料》、俞平伯《脂砚斋红楼梦辑评》、一粟《古典文学研究资料汇编·红楼梦卷》、阿英《晚清文学丛钞·小说戏曲研究卷》等皆是各门类经典的参考性资料。一些具体古代作家和作品的专题性资料集也不断问世，如魏绍昌《老残游记资料》、《李伯元研究资料》等；话本小说方面谭正璧《三言两拍资料》堪为代表；文言小说方面侯忠义《中国文言小说参考资料》也是重要的补缺之作。用力尤多的当属朱一玄先生。他相继独立或与刘毓忱合作编辑出版了《水浒传资料汇编》、《三国演义资料汇编》、《西游记资料汇编》、《金瓶梅资料汇编》、《红楼梦资料汇编》、《聊斋志异资料汇编》、《古典小说版本资料汇编》、《红楼梦脂评校录》等专题资料汇编，贡献厥伟。

其后，此方面的研究继续深入。朱一玄继前述成果之后又编撰了《明清小说资料汇编》、《儒林外史资料汇编》形成了他的“朱氏体系”；其他如周钧韬《金瓶梅资料续编》，丁锡根《中国历代小说序跋集》，吕启祥、林东海的《红楼梦研究稀见资料汇编》，李梦生《中国古代小说版画集成》等，都是这一时期的重要收获。

## 二、小说考证研究

有学者认为，虽然 1904 年王国维就写出了理论性很强的《红楼梦评论》，但当时并未受到过多关注，20 世纪真正意义上的小说研究是自小说考证开始的。此话确然。考证研究本来是我国古代学术研究界固有的传统，对小说的考证也从来就有，但 20 世纪的小说考证虽然继承了古代学人特别是乾嘉学派大师们的传统，却使之开出了新奇的灿烂之花。一些杰出学者严谨而又有据的考证对于考察小说作者的创作背景、小说故事人物的原型、小说的传播接受情况等作出了非常重要的贡献。20 世纪古代小说考证研究的开山人物当属胡适、俞平伯。胡适的小说考证涉及较广，他于 20 世纪 20—30 年代就对 12 部古代小说进行了相关考证研究，这些作品分别是《红楼梦》、《水浒传》、《西游记》、《儒林外史》、《醒世姻缘传》、《封神演义》、《镜花缘》、《儿女英雄传》、《三侠五义》、《海上花列传》、《官场现形记》、《老残游记》。其中他对于古典名著《红楼梦》的考证影响巨大，不仅在红学史亦且在整个古代小说研究史上都具有极重要的标杆意义。1921 年，胡适发表了轰动学界的《红楼梦考证》，提出了关于其作者曹雪芹生平、家世、后40回续书等情况的六个著名论断，其后又陆续发表了《重印乾隆壬子本红楼梦序》、《考证红楼梦的新材料》、《跋乾隆庚辰本脂砚斋重评本石头记抄本》等系列文章；就在同一时期的1923年，紧接着胡适之后的俞平伯也出版了论文集《红楼梦辨》（其中不少涉及作品主旨、结构、人物形象诸艺术问题）。他二人的这一系列考证不仅对新红学派的学术基础做了根本性的铺垫，也对后来的其他古典小说的研究有很大启发。当时刘半农、谢无量、郑振铎、吴晗、叶德均等都加入了小说考证的工作，并取得了较为丰富的成果。这些考证派学人的研究进一步提高了小说的地位，开辟了严谨的治学之途，丰富了小说研究的方法。小说考证派自此蔚为声势。

20世纪30—40年代，考证小说的成果又有新进展。这一时期小说作者考证的范围明显扩大，几欲涉及古代每一时期的重要小说家。赵景深、孙楷第、阿英、孔另境等人的成绩较为突出。赵景深的《西游记作者吴承恩年谱》、《〈英烈传〉本事考证》、《〈野叟曝言〉作者夏二铭年谱》、《品花宝鉴的考证》等，所考已经较为广泛；孙楷第于1935年作的《小说旁证》则对众多话本小说如“三言”、“二拍”、《西湖二集》、《石点头》等作了很多辨证（此书2000年方正式出版）；阿英的《小说闲谈》、《小说二谈》，孔另境的《中国小说史料》是兼有资料性质的考证著作，也都在当时名噪一时，取得了比较可观的成果。

20世纪50年代之后考证研究继续发展。学界特别对于明清小说诸多名著给予了颇多关注，像《三国演义》、《水浒传》、《西游记》、《儒林外史》、《聊斋志异》、《红楼梦》、“三言”、“二拍”等作品，其中所涉及的有作者本身是与非、作家生平、家世，人物本事、故事源流、小说版本等等考证，成果繁多，难以一一尽述。特别是20世纪80年代后，古典文学研究界兴起一股回归实学的热潮，有关作家、版本的考证研究大为时兴，在继续新发现的材料基础上很多新的结论被提出，或是对过去的结论进行了很好的补充。但热潮的背后也存在不少问题，如不重实据大部凭猜想的伪考证；过于追求细枝末节失去意义的繁琐考证等。比如有人考证某古代作家的上几十代祖宗是谁，还有的小说作者考证提出的可能人选已达七八十种（如《金瓶梅》），细思皆已近荒唐之举。鉴于此，研究界近些年已经有很多真切呼吁，考证固然重要，但文本亦要重视，学术研究应该把文献、文本、文化三者很好结合，方能更加健康地推进古代小说的研究，开创出新局面。

## 三、小说文本研究

从文学作品的本质说，对小说文本的研究应是小说研究的主体。20世纪始，传统的评点式、随感式的研究逐渐淡出，古代小说现代意义上的研究范式终于建立。从时代环境的特点出发，小说文本的研究大致可分三大阶段。1949年之前为第一阶段；1949—1976年为第二阶段；1977年至今是第三阶段。

20世纪之初，随着小说在文学领域地位的提高，梁启超、夏曾佑诸人起而呼吁重视小说的实际社会功用，梁启超极力宣传小说对社会、民众的巨大影响作用，强调小说有“熏、浸、刺、提”四种感染力，推高其在人性、道德、教育等方面的感化力。这是他借小说来宣扬、施行其政治改良主张的表现。而王国维的《红楼梦评论》则是学术史上首开用西方美学理论来研究中国小说的方法。其观点虽然未必获得学人赞同，但他对小说批评的主体价值的阐释导向性实践却有极其重要的意义。这一阶段很多学术大师和名家都自觉或不自觉地从社会、历史、文化、审美等多种角度跻身小说的文本的探索研究。陈独秀就通过他的小说批评逐渐建立唯物主义论的研究模式，着力从社会经济人物身份等因素出发来解读社会状况、思想蕴涵，新中国成立后的社会阶级分析方法即是其继承扩大；使用“历史的方法”的则是胡适。具体则是侧重从文学作品故事的历史演变及其背景入手，勾画其演变史的过程，这对后世的小说研究影响甚大。历史学家吴晗则注重小说与历史的联系。他的《〈清明上河图〉与〈金瓶梅〉的故事及其演变——王世贞年谱附录之一》① 就把《金瓶梅》作为社会学的资料进行考察，解读其时的社会思想、经济方面的状况。对小说的形式结构等审美的研究也有学者涉及，如侠人《小说丛话》就把古代小说按题材分成“英雄”、“儿女”、“鬼神”几类，并且初步探讨了叙事上的特征。20世纪40年代王昆仑的《红楼梦人物论》则是现代学术史上系统、规模化地对长篇小说人物形象进行审美研究的首部专著。这一时期特别值得提出的是小说史研究方面，有鲁迅先生的《中国小说史略》，其独到的感悟与精深的论述，堪为划时代的经典之作，虽然由于时代原因造成的资料成果方面的限制，书中已有不少错失，但仍现今为治古代小说者的必备参考。总之，这一阶段的研究虽然不如现在的热盛势头，但其学术生态基本是多元的、健康的。

第二阶段由于社会政治状况的巨大变化，同其他社会科学的研究一样，

---

① 《清华周刊》，1931年第36卷第4、5期。

古代小说的研究也面临一种特别的窘境：即以马克思主义的现实主义文艺理论为核心价值的研究方法统帅天下，政治意识形态的强势干预和限制极大地影响了学术研究的各个层面。当然必须肯定的是，运用马克思主义的理论方法的研究也取得了不少重要有益的成果。比如对古代小说形成过程和发展规律的一些揭示；对小说某些思想社会意义、社会状况的阐释，对小说人物形象的社会意义、价值的分析等都有超越过去研究的地方。但强烈的政治意识使得这一时期的小说研究在文本阐释方面出现了现实主义一统天下的局面，现实主义的分析原理成为解释一切作品的标尺或武器，且尤其着重于作品社会政治批判性的阐发。1954 年由李希凡、蓝翎《关于红楼梦简论及其他一文》则是这方面研究的代表作。由兹生发而来，这一时期研究中的“农民说”、“市民说”大行其道，这在《西游记》、《红楼梦》等名著的研究中时时可见。甚至，还出现了学术研究的“庸俗社会学”，即机械地用所谓的社会学、哲学原理如阶级分析法来研究小说人物，直至强行给之划定明确的阶级成分，统计出小说中出了多少条人命，以证明作品所反映的阶级斗争的残酷等等，使学术堕入无聊的恶趣之中。

1976 年粉碎“四人帮”事件后，随着学术界思想逐渐解放，古代小说的研究也迎来新异盛大的局面，真正的多元化研究时代终于来临。总括起来说，此一时期的研究不仅局面蓬勃兴盛，亦且成果数量惊人。其繁荣的状况大略表现在以下几点。（1）思想的解放与突破。在研究的心态上，逐渐并且完全打破了过去定于一尊的评价标准的束缚，不仅是过去的社会学理论，新时期的人性论、主体性、异化说等等纷纷出现，对小说主旨、价值的阐释呈现出多样化的丰富局面，极大地提高丰富了人们对古代小说的认识。（2）艺术审美研究的增强及新理论、新方法的运用。随着思想的解放，对小说艺术审美的研究大大强化，如对小说的结构艺术、人物形象、意境展示、叙事技巧等等都有很多深入细致探讨的论著，完全改变了过去忽视作品艺术分析的状况；在新理论、新方法的运用方面也是多彩多姿，令人目不暇接，特别是几乎西方所有的艺术理论都在小说研究中得到运用，像存在主义、心理分析、结构主义、符号学、阐释学、叙事学、现象学、接受理论等等皆是。（3）研究领域的扩展与全面化、细致化。随着研究的深入进展，小说的方方面面的问题几乎都得到关注，现今不仅是小说名著，就是过去未予顾及的二、三流甚至更次的作品都被挖掘探究，像话本类、文言类的《石点头》、《右台仙馆笔记》也被学界追踪。可以说学界完全未有涉及的作品及问题已经罕见，学术研究的空白似难以再寻了。

由于此时期的研究成果实在繁多，这里仅举《聊斋志异》为例，就其新时期以来艺术研究方面的重要成果作一最简略的介绍，以达窥一斑而见略貌的效果。一是强调了作品对志怪特征的把握。代表作有袁世硕《〈聊斋志异〉志怪艺术新质论略》，分析了《聊斋志异》志怪艺术的超越变新。二是对《聊斋志异》艺术成就的探讨，这方面有数量众多的论著。张稔穰、李永昶《〈聊斋志异〉鬼狐形象构成的特点》分析了其中鬼狐形象多元特点和艺术美感所在；唐富龄《文言小说高峰的回归》一著指出了《聊斋志异》在文言小说人物性格刻画艺术方面由单一到丰富，类型到个性诸方面的进步，充分肯定了其人物形象塑造艺术上的丰富成就；李建国《中国狐文化》创造性地提出《聊斋志异》中的一系列美狐形象具有人性美、人形美、人情美，其女性美狐形象尤其突出，是文学史上狐精形象塑造的重大转变；孙一珍《论〈聊斋志异〉的艺术特色》总结作品的艺术特色为"洗练与宏富的统一"、"奇谲与质朴的统一"、"含蓄与犀利的统一"等；刘烈茂《论〈聊斋志异〉的艺术构思》、周先慎《论〈聊斋〉的意境创作》、何满子《蒲松龄艺术的三个特征与层次》、李灵年《略论〈聊斋志异〉的艺术构思的感情色彩》诸文都对小说艺术上的一些构造技巧进行了探讨。其中马振方《〈聊斋〉艺术论》则深入地分析了《聊斋志异》在艺术方面的立意构思，指出了《聊斋志异》构思艺术所达到的新高度。论述细致切中肯綮，颇有见地。三是对《聊斋志异》创作心理的研究。马瑞芳《〈聊斋志异〉创作论》运用美学方法较全面地研究了该作的创作过程创作心理；王平《〈聊斋〉创作心理研究》从文艺心理学的角度探讨了蒲松龄的个性特征、创作动机及其与传统文化的关系；台湾的王益嘉《欲望交响曲》则别具一格地挖掘《聊斋》鬼狐故事中的文化潜意识心理；朱振武《〈聊斋志异〉创作心理论略》则全面地分析蒲松龄爱情小说里的诸种潜在心理，皆各有特色。四是《聊斋志异》文化研究。在民俗学方面，何满子《从民间文学角度研究蒲松龄的创作特色》，汪玢玲《〈聊斋志异〉与民间文学》讨论了《聊斋》与民间文学特别是民间故事的紧密关系，启人深思；文化学方面，刘敬圻《〈聊斋志异〉宗教现象读解》解析了作品中宗教观念的内涵及原因；吴九成《论佛家思想对〈聊斋〉创作的影响》，石育良《死亡与鬼魂形象的文化阐释：〈聊斋志异〉散论》等都对蒲松龄小说的哲学和宗教思想作了较深入的探讨。

## 四、小说理论研究

20世纪初，古代小说研究者们对古代小说理论方面的总结探讨尚处于零碎、随机的状况，只金圣叹被提及稍多。1962 年郭绍虞主编的《中国历代文论选》出版，其中遴选了 16 篇有关小说理论的文字，标志着古代小说理论的被全面关注。时至 20 世纪 80 年代相关的古代文学理论、文学批评包括一些研究史方面的著作已然纷纷关注起古代小说理论问题，普遍增强了探讨研究。如敏泽的《中国文学理论批评史》中就论述了较多的小说批评家；复旦大学编写的《中国文学批评史》也将小说批评的内容列为专章；周勋初《中国文学批评小史》、郭豫适《红楼梦研究小史》（1980）、孙逊《〈红楼梦〉脂评初探》（1980）、张国光《〈水浒〉与金圣叹研究》（1981）等都推动了小说理论研究的展开深入。其后，小说理论批评史及古代小说美学方面的研究论著渐趋增多。王先霈、周伟民的《明清小说理论批评史》（1986）是规模宏大的小说批评史著作。该著从先秦时期的小说概念说起，直至明清时期的众多小说理论家皆有较系统的论述，总结全面、分析细致，理论切入方法多样，是一部系统的小说理论批评史。继之而出的相关专著有陈豫谦《中国小说理论批评史》（1990）、方正耀《中国小说批评史略》（1990）、刘良明《中国小说理论批评史》（1991）、陈洪《中国小说理论史》（1992），俱各有特色，他们都为古代小说理论研究局面的繁荣作出开拓，贡献了自己的力量。

另有一些学者则运用较时兴的美学理论来研究古代小说理论问题。最早是北京大学的叶朗。他于 1982 年出版《中国小说美学》一书，力图用相关美学、社会学、哲学、心理学等原理，分析古代小说诸位评论大家如李贽、金圣叹、毛宗岗、脂砚斋及近代的梁启超等人的小说美学观点，虽然全书体系似未成熟，于古代小说美学研究却有不可抹杀的开创之功。吴功正《小说美学》（1985）兼及古代与现当代，以美学范畴统列探究小说美学的基本特征，总结小说的审美经验及规律；吴士余《中国小说美学论稿》（1991）同样从古及今地对小说的叙事形态、小说思维的民族文化特征等进行探讨，视野较为阔大；而宁宗一主编的《中国小说学通论》（1995）更是以 80 余万言的篇幅纵观上下数千年的小说理论，其编排按“小说观念学”、“类型学”、“美学”、“批评学”、“技法学”五类，在小说理论的阐述总结方面有相当的拓荒的性质。

单篇论文方面，也有为数颇多的对古代小说理论各种内涵如犯与避、真与幻、实与虚、断与连、伏与应、热与冷、补与移等及评点家观点探讨的成果。对小说理论发展的线索、脉络特点的论述也比比皆是。如张国光《我国古代小说理论发展的线索》①、陈谦豫《我国古代小说理论家对小说地位和作

① 《武汉师范学院学报》1984 年第 3 期。

用的认识》[1]、陈亚东《近代小说理论起点之我见》[2]、陈年希《试论明清小说评点派对我国小说美学的贡献》[3]、何满子《谈评点派小说批评》[4] 等都有较好的论述。

20 多年来，古代小说理论的研究已渐趋系统化、理论化，对过去不大为人注意的古代小说批评家像评《西游记》的刘一明、陈士斌，评《聊斋志异》的但明伦、冯镇峦，评《儒林外史》的闲斋老人，评《红楼梦》的王希廉、哈斯宝等也纷纷受到格外的重视。根据学界的趋势，这一类评点家和一些古代小说笔记包括大量的古代小说序跋中涉及的有关小说理论将继续得到深入研究，其研究潜力仍大有余地。

## 【范文选读】

# 读《三国演义》札记三则

赵庆元

### 一、重学意识

《三国》人物多奇才，阅读《三国》长智慧。欣赏者的这些感知体会，与作品包含的重学意识不无关系。罗贯中无论是情节描写还是人物刻画，都流露出程度不同的重学意识。刘备，年 15 岁，母使游学，尝师事郑玄、卢植。他听说孔明为大贤奇才，便三顾茅庐，躬身相请；与孔明相见，口称“先生”，恳请“赐教”，“自得孔明、以师礼待之”。刘备未遇孔明前，飘零辗转，身无立锥之地。得到孔明的辅佐后，则转败为胜，由弱变强，占荆州，据益州，称王称帝，取得一连串的胜利，开创了兴旺发达的新局面。后来，他变得固执、自满，不听孔明良言规劝，便一步步走上失败的道路。刘备是作者心目中的“明主”，作者对他前后成败得失的具体描写，强调说明了“敬贤重学”的必要性。

曹操和孙权的重学意识也很强。曹操原想“筑精舍于谯东五十里，春夏读书，秋冬射猎，以待天下清平，方出为仕”。后来因为生逢“乱生”，遂更初志，“专欲为国家讨贼立功”。在战争中，他注重听取谋士良将的意见，丰

① 《华东师范大学学报》1984 年第 3 期。
② 《明清小说研究》1994 年第 1 期。
③ 《上海师范学院学报》1983 年第 3 期。
④ 《解放日报》1988 年 7 月 23 日。

富发挥自己的智能才干。同袁绍大战期间，他经常“与众谋士商议”，“集众谋士问计”。许攸夜投到寨的消息传到他耳边时，尽管“方解衣歇息”，还是大喜，不及穿履，跣足出迎，遥见许攸，抚掌欢笑，携手共入，先拜于地”，并恳切求教说：“子远肯来，吾事济矣！愿即教我以破绍之计。”对此情节，人们有不同的欣赏角度，我觉得曹操的重学、好学等性格特征，在这里描写得生动真实，非常突出。孙权初登帝位即采纳谋士的建议，“修文偃武，增设学校，以安民心”。平时，也能听取文臣武将的有益谏言。不断提高自己的决策能力和领导水平。蜀、魏、吴三国巨头如此，其他凡能给人留下深刻印象者，或武艺高强，或精通谋略，或文武双全、德才兼备，都表现出较明显的好学精神、重学意识。

《三国演义》中关于重学意识的描写，忽隐忽显，时聚时散，形式不同，手法多变。然殊途同归，大都具有很好的效果。刘备入水镜草堂，首先看到的是“架上满堆书卷”；三顾茅庐，听到的是歌唱声、吟诗声、读书声四处回荡。关羽千里走单骑，夜间犹于灯下凭几看书。庞统置身于紧张的战斗氛围中，仍挂剑灯前，诵孙、吴兵书。诸葛亮舌战群儒。最后结束于有无“实学”的论题。张温同秦宓斗嘴之前，先问秦宓：“名称学士，未知胸中曾‘学事’否?”更启人深思的，是小说尾声以强化手段塑造出来的一男一女两个形象。女者，孔明之妻。作品在第117回里写到孔明之妻：“貌甚陋，而有奇才；上通天文，下察地理；凡韬略、遁甲诸书，无所不晓。武侯在南阳时，闻其贤，求以为室。武侯之学，夫人多所赞助焉。”寥寥数语，既写出黄氏的品行才华，又把孔明形象衬托得更有光彩，而作者的审美意识和重学倾向，也同时巧妙地表现出来。男者，即晋之大将军杜预。作品在最后一回里这样说道：“杜预为人，老成练达，好学不倦，最喜读左丘明《春秋传》，坐卧常自携，每出入必使人持《左传》于马前，时人谓之‘左传癖’。”杜预是晋灭吴的主要功臣，也是作者肯定颂扬的人物。尽管罗贯中在他身上没花多少笔墨，由于突出了他重学好学的性格特征，照样给人留下清晰美好印象。可以说，杜预是《三国演义》重学意识的载体之一。

《三国演义》表现出来的重学意识，具有自己的突出特点。首先，必强调为学要有目的。作品中的大小才人，绝大部分都以“报国安民，获取功名”为目的。刘、关、张三人的誓词主旨是：同心协力，救困扶危；上报国家，下安黎庶。曹操打出的旗号也是要“扶持王室，拯救黎民”。群英会上，周瑜自起舞剑而唱道：“丈夫处世兮立功名，立功名兮慰平生。”诸葛亮兄弟，躬耕陇亩时，经常唱着这样的歌：“凤翱翔于千仞兮，非梧不栖；士伏处于一方兮，非主不依。聊寄傲于琴书，以待天时。展经纶于天下兮，开创镃基；救生灵于涂炭兮，到处平夷；立功名于金石兮，拂袖而归。”由于历史的局限，作品难免打上时代的烙印，因而它强调的为学的目的，只能在时代的最高水准的基础上增添些“超越意识”。不过，我们应当承认，《三国演义》中的“才人”基本上都能忠实于自己的国家或集团，其行为是受着“报国安民，获取功名”的目的支配和制约的。作品所强调的学习目的，同“忠君报国”的传统的道德观念紧密联系在一起，同旧时代广大民众的造德意愿和心理追求基本一致，具有比较普遍的意义。它对后人既有“志”的启示，也有“德”的感召。

其次，作品强调为学要有实用性。在我国尽管“经世致用”说的明确提出比较晚，但是，那种重实学、讲实用的精神则是随着中国文化的产生而出现的。罗贯中是位有实践经验、有志图王的文化人，其创作活动是在民族文化精神指导下的实践活动。他的《三国演义》里有大量的重实学、讲实用的情节描写。刘备偕关羽、张飞三顾草庐时，关、张二人火气大，怨气重，张飞尤甚。他们发火、埋怨的心理因素主要是怕诸葛亮“有虚名而无实学”。甚至在诸葛亮出山后，他们还对刘备说：“孔明年幼，有甚才学，兄长待之太过！又未见他真实效验！”这些笔墨都非常自然地突出了作品重实学、讲实用的思想倾向。这种倾向，到诸葛亮舌战群儒时，得到了进一步的表观。作者借孔明之口，极力反对“虚誉欺人”的夸辩之徒，反对“寻章摘句，不能兴邦立事”的“腐儒”，也反对那种“惟务雕虫，夺攻翰墨；青春作赋，皓首穷经；笔下虽有千言，胸中实无一策”的“小人之儒”。诸葛亮是小说的主人公，也是作品中讲实学、重实效的样板，比较全面地体现了罗贯中的理想。他通天文、识地利，知奇门，晓阴阳，看阵图，明兵势，博学多识。由于他生逢乱世，所以特别重视所学知识在斗争实践中的灵活运用。小说还着力描写了孔明的“三图一厂”，耐人寻味，令人深思。隆中决策，他取出家藏的“西川五十四州之画图”；为夺取蜀中，他费尽了心机弄到了张松的“蜀中地图”；兴师南征，他极其重视吕凯所献的“平蛮指掌图”。同司马懿大战时，他亲自察看地理，于葫芦谷创建了制造木牛流马的兵工厂。孔明临死前还告诉姜维说：“吾平生所学，已著书二十四篇，计十万四千一百一十二字，内有八务、七戒、六恐、五惧之法。吾遍观诸将，无人可授，独汝可传我书，切勿轻忽！”又说：“吾有‘连弩’之法，不曾用得。其法，矢长八寸，一弩可发十矢，矢画成图本。汝可依法造用。”由此，人们自然会得到这样的启发：为学，要联系实际，讲实用，重效益。

《三国演义》重学意识的另一特点，是强调为学要德才兼及。中国，几千年的文明礼义之邦，尽管朝代不断更替，但对学人的要求从不德才偏废。即便某些特殊时期容许了“不拘小节”论的存在，然其为时并不长久，社会验人的标准总是以德才兼备为高。罗贯中可以说是中国传统造德观念的卫士。在《三国演义》里，他把德才兼备作为写人的最高的审美标准。他精心刻画了众多的才人形象，同时又注意在道德的天平上逐一显示出各自的分量。曹操能文能武，才智超人，总因德行不佳而无法脱掉“奸雄”的帽子。周瑜风流倜傥，精明干练，文武双全，因其处心积虑地要谋害孔明，气量狭窄，品德不高，过早死去。庞统与孔明均被人视为天下之奇才，孔明对他极为关心和尊重。而庞统当上副军师后，好以私心度孔明。他随刘备取西蜀，孔明担心其性命，劝勿进兵，他却认为孔明不想让他“独成大功，作此言以疑主公之心”，结果，军至落凤坡，死于乱箭之下。徐庶辞刘备归曹操来见其母时，徐母勃然大怒，拍案骂曰：“辱子飘荡江湖数年，吾以为汝学业有进，何其反不如初也！汝既读书，须知忠孝不能两全……今凭一纸伪书，更不详察，遂弃明投暗，自取恶名，真愚夫也！”骂后，自缢而死。徐母之语局限性暂不必说，从中足可看出她既希望儿子学业大进，又要求儿子要修身立德，达到德才兼备的高度。作者对徐母的肯定和颂扬，说明徐母的形象体现了他的思想倾向。最能从正面体现作品这一特点的，是诸葛亮。他才多智广，以致为友人赞赏，令人叹服。他德行美好，忠于明主，秉持公心，严于律己，不淫不贪，恤军爱民，对事业无比忠诚，真正实践了自己“鞠躬尽瘁，死而后已”的誓言。他那强烈的重学意识，报国安民的为学目的、讲求实学实效的治学态度，以及治学修身立德相结合的作风，加重了作品内容的分量，增强了小说的艺术魅力。

## 二、造境艺术

《三国演义》有较高的思想格调和道德情味，也以各种不同的场面和情节描写，显示出高超的造境艺术。它以描写大大小小的战争为主。同时反映了极为丰富的社会生活的内容。适应表现战争、反映复杂生活的需要，作者尤其用心于环境描写。无论是惊险紧张之境，奇异玄虚之境，还是幽境、惨境、情境的创造，都相当成功，具有引人入胜的艺术效果。“青梅煮酒论英雄”和“空城计”是以惊险见长的著名章节。刘备对曹操，既恨其“奸”，又畏其“雄”。恨其奸，暗地参加反曹集团；畏其雄，表面谦恭，力行韬晦，以待时机。他生活在曹操身边，犹如笼中鸟、网中鱼，不乏笼网羁绊之苦。一日关羽、张飞外出，刘备一人正在后园浇菜，曹操突然派许褚和张辽带着数十人来请他。及相见时，曹操又没有寒暄问候的客套，反而劈头盖脸来一句："在家做得好大事!"把刘备"唬得面色如土"。曹操说明宴请刘备的真实原因后，刘备得到暂时的解脱，心理情态出现了由惊转喜的显著变化。到曹操"谈龙变"时，刘备的心头重新罩上阴影。接着曹操又说："龙之为物，可比世之英雄。玄德久历四方，必知当世英雄。请试指言之。"刘备力行韬晦，怕提"英雄"二字。曹操之语，偏偏无意中触及了他最敏感的神经。于是，刘备的心理情态又出现了由"喜"到"惊"、由"轻松"到"紧张"的变化。曹操当面告诉刘备："英雄应该胸怀大志，腹有良谋，有包藏宇宙之机，吞吐天地之志"，"今天下英雄，惟使君与操耳!"曹操语出真诚，恰恰道破了刘备的心病，以致吓掉了手中之箸。这种描写完全符合刘备"趋身虎穴"的处境，是其心理发展的必然。作者把正面人物置于绝境，造成一种强烈的"危机感"之后，突然一转，以极精炼的笔墨描写了刘备的镇静从容，让他以"闻雷失箸"的谎言掩饰起"闻言失箸"的真相，避免了对方的怀疑。这种情节，以极大的"爆发力"完成了刘备心理情态的彻底转变，凸现了他随机应变的才能，显示出"枭雄"的本色。街亭失守后，孔明正在安排撤退，忽然十余次飞马报到，说"司马懿引大军十五万，望西城蜂拥而来"。时孔明身边别无大将，只有一般文官，所引五千军，已分一半先运粮草去了，众官听得这个消息，尽皆失色。打，不得胜；退，来不及；跑，冲不出。孔明及其所率之众，又到了生死存亡的危急关头。怎么办？平生谨慎的诸葛亮，根据对敌方主帅的了解，大胆"行险"，用空城计退了敌兵。作者极力写"险"，又极力写"化险为夷"，让人紧张，使人舒畅；写矛盾的产生和发展，也写矛盾的转化和解决，丰富了人们的知识和智慧。

"安居平五路"，脍炙人口，广为传诵，它以精彩之笔创造紧张之境。刘备死后，刘禅即位，旧臣多数病亡，蜀国面临困境，魏国抓住时机，出动五路大兵，四面夹攻蜀国。孔明又"不知为何，数日不出视事"，后来"丞相府下人言，丞相染病不出"。后主、大臣、太后等惊慌惶恐，束手无策。蜀国处于"黑云压城城欲摧"的境地。诸葛亮的葫芦里到底装的什么药？人人紧张，人人猜度，人人忧虑，每个人的心都被这样的环境描写吸引、征服了。"草船借箭"，奇异惊险，扣人心弦。周瑜要寻找由头谋害孔明，要他于十日之内监造十万枝箭。这分明是不可为之事，孔明却偏偏提出：十日太长，"只消三日，便可拜纳十万枝箭"，并且立下了军令状。鲁肃认为孔明有诈，周瑜觉得孔明是自己送死。善意的读者都会为孔明捏着一把汗。孔明如何动作？开始只求鲁肃一件事：借二十只船，每船要军士三十人，船上皆用青布为幔，各束草千余个，分布两边。此事办妥后，第一日却不见孔明动静，第二日亦只不动，第三日白天又没动。到四更时分，才密请鲁肃到船，要同往取箭。作者不到火候不揭锅，至此，谁也不晓得孔明的箭在何方。当夜五更，船近曹操水寨。孔明教把船只头西尾东，一带摆开，就船上擂鼓呐喊。作者以简短篇幅写奇异之境。造惊险之境，意犹未尽，又以十余字画出境中之境："吾等只顾酌酒取乐，待雾散便回。"动静结合，惊乐对照，效果真奇妙。

罗贯中善写战争，书中关于战境的创造，有口皆碑。同时，他又是个有情人，创造情境的高手。罗贯中写情境，极少大段铺陈的文字，多用简短精炼的人物语言来完成，譬如在赤壁之战中，他穿插描写了诸葛亮同诸葛瑾的两次相见。诸葛亮兄弟三人，此时已天各一方。诸葛瑾是哥哥，身事孙权；诸葛亮是弟弟，辅佐刘备，正各为其主出力。由于战乱，他们久别难逢。现在诸葛亮出使江东，来到哥哥身边，但并没主动去拜见。当他俩在路上偶然碰见时，诸葛瑾开口埋怨道："贤弟既到江东，如何不来见我？"诸葛瑾的"怨"，合乎其情，也顺乎其理。面对哥哥的"怨"，诸葛亮解释说："弟既事刘豫州，理宜先公后私。公事未毕，不敢及私。望兄见谅。"这种解释之辞，言简意重，公私分明，情理俱生。既符合此时此地诸葛亮的身份，又深刻感人。第二次相见，是诸葛瑾受周瑜指派主动去劝弟弟归顺江东。这次"劝"，也合乎其情，顺乎其理。可是，没想到诸葛瑾本想以"私情"来打动诸葛亮，结果诸葛亮却用"大义"折服了诸葛瑾，使周瑜的苦心白费。这"一怨""一劝"，构成耐人寻味的情境，它写出了人与人之间关系的一般性，也写出了人与人之间关系的特殊性；既写出了浓厚的人情味和战争的紧张气氛，又在鲜明的对比中突出了人物的性格特征。第104回里有这样一段描写：孔明强支病体，令左右扶上小车，出寨遍观各营。自觉秋风吹面，彻骨生寒，乃长叹曰："再不能临阵讨贼矣！悠悠苍天，曷此其极！"作者写景写情，以景烘托情，成功地创造出悲壮感人的情境。蜀国灭亡后，刘禅以亡国之君的身份去司马昭府下拜谢。昭设宴款待，先以魏乐舞戏于前，蜀官感伤，独后主有喜色，昭令蜀人扮蜀乐于前，蜀官尽皆坠泪，后主嬉笑自若。酒至半酣，昭谓贾充曰："人之无情，乃至于此！虽使孔明在，亦不能辅之久全，何况姜维乎？"乃问后主曰："颇思蜀否？"后主曰："此间乐，不思蜀也。"这是一种独特的情境创造！作者通过人物对话，间用对比手法，表达出悲剧的内容，写出了喜剧的效果，把一个亡国不知亡国痛的后主形象写得活灵活现，跃然纸上。罗贯中按捺不住自己的一腔悲愤，借用他人之诗讽刺批判道："追欢作乐笑颜开，不念危亡半点哀。快乐异乡忘故国，方知后主是庸才。”这里，不论是作者的客观描写，还是主观的议论，都能生发出艺术的力量，调动起人们内在的思想感情，去深沉地思索社会人生的重大问题。

## 三、用语技巧

《三国演义》的魅力由其多方面的成就凝聚而来，它那语言运用的技巧便是相当重要的一个方面。作品在语言运用上的显著特点之一，是散文和韵文的有机结合。在长篇散文之后，适当插入一些诗词之类的韵文，这一特点，是对说话艺术的继承和发展，也为此后的章回小说所继承。作者运用这种技巧，使形式更为活跃，更符合读者的心理需求。单一的散文长篇，读起来易于乏味疲倦，偶有诗词穿插，形式、意境的更换，自然使人感到新奇、欣喜、轻松。另外，他用于暗示结局，析明事理，烘托气氛，评判人物等，显得突出集中，效果明显。如第一回结尾，作者写刘备、关羽、张飞三人救了董卓，董卓因他三人无官职功名，不仅不谢，反而轻视之，张飞怒火中烧，提刀入帐要杀董卓。接着插入四句诗：“人情势利古犹今，谁识英雄是白身？安得快人如翼德，尽诛世上负心人。”这段韵文，与原事件有关，又是原事件的生发；有对书中人物的评论，也有对世之歪风的批判；既增强了篇末的气势，又能点燃读者心灵中义理的火焰。刘备三顾茅庐的情节里，作者写“荷锄耕者”之歌，写石广元、孟公威之歌，写诸葛均、黄承彦之歌，写孔明之歌，又引后人之诗，用了大量的韵文。这些诗歌，在描写环境、渲染气氛、刻画人物，概括世势等方面，都起到了不可忽视的作用，具有很好的艺术效果，虽然作品中有些地方录引诗词过多，淡化了效果，但从总的方面看，还是值得肯定的。

《三国演义》描写景物和战争的语言，也有显著的特点。其写景之语简短精炼，带有浓重的感情色彩。写刘、关、张三人结义，作品只以“桃园花开正盛”六字写景。鲜花衬托青年英雄，大好春光衬托大快之心，给人以美感。写隆中景物，仅用如下数语：“山不高而秀雅，水不深而澄清，地不广而平坦，林不大而茂盛；猿鹤相亲，松篁交翠。”朴素淡雅的文字，排比、对称的句式，推出一种令人神往的境界，给人提供广阔的思索空间，并能从中得到赏心悦目的享受。写到诸葛亮病危时，作者充分发挥自己的才华，让悲情渗透了笔下的一景一物。写孔明以祈禳之法延寿的夜晚是：“八月中秋，是夜银河耿耿，玉露零零，旌旗不动，刁斗无声。”怀乡思亲的季节，空寂无声的秋夜，一个吐血不止的病人，正为自己未竟的事业挣扎着。他没能战胜自然，带着沉重的心愿死了，“是夜，天愁地惨，日月无光，孔明奄然归天”。作者写天地之悲，明日月之哀，实际上，自己的心中已为孔明唱响了沉痛哀伤的挽歌。描写战争时，作者用语极富匠心。写谋划战争的过程，用语呈现慢节奏，以商议、讨论、分析为多。可是，当写战争场景时，则多用短促语，快节奏，给人以明白畅快的刺激和享受。如“赤壁之战”写孔明与周瑜“谈风”的情节，推进就比较慢，双方都在“弯弯绕”，绕到不能再绕的时候，孔明才密书十六字“欲破曹公，宜用火攻；万事俱备，只欠东风”。风来了，大战开始，作者只写了这几句：“黄盖用刀一招，前船一齐发火。火趁风威，风助火势，船如箭发，烟焰张天。二十只火船，撞入水寨，曹寨中船只一时尽着；又被铁环锁住，无处逃避；隔江炮响，四下火船齐到，但见三江面上，火逐风飞，一派通红，漫天彻地。”又如第71回写赵云打仗：“云大喝一声，挺枪骤马，杀入重围；左冲右突，如入无人之境。那枪浑身上下，若舞梨花；遍体纷纷，如飘瑞雪。张郃、徐晃心惊胆颤，不敢迎敌。云救出黄忠，且战且走；所到之处，无人敢阻。”语句短促有力，时杂一二对仗句式，以动词为主，形容词相辅，有直接描写，也有衬托之笔，既写出了激战场面，又把赵云写得品德高尚，勇武异常，令人十分喜爱。

作品善用讽刺讥骂语。因为小说是以揭示矛盾，表现战争为主的，所以矛盾的双方常常动嘴动刀枪。作者在写“动嘴”的情节里，讽刺讥骂语的锤炼很见功夫。曹操傲视张松，随口吹嘘说：“吾视天下鼠辈犹草芥耳，大军到处，战无不胜，攻无不取，顺吾者生，逆吾者死。汝知之乎？”张松接而言之：“丞相驱兵到处，战必胜，攻必取，松亦素知。昔日濮阳攻吕布之时，宛城战张绣之日；赤壁遇周郎，华容逢关羽；割须弃袍于潼关，夺船避箭于渭水；此皆无敌于天下也！”它不仅语言精炼，句式优美，而且讽刺手法也很高明，可与《儒林外史》的某些情节比美。古代战争，常有“骂阵”，以骂代打。《三国演义》也不乏其例。最著名的就是“武乡侯骂死王朗”。孔明不太好骂人，然一骂便置人于死地。他的骂词不脏，不贱，但有政治内容，有气势和力量：“因庙堂之上，朽木为官，殿陛之间，禽兽食禄；狼心狗行之辈，滚滚当道，奴颜婢膝之徒，纷纷秉政。以致社稷丘墟，苍生涂炭。吾素知汝所行……罪恶深重，天地不容！天下之人，愿食汝肉……吾今奉嗣君之旨，兴师讨贼，汝既为谄谀之臣，只可潜身缩首，苟图衣食；安敢在行伍之前，妄称天数耶！皓首匹夫！苍髯老贼！汝即日将归于九泉之下，何面目见二十四帝乎！”非常明显，孔明骂语出口，则成绝妙文章。作者写孔明骂人，是有寄托的，他要借之抒发自己的某种看法和感情。

作品善用重复语。重复在文学创作中是常见的一种艺术手法。《三国演义》作为章回小说的开山作品，采用这种手法并取得成功，是难能可贵的。它对重复手法的使用多在“重复语”上体现。如第43回里写孙权，作者连续说他“沉吟不语”、“低头不语”、“只低头不语”、“沉吟未决”、“尚在沉吟”、“疑惑不决”等等。这些词语的重复，很出色地表现了孙权当时的心理特征。孔明伐魏同司马懿交锋的过程中，作者让司马懿经常叹息道：“诸葛亮真乃神人，吾不如也!”“吾不如孔明也!”“孔明真神人也，不如且退”，“孔明必有大谋，不可轻动”，“孔明真有神出鬼没之计。吾不能及也”，“孔明有神出鬼没之机”……这种类似语句的多次重复，说明司马懿对孔明是发自内心的叹服，作者用“水涨船高”之法更加突出了孔明的形象。“七擒孟获”里重复语也多，它在塑造孟获等人物形象中起到了良好的作用。

作品还善用幽默语。这种语言的出现，在紧张的战争氛围中增添一点“杂质”，带有另一种情趣，使作品描写的生活更接近社会生活，更具有真实感和艺术魅力。第86回，写孔明向张松介绍秦宓是益州学士，张松马上笑着说：“名称学士，未知胸中曾‘学事’否?”很幽默，有深意。第101回，蜀军射死张郃后，孔明对魏军说：“吾今日围猎，欲射一‘马’，误中一‘獐’。汝各人安心而去；上覆仲达：早晚必为吾所擒也。”幽默中带着讥讽，给人以轻松快活之感，易于留下深刻的记忆。又如博望坡之战的情节里，作者让粗人说细话，刘备问关、张“如何迎敌”。张飞偏偏来一句“哥哥何不使‘水’去?”莽张飞吐出了一肚子不平之气，为作品增添了诗意美。

（原载谭洛非编《〈三国演义〉与中国文化》，巴蜀书社1992年版）

**【评　析】**

学术论文的写作方法有多种样式。一般的是就某个有价值的学术问题集中研究，具体论述时分层展开，最后再统归收束，可称为“一统式结构”；还有一种是就若干个感兴趣的相对独立的问题进行研究，可称“板块式结构”。《读〈三国演义〉札记三则》一文的撰述即属后一种。

细读该文，可以总结出以下鲜明特点。其一，从深刻的个人感受出发，拟定问题进行研究。长期以来，学界对《三国演义》的研究颇为热衷，研究成果也蔚为壮观。但此文别出心裁，从三个似乎不大的问题入手作深入挖掘：重学意识；造境艺术；用语技巧。“重学意识”是就小说中存在的一种思想意识的发掘；“造境艺术”、“用语技巧”则是对小说艺术方面的细致缕析。内容看似普通，见解却很独到，实质蕴涵了作者长期体会酝酿的心得，非一日之功可出。比如“造境艺术”一部分，作者总结出小说中的几种独特形式，有惊险紧张之境，奇异玄虚之境，还有幽境、惨境、情境等等，进而进行具体分析。这就发人之所未发，述人之所未言，使论点颇具新意。其二，论述方式上灵活多样。“重学意识”和“造境艺术”采用的是先总后分式，即先提出主要观点再分别举例论证；“用语技巧”部分则采用直接分列论点的方式，分别论述了小说中的“散文和韵文的有机结合”、“描写景物和战争的语言”、“善用讽刺讥骂语”、“善用重复语”、“善用幽默语”等等；且语言上轻巧灵便又不事雕琢，也不故作高深，用理论的高帽子来唬人，属于轻灵感悟式的写作方式，读来亲切有味。其三，举例精当，论证有力。文章作者是著名的“三国”研究专家，对作品文本烂熟于心，举例可谓信手拈来，但本文的论证举例还是经过了精心考虑，显得精当准确、说服力很强。比如第一部分“重学意识”，一开始就以《三国演义》最重要的三个首脑级人物刘备、曹操、孙权为例，说明他们具有重学意识。然后指出作品中重学意识的几个突出特点：首先，作品强调为学要有目的；其次，强调为学要有实用性；再次，强调为学要德才兼及。文章分别举孔明、杜预、周瑜、庞统、徐庶之母等经典例证，而以《三国》中最中心人物诸葛孔明的例子为多，且详加分析。这就使论文的举例显得典型、充分、有力。

## 【文献链接】

1. 方正耀：《中国古典小说理论史》，华东师范大学出版社2005年版。

2. 胡明：《“红学四十年”》，《文学评论》1989年第1期。

3. 刘敬圻：《刘备性格的深隐特质》，《文学遗产》1998年第3期。

4. 马振方：《论〈剪灯新话〉的小说艺术自觉》，《文艺研究》2003年第3期。

5. 孟昭连：《〈儒林外史〉的讽刺意识与叙事特征》，《南开学报》1996年第2期。

6. 苗怀明：《二十世纪中国小说文献学述略》，中华书局2008年版。

7. 杨义：《西游记——中国神化文化的大器晚成》，《中国社会科学》1995年第1期。

8. 赵美科：《略论蒲松龄的情爱观——〈聊斋志异〉爱情小说管窥》，《明清小说研究》1996年第3期。

9. 郑云波：《论水浒传情节的版块构成》，《水浒争鸣》第4辑。

10. 周惠：《林黛玉别论》，《文学遗产》1988年第3期。

# 第四章　现代文学研究

## 第一节　现代小说研究

在中国现代文学史上，小说的研究一直处于中心位置，始终与各个时期的文化语境、学术思潮紧密联系。无论是研究成果的数量，还是研究的水平、视野，都超过了其他文体的研究，并且伴随着中国现代小说的产生而产生。

### 一、研究成果的历史梳理

1. 1919—1949 年

在新文学产生之初，主要是一些随感录式的小说评论，多为即兴式、印象式的读后感，所论涉的作家也相对集中，多是当时较有名气的小说家，如鲁迅、郁达夫、叶圣陶、许地山、庐隐、冰心等。李希同《冰心论》（1932）虽出版于 20 世纪 30 年代初，其收录的评论文章基本发表于 20 年代，反映了冰心初登文坛时各方的反应。这些评论既有肯定冰心小说创作的，如王统照认为冰心小说《超人》“含尽了青年烦闷的问题”，与此同时也有不少批评的声音，成仿吾即指出冰心的小说缺乏真实性。郁达夫也是当时深受读者关注的热点小说家之一，在 30 年代初有三部郁达夫“评论集”出版，分别为素雅编的《郁达夫评传》（1931）、贺玉波编的《郁达夫论》（1932）及邹啸编的《郁达夫论》（1933），这些集子中的文章大都为读后感或随笔、通讯、访谈之类，显示出 20 年代小说评论的特点，即对作品的直观感悟多过理性批评。

真正宏观的有历史深度的现代小说研究，是到 1930 年代中期出现的。1935 年《中国新文学大系》三卷小说集出版，鲁迅等三篇导言的撰写，以及在此前后沈雁冰、胡风、苏雪林、钱杏邨、李健吾、沈从文等撰写的一系列作家论、作品论，使小说研究脱离了单纯的感悟阶段，标志着现代小说研究的初步成熟。20 世纪 30—40 年代，“作家论”成为当时较为风行的一种批评文体，其中具有较大影响力的有茅盾所写的系列“作家论”，涉及的小说家包括鲁迅、叶圣陶、王鲁彦、丁玲、庐隐、冰心、许地山等。茅盾的"作家论"通过对这些作家进行个案考察，梳理和解释"五四"新文学传统，从而批评和纠正"革命文学"倡导者否定"五四"文学的言论。与此同时，茅盾也注重作家的创作个性与艺术追求，对作家的创作特色有着敏锐的感受力，如《鲁迅论》、《徐志摩论》、《庐隐论》等，其中的一些观点被论者经常引用。相比较茅盾侧重于作家作品思想观念的批评，李健吾的评论注重鉴赏，一种印象式的捕捉，这种评论方式更适合那些风格独特、讲究技巧的作品。在《咀华集》与《咀华二集》（1942）中，李健吾评论了多位小说家，如巴金、沈从文、萧军、路翎等，对这些作家创作风格的把握与艺术技巧的分析往往精准到位。如李健吾认为巴金小说"不用风格，热情就是他的风格"，并形象指出其小说的抒情性特点，"读巴金先生的文章，我们像泛舟，顺流而下，有时连你收帆停驶的工夫也不给"①。与李健吾这种强调"文学性"、"个性化"批评相接近的还有以作家闻名的沈从文的"作家论"。《沫沫集》（1934）中，收录了《论冯文炳》、《论落华生》、《论施蛰存与罗黑芷》、《论穆时英》等评论，这些文章原是沈从文在武汉大学讲授现代文学课时的讲稿。出于讲课需要，沈从文不以艰深的理论支撑论文的写作，而更多从自己阅读作品的感受出发，用感悟的方式去把握作家作品的主要审美特征，注重对作家风格的品评，强调文学鉴赏的直觉与距离，有着鲜明的个性风格。此外，30年代苏雪林也写了一系列的"作家论"，与沈从文相同的是这些文章也多是苏雪林在武汉大学讲授新文学课程的讲稿。相比较男性批评家，苏雪林的"作家论"凸显了女性批评家的细致全面及其苛求作品的心理。在《郁达夫论》、《多角恋爱小说家张资平》等文章中，她以十分严厉的语言批评了郁达夫、张资平等创作的缺陷和不足，带有较强的文学偏见。一方面，苏雪林治学态度严谨，其"作家论"具有一种学术力度和品格；另一方面，苏雪林在从事作家批评时，受哲学观、艺术观的局限及其个人感情因素的影响，不够客观公正，某些方面也体现出体式构造的简单、粗疏。这一时期还需提及的是李长之的评传体著作《鲁迅批判》（1936），李长之以作家的精神和人格作中介，深入到鲁迅思想和创作的深层，体现了文学批评的文学特点，在一定程度上纠正了30年代越来越严重的政治分析代替艺术批评的现象。总而言之，30年代"作家论"的兴起表明了批评家对批评功能认识的深化，也表明了批评体式向着大型化方向的发展。

---

① 李健吾：《〈爱情的三部曲〉——巴金先生作》，《咀华集》，花城出版社1984年版，第11页。

2. 1949—1978 年

小说研究领域自20世纪30年代后半期特别是40年代中期以后，成为现实主义一统天下的局面，这种局面一直延续到20世纪70年代中后期。这一时期里，对鲁迅小说的研究（以陈涌为代表）大大深化了，赵树理小说的研究（以周扬为代表），也取得了较大进展。此外，对茅盾、叶绍钧、许地山、郁达夫、巴金、老舍、张天翼、丁玲、周立波等小说作家的研究，也有各自的收获。但独尊现实主义的思潮在小说研究上带来两方面的后果：一是为了肯定某些作家，只得将一些“五四”浪漫主义小说勉强贴上写实主义的标签，无限扩大了现实主义的范围，把郁达夫等浪漫主义作家一概说成现实主义，从而混淆了不同事物的界限。二是完全抹煞现代主义作家和流派的存在，从20世纪50年代起，新感觉派的刘呐鸥、施蛰存、穆时英等作家就在文学史中消失。这一时期由于受“左”的政治因素影响，对作家作品主要从政治标准予以衡量，而忽略了作品的审美艺术价值。

3. 1978 年至今

进入新时期，摆脱“左”倾思想的束缚成为现代文学研究复兴的起点，这种转变起于70年代末对现代文学性质的再认识。而对现代文学整体性质的重新思考则始于现代小说性质、功用、地位的再评价。陈骏涛、杨世伟、王信的《关于〈二月〉的再评价》，叶子铭的《评〈林家铺子〉——兼谈对新民主主义时期文学作品的批评标准》，樊骏的《论〈骆驼祥子〉的现实主义——纪念老舍先生八十诞辰》，严家炎的《现代文学史上的一桩旧案——重评丁玲小说〈在医院中〉》[①] 等文章都是从现代小说的经典作品出发，以一种论辩的语调，对以往文学史不公正的评价提出挑战，强调作品本身的思想艺术价值及历史合理性。随着“重评”的热潮，有关现代文学评价的标准问题也凸显出来。叶子铭重评茅盾作品《林家铺子》的副标题即提出“新民主主义文学批评的标准”问题，主张用“新民主主义性质”来涵盖现代文学，放宽对非社会主义文学的禁锢。随着评价标准的重塑，一些过去被冷落的作家、流派再次进入人们的研究视野，如郁达夫、沈从文、许地山、钱锺书、萧红、路翎、鸳鸯蝴蝶派等，而“个性解放”、“色情颓废”等有争议的问题，也成了讨论的焦点。不过由于“新民主主义”文学批评的标准实际上仍是一种政治标准，一些文学现象在政治框架下依然无法获得完全的解释，现代文学仍

① 分见《文学评论》1978 年第 6 期，《文学评论》1978 年第 3 期，《钟山》1981 年第 1 期，《文学评论》1979 年第 1 期。

需要一种新的研究范式。这之后，人们进一步提出20世纪的中国文学是由古典阶段向现代阶段的转型，现代小说的研究重心由探讨小说革命化的过程而转变为注重小说审美形式以及小说现代化的探索，研究格局呈现出多元化态势。

## 二、新时期以来多向度的研究格局

1. 研究视角的多元化

20世纪80年代初，由于关注小说艺术构成、作家风格等内部问题，一些具有较高审美价值的小说，如废名的《桃园》、施蛰存的《春阳》、老舍的《微神》、钱钟书的《猫》等都获得了细致解读，小说的"本体"研究得以凸现，研究空间进一步拓展，关于小说创作方法、小说体式、人物形象系列等问题成为了新的研究切入点。刘纳的《"五四"小说创作方法的发展》① 一文中，以"创作方法"为核心，就"五四"小说创作中的现实主义、浪漫主义、现代主义方法分别加以论述，重构了"五四"小说的多元构成，而"创作方法"也为研究者提供了一个探讨小说风格的可操作的研究视角。此外，凌宇对"抒情小说"、吴福辉对"讽刺小说"的研究都取得重要成果。凌宇的《中国现代抒情小说的发展轨迹及其人生内容的审美选择》② 一文，结合作家作品对"抒情小说"的概念内涵、历史发展、整体风貌等作了细致梳理。解志熙则对"抒情小说"的"散文化"特征进行了深入剖析。吴福辉的《中国现代讽刺小说的初步成熟》③ 一文，运用比较的方法，从思想、风格、技巧、形象等几方面比较30年代"京派"与"左联"两种类型的讽刺小说，后来顺着这一思路继续研究，出版了讽刺小说的研究专著《带着枷锁的笑》(1991)。赵园关于"五四"小说中婚恋问题及知识分子形象的探讨，同样是这一时期的重要收获，论文《"五四"时期小说中的婚姻爱情问题》、《"五四"时期小说中的知识分子形象》④ 等，从众多小说中选取一个特殊视角，以某种具有时代共性的文化命题为线索，论述"五四"时期复杂多样的小说。

1985年前后的"文化热"，使得现代文学研究者在政治思想研究与审美形式研究之间找到了一个中介，单一的"社会—政治—思想"框架被超越，审视小说的文化意蕴一时成为研究的热点，包括地域文化、都市文化、乡土

① 《文学评论》1982年第5期。

② 《中国现代文学研究丛刊》1983年第2期。

③ 《北京大学学报》1982年第6期。

④ 分见《中国社会科学》1983年第4期，《文学评论》1984年第3期。

文化、宗教文化、传统文化等都纳入了小说研究领域。这其中，赵园关于“京味小说”与北京城市文化的研究，吴小美、宋永毅关于老舍与东西方文化关系的讨论，陈平原对苏曼殊、许地山与宗教文化关联的考察等，都是从文化视角展开的研究。这类研究的特点是视野开阔，融入多种知识资源，将研究推向学科互动的境地。从文化视角予以研究一直是小说研究的重要方法，这之后，李今的专著《海派小说与现代都市文化》（2000），从都市文化视角探讨海派小说，将海派小说研究又推进一步。另外，杨剑龙从基督教文化角度研究中国现代作家作品，其中涉及鲁迅、许地山、冰心、庐隐、老舍、巴金、徐讦等一批小说家。此外，由陈平原带头，展开对与小说“生产”关联紧密的文化因素，如读者、读书市场、印刷、出版、发行、报刊、稿费制度、作家职业化等小说外部文化环境问题的研究，也取得一定成果。

而1988年“重写文学史”口号的提出，在现代小说研究领域引起较大反响，其中以对茅盾小说的重读、细读最引人注目。王晓明的《一个引人深思的矛盾——论茅盾的小说创作》[①]，综观茅盾的全部小说，着重指出茅盾文学世界里面，政治情绪与审美情感体验、艺术风姿之间深刻的矛盾性，指出他始终眷恋又时时背离“《蚀》的世界”及其根源。汪晖的《关于〈子夜〉的几个问题》[②]一文，提出“茅盾范式”与“五四”文学传统的关系，细致地分析了《子夜》在表现人、掌握叙事和建立小说模式诸方面，所产生的既发展了、又远离了“五四”小说的独特效应。另一篇重要的评论《子夜》的论文是蓝棣之的《一份高级形式的社会文件》[③]，蓝棣之认为《子夜》是“一部抽象观念加材料堆砌的社会文献”，指出了理性对于茅盾小说创作的束缚。此外的“重读”，还包括对赵树理小说、老舍的《猫城记》、巴金的《寒夜》、沈从文的《丈夫》等，后两者则是运用女权主义理论加以批评的实例。

此外，通俗小说研究也开始受到关注，很长时间以来通俗小说研究一直排斥在学术视野之外，没有成为小说研究的重点。随着对“现代”一词理解的深入，通俗小说在文学史上的地位、它特殊的生产和接受方式、它与新小说间复杂的关系等问题逐渐受到关注，一些通俗小说家如张恨水也重新进入学者的研究视野。学界开始接受这样的观点，即通俗小说与新文学小说一起构成现代小说发展的完整格局。吴秀亮的《“五四”雅俗关系结构》、孔庆东

① 《中国现代文学研究丛刊》1988年第1期。
② 《中国现代文学研究丛刊》1989年第1期。
③ 《上海文化》1989年第3期。

的《雅俗互动的宁馨儿——四十年代小说新面貌》[①] 等论文着重梳理“五四”以来雅俗小说在不同时期的彼此渗透、互动。这方面研究的代表著作有孔庆东的《超越雅俗——抗战时期的通俗小说》（1989），对“雅俗合流”的抗战时期通俗小说做了全面考察，徐德明的《中国现代小说雅俗流变与整合》（2000）将雅俗关系作为观照现代小说的整体构架。

2. 新的研究方法的引入

20世纪80年代中后期，随着对西方文学理论方法的吸收，兴起了“方法论热”，引发了文学观念、方法的革新，小说研究领域也发生较大变化。林兴宅的《论阿Q的性格系统》[②]，运用系统论等对小说人物进行研究，引发了一场热烈的讨论。黄子平、孟悦是叙事学方法较早的运用者，《同是天涯沦落人——一个“叙事模式”的抽样分析》[③] 一文中，黄子平由分解白居易《琵琶行》及由此改编的元杂剧《青衫泪》，到郁达夫小说，再到张贤亮小说，提取出文学史上反复出现的女与士与商的模式。孟悦的《视角问题与“五四”小说现代化》[④] 一文，从说书人—作家叙事、权威叙事—人物叙事、讲述—呈现、内在视角的运用等几个方面阐释“五四”小说的“现代化”变迁。这一研究方法，打破了小说内部研究中常见的审美感悟、印象批评的模式，使西方的形式理论与中国小说实现了对接。陈平原的《中国小说叙事模式的转变》（1988）一书运用叙事学理论，视野更为开阔，从叙事时间、角度、结构三要素入手，勾勒出晚清以来小说模式现代转换的动态图景。此外，运用心理分析方法阐释作品在这一时期也较为普遍，其中代表性的有蓝棣之对《二月》、《为奴隶底母亲》、《骆驼祥子》、《边城》、《子夜》等现代经典小说独辟蹊径的心理解读，揭示出作品中暗含的作家深层心理活动，虽部分解读有“过度阐释”之嫌，但这种从作品内部矛盾、叙述缝隙入手的“症候”分析，确有别于一般方法。蓝棣之后来将这些文章结集在一起，出版了著作《现代文学经典：症候式分析》（1998）。这一时期，除了叙事学、心理分析方法外，其他如结构主义、原型批评、新批评等诸多方法也都运用到小说研究中，使得研究方法由单一走向多元。

3. 小说流派等综合性研究

在关注作家个体研究的同时，宏观研究也取得进展。一方面是关于小说

---

① 《文学评论》1997年第4期。

② 《文学评论》1985年第2期。

③ 《中国现代文学研究丛刊》1985年第3期。

④ 《文学评论》1986年第11期。

流派及断代文学史的研究，其中较早的有严家炎的新感觉派小说研究，朱寿桐的创造社小说研究，海派小说研究成果较为丰富，代表著作有吴福辉的《都市漩流中的海派小说》（1995）、许道明的《海派文学论》（1999）、李今的《海派小说与现代都市文化》（2000）等，京派小说目前出版有刘进才的《京派小说诗学研究》（2005）、文学武的《京派小说研究》（2001）等著作。这些著作运用综合的、比较的研究方法，揭示了海派、京派小说独特的文化蕴藏和审美特质。另外，关于现代文学的三个时段小说也分别有研究专著，如范智红的《世变缘常——四十年代小说论》（2002），从"故事性"的强化、对普通人平凡生活的表现和"象征化"的尝试等三个方面，阐释了"为人生"的新文学在40年代小说创作中的深化和多样性发展，体现了对小说艺术的民族化理解。另一方面，这种宏观研究还体现在融入到"20世纪中国文学"这一系统中，将现当代小说打通。仅仅是打通研究中国20世纪乡土小说的，便出现了多本论著，如赵园的《地之子——乡村小说与农民文化》（1993）、丁帆的《中国乡土小说史论》（1992）、陈继会的《理性的消长——中国乡土小说综论》（1989）等，它们的共同特点是：宽广的综合性质，主题研究和文体研究相结合，及对小说题材的浓厚文化阐释兴趣。

4. 现代小说史研究

相比较前面关于现代小说的研究，小说史的写作无疑更具综合性。在小说史编撰方面，最早尝试的是海外学者夏志清的《中国现代小说史》，该书注重作品审美品质的评价，发掘了沈从文、张爱玲等作家，而对鲁迅等作家的评价则带有一定的政治偏见。国内小说史的写作，开始于20世纪80年代。1984年，先后有田仲济、孙昌熙与赵遐秋、曾庆瑞的两本《中国现代小说史》（1984）问世，其中田、孙版本具有一定的探索色彩，以"人物形象"作为构架小说史的基本线索，这虽不失为一个独特的角度，但作为一种小说史体例，其局限性也是明显的，小说发展的总体风貌很难在"人物形象"一条线索中得以全面说明。另外，具有广泛影响的严家炎的《中国现代小说流派史》（1989）一书，是学界第一部从流派史的角度研究中国现代小说的专著，作者在大量第一手研究资料的基础上钩沉和总结了现代文学史上的小说家"群落"，并首次发掘了新感觉派、社会剖析派、七月派、京派等小说流派，引发后来相关流派的研究热潮。此书立论精当、严谨，对十个小说流派的命名和解说，已被学界普遍接受。另一个将小说史的编纂推上了新的高度的是杨义三卷本《中国现代小说史》①。杨义的小说史编写历时数年，书中涉

① 人民文学出版社，1986、1988、1991年出版1—3卷。

及的作家约有600多人，除了一些众所周知的“大家”外，许多被忽视、冷落的作家也进入了作者的论述视野。此书构架庞大，资料全面，有效地涵盖了现代小说发展的全貌。另外，此书对作家作品审美价值较为关注，作者以一种印象感悟的批评方式，对作家作品的风格、语言、主题等进行翔实分析，文笔流畅优美，在学术写作中引入了艺术化的因素。陈平原的《二十世纪中国小说史》第一卷（1989）则具有某种开创性的价值，作者以写作“专家的文学史”为目标，将写作的重点移至小说的形式特征和内在演变上。全书从新小说的演进、翻译小说的影响、商业市场因素的介入、雅俗关系以及小说结构、文体、模式、视角等方面论述了晚清至民初小说的现代化转化。著作从文学现象入手切入文学史写作，有别于一般的教科书式或普及型的文学史写作，处处可见作者的理论洞见和独到发现。由叶子铭主编的《中国现代小说史》（1991）同样只出版了第一卷，此书也试图突破文学运动加作家作品的“板块结构”，尝试在思潮运动与文学现象之间寻求一种“综合勾勒”，但在研究的深度及广度上尚显简略。

5. 现代小说理论研究

许怀中的《中国现代小说理论批评的变迁》（1990）是第一部描述中国现代小说理论发展的专著，1990年出版，此书以现代小说批评为背景，考察现代小说观念的变化，特别是主流小说理论的变迁，并初步探讨了现代小说理论批评发展的规律。北京大学出版社出版的一套《20世纪中国小说理论资料》[①]，比较完整地反映出现代小说理论的风貌，对整个现代小说理论研究立下了筚路蓝缕之功。该书各卷的序言分别由陈平原、严家炎、吴福辉、钱理群、洪子诚撰写，不仅完整地描述了现代小说理论的历史风貌，总结了现代小说理论发展的若干规律性现象，而且力图挖掘出这些现象背后隐藏的丰富文化意蕴，是中国现代小说理论研究领域非常重要的收获。谢昭新的《中国现代小说理论发展史》（2009）一书，以历时性与共时性的结合审视，全面考察每个时期的小说理论观念的演变、小说理论与小说创作、小说批评的关系、外国文学思潮及小说作品的译介对小说理论、小说创作的影响以及重要的小说理论批评家的批评个性及其理论建树，从而揭示现代小说理论发展的历史特点及其规律，著作对中国现代小说理论进行了全面而系统地研究。

① 北京大学出版社1997年版。已出5卷，各卷所收资料时间段为：第1卷1898—1916，第2—4卷1917—1949，第5卷1949—1976。

## 三、重要作家作品研究

由于鲁迅小说研究的前锋地位，他的研究现状直接反映中国现代小说的研究水平并影响现代小说的研究方向，因而本节专门介绍新时期以来鲁迅作品的研究成果，以此管窥中国现代小说的研究现状。最早冲破过去社会政治研究定式的，是以王富仁、钱理群、汪晖等为首的一批中青年鲁迅学者。他们批判地继承了前辈研究者们的经验教训，开辟出鲁迅小说的思想史研究、文化史研究的新路，而且十分强调小说家的创造主体与研究者的再创造主体的充分契合，有意突出自己的研究个性。这种把鲁迅小说作品理解为一个“思想文化心灵”的构造，并据以解剖的研究方式，极大地推动了现代小说的批评。

1. 思想分析系统的研究成果

王富仁是较早提出“回到鲁迅那里去”主张的学者，他将重塑鲁迅启蒙思想家形象当作自己学术研究的追求。在其《中国反封建思想革命的一面镜子——〈呐喊〉〈彷徨〉综论》（1986）一书中，王富仁指出，与其说鲁迅的创作是中国现代政治革命的镜子，不如说是中国现代思想革命的镜子。鲁迅的贡献在于其改造国民性的思想革命诉求，以及对中国各种文化现象的解剖和批判。王富仁的思想革命分析系统及“镜子说”，创造了鲁迅研究新的范式，不过由于过多注重对“思想家”鲁迅的分析，而在一定程度上忽略了“文学家”鲁迅的感受与阐释。钱理群的《心灵的探寻》（1988）的重要价值体现在将以往仰视型视角调整为平视型视角，研究姿态由“颂圣”变为“对话”，将鲁迅由一个“民族英雄”叙述转变为关于一个独特生命个体的叙述，通过对作家及其文本的诗性观照，更真实地逼近了鲁迅的精神世界。20 世纪 90 年代，从思想史角度对鲁迅小说研究做出新拓展的为王乾坤，在其著作《由中间寻找无限》（1986）、《鲁迅的生命哲学》（1987）中，王乾坤指出，“中间物”是鲁迅思想的轴心概念和生命哲学的本体，以“中间物”为基点，在自由与“他由”、自律与他律、生与死、爱与苦难、光明与黑暗的张力场中，充分阐释鲁迅的生命哲学。汪晖专著《反抗绝望——鲁迅的精神结构与〈呐喊〉〈彷徨〉研究》（1991），同样以“中间物”为核心，考察由鲁迅精神和小说文本中诸多自相矛盾的观点、情感而构成的鲁迅悖论式的精神张力结构，而鲁迅对自身悖论式精神结构有着深刻的内省与自知，形成了他独特的“历史中间物”意识。此外，张梦阳的《阿 Q 新论——阿 Q 与世界文学中精神典型问题》（1996）运用心理分析方法来探析鲁迅的小说。

2. 文化学分析系统的研究成果

金宏达的《鲁迅文化思想探索》（1986）一书在广泛的社会历史背景下，探讨了鲁迅文化思想的形成、发展过程和横向的体系构成及其特点，成为鲁学史上首部比较系统地阐释鲁迅文化观的专著。郑欣淼的《鲁迅与宗教文化》（1996）一书，为目前仅见的鲁迅宗教文化思想的专论。朱晓进的《历史转换期文化启示录——文化视角与鲁迅研究》（1992）一书，多方位地探讨鲁迅的文化观，并将鲁迅及其创作当作中国现代历史转型期的一种文化现象，从分析鲁迅独特的思维方式、心理结构、精神气质和知识体系等方面入手，试图解开鲁迅成为历史转型期文化巨人的"密码"，显示出研究的独特性。陈方竞的《鲁迅与浙东文化》（1999），论者以"寻求鲁迅与中国传统文化之间的中介"为研究目标，独辟蹊径论述浙东文化对鲁迅创作的影响。

3. 比较文学分析系统的研究成果

鲁迅与日本文学、俄国文学的关系得到较为充分研究，论述与日本文学关系的主要专著有刘柏青《鲁迅与日本文学》（1985）、程麻的《沟通与更新——鲁迅与日本文学关系发微》（1990）等，其中《沟通与更新》一书是同类著作中理论色彩较浓的一部。论述鲁迅与俄国文学关系的著作有韩长经的《鲁迅与俄罗斯古典文学》（1981）、王富仁的《鲁迅前期小说与俄罗斯文学》（1983）等。此外，鲁迅与别国文学关系也引起研究者的关注，著作有高旭东的《鲁迅与英国文学》（1996），重要论文有孙席珍的《鲁迅与东欧文学》、姚锡佩的《鲁迅采撷美国文化的价值取向》等。

4. 文本分析系统的研究成果

从小说叙事入手对鲁迅作品作形式分析，代表性的论文有吴晓东的《鲁迅小说的第一人称叙事视角》、徐麟的《〈狂人日记〉的叙事结构与启蒙精神》等。借助英美新批评的"反讽"理论，对鲁迅小说作"修辞学"分析，主要论文有温儒敏、旷新年的《〈狂人日记〉：反讽的迷宫》、王晓霖的《〈阿Q正传〉的反讽》[①] 等。汪晖的《反抗绝望》第三编专门论述鲁迅小说的叙事原则和叙事方法，汪晖在叙事学分析的基础上，对鲁迅小说叙述艺术的超拔之外进行总结。郑家建的博士学位论文《被照亮的世界——论〈故事新编〉》，从叙事方式、空间形式、时间形式等对《故事新编》进行形式分析，将《故事新编》的研究推进了一步。叶世祥的《鲁迅小说的形式意义》

① 分见《鲁迅研究动态》1989 年第 1 期，《文艺理论研究》1992 年第 3 期，《鲁迅研究月刊》1990 年第 8 期，《鲁迅研究月刊》1995 年第 5 期。

（1999）一书对鲁迅小说的话语形式、叙述方式、时空形式、修辞形式等做了系统研究，力图还原鲁迅作为杰出小说家在文学史上的地位与价值。谭君强的《叙述的力量——鲁迅小说叙事研究》（2000）一书对鲁迅小说的叙事模式、叙述者形态以及鲁迅小说在中国小说叙事转换中的意义和作用都进行了深入的阐释，是目前国内首部专门从叙事学角度探索鲁迅小说艺术奥秘的论著。

新时期以来，现代小说研究取得了重大成就，与此同时也显露出一些不足，如对一些西方理论存在生吞活剥、乱贴标签、削足适履的弊病。面向新世纪的现代小说研究，学界还需要寻求新的学术生长点。

## 【范文选读】

## 在中国传统文化规约下的生命“追寻”主题

### ——论张恨水小说的文化思想价值

谢昭新

张恨水走通俗小说创作道路，主要是受中国传统文化观念的规约，中国传统文化观念在他脑海里深深扎下了根。从他的生长环境、传统文化教养以及地域文化的影响诸方面考察，可以发现张恨水的文化心理结构是以中国传统文化为核心的，而这一核心又是以儒家文化打底，佛道文化镶边的。以这种文化心理去审视人生进行创作，这样就形成了张恨水小说的一个贯穿始终的生命“追寻”主题。他追寻理想爱情；追寻家国情怀；追寻“新旧合璧”、俗雅和谐。

一

张恨水从小受中国传统文化教育，七岁入蒙，读古文，像《三字经》《百家姓》《千字文》《论语》《孟子》《左传》等，奠定了他的儒学根底。十一岁时，他“有两个新发现”：一是读小说，诸如《残唐演义》《红楼梦》《三国演义》《七国演义》等；一是爱上了诗词，喜读《千家诗》、唐诗宋词。从此他便在小说与词章中遨游。十三岁时“跌进了小说圈”，在两个月之内就看完了《西游》《封神》《列国》《五虎平西南》《聊斋》《东莱博议》等。十四岁时，看过《水浒》《七侠五义》《七剑十三侠》①。而这些诗词小说中所宣扬的

---

① 张恨水：《写作生涯回忆》，人民文学出版社 1982 年版。

儒家思想，无疑也成了张恨水所接纳的思想资源。他从儒家文化里主要接受“中庸”、“仁爱”的人生哲学，吸收儒家的为人处世的行为方式、修身养性之道，希望通过提倡儒家的治世准则，自我反省的道德伦理，来拯救世道人心。他认为：“孔子的学说，除一小部分，为时代所不容外，十之八九，是可崇奉的。”“我们正不必看着孔子过于古老，只孔子所能的，我们能不能。”① 他对孟子特别推崇，认为孟子是孔家店里“一位敢作敢为的人”②。并鼓吹“一部论语里，就有很多治国做人的道理”③。他把从孔孟那里接受过来的人生哲学，为人处世的人生方式，也都一一倾注到他的理想人物身上，像杨杏园、冷清秋、樊家树等，他们都具有儒雅风范，保持了传统知识分子那种忠厚正直、洁身自好、清白自许的美好品格。当然，张恨水，包括他的作品中带有一定“自我”色彩的理想人物，也不是一味的守旧，死抱旧传统不放。他们能够在时代潮流的影响下，向自己的文化思想中渗进一些新的因素。比如在爱情婚姻观念上，他所讲的平等的爱，反对封建的多妻制，他笔下的人物常讲女权、女子解放、男女平等、婚姻自由等。但张恨水在文化思想上这点新的意思，并没有形成他本人在婚姻问题上的具有现代意义的行动，他的人物“新旧意识”的合璧，旧的传统观念依然占据重要位置。

如果说儒家文化思想培育了张恨水及其笔下理想人物的儒雅风范，那么佛道文化的影响，又使他在处理现实矛盾关系中，找到了实现心理平衡的精神寄托。张恨水的故乡潜山即古皖山，曾是佛道文化重地。佛教传入中国后，禅宗流传最广，影响最大。皖山曾是佛教禅宗二祖慧可、三祖僧璨、四祖道信的发祥地之一。道家把天下的名山洞府号称三十六洞天、七十二福地，皖山列为第十四洞天、五十七福地。正因为潜山佛道文化较发达，所以对生长在这里的张恨水（出生于江西，10 岁回原籍潜山）影响特别深，而作家所受的佛道文化思想的影响也就潜移默化地进入作品中。比如《春明外史》中的人物在闲谈时，有时会迸出佛家著述中的言词。小说的结尾处，作者让病入膏肓的杨杏园在《大乘起信论》里夹上这样的字条：“如今悟得西来意，看断红消是自然。”到写《金粉世家》期间，张恨水说：“我年来常看些佛书。”④ 他的佛学意识更浓，该书自序一再叹息：“嗟夫！人生宇宙，岂非一玄妙不可捉摸之悲剧乎？”因此，当金家这个大家庭崩溃之后，作家就把金太太孤独地

① 张恨水：《谈孔子教人》，重庆《新民报》，1938 年 3 月 28 日。

② 张恨水：《谈孔子教人》，重庆《新民报》，1938 年 3 月 28 日。

③ 张恨水：《谈孔子教人》，重庆《新民报》，1938 年 3 月 28 日。

④ 张恨水：《新斩鬼传·自序》，上海新自由书社 1931 年版。

送上西山别墅，让她在佛像宣炉面前洗刷心中的烦恼，体悟出“佛家说的这个空字，实在不错”。她感叹：“哎！人生真是一场梦。”冷清秋也在学佛中看破世间万物，最终在一场大火中抱着儿子悄然离去。作者在《啼笑因缘》里也借关秀姑之口，大谈佛家的“万事皆空”观念。何丽娜在樊家树冷淡态度刺激下，悄然遁迹西山别墅，茹素学佛。像这些人物，他们都在现实中受挫，但他们又没有直面现实人生的坚强态度，所以就采取与世无争、逃避现实的方法，在佛学中找到了精神寄托，实现了心理平衡。理想与现实发生矛盾，理想在现实中不能实现，张恨水一方面采取佛家的人生方式，让他的理想充满人生的悲凉感。另一方面又采取道家的体悟方式，追求“返璞归真”的理想境界，如小说《秘密谷》即是这种理想境界的表现。

## 二

张恨水以传统文化心理去审视人生进行创作，在他创作的大量的“社会+言情”的小说中，形成了他的独特的爱情观，即对“爱情的美”和“美的爱情”的追寻。《春明外史》中的杨杏园与梨云、李冬青；《金粉世家》中的金燕西与冷清秋；《啼笑因缘》中的樊家树与凤喜、何丽娜；《夜深沉》中的丁二和与杨月蓉；《秦淮世家》中的徐亦进与唐二春，等等。这些作品中的男女主人公的爱情世界，无不渗透着作家的爱情理想和审美观念。

《春明外史》用较多的笔墨展示了当时社会下层妓女们的辛酸悲苦生活，主人公虽然也在朋友的怂恿下逛过一、二、三等妓院，也欣赏上等妓院的高雅，但与那些专门以嫖妓为乐，把妓女当玩物的士大夫、官僚政客不同，杨杏园对妓女们的不幸遭遇是富有同情心的，他甚至在下层妓女中找到了他所爱的对象梨云。梨云身为妓女，对杨杏园充满真挚的爱。杨杏园也不嫌弃她的身份，“小鸟依人”，对她也充满着爱。这种不计身份地位的爱，大抵即是他在《平等的爱》中所表述的那种“平等的爱”：“我爱你，你必须爱我。你爱我，我总报之以爱你。”① 杨杏园与梨云的爱是属于真诚的爱，平等的爱，即使梨云病逝，杨杏园也抹不掉对她的爱的衷情。如果说杨杏园与梨云的爱是张恨水追求的真诚的爱，平等的爱的第一个层面，那么，杨杏园与李冬青的爱则是张恨水追求“才子佳人”式的理想爱情的又一层面。李冬青出身诗书寒门，不仅貌美出众，而且知书达理，富有才学，与人相处高雅恬静，落落大方，是杨杏园心目中理想的“佳人”形象。他常用诗文传情，表达对李

① 张恨水：《平等的爱》，见1929年《世界晚报·夜光》“小月旦”栏。

冬青真诚的爱，但他们的爱情最终破灭了。这就给杨杏园带来无限的感伤和悲凉。应该说，这种爱情的惆怅和悲凉伴随着杨杏园，也伴随着张恨水，在他的作品中延续着，发展着。到《金粉世家》，张恨水把自己的爱情理想寄托在出身诗书寒门而又生性冰清玉洁的冷清秋身上。冷清秋并不贪图金家的荣华富贵，她是在金燕西百般追求下嫁到金家的，作为纨绔子弟的金燕西，他对冷清秋并不存在真正的爱。冷清秋对她与金燕西的爱情，也存担忧之心，唯恐门不当，户不对，婚姻不成，她的婚姻悲剧是有其社会的经济的原因的，而张恨水则把它归结到“齐大非偶”上面，这是张恨水对爱情与社会关系问题缺乏深入审视的结果。

当《春明外史》中的杨杏园走进《啼笑因缘》后，即变成了樊家树，而凤喜又颇似“小鸟依人”的梨云。李冬青与《金粉世家》中的冷清秋从诗书寒门中走出，走到上层社会财政总长家里，变成了大家闺秀、风流小姐何丽娜。在樊、凤、何的爱情世界里，很能体现作者以及普通市民人物的理想和追求。樊家树与凤喜的恋情关系，就带有知识分子“平民化”，城市平民知识化的特点。樊家树对凤喜的爱可以说是平等的真诚的，当然其中也包含着要把凤喜培养成知识女性的潜在要求，所以他对凤喜订婚的提议，一拖再拖，并要她再等一年半载，等凤喜在学校里真的成了知识女性，他们的婚姻就能够在父母面前通过。在作者看来，平民化的知识分子与知识化的市民美女的结合，才是理想的婚姻形式。樊家树与何丽娜的恋情关系，也能代表作者的“平民意识”和普通市民人物的社会理想。何丽娜与凤喜面貌相似，美丽漂亮，并且还有富裕的家庭生活和较高的文化素养。但是，按照作者和书中人物樊家树的意愿，很看不惯那富家小姐的奢华行为，所以她为了得到爱，逐渐改掉了奢华行为，她这种“平民化”的历程，实际上是爱情专一化的表现。樊家树也就在她这种爱情专一化、真诚化的感召之下，逐渐对她产生了爱悦之情，这就实现了作者所说的“女子对男子之爱，第一个条件，是要忠实”①的理想要求。何丽娜是作为专一化、真诚化的人物出现在樊家树面前的，而凤喜则在爱情专一化、忠实化上面打了折扣，带上小市民贪图利禄的俗气。《夜深沉》和《秦淮世家》中的男主人公对女主人公的爱都是真诚的、忠实的，而女主人公对男主人公的爱，则不像梨云、何丽娜对杨杏园、樊家树那样刻骨铭心。作者已由原来热衷于写男女互爱的缠绵，逐渐深入到社会对爱

① 张恨水：《写完〈啼笑因缘〉后的说话》，张占国、魏守忠编《张恨水研究资料》，天津人民出版社 1986 年版。

情的破坏，所以《夜深沉》《秦淮世家》不仅留有爱情的痛苦与感伤，而且也包含着对社会的不满与愤恨，作者追求美好爱情的社会理想逐渐与改造社会现实的理想统一起来，显示了他的创作思想的深化。

## 三

张恨水原籍潜山，地处古皖国。而古皖区域后属楚，受自然条件和生产力的影响，这里的先民在秦汉之前，生活处在无冻饿之人亦无千金之家的和合盛美时期。秦汉之后，无积聚而多贫，多数百姓处在贫困线上，养成自然经济条件下的安贫乐道心理。隋之前，这里的民风仍承袭着楚人倔强坚韧、视死如归的执著精神。隋炀帝平陈后，中原文化与南方文化进一步融合，民风从豪放刚烈逐渐向“斯文道学”过渡。但古皖地域的斯文与皖南的文雅有所不同，徽州皖南儒教化颇深，染吴越之风，多秀民；古皖地域中的潜山、太湖等地靠近荆楚，多劲士。呈巫术浪漫道气，蕴藏着深厚的楚文化精神。到了明末，桐城文人结社讲学之风较盛，发展到乾嘉时代，形成了“汉宋并用”的桐城派。近代，徽州汉学开始衰落，桐城古文兴盛一时，桐城派势力逐渐超过汉学。桐城文风影响了中华文坛，更涵盖了古皖大地，浸润了这里的文人志士，使他们在文化精神、心理气质方面，既继承了古楚文化，又保留着桐城文风。这样，古皖文化、古楚文化和桐城文化，就成了影响皖中现代作家艺术创作的重要文化因素。

皖地先民本来就具古代淮夷族的刚烈果决的族风，后又染上楚人倔强坚韧的人文精神，这种人文精神延续下来，在皖中作家身上也得以体现。人们从陈独秀身上看到的是那种外内一致的刚烈激进、勇于革新的精神，而在张恨水身上看到的则是外柔内刚的人格气质，表面上看温文尔雅，其实内在却有着不事权贵、不向恶势力低头的坚硬性格。从张恨水的自述以及他的亲朋好友谈他的思想创作的文章里，我们可以看到他具有古楚文化精神的美好品格。他重人品、重气节；他性情豪迈，勇于负责，重友谊，尚侠任①。正像老舍先生所说的：“恨水就是最重气节，最富正义感，最爱惜羽毛的人。”② 他一生洁身自好，从不趋炎附势。他发表了《春明外史》《金粉世家》《啼笑因缘》之后，有些朋友看他太清贫了，劝他改行入宦途，有些作家也来拉他，这些规劝、硬拉，都被张恨水谢绝了。他说：“流自己的汗，吃自己的饭”，

① 参见罗成烈：《我所认识的恨老》，重庆《新民报》，1944 年 5 月 16 日。

② 老舍：《一点点认识》，重庆《新民报》，1944 年 5 月 16 日。

不用“造孽钱”。1940年，他写诗述怀：“不食嗟来四十年，戴将白眼看青天；解嘲本是寻常事，莫把文章事乞怜。”① 抗战时期，他甚至在《八十一梦》中，还专门对人格“气节”发一通感慨。在第十五梦中，作者写“我”在农商部当一名小办事员，因为替总长的二少爷拾过一枚戒指，便升任为秘书，当晚回到家里的时候，却受到了一顿严厉的斥责：“我家屡世清白，人号义门，你今天作了裙带衣官，辱没先人，辜负师傅，不自愧死，还得意洋洋?”② 作者还借伯夷的嘴强调人要“有一股宁可饿死也不委屈的精神”，墨子对贪图钱财恶劣习风的愤怒谴责，这些都体现了张恨水外柔内刚、倔强坚韧的人格精神。

古皖文化、古楚文化对张恨水等皖中作家的熏染还表现在家国情怀上。从屈原热爱家国情怀传下来，楚人最具有热爱祖国的传统精神。传承至张恨水身上，他爱家更爱国，他一生都具有热爱家乡、恋念家乡的深厚情感。从他的小说《秘密谷》里，可以看到蕴藏在他心中的深深的恋乡情结。《秘密谷》里的青年作家康百川说他是潜山人，他这个“潜山人”则留下了张恨水的影子。何况他们的名字也有相通之处，百川与恨水，川者，河流，水也；水者，川也。作品描写：康百川与李士贞相恋，但李士贞失去了对爱情的忠贞，背弃了康百川。康百川失恋后，与余博士等人到天柱山秘密谷探险。他们深入仙山，见到了仙人——原来是明朝末年为躲避战乱和清朝的统治，而藏进深山的人群，已与世隔绝300多年，尽管这里是世外桃源，也免不了矛盾、战争，有人想做皇帝，一群人分为两派，你攻我打，并想利用康百川等四人带来的猎枪，把对手打倒。当康百川等人生命受威胁时，他们利用计谋和手段，征服了所谓的“国王”蒲祖望，然后将他带到南京，结果这位“国王”为谋生，拉洋车被汽车轧死。康百川怀着对家乡潜山的恋念，恋念着那秘密谷的恋人朱学敏，他又从南京回到了家乡潜山。你看，潜山竟这样吸引着康百川。而在康百川的恋乡情结中，分明蕴涵着张恨水的社会理想。张恨水在都市社会里看到了满目的罪恶，包括像李士贞（失贞）那样的人性的丑恶，他欲到故乡潜山去寻找理想的世外桃源，尽管那里不是世外桃源，但他还是要回到那里去，因为那里有许多古朴、善良、充满人性美的人。这就是小说中康百川的恋乡情结与张恨水恋乡情感的相通之处。

其实，张恨水岂止是爱家、恋家。他的家国情怀，还包含着深沉的民族

---

① 张晓水：《回忆父亲张恨水先生》，《新文学史料》，1982年第1期。

② 张恨水：《八十一梦》，重庆新民报社1943年版，第50页。

意识和强烈的爱国精神。1928 年，日本帝国主义扶持奉系军阀，占领济南，袭击北伐军，杀害了大批中国军民，造成“济南惨案”。惨案发生后，张恨水在《世界日报》副刊上撰写杂文：《耻与日人共事》《亡国的经验》《学越王呢？学大王呢?》《中国不会亡国》等，对日本帝国主义侵略中国的暴行进行了愤怒的谴责。他指出：“济南事关国体”，是中国人就应“耻与日人共事”[①]。他断言尽管日本帝国主义猖獗一时，但是中国决不会亡国的[②]。表现了一个爱国知识分子对中华民族生存抗争力量的自信。“九．一八”之后，张恨水写了不少“国难小说”，很能代表小市民对社会现实的认识，对民族危机的忧患，以及他们对理想社会的追求。《弯弓集》不仅鼓吹男儿“含笑辞家上马呼，者番不负好头颅，一腔热血沙场洒，要洗关东万里图”。而且要求女子都能成为花木兰式的英雄：“笑向菱花试战袍，女儿志比泰山高，却显脂粉污颜色，不佩鸣鸾佩宝刀。”整部《弯弓集》充满着抗战热忱的爱国情怀。沿着“国难小说”的路子向前发展，到抗战时期，张恨水小说对社会现实的暴露更加深刻，而且他是怀着满腔爱国热情去描写现实的。抗战开始后，他拟投笔从戎，回到故乡的山中打游击，呈文送到国民党政府第六部，竟遭拒绝。后来便给故乡的《立煌晚报》写了部《前线的安徽，安徽的前线》，触犯了当时安徽的统治者，被中途腰斩。张恨水作品里，大抵贯穿着他的正义感、民族精神、爱国情怀。他这种热爱家邦热爱祖国的精神，是现实的，现代的，是属于张恨水个人的，但又是对中国传统文化优质精神的继承。

## 四

从张恨水的文化心理结构以及他对理想爱情和家国情怀的追寻中，可以看出他的文化思想核心是“传统”的，但在其核心层的外围又有受现实触发的“现代”的成分，呈“新旧合璧”形态。这种“新旧合璧”的文化心理也使他对通俗小说的艺术追寻，带上比较明显的俗雅融通“和谐”的特点。他走通俗小说的创作道路，但他并不是完全的“俗”。他运用章回体，但每部小说的章回体均有了“现代”的新质，与旧章回体面貌不同；其人物描写、叙事结构大都是“传统”的，但他也汲取了西洋小说艺术营养。张恨水说：“风景描写与心理描写，有时也特地写些小说动作，实不相瞒，这是得自西洋小说。所有章回小说的老套，我是一向取逐渐淘汰手法，那意思也是试试看。”[③]

---

① 张恨水：《耻与日人共事》，北京《世界晚报》，1928 年 5 月 16 日。
② 张恨水：《中国不会亡国》，北京《世界日报》，1928 年 5 月 22 日。
③ 张恨水：《总答谢》，重庆《新民报》，1944 年 5 月 20 日。

以心理描写为例，中国传统小说大都以动作、言语引发心理波动，采取由外而内的写法。西洋小说有时直接进入内心，进行心理剖析。张恨水有时也用心理剖析法将人物心理活动写得富有层次，细致生动。《金粉世家》第八回开头写金铨家请客，白秀珠来了，打扮得很艳丽，一方面是出风头，一方面是要显示一下给金燕西看看。可金燕西因为前几天和她吵过嘴，所以对于她今天的“艳丽”倒视为平常，“无足轻重”。秀珠一进来，看见燕西在这里，故意当着没有看见，和别的来宾打招呼，以为燕西必然借着招待的资格，前来招待她。不料燕西就像没看见一般，并不关照。作者如此剖析了两人的心理状态后，又进一步用对话、动作写燕西和邱小姐亲近，故意冷落白小姐。“可怜那白秀珠小姐，今天正怀着一肚子神秘前来，打算用一番手腕，与燕西讲和。和是没有讲好，眼看自己的爱人，和一个女朋友站在这里有谈有笑，只气得浑身发颤，心理就像吃了什么苦药一般，只觉得一阵一阵的酸，直翻到嗓子边下来。”像这样的心理描写，就是属于“中西合璧”型的，它丰富了人物的心理内涵。

同样，在悲剧艺术及悲剧的结局方面，张恨水小说也是既继承了传统又发展了传统，呈现“新旧合璧”、俗雅融通的形态。中国传统小说写男女悲剧，多以大团圆结局。“五四”新文学打破了传统的“大团圆”结局的模式，使悲剧艺术有了长足的发展。但时日一长，又逐渐形成了“不团圆主义”，这对悲剧艺术的发展又造成了不利。张恨水既认识到传统的“大团圆”的通病，又不满于“五四”以后的“不团圆主义”的盛行。因此，他在反对传统与观照现实的双项思维活动中，去建构自己的悲剧艺术世界。张恨水说：“长篇小说之团圆结局，此为中国人通病。红楼梦一出打破此例，弥觉隽永，于是近来作长篇者，又多趋于不团圆主义。其实团圆如不落窠臼，又耐人寻味，则团圆固亦无碍也。”[①]《啼笑因缘》出来后，有人看了主张作者写《啼笑因缘续集》。张认为是不能乱续的：“古人游山，主张不要完全玩遍，剩下十分之二三不玩，以便留些余想。”“小说虽小道，但也自有其规矩，不是一定不团圆主义，也不是一定团圆主义。《红楼梦》的结局惨极了，是极端不团圆主义的。后来有人搞‘重梦’、‘圆梦’，共有十余种，乱续一顿。”[②] 张恨水自有其悲剧的审美观，他不僵死地抱住“传统”，也不全部照搬西方，而是从自己的实际描写出发，从人物性格发展的逻辑出发，安排人物的结局。他对《啼

① 张恨水：《长篇与短篇》，北平《世界日报》副刊《明珠》，1928 年 6 月。

② 张恨水：《啼笑因缘》自序，上海三友书社 1930 年版。

笑因缘》中几个人物的结局的处理，就合情合理，恰到好处。凤喜因为遭受军阀的残害，“疯魔是免不了的”，作者借凤母事言明，她的疯是“无希望了”，樊凤结合也就无希望了。作者在写关秀姑之前，“就不打算把她配于任何人”，所以樊关也不可能结合。谈到何丽娜，作者自述颇多：“一部分人主张樊何结合，我以为不然。女子对于男子之爱，第一个条件，是要忠实。只要心里对她忠实，表面鲁钝也罢，表面油滑也罢，她就爱了。何女士之爱樊家树，便捉住了这一点。”樊家树不喜欢何丽娜这样活泼、奢侈的女性，但使他不能忘怀的，一是何丽娜的相貌太像他心爱之人凤喜，二是何丽娜太忠实于他。开始，他爱凤喜，不会要何小姐，而如今走的走了，疯的疯了，只有何小姐是对象。因此，作者特意安排了他们在西山别墅相会的那一晚：“那是他们相爱的初始，后事如何，正不必定。”“我不能像做‘十美图’似的，把三个女子，一齐嫁给姓樊的，可是我也不愿择一嫁给姓樊的。因为那样，便平庸极了。”① 为了避免平庸，张恨水就这样处理了樊何的爱情，让读者看了感到余味无穷。当然，张恨水写悲剧，有时也有硬编情节之嫌，其悲剧艺术还达不到像鲁迅、老舍、巴金等作家的高度，但“新旧合璧”的特点，却代表了张恨水小说创作的个性。

（原载《中国现代文学丛刊》2009年第5期）

## 【评　析】

论文探析张恨水小说的文化思想价值，文章一开始论者就鲜明地亮出观点，接下来论者从张恨水的生长环境、传统文化教养以及地域文化影响诸方面进行考察，指出张恨水的文化心理结构是以中国传统文化为核心，而这一核心又是以儒家文化打底，佛道文化镶边的。在总结了张恨水文化心理结构的特点后，论者进一步结合张恨水的创作予以考察，指出在这种文化心理的影响下，在张恨水小说创作中，形成一个贯穿始终的生命“追寻”主题，这种对生命的“追寻”具体又体现为三个方面，即追寻理想爱情、追寻家国情怀、追寻“新旧合璧”、俗雅和谐。论述观点明确，思路清晰，资料丰富，既有整体性的把握，又有对文本的细读，围绕张恨水小说中的生命“追寻”主题，结合张恨水的生平、自述及作品展开详细分析，论述充实有力，观点令人信服。

这篇论文对本科论文写作具有良好的示范性。首先，选题大小适中，适

---

① 张恨水：《啼笑因缘》自序，上海三友书社1930年版。

合作单篇学术论文；其次，就写作方法而言，论文并没有充斥一些所谓高深晦涩的理论，而是踏踏实实通过文本分析来得出结论，这点尤为可贵。在目前的现当代论文写作中，尤其是一些青年研究者中存在一种倾向，特别强调理论的高深，他们的写作路数往往是先寻找理论，尤其是一些西方理论，有了理论再去寻找文本，而有时理论与文本的结合较为牵强，且对文本缺少一种感性审美，文风也是晦涩难懂的。当然，这并不是说论文写作就一定不用理论，关键是理论要和文本很好地结合起来，应通过文本来阐释理论，这就需要写作者以细读文本为前提。细读文本同样是一种能力，在细读中去发现问题，提出观点。陈思和曾指出文本细读的方法，包括直面作品、寻找经典、寻找缝隙、寻找原型。需要指出的是，细读文本并不意味着只局限于文本，而是要在文本基础上有所拓展提升，视野要开阔。这就要求写作者要有扎实的专业素养，否则深度也难以体现。

## 【文献链接】


1. 陈平原：《传统的创造性转化与小说叙事模式的转变——从“新小说”到“现代小说”》，《文艺研究》1987 年第 5 期。

2. 陈思和：《都市里的民间世界：〈倾城之恋〉》，《杭州师范学院学报》2004 年第 4 期。

3. 范伯群：《〈海上花列传〉：现代通俗小说开山之作》，《中国现代文学研究丛刊》2006 年第 3 期。

4. 许子东：《重读〈日出〉、〈啼笑因缘〉和〈第一炉香〉》，《文艺理论研究》1995 年第 6 期。

5. 李今：《日常生活意识和都市市民的哲学——试论海派小说的精神特征》，《文学评论》1999 年第 6 期。

6. 王德威：《香港情与爱——回归后的小说叙事与欲望》，《当代作家评论》2003 年第 5 期。

7. 吴福辉：《京派海派小说比较研究》，《学术月刊》1987 年第 7 期。

8. 谢昭新：《论老舍对中国现代小说理论的贡献》，《中国现代文学研究丛刊》2002 年第 4 期。

9. 杨剑龙：《论“五四”小说中的基督精神》，《文学评论》1992 年第 5 期。

10. 朱寿桐：《〈呐喊〉：叙事的变焦》，《鲁迅研究月刊》2001 年第 6 期。

# 第二节　现代诗歌研究

我们习惯上把新中国成立之前的新诗称为中国现代诗歌。目前国内对其研究主要集中在四个方面：对中国现代诗学理论的研究；对中国现代诗歌特征的总体研究；对西方文明给予中国现代诗歌的影响的研究以及对主要诗歌流派和具体作家作品的研究。

## 一、中国现代诗学理论

中国现代诗学的发生几乎是与新诗同步。胡适1919年写的《谈新诗——八年来的一件大事》当年被称作现代诗学的金科玉律，比《尝试集》还早半年。文章揭示了中国新诗出现的历史必然性，讨论了新诗的“音节”构成，并探讨了新诗体式的特征和创作的方法，对新诗的初期创作与理论建设影响巨大。现代诗学最早产生影响的著作是草川未雨的《中国新诗坛的昨日、今日和明日》及田汉、宗白华、郭沫若的《三叶集》，特别是后者①。《三叶集》理论观点最主要的表述者是郭沫若。他深受西方浪漫主义影响，主要是师承歌德及其所代表的狂飙突进运动的浪漫主义精神。从五四新文学理论建设的背景的分析中，可以看出《三叶集》最早举起了浪漫主义的旗帜。

新月派诗人闻一多对中国现代诗学的贡献历来备受重视。从英语写作的《律诗的研究》开始，对新诗形式的关注伴随了他的一生。1923年，闻一多写了一篇后人注意不够的重要论文《女神之地方色彩》，提出从“今时”和“此地”去创造“既不同于今日以前的旧艺术，又不同于中国以外的洋艺术”的艺术。“今时”是时代性，“此地”是民族性，在与传统尽量拉开距离的时尚中提出“今时”，在“欧化”势不可当里提出“此地”，继承而又非古，借鉴而又非洋。闻一多对于格律诗与自由诗、诗美的内在节奏与外在节奏、诗歌表达中的限制与自由，都有许多精辟的论述。其所作《诗的格律》（1926）是中国现代诗学的经典文献，这篇文章里他提出了著名的诗歌“三美”主张。在新诗诞生十年之后，闻一多是新诗由“破格”到“创格”、由“摧枯拉朽”到“探寻新途”的一个桥梁，是新诗“创格”的第一人。尽管在他之前也有人提出过这方面的主张，可是影响不大，是闻一多开启了现代诗学的第二纪元。②

---

① 参见吕进、岩佐昌暲：《中国与日本：中国现代诗学的昨天与今天》，《文艺研究》2007年第6期；陈永志：《〈三叶集〉：新文学浪漫主义的第一面旗帜》，《郭沫若学刊》2002年第1期。

② 参见吕进、岩佐昌暲：《中国与日本：中国现代诗学的昨天与今天》，《文艺研究》2007年第6期。

20世纪40年代，出现了四大诗论，即艾青的《诗论》（1941）、朱光潜的《诗论》（1943）、朱自清的《新诗杂话》（1944）和李广田的《诗的艺术》（1944）。四大诗论以及袁可嘉、胡风、穆旦、阿垅等人对诗歌的论述的出现，标志着现代诗学的成熟。

艾青《诗论》是中国现代诗学批评史上第一部系统的诗学著作，在后来的几十年间，多次再版，并且译成多种文字，成为中国现代诗学的经典著作。此前的许多新诗理论往往没有完全成功地摆脱传统诗学的固有范畴，《诗论》使得中国现代诗学拥有了浓厚的现代色彩。艾青诗论致力于新诗美学体系的建立，确立了诗与现实、诗与时代等正确的审美关系，提倡诗的真善美统一，视诗的创作过程为复杂的形象思维化合过程，主张诗的形式应追求和谐、平衡，对诗人提出了高而严的要求，其美学体系相当系统、完整、独特①。

朱光潜的诗学观念生成于对内容与形式问题的关注，在其诗学体系的构建中，内容与形式之说亦经历了一个较大的变化，这一变化之后果体现于其诗学著作《诗论》中②。朱光潜说《诗论》是他"自认为用功较多，比较有点独到见解的"著作。此书是他融合中西诗学的精华，尤其是对境界说的阐述，他取王国维的境界说来说诗，又以克罗齐的直觉说来补充，可谓王国维之后对境界说的又一次深入③。

李广田《诗的艺术》共收入5篇文章，精彩处是对卞之琳和冯至的评论，尤其是对冯至《十四行集》的评论有独到之处。朱自清的"解诗学"颇有新意，后来孙玉石在《中国现代诗歌艺术》④中对其做了专门的研究。其《新诗杂话》收入文章15篇，最精华的是对诗的多义性的言说。朱自清提出，诗的多义性有两个层次：语言的多义性和诗本身的多义性。此外他对恢复诗的格律和诗的大众化的呼吁，以及多类诗歌并存的主张，都有诗学价值。

20世纪40年代袁可嘉"新诗现代化"的提倡也是影响深远。他认为，现代诗歌显出高度综合的性质：强烈的自我意识中同样强烈的社会意识，现实描写与宗教情绪的结合，传统与当前的渗透，"大记忆"的有效启用，抽象思维与敏锐感觉的浑然不分，轻松严肃诸因素的陪衬烘托。袁可嘉诗学理论的逻辑起点是"人的文学"和艺术本体论。他认为现代化的新诗是以传统、

---

① 参见游友基：《艾青诗论：致力于新诗美学体系的建立》，《浙江师范大学学报》2010年第4期。

② 参见陈均：《"内容与形式"之论与朱光潜诗学观念的建构》，《江汉大学学报》2008年1期。

③ 参见吕进、岩佐昌暲：《中国与日本：中国现代诗学的昨天与今天》，《文艺研究》2007年第6期。

④ 长江文艺出版社2007年版。

象征、玄学等因素共同构成的具有综合性特征的诗歌，实现新诗现代化的基本途径是新诗戏剧化，戏剧化诗歌的基本特征是间接性、迂回性和暗示性[①]。总之，袁可嘉借鉴西方现代派诗学理论，用包含的诗修正象征主义纯诗疏离现实的倾向，拓展了新诗的表现内容；他对人生经验与诗经验的关系、艺术的象征性、诗歌的玄学性等的论述，纠正了新诗大众化后偏离诗的本体发展的倾向。综合两股诗潮之后，他构建了一种中国式的现代诗学体系，即现代诗歌是现实、象征、玄学的新的综合传统[②]。

此外，穆木天的象征理论、胡风"主观战斗精神"说、阿垅的诗歌形象论、穆旦的"新的抒情"的提倡等等，都是中国现代诗学的重要观念，至今仍然具有不可忽视的现实意义。

## 二、中国现代诗歌的特征

学界对中国现代诗歌特征的总体研究主要在三个方面：一是其发展脉络的整体研究；二是就中国现代诗歌与中国传统文化的关系进行研究；三是对中国现代诗歌中的具体意象展开研究。

1. 对中国现代诗歌的发展从整体上加以研究

王泽龙从意象研究切入，对中国现代诗歌的发展做了深入的分析，他指出：20世纪20年代诗歌意象艺术的探索，经历了一个与古代诗歌的意象传统纠结，从传统意象体系中突破，重新审视回应传统的过程。30年代诗歌意象艺术，体现了对中国古代诗歌意象艺术传统与西方现代主义意象艺术的自觉兼容，体现了意象本体建构更全面、更自觉的意识。40年代中国现代主义诗歌在意象感性形态向智性形态的现代性变革、意象视域的日常性、都市化的关注、意象思维的现代性生成等方面，全面推进了意象艺术现代化的深层发展。中国现代诗歌意象艺术在化用民族传统与西方现代艺术中形成了民族化的现代性特质[③]。其专著《中国现代诗歌意象论》（2008）选取意象论的视角，从意象诗学论、意象艺术发展论、意象艺术比较论三方面，展开对中国现代诗歌的系统研究，纵向的梳理与横向的比较相结合，宏观的理论概括与微观的文本细读相结合，将中国现代诗歌本体研究提升到一个新的高度。

把中国现代诗歌放到整个20世纪中对其发展历程的总体观照，许霆的研究成果显著，也较有影响。许霆从诗体出发，研究集中在两本著作《旋转飞

---

① 参见蒋登科：《论袁可嘉新诗现代化的诗学体系》，《常熟高等师范专科学校学报》2001年第5期。

② 参见邹爱芳：《浅论袁可嘉对中国现代诗学体系的建构》，《浙江社会科学》2009年第11期。

③ 参见王泽龙：《中国现代诗歌意象艺术的嬗变及其特征》，《天津社会科学》2009年第1期。

升的陀螺——百年中国现代诗体流变史论》(2006)和《趋向现代的步履——百年中国现代诗体流变综论》(2008)。前者把现代诗体流变划分为若干时期，把各种诗体流变放到某一时期的社会意识和审美风尚背景中去叙述，在叙述具体诗体时注意把语言体式和精神品质有机地统一起来。后者则试图解释各种诗体自身流变的规律，尤其是突出语言体式的演变面貌。导论概述了作者对中国现代诗的诗体叙述、诗体分类、诗体格律和诗体期待等命题的思考；上编分析了各种诗体自身的流变史；下编则是关于我国现代诗体建设中若干重要问题的专题论述，包括新诗体式轮、新诗格律体、诗行排列论、诗体审美论、“诗体解放”论以及诗体格局偏颇论等。此外，许霆还将百年中国现代诗学发展概括为六个诗学核心观念。六大诗学观念的联络与嬗变的叙述，提供了一个现代诗歌和诗学发展史的个性叙述和解释文本，为现代文学史的叙述提供了若干有益的启示。

也有些人借鉴巴赫金的复调理论，考察20世纪20—40年代中国现代诗歌，指出它并不是线性地从象征主义发展到现代主义，而是存在着独白的诗和复调的诗的杂错与对话。前一种诗以李金发、戴望舒、卞之琳等为代表，他们的诗是个人的心灵史传，反映着诗人个人生活中的一系列精神事件；后一种诗以鲁迅（《野草》)、穆旦为代表，他们的诗是分裂世界中的思想对话，是把主体推向他所在的世界，推到他的对立面，通过对话性描写，展示比主体世界更为丰富的生存全景图。两种诗歌既分属不同的系统，又统一在相同的时空。二者的共存和对话，说明中国现代诗歌共时地展现着传统的文学气质和现代的文学心声，透露出20世纪中国文学仍属转型文学的信息①。

2. 对中国现代诗歌与中国传统诗歌关系加以研究

学界从意象入手分析中国现代诗歌对传统诗歌的继承与创新，已是成果丰硕。众所周知，古典诗歌的意象表现给了现代诗歌艺术以深刻的启迪，同时也成为现代诗歌意象所改造的对象。现代诗人一部分直接承继了古诗意象，但对其加以现代性的改造；更多的诗人则从相反的思路理解和营造意象，使得新诗的意象成为具有非传统化的、体现出现代意味的诗性载体②。王泽龙从三个方面探讨了中国现代诗歌与中国古代诗歌意象艺术的承传关系：一是凝合于自然的意象审美心理，二是感物兴会的意象思维特征，三是意境化的意

① 参见李青果，周丹史：《独白与复调——20世纪20—40年代中国现代诗歌新思考》，《云梦学刊》2007年第6期。

② 参见朱寿桐：《论中国现代诗歌对古典意象的继承与改造》，《福建论坛》2001年第1期。

象审美旨趣[①]。

李怡专著《中国现代新诗与古典诗歌传统（增订版）》（2008）认为，中国现代新诗在思想、语言及审美形态上都与传统诗歌有很大的差异，但同时也有着更深刻的关联。从胡适等人与中国古典的“宋诗运动”之密切关系开始，中间经过了新月派、象征派、现代派之于晚唐五代诸传统的汲取，直到最“现代化”的中国新诗派，莫不留着中国古典诗歌精神的印记。本书着重为我们揭示这些或显豁或隐秘的古今诗学联系，以求为理解中国文学的现代处境提供新的思路。此外蒋寅也对现代诗歌与古典诗歌传统的关系进行了独到的阐释[②]。

3. 对中国现代诗歌中的一些具体的意象加以专门研究

20 世纪中国社会生活的日益都市化、工业化变迁，以及它所带来的人们内心世界的复杂化，是现代意象生成的土壤。20 年代较少都市生活的意象诗，体现的是过渡期诗人与传统审美理想不易割舍的心理意绪；30 年代意象的都市化蔚成风气，多体现为象征性内涵，作用于人们的心理体验；40 年代的诗歌以九叶派诗歌为代表，都市意象较彻底地告别了传统诗词的乡土意象与山水意象情结，体现了现代社会复杂的人生经验与生命体验，现代诗歌意象具有了智性深度，表现了现代诗歌意象的现代性深层发展。现代都市意象世界中，恶美的意象形态的突出表现及其审美意义。现代诗歌的都市化意象，极大地促进了中国诗歌审美观念由传统向现代的蜕变[③]。作为现代最大的文化符号，都市是一场物质文明与精神文明的盛筵。现代都会语境衍生出的种种消费习俗与生活方式，丰富了新诗拓荒者的话语资源，拓展了他们的诗学经验。城市文化使得新诗有着不同于古典诗歌的全新境遇并且改变了诗人认识世界、感觉世界的基本模式，促进着他们的现代精神体验和审美经验的形成。在追求前卫与创新的诗美过程中，现代诗人逐步确立起都市抒情主体的独立精神形象[④]。

除了上述都市意象之外，王本朝对现代诗歌关于上帝意象的想象与创造展开研究[⑤]，谭五昌从审美批评的角度，侧重从命运角度和社会批判角度，对

---

① 参见王泽龙：《中国现代诗歌与古代诗歌意象略论》，《文学评论》2005 年第 5 期。

② 参见蒋寅：《中国现代诗歌的传统因子》，《文艺理论研究》2006 年第 3 期。

③ 参见王泽龙：《论中国现代诗歌意象的都市化特征》，《人文杂志》2006 年第 4 期。

④ 参见卢桢：《荒原上的诗意追求：中国现代诗歌的城市抒写》，《渤海大学学报》2010 年第 3 期。

⑤ 参见王本朝：《中国现代诗歌中的上帝意象》，《文学评论》2006 年第 6 期。

20世纪中国新诗中死亡想象所包含的悲剧内涵作出具体的解读与分析①。此外，也有人关注到中国现代诗歌中存在着大量的女性意象，并从中国传统诗歌理论、传统诗歌创作、深层心理渊源等三个方面探讨了这种现象产生的原因②。

## 三、西方文明对中国现代诗歌的影响

中国现代诗歌的诞生，可以说是新文化运动的一个结果。但是中国现代诗歌的发展动力源自传统文化和外来文化的综合，尤其是西方文明所带来的冲击力。我们可以从以下两大方面来看西方文明对中国现代诗歌的重要影响。

1. 西方思潮对中国现代诗歌的影响

象征主义文学是我国新文学中影响最大也是介绍最早的一个派别。象征主义对新诗的影响受到人们普遍的关注。穆木天是现代文学史上最早系统引入象征主义诗歌理论的作者之一。在《什么是象征主义》一文中，穆木天这样概括象征主义诗学的基本特征：象征主义诗学的第一个特征，就是“交响”的追求。象征主义的诗人们以为在自然和人的心灵的各种形式之间是存在着极复杂的交响。声、色、薰香、形影，都和人的心灵状态之间存在着极微妙的类似③。王光东认为，“忧郁的情思”里包含着“生活的热忱”，是中西象征主义文学所共同具有的突出特点。两者的不同在于：西方象征主义者的“忧郁”和“热忱”，来自于对社会的整体否定，以及个人极端发展的强力意志精神，在“人与世界”这一永恒命题中思考人的意义和价值；而中国象征主义者却总是关注与“个性生命”密切相关的具体社会问题，个人精神所呈现出的“具体性”和“现实性”特点，使他们对人自身价值的理解没有达到西方象征主义者的高度，另一方面他们却表现出强烈的社会使命感。就其诗歌意境来说，中国象征主义不具有西方象征主义那种哲学意义上的完整性。在诗歌的写作过程中，中西象征主义虽然都追求诗的纯美理想，重视想象、比喻、暗示和音乐性等，但在中国的象征主义诗歌中，抒情与感觉更为重要④。中国不同形态的现代诗歌在接受西方诗潮影响时，都不同程度地受到了西方象征主义意象艺术的影响。李金发第一个自觉地从形式本体层面上接近象征主义意象艺术的本质。中国现代诗歌形成的意象的象征化潮流，体现了中国诗歌现代性建构的必然要求，为中国诗歌的艺术传统与西方现代诗歌艺

---

① 参见谭五昌：《20世纪中国新诗中死亡想像的审美之维》，《中国文学研究》2008年第2期。

② 参见缑英杰：《中国现代诗歌中的女性意象》，《新乡学院学报》2009年5期。

③ 参见吴晓东：《“契合论”与中国现代诗歌》，《中国文化研究》1995年第1期。

④ 参见王光东：《中国现代诗歌中的象征主义》，《文史哲》1998年第1期。

术形式的融合提供了最有效的契合点①。中国现代诗歌在意象的诗思方式上一方面坚持"意随象出"的感物的表现传统，另一方面自觉地接受了西方现代诗学突出"象从意出"的体验的意象表现策略。这种体验性意象表现的影响主要呈现为意象的幻想型、变异型与隐喻型以及意象的智性化与玄秘性特征②。

随着知性诗学西风东渐，知性成为建构中国现代诗学话语，体现新诗发展品格与途径的重要概念。中国现代诗歌以其忠实于现实生活基础上的知性与情感高度融合的精神，体现出区别于西方的独立民族品格，彰显出区别于西方知性传统的另一些实质性问题，穆旦的新的抒情正是这一诗学追求的最高体现③。汪云霞专著《知性诗学与中国现代诗歌》（2009）以中西比较诗学为背景，从"知性"这一视角来研究中国现代诗歌的发展流变规律。20世纪20—40年代，以艾略特和瑞恰兹为代表的西方知性诗学在中国得以传播和接受，这种"客观化"、"非个性化"的知性抒情主张一定程度上契合了中国古典诗学中"以理入诗"的宋诗传统。在传统和西方的合力作用下，中国现代诗人开始建构自己的知性理论系统并致力于创作实践。

外国现实主义文学思潮对中国现代诗歌也产生了深远的影响。初期白话诗、为人生诗派、政治抒情诗派、中国诗歌会的诗歌以及七月诗派的诗歌创作都是现实主义文学思潮在我国诗歌领域的具体表现。透过这些诗歌流派的具体形态，可以看出现实主义思潮在我国的发展轨迹④。结合不同时期基督教被中国诗人接受的情况，研究者从爱的意识、忏悔意识、救世观念和自我救赎等方面探讨了基督教文化在中国现代诗歌中的表达，并分析了由此而给中国现代诗歌带来的新维度及其具有的意义。这种新维度从一个侧面显示了中国现代知识分子精神的成长⑤。此外，马利安·高立克、胡宗锋、艾福旗还探讨了《圣经》与20世纪中国现当代诗歌的关系⑥。

---

① 参见王泽龙：《论中国现代诗歌与西方象征主义诗歌意象艺术》，《社会科学研究》2005年第3期。

② 参见王泽龙：《论西方现代意象诗学对中国现代诗歌的影响》，《中国新诗一百年国际研讨会论文集》，2005。

③ 参见周锋：《中国现代诗歌的知性与情感》，《求索》2009年6期。

④ 参见李标晶：《现实主义文学思潮与中国现代诗歌》，《杭州师范学院学报》2001年第3期。

⑤ 参见蔡莉莉：《基督教文化与中国现代诗歌新维度》，《中山大学学报》2006年第2期。

⑥ 马利安·高立克、胡宗锋、艾福旗：《以圣经为源泉的中国现代诗歌：从周作人到海子》，《人文杂志》2007年第5期。

2. 一些具体的西方诗人、思想家对中国现代诗歌的影响

美国现代派诗歌的发起人庞德的意象派诗歌理论，对中国新诗的发生与发展产生了深远的影响。庞德为中国新诗运动提供了坚实的理论基础，其诗歌创作又对20世纪30年代现代诗派与左翼诗人产生程度不同的影响，而且一直延续到40年代的中国新诗派。意象是庞德诗论中的核心概念，表现为三个特点：它是独立于具体事物的复合体；表达现代人复杂多义的知性因素；往往采用意象并置或重叠的手法，避免西方逻辑中常用的介词、连词。这些均在中国新诗中得到了不同程度的贯彻与发挥。在诗歌的韵律与节奏方面，运用日常会话的语言，创作节奏新颖、形式活泼、具有诗情节奏与散文美的自由诗，是庞德及其追随者在诗歌形式上的追求。而这正好启发了许多中国现当代诗人，从而促成了中国新诗中最重要的一种范式——自由诗的兴盛与发展①。

在新批评派的诸位学者中，瑞恰兹与中国现代文学批评的关系最为密切，其批评学说由曹葆华等人介绍到中国后，迅速为一些中国学者所接受，对中国现代诗歌理论批评产生了非常深刻的影响②。叶芝是爱尔兰民族精神的象征，因其多变的诗风和多元的思想，他的作品影响了中国文坛的不同流派，对其作品的译评也从侧面反映了中国诗坛的艺术指针由浪漫主义向现代主义转化的过程。研究者追溯了从五四运动以来中国文坛和学术界对叶芝译介的历史，力图探索叶芝与中国现代诗歌发展和诗人创作的关系③。此外，也有研究者以荷尔德林的诗歌、论文、书信与哲学体小说《许佩里翁》为文本依据，对荷尔德林的诗学观点予以总结，并比照荷尔德林的诗观，从中国现代诗歌的内涵与形式两个层面，对中国现代诗歌缺乏审美特性的现状予以解析④。

## 四、中国现代诗歌流派研究

近十年年来学界对中国现代诗歌的流派研究主要集中于以下四大诗派。

1. 新月诗派

新月派也称格律诗派，由朱自清1935年在《中国新文学大系·诗集·导言》中提出。新月诗派先后以《晨报·诗镌》、《新月》和《诗刊》为阵地，

① 参见傅建安：《庞德诗学与中国现当代诗歌》，《湖南城市学院学报》2009年3期。
② 参见刘涛：《瑞恰慈与中国现代诗歌理论批评》，《河南教育学院学报》2006年第3期。
③ 步凡、何树：《简论叶芝与中国现代诗的发展》，《北京科技大学学报》2006年第2期。
④ 蒯群：《荷尔德林诗观浅论——兼析其对中国现代诗歌现状的启示》，《安徽农业大学学报》2008年第1期。

代表诗人有闻一多、徐志摩、饶孟侃、梁实秋、朱湘等。在具体诗歌解读之外，对新月派诗歌的研究主要集中在新月诗派与传统文化的关系之上。

新月派的诗打破词的固定形式，吸收了婉约词的音乐旋律的美；又把“花间词”的绸缪婉转与反封建的时代精神糅合起来，创造了一种新的东方情调。新月派诗的艺术实践，标志着中国新诗开始理性地对待民族传统，从时代高度综合中国古典诗词和西方诗歌的优点，为新诗的发展开辟了一条新路①。新月派的诗歌理论相对于中国传统文化而言是“蚕蜕里的新生”：传统文化的某些材料被其用作理论支点和批评话语；新月理论家们用现代的话语对传统文论进行了转换；用现代科学知识对传统文化进行了重新诠释和说明，为其注入了活力。二者的这种关系体现出中国现代思潮和中国传统文化之间的互动，从中也可窥探中国新诗发生之源，并为中国传统文化的现代化、全球化和民族化提供了有益启示②。

2. 现代派

20 世纪 30 年代现代派诗歌上承 20 年代象征派诗歌，下启 40 年代的九叶诗派，其影响一直波及 70 年代末至 80 年代的朦胧诗。事实上，现代诗派也和李金发一样，都是推崇法国象征主义的，只不过象征诗派并没有完整把握西方象征主义的真正精髓，也没有把象征主义与中国民族生活很好结合起来，因而创作的象征诗更多地停留在外部形式与技巧的模仿上。罗振亚《中国三十年代现代派诗歌研究》（1997）是对现代派诗歌的较为全面的研究专著。近年来学界对现代派诗歌的研究主要集中在两个方面：结合现代派诗歌的中西思想渊源论述其流派特色以及现代派诗歌的现代性。

在中国现代文学史上，现代派诗歌最重要的意义乃是开辟了一条古今融合、中外融合，古为今用、洋为中用的路子。它具有鲜明的艺术特征：一是唯美主义倾向；二是抒发忧郁的情思；三是追求纯诗的理想；四是远距离审美③。现代派诗歌根植于中华民族的传统文化、尤其是传统诗艺，以中国艺术传统固有的价值标准和审美趣味为基础，在现代新诗中重构东方式现代诗的意境④。其现代性主要表现在两大方面：一是文化上的现代性、批判性，构成了对 30 年代典型的幻灭感的超越；二是诗艺的现代性，构成了对五四以来主

① 参见陈国恩：《新月派诗与婉约派词》，《重庆三峡学院学报》2003 年第 6 期。

② 参见陈伟华：《蚕蜕里的新生——新月派诗论与中国传统诗论》，《湖南大学学报》2005 年第 2 期。

③ 参见蒋益：《中国现代主义诗歌的艺术特征》，《长沙大学学报》2000 年第 3 期。

④ 参见李春丽：《意境生成：意象选择与悟觉思维——现代派诗歌的古典阐释》，《阴山学刊》2004 年第 2 期。

情的浪漫诗的超越，从而重新估定了它的原创性价值及其对后来中国现代诗歌的发展带来的深远影响①。

3. 七月诗派

七月诗派是围绕《七月》发展起来的一个独特的现实主义诗歌流派。他们注重诗歌的战斗性，同时坚守诗歌的艺术性，在创作中坚持不懈地进行艺术探索。他们力求以真情实感拥抱生活，自觉追求诗歌语言的丰富性，从而形成了质朴、纯美、充满战斗力的语言风格。对七月诗派的研究主要集中在七月诗派与九叶诗派的比较以及七月诗派的思想与艺术特色。

七月诗派与九叶诗派作为40年代对峙的两大诗歌流派，共同扎根于动荡的社会现实中，或侧重于乡村和对光明的歌颂，或侧重于城市和对黑暗的诅咒。在艺术上表现为心灵“突入”生活、抒情的张扬、自由诗体与心灵“溶解”生活、玄学的沉思、格律体的对立。七月诗派在创作中坚持现实主义原则，主张发扬主观战斗精神去能动地影响和改造现实，达到主客观的密切融和；而九叶诗派则致力于新诗的现代化建设，旨在使诗成为现实、象征和玄学的融汇②。七月诗派在抗战诗坛上异常活跃，不但创作出大量的诗歌作品，而且在诗学理论方面也取得丰硕成果，形成了自成体系的七月诗论。其中生活一元说影响巨大③。七月诗派的理论基石是胡风以主观战斗精神为核心的诗学思想，在总体创作中明显地表现出共同的价值取向：讴歌抗争，呼唤解放，展示出一段中华民族苦难艰辛的心路历程；抨击丑恶，揭露黑暗，在一幅幅呻吟挣扎的祖国母亲受难图中，潜伏着深切的忧患与悲愤；对革命烈士的歌吟与赞美，表现出诗人壮烈的生死观和崇高的人格境界；歌咏自然，礼赞光明，在一脉坦诚而纯真的鸣唱中，传达出浪漫的赤子之心④。

4. 九叶诗派

作为20世纪40年代中国最重要的新诗流派之一，九叶诗人群以“自觉的现代主义者”姿态承接了现代主义诗歌的发展使命，在都市人的自我意识与社会群体的普遍意识之间实现了艺术的平衡，为新诗的现代化抒写出精彩的一笔。研究九叶诗派的专著主要有：游友基《九叶诗派研究》（1997），蒋登科《九叶诗派的合璧艺术》（2002），以及马永波《九叶诗派与西方现代主

① 参见姚万生：《30年代现代派诗歌的现代性：超越幻灭超越浪漫》，《西南民族学院学报》2001年第12期。

② 参见王坚：《七月诗派与九叶诗派之比较》，《宿州学院学报》2005年第1期。

③ 参见赵作元：《论七月诗派的“生活一元”说》，《齐齐哈尔大学学报》2009年第2期。

④ 参见吴井泉：《论七月诗派的情思世界与价值取向》，《北方论丛》2001年第3期。

义》(2010)。目前国内对九叶诗派的研究主要关注：九叶诗派的思想渊源和诗学追求以及九叶诗派的艺术性。

九叶诗派以艾略特的诗歌主张为参照系，推崇新诗现代化的诗学理论，探寻并确立了现实、象征、玄学的综合这一新的诗美原则，在特定的战争年代建构了中国式现代主义的诗歌与诗论，他们是新诗现代化自觉的提倡者和实践者，有力地推动了新诗的现代化进程。九叶诗派从西方现代派大师那里得到重要的启示，提出“客观对应物”和新诗“戏剧化”。现代诗中的“客观对应物”，在于扩大并复杂化了人类的感觉能力，而引入新诗“戏剧化”，能有效规避当时诗坛流行的“直接的叙述或说明”诗歌流弊。难能可贵的是，蒋登科论述了九叶诗派与中国诗歌传统的继承关系。他认为，道德审美理想是一个民族的文化传统的重要构成要素，也是诗歌在文化思想方面的主要构成要素。九叶诗派在借鉴西方现代主义诗歌艺术经验的同时，也在很大程度上发扬了中国诗歌关注国家、民族命运的艺术主题，尤其是在揭示现实的负面因素方面显示了独特的艺术特色①。罗振亚指出九叶诗派的诗歌本体是一种提纯与升华了的经验，一种心灵与外物对话的情感哲学。以诗的方式把握世界，切入人生，是九叶诗派对中国新诗最独特的贡献②。九叶诗派诗人独特的流派特征主要包括：追求诗歌的“综合”效果；直接借鉴与间接采纳相结合；既关注外在现实又注重内在深化，共时借鉴使他们的诗歌艺术探索处于同时代诗歌的潮头③。

## 五、研究的基本方法

### 1. 历史还原与现实观照及超越相结合

很多研究文章在“还原”基础上，全面地揭示了所研究对象的时代意义，进而联系现实指出其现实意义，功利色彩浓郁，似乎诗歌都是为了一种实用的时代目的而存在。其实优秀的诗歌不仅仅是时代的结晶，它还拥有其他的存在维度，即作为作品本身的自为存在（此为以作品为本体的新批评理论的基石）。如何通达作品的自为存在？将作品从其特定的时空中悬置出来，让人们只聚焦于作品本身的意味。当一首诗被悬置之后，诗歌本身的魅力便放射出灿烂的光芒：它的形式意味（节奏、韵律等所体现的情感），它的形象意味

---

① 蒋登科：《九叶诗派与中国诗歌的道德审美理想》，《贵州社会科学》2005年第2期。

② 罗振亚：《在现实与心灵的二重空间鸣唱——九叶诗派的本体世界特征》，《天津大学学报》2001年第3期。

③ 蒋登科：《西方现代主义诗歌与九叶诗派的流派特征》，《社会科学研究》2000年第1期。

（诗歌的意象所蕴含的人类特定的情感），以及它的形而上意味（超越性的哲理）等等。

2. 继承与批评相结合

从马克思到毛泽东，无不贯穿着一条思想的法则：批判继承，推陈出新。然而对于乐于报喜不报忧的人来说，批判还没有真正形成气候。其实只要我们承认一点就可以把批判作为我们的常规工作来做：批判也是一种继承！其实，继承该有两种方式，一是吸纳肯定性的营养，二是借鉴否定性的经验教训。批评是完美情结的一种反映。批评不是打击，不是捕风捉影，不是人云亦云，而是立足文本，仔细体验，抛却主观偏见，对文本进行客观公正的辨析与评价。

3. 学术与思想相结合

学术论文的评价标准向来就把学术性和思想性放在核心地位，但现实往往是学术有余而思想不足。就事论事，故步自封，画地为牢的学术研究虽然可以做到精致，但不够大气也难以令人回味。除了思想性的缺乏，很多研究文章都表现出表达的问题，枯燥无味，甚至佶屈聱牙。思与诗的结合是学术论文的高品质所在，它是很多伟大哲学家身体力行的理想追求。学术文章的诗性何在？在于表达的活泼灵动，在于其鲜活的创造性。此乃学术文章的艺术性，它和学术性与思想性一道构成优秀学术文章的三大法宝。研究诗歌的文章，如果不能做到像诗歌一样，对阅读者来说是一种悲哀。原本读诗就是一种发现之旅，是即心见性的事业。要是所写文章不能给予读者阅读的快乐以及体悟的智慧，还不如让读者直接去阅读诗歌。

**【范文选读】**

## “现代派”诗歌与欧美象征主义

蓝棣之

从新诗（与旧体诗例如五、七言律体相区别）流派群落的角度考察，20世纪30年代和80年代是两个繁荣时期，在这两个时期，新诗刊物和新诗流派群落如雨后春笋，艺术方面的创新也最多。80年代的诗派群落的情况，要等到以后有机会再作讨论。在这篇文章里所要介绍的，是30年代的“现代派”诗歌，尤其是它的建构过程。

纪弦当年就是这个诗派的后起之秀之一。他本名路逾，路易斯是当年使用的笔名，50年代他在台湾以纪弦为笔名创办并主编《现代诗》杂志，开创台湾的现代派，成为台湾诗坛不争的领袖。30 年代中期他曾经与戴望舒、徐迟一起筹办著名诗歌刊物《新诗》，并且独自创办《莱花》、《诗志》等诗刊，他本人的诗歌创作也很多。他在 10 年之后回顾说："我称 1936 年—1937 年这一时期为中国新诗自'五四'以来一个不再的黄金时代。其时南北各地诗风颇盛，人才辈出，质佳量丰，呈一种嗅之馥郁的文化的景气。除了上海，其他如北京、武汉、广州、香港等各大都市，都出现有规模较小的诗刊及偏重诗的纯文学杂志。"（《三十自述》）纪弦的描述是客观的，同时也是他敏锐的感悟。1936 年—1937 年是新诗自"五四"以来一个不再的黄金时代，臻于鼎盛。同时，这里还有一个更大一些的流派背景，那就是新诗 1926 年春夏《晨报副刊·诗镌》的创刊到 1948 年《中国新诗》的停刊。这 22 年间中国新诗流派的发展，其间经历了徐志摩、闻一多为代表的"新月派"，李金发为代表的"初期象征派"，戴望舒、卞之琳为代表的"现代派"，以及抗日战争期间以阿垅、鲁藜、绿原、牛汉为代表的"七月派"，穆旦、杜运燮、郑敏、陈敬容为代表的"九叶派"，也就是说，30 年代"现代派"诗歌是"新月派"和"初期象征派"的一个发展，它们某些传统又在"七月派"和"九叶派"中得到继承。它们之间的关系不能说是一脉相承，但却是有脉络可寻。

作为诗派名称的"现代派"这个合成词，取自这个诗派的重要刊物《现代》月刊（1932 年 5 月—1934 年 11 月），然而，这个诗派的重要刊物又不止这一家，重要的刊物还有《新诗》月刊（1936 年 10 月—1937 年 10 月）、《水星》月刊（1934 年 10 月—1935 年 9 月），以至还有《现代》杂志之前的《无轨列车》半月刊（1928 年 9 月—1928 年底）、《新文艺》月刊（1929 年 9 月—1930 年初夏）等。所以，有些论著把这个诗派称为"现代派"，这是不合适的，不符合实际情况。称它为"现代派"还因为早在 1935 年时就有评论称之为"现代派"："这派诗是现在国内诗坛上最风行的诗式，特别从 1932 年以后，新诗人多属于此派，而为一时之风尚。因为这一派的诗还在生长，只有一种共同的倾向，而无明显的旗帜，所以只好用'现代派诗'名之，因为这一类的诗多数发表于现代杂志上。"（孙作云《论"现代派"诗》）

关于现代派诗的"开端"，据这篇最早的评论介绍，是周作人译的法国象征派诗人果尔蒙的《西蒙尼》。这些诗又被戴望舒全译一遍，登在《现代》第二卷第一期上。周作人又译了日本一茶的俳句，也给这派的诗人许多影响。戴望舒又译了法国象征派后期诗人保尔？福尔几首诗登于《新文艺》上（水沫书店版）。这就是说，证据表明，从渊源上看，"现代派"诗歌一开始就受到法国象征派和法国后期象征派以及日本俳句的影响。除此之外，在演变发展的过程中，“现代派”还从西班牙的“现代派”吸取教益。30年代的现代派诗人，50年代为台湾新诗三巨头，而且一直到90年代都还在担任国际笔会主席的钟鼎文（笔名番草）认为，30年代现代派在内涵上与19世纪末期发动于拉丁美洲而成就于西班牙本土的、西班牙语系的新诗运动——现代派——相通。他回忆说戴望舒在一次谈话中对西班牙诗谈得很多，而且在戴望舒若干抒写爱、寂寞的诗篇里，似乎也能看到西班牙现代派一些诗人的投影。

“现代派”的领袖，一致公认为戴望舒。虽然《现代》杂志，创刊伊始，戴就已经起程赴法国留学去了，对于中国诗坛来说，他已经不“在场”。但他在1932年之前几年的创作活动，已经使他的影响扩散开来，并且他还不断有诗作寄回来。另外，他的最重要的诗集《望舒草》也正好在此时（1933）出版。同时，《现代》杂志的主编施蛰存又是他的忠实的朋友，戴对国内情况了如指掌。这些都是戴望舒“在场”的证明。施蛰存在给旅居法国的戴望舒在两年的时间里写了十四通信，有一通信说：“有一个小刊物说你以《现代》为大本营，提倡象征派，以至目下的新诗都是模仿你的。我想你不该自弃，徐志摩而后，你是有希望成为中国大诗人的。”下一通信又再次强调：“有一个南京的刊物说你以《现代》为大本营，提倡象征派诗，现在所有的大杂志，其中的诗大都是你的徒党，了不得呀！但你没有新诗寄来，则诗坛的首领该得让我做了。”须要指出，所谓“领袖”，指的是“以《现代》为大本营”这段时间，把他1935年回国后主编《新诗》，到1937年抗战爆发停刊也包括进去，或许可以说，1932年到1937年乃是“现代派”最活跃的时期，在这段时间里，戴望舒是诗坛在艺术方向上的核心人物，现代派的领袖。抗战开始以后以及在香港时期，戴望舒还在写诗，而且从个人来说，他的诗风还在发展，但已经不是什么领袖了。诗坛的规则是各领风骚五六年。

那么，现代派有哪些成员呢？因为它并不是一个有计划、有组织、有纲领的群落，所以，我们只能根据相同或相近的艺术和思想倾向做一些界定，同时也以在上面提到过的几个重要刊物为园地加以确认。孙作云在1935年的文章里举出十位诗人加以论列，这就是戴望舒、施蛰存、李金发及莪珈、何其芳、艾青、金克木、陈江帆、李心若、玲君等，但作者不知道莪珈就是艾青，所以他只论列了九个人。这九个人是不完全的，因为作者写此文时（1935年5月），现代派“还在生长”，《新诗》月刊还未创刊，《水星》他没有注意到，路易斯在1945年所说1936—1937年这个新诗的黄金时代也还没有到来。所以，如果把这些因素考虑进去的话，现代派的范围要比这九个人大多了，就以施蛰存所说“目下的新诗都是模仿你的”，“现在所有的大杂志，其中的诗大都是你的徒党”这些话来看，也可以想象它的规模。或许可以说，现代派是新诗史上人数最多、规模最大的一个诗派。除了上述九人之外，我想重要诗人至少还有：卞之琳、番草、路易斯、徐迟、废名、李白凤、史卫斯、吕亮耕、李广田、曹葆华、侯汝华、林庚、吴奔星、孙毓棠、南星等，据我统计，有代表性的诗人至少有三十家。

关于现代派的艺术特征，从当时诗坛的实际情况观察，从中国新诗及其诗论的演变脉络来看，可以说是：朦胧的美、奇特的联络、散文美的自由诗形式，以及青春的病态。这四个要点都是新东西，中国新诗前所未见。

朦胧的美，用当事人、《现代》杂志主编施蛰存的话说，正如读散文允许“不求甚解”，读诗应当只求“仿佛得之”。他认为求甚解往往流于穿凿和拘泥。他吁请读者要培养成一副欣赏诗的心眼，要知道诗有明白清楚的，也有朦胧晦涩的。在新诗草创时期，针对旧体诗的深奥难懂，新诗的训条就是明白清楚。胡适称新诗为“白话诗”，提倡“明白清楚主义”。但是，时代变了，梁实秋说新诗发生了气质性变化，再用明白清楚加以衡量，就不合时宜了。杜衡在给《望舒草》写的序言中说，一个人在梦里泄露自己的潜意识，在诗作里泄露隐秘的灵魂，只能是像梦一般朦胧的。他还说诗是一种吞吞吐吐的东西，它的动机在表现自己与隐藏自己之间。法国早期象征派马拉美说过，“指明对象，就使诗歌可给予我们的满足减少四分之三”。戴望舒诗的魅力不仅在于它是“诗坛的尤物”，而且在于它的朦胧。他的《雨巷》就没有指明是何原因，诗中那位姑娘家宅的篱墙“颓圮”了，他的《野宴》也没有指明“野宴”“野菊”的本事。何其芳的诗《预言》，从声音展开想象，通篇都是象征，交织着瓦雷里的长诗《年轻的命运女神》的典故，迷离恍惚，闪烁不定。现代派诗理解起来费劲，风格朦胧，还因为它的意象变得繁复了，不如在这之前的诗那样单纯。当时的评论家刘西渭说，这种“意象”的创造从李金发就开始了。对于反对音乐成分的诗作者，意象是他们的“首务”。诗人对于“自我”的看法发生了变化，开始对于自我的稳定性、可靠性和意义产生怀疑。1986 年法国象征主义宣言要求努力探求内心的“最高真实”，赋予抽象概念以具体形式，这种导向内心、导向主观而又把意象看成是内心抽象概念的“形式”的观念，使得现代派诗的意象与此前的意象有了很大的不同。刘西渭评论说，内在的繁复要求繁复的表现。而这内在，类似梦的进行，无声，有色，无形，朦胧，不可触摸，可以意会，深致含蓄。刘西渭说这时期的诗歌所要表现的，是人生微妙的刹那，在这刹那里面，中外古今荟萃，时空集为一体。他们所运用的许多意象，给你一个复杂的感觉，一个，然而复杂。卞之琳的意象“圆宝盒”就是一个好例子，刘西渭与卞之琳往返讨论，成了诗坛变化期间一段佳话，也成了诗歌变化的证词。从西方诗歌发展过程看，意象派的时间位置正好在早期象征主义和后期象征主义之间，可以看做是象征主义的一个阶段。经过这个阶段之后，象征主义的意象变得繁复了。所以，作为象征主义诗人施蛰存，他却说他的诗是意象抒情诗。英美意象派领袖庞德，主张诗是由感性意象组成的人类情绪的“方程式”，读这样的诗还需要读者自己去解，解起来又不顺畅，可不就有些朦胧气闷了吗？或许可以说，朦胧的美涉及的是诗歌的意义与内涵。传统诗的意义、内涵可以用散文解释清楚，说得透彻，而现代派诗则不能。

奇特的联络，用废名的话来说，就是现代派诗如一盘散沙，粒粒沙子都是珠宝，但很难拿一根线穿起来。所谓“联络”，就是这“一根线”的问题，意象与意象之间，诗行与诗行之间的联络，很难寻找，很难发现。之所以很难寻找与发现，是因为现代派诗大多以情绪或感觉作为意象联结的环链，本意是使诗情不露，读者读来就颇觉“联络”的新奇了。西方象征主义所说要用感觉包裹思想，中国古代象征主义说意在言外，意在象外，等等，都可以从现代派里找到一些蛛丝马迹。这种用感觉、直觉、无意识、情绪作为环链的联络方式，如果用得极端了，诗是非常难懂的，废名的诗就是这样。然而，只要我们根据语境，大胆而耐心地推测，仍然可以发现那诗行之间的联络，废名的诗思诗情是可以理解的。重要的一点，废名并不想炫新耀奇，他只想跟着自己的感觉走，把自己的思维过程用感觉的形态加以表现就是了。朱自清也曾经讲过这种“联络”方式。他说象征派的比喻是“远取譬”，是从普通人以为不同的事物中间看出同来。他们发现事物中的新关系，并且在表现时将一些联络的字句省掉，让读者运用自己的想象力搭起桥来。没有看惯的只觉得一盘散沙，但实在不是沙，是有机体。要看出有机体，得有相当的修养和训练，看懂了才能说作得好坏，坏的自然有。朱自清在论李金发时还说过，李不将那些比喻放在明白的间架里，他的诗一部分一部分可以懂，合起来却没有意思。他要表现的不是意思而是感觉，仿佛大大小小红红绿绿一串珠子，他却藏起那串儿，你得自己穿着瞧。许多人抱怨看不懂，许多人却在模仿着。

散文美的自由诗体，是现代派在艺术形式上的创造。从《诗论零札》看，戴望舒认为诗的中心问题是诗的情绪。他认为新诗最重要的是诗情上的变化，而不是字句上的变异。诗的韵律不在字的抑扬顿挫上，而在情绪的抑扬顿挫上。诗应该去了音乐的成分，押韵和整齐的字句会妨碍诗情，或者使诗成为畸形的。新诗应该有新的情绪和表现这种情绪的形式。戴望舒在开始写诗时，曾经追求音律美，想使新诗成为与旧诗一样可以“吟”的东西。后来他对法国象征派独特的音节有很大兴味，《雨巷》被叶圣陶誉为开辟了新诗音节的新纪元。《雨巷》表现了象征主义轻蔑格律而追求旋律的美学特色，它以浮动朦胧的音节暗示诗人迷惘的心境。可是，《雨巷》刚写成不久，他又开始对新诗“音乐的成分”勇敢地反叛了。他及时地写出了《我底记忆》那样散文美的自由体。他说：自由诗是不乞援于通常意义的音乐的纯诗，而韵律诗则是通常意义的音乐成分和诗的成分并重的混合体。在戴望舒那些成熟的诗歌里，例如在《路上的小雨》、《祭日》、《烦忧》、《我的恋人》、《过时》、《游子谣》等诗里，散文美的自由体取得很高成就。亲切的、舒卷自如的说话的调子，自然流动的口语，比格律诗更有韧性，更适应于表现对复杂、精微的现代生活的感受。戴望舒认为格律体与现代生活和现代人的情绪相抵触，而自由体则更适应现代人的过敏感应。这种诗风的影响是深远的，番草评论说，由于戴望舒所起的作用，中国新诗从“白话入诗”的白话诗时代进到了“散文入诗”的“现代诗”时代。对于这种诗体，艾青也曾经大量创作过，但他认为这是戴望舒开端的。在30年代末期，艾青曾经对“散文美”这个问题有深入的论述：由欣赏韵文到欣赏散文是一种进步。韵文有雕琢、虚伪和人工气的缺点，而散文有不修饰的美，不经过脂粉涂抹的颜色，充满了生的健康的气息，它肉体地引诱我们。口语是美的，它存在于人的日常生活里，它富有人间味，它使我们感到无比亲切，而口语是散文的。散文是形象的表达的最完美的工具。关于这个问题，废名说得也很有体会：胡适所推崇的白话诗家苏轼、黄庭坚、辛弃疾、陆游这些人，缺少诗的感觉，但有才气，信笔直写，文从字顺；温庭筠、李商隐一派真有诗的感觉，李诗的典故就是感觉的串联，温、李都是自由地表现感觉与幻想。因此，苏、黄、辛、陆的诗，内容是散文的，而形式是诗的；温、李一派，内容是诗的，形式也是诗的。但是温词的诗体解放了，容纳了立体的内容。废名认为现代派传承了温庭筠的词。

青春的病态所说的“病”，不是身体的，而是精神的，是精神上的世纪病。它的渊源是法国诗人波德莱尔所著《恶之花》。波德莱尔在“献辞”里解释“恶之花”为“病态的花”，亦即“病态的诗歌作品”。在法文里，“恶”也有邪恶、丑恶、罪恶、苦痛、疾病等含义。“恶之花”的影响很大，扩散开来，它对于忧郁、无聊（一种世纪病，即厌倦、压抑、失意、委靡不振等）、迷惑、彷徨以至作为这些世纪病的后果的放浪形骸的抒写，也就传播开来，确实是惊世骇俗的。不过，波德莱尔也好，魏尔伦也好，并不都是负面的。俄苏文学巨匠高尔基在评价波德莱尔时把他列入那些“正直的”、“具有寻求真理和正义愿望的”、“自己心中有着永恒的理想”、不愿意在偶像面前低头的艺术家中去，说他“生活在邪恶中而热爱着善良”。毛主席喜欢的诗人“三李”之中有一个叫李贺，国外有研究认为，李贺追求音乐的和谐、创作想象的奔放和感觉意象的优美，说他与波德莱尔有相似之处。我国30年代的现代派诗歌还没有像波德莱尔那样惊世骇俗，不过，戴望舒的诗也被称为“诗坛的尤物”。他有两句诗“我是青春和衰老的结合体，/我有健康的身体和病的心”，具有典型性。美国批评家爱德蒙？威尔逊说过：“荒原”精神使青年未老先衰。“恶之花”情绪又使青年苦闷放纵，哀伤终身。24岁的戴望舒就觉得自己衰老了，同时，他身体健康，但心灵和精神染上了世纪病。当然，这个世纪病带有中国特色。《雨巷》的忧郁是20年代大革命失败，理想幻灭带来的。当时有评论认为，现代派至30年代中期与新月派合流，一方面解放了形式上过重的束缚，一方面也消淡了意境上过浓的梦影，成了浊世的哀音。路易斯写道：“二十世纪的旋风使我迷惑，/明日之梦也朦胧。”南星说他内心空漠，所写的诗又狭窄，又琐碎，只是他认为这是时代的过错。玲君说他的诗是一束脆弱的记忆，带着无端的忧郁和恐惧，但同时又是对于世界人生不断的问询。这种状况，如果换一个理论视角观察，可以说是让颓废情绪蔓延，把痛苦、忧郁、沮丧的情绪理想化和浪漫化。现代派的创作固然是千姿百态、丰富多彩的，但这也不妨可以用“健康只有一个，病态却有万千”来诠释。

以上我从四个方面论述了现代派诗的四个特征，这与法国象征派的影响很有关系，简单来说，朦胧的美来自象征派重暗示的创作手法和意象派对于意象的复杂建构，奇特的联络来自象征派的感觉主义，散文美的自由体来自象征派对于形式创造的重视，青春的病态来自波德莱尔以来的象征派诗歌中的一股颓废、忧郁传统。因此，我认为，现代派是中国的象征派。但它不仅传承了法国象征派，同时也继承了晚唐、温庭筠、李商隐的诗风。基于这些特征，有好些论述都倾向于这样来界定现代派：杜衡说他同意这样一种看法，戴望舒的诗兼有象征派的形式，古典派的内容，很少架空的感情，铺张而不虚伪，华美而有法度，认为这才是诗歌的正路。番草认为，以戴望舒为代表的现代派，并不是提倡主知的精神的20世纪英语系的“现代主义”，而只是浪漫派、高蹈派和象征派的糅合总结。这个现代派在内涵上与19世纪末期发动于拉丁美洲而成就于西班牙本土的、西班牙语的新诗运动——现代派——相通。周伯籁在80年代也指出：现代派有象征派的含蓄，但没有它的神秘虚玄；有古典主义的典雅、理性，但没有它的刻板；有浪漫主义的奔放、热情，但没有它的无羁与狂放。

然而，严格地说，对于现代派诗所作的上述界定，虽说把问题的主要方面都说到了，却不见得全面。因为在现代派里，还有另一种创作倾向，那就是以卞之琳为代表的知性创作路线。提出这个问题的是清华研究生李媛。我记得李媛在2000年提交的文学硕士学位论文《知性理论与三十年代新诗艺术方向的转变》里，把现代派分为两个诗人群：感性诗人群和知性诗人群，而她主要论述了西方知性理论与知性诗群的创作。后来，在2003年和2005年，还有曹万生（四川大学）、汪云霞（武汉大学）的博士论文对此详加论述。大致说来，感性诗群以戴望舒、艾青、番草（钟鼎文）、李白凤、何其芳、李广田为代表，知性诗群以卞之琳、金克木、废名、曹葆华、路易斯、徐迟、赵萝蕤等为代表。李媛在论文里提出，感性诗群在创作上取得很高成就，影响深远，但真正在艺术方向上有转向建树的，却是知性诗群。这几篇论文和立论都言之有据，我很赞成。我在这里的有关论述，也可谓是这几篇学位论文所作探讨的一个延续。

西方象征主义诗歌可以分为前期和后期，前期指法国19世纪70—90年代的兰波、魏尔伦、马拉美等的创作，后期则指20世纪20—40年代盛极一时的凡尔哈伦、瓦雷里、里尔克、艾略特等的诗歌创作。而马拉美是象征主义运动承先启后的中坚人物，由于他的努力和西蒙斯《象征主义文学运动》的影响，法国象征主义在19世纪90年代开始向欧美扩散。戴望舒在20世纪20年代末期到30年代中期的创作，主要受影响于法国前期象征派诗人魏尔伦以及他所说的“后期象征派”果尔蒙、保尔·福尔、耶麦等，到了30年代末期，戴望舒所学习的诗人，一下子又跨进到超现实主义的艾吕雅了。从马拉美到艾略特，虽然对于知性都有所领悟与实践，但戴望舒也许是不愿意看到这些方面，他情有独钟的是感性方面。例如，对于果尔蒙，他所关注的是心灵与感觉的微妙，完全是呈现给读者神经的诗情，和微细到纤毫的感觉，以及每首诗都要求有个性的音乐。对于保尔·福尔，戴望舒所关注的是他是一位“最富于诗情”的诗人，一个“纯洁单纯的天才”，赞扬他写诗“单凭兴感”，“用最抒情的诗句表现出迷人的诗境”。戴望舒特别提醒说，他远胜过其他“用着张大的和形而上的辞藻的诸诗人”。所谓“用形而上的辞藻”即指知性诗人。对于耶麦，戴望舒所关注的是他写诗时“淳朴的心灵”、“异常的美感”，以及“日常生活上”的美感。而20世纪20—40年代的象征主义大诗人，则有另外一种声音。马拉美说诗歌是用象征体镌刻出来的“思想”，写诗就如作曲一样，文字就是音符，要求诗篇产生交响乐一样的效果。瓦雷里的主题经常是感性与理性、灵与肉、变化与永恒、生与死的冲突等等“哲理”问题，但却运用了有感染力的形象和语言。里尔克以对人生和宇宙的深刻“玄想”以及新奇的形象著称。叶芝中后期的诗歌运用口语和复杂的象征来表达抽象“哲理”。艾略特的“非个人化”（包括“逃避个性、逃避感情”）理论，以及对于“玄学派诗歌”的知性（把思想、感情和感觉三个因素结合成一个统一体）的论述，可以说在英诗传统上是一场革命。

卞之琳1934年受叶公超委托翻译了艾略特重要论文《传统与个人才能》，这也表明他个人兴趣向知性的转移。这是他从前期法国象征派转到后期诗人瓦雷里以及20世纪的英、德诗歌的一个标志。于是，好像是忽然之间，从1935年开始，卞之琳的声音有了很大的变化，从年初开始，他陆续写出了《距离的组织》、《尺八》、《圆宝盒》、《音尘》等诗，这大概就是我国新诗最早的“知性写作”了。卞之琳的诗友废名，在这个时期，也在往这个方向上转，但他并没有做到“知性”，因为他的心里还都是一些晚唐、温庭筠、李商隐的诗艺。曹葆华一直在译介西方现代诗论和现代诗歌，因此他的创作也在这个方向上发展。金克木（笔名柯可）的《论中国新诗的新途径》虽然指出了三条路，但在实际上，真正的新途径还是“知性写作”。但这是理论，真正要在实践上成功，并不容易。所以他的诗《答望舒》本想“知性”一下，却成了不大成功的说理诗了。赵萝蕤写诗不多，但深受知性影响。她是外国文学专家，当年受叶公超委托翻译艾略特《荒原》是第一个译者。1992年我在编纂新月派后起之秀陈梦家诗全编的时候，去看望陈梦家的妻子赵萝蕤，她说了一些出乎我意外的话：与我所熟悉的西方诗人相比，梦家是用感情写诗，纯然的感情流露，不用思想写诗。这样的诗单纯、抒情，但有时觉得分量不够，轻飘飘的。路易斯（纪弦）50年代在台湾倡导现代派，其基本想法，仍然是这里的知性写作。他的宣言的第四条就是“知性之强调”。他说，传统诗的本质是“诗情”，现代诗的本质是“诗想”。徐迟在30年代末期提倡“抒情的放逐”，直承艾略特对于诗歌写作的想法。总的来说，这一切都源于卞之琳的诗集《鱼目集》（1935）开了个头。刘西渭说《鱼目集》正好象征知性转变的肇始，穆旦则说，自“五四”以来的抒情成分，到了《鱼目集》作者的手下，才真正消失了。

最后，让我对这篇论文写一段结语。综合上述，现代派包含着两个诗群，两个不同的写作倾向：一是感性诗群，新感觉主义写作；一是知性诗群，知性写作。感性诗群有如下艺术特征：朦胧的诗风，奇特的联络，散文美的自由体，青春的病态。感性诗群的代表是戴望舒，所受影响的主要是法国前期象征主义诗人魏尔伦，以及后期的果尔蒙、保尔·福尔和耶麦等。知性诗群的代表是卞之琳，所受影响主要是欧美后期象征主义，艺术特征主要是：逃避感情，逃避个性，诗的客观性，思想，感觉和感情的三位一体，有别于哲人之思的诗人之思，以情感追逐思想。

（原载《十月》2007 年第 5 期，收入本书时略有删节）

## 【评　析】

蓝棣之是中国现代诗歌著名研究专家。此文是他对上个世纪 30 年代盛行的"现代派"诗歌一次总结性发言，颇有影响。文章不仅把"现代派"放到中国的当时社会境况中考察其产生的背景以及其特有的思想内容和艺术形式，而且就"现代派"诗歌对欧美象征主义之间的传承发展做出了细致入微的考察和解析，使我们对中国新诗的主要发展脉络有了清晰的认识，某种意义上，可以把"现代派"看作是"象征派"、"新月派"和后来的"七月派"以及"九叶派"等诗歌流派之间的桥梁。文章资料翔实，分析透彻，是一篇难得的总论"现代派"诗歌的好文章。不仅如此，该文还留下不少值得我们继续深入探讨的问题，诸如"现代派"诗歌与中国古典诗歌之间的关系，"现代派"诗歌与西方现代派诗歌代表诗人之间的关系，"现代派"与其他西方现代派诗歌之间的关系，"现代派"对后来中国新诗的影响等等，都值得我们探讨和关注。

## 【文献链接】

1. 蒋寅：《中国现代诗歌的传统因子》，《文艺理论研究》2006 年第 3 期。

2. 蒋登科：《西方现代主义诗歌与九叶诗派的流派特征》，《社会科学研究》2000 年第 1 期。

3. 吕进、岩佐昌暲：《中国与日本：中国现代诗学的昨天与今天》，《文艺研究》2007 年第 6 期。

4. 马利安·高立克、胡宗锋、艾福旗：《以圣经为源泉的中国现代诗歌：从周作人到海子》，《人文杂志》2007 年第 5 期。

5. 王光东：《中国现代诗歌中的象征主义》，《文史哲》1998 年第 1 期。

6. 王泽龙：《中国现代诗歌意象艺术的嬗变及其特征》，《天津社会科学》2009 年第 1 期。

7. 游友基：《艾青诗论：致力于新诗美学体系的建立》，《浙江师范大学学报》2010年第4期。

## 第三节　现代散文研究

在中国现代文学史上，散文创作取得了骄人的成绩。然而与诗歌、小说、戏剧等体裁的研究相比，散文研究却相当寂寞。原因是多方面的，其中最主要的原因是对散文的地位认识不足，认为散文地位较为低下，甚至不能称作纯艺术。其次是由于散文文体过于宽泛，且较为随意，很难找到一个专门研究的切入口。此外，还有一个原因是散文文体的理论建构相当薄弱，缺乏系统的理论和批评标准。因此，在文学艺术的系统内将散文作为专门的研究对象，还有很大的研究与探索的空间。

下面，我们将从散文作家作品研究、散文理论与批评研究以及散文史写作等三个方面，对当前散文研究成果作一简单梳理。

### 一、散文作家作品研究

1970年代末到1980年代初，现代散文研究受到了学者的普遍关注。这一时期散文研究的特点是将学术研究与大众阅读以及当时的散文创作联系起来，满足于普通读者对散文的阅读需求。因此，这一时期的散文研究并非纯粹的学术研究，而是偏向于对现代名家散文的阅读与鉴赏，借以发掘现代散文经典并将之介绍给普通读者。研究者借助对现代经典散文的赏析式、札记式评论，使现代散文走进普通读者的阅读视野。如林非的《现代六十家散文札记》(1980)、张以英、诸天寅、完颜戎《中国现代散文一百二十家札记》(1987)等。在赏析式研究的基础上，散文作家的综合研究也初步形成规模。如俞元桂、姚春树、汪文顶《中国现代散文十六家综论》（1989）、朱金顺的《“五四”散文十家》（1990）等，最终形成了从微观到宏观，从平面到立体的多元化研究格局。

对散文作家作品进行赏析、札记式的研究，属于散文鉴赏的范畴。它偏重于对散文作品的微观分析和印象批评，虽然格局较小，但如果解读细致、分析精当、品评准确，也能给读者很好的艺术启示，其旨归虽然是致力于散文的普及，但不能简单视同于一般的普及读物。有些散文选本，如广西教育出版社出版的《中国现代作家作品欣赏丛书》，散文部分占有很大比重。在体例编排上，它采用总论、赏析和年表结合的方式研究作家作品，应该说是开辟了作家作品研究的一种新途径。又如林非的《现代六十家散文札记》，着眼于现代散文的历史进程，从中选评有代表性的60家散文，勾勒出现代散文发展的史的脉络。这说明，赏析性、札记式的散文评论，也能映现历史面貌。

1980年代以后出现的诸如“女性散文”、“学者散文”、“文化散文”、“闲适散文”、“小女人散文”等散文创作的热潮，也促进和推动了散文研究的发展。在各种因素的推动下，现代散文研究从作家与作品研究开始，继而发展到现代散文流派研究、现代散文理论与批评研究以及现代散文史的撰写，初步形成了现代散文研究的基本格局。一些现代散文作家，如周作人、朱自清、梁遇春、丰子恺、林语堂、沈从文、李广田、何其芳、丽尼、陆蠡、张爱玲等，在文学史上的地位得到了确认。

在现代散文作家作品研究中，对鲁迅、周作人的散文研究成果较多，成为这一时期散文研究的重中之重。鲁迅的散文创作除大量的杂文之外，主要是《朝花夕拾》和《野草》。对这两部散文集子的研究，受到很大关注。对《朝花夕拾》的研究，代表性的有温儒敏的《“朝花夕拾”风格论》、郑家建《重现的时光——论鲁迅的回忆性散文》等。温文着重探讨《朝花夕拾》对中外散文创作手法的吸纳，特别是对中国古代笔记小说的继承，而形成的独特的文体风格。郑文则以《女吊》、《无常》等文的具体分析，论述《朝花夕拾》中回忆性文体的艺术特征。对《野草》的研究，80年代以来受到很多学者的关注。其中影响最大的是1982年中国社会科学出版社出版的孙玉石的《〈野草〉研究》。这部专著打破以了以往散文研究的赏析模式，侧重研究《野草》中所包含的鲁迅精神内涵和艺术创作手法，并且梳理了《野草》研究的历史，对其得失进行评价，是迄今为止《野草》研究较为深入、全面的著作。卢今《论鲁迅散文及其美学特征》（1987）一书全面考察了鲁迅的散文小品与散文诗相结合的美学特征及艺术成就，钱理群《心灵的探寻》（1988）一书也以《野草》为蓝本，分析鲁迅散文中常用的意象手法，以哲学方法来思索鲁迅的心灵辩证法，为《野草》研究开拓了一条新途径。此外，还有一些研究者从文体学角度探讨鲁迅散文的文体特征。如朱晓进《鲁迅的文体意识及其文体选择》，侧重阐释鲁迅散文创作中的“文体意识”，并指出，“杂感文形式成了他努力追寻‘功能意识’与‘文体意识’双重价值实现的一条途径”[①]。此外，冯光廉主编的《中国近百年文学体式流变史》，从体裁、语体和风格等层面，梳理了杂文、报告文学及叙事抒情散文的体式流变。

除鲁迅散文之外，周作人散文的研究也受到普遍关注。1980年代以来，周

① 朱晓进：《鲁迅的文体意识及其文体选择》，《文艺研究》1996年第6期。

作人在中国现代散文史上的地位得到重新确认，研究专著如雨后春笋般地涌现出来。如李景彬的《周作人评析》(1986)、舒芜的《周作人概观》(1986)、倪墨炎的《中国的叛徒与隐士：周作人》(1990)、钱理群的《周作人传》(1990)和《周作人论》(1991)、张恩和的《周作人散文欣赏》(1989)、赵京华的《寻找精神家园——周作人文化思想与审美追求》(1989)等，对周作人散文进行了很高的评价。除专著外，研究周作人散文的单篇论文也有很多。较有代表性的有许志英的《论周作人早期散文的思想倾向》、《论周作人早期散文的艺术成就》，舒芜的《周作人后期散文的审美世界》和《周作人的散文艺术》，钱理群的《关于周作人散文艺术的断想》，姚春树的《周作人——"中年意趣窗前草，外道生涯洞里蛇"》，赵京华的《周作人审美理想与散文艺术综论》等。在周作人散文研究中，最受关注的是周作人对散文文体建构上的贡献。如喻大翔《周作人言志散文体系论》、李旭《周作人散文"平淡"风格的文体学分析》、黄开发《知堂小品散文的文体研究》等，都对周作人散文中独特的"抄书体"进行了重新评价。其中黄开发在其专著《人在旅途——周作人的思想和文体》中，详细梳理了周作人散文"语体"流变及其特征，并提出周作人对散文"文体的创造意味这一个作家找到了一个独特的对世界的发言方式……在周作人的抄书体的背后是作家整个的以读书为安身立命手段的生活方式本身，从这一点上来说，这种文体是难以摹仿的"①。

鲁迅、周作人之后，还受到关注的现代散文家有梁遇春、许地山、丰子恺、梁实秋、沈从文、林语堂、何其芳、张爱玲等人。

对梁遇春散文的研究多着眼于其小品文风格及其与西方 essay 文体的比较研究。1983 年冯至的《谈梁遇春》一文，认为梁遇春的散文是一种"既新奇又奇怪的散文"，他善于从平凡的生活中看出"新"，又善于从社会上不合理而又习以为常的事物中看到"怪"，其散文的特点在于"毫无拘束地面对读者说自己心里的真话"②。林奇的《梁遇春与英国 essay》一文则探讨了英国 essay 文体对梁遇春散文风格的影响。还有些学者将梁遇春与兰姆、伊利亚随笔进行比较研究，将梁遇春的人格与文风联系起来。如吴福辉在《梁遇春散文全编》(1992) 的序言中就提出要"把梁遇春其人与梁遇春其文融合起来看"的观点，并且将梁遇春的散文创作与翻译并举阅读，以审视这位"中国的伊里亚"的品格。

① 黄开发：《人在旅途——周作人的思想和文体》，人民文学出版社 1999 年版，第 146 页。
② 冯至：《谈梁遇春》，《新文学史料》1984 年第 1 期。

丰子恺散文的研究主要集中于他与佛教及传统文化之间的联系。代表性的文章有汤哲声《丰子恺散文论》[①]、罗成琰《论丰子恺散文的佛教意蕴》[②]、姬学友《真性情涵万里天——论丰子恺创作的传统文化意蕴》[③] 等。

梁实秋散文的研究也打破了以往的阶级观念，对其雅舍小品文的情趣和智慧进行了客观、审美的评价。如卢今《别一种风范——梁实秋散文创作论》[④]、许祖华《双重智慧下的自我塑造——梁实秋论》[⑤]、苏振元《梁实秋散文论》等[⑥]。

沈从文散文研究在1990年代以后也得到了很多关注。他的湘西散文系列的散文集《湘西》和《湘行散记》研究，取得了较多成果。如文学武《用美和生命孕育的一部大书——论沈从文的湘西散文系列》[⑦] 等。云冬在《沈从文湘西题材散文研究述评》[⑧] 一文中对这些研究成果进行了较为详细的描述。此外，沈从文散文的文体研究也有所拓展。哈迎飞《论沈从文游记体散文的文体特征》，分析了沈从文湘西散文对传统游记散文的创新，指出沈从文突破了传统游记散文的表现模式，并创造了将游记散文和小说故事融为一体“大容量、全景式的叙述体式”。

对林语堂散文的研究，主要集中于其小品散文的重新评价及其“幽默”、“闲适”、“恬淡”文风的美学价值方面。如万平近的《林语堂论》（1987）、陈平原的《林语堂的审美观与东西文化》（1989）等等。对林语堂散文的幽默艺术研究，代表性的有施建伟《林语堂幽默小品选》（1989）序言，《林语堂幽默观的发展历史轨迹》[⑨]、甘竟存《幽默大师林语堂新论》[⑩] 等等。同时，对林语堂提出的“直抒性灵”的艺术主张及文体艺术，也有较多研究。比较深入的是周质平的《林语堂与小品文》。

新时期以来对何其芳散文集《画梦录》的研究，也有较多成果。如张龙福《心理批评：〈画梦录〉》、傅德岷等《论何其芳〈画梦录〉的主体意识》[⑪]

---

① 《文学评论》1991年第2期。
② 《中国现代文学研究丛刊》1991年第2期。
③ 《文学评论》1998年第6期。
④ 《文学评论》1994年第6期。
⑤ 《中国文学研究》1995年第4期。
⑥ 《杭州大学学报》1995年第4期。
⑦ 《中国文学研究》1996年第2期。
⑧ 《南京大学学报》1995年第4期。
⑨ 《文艺研究》1989年第6期。
⑩ 《江淮论坛》1995年第6期。
⑪ 《涪陵师范专科学校学报》2000年第1期。

等。张文侧重将心理分析与文本细读联系起来，对何其芳《画梦录》中出现的各种意象进行了细致的分析；傅文则通过文本考察来寻找何其芳创作时的“主体意识”。

除了对单个作家作品的分析研究之外，还有一些研究者从“史”的角度对一些现代散文作家进行纵向考察，试图确立一种现代散文研究的整体观。如俞元桂、姚春树、汪文顶合著的《中国现代散文十六家综论》（1989）和朱金顺的《五四散文十家》（1990）等。前者择取现代散文各时期的代表作家16家，后者选论五四散文的主要作家10家，进行综合研究，揭示各家散文的创作风貌和代表意义。还有一些研究者从社团流派的角度，对现代散文作家进行横向研究，比较分析不同流派散文的艺术风貌，呈现出开阔的研究视野。如汪文顶的《中国现代散文流派及其演变》，文章厘清了现代散文流派的划分标准，认为对散文流派的划分“视野不能局限于专门性的散文社团，还要把综合性文学社会的散文创作活动考虑在内”，同时指出散文流派的划分要将散文家的生活经验、思想态度、艺术旨趣的趋同性综合起来考虑，这是很有创见的观点。以此为凭据，作者勾勒出现代散文流派的形成及演变历史，并对1920年代以文学研究会散文作家为代表的人生写实派，以语丝社作家群为代表的“文明批评”、“社会批评”派，以创造社散文家为代表的浪漫感伤派；1930年代有以《论语》社同人为代表的闲适幽默派，以《水星》、《文丛》等刊物上的青年作家群为代表的抒情散文创新派；“抗战”以后有以《鲁迅风》社、《野草》社杂文作家群为代表的“鲁迅风”杂文流派，以“抗战”初期从军作家群为代表的战地报告、战地抒情派，以解放区新进作家为代表的反映新现实生活的新写实派等进行了粗略的分析与描述，其中某些观点很有独到之处。

## 二、散文理论与批评研究

现代散文理论与批评的研究，在建国后二三十年时间内，基本是一片空白。直到1980年代初，随着现代散文研究的不断深入，这一领域才逐渐引起关注。首先是对现代散文理论及批评的辑佚、钩沉。1984年俞元贵等人搜集整理的《中国现代散文理论》，从大量的原始资料中整理出87篇现代散文家关于散文创作的理论与批评文章。这些文章都有一定的代表性，某种程度上呈现出中国现代散文观念及体裁的变迁。如周作人提出的“美文”、王统照的“纯散文”观、胡梦华的“絮语散文”观，以及后来的“小品文”、“随笔”、“杂文”、“随感录”、“速写”、“报告文学”等，显示出现代散文文体理论的整体风貌。全书在资料编排上既体现出中国现代散文理论发展的纵向线索，又呈现出各派散文理论主张的横向铺排。全书分为五辑：第1辑主要是关于美文、小品文的总论性质的文章；第2辑为杂文批评专辑；第3辑为报告文学批评专辑；第4辑论书简、日记、传记、游记、科学小品、历史小品等；第5辑主要收录现代散文史的发展演变的述评文章。如：朱自清《论现代中国的小品散文》、阿英《〈现代十六家小品〉序》、孙席珍《论现代中国散文》、周作人《中国新文学大系·散文一集·导言》，郁达夫《中国新文学大系·散文二集·导言》、阿英《〈现代名家随笔丛选〉序记》、林慧文《现代散文的道路》、以群《抗战以来的报告文学》等。

类似的文集还有佘树森编选的《现代作家谈散文》(1986)，收录1920年代到1940年代的60篇散文理论文章，在序言《现代散文理论鸟瞰》中，作者认为现代散文理论与创作是同步发展的，散文研究应当将散文理论与创作结合起来进行分析。此外还有李宁编选的《小品文艺术谈》(1990) 等，总结了现代散文批评的成就，为中国现代散文的理论建构提供了有益的借鉴。

在散文理论资料整理的基础上，一些学者提出了现代散文理论建设的构想。如姚春树在《中国现代散文的理论建设》和《中国现代散文理论管窥》两篇文章中，梳理了现代散文理论建设的发展线索。并提出现代散文理论的特点是“着眼于建设”，它不仅“反映了中国现代散文发展的历史足迹，触及了散文创作的艺术规律，也在一定程度上再现了中国现代散文同中外优秀散文传统的继承和创新关系”，“是一笔值得重视的理论财富”。这一阐述具有开拓意义。此后发表的方铭的《论现代散文理论建设》与佘树森的《现代散文理论鸟瞰》二文，从现代散文理论和创作的实际出发，将中国现代散文视为广义上的概念，包括记叙散文、抒情散文、杂文和报告文学等，为现代散文研究提供了一个可资参考的理论框架和批评标准。

在散文理论建设方面，黄科安的《现代散文的建构与阐释》(2001) 也是一部很有特色的研究论著。全书分为四编：即理论话语建构、文化类型剖析、散文诗学研究、文类考察。该书的特点在于突破了以往对单一散文现象或作家的理论概括模式，而是从诗学的整体眼光，对各家理论进行综合，体现出一种新的学术眼光。

在现代散文批评研究方面，范培松的《中国散文批评史》(2000) 是比较完备的一部专著。全书分成三卷。在上卷中，将现代散文批评分成三种类型。即以周作人、林语堂、郁达夫等人为代表的“言志说散文批评”，以鲁迅、阿英、茅盾等人为代表的“社会说散文批评”和以朱自清、叶圣陶为代表的

“文本说散文批评”。这三种类型的散文批评构建了现代散文批评的“三足鼎立”的格局。在此格局之外，京派与海派散文批评也是现代散文批评的两支重要力量。中卷则主要探讨20世纪40—50年代散文批评政治化造成的影响，下卷则探讨新时期以来散文批评多元化格局的形成。余论则兼谈台港散文批评。这部著作对于现代散文批评的研究，产生了一定的影响。

## 三、散文史的构建

新时期以来，很多学者不再满足于单一散文家或散文作品的研究，而侧重于散文史的构建，从更为宏观的角度来审视现代散文理论与散文创作的发展历程。较早出现的散文史研究，除了散见于一些现代文学史中的论述之外，较有代表性的有林非的《“五四”以来散文发展的轮廓》①、俞元桂等人的《中国现代散文发展概观》② 等。此后，在众多学者的努力下，散文史的写作形成了一个高潮。目前较有影响的散文史大致有以下几种：林非的《中国现代散文史稿》(1981)，俞元桂主编的《中国现代散文史》(1988)，范培松的《中国现代散文史》(1993)，赵遐秋的《中国现代报告文学史》(1987)，张华主编的《中国现代杂文史》 (1987)，姚春树的《中国现代杂文史纲》(1990)，傅德岷《中国现代散文发展史》(1997) 等。

林非的《中国现代散文史稿》是在他此前完成的《现代六十家散文札记》基础上写成，是第一本现代散文专史。在这部史稿中，重点评述的仍然是现代散文作家和作品，分别以杂文、小品、报告文学三种文体的发展概况串联起来。虽然有粗疏之嫌，但它确立的散文史写作基本框架，为后来的散文史写作所承袭。

俞元桂、姚春树等人合著的《中国现代散文史》是一部体例完备的散文史著作。它打破了以往作家作品论的写作模式，将现代散文史视为既是现代社会变革的“诗史”，也是现代作家的“心史”，因此在体例编排上，将中国现代史、散文文体、中国现代知识分子的特点三个方面综合起来加以整体考虑。和以往的散文史著作相比，该书的特点在于：注重对现代散文理论发展线索的梳理，在各部分中将散文理论建设分列为一节进行阐述，因而使这部散文史不仅是一部现代散文创作的历史，同时也是一部散文理论发展史。同时在写作时，还参以散文流派的视角，将题材和文风相近的作家群体进行综

① 《社会科学战线》1979 年第 2 期。
② 《新文学论丛》1981 年第 3 期。

合阐述。除此之外，该书还强调了散文文体的变迁与报刊发展之间的关系等。

傅德岷《中国现代散文发展史》的特点是以散文社团和散文刊物为单位，将现代散文的发展史、传播史、流派史贯穿起来，形成一个整体，从而使散文史写作由单一性过渡到综合性。如在介绍“女性散文”的一节中，作者以《妇女杂志》为中心，将陈学昭、苏雪林、石评梅、陆晶清等女性散文家并列陈述，在指出其共同的创作风格的同时，又将她们的散文作品与“杂志”和“女性”两个中心点联系在一起，较之于单纯的作品分析要开阔得多。此外，该书在对“论语”、“新月”、“现代”，“大公”、“文学”等以散文刊物为中心的散文流派，及以“文化生活”、“开明”等出版机构为中心的散文流派的论述，也都采取这一方法，呈现出现代散文发展进程中的多元性特点。

还有一些散文史写作突破了时代的界限，将近代、现代、当代贯通起来。如佘树森、陈旭光的《中国当代散文报告文学发展史》（1996），以《“延安散文”的延续与“战地报告”的拓展》开篇，继而阐述“当代”散文及报告文学的发展，将当代散文的发展与现代散文的影响联系起来，以“延安散文”来审视“战地报告”，从而确立二者之间的联系，打破了现当代之间的文学史的书写界限。同时，在具体写到一些当代散文史实时，也注重加强其与现代散文史之间的承袭关系，开拓了散文史研究与写作的思路，确立了一种开放的文学史观。比如，在谈到50年代中期的“复兴散文”运动时，强调其与“五四”散文传统之间的关系，认为其“要旨在于继承‘五四’散文优秀传统，而其重点又在‘美文’的传统”。同时这次“复兴”并非完全的复制五四，而只是对“五四”散文传统的有限继承而已。

此外，对现代散文创作的整理也取得了一定的成果。从五四开始的中国现代散文创作，不仅数量繁多，而且类型复杂。既包含抒情、记事的作品，还包含大量的杂文、小品文及报告文学。但这些创作很长时间没有得到有效的整理，这在一定程度上阻滞了散文研究的步伐。因此，对现代散文创作及散文理论的资料整理与钩沉，是很迫切的一项工作。

现代散文的整理工作始于1935年出版的《中国新文学大系》。在这套丛书中，分别由周作人和郁达夫编选《散文一集》与《散文二集》，收录了五四至30年代部分中国作家的散文作品。其中《散文一集》编选了徐志摩、梁遇春、郁达夫、郭沫若、俞平伯、陈西滢等人的散文创作，《散文二集》则编选了鲁迅、周作人、冰心、林语堂、丰子恺、朱自清、王统照、许地山、叶绍钧、茅盾等人的散文创作，这些散文创作都具有一定的代表性，且成就较高，同时呈现出编选者的识见。70年代以来，对现代散文的整理再次受到重视。如1979年出版的《中国现代文学史参考资料·散文选》4卷（北京师范学院中文系编），1982年出版的《中国现代散文选》7卷（中国社科院文学所编）以及1992年出版的《中国现代散文精粹类编》10卷（俞元桂主编）等等，从散文史的角度对现代散文创作进行整理，反映出中国现代散文创作的整体风貌。90年代以来，现代散文家的个人选集也得到了很多出版社的整理与出版。如1991年百花文艺出版社出版的《现代散文丛书》近50种，遴选了较有代表性的现代散文作家的代表作品，按创作与发表的时间先后顺序加以编排，呈现出现代作家散文创作的发展脉络及风格演变，具有较高的史料价值。

现代散文创作的整理，使很多现代散文经典被发掘出来，为后续的散文研究工作奠定了一个基础。

### 【范文选读】

## 《荷塘月色》：一个精神分析的文本

高远东

《荷塘月色》是现代散文的典范。早在20年代，它就与《桨声灯影里的秦淮河》《背影》等作品一道，以“漂亮和缜密”的写法，打破了“那‘美文不能用白话’的迷信”①，完成了“对于旧文学的示威”②，被誉为“白话美术文的模范”③：其中蕴含的写作精神和文学技巧由于长期作为中学语文教材而成为现代汉语的规范作业，不少研究者从语言教学、散文艺术、文学史诸方面对它进行观照。细察它的阅读史发现，人们往往迷惑于其高度的语言魅力而走失于精雕细琢的修辞迷宫，无法直达作品的主旨。在以往的评论中，无论对其丰盈的文学情致的由衷赞叹（晦庵），还是对其“散文仍能贮满着那一种诗意”（郁达夫）的文类学成就的称赏，还是对它“太过于注重修辞，见得不那么自然”（叶圣陶）的批评，人们多着眼于作品语言、形式方面的美感，而更重要的对作品寓意的把握却放弃了，偶有涉及也所论泛泛。如有人不明白作者在“翻天覆地的流血革命”时代“在荷塘月色中夜游”的原因，猜想作品主题是以荷花与明月象征圣洁，来表示其“与当时的现实不妥协的

① 胡适：《五十年来中国之文学》，1922年3月。

② 鲁迅：《南腔北调集·小品文的危机》。

③ 浦江青：《朱自清先生传略》，《国文月刊》，第37期。

意思"[1]，这类理解未免过于主观了。我以为，《荷塘月色》在散文文类上既可归于鲁迅所谓写法"漂亮和缜密"的一类，也可归于东亚病夫所谓"析心理的，写自然的"[2]一类：它不仅用工笔，而且写意——作为一个心理分析的文本，文中触目可见的朵朵荷花、田田绿叶、缕缕清香、溶溶月色、隐隐远山等优美意象其实正是一个个隐喻和象征，由其组织的诗一样的意境也就成为一个有别于日常生活的心理的和象征的世界，那些优美意象背后自然隐含了作者的情感、精神、哲学。质言之，作品其实呈现了一个主人公借助美的自然和文化平息内心的爱欲骚动的心理过程，并在化解心理冲突的方式中寄寓作者所谓"日常生活的中和主义"的道德哲学和"随顺我生活里每段落的情意的猝发的要求，求个每段落的满足"[3]的"刹那主义"——一种审美化的人生观。

所谓"日常生活的中和主义"和求情意之"段落的满足"的"刹那主义"，乃作者自称一而二、二而一的"中性人生观"[4]，也是其20年代思想的重要特征之一。亚东图书馆1924年版《我们的七月》一书所收朱自清致俞平伯三封残信为这一思想的文献载体，俞平伯曾据以分析其长诗《毁灭》，以为它包含着作者对于人生问题的思考和"解决的方法"[5]。这种"中性人生观"植根于朱自清的切身体验，即所谓生活之"诱惑的力量，颓废的滋味，与现代的懊恼"和旧家庭中"种种铁颜的事实的接触"[6]，关注生活的意义和价值问题。有感于人生的知、情、意之间的矛盾奔突和无法调和，它强调以理性为指导，通过执著生命之每一刹那的意趣，获得其意义和价值，使每一刹那的生活舒服，进而解决"不可解决的人生问题"。它不同于"不管什么法律，什么道德，只求刹那的享乐"的"颓废的刹那主义"[7]，而是一种积极把握人生，虽"不必哲学地问他的意义和价值"，却能兼顾人的理性、情感、意志诸要求，寓人生意味于平凡生活的、俞平伯所谓"把颓废主义和实际主义合拢来"而形成的"一种有积极意味的刹那主义"[8]，一种青春的伦理学。在《荷塘月色》中，它则表现为一种旨在调和人的理智与情感、理想与现实、自然

---

① 张白山：《漫谈〈荷塘月色〉》，《文学知识》，1959年第11月号。

② 东亚病夫：《复胡适的信》，1928年3月，《真善美》1卷12号。

③ 朱自清：《信三通》，收《我们的七月》，亚东图书馆1924年版。

④ 朱自清：《信三通》，收《我们的七月》，亚东图书馆1924年版。

⑤ 俞平伯：《读〈毁灭〉》，《小说月报》，第14卷8期。

⑥ 朱自清：《信三通》之1922年11月7日残信。

⑦ 朱自清1922年1月7日残信。

⑧ 俞平伯：《读〈毁灭〉》。

性与神性之冲突的伦理和审美的心理实践。

把这种“日常生活的中和主义”和追求生命意趣的“段落的满足”的“刹那主义”解为《荷塘月色》的思想背景需要解决一些问题，最重要的是二者的时间差：《荷塘月色》写于1927年7月，而朱自清致俞平伯的三封信分别写于1922年11月7日、1923年1月13日、1923年4月10日，前后相差五年多。这五年间朱自清经历了1925年的“五卅”惨案以及被一些论者视为《荷塘月色》历史背景的1927年“四一二”大屠杀，处于从思想激荡多变的青年向深沉成熟的中年、人生观从确立到稳固的转折时期，或许这就是长期以来人们不愿把这一“青春”思想与《荷塘月色》建立联系的原因。但我相信一个人的思想取向、精神气质、人生观念的内在接续性，至少在未找到确凿材料证实其思想的转变之前，不宜根据常然或当然武断。我以为，无论考察朱自清20年代中期的思想演变，还是判断其写作《荷塘月色》时的思想状况，都不能越出其从写于1922、1923年的致俞平伯信到写于1928年2月7日的人生道路的抉择宣言《哪里走》的范围。二者具有相同或相近的思考主题——确立人生观和选择人生道路。所不同者，只是前者多带有青年的热情和幻想，对人生问题的思考和表述比较抽象和夸张，后者则显示了历经时代的血雨腥风洗礼后所谓Petty Bour-geoisie（小资产阶级）知识分子在日益意识形态化的政治、思想、文学革命时代的左右失据以及彷徨的心态。朱自清把个人及所属阶级的命运置于革命——思想的、政治的、经济的革命亦即“从自我的解放到国家的解放，从国家的解放到Class Struggle”[①]——的历史发展中进行思考，从他对“我们阶级的灭亡”的自觉、对革命和军事权威侵犯个人自由的观察、落伍的恐惧到最终选择一条中间道路——文化和学术的而非政治的——的思路中，从他“我既不能参加革命或反革命，总得找一个依据，才可姑作安心地过日子”[②]的自白中，仍然贯穿着明显的“日常生活的中和主义”的精神气质和所谓“既不执著，也不绝灭的中性人生观”的特征，与致俞平伯信中的思想一脉贯通着。这说明，尽管《哪里走》一文政治意味较浓，但闪烁其中的人生观念、精神气质、思想内容仍然是十足朱自清式的，并无理由证明作者放弃或改变了1923年前后形成的人生观，无论叫它“中和主义”、“刹那主义”还是“平凡主义”或“中性人生观”我们知道，人生观不止牵涉到立场和利益，而是涵盖人在安身立命方面的几乎所有问题，一旦

---

① 朱自清：《哪里走》，《一般》第4卷第3期，1928年版。

② 朱自清：《哪里走》，《一般》第4卷第3期，1928年版。

形成就不易变更，远较政治观念更稳定。基于这种人生观念的连续性，把朱自清形成于 1923 年前后的某些信念作为《荷塘月色》的思想语境，或者说在《荷塘月色》中寄寓着作者的人生观，至少在逻辑上是可能的，在事实上也有写于 1928 年的《哪里走》一文作为反证的支持。

不过，真正的支持必须从作品中获取，而《荷塘月色》作为一个不仅有“花容月貌”而且具思想寓意和心理深度的文本，经过我们的拨草寻蛇，完全能为本文的论点提供支持。关键在于科学的而非断章取义的解读方法。过去的解读似乎把作品本事的时空具体性与作品的文本符码之间的目的性联系忽视了：无视作品中借景寓情的主体——人与自然景物、文化仪式的隐喻关系，排除了荷塘月色中心绪骚动不宁的主人公的作用和艺术存在，这样，交织为作品的机理并作为基本组织要素而存在的思想寓意和心理内容，便只能从人们的视野中消失。事实上，作为一篇当做诗来写的抒情散文，把握其寓意或主题的正确途径仍然在于分析人物与作品的氛围、意象、比喻、象征的关系。在《荷塘月色》中也就是“我”与虚虚实实、亦真亦幻的荷塘世界的关系。在作品中我们将会看到，通过月光下的移情作用，“我”如何从一个世俗的日常生活世界导向一种自然风物和文化习俗相交融的优美、自由、风流的爱欲景观，使自己的欲望得到安抚、不宁得以消除、精神得到升华，呈现为一个“随顺我生活里每段落的情意的猝发的要求，求个每段落的满足”的心理的和审美的过程。

理解《荷塘月色》的寓意的关键之一是把握“我”心理骚动的性质：它不仅提出了要解决的问题，引发读者的悬念，而且为将要呈现的一切定下了基调，推动着整个艺术过程的进行。作品劈头就说“这几天心里颇不宁静”，原因是什么？是政治的、经济的还是精神的或心理的？作品没有明说。曾有论者把原因妄断为 1927 年“四·一二”大屠杀对作者精神的影响，但此种解释既不符合作品，也不符合作者的思想现实。在 1925 年“五卅”运动和 1926 年“三·一八”惨案期间，尽管朱自清写过大量如《血歌》《执政府大屠杀记》之类诗文，表现了积极的政治觉悟，但以后（包括 1927 年的大革命和大反动时期）作品的政治性并非如一些论者所言是越来越强，而是越来越弱了，这自然与他的人生选择有关。而且，作品明白写着主人公心绪不宁的时间是“这几天”而非“四·一二”以来的“这几月”。就作品本事而言，它写的是朱自清任教于清华大学——尤其是 1927 年 1 月自白马湖接眷北来后就住于清华园西院的日常生活的一个片断。因此，与其把“我”心绪不宁的原因归之于政治，还不如把它归诸这种日常家庭生活更为可信。事实上，作品接着就写到了家庭生活："妻在房里拍着闰儿，迷迷糊糊地哼着眠歌。"这是一幅与荷塘月色的爱欲景观相对立的平凡的现实生活画面，它带给我们一种安谧糊涂的感觉，并不具有足以使人心理骚动的力量，不能作为主人公心绪不宁的直接原因。那么，导致"我"心绪不宁的真正原因是什么？我以为它属于自然心理的一类，用俞平伯的话说就是满月时分的生命的一种"没来由的盲动"[①]。

把生命视为直觉的、本能冲动的、生物性的、奔突不息的、制造问题的意欲过程与约束的、协作的、调和的、解决问题的理性化过程的对立统一，乃朱自清"中和主义"或"刹那主义"的道德哲学和审美人生观的基本观念，其中隐含着尼采、柏格森、弗洛伊德及厨川白村的活力论生命哲学在20年代中国的流布，以及中国思想的抵御、吸纳、融合、改造等内容。朱自清曾不止一次提及人的本能——"生物的素质"的盲动性对于知、情、意和谐乐处的生命状态的骚扰和破坏，表现了对于"使心情有所寄托，使时间有所消磨，使烦激的漩涡得以暂时平恬"[②]的"中和"境界的向往。他这样描述二者的关系："以理性之指导，我辈正安于矛盾，安于困苦，安于被掠夺，安于作牺牲；而无奈生物的素质逼我们去挣扎，去呻吟，于是成为言不顾行的鄙夫了。我们自然不见得甘心，但即不甘心又将奈何？""我们现在自己得赶紧明白，我们的生活，我们的将来，我们的世界，只是这么一个小圈子。要想跳过它，除非在梦中，在醉后，在疯狂时而已！"对于他而言，当满月时分的生命的盲动又一次袭来，而平凡的日常生活又无法满足其创造性的浪漫冲动时，艺术地进入其既有的思想轨道，审美地"跳过"生命的狭小"圈子"，就成为顺理成章的事——因此才有了荷塘月色下的爱欲景观，一个安抚自然生命之律动和超越文化生命之凡庸的精神"白日梦"，一个寄寓了朱自清的生命哲学的思想文本。

理解《荷塘月色》的寓意的关键之二是注意文中"月光"意象的移情/升华作用和"小煤屑路"的连结/转换作用。当作品交代了主人公"心里颇不宁静"后，一个重要意象"月光"出现了。作品写道："今晚在院子里坐着乘凉，忽然想起日日走过的荷塘，在这满月的光里，总该另有一番样子吧。"我们知道在中西文学传统中月光与人的精神变异之间存在一种神秘的对应性。像鲁迅《狂人日记》中狂人的"发狂"就由"三十多年不见"的"很好的月光"引起；英文"月亮"（luna）与"发狂"（lunatic）也存在词源关系。当

① 俞平伯：《读〈毁灭〉》。
② 朱自清1923年4月10日致俞平伯残信。

然，在更多的作品中“月光”依然只是纯粹的“月光”，并不必然与精神变异发生关系。那么，究竟在什么条件下“满月的光”才与人的精神变异产生对应性呢？大致而言，它一方面常常发生在偏于抒情的象征性、独白性作品中，人物具备了精神变异的内在要求；另一方面，作者又必须对此艺术方法具备主观的自觉。前面曾提到，朱自清明白“生物的素质”的可怕的破坏力量，也了解理性统治世界的有限性和封闭性，并认为“要想跳过它”，超越生命的局限，“除非在梦中，在醉后，在疯狂时而已！”这里，所谓“梦中”“醉后”“疯狂时”，都意味着一种有别于日常生活的异常生命状态，意味着理性遭受抑制后意欲的某种解放、“超我”退位后“本我”的某种放纵、使意念得到满足和欲望得到安抚的某种自由……而要将这一切表现出来，将“梦中”“醉后”“疯狂时”对象化，最方便的手段，正是借助“月光”的移情作用，将日常世界“虚拟化”“陌生化”。因此不管鲁迅的《狂人日记》还是朱自清的《荷塘月色》，都毫无例外地利用了“月光”这一媒介。文中“月光”意象同时包含了双重意味：（一）它与“发狂”或“心理不宁静”互为因果，代表一种可引发精神变异的自然力，具有给生命的盲动以路径，赋盲动的生命以节律的作用。（二）它既是理性的又是非理性的：在作为疯狂或心理骚动的诱因时是非理性的，循此路线，人物得到的是发泄，是暂时的解决；但在提供真正彻底的解决路径时却是理性的——像狂人“救救孩子”的呐喊，在具备思想支援的意义上，与“我”在“荷塘世界”中的所见所感所思，以及所体现的“日常生活的中和主义”，其实是高度协调的。也就是说，这种“满月的光”既可引发心理骚动和精神变异，使主体出离制约他的现实，但又能保证这种“出世神游”的性质为一种思想的觉悟、精神的超越或升华，不至于走向混乱无序。事实上，正如狂人由于“月光”而产生某种醒悟——对现实和历史的新认识一样，《荷塘月色》中的“我”也由于“月光”的诱导，对荷塘——一个不同于家庭的自然世界，产生了一种全新的期待，希望它与“日日走过”的“有些不同”。结果在作品中，当“月亮渐渐升高了”，家庭生活的景象便耐人寻味地黯淡了下来：“马路上孩子的欢笑”“已经听不见了”，连成年人的“妻”也迷迷糊糊地进入了梦乡。这样，到最后一线与日常生活的联系也被切断，主人公便走上了一条出世游仙的路，“我悄悄地披了大衫，带上门出去”。

主人公的“仙境”——“荷塘世界”是由一条“小煤屑路”来连结的，它分明就是其转换现实世界和幻想世界的通道。作者特意强调，“这是一条幽僻的路，白天也少人走，夜晚更加寂寞”，与日常世界的联系若断若续，完全有资格充当主人公“游仙”的“灵媒”。虽然“没有月光的晚上，这路上阴森森的，有些怕人”，可“今晚却很好”，“月光”的诱引和提升作用已足以使主人公在走出日常世界时感到安全。这一切交代完毕，主人公便转向了自省。显然，他也察觉到自己与平时有些不同：“这一片天地好像是我的；我也像超出了平常的自己，到了另一世界里”。那么，这“另一世界”的好处何在呢？作者告诉我们：“一个人在这苍茫的月下，什么都可以想，什么都可以不想，便觉得是个自由的人。白天里一定要做的事，一定要说的话，现在都可以不理。”我们知道，“慎独”是中国道德的基本主题之一，把“独处”时等同于具解放作用的“梦中”、“醉后”、“疯狂时”虽不一定恰当，但此刻确实也是“上帝”“超我”等意识中的监督机制休养歇息之时，尤其是“月光”下的“独处”——骚动的“本我”在纯洁的清辉中而感到了无限的自由——因此作者写到，“这便是独处的好处，我且受用这无边的荷香月色好了。”

理解《荷塘月色》寓意的关键之三是确认“荷香月色”的文学属性，作品中那些色香味俱全的优美形象到底是一般的文学描写、一般的比喻，还是有所寄托的双关语，甚至能认为是一种象征？老实说，把“荷香月色”的优美景致看成一种独特的爱欲景观并非没有风险，有人甚至会引申出诸如主人公刚离开自己的老婆就胡思乱想，企图“受用”什么“无边的荷香月色”之类不雅驯之意，因此有必要在直观联想的阅读感受之外，充分顾及制约作品的诸要素而小心求证。我的根据有三：一是朱自清本人的表达传统和习惯。不少人都指出过他的散文常以花拟人、以景拟人，通过自然景物表达对异性的爱慕，这在《桨声灯影里的秦淮河》（1923）、《温州的踪迹》（1924）之《“月朦胧，鸟朦胧，帘卷海棠红”》、《绿》、《白水祭》等篇都有明显的表现，在《阿河》（1926）、《看花》（1930）等篇也有露骨的声明。如《看花》这样记述其“赏花即赏人”趣味的养成：

> 至于领略花的趣味，那是以后的事：夏天的早晨，我们那地方有乡下的姑娘在各处街巷，沿门叫着，“卖栀子花来”。栀子花不是什么高品，但我喜欢那白而昏黄的颜色和那肥肥的个儿，正和那些卖花的姑娘有着相似的韵味。栀子花的香，浓而不烈，清而不淡，也是我乐意的。我这样便爱起花来了。也许有人会问，“你爱的不是花罢？”这个我自己其实也不大弄得清楚，只好存而不论了。

《阿河》中作者把女佣人阿河的身姿、影子及“软”腰作为艺术品来欣赏一番之后，这样写道：

> 不止她的腰，我的日记说得好："她有一套和云霞比美，水月争灵的曲线，织成大大的一张迷惑的网！"而那两颊的曲线，尤其甜蜜可人。她两颊是白中透着微红，润泽如玉。她的皮肤，嫩得可以掐出水来；我的日记里说，"我很想去掐她一下呀；"她的眼神像一双小燕子，老在滟滟的春水上打着圈儿。她的笑最使我记住，像一朵花飘浮在我的脑海里。

把女人比做花并非朱自清的专利，但如此执着专注以至于把这一表达技术化为一种审美精神，且创造出清新、自然、淳厚、美好的文学和人性境界的，却非朱自清莫属。不过，此种表达虽是朱自清散文的一个传统，却不能肯定它就是自觉的方法。在古典诗赋中，视女性为美的自然的一部分，或者反过来以美的自然比拟女性，乃至以其隐喻两性性事（如白行简《天地阴阳交欢大乐赋》），固然并不鲜见，但说朱自清散文的此类表现来自其对古典诗赋的借鉴，却嫌证据不足——虽然以朱自清、冰心散文为代表的"美文"中确实存在抒情小赋的影子。我想对此是否可以这样理解：首先，这种表达方式其实是受制于作者的审美习惯的；其次，它与作为作者生命动力的"性驱力"（libido）有关；第三，它对作者意图的落实、作品意义的传达和效果的制造是相宜的。

根据之二是作品中比喻的性质，那些朵朵荷花、田田绿叶、溶溶月色、隐隐远山并非静观所得的纯自然意象，而是浸透了作者的主观、有所寄托的"人化自然"：其"花容月貌"的外表下，隐含着主人公情绪的起伏、思想的波动、精神的升华等生命的流程，一个凭自然风物和文化习俗的流连来化解内心骚动的心理过程。当主人公受 libido 的驱动，"背着手踱着"进入荷塘月色中，眼中的景致就被他泛性化了，作品中多数比喻都与女性——尤其是恋爱中的女性——有关。我们知道，比喻由本体和喻体组成，在传达意义和意味方面，喻体起说明、强调、完成乃至发展本体的作用，因此由喻体引发的联想、所导引的方向往往成为其真正的文学本质之所在。在《荷塘月色》中，本体是荷塘月色下的自然景致，喻体则是基于作者的"主观"而生发出来的爱欲形象，如"婷婷的舞女的裙"，"刚出浴的美人""肩并肩密密地挨着"之类，因而这喻体中反而包含了作者真正的用心。我以为《荷塘月色》的比喻体系并非一般人理解的明喻，而是极尽曲折的借喻。在这种意义上，真正的本体可以认为并非"荷塘月色"下的自然景致，而是作者的内心生活：那些“无边的荷香月色”其实也不过是一种喻体而已，而最明显的喻体——那些关涉女性的爱欲形象却可能是真正的本体。下面就是主人公眼中的荷塘胜景：

> 曲曲折折的荷塘上面，弥望的是田田的叶子。叶子出水很高，像婷婷的舞女的裙。层层的叶子中间，零星地点缀着些白花，有袅娜地开着的，有羞涩地打着朵儿的；正如一粒粒的明珠，又如碧天里的星星，又如刚出浴的美人。微风过处，送来缕缕清香，仿佛远处高楼上渺茫的歌声似的。这时候叶子与花也有一丝的颤动，像闪电般，霎时荷塘的那边去了。叶子本是肩并肩密密地挨着，这便宛然有了一道凝碧的波痕。叶子底下是脉脉的流水，遮住了，不能见一些颜色；而叶子却更见风致了。

如果说“荷塘月色”的泛性化乃“境由心造”的话，“花心”的主人公的态度却值得注意，他在此爱欲景致中并非热烈地参与，而是细致地观赏、旁观地移情：一会儿对不能朗照的满月发表意见，认为“这恰是到了好处”；一会儿对“悄愣愣如鬼一般”的斑驳的树影悚然警觉；一会儿以为塘中“光与影有着和谐的旋律，如梵婀玲上奏着的名曲”。他似乎调动了感官的一切可能性，不断变换着视点——从平视到俯视，从细察到鸟瞰，由远及近、从上到下、从里向外地享受着荷塘无边的风光，全身心地沉浸于荷塘的姿色之中；但这种“受用”实际上又是旁观的、自律的、高度警觉的：画面层层叠叠地被设置着，层次里另有层次，机关中另有机关，“本我”虽在月下享受着沉醉的自由，“超我”却下意识地不时光顾——像文中光与影的细腻描写，我以为就象征着快感与危险的关系，光亮的意象与快感相关，而暗影则往往意味着危险——其“夜游”不是恣意的放纵，而是一个“中和主义”的审美过程，眼光所见的动静、虚实、浓淡、疏密均给人调和而非对抗的感觉。不过，听着树上的蝉声和水里的蛙声，主人公终于对这种旁观立场感到了不满，他要纵身加入，不愿再置身局外，保持距离，于是“忽然想起采莲的事情来了”。

采莲风俗进入作品是意味深长的：它不仅意味着人物心理历程的转折和高潮，意味着抒写内容从自然转向了文化，而且使其“夜游”的意义更明白地得以揭示。不是吗？主人公披洒着月光，一路进入“荷香月色”的爱欲境界，在相互感应中思想、感受、行动，只是眼见一切虽被“拟人化”，但它毕竟只是纯粹的自然景致，并非真正的人的活动；而作为“江南的旧俗”的“采莲”就不同了，它可是地道的人类自己的“热闹”和“风流”。因而人物

“我”对这一习俗的神往本身就已说明了问题，成为本文论点的根据之三。据作者介绍，“采莲”这一江南旧俗，“似乎很早就有，而六朝时为盛”：

> 采莲的是少年的女子，她们是荡着小船，唱着艳歌去的。采莲人不用说很多，还有看采莲的人。那是一个热闹的季节，也是一个风流的季节。

并引用梁元帝《采莲赋》的描述：

> 于是妖童媛女，荡舟心许；首徐回，兼传羽杯；櫂将移而藻挂，船欲动而萍开。尔其纤腰束素，廷延顾步；夏始春余，叶嫩花初，恐沾衫而浅笑，畏倾船而敛裾。

在传统文学中，“六朝”“江南”往往与富庶、繁华、物质享受的享乐主义相联系，不会给人以由礼教管束的森严印象；尤其是梁元帝，那更是一个风流皇帝，其诗文称艳一时，风格浮靡——所引《采莲赋》一段，正是写情窦初开的少男少女，在采莲的季节相互吸引，把生产劳动改成了爱情风会，而其文字除了表面的意思，也不无一些艳体诗文的隐语老套在内。朱自清直接援引此类华丽文字，当然意味着对“采莲”习俗的肯定，对这种“顺遂”人的爱欲而非敌视、阻碍之的“六朝文化”的神往。不过，想归想，这个“我”到底不会以幻想代替现实，只是感慨“可惜我们现在早已无福消受了”。有意思的是，在现代文学中，现代对现代人来说往往意味着某种解放——不仅是政治的、社会的、经济的解放，而且是人性的、爱欲的解放，此类内容在郁达夫、黄庐隐、丁玲、苏青等人的作品中多有表现。可《荷塘月色》的作者置身现代却偏偏神往“六朝”，这当然与作家对“现代生活的懊恼”和旧家庭中“种种铁颜的事实的接触”以及人物月夜“梦游”的具体处境有关。这且不去管它，作者最后引用南朝乐府民歌《西洲曲》———一首以“采莲”隐喻男女爱情、寄托一个女子思念所爱男子的情歌，为自己的精神“白日梦”雁过无痕地作结：

> 采莲南塘秋，莲花过人头；低头弄莲子，莲子清如水。

但掀开这冰山的一角，能发现作者含蓄地省略的重要内容：

置莲怀袖中，莲心彻底红；忆郎郎不至，出门采红莲。

至此，作品之从自然景致到文化习俗的爱欲境界才“塑造”完全，也只有在与这一爱欲境界的互动中，我们才能理解主人公“我”思想情绪的波动：他为什么乐于独处，为什么在对“荷香月色”的尽情“受用”中会感到寂寞、不满，在遐想江南“采莲”时节的旖旎风光和沉吟于《西洲曲》歌咏的爱恋境界时会产生“可惜我们现在无福消受了”的感慨和使他“到底惦着江南了”的思念等等；也只有在与这一爱欲境界的互动中，我们才能理解主人公“我”的心理特质和其意识流动的本质，理解其期待“采莲人”的微妙心情及作品真正的寄托——作品结尾将这一点已揭示得非常清楚：当他经历了江南“采莲”风俗和《西洲曲》中“太虚幻境”的神游，其欲念早已化解，骚动早已抚平，不宁早已消除。用作品的话来说，是“这样想着，猛一抬头，不觉已是自己的门前；轻轻地推门进去，什么声息也没有，妻已熟睡好久了”。

从出离日常生活到自然回归，从产生心理骚动到平息它，从乐于独处到返回家庭社会，主人公表面上波澜不惊的漫步，却蕴含了一个惊心动魄的心路历程，一个“随顺我生活里每段落的情意的猝发的要求，求个每段落的满足”的生命探险，其中自然也寄寓了其“日常生活的中和主义”和“刹那主义”的人生观。因此，《荷塘月色》这篇公认的现代汉语的规范作业、修辞的典范，不仅作为抒情的“白话美术文”，而且成为一部具有思想寓意和心理深度、体现了淳厚人性的作品。在追究文学本质的意义上，这一点也许比其公认的贡献，如体现“丰盈的文学情致”、打破“美文不能用白话”的迷信和完成“对于旧文学的示威”之类，更值得人们重视。

（原载《中国现代文学研究丛刊》2001 年第 1 期）

【评　析】

这是一篇现代散文经典的研究论文，研读对象是朱自清的《荷塘月色》。以往的研究多侧重于语言艺术和修辞艺术，且取得了较多成果，但对其创作意旨或寓意、内涵的发掘尚有深入拓展的研究空间。该文的价值在于，通过对《荷塘月色》文本的细读，求索作家创作的深层心理动因，从而突破了以往从政治、时代因素切入文本的外部研究模式，发掘出《荷塘月色》文本内部的艺术魅力。

创新是衡量一篇论文学术价值的基本标准。创新的途径有多种，主要体现为观点的创新和方法的创新。要做到观点的创新，首先需选择一个独特的视角。这篇论文采用弗洛伊德的精神分析学理论，从精神分析的研究视角，深入到《荷塘月色》文本叙述的底层，揭示作者想说而没有说出的深层叙述。由此，作者将《荷塘月色》视为一个精神分析的典型文本，在其复杂的修辞、精美的语言表述后面，隐含着一个隐讳的心理象征。在此基础上，文章跳出了《荷塘月色》研究的惯常思维，提出一个论点，即“作品其实呈现了一个主人公借助美的自然和文化平息内心的爱欲骚动的心理过程，并在化解心理冲突的方式中寄寓作者所谓‘日常生活的中和主义’的道德哲学和‘随顺我生活里每段落的情意的猝发的要求，求个每段落的满足’的‘刹那主义’——一种审美化的人生观”。这一论点的创新处体现在：它将《荷塘月色》视为一个寓言性的文本，文本表层叙述中对荷花、荷叶、月色等自然美的描绘，只是表达作家隐秘心理的一个媒介或象征，其真实意图不是写景或抒情，而是表达作家内心情欲在现实与理想冲撞中产生的骚动并最终得到“净化”的过程。由此又延伸到作者的人生态度和审美理想，即儒家伦理中“乐而不淫、哀而不伤”的中和思想上来。而正是这一理想追求，使得《荷塘月色》在写景抒情的整体风格上呈现出“节制”或“智性化”特点，从而呈现出朱自清抒情散文独特的艺术追求和个性化的审美特征。这样，从精神分析的视角出发，《荷塘月色》便给人一种新的审美感受。较之以往从政治环境、时代背景等外部因素图解作品主题的主观化倾向，这一视角更能贴近作品艺术本身，其对《荷塘月色》主题的阐释也更有说服力。

不过，观点的提出只是一个假设，这一假设是否能够成立，则取决于文本中的依据。这就涉及对文本的细读问题。对抒情散文的研究而言，细读是最可见出作者学术功力的一个重要方面。作品的细读应该不放弃文本中任何细节，从最不被人注意的地方入手，经过鞭辟入里地分析、比较、综合，去触摸作家的创作心理，并从中发现新的思想内涵。在这篇论文中，作者抓住了三个较有典型性的细节。一是《荷塘月色》开头一句“这几天心里颇不宁静”，二是《荷塘月色》中“月光”、“小煤屑路”等意象，三是《荷塘月色》中的“荷塘”与“月色”本身的文学象征意义。论文指出，通过这些意象的动静、虚实、浓淡的组合，所要表达的不是放纵的情绪，而是一种情理和谐的中和之美。这些切合文本实际的阐释，是很有说服力的。同时也体现出《荷塘月色》内在的心理玄机：即将内心的狂野隐藏于平静的叙述之中。从现实生命的盲动起笔，最后回归生活的平静，作家经历了一场灵魂的历险和超越。论文中对这些关键细节的解读，为观点提供了有力的依据。

当然，采用新的理论与方法来研究现代散文经典，要注意联系文本的实际。脱离文本和作家的创作实际去空套理论的做法，只会适得其反，达不到预期的效果。同时，在散文文本的细读研究中，要避免过度阐释的倾向，盲目夸大作品的内涵，要做到立论有据、分析客观，才能实现切实有效地创新研究。

**【文献链接】**

1. 丁晓原：《论“五四”人生派散文》，《文学评论》2003 年第 1 期。
2. 范培松：《京派与海派散文批评比较论》，《文学评论》2002 年第 4 期。
3. 范培松：《中国散文批评史》，江苏教育出版社 2000 年版。
4. 傅德岷等：《中国现代散文发展史》，四川教育出版社 1997 年版。
5. 林非：《中国现代散文史稿》，中国社会科学出版社 1981 年版。
6. 钱理群：《鲁迅散文漫谈》，《南京师范大学文学院学报》2006 年第 2 期。
7. 王兆胜：《论 20 世纪中国散文研究》，《徐州师范大学学报》2001 年第 4 期。
8. 俞元桂主编：《中国现代散文理论》，广西人民出版社 1984 年版。
9. 喻大翔：《周作人言志散文体系论》，《文学评论》1999 年第 2 期。
10. 张龙福：《心理批评：〈画梦录〉》，《文学评论》1994 年第 2 期。

## 第四节　现代戏剧研究

### 一、戏剧史编撰研究

中国现代话剧史的编写是在“文革”结束才真正开始的。

1983 年，柏彬完成了《中国话剧史稿》一书，但因为种种原因迟至 1991 年才由上海翻译出版公司出版，错过了成为新中国第一部完整话剧史的机遇。1986 年，阎折梧编、赵铭彝校订的《中国现代话剧教育史稿》由华东师范大学出版社出版。1989 年 7 月，中国戏剧出版社出版了陈白尘和董健主编的《中国现代戏剧史稿》。1990 年 3 月，安徽教育出版社出版了黄会林的《中国现代话剧文学史略》。同年 5 月，葛一虹主编的《中国话剧通史》由文化艺术出版社出版。1993 年，田本相的《中国现代比较戏剧史》由文化艺术出版社出版。同年，田本相与焦尚志合著的《中国话剧史研究概述》由天津古籍出版社出版。1998 年 1 月，王卫国、宋宝珍、张耀杰出版了《中国话剧史》（文化艺术出版社）。次年，田本相主编，宋宝珍、王卫国著的《中国话剧》也由文化艺术出版社出版。2003 年 8 月济南出版社出版了郭富民著的《插图中国话剧史》。同年，董健主编的近 500 万字的《中国现代戏剧总目提要》由南京大学出版社出版，这是中国现代话剧史料收集的宝贵收获。2004 年 5 月，中国戏剧出版社出版了郑邦玉著的《解放军戏剧史》，专门叙述解放军的戏剧运动历史。此外，还有孙庆升的《中国现代戏剧思潮史》、胡星亮的《二十世纪中国戏剧思潮》、焦尚志的《中国戏剧美学思想发展史》等较有分量的专题史。

在已出版的话剧史著作中，影响最大，在中国话剧史编写上具有划时代意义的是陈白尘与董健主编的《中国现代戏剧史稿》、葛一虹主编的《中国话剧通史》和田本相的《中国现代比较戏剧史》。这三部史著都是在 80 年代"重写文学史"的背景下诞生的，都具有视野开阔、史料翔实、立论公允、富于创见等特点。陈白尘、董健主编的《中国现代戏剧史稿》，详尽地叙述中国现代戏剧发生、发展的历史，既介绍戏剧运动、进行理论概括，又突出戏剧作家作品的介绍和评价，做到了史论结合。《中国现代戏剧史稿》将田汉、曹禺、夏衍三位中国现代话剧史上的杰出人物列为专章，对他们的戏剧活动、代表剧作、思想内容和艺术特色等都给予了详细的介绍和中肯的评价。而且，《中国现代戏剧史稿》还提及了许多长期被埋没的作家作品，如对"国剧运动"、"战国派"及其作家作品等做了较为详细的介绍和中肯的评价。黄修己指出，《中国现代戏剧史稿》"无论是对戏剧运动，或对作家作品的分析，都贯穿了一分为二的原则。好处说好，坏处说坏，这精神到了 80 年代，已经普遍为新文学研究者们所重视并加运用了。《戏剧史》中总的说来是做得好的。"① 陈白尘、董健的《中国现代戏剧史稿》集中体现了 80 年代现代戏剧研究的水平，在中国现代戏剧史的研究中具有里程碑作用。

葛一虹主编的《中国话剧通史》，名为"通史"，实际只写到 1966 年，是文化大革命前话剧史编撰的回顾与思考。《中国话剧通史》淡化了话剧作家作品的评介，主要介绍话剧运动，以剧团、剧社及话剧演出活动串起中国现代话剧"通史"。《中国话剧通史》是一部翔实完整的中国现代话剧运动的发展史。

田本相主编《中国现代比较戏剧史》则是 80 年代比较戏剧研究的集大成

---

① 黄修己：《中国新文学史编纂史》，北京大学出版社 1995 年版。

之作，展示了中国现代戏剧研究一个新的方向。该书以深刻透辟的理论分析，从中国话剧接受外国影响的角度阐述中国话剧发展的历史，是中国比较戏剧学的奠基之作。这三部史著确立了中国现代话剧史这一学科，因而具有重要的意义和价值。朱伟华在《中国话剧文体研究的反思与前瞻》一文中指出："这三部史著立意不同，分别对中国话剧的文学史、运动史、外来影响史三方面进行考察，使20世纪现代话剧史形成三足鼎立的学术格局，代表着本世纪话剧史著编撰的最高和整体成就。"① 这一评价是恰如其分的。

尽管中国现代话剧史的编纂和研究取得了显著的成就，但仍然有许多问题值得思考和研究。如陈白尘、董健的《中国现代话剧史稿》具有以战争思维支撑学术构造、政治意识左右价值判断的特点。葛一虹主编的《中国话剧通史》在体例详略方面不平衡，对于熟悉的作家介绍的较为详尽，在取舍评价标准方面较严重地受到"左"的文艺思想影响，如对国统区进步作家、政治倾向不鲜明的作家略而少谈、不谈，将曹禺置于戏剧创作主流之外；以过于褊狭、单一的政治标准取代艺术批评，影响了全书的学术价值。田本相的《中国现代比较戏剧史》有现象罗列多、理论分析与概括不足的缺点。因此，面对浩繁的史料，必须进行鉴别和取舍，从整个话剧的历史进程中去做出判断。

话剧史写作存在的这些问题，有学者提出了自己的思考和研究。如傅瑾在《20世纪中国戏剧史的对象与方法》一文中指出："无视本土戏剧的存在、成就和影响，使中国戏剧史出现一条巨大裂痕。"且以《中国现代戏剧史稿》为例，指出："国剧在20世纪戏剧与文学史中遭遇的'有意识的忽视'，其理论根源在于将中国戏剧现代化进程片面理解成话剧的引进与发展的过程，把剧种的分野当成现代性的分野，将本土戏剧排斥在现代化进程之外。"② 胡昌平在《话剧史编撰的回顾和思考》一文中指出话剧史除了建构"宏大叙事"外，还应有"日常生活叙事"。另外还指出："话剧史研究还应具有整体意识。"要注意话剧的发展史是运动史、文学史、演出史，包括导演、表演、舞台美术的综合史；话剧是中国现代文学史的一个组成部分，要考察话剧史在整个中国现代文学史中的地位和贡献；中国话剧史还应包括台湾、香港和澳门的话剧史；话剧史在整个中国戏剧史中的地位和作用也应得到研究。认为现有的戏剧史夸大了话剧在戏剧史上的地位和作用③。董健、马俊山都提出话

① 朱伟华：《中国话剧文体研究的反思与前瞻》，《社会科学辑刊》2001年第1期。

② 傅谨：《20世纪中国戏剧史的对象与方法——兼与〈中国现代戏剧史稿〉商榷》，《上海戏剧学院学报》2001年第3期。

③ 胡昌平：《话剧史编撰的回顾和思考》，《戏剧》2007年第2期。

剧史研究要补课，要解放思想。田本相在《我的研究道路》一文中说："我希望写出一部《中国话剧艺术通史》来，在全面地吸收已有的研究成果的基础上，对百年的话剧历史做出具有突破性的研究成果；希望它成为一部多卷本的、史料丰富准确、观点正确、内容全面、图文并茂、具有学术独创性的百年话剧史著。"① 我们期待着这样的史著出现。

## 二、剧作家及作品研究

现代剧作家研究有三大热点：一是曹禺，二是夏衍，三是郭沫若史剧。在这三大剧作家研究中，都涌现了一批系统深入的研究成果。

曹禺的研究所取得的成果是最集中最突出也是持续不断至今不衰的，而且剧作家研究的突破首先从曹禺研究开始。其中成就突出的有：《曹禺剧作论》（田本相）、《曹禺的戏剧艺术》（辛宪锡）、《论曹禺的戏剧创作》（朱栋霖）、《曹禺论》（孙庆升）、《大小舞台之间——曹禺戏剧新论》（钱理群）等，至于论文当以数百篇计。对曹禺的研究，几乎是全方位的，多角度的，在曹禺研究上充分展示了曹禺自身的潜力，同时也展现了话剧研究探究的能量与热忱。在某种意义上说曹禺研究在话剧研究中扮演着前卫的角色。同时，对曹禺重新评价，就是要展示他在中国现代文学史上的地位和价值。

夏衍的研究所取得的成果也是相当可观的。成就突出的专著有《夏衍的生活与创作道路》（陈坚）、《夏衍传》（黄会林、绍武）、《夏衍戏剧创作论》（王文英）等，此外还有一批高水平的论文。

郭沫若史剧研究成果也很多，单是专著就有《郭沫若史剧论》（田本相、杨景辉）、《论郭沫若浪漫主义历史剧》等。这批论著着重以历史的美学的方法，研究其浪漫主义史剧的价值，对其史剧理论、方法、风格、悲剧各方面深入加以探讨，作出整体的综合研究。其中，对于《孔雀胆》以及新中国成立后创作的史剧《武则天》等，争议较多。

除三大热点外，田汉研究不够充分，研究成果与田汉在中国话剧史上的地位不相称，主要是缺乏全面的整体的把握和深度的开掘。当然也取得一些进展，如陈瘦竹的《论田汉的戏剧创作》得以重新修订出版，其他专著有《田汉评传》（何寅泰、李达三）、《田汉剧作浅探》（马烨荣）、《田汉年谱》（张向华）。其中《田汉年谱》对田汉一生的行赋作了翔实的论述，是一部有相当史料价值的著作。关于田汉研究的拓展，在一些论文中所涉及的研究重

① 田本相：《我的研究道路》，《东方论坛》2006 年第 3 期。

点主要有两个方面：田汉与中国戏曲，田汉与外国文学、外国戏剧的关系。此外，陈瘦竹的《现代剧作家散论》，是一部具有开拓性的剧作家研究论文集，其中一些篇章对郭沫若、曹禺、丁西林等作了深入的探讨。董健的《陈白尘创作道路论》，李振渔、冉忆桥的《老舍剧作研究》，尹奇的《宋之的评传》，许国荣、张洁的《吴祖光悲欢曲》等，也显示了剧作家研究的进展。

田汉、曹禺、夏衍、郭沫若，是中国话剧文学的重要支柱，对这些剧作家研究的深化，无疑对中国话剧史的研究起着推动作用，由此促进中国话剧史研究的突破。剧作家研究上的突破，其中一个重要的方面是不断扩大视野，把注意力逐渐放到曾因多种原因被淹没的作家。这里有几种情形：一种是他们多少同国民党政府有过牵连，如张彭春，余上沅等。张彭春是曹禺的导师，南开话剧的创始人，杰出的早期导演艺术家，他的《新村正》较《终身大事》还早，被胡适称赞过，但一直被埋没。而发掘了他，更发现南开话剧运动，而南开话剧运动的全新评价，更丰富了中国新剧史中的一页。余上沅是国立剧专校长、剧作家、戏剧理论家、戏剧教育家、“国剧运动”的倡导者，他与张道藩有联系，但对中国戏剧作出过多方面的贡献。他的被发现，被重新评价，意味着“国剧运动”得到新的评价。第二种情形，这些著作家多是留学欧美的学者，或者说是民主个人主义者，如宋春舫、王文显、李健吾、杨绛等。第三种情形，是由于某种研究深入而把他们重新发掘出来，如徐讦、渡舜卿、陈楚淮、高长虹、向培良、白薇等，都是在研究中国现代戏剧中被重新发现的。徐讦以写鬼小说出名，其实他更迷恋戏剧，创作颇多。向培良是一个戏剧著译甚丰的戏剧家。在不同程度上被重新讨论评价的剧作家还有陈大悲、侯耀、汪仲贤、姚克、柯灵、师陀、袁牧之、谷剑尘、于伶、石凌鹤、章泯、姚时晓、冯乃超、胡也频、徐志摩、沈浮、张骏祥、左明等。这些剧作家被重新发现、重新评估，不是个别人物的问题，而是大大改变了话剧史的面貌，并发现了新的思潮流派，从而对中国话剧史的发展特点和规律的探讨起了不可忽略的作用。

## 三、戏剧比较研究

在中国，话剧是舶来品，所以，中国现代戏剧是在西方戏剧文化的影响下产生并发展起来的，中国现代戏剧发展的每一个阶段，都程度不同地受到国外戏剧理论与思潮的影响。20 世纪 20 年代，西方的现实主义戏剧思潮、浪漫主义戏剧思潮和现代主义戏剧思潮对“五四”时期的剧坛产生过程度不同的影响；到 30—40 年代，苏俄的“左”倾文艺思潮也对我国剧坛产生了较大的影响，以至逐渐形成“现实主义”独尊的局面。戏剧思潮的变迁折射出时代的面影和社会风俗、审美时尚的变化。因此，中国戏剧在发展过程中所受外国戏剧的影响，我们必须予以足够的重视，并进行宏观的审视与剖析，只有这样，才能真实地描绘中国现代戏剧史。因此，戏剧比较研究对于中国现代戏剧研究具有重要的意义。

近年来，研究者愈来愈重视戏剧比较研究。陈瘦竹《郭沫若的历史悲剧所受歌德与席勒的影响》、朱栋霖《曹禺戏剧与契诃夫》、陈坚《平凡下边沸腾着现实的威力——夏衍与契诃夫剧作的比较思考》、王德禄《曹禺与奥尼尔——悲剧创作主题、冲突与形象之比较》、《曹禺与契诃夫艺术风格的联系和比较》、马焯荣《田汉的戏剧艺术与席勒》、连介德《中西戏剧交流的尝试——〈玩偶之家〉与〈终身大事〉比较》、李万钧《比较文学视点下的莎士比亚与中国戏剧》、张建的《论丁西林与萧伯纳》等论文，以及焦尚志的著作《金线与衣裳》，分别从主题思想、题材类型、风格样式、艺术技巧等方面，较为详尽地研究了外国剧作家对中国现代剧作家的影响以及这种影响在作品中的具体表现。1988 年，美国作家尤金·奥尼尔诞生百周年国际学术讨论会在南京举行，朱栋霖与刘海平的合著《中美文化在戏剧中的交流——奥尼尔与中国》同时出版，这是国内第一部研究外国剧作家与中国文化关系的专著。全书从中西文化交流的角度，系统地考察了这位诺贝尔文学奖获得者所受东方哲学的影响、奥尼尔对中国现代戏剧的影响，以及 60 年来中国接受奥尼尔的文化进程。该书运用翔实的历史资料与论析，展示出在 20 世纪中西文化的碰撞与交流中，中美双方在文化价值、伦理道德、审美意识的嬗替演变、纵横交会中构成的中美文化交流景观。

1993 年，田本相出版了《中国现代比较戏剧史》，这是 20 世纪 90 年代中国现代戏剧比较研究成果的集大成之作。该书从话剧这一“舶来品”接受外国影响的角度阐述中国现代话剧发展的历史，介绍了外国戏剧运动、戏剧流派（包括现代主义戏剧）对中国话剧的影响，并详细地介绍了易卜生、王尔德、奥尼尔、莎士比亚、契诃夫、果戈理等外国戏剧家在中国的影响。中国话剧在接受外国戏剧的影响后形成了自己的民族特色，并以此参与了世界戏剧的发展且产生了较大的影响。因此，《中国现代比较戏剧史》专辟《中国话剧在海外》一章，介绍中国话剧在海外的影响。《中国现代比较戏剧史》处处充满了中外戏剧的比较分析，把话剧放在更为广阔的范围内来勾画其发展史。

但是，戏剧比较研究领域开拓的空间还很大。就目前来说，关于曹禺与外国作家的比较研究，占了多数。这固然说明了曹禺戏剧艺术经久不衰的艺术魅力，但也充分显示出研究者视野的狭窄。在中国现代戏剧史上，几乎所有有成就的剧作家如郭沫若、田汉、夏衍、李健吾、杨绛等人，都不同程度地接受过外国戏剧的影响。他们在汲取中华民族戏剧艺术丰富营养的同时，又广泛吸收异域的戏剧艺术养分，在多方吸收中形成了自己独特的艺术个性。另外，目前的戏剧研究中，对作为“影响源”的外国剧作家的研究有些过于集中。研究者大多比较关注对中国现代戏剧史产生过重大影响的剧作家，如易卜生、奥尼尔、契诃夫等，实际上，在中西戏剧文化的碰撞与交流中，对中国话剧产生重大影响的远不止他们，有很多剧作家都分别在不同时期对隶属于不同艺术流派、持不同艺术见解的作家们产生过或大或小的影响，如梅特林克、安德烈夫、斯特林堡、果戈理、莫里哀、莎士比亚、高尔斯华绥、萧伯纳、王尔德等。而且，作为接受主体的中国作家，在选择接受客体的过程中，就体现了接受者本人的审美趣味、哲学观念和艺术个性。有时候，同一接受主体在同一时期或不同时期会走向不同的接受客体，并将其吸收、融化到自己的创作中去。

宏观地审视国外戏剧思潮与流派对中国现代作家创作及其中国话剧发展的整体影响，并对影响过程中的戏剧现象作出理论上的分析与评判，是戏剧比较研究的重要特色。董健《田汉与西方现代派戏剧》、刘珠《论郭沫若与西方现代派戏剧》、王世德《郭沫若与西方表现主义美学思潮》、陈坚《论苏俄文学对夏衍世界观的影响》、刘平《田汉与日本戏剧》等文着力探讨现代作家作品及其艺术风格与国外戏剧理论与思潮的关系；朱栋霖《论中国话剧艺术对契诃夫的选择》、王璞《契诃夫与中国戏剧的“非戏剧化倾向”》、夏骏《论王尔德在中国话剧发展中的影响》等文，在中国现代戏剧史发展的总体流程中，考察外国剧作家对中国话剧的影响，不仅剖析了中西戏剧文化交流中所出现的特定的戏剧现象，更对接受主体的美学趣味、审美心态作了探幽发微的挖掘。田本相《试论西方现代派戏剧对中国现代话剧发展之影响》、葛聪敏《“五四”话剧创作与外国文学》、《“五四”现代派剧作与西方现代派作家的影响》、刘迁《在肯定与否定的背后——关于中国现代戏剧所受西方现代主义戏剧影响的探讨》、王烈耀《基督教文化对中国话剧的影响》、黄爱华《20世纪初期西方现代派戏剧思潮在中国的传播及其影响》等文，都力图在宏观的文化背景上，全面系统地研讨国外戏剧理论及思潮对于中国现代戏剧理论的整体影响。这些论文充分体现了研究者思路的开阔和对研究对象高屋建瓴的审视与观照。

戏剧比较研究的方法在不断开拓，近年来，接受美学也成为中国现代戏剧比较研究中一种新的研究方法。有学者说，一部中国现代戏剧史即是一部外国戏剧在中国的“效果史”和中国作家接受外国影响的“接受史”。在创作过程中，作家往往承担着双重角色：相对于外来文化来说，他们是接受主体；相对于自己民族的新文化来说，他们又是创造主体。接受者接受过程中的复杂心态必然会在他们的创作中留下印痕。剧作家如何面对异质文化，在面对异质文化时，将采取何种审美心理？这是现代话剧研究的新视角。田本相的《中国现代比较戏剧史》一书对接受主体进行了比较充分的研究，对接受主体在接受过程中对外来戏剧文化的误解、误读现象进行了比较深入的剖析，如“文明戏时代”、“易卜生和中国现实主义戏剧”、“王尔德的影响”等章节为中国现代戏剧比较研究打开了一个新的理论天地。中国现代戏剧在接受外来戏剧影响的过程中存在着很多“误读”现象，与此同时，中国戏剧同样也被西方人“误读”了。施叔青《西方人看中国戏剧》一书的某些章节以西方人对中国戏剧的“误读”现象作为切入口，比较中西方戏剧不同的审美形态。虽然本书作者过于注重直感式的叙述而较少理论分析，但她独特的研究视角却打开了我们的思路。《西方人看中国戏剧》一书的着眼点，主要在于中国古典戏曲在国外的传播情况，对于话剧还无人问津。事实上，话剧作为外来的艺术形式，接受者在接受过程中，不是单纯地将西方话剧艺术直接翻版过来，而是融入了本民族的戏剧美学传统，所以中国话剧具有浓重的东方色彩。如《雷雨》、《日出》、《茶馆》等剧在国外获得的一致的好评，就证明了中国话剧移植与创造的成功。但西方人看中国话剧的视角不同于中国人看中国话剧，就如同中国人看西方戏剧不同于西方人看西方戏剧一样，其中必然融注了接受主体本民族的美学传统、社会风俗、审美主体的个性心理特征。如果对中国话剧在国外的传播情况作个案剖析，必然有助于研究者从新的角度认识中国现代戏剧。《中国现代比较戏剧史》一书列专章“中国话剧在国外”，分别对中国话剧在日本、朝鲜、南洋、欧美的翻译、传播及演出情况作了介绍，具有较高的史料价值。刘海平、朱栋霖《中美文化在戏剧中的交流——奥尼尔与中国》一书以接受美学作为理论框架，把“奥尼尔与中国”置于中美文化双向交流的文化背景中，其开拓性的研究方法在当时影响颇大。

比较研究只是手段，不是研究的目的。我们需要的是借比较研究的方法进一步走向我们的研究客体——中国现代戏剧史，以便在中西戏剧交流的广阔文化背景中考察并探索中国现代戏剧发展的历史规律①。

---

① 参见朱栋霖：《现代戏剧研究的回顾与展望》，《中国现代文学研究丛刊》1995 年第 1 期。

## 四、新批评方法的运用

1980年后，随着西方批评理论被引进并融合吸收，戏剧批评的现代综合格局正在以崭新的张力向其他方法与边缘学科延伸，这个现代综合格局融合了现代心理学、精神分析学、原型批评、形式批评、阐释学、女性学等新学科、新方法，稳健有力地拓展着研究的思维空间。

近几年，从艺术心理学出发，研究作家创作个性与戏剧艺术关系，已经为许多研究者所运用。从自身的独特个性出发，善于凭情感与直觉感受生活，是艺术家介入生活的独特途径。对于艺术家来说，他不是仅仅运用理性分析生活，而是要善于感受生活。他的才情就体现于沉浸在充沛的激情中去深刻地感受生活与人生，客体生活的印象激起他深刻的心灵反应。这样，在戏剧艺术之中，客体生活不是仅仅被客观地“传真”出来，而是被转化出来。在表现主义美学影响下，结合文艺心理学与精神分析学，探讨剧作家与创作的关系，探讨戏剧人物潜在的心理动机与戏剧的潜在精神因素、美学意义，成为戏剧研究的时尚。邹红的论文《“家”的梦魔》、《蛮性的遗留与悲剧的生成》、《“诗样情怀”——试论曹禺剧作内涵的多解性》就曹禺戏剧中一个常说但一直未深究的课题，从创作心理学角度结合精神分析学，作了深入的探究。朱伟华论白薇、袁昌英话剧创作的《与生命同构的戏剧艺术》，也是从创作个性理论出发，研究两位女作家独特的生命形态和她们各自选择的艺术形式之间所存在的同构现象。虽然论者谦称“是一种极粗疏而轮廓性的描述”，但是富有才气与启发性。王文英在《夏衍戏剧创作论》、陈坚在《夏衍的生活与文学道路》、《夏衍的艺术世界》著作中，都分别论述了夏衍的个性特点同夏衍冲淡含蓄、深沉隽永的戏剧艺术风格之间的关系。陈坚在《论夏衍戏剧的心理特色》中，还进而论述20世纪30—40年代知识分子矛盾、错综的心理现实是构成夏衍心理戏剧的内在基础。

戏剧是综合艺术。以前，对现代戏剧的导演、表演的研究一直是一个空缺。近几年，现代戏剧的生成机制也已经进入了学者的研究领域。马俊山的《论中国话剧现代性的生成机制——以“演剧职业化”运动为支点的考察》一文论述了中国现代戏剧的生成机制及与市场的关系，指出，只有当演剧走上职业化道路，取得独立的社会身份以后，话剧的现代性才获得了一个坚实的成长平台和必要的社会资源，各方面均衡协调地发展起来，在国家与市场的张力中才迅速走向成熟，走向自我，形成了鲜明的市民化、中国化特色。他的《演剧职业化运动与话剧舞台艺术的整体化》一文在搜集史料的基础上研究现代话剧表导和舞台艺术。《论国民党话剧政策的两歧性及其危害》也是在注重史实的基础上研究国家政策对话剧活动产生的影响。吕双燕的《中国早期话剧的表演观念与实践》一文阐述了早期话剧的表演观念与实践，指出中国早期话剧虽未形成真正的现代演剧体系，更不是自觉的民族化，但其自发的对适合现代中国社会及观众的新表演艺术的探索，却对中国话剧民族表演体系的构建具有重要启发意义。丁罗男《论中国现代演剧艺术之确立》一文探讨了传统戏剧的改革与新型话剧之间的关系，正是在它们的互动作用下，中国的现代演剧艺术才得以确立。这些研究论文是近几年现代戏剧研究的新突破，弥补了现代戏剧研究长期导表演研究不足的缺陷。

20世纪末关于戏剧现代性的研究，引起了一阵小小的热潮。董健的一系列论文为戏剧的“人学”精神立下了精神支柱。其中，《论中国话剧的启蒙精神》、《戏剧的“人学”定位与戏剧精神》、《再谈五四传统与戏剧的现代化问题》都是突出的论文。关于戏曲的研究，已有不少专著出现，这里不再赘述。其中胡星亮的《论二十世纪中国戏曲的现代化探索》一文探讨了现当代历次戏曲改革中戏曲现代化探索的得失，是富有理论深度的一篇。

**【范文选读】**

## 论中国话剧现代性的生成机制

——以“演剧职业化”运动为支点的考察

马俊山

### 一、话剧现代性的生成机制及其历史过程

话剧的“现代性”是个相当诱人的话题。毫无疑问，现代性是现代化的产物，没有现代化就根本谈不到现代性问题。过去，我们以为话剧既然出现（我没用“产生”这个词，以免引起“土生土长”的误解）在现代，理所当然就应该具备现代性。也有人认为，凡具有话剧形式的也就一定是现代的。其实未必。因为，中国的社会、人文发展极不平衡，整体上远未达到真正现代的水准，还存在着大量前现代、非现代或反现代成分，在许多时候，这些东西甚至占据着主流地位，深深影响着话剧的品质与风貌。所以，在貌似现代的话剧躯壳里，装的完全可能是前现代或反现代的内容。即使是以“反帝反封建”面目出现的东西，也未必都是现代的。在中国的特定历史境遇中，往往是前现代的东西多一些，反对帝国主义，常常连帝国主义背后先进的资

本主义文化也一股脑给反掉了。以此为基础再去反封建，只能造成比封建主义还坏的结果，退回到奴化状态。抽掉了资本主义文化积累的任何主义都只能是历史的大倒退。像17年话剧，到底有多少现代性，就是一个大可质疑的事情。毕竟现代中国背负着沉重的历史包袱，前进的道路上又布满了陷阱，到处鬼影憧憧，说不定在哪里翻了车，或遇上鬼打墙，走了回头路。而当事者还兴冲冲地往前赶，错把黄泉路当作阳关道呢。这种历史误会所造成的滑稽剧，在中国现代化的历史上实在是太多了。所以笼而统之地给话剧加上“现代”的冠冕，极易掩盖其中的巨大差异，说不定还会弄出个鱼目混珠、良莠不分、黑白颠倒的结果，为害大矣。

我认为，从任何角度解析中国话剧的现代性，都应当充分顾及话剧的两个基本特点：一是整体性，二是过程性。所谓“整体性”，是指话剧作为一门综合艺术，起码包含着舞台艺术、文学创作和剧团组织三个互相依存又互相牵制的重要方面。我们的论述可以从某一角度切入，但却不能无视其他相关因素的制约和影响，仅就剧本或舞台艺术而论，是很难准确阐述话剧的现代性的。另外，话剧作为一种社会文化现象，势必与现代中国的政治、经济、人文环境发生这样那样的实际关联，从而形成一定的生存方式（或称“生存机制”），这种生存方式因时而异，反过来又深深地影响着话剧的内部组织构造及其各个方面所能达到的实际水平。也就是说，话剧的现代性既表现在各种内部成分上，也渗透在它与社会的外部联系中，既是内容实体，又是机制关系，后者规定和制约着前者。英国社会学家鲍曼认为，西方现代化历史上的现代性突现为两种规则，一种是像个性、自由、平等、公正、客观、理性、幸福等伴随着启蒙运动成长起来的文化规则，另一种是由工业文明培育出来的社会生活形式，如科学、效率、实用、秩序、法制、民主政治等等。二者既互为因果，互相包容，又充满了张力。随着工业化社会的节节胜利，二者的张力也逐渐达到难以调和的地步，最终在19世纪上半叶发生分裂与对抗。浪漫主义思潮就是文化现代性对社会现代性的全面反叛，后来的各种现代主义冲动都是由此生发出来的。鲍曼的结论是，“现代性的历史就是社会存在与其文化之间紧张的历史。现代存在迫使其文化站在自己的对立面。而这种不和谐正是现代性所需要的和谐”①。话剧的生存方式与文化规则之间同样存在这种张力，话剧的现代性就是在这种持续不断的矛盾冲突中形成的，这是我们评说话剧现代性问题的一个基本出发点。

---

① Zygmunt Bauman. Modernity and Ambivalence. Cambridge：Polity Press，1991：10.

“过程性”则是指话剧的现代性是在长期的演剧实践中，经过跟中国社会人文环境的反复磨合，才逐步建立起来的。既非一蹴而就，稳定不变，也不是各个方面同时完成的。实际上，话剧各个部分的发育极不平衡，充满了变数和反复：有时候演剧单兵突进，与其他方面严重脱节，结果导致满盘皆输；有时候舞台艺术已经现代化了，而另外一些方面却完全停留在前现代的水平上，甚至是反现代的。片面发展是话剧不成熟的表现。成熟的标志，一是内部组织有机化，二是外部关系社会化，话剧自身的功能与社会的需要大体达到协调一致，各种矛盾与张力被控制在一个不至于断裂的范围之内。当然，完全一致是不可能的，完全一致就意味着死亡，结果正和彻底决裂一样。所以，茅盾在《剧运平议》（1937）中说道，“职业剧团的成立，常常公演话剧的固定剧场的出现，大演出的号召，旧戏和文明戏观众的被吸引”等等，毫无疑问标志着“话剧由幼稚期进入成年期”。成年期的话剧应该把“抓住市民观众→争取演剧自由→克服市民观众”作为首要任务，而要完成这个任务就必须在“提高”与“迎合”观众，适应环境与改变生存条件之间掌握一个合适的度数，话剧才能“由学校的知识分子的进而为社会的小市民的乃至大众的”[①]。茅盾把这个“度”定在“‘抓住’与‘克服’并重”，“剧团……应该再‘职业化’些，然后能完全独立”两点，可以说是道破了成熟的现代话剧所应具备的起码品性：适应社会与独立自立。另一个让我感兴趣的地方，是茅盾对话剧成熟过程的描述和对各阶段具体任务的把握充满了历史感和前瞻性，与话剧后来的发展情况完全吻合。

话剧在中国是一门新兴艺术，各方面发展的不平衡是再自然不过的事情。其中既有话剧艺术内部各方面发育程度的失衡，也有话剧的内容、表现方式、运作机制与社会生活的不适应或不协调。在新兴的“演剧职业化”运动出现之前，中国话剧已经有了将近20年的历史，经过了文明戏和爱美剧两个发展阶段。文明戏的主要历史功绩是给中国引进了准西方的舞台艺术，尽管极其幼稚粗糙，但却是全新的，没有这个开端就没有后来成熟的话剧艺术。但文明戏却是一种失败的艺术，究其原因，最重要的是没有文学的支撑和规范，“从不重视剧本，到没有成文剧本，最后所谓的‘新剧巨子’，竟至于不知剧本之为何物”[②]。剧目“中间的思想还是原来的旧戏里的思想”[③]，而一任舞台艺术跑野马，说学逗唱无奇不有，最后流为娱乐场中的滑稽戏，完全改变了

---

① 茅盾：《剧运平议》，《文学》1937年第2期。

② 陈大悲：《爱美的戏剧》，晨报社1922年版。

③ 茅盾：《中国旧戏改良我见》，《戏剧》1921年第4期。

性质。《北京实验剧社宣言》说得很到位："近来这十多年中，中国因为只有在舞台的演作方面活动的人而得不到剧本的文学之补助，以致堕落而成为游戏场的点缀品，拆白党的寄生处。"① 这一点，不仅五四时期提倡爱美剧的人们，如茅盾、傅斯年、郑振铎、陈大悲等看得很清楚，就连对"爱美习气"深恶痛绝的洪深后来也说："剧本是戏剧的生命！没有剧本，其余什么艺术、主义，什么与人生的关系，一切都不必谈了。爱美剧与文明戏根本的不同，就是爱美剧尊重剧本，文明戏没有剧本。人们记住了这一点，就可以晓得其他艺术上、成绩上甚大的区别，乃是当然之事了。"② 胡适曾把南开新剧团所演《一元钱》、《一念差》之类剧目，称作是"过渡戏"。这个说法深刻地揭露了这些戏的思想观念新旧掺杂或新瓶装旧酒的特点，用以概括全部文明戏，也是颇为恰切的。但文明戏一开始就试图完全融入社会，职业化，走市场，却是中国话剧在现代化进程中迈出的极为重要的一步。文明戏的蜕化变质，并不像有些人说的那样，是政治压迫造成的，恰恰相反，却是在政治束缚松懈的情况下，自我放纵的结果。

代之而起的爱美剧③，主要贡献是从整体上更新了话剧的思想、艺术观念，并确立了戏剧文学的基础地位。虽然爱美剧也曾试图通过建立导演负责制（1923，洪深）、发动"难剧"运动（1929，辛酉剧社）等途径，努力提高其舞台艺术水平，但收效并不大。除了上海业余剧人协会（"业余"）在职业化前夕所演的《娜拉》、《大雷雨》等极少数例外，其他的业余演剧绝大多数尚停留在散漫、随意、参差不齐的水平上。这不能怪罪任何人，话剧各个部分的发育程度，只能是这个模样。爱美剧为话剧的成熟积累了经验教训，培养了编导演人才，并收获了一批剧本，但其内部组织和演剧方式，还未充分地社会化，它的现代性也还局限于剧本创作或舞台艺术的层面。可以说，文明戏和爱美剧的现代性都是片面的，不完备的，有待于在一个更高的层面上重新整合，克服片面，达到平衡。

30 年代中期兴起的"演剧职业化"运动是中国话剧的整体变革。它始于生存方式的调整，继而深入到话剧内部的组织建设、文学创作、舞台艺术各

---

① 转引自阿英编选：《中国新文学大系·史料·索引》（1917—1927），良友图书印刷公司 1935 年版，第 128 页。

② 洪深：《从中国的新戏说到话剧》，《现代戏剧》1929 年第 1 期。

③ 我所使用的"爱美剧"一词泛指现代中国的一切群众业余演剧活动，既包括五四时期陈大悲所说的爱美剧，也包括左翼时期的工人、学生、职员演剧，还包括抗战期间上海和大后方各行各业的业余演剧。据我所知，远者如陈鲤庭的《演技试论》（1942），近者如马明的《张蓬春与中国现代话剧》（1982）等文都是这样作为泛称使用的。

个方面，包含着丰富的内容，如剧团的独立自主，演剧的自由与合法，编、导、演的职业化，舞台艺术的整体化以及话剧与社会形成良性互动关系等等。可以说，中国话剧生存机制和主体品性的现代化最终是在“演剧职业化”运动中完成的。

## 二、“演剧职业化”与剧团社会化

“演剧职业化”运动是中国话剧史上的一个高潮，它在极其艰险的社会环境中挣扎奋斗了14年，创造了一系列令人叹为观止的光辉业绩，给后人留下了一大笔极为宝贵的历史遗产。站在这个历史制高点上观察话剧的现代性问题，也许能看得更加清楚一点。

“演剧职业化”的口号是1937年正式提出来的，但职业化演剧的实践，却从1934年初中国旅行剧团（“中旅”）在南京首演《梅萝香》就开始了。1935年初，刘念渠在一篇回顾上年剧运的文章中即指出：“现在，戏剧职业化已成为戏剧运动的一致要求。”① 据刘说焦菊隐也有同余上沅组建职业剧团的想法，但未能实现。其实，当时的职业剧团还仅有“中旅”一家，直到1937年5月，职业化才渐成潮流，先后有上海四十年代剧社（“四十年代”）、广西国防艺术社（后改“国防剧艺社”）、上海业余实验剧团（“业实”）、南京中国戏剧协会等新建或转型的职业剧团。也正是这个时候，《戏剧时代》创刊，发表“1937中国戏剧运动之展望”36人笔谈，参加者有阳翰笙、余上沅、王平陵等，虽然政治立场各异，但大家一致认为，1937年将是中国话剧大放异彩的一年，“新兴的演剧职业化运动”，将使话剧更加深入地走向市民，走向现实，走向市场，但也存在着庸俗化、概念化的危险。这组笔谈，标志着职业化演剧进入到有实践有理论的自觉阶段。然而，令人遗憾的是，正当职业化演剧迅速地由点到面展开，真正形成一场声势浩大、波及广泛的“演剧职业化”运动的时候，抗日战争爆发了。全民抗战的兴起暂时打断了中国话剧的正常发展，并把它的一部分力量转移到大后方和解放区。但历史规律是无法改变的，4年后（大约从1941年起），“演剧职业化”运动在上海和大后方同时开花结果，四五年间先后有20多个职业剧团问世，剧本创作、舞台艺术、演剧活动持续高涨，达到空前的活跃与协调，并与生存环境达成某种谅解，中国话剧整体进入现代化时期。

话剧的“现代化”、“正规化”问题就是在这个阶段提出来的。夏衍说，

---

① 刘念渠：《1934年中国戏剧运动之回顾》，《舞台艺术》1935年第1期。

“现代化，换言之，就是我们要彻底扬弃旧时代的办法体制，而完成一个可以适应于今天和明天的剧团组织和演出制度问题。”① 现代化的最后阶段就是“建立一个职业化的演剧体制”②。这个结论是1942年暑期，夏衍在重庆北碚同陈鲤庭、张骏祥等“长谈”的结果，可以说代表了当时相当一批剧人的共识。据夏衍后来回忆，“话是从‘转型期’这个问题谈起的”，针对当时演剧实践所面临的政治经济压力及其自身因袭的历史缺陷，他们回顾和总结了话剧现代化的经验教训，提出了以“演剧制度”、“剧团组织”和“职业道德技能”建设为核心的现代化、正规化路线。③

证之以欧美近代戏剧发展史，人们不难发现，这是一个普遍的规律：戏剧现代化，无论从哪一点开始，最后都会归结于剧团组织和演出制度，即生存方式的整体性变革。毕竟演剧是全部戏剧艺术的核心。只有到了这一步，戏剧其他方面的变革，诸如新兴剧作、新式舞台艺术的能量和意义才会得到充分释放。没有自由剧场运动，娜拉出走时的关门声，也许只能回响在易卜生的客厅里，而决不至于震撼全欧洲的屋顶。反过来，也只有在生存方式发生整体转型，变得更加“适应于今天和明天”的社会需要的前提下，戏剧文学和舞台艺术的种种革新，才有可能获得保护和支持，得以延续下去。最有说服力的例证是莫斯科艺术剧院的演剧活动，它促使契诃夫写出了一出又一出伟大作品，并孕育出斯坦尼斯拉夫斯基（斯坦尼）体系，把近代写实性舞台艺术推向极致，影响及于全世界。若无生存方式的现代化，也就是夏衍所谓的“制度”与“体制”的保证，文学和舞台艺术方面的现代化是很容易发霉腐烂、悄然变质的。我认为，新中国成立以来的中国话剧就基本处于这种假现代化，或如董健所说的形而下的“器用”层面上的现代化状态。近年虽有所改变，但大局始终未动，话剧的生存方式严重背离市场化、民主化的大趋势，官办剧团几十年一贯制，已经彻底沦为国家意识形态的载体，剧目严重脱离社会现实，即便在形式上玩些新花样，最终也会被观众所唾弃，话剧的生存危机愈演愈烈。2002年8月全国话剧汇演（沈阳），共十几台戏，上座率都很低，有的甚至完全没有观众，需要动员学生去捧场，常常是一幕未完，观众已散去大半。如此潦倒，根本原因还是艺术体制即艺术的生存方式

---

① 夏衍：《人·演员·剧团》，《夏衍杂文随笔集》，北京三联书店1980年版，第254页。

② 夏衍：《论正规化》，《夏衍杂文随笔集》，北京三联书店1980年版，第216页。

③ 参见夏衍：《懒寻旧梦录》，北京三联书店1985年版，第493页。夏衍对“转型期”定义是：“一方面已经是商业经营的剧团了，而它方面……戏剧运动中的‘现代化’还没有完成”，特别是其中仍遗留着大量的“爱美时代的毛病”。参见夏衍：《论正规化》，《夏衍杂文随笔集》，北京三联书店1980年版，第210—211页。

或生存机制问题。

戏剧的生存方式只有两种，职业或业余。过渡性或半职业性的剧团不是没有，但很难持久，最终不是职业化，就是重归业余。从业余到职业，中国话剧的生存方式好像在绕了一个圈后，又回到了文明戏状态。不是没有这种可能，1944—1945 年间的上海和大后方剧坛上，就曾出现过严重的文明戏回潮现象：临时搭班子，管理混乱，排练不够，表演随意，台风媚俗，上海称为"商业化"，重庆叫作"打游击"。即使"中旅"这样历史悠久的剧团亦难幸免①。但新兴的职业化演剧，毕竟是在有了充分的人才和经验积累、社会政治经济文化激变的境遇中产生的，它直接否定了爱美剧的业余生存方式，与文明戏的职业生存也有本质上的不同。

"中旅"之前的中国剧坛上，活动着两种职业剧团，一为梅兰芳剧团之类的传统戏班子，基础是明星—老板制，师徒相授，形成对内实行宗法式管理，对外则高度封闭的组织特点；二是文明戏班，采用的也是明星—老板制，但纵向的师徒关系被横向的主从关系所取代，宗法色彩淡化，开放性和社会化程度提高。不过，明星—老板个人的品行、能力、好恶，对剧团的风格营造和经营效果仍然起着决定性作用，这一点又和旧戏班子完全相同。突出的例子是王钟声之于春阳社，陆镜若之于新剧同志会，任天知之于进化团，郑正秋之于新民社，从内容到形式，几乎每一个戏都深深地打上了这些明星—老板个人的印记。王钟声编演《张汶祥刺马》、《徐锡麟》等剧，最后自己也为革命而牺牲。任天知以日人藤堂调梅自称，《黄金赤血》中的言论正生调梅，简直就是任天知本人的化身了。而《恶家庭》、《苦丫头》、《奶娘怨》之类家庭戏里，亦不无郑正秋家庭生活的影子。如果说现代的旧戏班子是封建文化的遗形物，那么文明戏就是它的一个等而下之的变体。这是无可奈何的事情，以当时从业人员的素养和见识，也只好多向旧戏取法了。文明戏充满了悖论，在经营上它是开放的、市场化的，但其内部的组织管理却背离了平等、有序、高效的市场原则。它抛弃了旧戏的宗法关系，却未能建立起现代企业制度，甚至连组织管理本身也一齐倒掉了。再加上演员没有旧戏那种幼学功底与职业素养，演剧时不仅胡乱穿插，而且"台上每一个演员都是一个独立的单位，各做各的戏；彼此没有联络，没有反应，自然更谈不到什么和谐与统一。更坏的现象，是抢着做戏，各显神通"②；甚至于把后台的矛盾带到前台去，互

① 详情见马俊山：《论国民党话剧政策的两歧性及其危害》，《近代史研究》2002 年第 4 期。

② 周剑云：《剧坛怀旧录》，《万象》1944 年第 3 期。

相拆台、捣蛋，常常弄得下不来台。文明戏社团好像新旧文化交替时产下的一群畸形儿，在其丑陋的躯体中，毕竟还包含着一些现代的国家观念和市民意识。但是，由于它的内部组织始终停滞在前现代的水平上，没有与时共进充分地社会化，所以，就连这点现代性最后也被它的明星—老板制给消磨、腐蚀掉了。这就无怪乎有些人要把文明戏看作是与话剧全然不同的另一种艺术形态了①。

其实，职业化不过是戏剧存在的一种形式而已，职业化的剧团未必都具有现代性，而业余剧团也不是都没有现代性，职业化与现代性两个概念，不在同一个平面上。可以说，凡是以演剧为唯一任务的团体，或以戏剧的编、导、演艺术为谋生手段的人，都可称之为职业化的剧团或剧人。形式上的职业化，实际是指专业化。这种专业剧团和职业剧人各个时代都有，并非现代社会所独具。现代性则不然，它是事物的某些内在属性和外部关系，无论怎样定义，它都必须是现代社会所独有的。

从学理上说，因为现代社会的核心是市民社会，市场又是市民社会的基础，所以剧团社会化，实际上也就是主体身份的市民化和经营管理的市场化，这是由剧团的文化/企业的二重性所决定的。而剧团的社会化实践，则呈现为一个主客体互相认同的历史过程：一方面是剧团逐步接受社会游戏规则，并将其内化为主体的组织形态和机制功能；另一方面是社会逐渐认可剧团，使剧团的存在合法化、公众化。所以，社会化程度的高低反映了一个剧团对社会的认同和介入程度。剧团社会化的水平，从一个侧面反映着话剧成熟的程度。

高度社会化是新兴职业剧团现代性的首要标志。剧团社会化，首先得打破组织上的党派壁垒。剧团党化是左翼戏剧的产物，国民党也一直在做这种努力。从1935年开始，由于国际国内局势的变化，剧团的党派壁垒被逐步拆除，中共剧联的解散和国民党怒潮剧社的分裂，是党化戏剧由盛向衰的转折点。从此，话剧便冲脱了自我设定的各种小圈圈，大步走上社会化、专业化、市场化的快速发展道路。例如，战前的“四十年代”、“业实”，大后方的中华剧艺社（“中艺”）、新中国剧社（“新中国”）、中国艺术剧社（“中术”）等，都是中共支持或领导的民办剧团。在这些剧团的组建和发展过程中，中共曾起到了至关重要的作用。但是，和左翼戏剧不同的是，这些剧团并不是建立在党派的基础之上，而是按照现代企业的效率原则组织起来的。只有

① 例如上官蓉：《文明戏与话剧》，上海《作家》1941年第1卷第5期。

"中术"比较特殊，为了演剧的方便，特别拉来了几个党政要员、社会"闻人"做理事，可是又不能让他们真"干事"，所以另组5人秘密领导小组，其中4人是中共。据我所知，在新中国成立前的所有职业剧团中，这是唯一存在"准"中共组织的剧团。职业剧团，无论来历和背景如何，都是按照国民党政府或上海租界以及沦陷区当局的有关规定，经正式登记注册，公开营业的独立法人。如上海剧艺社（"上艺"），借了中法联谊会的名义向工部局注册，有关文书还是李健吾用法文起草的。从非法到合法，这个转变看起来稀松平常，但却是至关重要的。极而言之，剧团成为独立法人，就意味着它的活动除了法律以外，不再受其他任何东西的约束，范围可达主权之内的任何地区与社群。除了观众和自己以外，剧团无需再对谁尽责。合法就是解放，既是行动的解放，更是艺术想象力和创造性的解放。不迈出这关键的一步，以后的一切发展都将无从谈起。1944年是上海、北平沦陷区的所谓"话剧年"，在4月27日赵景深写给大后方友人的一封信中，详细述说了上海剧坛创作、演出、观众的盛况，最后写道，"上海的剧人大部分甚至全部都是营业性的，什么红楼梦式通俗小说的利用，杂耍化婆媳斗争式，一窝蜂地专就生意着眼，有坏处也有好处，他们可以不必有政治关系，靠卖票收入就可以维持生活。一个编剧或导演，一本戏二三万元以上的收入还算是比较普遍的，抽税（指上演税或导演税——引者）不过3%而已。"[①] 这种局面虽然不免泥沙俱下，鱼龙混杂，但却跃动着一股勃勃的生气，显然不是狭隘的政治戏剧理念所能营造出来的。

这里有一个问题需要特别提出来讨论，那就是职业剧团的标准问题。在专业性上，上海和大后方的所有职业剧团都是够格的。但在剧人的身份上，大后方却与上海有所不同。正常情况下，职业剧团是独立法人，除法律外不应再有其它的婆婆；职业剧人是全职即专门从事戏剧工作的自由职业者，不能另有其他职业，当然更不应有官方身份；剧人的生活来源是戏剧，所以演戏也好，写戏也好，理应得到相应的报酬，否则就活不下去。但话剧是在一种特殊的历史境遇中走上职业化道路的，特别是战争主宰一切，市场秩序崩溃，使话剧职业化的必然要求不得不采取反常的形式来实现自己，表现自己。"中艺"、"中术"、"新中国"和上海的职业剧团一样，都是民办的，所以不存在官方身份问题。而中央青年剧社（"中青"）、中电剧团（"中电"）、中国万岁剧团（"中万"）名义上是国民党的官办剧团，演职员都有固定工资，可

① 赵景深：《最近上海的戏剧》，《戏剧时代》1944年第6期。

以穿制服，吃平价米，形式上属于政府养活的公教人员。官办使这些剧团的活动受到一定限制，但公教身份又给了演职员一些必要的生活保障。民办剧团少些束缚，但生存风险较大。在这些剧团刚成立时，官办与民办的反差还很明显。所以，政治壁垒打破以后，为了保障生活，许多进步剧人都参加了这些官办剧团的工作，有些还是中共特意安排的。特别是中电剧团的建立，主要是靠1938年初抵渝的一批"业实"的剧人，如赵丹、章曼苹、白杨、魏鹤龄、孟君谋、施超、孙瑜等支撑起来的。1940年以后物价飞涨，官薪贬值，官办剧团也得跟民营剧团一道走市场，找饭吃，票房成为剧人主要的生活来源。再加上进步剧人在这些剧团中占有举足轻重的地位，离了这些人剧团就无法演剧，所以，抗战后期的官办剧团，在组织上虽然还保持着团长负责制，演剧活动也难免受当局的掣肘，不得不上演一些官方认可的剧目，但在经营方式上与民营剧团已经没什么两样了。薪给缩水和市场需求扩大，这一推一拉，就使官办剧团离官方越来越远，自主性也越来越强了。夏衍在其《懒寻旧梦录》里，也是把"中万"、"中电"、"中青"都称作职业剧团的①。

总而言之，我认为，在抗战的特定历史境遇中，剧团归谁所有，官办还是民营，以及民营剧团是个人投资，还是同人合伙，都很难作为判断一个剧团是否职业化的前提条件，尽管所有制和资金来源对剧团的经营理念影响很大。倒不如以社会化、专业化、市场化程度为主要的依据，也许更加切合当时话剧的实际情形。

## 四、结 论

演剧职业化并不是话剧现代化的全部内容，但离开职业化的话剧，也不能说是完整的现代戏剧。职业化为话剧现代性的生成提供了一个坚实的平台，30—40年代最优秀的作家作品、最令人难忘的舞台艺术形象，基本都是在这个平台上成长起来的。职业化也为话剧的创作和演出提供了一定的自我保护机制，使之能够抵挡住各种政治、经济压力，始终保持着独立的民间立场。有了职业化未必就有了现代性，但没有职业化，某些局部的现代性也可能沦为乌有。近50年来中国话剧品性的蜕变从反面证明：话剧的现代生存机制一旦毁坏，内容上的现代性亦将无法维系。

（原载《南京大学学报》2006年第1期，收入本书时略有删节）

① 夏衍：《懒寻旧梦录》，北京三联书店1985年版，第494页。

【评　析】

文学的现代性是中国现代文学史书写中常说常新的话题，在继“革命”的文学史书写之后，现代性成为文学史书写的重要表征之一。话剧作为现代文学中的一种体裁，它的现代性自然成为学者的研究对象。关于现代话剧的研究，由于受舞台演出及史料的限制，以前的研究更多的是从话剧剧本着手，注重话剧的文学性，强调话剧的启蒙精神，然对舞台性和剧场性重视不够，对话剧的表导演体制基本忽视。本文在挖掘史料的基础上，以演剧职业化运动为支点，考察话剧现代性的生成机制，从话剧的两个基本特点——整体性和过程性两个方面来分析话剧的现代性。一方面，认为话剧作为一门综合艺术，包含着舞台艺术、文学创作和剧团组织三个互相依存又互相牵制的重要方面。另一方面，认为话剧作为一种社会文化现象，势必与现代中国的政治、经济、人文环境发生这样那样的实际关联，从而形成一定的生存方式（或称“生存机制”），这种生存方式因时而异，反过来又深深地影响着话剧的内部组织构造及其各个方面所能达到的实际水平。作者认为：话剧的现代性是在中国特定的历史和文化境遇中逐步生成的，有时候舞台艺术先行一步，有时候创作发展较快。但是，这些单兵突进式的现代性却很难持久，随时都会变质或坍塌。因为，话剧不仅是一门综合艺术，内部结构复杂，而且有着广阔的社会关联域，牵一发而动全身。所以，只有当演剧走上职业化道路，取得独立的社会身份以后，话剧的现代性才获得了一个坚实的成长平台和必要的社会资源，各方面均衡协调地发展起来，在国家与市场的张力中迅速走向成熟，走向自我，形成了鲜明的市民化、中国化特色。本文以演剧职业化运动为支点，考察现代话剧现代性的生成机制，尽管只取其中的一点，但仍然弥补了只从剧本着手考察话剧现代性的严重不足，丰富了话剧现代性的研究。另外，本文在研究话剧的现代性时，注重史料的挖掘和分析，从民间立场和民营角度考察话剧的生成机制，同时又不排斥特殊的政治、革命和商业背景对话剧生成机制的影响。文章史料丰富，分析全面，逻辑严密，思维严谨。

【文献链接】

1. 董健：《论中国话剧的现代启蒙主义精神》，《戏剧艺术》2007 年第 3 期。

2. 董健：《20 世纪中国戏剧：脸谱的消解与重构》，《戏剧艺术》1999 年第 6 期。

3. 胡昌平：《话剧史编撰的回顾与思考》，《戏剧》2007 年第 2 期。

4. 胡星亮：《论二十世纪中国戏曲的现代化探索》，《文艺研究》1997 年第 1 期。

5. 李万钧：《比较文学视点下的莎士比亚与中国戏剧》，《文学评论》1998 年第 3 期。

6. 李勇强：《现代戏剧家创作心理探析——以 1930 年代话剧成熟期为视域》，《文艺争鸣》2010 年第 7 期。

7. 马俊山：《论国民党话剧政策的两歧性及其危害》，《近代史研究》2002 年第 4 期。

8. 田本相：《论中国话剧的现实主义及其流变》，《文学评论》1993 年第 3 期。

9. 张健：《论丁西林与萧伯纳》，《西南师范大学学报》1999 年第 6 期。

10. 邹红：《“诗样的情怀”——试论曹禺剧作内涵的多解性》，《文学评论》1998 年第 3 期。

# 第五章　当代文学研究

## 第一节　当代小说研究

在新中国成立60年的发展历程中，小说这种文体随着作家主体意识与外在社会历史文化环境等的变化，发生了很大的嬗变。而当代小说批评意识与方法的发展变化，引领了当代小说的叙述革命。当代小说领域是发展的、生长的，研究界也一直密切关注，视野开放，方法多样，呈现出生动活泼的繁荣景象，使该领域的研究不断深化。

就研究方法而言，在20世纪80年代之前，中国当代小说研究基本上延续的是实证主义的哲学理念，注重小说与社会历史及创作主体之间的对应关系；小说理论批评的核心观念是题材、主题、生活、主体等等。新时期伊始，封闭多年的中国学界再次睁眼看世界，主动接受欧风美雨的洗礼，又一轮西学东渐思潮浸淫国内学界。从那时开始，西方当代形形色色的理论批评流派、方法以资料丛书、译文集、专著、论文等不同的形式和容量被大量译介、引进。以这些译介为媒介，西方近百年的各种文学批评理论，如精神分析学批评、英美新批评、现象学批评、神话—原型批评、西方马克思主义批评、阐释学批评、接受美学与读者反应批评、结构主义批评、解构主义批评、女权主义批评、后殖民主义批评、新历史主义批评等陆续进入中国学界的视野。学者们运用各种研究方法对当代作家小说创作进行了分析，取得了很大的成绩。

### 一、小说观念与文体意识研究

五四以来的现代小说经过解放区文艺运动和民族化、大众化艺术方向的改造，形成了适应新的社会生活和时代精神需要的小说观念、小说艺术方法和小说艺术模式。进入50—60年代以后，受“左”倾思潮的影响，这些小说观念与艺术方法、创作模式更进一步强化，小说的文体意识与体式的探索受到了束缚。这时期，人们把小说主要限定在人物塑造与故事叙述的狭窄范围里，认为："小说是一种以塑造人物形象、叙述故事情节为主的文学体裁。它的主要特点是：细致而多方面地刻画人物性格；生动而完整地叙述故事情节；充分地、多方面地展现人物活动的环境。"① 这是向传统小说理论的回归，是五四以来现代小说观念的退化。

自70年代末期开始，小说的艺术发展重新进入了一个新的历史时期，小说观念与文体意识获得了大解放与进一步的变革。新时期最早体现出小说观念革新的事件，当推高行健撰写的小册子《现代小说技巧初探》（1981）的问世及其影响。1982年《上海文学》第8期刊登了冯骥才、李陀、刘心武等对该书的评价，由此引起有关"现代派"问题的讨论。1984年第4期《钟山》杂志发表了吴文的《新时期小说观念的审美演变》，从内部外部、主观客观等方面探讨了新时期小说观念转变的原因，并提出新时期小说观念转变所接触到的问题：多主题问题，对主题意义的深邃性的重视，对典型形象塑造的突破，在小说的叙述方式和情节、结构等问题上的转变等等。吴文还认为，国外的当代小说家的叙述方式有第二人称叙述法、主观镜头叙述法、变形叙述法、物的叙述法、法庭作证叙述法、变换人称的戏剧台词式叙述法等等。这些叙述方式被引进，引起我国小说叙述角度的明显变化。多种叙述方式的出现，使新时期的小说情节和人物性格更讲求丰富的色彩，新时期小说观念的审美演变的一个重要标志就是形式结构与传统结构的不同。

上述讨论基本上围绕着西方现代主义文学对中国当代文学的影响这样一个思路来探讨新时期小说观念的变化，从1986年开始，有关这一问题的讨论就逐步从文学所扎根的土壤——民族历史、传统文化和现实生活的变革上去探讨，小说全面覆盖生活的全息化、小说反映人的内心世界、重视人物的内心感受和体验的"向内转"，小说体现作家艺术思维的时空结构方式的"时空交错的结构"，小说从传统艺术获得养分重视意象的营造，都被作为重要趋势提出。1986年，一些刊物还就小说观念的变革问题，展开过专题讨论。《福建文学》第9期曾经设笔谈专栏，讨论小说观念的更新问题。80年代后期，批评家开始突破"现实主义"成规，关注小说语言、叙事等问题。《小说评论》1987、1988年的几期上发表的《小说文体的自觉》、《寻求超越：小说文体实验》、《文体——它的三种意义：兼谈新时期小说的文体变化》等，从语言层面来理解小说文体，认为当代小说文体实验之一就是通过独特的语体形式来

① 以群：《文学基本理论》下卷，上海文艺出版社1980年版，第37页。

强化文体意味；从根本上说，文体应该被理解为是特定的艺术把握生活的方式。季桂起《中国小说体式的现代转型与流变》（2003）和李洁非《中国当代小说文体史论》（2002）两部论著则对小说体式发展作了较为系统地动态的梳理与史学研究。

当代小说文体的发展呈现出比较明显的几个阶段。50—70 年代是短篇小说创作相当繁荣的时期，与此相关，对作品的评论和短篇艺术特征的研究，表现也比较突出。这一时期还对短篇小说的特征进行过多次讨论。1951 年《文艺报》第 4 卷第 2 期上，发表了一组笔谈短篇小说创作的文章，针对当时短篇小说所反映的生活范围比较狭窄，距离多方面反映生活的要求很远的现象，呼吁创作更多更精彩多样的短篇小说。1957 年《文艺报》发表了茅盾、俞林、冰心、端木蕻良、魏金枝等人笔谈短篇小说的文章，对短篇小说的性质等问题展开了讨论。1958 年《长江文艺》、1959 年《解放军文艺》也分别开辟过笔谈专栏，讨论短篇小说问题。80 年代，该领域最有影响的是黄子平的论文《论当代短篇小说的艺术发展》，它运用了“结构—功能”的方法“‘从内部’来把握社会生活的变化在艺术形式中的折射”[①]。80 年代以来的小说文体发展，首先值得注意的是中篇小说创作的繁荣，其兴盛与文学观念的变化相关。批评界大约从 1981 年起开始关注中篇小说文体的兴起。《当代作家评论》1986 年第 1 期上还发表了刘思谦、张凌、李洁非的论文，从作家的艺术探索和小说观念变革等方面，论述了中篇小说的繁荣。这些研究虽然角度不一，但都力图将新时期中篇小说的兴起与小说观念的变化丰富联系起来。中篇小说在 80 年代中期的创作繁荣和研究的深入，也与这一文体和这一时期的小说思潮密切相关。从反思小说、改革文学到寻根小说及先锋小说，在这些小说思潮中，中篇小说所占比例都相当大。进入 90 年代，对中篇小说的研究不再着重以文体研究为主，而基本上从主题或题材的角度进行。长篇小说研究一直是当代文学研究中相当突出的一部分，这一样式的问题引起研究者的关注是在 80 年代中后期。为了加强长篇小说的理论研究，《文艺报》1988 年上半年开辟“关于长篇小说的理论探讨”专栏，集中发表了多篇文章。《当代作家评论》、《小说评论》也给长篇小说研究提供了较多的篇幅[②]。“中国当

① 黄子平：《论当代短篇小说的艺术发展》，《文学评论》1984 年第 5 期。

② 这方面重要的理论论著有：张德林：《长篇小说叙述视角艺术功能管窥》，《文艺报》1988 年 1 月 30 日；李兆忠：《长篇小说结构的艺术整体性》，《文学评论》1985 年第 4 期；张志忠：《论长篇小说的结构艺术》，《小说评论》1988 年第 6 期；李劼：《长篇小说，史诗的建构与超越》，《文艺报》1988 年 2 月 27 日；陈美兰：《中国当代长篇小说创作论》，上海文艺出版社 1991 年版，等等。

代文学研究资料丛书”中收有《长篇小说研究专集》，共三卷，由山东大学出版社出版，收录了比较重要的研究成果。

80年代中期，批评家与理论家们受到西方“语言学转向”的启发，着手建设我们自己的小说语言诗学理论。进入90年代，理论界与批评界在建立新的小说语言诗学理论的同时大胆地尝试运用西方语言诗学理论开展小说语言批评，努力挖掘小说语言的哲学与文化意味，并取得了丰硕的成果，王一川的《修辞论美学》（1997）、《汉语形象美学引论——20世纪80—90年代中国文学新潮语言阐释》（1998）、《中国形象诗学》（1998）、徐剑艺的《小说符号诗学》（1991）等开始建立起具有中国特色的语言诗学和小说语言理论；在批评实践上，季红真对莫言、刘索拉等人作品的语义学分析①，邓晓芒对韩少功、史铁生、张炜、张承志、王朔、残雪等小说语言观的批评以及小说文本的语言的哲学透视②，孙德喜对80—90年代小说语言的文化、哲学透视③，以及其他学者的小说语言学研究等等，都显示了这一时期小说语言研究的新视角和新的趋向。这种变语言载体观为本体论的认识为我们进一步开展对小说语言的研究提供了坚实的理论基础。

## 二、当代小说现象与思潮研究

### 1. “十七年”小说研究

“十七年”小说指中华人民共和国成立到“文化大革命”前中国特定时期的小说创作。

1990年代之前，研究者大多站在意识形态的立场上选择某个具体作家作品加以分析阐述，很少整体把握。这种研究也只停留在作品构思、人物形象、政治教化功能等浅层次的研究上，且多以正面评论为主。1990年代以来研究的推进，主要表现在方法上的更新及多样化：首先，从研究思路和方法上看，学者们都不约而同地采用了“再解读”的思路侧重探讨文学文本的结构方式、修辞特点和意识形态运作的轨迹。代表作主要有：李扬的《50—70年代中国文学经典再解读》（2003）、唐小兵主编的《再解读——大众文艺与意识形态》（2007）和黄子平的《灰阑中的叙述》（2001）。其次，从文化研究的大背景入手，其立场在于指出文学经典确立的复杂性、相对性、历史性，进而重写文学史。这种研究方法更强调一种实践性、实用性、策略性、批判性和

---

① 季红真：《忧郁的灵魂》，时代文艺出版社1991年版。
② 邓晓芒：《灵魂之旅——九十年代文学的生存境界》，湖北人民出版社1998年版。
③ 孙德喜：《20世纪后20年的小说语言文化透视》，长江文艺出版社2005年版。

开放性。因而，也为“十七年”小说的研究拓宽了相当大的领域，提供了多种言说的可能性，如人本研究、现代性研究、叙事学研究、审美研究、文化研究、文学体制和文学生产研究等。这方面的成果有吴培显、赵学勇、洪子诚、程光炜、宋剑华等人的相关论文及蓝爱国《解构十七年》(2003)，董之林《追忆燃情岁月——50年代小说艺术类型论》(2001)、《旧梦新知——“十七年”小说论稿》(2004)和《热风时节——当代中国“十七年”小说史论》(2008)，陈顺馨《中国当代文学的叙事与性别》(2007)，李遇春《权力·主体·话语——20世纪40—70年代中国文学研究》(2007)，余岱宗《被规训的激情——论1950、1960年代的红色小说》(2004)等著作。这些研究“从叙事形态与意义系统的话语裂隙及冲突中寻找知识分子话语、革命话语、伦理话语纠缠迎拒的多声部格局，在政治话语形态上进一步祛魅，获取一种经验之上的理解的同情态度，从而在文本内外语境中对话解读，还原历史的多元复杂性”，取得了很大成就，但是“相对于小说文本的特殊性与复杂性而言，对它的研究仍然具有拓展的空间。我们既要从人文主义价值立场和审美现代性角度估价‘十七年’小说，更要以一种历史的同情态度去体察那一代作家以及文本镜像的复杂纠葛和民族国家共同体的努力建构，而不是简单肯定或者片面否定，否则，我们又将陷入一种新的二元对立模式中而难以自拔”。论者提出要在细节化、个案化和方法多样性视点上切入“十七年”小说研究，从而在宏观研究与微观观照视阈中推动文学研究的进一步深化①。

2.“文革”小说研究

“文革”文学是20世纪中国文学的客观存在，构成了一段遭人长期诟病但又无法否认的文学现象。“文革”结束前一段时间，由于各种原因的存在，一直处于沉寂状态。“文革”结束后的前十余年，“文革”时期小说作为一段特殊历史的直接文学表达形式，伴随着这段历史的被批判和被否定，成为口诛笔伐的对象。人们对“文革”小说的批评或研究具有政治化、理念化和情绪化的特点。自20世纪80年代末以来，随着思想的进一步解放和文革史料的不断展露，再加上90年代以来意识形态领域的逐步放宽，“文革”小说研究不断升温，研究者和研究成果都有所增加。

1989年第2期《钟山》发表了潘凯雄、贺绍俊《文革文学：一段值得重新研究的文学史》等3篇文章，吹响了第一声响亮号角。周明主编的《历史在这里沉思——1966—1976》和杨健的《“文化大革命”中的地下文学》提

① 孙先科：《如何深化“十七年”的小说研究》，《湛江师范学院学报》2008年第4期。

供了较为丰富的研究资料。1993年，谢冕、曹文轩、赵毅衡、易毅、程文超在《文艺争鸣》上围绕杨健《文化大革命中的地下文学》这本书和“研究文革文学”这个话题组织了一次笔谈，在客观上促进和推动了文革文学的深入研究。还有张明、廖亦武的《沉沦的圣殿——中国20世纪70年代地下诗歌遗照》、王尧《“文革文学”纪事》、谭解文的《文坛文革十年史略》、陈徒手的《人有病天知否——一九四九年以后中国文坛纪实》等，大都以纪实、回忆的方式展现了大批丰富的“文革”文学史料。杨鼎川的《1967——狂乱的文学年代》(1998)和孙兰、周健江的《“文革”文学综论》(2001)是目前为止比较全面地研究“文革”文学的专著，比较详尽和客观地展现了“文革”文学中重要文学现象的史料，系统、清晰地描述了“文革”文学的发生发展进程，对其总体特征和文学现象进行了一定的思考，深入地分析了“文革”中一些重要的文学作品。

经过学界有意识的倡导和引导，文革文学研究渐入佳境，在整体观照、文艺思潮等宏观研究方面成果较多，尤其是从语言、修辞角度研究是一亮点，杨匡汉、谭学纯、孙德喜等作出了较为深入的探索①。但是目前来看，“文革”小说的研究显得相对还是很薄弱。任美衡《“文革”农村小说：女性命运观照及伦理探求》等“文革”农村小说研究，姚楠《“文化大革命”时期小说的创作队伍》、孟繁兵《血缘亲情关系的扭曲和异化——文革小说中的血缘亲情解析》、张雅秋《论浩然的小说创作》、肖敏《文革小说的神谕话语功能》、孙德喜《论文革小说的非理性语言》等为数很少的论文，很难形成对“文革”小说的系统、有深度的论述②。

“文革”小说研究仍然处于起步阶段，一方面是研究不够深入，散点开发，缺少系统性有深度的论述；还有就是“文革”小说本身的简单化和“贫

---

① 杨匡汉：《从语言角度去研究“文革文学”》，《佳木斯师专学报》1996年第1期；谭学纯：《文革文学修辞策略》，《福建师范大学学报》2003年第2期；孙德喜：《高度理性化的独语——“文革”文学语言论》，《武汉大学学报》2002年第1期。

② 需要提请注意的是，许子东研究的“文革小说”不是对“文革”时期小说的研究，而是对叙述“文革”的小说研究。他的研究前提，是假定中国当代小说中的形形色色的“文革故事”，具有叙述模式上的某种相似性，证实着当代小说所书写的“文革记忆”的“集体性”；叙述模式之间的差异，则显示着各种文化力量对“文革集体记忆”书写过程的不同制约。在研究方法上，他受到普洛普分析俄国民间故事的方法的启发。在考察“五十篇作品”的基础上，他试图列出包括文革故事“全部结构可能性”的29个有一定秩序的“情节功能”与4个叙事阶段（初始情景：灾难的前因与征兆；情景急转：陷入灾难的过程；情景急转之后的意外发现：忍受灾难并获得某种解救；结局：脱离灾难后的反思，感谢苦难并拒绝忏悔）。在讨论上述“情节功能”的排列组合规则时，分析5种主要人物角色（受难者，迫害者，背叛者，旁观者，解救者）在叙事模式中的不同功能。

困化”，其文本简单的结构设置、人物安排和透明化的表达叙事以及众多文本的机械化、模式化、平面化，缺乏对丰富内蕴的包容，也就斩断了文学研究阐释的更多可能性。“文革”小说研究还没有找到进入的崭新途径，还是用常规的研究其他时期文学形态的方法方式来对待这段特殊的文学形态，往往一味纠缠于文革文学与意识形态、文艺思潮的关系死结，得出老生常谈的结论，缺乏以新的视角、方法、理论和语言来进入和阐释，要取得新的突破，需要更多地从作品、艺术家、世界和欣赏者四者之间的互动关系介入。

3. 新时期以来小说思潮、流派研究

新时期以来，伤痕、反思、寻根、先锋派、新写实、新历史主义、现实主义冲击波、新生代等小说思潮，都市小说、乡土小说、家族小说、底层叙事、生态文学等小说流派都得到了不同程度的研究。下面以先锋小说、新写实小说为例，简介研究状况。

先锋小说，又曾经被称为“探索小说”、“实验小说”、“新潮小说”、“现代派小说”、“现代主义小说”、“后现代主义小说”等等，论者在不同的命名中，不断赋予其新的内涵。第一篇研究先锋小说的论文是吴亮的《马原的叙述圈套》①，80年代以来致力于先锋小说批评与研究的学者有吴亮、李劼、胡河清、程德培、蔡翔、戴锦华、吴义勤、陈晓明、南帆、张颐武、张清华等，其中陈晓明《无边的挑战》（1993）和吴义勤《中国当代新潮小说》（1997）是研究先锋小说中最有影响的专著。陈著建立在对新时期文化与文学关系的临界面的处理和把握上，注意到了当代文学史发展的具体语境和文化命题的变动性；他比较注意先锋小说的形式研究，指出先锋作家的创作变成个人化的写作经验，变成方法论的游戏和纯粹的幻想经历。吴著是全面研究的专著，“导论”部分对命名进行了理论界定，分析其产生的历史—文化语境，并将其发展分为三个阶段。“综论”部分对先锋小说的观念革命、主题话语、叙事实验进行了细致阐述，并探讨了其与21世纪中国文学的关系。“作家论”与“作品论”实际上是将他前述的理论总结与具体作家作品分析结合起来，加以印证。在结尾，他还指出了先锋小说的民间性还原与通俗化转型，指出先锋与通俗之间的可通约性。

先锋实验小说逐渐式微之后，新写实小说悄然而生。对于新写实的批评，一般都集中在几个主要问题的论述上：新写实主义与现实主义的关系；新写实小说与先锋派小说的比较；新写实小说特征的概括。杨剑龙在《新写实：

---

① 《当代作家评论》1987年第3期。

现实主义的回归与深化》① 一文中指出：现实主义的基本特征在于按生活的本来面目真实地描绘生活，写实是现实主义最本质的内涵所在，在这一点上，它与“新写实”小说完全一致。而《“新写实”：现实主义的新天地》、《英雄主义主题与“新写实小说”》、《回眸新写实》、《作为表象的生存寓言——重评新写实思潮兼及90年代现实主义的命运》、《新写实文学态度分析》等文章注重从两者的不同着笔分析两者各自的特征。陈旭光的《“新写实小说”的终结——兼及“后现代主义”在中国文学中的命运》、李保民的《“土”、“洋”并举：“先锋派”与“新写实派”的文学景观》等则将新写实与先锋小说进行比较。而对于“新写实”小说的美学特征，雷达从“近期一些小说审美意识的新变”角度，提出了“新写实”小说在审美意识方面的三个特点：一是“从‘主观’向‘客观’的过渡”；二是“视点下沉”；三是“正视‘恶’和超越‘恶’”②。王干则把“新写实”小说的特征归结为以下三点：还原生活本相；从情感的零度开始创作；作者和读者共同参与创作。而陈骏涛则认为“新写实”小说表现出的三个特征是：重视表现普通人的生存境况，表现出一种求真意识；从写英雄到写普通人，从创造典型到典型的消解，从写外世界到写内世界；艺术观念和表现手法上的开放性和包容性。也有论者指出“新写实”小说缺少一种亮色，缺乏一种乐观向上的美学情调，它的出现，既积累了文学创作经验也提供了创作教训。

4. 重返80年代

在有了“思想解放运动”、“新启蒙”、“文化热”、“方法论热”、“小说革命”之后，“80年代”成为20世纪最重要的历史时期之一。程光炜的系列论文，以及他与李杨在《当代作家评论》上主持的“重返80年代”专栏，产生了重大影响。2006年查建英《八十年代访谈录》、甘阳主编的《八十年代文化意识》（新版）出版，推波助澜。程光炜主编的“八十年代研究丛书”：程光炜主编《文学讲稿：“八十年代”作为方法》、《重返八十年代》和《文学史的多重面孔——八十年代文学事件再讨论》三种（2009），以及南帆《四重奏：文学、革命、知识分子与大众》，蔡翔的《何谓“纯文学”》、《专业主义和新意识形态》等，对80年代文学的演变给予了深刻论析。作者既从整体观照，又通过对《班主任》、《苦恋》、《机电局长的一天》、《公开的情书》《飞天》、《爸爸爸》、“三恋”（王安忆）、《废都》等小说的再解读，阐明了“重

① 《扬州大学学报》1999年第1期。

② 雷达：《探究生存本相　展示原色魄力》，《文艺报》1988年3月26日。

返八十年代”的意义以及如何重返，对文学知识谱系与意识形态、经典的构筑、文学成规的建立、文学研究的转型等等问题均作出了引人深思的探寻。

5. 小说生产机制与传播研究

随着文化研究热的兴起，对文学/小说的文化观照日益受到学界重视，从传媒视域探讨文学生产机制，成为不少学者的选择。孟繁华的《传媒与文化领导权——当代中国的文化生产与文化认同》(2003）认为现代传媒是被现代化的追求呼唤出来的，适应了社会政治动员的需要和民族国家的共同体认同；邵燕君的《倾斜的文学场——当代文学生产机制的市场化转型》(2003）借用布迪厄的“文学场”理论，从文学期刊、出版、评奖、批评、作家等组成文学生产机制的几个环节入手，具体分析它们在市场化转型中发生的变化，以及这些变化对当代文学的影响；还有陈霖《文学空间的裂变与转型——大众传播与20世纪90年代中国大陆文学》(2004)、黄发有《准个体时代的写作——20世纪90年代中国小说研究》(2002)、欧阳友权《网络文学论纲》(2003)、陈伟军《传媒视域中的文学——建国后十七年小说的生产机制与传播方式》(2009）等揭示了大众传播对文学体制的冲击以及文学体制自身的调适、裂变与异化。吴俊、陈海峰、蔡兴水等对《人民文学》、《花城》、《当代》、《收获》、《十月》、《上海文学》、《山花》等当代文学/小说期刊的研究，也丰富了当代小说的研究。

“茅盾文学奖”作为中国当代“最优秀”的长篇小说的重要奖项，对于研究当代中国小说的生产机制或者制度有着深刻的示范意义。由于对每届当选的小说意见不一，以及对宏大的、“史诗性”小说叙事的批评，近几届评奖之后有很多质疑的声音，如洪治纲《无边的质疑——关于历届“茅盾文学奖”的二十二个设问与一个设想》和邵燕君的《茅盾文学奖：风向何处吹?》[①]等；任美衡和范国英更是将之作为博士学位论文研究对象，从文学制度与文学审美角度对茅盾文学奖及其获奖作品进行研究。

## 三、重要作家作品研究

这一时期，汪曾祺、王蒙、陈忠实、贾平凹、路遥、韩少功、马原、残雪、王安忆、铁凝、张洁、张炜、张承志、史铁生、王朔、余华、苏童、莫言、刘震云等几代作家，港台的白先勇、陈映真、李碧华、施叔青、刘以鬯，海外的严歌苓等华文作家的小说创作都得到了极大的关注，既有宏观论述，

---

① 分见《当代作家评论》1999年第5期，《粤海风》2004年第2期。

也有微观剖析，研究视角也多样化。

1. 王蒙研究

新时期对王蒙的研究，首先是对他的意识流中短篇小说的研究，大部分论者对其采用现代艺术手法给予了肯定，也有少数论者固守传统现实主义手法对其质疑和批判；另外他的幽默风格与语言艺术特点也成为人们关注的对象。80 年代王蒙小说研究最系统的成果当数曾镇南的《王蒙论》（1987）。这是第一部研究王蒙的专著，对王蒙 80 年代的小说从“历史报应主题”、“中西文化碰撞主题”、“青春与爱情主题”、“人性恶主题”与“死亡主题”等方面一一进行了细致深入地分析，并由此对王蒙的思想特点、感受特点及其心灵情理结构构造特点作了归纳和评价，认为王蒙对生存的多样性认识导致了其心灵情理结构中的理性成分和感性成分既相互积淀、渗透，又相互牵制、矛盾，从而“造成了他时而重理、时而主情、时而自制、时而放纵的多变的创作心理，造成了他在人生探索和艺术探索中的倚侧和惶惑”，分析得较有深度，把握得也较准确。夏冠洲的《用笔思想的作家》（1996）在较为详尽地占有资料和独立思考的基础上，把王蒙的创作道路分为五个阶段，并联系作家的生活经历，对各个创作阶段的文艺思想、创作成就与得失以及艺术特征，做了较为具体明确的分析和评价，大体勾勒了王蒙近半个世纪文学活动的发展轮廓。对王蒙小说语言的研究在第一个阶段研究的基础上有了拓展。王一川认为王蒙小说的语言经历了一个从“官方化语言”到“立体化语言”的过程，从而形成了一种狂欢化的“拟骚体”。郜元宝则指出王蒙的叙述语言是一种反写实和反写作，它通过对一元化的乌托邦语言的戏仿、模拟，进而达到对其拆解、颠覆的目的①。他们透过语言的表层结构深入到深层结构中，分析语言背后的社会、文化精神和作家的人格内涵。郭宝亮的《王蒙小说文体研究》（2006）从文体学的角度研究当代作家王蒙的小说及思想，通过探讨王蒙小说的语言、叙述个性、文体语境和作家文化心态等，触摸其内在文化精神，探讨其叙述个性、文化取向，揭示其心理蕴涵和社会文化语境，并呈现出王蒙小说的文体创新的意义和局限。这些研究大大开拓了王蒙小说研究的视野和深度。

2. 金庸研究

扎根于民间文化的武侠小说这一通俗文学样式，在当代大陆文学史过程

① 王一川：《汉语形象美学引论》，广州人民出版社 1999 年版；郜元宝：《戏弄和谋杀：追忆乌托邦的一种语言策略——诡论王蒙》，《作家》1994 年第 2 期。

中曾被当作糟粕遭到清除和批判，却于50年代起以新的面貌在香港萌生、复苏，被称为“新武侠小说”，它迅速波及台湾，传遍东南亚。20世纪70年代末80年代初，港台武侠小说开始回流向改革开放中的大陆，“金庸热”就是这样开始的。张放的《金庸新武侠小说初探》[①] 被认为是大陆研究金庸的第一篇论文。红学家冯其庸在1986年认真地评述过金庸小说的“不同凡响”，并把对金庸小说的研究称为“金学”。自1986年至1988年间，随着大陆对台港文学介绍与研究的深入，也随着大陆通俗文学讨论的全面展开，对金庸武侠小说的研究也有所突破。大陆第一部研究金庸小说的专著是陈墨的《金庸小说赏析》，他的“金庸小说研究系列”还有《金庸小说之谜》、《金庸小说人物论》、《金庸小说艺术论》、《金庸小说与中国文化》、《金庸小说之武学》、《金庸小说情爱论》等，涉及金庸作品的方方面面，既有对小说艺术的鉴赏和总评，也有对金庸武侠小说所包容的文化涵义的阐释；其研究既具有雅俗共赏的可读性，也具有严肃文学批评的理论性和体系性。另外的研究著作，还有曹正文的《金庸笔下的一百零八将》和《武侠世界的怪才——古龙小说艺术谈》（其中将金庸与古龙的小说进行比较），严家炎的《金庸小说论稿》（1999）等。总体看来，对金庸新武侠小说的研究存在两种情况，一是将金庸新武侠小说看做是通俗文学，基本从通俗文学的规范与大众接受效应的角度来研究；另一种研究则模糊通俗文学与纯文学的区分，视金庸的小说为可与纯文学相称的经典来看待。也有的认为金庸小说是成功地沟通、融合了雅俗的界限和特质，称金庸小说在商业性和雅文化之间占据了交叉点。

3.《白鹿原》《废都》研究

《白鹿原》出版后，文学界给予了极高的评价。诸如：“达到了一个时期以来出现的长篇小说所未达到的高度与深度”，“这是一部潜入到民族精神之中，对民族灵魂进行自我心灵审视，记录民族心灵的史诗性作品”，“超越了建国以来问世的农村题材长篇小说的扛鼎之作”，“它不仅将以其成功的艺术创造和深刻的意义开掘成为中国当代文学的经典之作，而且一定会以其巨大的力量消除西方文学界对中国文学的隔膜和轻视，一定会激发起他们的阅读热情和阐释兴趣”，“这是中国当代文学史上最具有世界文学品格的一部佳作”等，尤以雷达《废墟上的精魂——〈白鹿原〉论》为代表。《〈白鹿原〉评论集》（2000）收录了40多篇文章，广泛地论及《白鹿原》的创作、编辑出版过程以及出版以后的社会反响，多方位地阐释了这部优秀小说的主题、艺术

---

① 《克山师专学报》1985年第4期。

成就及文化内涵。李建军《白鹿原的文化阐释》（2001）从三个方面论述了《白鹿原》的思想意义、艺术特点及与同时代作品的比较，作者站在历史的高度从文化学的意义上对中国传统文学中乡土文化作了深入、细致的剖析。赵录旺《〈白鹿原〉写作中的文化叙事研究》（2009）阐述了《白鹿原》文化叙事的当代意义、《白鹿原》写作中叙事语境的双重性、《白鹿原》文化叙事中的审美意向、传统文化语境中的女性生存叙事、《白鹿原》的语言艺术等。但是也有人对此提出质疑，宋剑华就认为《白鹿原》绝不是作者天才运作精心独创的文学“经典”，而是一部杜撰历史与发泄情欲的“拼凑故事”，其内容的荒谬性与形式的模仿性，既反映了作者本人艺术想象的幼稚，也反映了当代文坛麻木不仁的无知；认为重新评价《白鹿原》的艺术品位，真实还原《白鹿原》的创作资源，是学术界不可推卸的历史责任①。

《废都》出版后旋即被禁，使其一直处于争鸣之中，仅集中推出的《废都》批评专辑就有6次②，当代小说中鲜有此例。对于其批评，分歧、差异也很大，处于时代情绪宣泄/个人情色表演、批判现实/把玩恶俗、白描手法的精致浑圆/大杂烩的粗制滥造等近乎二元对立的言说语境中。旷新年将这种完全不同的“《废都》滋味”归结到读者的年龄、体验层面，“一种是庄之蝶的同代人对《废都》感伤的抚摸，一种是晚生代对它的愤怒呵斥”，“同代人在对它的抚摸性阅读中深刻体味到性爱死结后面强烈的挫折感、失败感、末世感和没落感”，“晚生代看到的是‘《废都》热’中浓厚的商业性和消费性，看到的是鸳鸯蝴蝶的主题与圈套”③。雷达从《废都》中读出了“心灵的挣扎”，张新颖读出了“人到中年的疲惫与颓唐”，而多维主编、北京大学中文系博士、硕士生等人编撰的《〈废都〉滋味》里的文章则充满了义愤填膺的道德批判④。对此，赖大仁认为，对《废都》众说纷纭的解释在于，“对于批评家来说，有的更擅长于理性观照，力图透过‘形而下’层面（世俗情色描写）去发现和阐释作品的‘形而上’意义（时代人生观照），这大概更切合作家的创作理念；而另一些批评家既面对作品，也面对广大读者解读接受的现实，更多着眼于对小说‘形而下’描写的分析批评，这也不能说不符合作

① 宋剑华：《〈白鹿原〉：一部值得重新论证的文学“经典”》，《中国文学研究》2010年第1期。

② 这些专辑涉及5个刊物：《文艺争鸣》1993年第5期，《当代作家评论》1993年第6期、2006年第3期，《中国图书评论》1994年第1期，《小说评论》1996年第1期，《文艺理论与批评》2003年第3期。

③ 旷新年：《从〈废都〉到〈白夜〉》，《小说评论》1996年第1期。

④ 多维编：《〈废都〉滋味》，河南人民出版社1993年版。

品的文本事实”[①]。那些能够从《废都》泛滥的“形而下”故事中读出“形而上”内涵的多是些抽离“广大读者接受现实”的学院派解读者，而普通读者以及试图将《废都》放置于具体的历史的文化语境的文化批评者则读出了不满与不屑的另一种意味[②]。当然问题的关键是《废都》本身的芜杂为诸种“误读”、“误评”提供了可能，当然，它本身也被“过度阐释”了。

## 四、当代小说研究思考

当代小说研究非常热闹，批评方式与话语五花八门，但毋庸讳言，这些研究缺乏本土性和原创性理论的导引与充实，只能借助西方的新批评观念对当代小说作隔靴搔痒式的论述，虽然热闹，却让人产生空洞之感。20 世纪 90 年代以来的小说创作呈现出多元探索多棱实验的状态，为批评界提供了足够的理论空间，但理论准备的欠缺和西方理论挪借过程中的莫衷一是又使批评家感到茫然而难以捉摸。小说批评既没有理论的原创性，又缺乏创作的对症性，纯是批评家自我封闭的自说自话，不仅不被小说家们推崇和重视，甚至也不为他们所屑于理睬。批评者热衷于对新的创作现象命名，抢夺话语权，所谓的“新”、“后”随处可见。1985 年以来的研究界使用最多的是叙事/叙述学理论，谈叙事论叙述形成了一种时代的批评风气。到了世纪末，叙事或叙述还依然是小说批评最热门的话题，越是新潮的批评越讲究小说的叙事，越是叙事的理论就越玄乎且离开小说的叙事功能越远。

对于小说的研究，要开掘新的理论增长点。郑家建、吴金喜在《诗学的与哲学的维度》[③] 中提出了面对 20 世纪中国小说研究的两个可能的学术生长点，即诗学研究和哲学分析，这对当代小说研究也是一种启示。当代小说研究还要重视与文学传统的关系。对于当代小说有意义的那些活的、富有生命力的或者说经过变体延传下来的古典小说传统和现代小说叙事传统，传统的叙事美学、叙事类型、文体等，都应该作为当代小说研究的重要对象。

---

① 赖大仁：《创作与批评的观念——兼谈废都及其评论》，《小说评论》1996 年第 4 期。

② 孙桂荣：《当代文学生产与中批评的〈废都〉》，《东吴学术》2010 年第 2 期。

③ 《福建论坛》2005 年 11 期。

【范文选读】

# 马原的叙述圈套

吴 亮

在我的印象里，写小说的马原似乎一直在乐此不疲地寻找他的叙述方式，或者说一直在乐此不疲地寻找他的讲故事方式。他实在是一个玩弄叙述圈套的老手，一个小说中偏执的方法论者。

## 马原在他小说叙述中的地位

首先，马原的叙述惯技之一是弄假成真，存心抹煞真假之间的界限。在蓄意制造出这么一种效果的时候，马原本人在小说中的露面起了很大的作用。马原在他的许多小说里皆引进了他自己，不像通常虚构小说中的“我”那样只是一个假托或虚拟的人，而直接以“马原”的形象出现了。在《叠纸鹞的三种方法》、《拉萨生活的三种时间》、《虚构》等一些小说里，马原均成了马原的叙述对象或叙述对象之一。马原在此不仅担负着第一叙事人的角色与职能，而且成了旁观者、目击者、亲历者或较次要的参与者。马原在煞有介事地以自叙或回忆的方式描述自己亲身经验的事件时，不但自己陶醉于其中，并且把过于认真的读者带入一个难辨真伪的圈套，让他们产生天真又多余的疑问：这真是马原经历过的吗？（这个问题若要我来回答，我就说：“是的，这一切都真实地发生在小说里。至于现实里是否也如此，那只有天知道了！”）

在这种混淆真假界限的想象活动里，马原是不是为了炫示他的独特经历，并且不惜想入非非虚张声势地往上增加一些令人惊异或使人羡慕的传奇色彩呢？当然，这种用意也许不能完全排除。不过我更关心的是，马原通过真事真说和假事真说的方法——我曾猜测过他的《虚构》和《游神》均有大量想象的情节——让自己进入一种再创经历、再创体验和再创感受的如临其境的幻觉，而这幻觉正好是被马原十分真实地经验到的——即在写作时被经验，或者说，是在叙述过程里被经验。在此，追问事情是否如此这般地发生，完全是不必要的。但我相信马原被自己的虚构能力和幻觉骗得不轻，除了年龄、身高、籍贯和履历，他关于自己的真实记忆不会太多太详细。他很大程度上是生活在他编织出来的叙述圈套中了。

作为某种更为有趣的自我欺骗的补充游戏，马原还别出心裁地由经他之手虚构出来的小说角色之口来返身叙述马原本人。《西海的无帆船》中插入了一整段姚亮的自我辩解和对马原惯然的指控，这节外生枝的题外话产生了某种颇有恶作剧意味的滑稽效果，好像一个机器人被接上电源有了自己的行动意志以后开始蠢蠢欲动试图脱离和反抗制造它的工程师——姚亮显然是马原想象中的人物，可是他已经具备能力抗议他的主人马原对他的任意描写了。特别是当姚亮看到了马原写小说的某些惯用手法并不无刻薄地将它揭露出来时，马原是在借姚亮之口泄露自己、交待自己，还是一种迷魂阵、障眼法，或者是为了满足难以抑制的淆乱真假的幻想欲？我不认为这仅仅是即兴的游戏之笔，它肯定源于一种很难摆脱的反复出现的心理冲动，因此在马原小说的其他场合可以不断看到马原被他的小说人物返身叙述的段落，例如《涂满古怪图案的墙壁》和《战争故事》里均有类似的文字。这当然不是偶然的。我觉得，马原一定在内心深处怀着某种希望被人叙述被人评价被人揭露的愿望，而这种愿望的最好满足方式显然是他自己的小说——既然他已经把他的小说看成了唯一的真实，既然他已经部分地生活在他的小说里，他就更无意识地充分运用这种便利了。

在小说的虚构活动里拓展自己的有限经验进而将它示于他人，这一活动实际上源于对文字叙述的迷信。我认为迷信文字叙述的小说家是真正富有想象力的，他们直接活在想象的文字叙述里。最好的小说家，是视文字叙述与世界为一体的。马原本人在他小说中以不同方式出现，其实正是这一心理状态的显露。他不像大多数小说家只是想象自己生活在虚构的文字里，他是真的生活在自己虚构的文字里。或者干脆说，没有什么虚构，马原的小说就是衡量它是否真实的标准，不存在小说之外的真实对应物，所以也就没有什么虚构。同样，马原和马原小说中的马原，根木没有必要进行真与非真的核实和查证。可以断言的是，马原在他小说里显示给我们的马原，其本来的真实和经篡改过的真实是同样的多，但我不追究这个极次要的问题。我只想说我看到马原和马原小说中的马原构成了一条自己咬着自己尾巴的蛟龙，或者说已形成了一个莫比乌斯圈，是无所谓正反，无所谓谁产生谁的。

## 马原的朋友们和角色们

马原由直接叙述自己和间接地通过角色之口叙述自己，也可能是为了把自己逼入一个圈套，迫使自己去感受此时此刻他面临的一切。马原一般很少扮演一个临居小说之外或之上的局外人和全知的上帝（《拉萨河女神》里马原是退隐不见的，可看作局外人；《大师》中最末一段抖落使人战栗的关于命案的真相与始末，马原则是全知的）。在更多情况下，他不是在小说以外打量他的故事和人物，而是混居在小说内部参与着这些故事并接触着这些人物的。

马原的这一特殊地位，便决定了他的小说里总有他的朋友，他的熟人、至交、萍水相逢的邂逅者和其他各类与自己发生联系的人们。这一现象，也就很自然地解释了在马原的不同小说里为什么总会重复出现的名字（陆高、姚亮、大牛等等），而其他一些角色看来也是彼此相识的——刘雨、新建、子文、午黄木、小罗等等，还有白珍、尼姆、央宗等等——这些人全以马原为核心，是马原的人际圈。他们有声有色地环聚于穿梭于马原的周围，为马原提供故事的同时也就随之活在马原为他们而写的故事里。究竟是他们不断塞给马原故事，还是马原塞给他们故事，或把他们塞在马原的故事里，则又是一个复杂的环套了。

从马原的小说中可以发觉种种迹象，这些迹象使我相信马原施展了他的分身术——陆高和姚亮这两个尾随着他的男人原是他本人的两个投影，他们彼此攀谈、打闹和调侃，他们相互窥探、陈述和反驳，其中多少含有马原的自恋特征。当然我无须去考辨这两个影子人物的真正心理成因，不妨就将他们看作是马原小说中的马原最密切的两位朋友，这样更妥当些。若仅此而言，这两位朋友和马原小说中的马原之间那种奇妙的心灵感应，他们彼此吸引又彼此排斥的言行，仍使我执意以为那完全是马原个人想象和心理历程外投的结果。倘若不据此揣测马原个人的某些秘密，那么我要说，凡是写到陆高和姚亮的小说相对之下都是可读性较弱的，因为它们几乎无例外地专注于心理分析，一头沉浸到男人的内在精神和性格的白我摸索之中。在这方面，“情种、小男人和诗人”是一把非常有用的钥匙，它宿命般地预言了马原在《零公里处》之后的许多小说将照此原型诞生。“情种、小男人和诗人”十分简扼地排列了三个词，它们组成推动上述心理分析和自我探索的隐蔽动力，又显得是大事张扬的广告或公开的图解。我得说这里也设置着马原蓄谋已久的圈套。他要人们相信他的故事，又不全信他的故事；他要显得坦率自如，却又故意作出羞羞答答的样子。怎么都要落到他预备好的叙述圈套里，迟早。幸好我是将它识别出来了。

在马原近期的小说里面（除了《战争故事》和《涂满古怪图案的墙壁》等少数几篇），自我探索和心理分析的因素在减弱，可读性则大大增强了。我指的是他的《虚构》、《错误》、《游神》、《大师》和《黑道》。这些小说里不再有姚亮和陆高，一些陌生人、邂逅者开始轮番地介入了。他们成了马原近期小说中的主要角色和情节推动者，马原本人不是成了参与者至少也是一个目击人，一个记事人。马原在这里发挥了他善于制造悬念和激发起人们好奇心的特长，把他的角色们纷纷讲述得绘声绘影。这些角色们，部分源于马原的结交和往事回忆，部分源于马原的外部观察和奇思怪想。故事为角色而设，角色又为故事所召唤，这是一种双向的共生的虚拟，它们和马原小说中的马原及他的朋友们，一起组成了一个被马原津津乐道地娓娓叙述的经验世界，在小小的印刷物领地里领取了身份证，便在那里安居了。他们没有一个是安分的，多少要经常惹出一点事端，给马原的灵感以刺激。他们向喜欢冒险和幻想的马原频频透露没头没尾和根本无法确知全过程的神秘经历，他们提供戏剧性场面和细节。事实上也许正是如此：马原的灵感和他所有朋友们角色们的神秘经历是同时存在着的。

## 马原的经验方式和故事形态

马原的经验方式是片断性的、拼合的与互不相关的。他的许多小说都缺乏经验在时间上的连贯性和在空间上的完整性。马原的经验非常忠实于它的日常原状，马原看起来并不刻意追究经验背后的因果，而只是执意显示并组装这些经验。《叠纸鹞的三种方法》、《战争故事》分别组装了几段彼此无因果关系的偶然经历（或道听途说）；《风流倜傥》组装了几段关于大牛的奇闻轶事；《拉萨生活的三种时间》组装了一些神秘未明的日常小事；《错误》组装了故人往事彼此关联又错开难接的记忆；《大师》组装了一连串引人入胜的关于艺术、走私、遗产、命案和性的悬疑现象；《游神》则组装了围绕古钱币和铸币钢模的徒劳冒险。所有这些组装，都是逻辑不清的，只有表面前后相续的现象在透露若干蛛丝马迹，人们可以照自己的方式去理线索，也可能百思不得其解。这都没什么，因为生活对我们来说多半是如此呈现的。马原在进行他的故事组装时，没有一次不漏失大量的中间环节，他的想象力恰恰运用在这种漏失的场合。他仿佛是故意保持经验的片断性、此刻性、互不相关性和非逻辑性。这种经验的原样保持在马原的小说里几乎成为刻意追求的效果，比如存心不写原因，存心不写令人满意的结局，存心弄得没头没尾，存心在情节当中抽取掉关键的部分。马原的小说在这一点上酷似生活本身——它仅仅激起人的好奇，却吝啬地很少给好奇以满足。马原不像是卖关子，人为地留下所谓的“空白”，或者布下迷魂阵，心里对真相一清二楚。不，我想说马原是从来不甚明白他小说背后隐伏的真相的，一如他对待神秘的八角街本身。他知道了肯定会无保留地说出来（他对《大师》的真相就知道得太多太详细，所以忍不住地全揭露了），他不说是因为确实不知。马原小说所显现的经验方式，表明了马原承认了如下的事实：世界、生活和他人，我们均是无法全部进入的。是我们在那些现象之上或各种现象之间安置上逻辑之链的

（别无选择），而这样做又恰恰违背了经验的本体价值，辜负了经验对人构成的永恒诱惑。

马原对经验的这种非逻辑理解，就必然相应造成了他故事形态的基本特点。既然在经验背后寻找因果是马原所不愿意的，那么在故事背后寻找意义和象征也是马原所怀疑的。马原确实更关心他故事的形式，更关心他如何处理这个故事，而不是想通过这个故事让人们得到故事以外的某种抽象观念。马原的故事形态是含有自我炫耀特征的，他常常情不自禁地在开场里非常洒脱无拘地大谈自己的动机和在开始叙述时碰到的困难以及对付的办法。有时他还会中途停下小说中的时间，临时插入一些题外话，以提醒人们不要在他的故事里陷得太深，别忘了是马原在讲故事。

马原所讲的故事，虽然在该孤立的故事范围内缺乏连贯性和完整性，却耐人寻味地和其他故事发生一种相关的互渗的联络，这可以由他的小说经常彼此援引来得到证明——《大师》的开首提到了《风流倜傥》，《拉萨生活的三种时间》里，提到了《康巴人营地》，《涂满古怪图案的墙壁》则提到了《西海的无帆船》和《中间地带》（这篇小说的作者之一居然就是姚亮本人！可见马原是个故弄玄虚的老手）等等——这样，马原的这一招术本身也构成了他故事的一个重要内容。

这么一种非常罕见的故事形态自然是层次缠绕的。它不仅要叙述故事的情节，而且还要叙述此刻正在进行的叙述，让人意识到你现在读的不单是一只故事，而是一只正在被叙述的故事，而且叙述过程本身也不断地被另一种叙述议论着、反省着、评价着，这两种叙述又融合为一体。不用说，由双重叙述或多重叙述叠加而成的故事通常是很难处理的，稍不留意就会成为刺眼的蛇足和补丁。唯其如此，我就尤其感到马原的不同寻常之处：他把这样的小说处理得十分具有可读性，其关键在于，马原小说中的题外话和种种关于叙述的叙述都水乳交融地渗化在他的整个故事进程里，渗化在统一的叙述语调和十分随意的氛围里。对此我的直觉概括是，马原的小说主要意义不是叙述了一个（或几个片断的）故事，而是叙述了一个（或几个片断的）故事。

马原的重点始终是放在他的叙述上的，叙述是马原故事中的主要行动者、推动者和策演者。

### 马原的观念及对他故事的影响

论及马原的观念，很容易给人以一种偏离我的主旨的错觉，因为从一开始起我就在题目上规定了自己的论述范围，即马原的叙述圈套。可是，完整地看，这个叙述圈套是涵带有观念性的。或者说，这种观念已经深伏在马原的经验方式和化解在他的小说叙述习惯里。结果，关于马原的观念，就显得无比重要，以至使我无法回避。

我所关心的马原的观念，并非是马原本人企图塞在他的小说里的外在意图和见解，或者是他偷偷地想假借他的故事来隐喻、象征、提示的抽象概念。对这一点我并无兴趣，当然，我也不反对别人这么去破译。我这里想要论及的马原的观念，已经是贯穿在他的叙述本能之中，贯穿在他每一次具体的叙述故事的过程里。它们不是超出具象指向抽象彼岸的，恰恰相反，它们滞留在具象此岸，在此岸即涵带有抽象性质的。

我想用叙述崇拜、神秘关注、无目的、现象无意识、非因果观、不可知性、泛神论与泛通神论这八个词来概括马原的观念。

马原的小说大多数都流露出对文字叙述的极端热衷，这种叙述行为已经成为唯一的一次真正经历或亲身体验。叙述在此除了担负着追忆往事和记录在过去时态中发生的事件的工具功能外（如《零公里处》和《错误》），更多情况下它本身就是往事和事件。当叙述在形成着自身的时候，往事和事件便以“正在进行”的样式展示出来。以《涂满古怪图案的墙壁》和《拉萨生活的三种时间》为例，它们均是以边叙述边发生的样式展示给我们的。马原似乎相信，只要他开始进入（或沉浸入）叙述状态，故事就会自动涌来，叙述具有一种自动召唤故事的符咒般的神奇功能。至于这故事有什么内在意义，他通常是无暇予以细究的。

马原对这种因叙述而涌来的故事既然失去了有效的理智控制，那么自然，一种由叙述的符咒呼唤来的东西就会对马原构成反控制。果真，一个一个人物、意象、场景接踵而至，它们由于不带有明确的意义，就显然是十分神秘的。所谓神秘，即是孤立的、原因不明的和超出常识理解范围的现象，马原一般不去推测这类现象的背后制导因素，他被这些自行地接踵而至的现象所吸引是因为他在骨子里是喜欢神秘的，他对探讨神秘的起因，不释除心中的神秘感，相反，他更愿意怀着某种虔诚去关注神秘。在马原的小说里，神秘没有装神闹鬼的意思，而只是一系列来历不明的东西和突然消失不见的东西。我想这一点是无须详细举出例证的，因为它确实到处可见，只要回想一下马原的《拉萨生活的三种时间》、《游神》、《大师》以及《黑道》的某些段落即可。

由于有了上述对现象自动涌来的神秘关注，那么，一种无目的的意图就悄然地暴露出来了。马原在一头陷于他的想象和叙述中时，除了某种莫可名状的冲动和快感，我敢说他不清楚别的外部目的。特别是功利性目的，是根本和马原无缘的。功利性的目的，只会驱使人的感觉和经验，进入一个被事先限定了的轨道，而马原恰恰是不可能被事先限定的。他的写作是非常自动化的。敞开而无边，完全为一种强烈的兴趣所吸引，是他所有小说叙述的最根本动力。我以为，无目的是合乎马原小说的形成之因的。

有了这么一种观念，就必然对现象产生浓烈而持久的好奇，因为这种好奇不关涉到现象和人的利益与效用，所以就显得无限生动。马原经常在他的小说里罗列种种没有什么明确旨意的现象，他情愿将现象仅仅作为现象来予以仔细欢赏、想象和描述。换言之，现象本身是不意识到自己的，那么，人对现象的无意识观照也就不会歪曲现象的原态。严格地说，人总是通过他特有先入为主的方式去观察外在的世界，因而外在世界不可能纯粹以它原来的模样进入人的视界；不过，马原的方法，恰好是夸大了外在世界的自动性和无意识涌现。我以为《冈底斯的诱惑》是这种现象无意识的典型见证。我断言马原是在无意识中从事《冈底斯的诱惑》的写作的，尽管人们可以从中引申出种种饶有深意的涵蕴，但绝对没有一条是被马原意识到的。马原的功绩，正在于这种脱离意识的现象描绘——不管是亲历的还是心理的——保证了充分的伸缩空间与富有弹性的想象性时间维度。

一旦把现象从所谓的规律中孤立地凸现出来，它们彼此的因果联系，也就显得无关紧要了。说到马原在他的小说中经常表现出他的非因果观，我想提一提《拉萨生活的三种时间》。首先，康巴人赠送给马原的银头饰就是无缘无故的、没有原因的。随后，家中天花板里的响动也是带有原因不明的恐惧感的。当然，末了马原开枪射杀了正在天花板夹层里捕鼠的黑猫贝贝，真相大白以后，仍留下不解之谜：马原朋友午黄木家里类似的声响又是什么造成的呢？那十几根会走的（？）羊肋骨是怎么回事？我还想提一提《错误》。这篇小说情节的逐渐“错位”使因果联系发生了移动：军帽失窃—江梅生孩子—孩子的来龙去脉—和黑枣的斗殴—二狗捡来的孩子—赵老屁的失踪—二狗的死和江梅的死，这些前后接续的事件，因果都是不甚明了的。马原十分善于讲这么一些由无因之果或有因无果组成的故事，《游神》就是没有结果的、或者说是结果落空的，《风流倜傥》东拉西扯地写了马原的朋友大牛和女人的风流事，收集古钱的癖好和他如何去天葬台捡骷髅，末了又横生枝节地“胯骨断了”，不了了之。我以为这种料不到的、意外的、偶然的故事结局，乃是马原非因果观的一个证据。

与以上非因果观相联系的，便是马原在心底里，已识出了现实世界的

“不可知性”。上面提及的《游神》还有《黑道》，都是不可知性的经验记录与想象记录。马原笔下的生活是难以完全进入和彻底明了的，它们像一个偶尔泄漏出若干光亮的秘密后台，大部分真相都被深深藏匿起来，只给你看前台的表演，那肯定是不能全部相信的。可惜的是，谁都进不了真正的后台。每个人的生活、行踪、意欲，都有一个不向外人敞开的后台。

与此相关的是，当马原在叙述了生活真相的不可知性时，他仍然不忘记卖弄他的那段第一手的阅历，好像他是一个非常深入生活的人。《大师》详细描写了唐嘎布画画师、独眼女人、女模特儿、走私、神秘小楼、古董分类、壁画、性爱和性变态、命案、失踪、火灾（顺便说说，《大师》是马原迄今为止可读性最强的一篇小说，是一只真正的好故事），虽然写得充满悬念，大肆渲染紧张气氛，可是依然给我一种忐忑的、不祥的、惊疑的、难辨的宿命之感。归根到底，宿命感就是不可知性的最后根源。在《大师》的种种情节构成要件之间，布满了不可知的网络，它是一种整体的恍惚的和骇人听闻的不可知。

现实是如此的遍布着不可知性，于是，一种神秘的倾向就开始露面了。如果我愿意相信马原声称自己为有神论者的说法是可靠的，那么，这个神就不会是一个人格神，也不会是一个具形神。应当说，这个神既是遥不可及的，存在于冥冥之中操纵着世界的万物生死荣衰兴灭，在马原灵感到来之际向他显露真容；又是遍及于日常的平凡经验里，以至唾手可得。马原的神是包诸所有，体现于所有普遍现象之中。我们把这种有神的观念称之为“泛神论”，总之它是普遍的存在于现象背后决定了现象而人的有限经验又永远无法靠近的东西，只有少数人在少数的瞬间能够突然地窥见它、感应它、体现它。宗教、科学、艺术、技巧都是一些通神的杰出者以不同方式窥见神、感应神、体现神的人间结果。

这样，泛神论就必然导致泛通神论。我觉得这是马原的最后一个，也是最核心的一个观念，它由叙述崇拜为发端，又回复到叙述崇拜中去。这里也存在着一个魔术般的圈套。叙述故事实在是马原试图接近神最后体现神的唯一有效方法。对于马原来说，叙述行为和叙述方式是他的信仰和技巧的统一体现。他所有的观念、灵感、观察、想象、杜撰，都是始于斯又终于斯的。

（原载《当代作家评论》1987 年第 3 期，收入本书时略有删节）

## 【评　析】

吴亮，广东潮阳人，1955 年出生于上海，曾任《上海文论》副主编，是

20 世纪 80 年代著名的文学评论家。90 年代以后，转向艺术评论。有评论集《文学的选择》、《批评的发现》等。

这是中国当代文学关于先锋作家小说艺术的第一篇研究论文。面对马原迥异于传统小说的叙述方式，吴亮不是按照传统小说分析方法如从主题类别等角度来分析，而是注意从自己的阅读感受出发，去揭示他在马原小说中所发现的种种文学手段：小说作者、叙述人与小说的角色的关系的复杂性，以及由此构成的叙述上的复杂性。论文较为全面地论述了先锋小说作家马原的作品在非真实、非因果等方面的虚构特性，作家及作品人物在小说中的地位和作用，以及叙事在小说中的重要性，进而从叙述崇拜、神秘关注、无目的、现象无意识、非因果观、不可知性、泛神论与泛通神论八个方面分析贯穿在马原小说叙述圈套中的抽象观念。吴亮指出，马原的经验方式是片断性的、拼合的与互不相干的。他的许多小说都缺乏经验在时间上的连贯性和空间上的完整性。在吴亮看来，马原的经验非常忠实于它的日常原状，他并不刻意追究经验背后的因果，而是执意显示并组装这些经验。“组装”一词的运用，显示了吴亮对马原小说结构方式的叙事理解。在考察马原的故事形态时，吴亮写道：“它不仅要叙述故事的情节，而且还要叙述此刻正在进行叙述，让人意识到你现在读的不单是一个故事，而是一个正在被叙述的故事，而且叙述过程本身也不断地被另一种叙述议论着、反省着、评价着，这两种叙述又融合为一体。”

论文论述丰富生动，既揭示了先锋小说的一般特征，又从马原小说的具体性出发，说明了马原小说的个性化特征。论文在论述次序上，先展开马原小说文本分析，再概括小说叙事背后的思想观念，这也是一个特点。

**【文献链接】**

1. 黄子平：《论当代短篇小说的艺术发展》，《文学评论》1984 年第 5 期。

2. 宋剑华、刘冬梅：《〈青春之歌〉的再论证》，《小说评论》2008 年第 5 期。

3. 徐德明：《乡下人进城的一种叙述》，《文学评论》2008 年第 1 期。

4. 阎浩岗：《论〈红旗谱〉的日常生活描写》，《文学评论》2008 年第 4 期。

5. 杨劲平：《九十年代以来汪曾祺小说研究述评》，《钦州师范高等专科学校学报》2003 年第 6 期。

6. 余岱宗：《论 20 世纪 50、60 年代的革命小说对“传奇性”的规范》，

《青岛科技大学学报》2003 年第 2 期。
7. 张学昕：《当代小说文体的变化与发展》，《吉林大学社会科学学报》2004 年第 6 期。
8. 赵毅衡：《无根有梦：海外华人小说中的漂泊主题》，《社会科学战线》2003 年第 5 期。
9. 郑家建、吴金喜：《诗学的与哲学的维度》，《福建论坛》2005 年第 11 期。
10. 郑国庆：《主体的泯灭与重生——余华论》，《福建论坛》2000 年第 6 期。

## 第二节　当代诗歌研究

20 世纪 40 年代，现实主义诗论和现代主义诗论二分天下，都有“激进型”、“传统型”和“综合型”3 种。在现实主义诗论方面，“激进型”诗论主要围绕朗诵诗、街头诗、方言诗、叙事诗、新诗的民族形式、现代政治讽刺诗和“九叶派”等问题展开论争，在许多问题上，表现出了“旧错误和新偏向”，实质上，它们都着眼于新诗大众化以及如何更好地为现实斗争与救亡图存服务；“传统型”诗论则潜心于对新诗现实主义精神与艺术规律的探讨，而“综合型”诗论强调创作主体与创作客体之间相生相克。它们共同推进了 40 年代现实主义诗论的发展和深化。总体看来，“激进的现实主义”诗论声势很大，“传统的现实主义”诗论姿态沉稳，而“体验的现实主义”诗论魅力极强。它们之间的矛盾与纷争反映出 40 年代现实主义诗论大众化诉求的限度与难度。在现代主义诗论方面，“综合型”诗论超越了“激进型”诗论之狭隘和“传统型”诗论之保守，以海纳百川的开放姿态吸纳了“体验的现实主义”诗论，使中国新诗理论批评在 40 年代末克服了 40 年代初的偏执，走上了综合的现代性诗艺探寻之途。在 40 年代新诗理论批评的总体格局中，现实主义诗论“人多势众”，在力量与影响上，始终占上风，为建国后文艺进一步走向浮夸的现实主义埋下了伏笔。

### 一、政治革命对思想异质化的排除

“新诗歌”是特指 20 世纪 50—60 年代当代中国诗歌的政治性概念，其目的是要同以知识分子为主体的现代中国诗歌区分开来。从建国初诗歌理论批评公共传播空间的拓展，到 1955 年前诗歌理论批评健康的舆论引导，再到

1955年后“左”的思潮越演越烈（“打落水狗”的胡风事件和从“鸣放”到“反右”种种——对艾青、流沙河、李白凤、公刘、孙静轩、蔡其矫、邵燕祥和穆旦等人的批判以及对诸如《大风歌》等作品的批判），最后到对新诗民族性话语的重构（“两结合”、新民歌与现代格律诗之争）。新诗民族性追求超过了现代性追寻，成为最高的命令，为随后新诗走向一体化、同质化做好了铺垫。

## 二、政治—文化革命对思想同质化的实现

“文革”时期，新诗理论批评发展分前后两段。以1972年为界，之前的6年，可以说是新诗理论批评史上绝无仅有的荒芜期；之后，新诗理论批评得到了有限的恢复，仿佛是1963—1966年新诗理论批评的“回光返照”，此期所有的诗歌理论批评都在号召新诗向样板戏学习。1977—1978年，新诗理论批评开始了举步维艰的“拨乱反正”，主要用批判的方法来批判所要批判的对象，在心态、手法、逻辑、形式上与“文革”的狂乱并无二致。阶级斗争依然像阴魂那样在人们精神的天空飘荡。这两年新诗理论批评的阶级斗争味很浓。诗评家们一边在清算江青集团的“阴谋诗歌”及其“阴谋诗论”，一边在讴歌在当时看来属于正面的诗歌，那种真正革命意义上的诗歌。新诗理论批评开始出现了由同质化向多样化转变的征兆。1979年是新诗理论批评从“拨乱反正”走向思想解放的过渡年份。“新诗要现代化”（严肃的诗艺探索、“诗史”式的经验总结、为过去挨批挨整的诗人平反昭雪、对“新的课题”的动态分析等）成为当年最响亮、最鼓舞人心的口号。概言之，60—70年代的新诗理论批评，不仅仅是一场艺术革命，同时也是一场社会革命、政治革命，使“政治正确性”绝对等同于“诗歌正确性”，其整体性否定新诗的真正目的在于要提出新的美学标准和与文化理想。

与此同时，台湾新诗理论批评在1950年代开始了现代化进程（“蓝星”、“创世纪”、“现代”三大诗社的“纵的继承”或“横的移植”），与大陆推进民族化、大众化呈现出不同的流向。这种反差在60—70年代表现得尤为突出——大陆是越来越一体化、同质化，而台湾是越来越多样化、世界化。这主要是由于两岸推行不同政治体制所致。具言之，50年代台湾新诗理论批评主要是倡导如何建构崭新的民族的汉诗，即如何更好地促进新诗的再革命；到了60—70年代，台湾新诗理论批评抱负更大、境界更高，即在探求如何使现代汉诗世界化（它们比同期大陆新诗理论批评的文章和论著要丰富得多，有论及诗歌原理的，有论及新诗批评的，有论及新诗现状的，有论及传统与

现代之关联的，有梳理新诗理论的，等等，在一定程度上弥补了同期大陆新诗理论批评存在的严重缺陷）；直到80年代，大陆新诗理论批评才在现代化追寻的道路上与台湾新诗理论批评“并轨”了。

## 三、新启蒙精神鼓舞下的断裂与倾斜

80年代新诗理论批评，首先，从“着眼全局，共谋发展”和“拨乱反正的余绪，极‘左’思潮残存的影响”两方面来“破除新诗现代化的坚冰”；从前者可以看到“社会主义的现代主义”的诗歌现代化发展问题以及围绕新时期新诗现代化进程中出现诸种问题引发的论争，还有关注并扶持青年诗人的成长问题；从后者可以看到“重评《草木篇》之类的寓言诗、讽刺诗”和围绕政治抒情诗展开的论争——对曲有源、叶文福、熊召政的批判。

其次，可以从诗学触媒（公刘的《新的课题——从顾城同志的几首诗谈起》），论争的出场（除了“专栏”推介的集束性影响外，还有报刊发表关于朦胧诗论争的“综述”文章）、演进（“国风诗论”与“三个崛起论”之间的博弈）和余绪等方面较为详尽地看到“朦胧诗”诗论的崛起及其引发的论争，在困难重重中推进了新诗理论批评的现代化。

再次，从“第三代”诗歌及其诗论的传播空间的生成（尤其是《诗歌报》和《深圳青年报》联袂推出的“中国诗坛1986现代诗群体大展”）、语义空间的建构（有“红皮书”之称的诗集《中国现代主义诗群大观1986—1988》里既郑重其事推出诸如“大学生诗派”、“莽汉主义”、“非非主义”、“他们”、“撒娇”等60多种民间诗歌群体的诗歌及其面目各异的宣言性的“艺术自解”）、历史形象的呈现和20年后的再次集结以及发表的共同宣言4个方面，看到“第三代”诗论的星光灿烂。同时，需要特别提出的是，第三代诗歌绝对不是一个断代的概念，不是那种诗歌史上的过眼云烟，而是一座座的“知识岛屿”。它们的血脉及影响泽被后代，不但影响90年代诗歌发展的方向，而且决定了90年代诗歌的格局。

最后，是纷争之外的诗艺探索。具体表现为，各类新诗“普及读本”的出版，如《诗的技巧》、《新诗漫谈》、《中国新诗鉴赏大辞典》等，新诗发展史研究，如艾青的《中国新诗六十年》等，以及对新诗某一门类进行细致的探讨——西部诗歌（如谢冕的《新边塞诗的时空观念》等）和女性诗歌（如翟永明的《“女性诗歌”和诗歌中的“女性意识”》等）等新诗热点问题研究。还有，新诗文体美学、新诗技巧、新诗资源等方面的丰富景观。

此外，还有80年代台港新诗理论批评的健康成长。它既不像50—60年代一味地鼓吹现代主义，也不像70年代回过头来沉迷于现实主义，而是主张传统与现代的融合。此期台湾新诗研究主要表现在以下几个方面：对新诗的选编及赏析，对台湾新诗的及时批评，对新诗研究资料的收集整理，对新诗发展史的研究，对诗歌本体与美学的研究，对比较诗学的研究。还值得一提的是，80年代香港的新诗研究有了很大的起色。但是，它仍然是以研究大陆和台湾新诗为主体，尤其是以在大陆被边缘化的新诗对象为主体，如北岛及其朦胧诗，“七月诗派”，卞之琳等，对台湾新诗的推介比较多；当然，也有一些对香港本土诗歌研究的文章发表。此外，也有零星的文章介绍澳门诗坛的情况。它们均为80年代中国新诗理论批评争了光，添了彩。

总之，无论是从格局上还是从纵深度上，乃至横向拓展方面，80年代新诗理论批评都是历史上最繁荣、最丰富的时期。

## 四、疏离后新人本主义的焦虑

90年代新诗理论批评表现为诸种“疏离之后的抉择”。进入90年代，新启蒙主义思潮历史性地终结了，新人本主义的“非理性”凸现出来，致使“新理性”成为它内在的需求。不少人认为90年代具有80年代所缺乏的新质。“中断说”比“断裂说”具有代表性。90年代诗论的写作、传播、阅读和消费方式都发生了巨变，与公开出版的诗刊同时并存的有“亚文化”性质的“民刊”以及无数具有狂欢心态的诗歌网站与诗人主页。90年代诗论“从边缘出发”，其最为明显的变化是使通向“此在”的“个人写作”得以真正确立。我们可以从民族语言的表意策略、资源背景、历史意识、总体格局、大体走向、“后口语”和“叙述”等方面看到90年代诗论的新变。90年代诗论的焦虑主要通过所谓的“知识分子写作”与“民间写作”之争表现出来。他们围绕“民间（立场）”、“知识/知识分子（立场）”、“与西方接轨”、“硬与软”等“欧化”或“化欧”之类的核心问题展开论争。其实，双方并无真实的矛盾。它们之间仅是诗歌理念上的不同。它们之间是相通的、互补的。“知识分子写作”强调中国经验、中国话语场、本土气质、日常经验，叙事性、叙述性、及物性、技巧性和综合性。而“民间写作”始终在为“民间立场”和“口语写作”在90年代的合法性存在据理力争，其西方知识背景是胡塞尔的现象学、索绪尔的语言学和海德格尔的存在主义，但更多是受到了西方后现代主义里的解构主义、第三世界理论和后殖民主义的影响。由于90年代先锋诗歌越来越表现出“个人趣味化”，越来越晦涩难懂，导致了阅读的障碍与批评的缺席。所以90年代的新诗理论批评有很大一部分是由诗人自己写作的“诗人评论”。除了诗学论争外，90年代新诗理论批评还有多方面的收获。第一，对90年代的“先锋”进行了冷静而理智的反思。“困局论”、“危机论”、“终结论”、“陷阱或迷宫”说、“病象”说、“并非先锋”说富有代表性。当然，也有不少诗评家在为“先锋”鼓劲加油。“中华性”的崛起和“人文理性”的跨世纪诗学建构是其代表。总之，反思到最后，先锋的问题似乎变成了后现代性的问题。有人认为这种“喜剧狂欢”理论是导致诗歌精神溃散的罪魁祸首，所以必须“重建诗歌精神”。第二，“重写新诗史”的倾向。有人从百年新诗发展的历程进行描述。有人则从新诗流派演变的角度去透视，这既有百年新诗流派史的研究，又有就新诗流派里的某一主要流派进行细致梳理，其中，对现代主义诗歌流派研究得最充分。此外，“诗人论”也是一大亮点。90年代台湾新诗史的研究也是构成新诗理论批评的一个组成部分。在两岸关系“解冻”后，对“大陆的台湾诗学”进行检讨成为90年代台湾新诗理论批评的一个热点。他们一方面为大陆的台湾诗歌研究指谬、纠偏，一方面也从自身梳理与自我建构出发积极主动地开展台湾诗歌史的研究工作。香港新诗理论批评界也表现出了前所未有的撰写“香港新诗史”的热情；不少文章从“断代”的角度研究香港新诗的发展历程，但是一直没有形成气候。第三，对新诗教育的关注，对网络诗歌、民间诗歌和“70后”写作的最初兴趣，对其“合法性”地位的确立，也有人撰写论文。但是，这些话题要到21世纪初才得以展开。第四，新诗文体研究也成绩斐然，呈扇形展开，其中，“十四行体”的研究成果明显。第五，以“开放式的本文细读”和“有限度的审美接受”为轴心的“中国现代解诗学”也扎实深入。第六，对新诗理论批评的“再批评”，是90年代新诗理论批评走向深入的又一重要表现。“断代”研究与区域研究是其主体。一言以蔽之，90年代诗歌理论批评力避本质化、历史化那些整体性话语，而表现出多样化及其复杂性。

## 五、喜剧氛围下的差异与生成

20世纪与21世纪之间的过渡与交接是在“世纪转型”这一百年一遇的“影响的焦虑”中进行的。也许是相信“人性恶论”以及恶与欲望是历史前进杠杆的说法，世纪之交的新诗理论批评以言辞与情绪都很激烈的“批判书”鸣锣开道。21世纪开局时，一批青年人打出了“下半身写作”的旗号，以“诗歌从肉体开始，到肉体为止”作为传播学与美学策略来宣扬他们的文学“真实观”，其潜在意旨是最终要把一个“肉体”问题提升、转化为一个关乎个体与人类生存的“抉择”问题，多少显露了生命哲学的意向。但是，也有人说它“把流氓要成一种流派”。21世纪初新诗理论批评的境况是新诗在开始“回温”。尽管这里面不排除某些急功近利的因素在暗地里操作，但毕竟“诗，由流落到宠幸”。21世纪初，在对新的诗歌憧憬中，对新诗发展开始了新一轮的反思和梳理，各种新诗史、新诗选本以及新的诗歌命题纷纷登上了新世纪的大舞台。诗歌批评界围绕新诗史“如何写”和“写什么”展开了讨论。在全球化日益深入的情况下，21世纪初新诗理论批评表现为一种崭新的“新文化运动”的冲击；在这股强势力量的推动下，形成了21世纪初特有的诗歌格局及走向，那就是：一、回归传统精神和乡土文明；二、追寻“后现代”的“后口语写作”；三、体味中西文化之间的激烈震荡。21世纪初诗歌内里均匮乏“历史想象力”，并表现出伦理缺失的倾向。有人错误地把其原因简单地归咎于诗歌市场化的纠缠，也有人以“底层生存写作”的“写作伦理”去揭批当下诗歌写作里到处充斥着的所谓“中产阶级趣味”。而有人反唇相讥地指责这是传统诗评常见的“道德归罪与阶级符咒”的借尸还魂。我们必须同时警惕在新诗批评领域里可能出现的“泛伦理化”和“去伦理化”的两种错误倾向。尤其是最近“中产阶级立场写作”高调出场，引发了诗歌评论界的热议。“中产阶级立场写作”展示了当前诗歌发展的真相和动向。中国新中产阶级是由平民阶层发展而来，是中国新经济的参与者和受益者，比起社会其他阶层更加具有独立批判精神。“中产阶级立场写作”反映的是，在由人民社会向公民社会转型过程中公民意识高扬这一心理共性，以及当代中国“新经验”在当前“诗歌社会”中的诗性呈现；它自觉承担“立‘公民’”的民主启蒙新使命，努力回到现场，并在现场还原事件真相，营建以反讽和自我反讽为特色、抛弃简单意识形态对抗、摆脱暴力美学纠缠的“直接诗学”；在写作意识和写作策略上，它对当代中国诗歌发展具有变革意义，是新世纪诗歌新的增长点和“奇迹”。此外，60年代出生的“中间代”集体出场，也是21世纪初诗歌史情结焦虑中的整体突围，是对文学史权力场的主动出击与撼动。还有，“70后”与“80后”伸展的可能性也是一个意味深长的诗学话题。它必将拓展未来新诗理论批评的新时空。

## 六、重新做一个诗歌批评家

新诗革命是新诗发展的重要动力。新诗史上到底发生过几次革命？有人主张“二次革命论”；有人主张“一次革命论”。表面上，后者比前者更激进；而实质上，两者大同小异。它们都承认胡适们当年催生了新诗第一次革命；而第二次革命都是从“我”开始。所不同的是，前者认为自己就是新诗第二次革命的旗手与闯将，而且新诗第二次革命就在以他为首的“第三代诗歌”运动那里完成，并使汉语新诗在20世纪末取得了辉煌成就；后者则认为新诗第二次革命尚未完成，正处于他所吁请的“重建”之中。显然，这些看法不乏某些局部的洞见，但终因其过于将新诗复杂的历史简约化以及对新诗史的偏识，导致对新诗发展真相的部分遮蔽。其实，中国新诗目前正处于我们在这里首次提出的“第三次革命”中。认清新诗发展史，是为了重绘新诗发展的地图，也是为了更好地将当下新诗写作置于新诗发展的历史链条中，看清楚21世纪初新诗写作的超越性及其新动向，从而最终获得其有效的历史意义和美学价值。

那么，在新诗第三次变革中的诗歌评论又如何呢？

20世纪90年代以降，在全球化、信息化和大众化的语境中，有人宣布了诗歌时代的终结，并说“再也不会出现这样一个时代——为了诗歌自身的目的，撇开理论的或政治方面的思考而单纯地研究诗歌。那样做不合时宜”。这话虽不无偏激之处，但它昭示了某些真理，至少对我们反思当下日趋严重的诗歌批评的“学术化”具有警示意义。从事诗歌批评的人员，已从80年代的“作协派”和“学院派”两分天下，到眼下以后者为主体了。诗歌批评语境和体系的变化，致使相当多的诗歌批评（如学位论文）在进行学理化努力的同时，也在走向自身的封闭化。质言之，“学术化”诗歌批评使诗歌批评成为高蹈派之类的纯学术的文字。这里，姑且不论其中有的诗歌批评问题意识弱化，乃至是在围绕某种伪问题而皓首穷经！

与“学术化”诗歌批评相伴生的是某些“主观主义和个人主义”的印象式诗歌批评。大多数“酷评”属于此类。“酷评”的确在打破“学术化”诗评的板结与活跃争鸣的空气等方面发挥了冲锋陷阵的作用。不少文学批评家对此非常看好。不少评论家呼吁“不妨来点酷评”。他们的良苦用心在于，拓展学术空间，打开理论视野，激活当下的理论与创作。但是，我们不能把酷评处理成媚俗批评。要把握好酷评的分寸，不能出乱子，乱得像眼下铺天盖地的求疵或捧场。鲁迅当年就发出过告诫：“批评家的失了威力，由于‘乱’”，“批评家的错处，是在乱骂与乱捧”。而在《商贾的批评》里，鲁迅干脆蔑之为“胡评家”。

严格来讲，新时期以来，我国的诗歌批评并未成熟，一直没有形成属于自己的批评理论和批评流派，有许多喧腾的话语、人文的委顿、方法的实验、乏力的表演和潜伏的危机。当然，我们也应该看到，当前诗歌批评处于萧条与机遇并存的悖论中。

新时期以来，我国诗歌批评家为了恢复诗歌批评的自觉，使其能对与之同行的诗歌创作具有影响作用，重建诗歌批评话语的空间，大量引进了西方各种人文主义批评（如现象学、阐释学、法兰克福学派等）和语言实证主义批评（如语义学批评、形式主义批评、新批评、结构主义批评等）；产生了1986年前的宏观、整体、综合式的所谓的主体性批评和1986年后的各式各色的类似于西方“语言学转向”式的形式批评；由于它们缺乏充分发挥中国批评家自己的“主体性”等质素，造成了我国当代“批评理论的混乱”。批评已成为无定性的东西，好像只要是带了一些主观意见的文字都可以划归到批评中来。因此，当前诗歌批评也被当成社会批评、文化批评和思想批评，出现了泛化乃至空洞化的倾向，与此同时，它又面临“学术化”批评、印象式批评和媒体批评的挑战。所以，有必要清理出诗歌批评自己的领地。首先，我们必须对当前诗歌批评中的科学主义进行检讨。诗歌批评既非自然科学那种因果定量分析，又是对庸俗实证主义的反动；尽管它也是以知性分析为主导去揭示作品的客观价值。

其次，我们要清理当前诗歌批评中表现出来的纯经验主义倾向。因为它导致“唯事主义”批评和主观主义批评，前者是纯经验描述主义，后者是唯逻辑规范主义；而它们正是当前诗歌批评的天敌。

再次，我们也要认清中国现当代诗歌批评并不像中国传统诗歌批评那样属于人文主义批评。批评与赏玩不同，它们的不同点“决不是一个不没入一个没入，而在批评家于赏玩时能为不断的反省，赏玩家却只是一味赏玩”。“批评不是艺术（在近代严格意义上的艺术），批评的目的是理智上的认识。”但是，也不要走偏锋——像法朗士和滕云所宣称的“我所批评的就是我自己”，像吴亮所说的“批评即选择”，像黄子平那样追求“深刻的片面”。

最后，我们要确立诗歌批评是一种特殊的科学活动、拟科学性活动的观念。比起一般科学活动重视逻辑推理来，诗歌批评活动更重视形象思维、情感体验和个人直觉。那么，诗歌批评的科学性体现在哪里？在于它的无私见。诗歌批评的个性又是如何得到体现的呢？这主要从批评的立场、方法、策略、表述等方面表现出来。洪子诚认为，批评的立场，“一是批评家对所从事的专业的基本态度，即是否专注、认真、严肃，是否将自己的工作与某种意义和目的性联结起来。更确切地说，是否有自觉的意愿去探求这种联结的可能性”。诗歌批评个性的丧失，是由诗歌批评质的规定性丧失造成的。所以，诗歌批评一定要有它的立场、个性和使命。何况“一切批评在某种意义上都是政治的”；“‘政治’和‘非政治’批评之间的区别仅仅是首相和国王之间的那种区别：后者推进某些政治目的而假装不是那样，而前者则对此毫不犹豫”；不同个性的批评家仅仅是不同的“语言的管理者”而已。

当然，更多的人在抱怨诗歌批评的缺席、失语和低迷。不是人们看不到诗歌批评业已取得的成绩，而更多体现了人们对于重塑诗歌批评形象与重创诗歌批评辉煌的紧迫要求。诗歌批评不仅仅要承担批评家精神的高度、个人的使命，还要承担批评自身的责任。批评家一向是社会的文化精英，这就要求他们必须承担比常人多得多的东西。同时，批评家渴求一种比内心和谐更高层次上的和谐。

批评家应该重新思考诗歌批评的功能、尺度和方法等问题。首先，是诗歌批评的真实性问题。我们有必要辨明批评的真实性与艺术的真实性之间的差异。这就律求批评家“是一个无倾向、无偏爱、无私见的分析者”，要求批评家“首先做一个有德性的人”，还要求批评家具有相应的理论知识和政治洞见。其次，是诗歌批评的“美感享受”问题。由于，某些批评家对此进行了曲解，把“美感享受”想象成率性而为；因而，当今再难以见到像周作人那样的人道主义的诗歌批评，茅盾前期那样的现实主义、自然主义的诗歌批评，郭沫若前期的浪漫主义的诗歌批评，梁实秋那样的新人文主义的诗歌批评和李健吾那样的印象主义的诗歌批评等。

如前所述，由于当代知识生产方式的集约化，诗歌批评的“学术化”日趋严重，这就要求当前的诗歌批评要注意在目前的学术制度建设中重建诗歌批评的秩序，充分考虑到批评家身份的转换、乃至身份与自身的分离，以及批评对象的变更。与此相关的是，也要坚持诗歌批评内在机制的建设。这已经不再是什么具体方法和细节的问题，而是关涉批评家采取何种态度、具备怎样的精神素质、站在何种当代立场的问题了。

同时，要重提当前诗歌批评的民族立场。中国现代诗歌的“现代性”，之所以在海内外为人津津乐道，关键就是中国现代诗歌引人注目的“摆脱不了的中国情”即中国现代作家的道义责任。新时期以来的诗歌批评，一直主动地接受西方人文社会科学的“殖民化”，并始终将它们作为阐释中国当代诗歌现象的知识筹码和精神资源，出现了严重的错位与倾斜的弊端，形成了诗歌批评的“殖民性格”。为了重铸中国当代诗歌批评的“主体性性格”、“民族性格”，我们必须在科学发展观的指导下，更新思想观念、调整知识结构、高扬中华民族伟大复兴的时代精神，逐步打造出中国现当代诗歌批评的品牌，使其像中国古代诗歌批评那样，引起世人瞩目。当前诗歌批评只有明确了自身的责任，才能真正最大限度地享有批评自由，变当前批评的无为，为未来批评的大有可为！

【范文选读】

# 道德归罪与阶级符咒：反思近年来的诗歌批评

钱文亮

## 一、“草根性”说法：问题何在？

在近几年的诗歌界，《天涯》杂志主编、诗歌评论家李少君所提出的“草根性”说法，影响广大。虽然李少君的言论明显受国际汉学界激烈否定新诗的观点的影响，但他在此基础上提出将“草根性”写作视为新诗发展的正道，却是分外引人瞩目。

如果不是以“观念性”/“草根性”的二元对立作为新诗史描述结构、并将新诗受西方新思潮、新观念的影响视为新诗发展的历史“误区”的话，李少君提倡的“草根性”写作可能并不会引起人们太大的争议。甚至可以说，在今天全球化、资本化力量日益强盛的现实文化语境中，相对于其他概念，“草根性”算得上是一个比较有阐释力、比较中性的说法，可以看作诗歌界对当下现实所作出的正面回应。而且，其提倡者李少君将之与个人经验、生命冲动、地域背景、生存环境和传统之根相联系，在诗学意识上既与“第三代诗歌”中强调本然生命的一脉相承续，又有对1990年代诗歌“个人化写作”理念的采纳与吸收；同时，这一说法也很容易唤起长期积淀于国人文化心理的平民主义和民族主义的“政治无意识”，迎合社会各界对于诗歌“介入性”（“及物性”）和本土性（“民族性”）特征的阅读期待，暗合关注苦难与底层的社会主导舆论，甚至还可以被理解为对先锋诗歌写作中“不及物”倾向和“技术主义”倾向的含蓄反拨，包含着诗人对于自然大地、生命存在及其身边细微之物的价值关切或悲悯情怀……由此看来，“草根性”的概念有其一定的诗学渊源与文化轨迹。除此之外，“草根性”的提法也试图在一定程度上为1990年代以来歧见日深的文坛各方展开自己对于诗歌的不同诉求与想象，搭建一个共同的话语平台。正因为这样，上至中国作协，下至许多民间诗歌群落，都表现出谈论“草根性”概念的巨大热情。

但这一概念的意义也仅限于此。因为它包的东西太多，对诗歌的期待太多——虽然它并不想为诗歌制定清规戒律。而且，从李少君所列举的具有“草根性”写作倾向的诗人名单来看，与其说他们“均表现出某种共同的新的倾向与追求”，不如说表现出的是相互之间从诗学意识、审美趣味到艺术追求等各方面根本性的差异。如果笼统地说“他们的诗，具有了某种原生性和深度，一种将个人的独特内在的生活、经验、脾性甚至背景自然地转化为诗的创造性与独特性”，那么所谓“草根性”的特点又实在没有什么新的特点（仅仅是换了一种比较形象的说法）——这种东西难道不是每一个诗人都必须具有的艺术自觉和写作目标吗？对于一个进入诗歌写作的人来说，这是他应该遵循的基本的艺术准则。所以，相对于复杂万端、异彩纷呈的当下诗歌实践，作为一个野心勃勃的诗歌概念，“草根性”因其明显的外延模糊、指称对象含混等问题，而最终成为一个自我稀释的空洞的能指。

反思“草根性”的问题，不难看出，这一概念并非产生于诗歌实践的内在困难——因为它所涉及的问题自1980年代以来，已经在路数不一的各种诗歌探索中不同层次地得到了触及和处理，只不过一直没有得到集中，更没有被提升为一个笼统的“共名”。那么，作为风行于台湾上个世纪70年代现代化运动、基层民主化浪潮中的一个文化政治概念，“草根性”能否借用为新世纪汉语诗歌写作的一个时代“共名”，显然是颇为可疑的。从这一概念在台湾的语源及其应用来看，“草根性”在社会分层上指称与精英分子相对的市井小民组成的底层社会，在文化的历时性区分上指称与西方文明相对的“在地性”（即本土性）传统文化，在政治结构中指称相对于官方的民间文化，在文化品质上指称文化较少的原始的生命力。所以，作为一种文化的品质构成，“草根性”固然具有冲击僵化文化秩序的解构性活力，但其本身的低俗、粗鲁、劣质，更容易与非理性的“民粹式”思维结合，产生巨大的破坏力。从这一点来说，在新诗经历了“非崇高”、“非理性”、“反文化”的1980年代诗歌运动之后，在自然生命的直接性“体验”已经成为合法挥舞的大棒的今天，“草根性”对于诗歌实践能有多少助益，的确是大可怀疑的。

特别应该指出的是：李少君在提倡这一概念时，为强调其重要性，以“草根性”／“观念性”的二元对立结构梳理新诗发展的历史脉络，甚至将“草根性”写作视为新诗从“观念性”“误区”中转型的高度。这种将适用范围有限的特殊概念泛化绝对化、草率树立评判标准的方式，已经弄巧成拙地抵消了这一概念本身所可能具有的启示性蕴涵。

## 二、“底层生存写作”：什么样的诗歌“写作伦理”？

如果说，在目前诗歌批评并不景气的情况下，“草根性”还算是一个比较开放、具有一定启示性的概念的话，近年来比较热门的“打工诗歌”和“底层生存写作”等说法则需要打上更多的问号。

尽管因为“打工诗歌”特殊的题材背景与道德敏感性，对此不宜作过多的诗学辨析，但对于一些诗歌论者把它视为诗歌“再生”的新大陆，刻意强调它与所谓“技术主义”的对立等说法，笔者还是不敢苟同。作为对弱势的“打工者”群体的道义声援，重视“打工诗歌”、固然值得赞扬，但如果因此而将它提升为关乎当代总体诗歌实践的某种宏大叙事甚至于裁判标准，恐怕就太过矫情而危险，即使把它升华成更为动人的“底层生存写作”。至于“打工诗歌”提倡者所作出的一些论断，诸如“中国主流诗人集体性走上了技术主义道路”，“一些掌握了‘话语霸权’的形式主义者对打工诗歌与打工诗人的全盘否定和居高临下的冷嘲热讽，让我们看到了技术主义在诗学上的反动达到了无以复加的地步”，等等，已经不仅仅是言过其实的问题了。

不可否认，无论是“打工诗歌”抑或“底层生存写作”，在当下中国都具有呼应普遍性的社会伦理吁求、直接介入现实的正当性，也连系着新世纪以来理论批评界重建新的文学视野、丰富理解文学的方式、导引文学进入深广境界——这样的企图。但我的怀疑与问题是，如果没有近年来蔚然而成的整体性社会话语风尚，批评家们会否热衷“打工诗歌”之类的说法？提出这一点，并非为了简单地评判什么人的是非，而是由此想说明，无论一种说法怎样动听，当它已经成为风尚或时髦后，诗人与批评家都需要给予更多的警惕与反省。与整体性的社会话语风尚保持必要的距离，这是一个诗人或批评家起码的自觉，是检验其是否具有韦伯意义上的诗歌职业伦理或“责任伦理”、是否真诚的基本尺度。正如诗人凌越所言：“如果你足够真诚和敏感的话，那些苦难和时代的脉动会自动投身到你的诗句之中，而且遵从着‘美’的考问，根本无需做出那样外露和不得要领的标榜。这也是为什么那些最能体现时代精神的诗人，倒往往是一些貌似冷漠的离群索居的遁世者，比如荷尔德林、狄金森、卡夫卡、佩索阿等等”，如果诗歌“所持的道德立场和社会的主流立场没有明显的差别，在这样的背景下，这些立场就失去了原本该有的道德张力，最终变得轻浮和有几分投机之嫌”。换句话说，无论是伦理意识还是艺术观念，只有当它是从诗人或批评家个体内心顽强生长出来时，它才可能是有效的，才可能真正提升诗歌的品质。即便是这样，这种基于诗人或批评家个体经验而生成的特殊意识与观念，能否成为普适性的规范、法则甚至“真理”，也仍然是需要受到严格怀疑和检测的。

然而，当北京师范大学教授张清华在使用“底层生存写作”概念进行诗歌批评时，恰恰在这个地方出了问题。

近年来，张清华据此将重点转向对所谓“中产阶级趣味”的猛烈抨击，使得问题愈发凸现。

如果追索思想文化渊源，无论是“底层生存写作”概念还是“中产阶级趣味”，张清华所集中阐发的这些说法，实际上都是1990年代以来人文社会学界重审左翼文学经验和当代中国社会主义遗产这一思潮的必然结果，也与近年国内文化研究热中引入葛兰西和印度庶民研究（又称为贱民研究或底层研究）的视野直接相关。从这一点上看，这些概念并非简单的针对诗歌实践问题而提出，其本身即聚焦着当下众多人文学者特殊的文化想象与政治诉求；不仅如此，也因为这些说法在一定程度上表达了当下国人的公共经验，从而变成为社会各阶层都能够参与的公共话题，所以，很快便引起诗歌批评界内外普遍的反响与推崇，类似的言论一时间层出不穷，而其中最极端的，果然出自鲁迅研究专家林贤治在2006年第5期《西湖》杂志上发表的长文《新诗：喧闹而空寂的九十年代》——在直接将1990年代以来的诗歌写作定义为一座无意义的喧闹“空山”，并将这期间的诗人判定为以“后七十年代诗人”为主体的“新兴中产阶级”（或译作“新生小资产阶级”）予以挞伐的同时，对郑小琼、卢群等打工诗人和纯然以传统农村和农民为题材的杨键、泥马度、杜涯等几位“乡土的忠实的歌者”，以及被误读为写底层的雷平阳、李南的诗歌进行了大力推举。

不过，尽管许多批评文章都以“关注底层”为口号，但相比较而言，在学术性和影响力上均未超出张清华的系列论文。作为一个训练有素的文学研究者，在较早引起反响的《“底层生存写作”与我们时代的写作伦理》一文中，为了证明“打工诗歌”所带出的“伦理问题”的“庄严可怕”，张清华在将现代文学史上对底层劳动者的书写归纳为鲁迅等带有拯救意识的悲剧性书写，和沈从文式的诗化处理——这两种写法之后，提出了另一种“在现时代最朴素和最诚实的写法”——“打工诗歌”这种再现和呈现式的表达。张清华认为，不同于“中产阶层趣味”写作本质上的虚伪性，“打工诗歌”真正符合“现实”“真实”这一写作者基本的伦理标尺，达到了应有的深度——因为所谓“深度”就在“底层的现实”中。

也许是意识到简单地以题材内容抬高诗歌写作的价值，容易重蹈当年庸俗社会学批评的覆辙，张清华在《“底层生存写作”与我们时代的写作伦理》一文中表现出颇不自信的犹疑：除了经常在“打工诗歌”与“底层生存写作”之间跳来跳去之外，张清华一方面强调“写作者的身份”的重要，另一方面又认为“也可以不那么重要，他只要是在真实地关注着底层劳动者的命运就可以了”；所以，杨克同柳冬妩、宋晓贤、卢卫平、游离、马非一样，都是“打工诗歌”，伊沙的《中国底层》当然“相形之下，写得更好”，“这就是还原到生命个体的真实！”

然而按照张清华莫衷一是的“身份”论，读者很难弄明白杨克、伊沙这两位成名诗人的“关注底层”与鲁迅等人的关注方式有什么区别？也不太清楚张清华为什么敢于断言杨克、伊沙们的“底层生存写作”就比鲁迅等人的更“真实”？——实际上，中国20世纪以来的诗歌最大的问题恰恰是来自这种被动跟从现实、将现实作等级化、本质化的“真实”观。

当然，作为一个经历过1980年代诗歌启蒙运动的文学研究者，张清华不会意识不到将“打工诗歌”的特殊性放大为普适性的文学法则或“伦理”的牵强生硬。为此，除了将“打工诗歌”悄悄置换为相对开放的“底层生存写作”命题之外，在《“底层生存写作”与我们时代的写作伦理》一文中，张清华更多的是将“打工诗歌”与“生命”、“命运”、“生存”这些“初始的概念”相联系，特别是“命运”这个概念——因为“命运正是诗歌的母体。历史上一切不朽和感人的写作，都与命运有着密不可分的关系”，而“在我们的时代，职业却连着命运”。通过“我们的时代”这座桥梁的托举，“打工”、“职业”、“命运”与“历史上一切不朽和感人的写作”就这样轻而易举地实现了过渡或汇合，那么由此一来，无论把“打工诗歌”/“底层生存写作”怎么往高处大处说，也就不足为奇了——按照张清华的逻辑，“打工诗歌”/“底层生存写作”岂止是在某种程度上“挽救了叙事”，你就是说它挽救了当代诗人的道德良知与整个“病入膏肓”的当代诗歌都“并不为过”。

## 三、什么样的“中产阶级趣味”？<br>什么是严肃批评家“真正的敌人”？

既然有了从“打工诗歌”/“底层生存写作”那里抽取出来的“现实”“真实”这一把基本的伦理标尺，张清华也就不难量出“我们时代的写作中的中产阶层趣味”及其“本质上的虚伪性”，发现“中产阶级趣味”成了大多数写作者、尤其是成名诗人的普遍病症——以此类推，谭克修、沈浩波等也不难量出“与现实和大众非常隔阂”、“没有真正的具体的面对现实”的诗人之“小”。

在一年不到的时间里，张清华抨击的诗坛病症从《“底层生存写作”与我们时代的写作伦理》一文中的“中产阶层趣味”上升到了后来文章中的“中产阶级趣味”，这种关键概念使用上的一字之差，实在过于随意或儿戏。尽管他在文章中表示“这是个复杂的问题”，但在行文当中，却仅仅引用了一段美国人丹尼尔·贝尔的话，就把它轻巧地打发了。

实际上，尽管问题比较复杂，但人文社科学界关于“中产阶层”/“中产阶级”及其文化、“趣味”的研究却能足够证明：张清华所说“今天的中国也已经界临了这样一个时代”——贝尔所针对的美国中产阶级“日益丰裕”的一个时代（中产阶级占总人口的80%），这一点并不符合事实。“所以中产阶级这一概念在中国更多的变成学者争议、媒体炒作和国外学者研究概念”。

另外，今天中国的“中产阶级”（——姑且借用这个时髦的名称）也决非张清华所言，是从“很不合理的分配中分得了一杯羹”，“在政治上还是孱弱、苟且和暧昧的”

从改革开放以来的历史发展情况看，中国的“中产阶级”既非一个静止的本质化概念，也非一个固定不变的实体。以1992年为界，此前进入中间阶层的群体，大部分人倒的确是因为与权力中心特殊的关系，或利用国家体制和政策上的漏洞，在不够合理的财富分配中，迅速攫取了最大量的社会财富。但这一部分人与其称之为“中产阶级”，倒不如将之归入上层“资本集团”或特权阶层更恰当。

但按照张清华的行文逻辑推，他真正想批评的应该是1993年以来至今形成的新中间阶层。但恰恰是在这一点上，张清华的批评表现出“荆轲刺孔子”式的荒诞。因为这样的一个群体不仅与那些特权阶层大不相同——他们主要是以自己的知识技能作为“软资本”在有序的市场竞争中取得竞争优势的，“在政治上”与精神“立场”上也并不符合张清华的论断。张清华以丹尼尔·贝尔的话来论证（中国）“严肃批评家”也应该以“中产阶级文化”为“真正的敌人”，这种结论是非常不严肃的。这是因为，今天的新中间阶层，即使符合“中产阶级文化”，在目前中国的社会文化转型中，它也是一种建构性的力量。许多国家的现代化历史均表明，受过现代教育的中产阶级往往是革命的力量，是法治民主的急先锋。即使在西方发达国家，韦伯和米尔斯关于被锁进巨型官僚组织的新中产阶级将会变得很驯顺的担心也并未成为事实；尽管从韦伯到拉什均正确地警告当代官僚世界中个人生活的自私和私人化本性，但是公民精神和人道主义的关怀并未死亡。

西方发达国家中产阶级的情况尚且如此，作为一个在特定的时期（多种经济社会发展阶段浓缩期）和混合制度（市场与计划）下快速衍生的多元群体，中国“中产阶级”的文化与趣味问题都远非张清华所说的那样单一、绝对。因为在这个由不同群体混成的“阶级”中，其内部的文化、品位、价值观念并不同质，能体现这一“阶级”整体性特征的生活方式与品位也并未成型。而张清华仅仅依据《中国中产阶级调查》一书公布的调查结果——有85.5%的城市居民认为自己是中产阶级，以及该书作者之一沈辉所谓当前我国的“中产意识”占据了社会主流的结论，就作出这样的判断——“我们时代的知识分子还没有完成自己在经济地位上的中产阶级化，却早早地实现了在精神和文化趣味上的中产阶级化”，实在是过于匆忙和武断。

按照张清华的说法，他所攻击的“中产阶级趣味”实际上应该是费瑟斯通所揶揄的新型小资产阶级——他们拥有很少的经济和文化资本，却渴望自己比本来的状况要更好，因而一味的对生活投资。但这种喜欢享受的“小资”恰恰与“中产阶级”相距甚远，在整个社会结构中也并未成为主流。就像那个可疑的数据一样，张清华所谓“我们时代的诗人和写作者集体向着‘中产阶级’的趣味滑行”之类的全称判断，实际上已经以真理的伪装形式，将真实与真理革除到了门外。

## 四、道德归罪与阶级符咒：诗歌批评的危险之旅

在张清华等人的诗歌批评中，有许多整体主义思维模式下做出的全称判断：什么“诗歌普遍地患上了苍白与虚浮的病症”，什么“冷漠是艺术的真正敌人”，什么“是物质的富有带来的相应的精神贫困”，诸如此类充斥强制性和指令性的命题和判断，为了简明而牺牲复杂，为了抽象而牺牲真实，严重抹杀了近些年来诗歌自由多元发展的事实，贬损了众多诗人艰苦寂寞而执著的诗艺探索，这种论断方式显然没有充分意识到将具体历史时期条件本体化的狂妄与僭越。

但问题还并不止这些。从上述言论在诗歌界的受追捧，恰恰说明中产阶级在中国的发育不足，说明知识分子“观念人”的传统仍然影响巨大。这种产生于传统社会结构之中的知识分子“观念人”更具有激进的理想主义的倾向性。在中国当今社会，由于出现了发展中社会面临的种种问题与困境，如贫富两极化、官员腐败、社会不公与种种矛盾，使传统的观念型知识分子具有了以道德理念的话语权力来进行诠释的巨大机会，使他们追求完美的“乌托邦情结”仍然有用武之地。然而，中国在现阶段的进步，虽然仍需要这种保持道德热情的知识分子，但这却并不能因此而得出只能以激进的乌托邦来主宰人们对问题的思考，而对专业人员的方式大加排斥。遗憾的是，在近年的诗歌批评中，以传统的题材论和时代论等集权话语，用经历、出身、阶级、性别、职业等来谈论当代诗歌，以对“实际生活”、“生命体验”、“命运”和

“技术”之类的粗糙理解来否定、贬斥诗歌对生命的多种表达，简单化地贬低诗人们从诗歌的个性、特征、独特性和自主性的角度去探询诗歌，伦理化地斥责批评家对于诗歌文本的“技术”研究的提倡，已经蔚然成风。在这种诗歌批评中，“技术化”或“玩弄修辞”已经不仅仅是一个需要讨论的美学问题，而俨然成为精神堕落与道德不良的红字标志。这种情形非常类似于刘小枫在研究叙事伦理学时所批评的“道德归罪”问题。在人民民主文化制度中，道德归罪是日常生活的基本现实，也是罗蒂所说的“现代社会文化中的旧文化形式”。其最大的问题不是理解一个人的生活，而是习惯于依国家意识形态或普遍性的道德理想和典范，其他什么预先就有的真理，对个人生活作出或善或恶的判断；或者说，它所依据的是意在教化、规范个人生命感觉的人民伦理，必然会抹杀个体生命的具体性和差异性，它要使某一种道德理想成为绝对的道德神，对其他人来说，就出现了道德专制。

如果将哲学家刘小枫的论述与历史学家黄仁宇的观点联系起来，人们会更容易明白近年来诗歌批评中道德归罪与“阶级”论调对于诗歌良性建设的危险性。在研究中国以德治国的官僚政治传统的多本著作中，黄仁宇曾经反复强调说，不是万不得已，轻易不要把具体问题上升到道德的高度，一味地强调某种价值观或道德观，结果势必会制造出太多的争论和对立，无助于认识历史和解决问题：“因为道德是真理的最后环节，人世间最高的权威，一经提出，就再无商讨斟酌之余地，故事只好就此结束。”

除了将诗歌艺术问题道德化之外，“冷漠”、“苍白与虚浮”等也是近些年诗歌批评对诗歌文本中情感表现的普遍判断。且不说这些批评家对情感与诗歌之间关系的理解是否单一狭隘，对艾略特以来现代诗歌在情感问题上的观念变化是否无知或故作无知，至少在将情感道德化或将道德情感化这一点上，对20世纪中国历史有所经历和研究的诗人、批评家都不难意识到它的严重问题。正如刘小枫曾指出的，事事都要问情感如何，是一种“心灵的恐怖”，双手沾满鲜血的狂热分子从来就吹嘘伟大的情感。道德专制与情感专制是一个铜板的两面，所以，应当结束愚蠢的情感调查，学会让情感非道德化。

## 五、结语：重建诗歌批评的现代性起点

综上所述，在当下中国日益纷繁复杂的社会文化实践面前，在文学理论与研究发生重大文化转向的情况下，似乎是与复杂多元的诗歌实践背道而驰，近年来的诗歌批评反而表现出比较严重的简单化、绝对化倾向。在一些时髦的批评家那里，对所谓“纯文学”观念的反思与批判，变成了对诗歌本体研

究的轻薄与鄙视，对有本质化危险的“纯文学”趣味的超越变成了对传统的社会历史批评甚至是庸俗社会学的深情怀旧与本质化回归；特别需要指出的是，以一种取样式的论证逻辑，抓取浮世一角、只言片语，以一己之道德理想、情感形态及其表现方式，伦理化地贬损、诽谤诗歌实践和追求中的异端，甚至从所谓思想界的精神立场（实际是道德立场）或大而无当的泛文化批评视角，强横地宣称“从整体上说，九十年代的诗歌是‘流行诗歌’，媚俗诗歌”之类，已经丧失了对于1990年代以来诗人劳动的起码尊重——实际上，当代诗歌经过1980年代对现代汉语诗性空间“运动”式的多方面探索实验，到1990年代时，在诗歌意识的成熟上、在对诗歌与社会现实、历史传统和文化资源等关系的深邃理解上，在诗性众多向度的恢复上，取得的成就都是空前的。而在这些以“道德”、“伦理”之名倾巢而出的喧嚣里，曾经受到严肃反思的道德全能主义和再现论文学观——这些“对智力和伦理的任何升华莫不敌意相对”的诗歌天敌，再一次借尸还魂，张志扬所揭示的阻碍“个人的自律的自由”之“确立”，阻止民族苦难意识激生个人苦难意识的两大历史镜像——“传统性”和“意识形态性”再次浮现，“道德理想主义”与“文化保守主义”仍然在遗忘中谈论着民族和人类的未来。或者，“换句话说，人家（指西方学者——笔者注）已经过了思维方式、思想情绪的现代转型，从而在学理建构上十分自觉而明确‘防范两极化的自律机制’乃当今社会理论的‘拱心石’。而我们连不甚了了的现代哲学还像热过了的旧棉袄弃置在80年代。90年代‘解构’了一阵子、‘后学’了一阵子便痛感道德家园的失落而欲重建民族精神以拯救21世纪。如此迅速地‘变脸’，恰好显示了‘板结’与‘沙化’两极摇摆的本土性或国民性。”直面当下诗歌批评的糟糕现实，我们不能不沮丧地承认，张志扬经由“创伤记忆”对当代学风的反思仍然没有过时，经20年的思想开放，中国诗歌界究竟沉积了哪些“属己的”生长点，也并未得到应有而深入的探讨。

正是有鉴于此，笔者认为，当代诗歌批评迫切需要一个建立于理解现代性悖论机制与合法性危机之上的理论出发点，除了必要的学理准备，诗歌批评界尤其需要一种防止理论自以为是的本体论化的自我反省与检测意识，在此基础上真正养成宽容的生活态度和精神素质，真正开放我们的诗歌观念。也只有以此为前提，才会最终避免对于诗歌实践的非此即彼的价值判断和道德声讨，才不会简单化地将一些诗人对诗歌艺术/“技术”的专注或“探险”视为与“精神”无关或截然对立的道德“原罪”，也只有这样，自1980年代以后才逐渐得到恢复与建立的现代性诗学意识与视野不会因激进的“颠覆”

而后退，现代诗学问题的复杂性与现代汉语诗歌建设的深幽微妙，也不会因为“形式主义”的轻慢解读而消失无迹——我们的诗歌批评家才不会因为有社会历史批评的前理解，而轻易地“凌空一跃”，拒斥和鄙薄以语言论为背景的文本主义各话语，直接滑入接受美学、读者批评和文化研究，最终，在这个相对主义的多元对话时代，寻找到能够深入复杂的现代诗学内部，呈现与揭示现代诗歌建设深幽微妙之处的更宽广更富张力的话语方式。

（原载《江汉大学学报》2007年第6期）

## 【评 析】

当代中国风起云涌，在此语境下产生的文学与文学批评都不可以孤立地进行评判。文学研究要内外兼攻，需左冲右突。因此它既要像俄国形式主义批评和法国结构主义批评那样做索绪尔现代语言学意义上的精细的叙事研究，又要像原型批评和历史文化批评那样做有机整体性/自足性的内部研究，还要做像读者接受与反应批评、意识形态批评和文化批评等外部研究，也就是说，要把文本与语言、文本与作者、文本与读者、文本与世界四者统合起来进行综合研究。只有如此，我们方能进入当今文学的殿堂，在欣赏美的同时，创造美，这是我们人文学科学子所应该拥有的文心诗品。

本文就具有如此难能可贵的文心诗品。作者具有鲜明的诗歌批评意识。他能抓住近年来新诗批评的热点现象，以“问题”为切口，从文学的“外围”突入，如他在“摘要”里所写：“近几年来，受学院体制、资本逻辑、大众媒体、网络空间与政治威权等更多种力量的介入、拉取或鼓舞，‘共识’破裂之后的当代诗歌实践呈现出纷繁复杂的局面；但与之相悖的是，当下诗歌批评却反而出现了比较严重的简单化、本体论化的倾向。一些批评家在以‘道德归罪’的习惯和传统的阶级论视角谈论诗歌与现实、历史和文化等之间的关系、臧否不同的诗歌现象时，被种种新本质主义‘身份学’、‘立场学’和‘政治正确’所迷惑，明显忽略了现代诗学问题的复杂性、诗歌方式的特殊性和中介性。”这些观念的得来，是与作者长期跟踪、研读新诗批评密不可分，显示了作者扎实的“基本功”。

光有“印象”还不行，要使这些“印象”得到具体的、有力的落实，还必须做认真细致的分析、归纳工作，那就是要进一步收集相关材料，包括相关诗歌文本及其有关的评论，做到对你的研究对象了如指掌、了然于心，换言之，你既然知道了本课题的研究历史与现状，那么你也就了解了本课题研究的成绩与不足，然后，你就能够找到你“说话”、“作文”的突破口。这篇文章“在辨析‘草根性’写作、‘打工诗歌’和‘中产阶级趣味’等批评概念的基础上，反思了近几年诗歌批评中所存在的问题”。

问题找到了，问题也分析了，结论就自然而然地浮现出来了。作者的结论是，近年来，新诗批评里出现了一种不良的错误倾向——“阶级符咒”和“道德归罪”；并在此基础上，勇敢地提出自己对此问题的合理看法，那就是，他“重申了一种理解现代性悖论机制与合法性危机的诗歌批评意识”。这就启示我们，从事新诗批评，虽然需要应用概念，但绝不能从概念到概念，不能把域外的那些概念不加分析地直接挪用过来，同时，要注重对纷繁复杂的新诗现象的评析，要避免本质论，要避免简单的二元对立思维，要在现象分析中发挥我们自己的思辨力和审美力。

**【文献链接】**

1. ［荷兰］柯雷等：《当代中国的先锋诗歌与诗人形象》，《当代文坛》2009 年第 4 期。

2. 李一帅：《青春·大地·呼唤——解读叶赛宁与海子自然诗审美思想》，《中国青年政治学院学报》2008 年第 3 期。

3. 李运转：《中国当代诗歌五十年文化思考》，《暨南学报》2000 年第 3 期。

4. 谭五昌：《中国当代诗歌中死亡书写的女性经验》，《安徽大学学报》2007 年第 2 期。

5. 王光明：《论中国当代诗歌观念的转变》，《广东社会科学》2004 年第 1 期。

6. 谢冕：《一个独特的诗歌世界——论当代中国军旅诗》，《当代作家评论》1985 年第 4 期。

7. 杨四平：《北岛论》，《涪陵师范学院学报》2005 年第 6 期。

8. 张桃洲：《20 世纪中国新诗话语研究》，《江海学刊》2002 年第 1 期。

9. 朱明明：《第三代诗歌写作中的“后自然观”及其“精神祛魅”立场》，《学理论》2010 年第 22 期。

10. 朱周斌：《挑选与遗忘：从〈朦胧诗选〉到〈朦胧诗新编〉》，《诗歌月刊》2007 年第 5 期。

# 第六章　外国文学研究

## 第一节　欧美文学研究

欧美文学研究是外国文学研究中的一个重要领域，历来受到研究者的青睐。研究大体可从以下三方面进行：文学思潮研究，作家作品研究，文论研究。

### 一、文学思潮研究

与推崇冒险、张扬自我、求新求变的民族性格不无关系，从古到今，在欧美文坛上，文学思潮的演变可谓风起云涌，蔚为大观。所谓文学思潮，简言之，是指在一定的时空范围内形成、并具有广泛影响的文学观念与文学创作潮流。文学思潮的产生离不开一定的文学创作实践的积累，与特定的社会思潮、哲学思想相关联，也与当时的社会现实以及由此而产生的人们的精神需求相适应，因此代表了一定历史阶段文学发展的主要趋向，同时也对当时的文学创作活动起到一定的影响和规范作用。

整个欧美文学发展史往往伴随着文学思潮的传承、流变，由此，各种文学思潮的兴起、对峙、融合、消涨……构成了欧美文学史上颇耐人寻味、亦值得深思的研究领域。因为与文学史的发展密切关联，可结合欧美文学史，将相关文学思潮研究分为古代文学思潮研究、19 世纪文学思潮研究、20 世纪文学思潮研究三大方面。

1. 古代文学思潮研究

一般认为，欧美文学思潮起于文艺复兴运动时期，至 19 世纪之前，对这一时段的研究统称为古代文学思潮研究，涉及的主要文学思潮包括人文主义、古典主义、启蒙主义等。基于长期的研究积累，古代文学思潮研究相对较为稳定，对其基本发展脉络及主要特征的归纳亦渐趋一致。同时，相关的补充抑或完善工作颇值得关注。

比如人文主义。概言之，人文主义是文艺复兴运动的指导思想，是文艺复兴时期资产阶级反封建、反教会的思想武器。它的斗争锋芒直指中世纪神权至上的思想，提出“人是宇宙的中心”，对“人”的肯定可以说是人文主义思想的核心所在。在人文主义研究领域，有两方面的因素特别受到关注：一是人文主义所赖以滋生的文艺复兴背景；二是主张以人为本，肯定人的尊严和价值。两者相互作用，密不可分。从历史背景看，文艺复兴是从 14 世纪到 17 世纪初在欧洲暴发的一场资产阶级性质的思想文化运动，它原意是古希腊、罗马文化的再生，实际是指资产阶级以复兴古代文化为旗号的反封建、反教会的斗争。这里，可分别从生产关系的变化、宗教改革、科技发展、古典文化的重新被发现、世俗文化的兴起等各个不同的角度，对文艺复兴运动的背景作具体考察，由此探寻人文主义文学与其所处的历史环境之间密不可分的联系。总之，文艺复兴决不是文化的单纯复古，而是新兴资产阶级对古代文化的继承和利用，其最终目的是摧毁中世纪神权统治，摆脱封建思想束缚，建立适应资本主义生产关系的新型意识形态。对文艺复兴运动全面、深入的考察，为人文主义研究提供了坚实的历史依据。

与中世纪教会鼓吹的以“神”为本针锋相对，人文主义宣扬以“人”为本，人是“宇宙的精华，万物的灵长”。其中，拉伯雷在《巨人传》中所塑造的两位巨人形象卡冈都亚和庞大固埃便以夸张的手法，生动而具体地表达出了这一理念。值得一提的是，这两位巨人不仅有超乎寻常的体魄和力量，而且具有公正、善良的品德和乐观、积极的天性，智勇双全，意志坚定，既是身体上的巨人，更是思想上、精神上的巨人。作品正是通过这样两位理想的巨人形象，表达了人文主义者对人、人性、人的创造力的充分肯定。在高度张扬个人情感、欲望的同时，人文主义文学所流露出的对人性弱点或者说阴暗面的反思与批判亦不容忽视。比如《十日谈》所讲述的故事当中所体现出的享乐主义的不良倾向、尔虞我诈的恶劣习气、腐朽落后的说教气息等等。至于《哈姆莱特》，则以“这一个泥塑的生命算得了什么”之类的质疑，毫不客气地展开了对人自身的深刻反省。

在这一阶段，一些原本不为人重视或者评价不高的文学思潮，渐受关注乃至重被评价。比如巴洛克文学，长期遭受冷落，似乎只是从人文主义到古典主义的一个微不足道的过渡，充满宗教色彩和贵族情调，追求浮华、怪异的艺术效果，在文学史上只是昙花一现，影响不大。如果把考察的视野拓展到整个巴洛克艺术，由此再反观巴洛克文学，则可见出巴洛克文学发展了一种新的美学趣味和倾向，其艺术手法对浪漫主义文学产生了直接作用，19 世纪以来的拉美文学也深受影响。由此可得出两点启示：一是积极拓宽视野，从相关学科领域中汲取营养；二是努力创新思维，开辟文学研究的新空间。

2. 19 世纪文学思潮研究

19 世纪的欧美文学思潮颇为壮观，并且井然有序地向前推进。浪漫主义与现实主义构成其当之无愧的主力军，其他如自然主义、唯美主义等也以崭新的艺术品格，引发了研究者的热议。因此，客观地说，不仅仅是文学思潮，整个 19 世纪的欧美文学在外国文学研究中一直有极高的地位。19 世纪文学思潮研究大体包括以下三方面情况：一是对于文学思潮的分门别类的研究；二是国别文学思潮的研究；三是各种文学思潮之间关系的研究。

对文学思潮的分门别类的研究，集中在对某一种文学思潮进行全面梳理、分析，力求展现该文学思潮的发展全貌。比如勃兰兑斯的《十九世纪文学主流》，即属于此类研究中的上乘之作。勃兰兑斯以“全欧性”的眼光，详尽分析了 19 世纪上半叶浪漫主义文学运动在欧洲几个主要国家（法国、德国和英国）的交流与传播情况。在这番比较研究中，勃兰兑斯跨越了国家、民族的界限，也不局限于单个的作家、作品，而侧重于文学与历史传统、社会生活、时代思潮、文化背景等等之间的关系。不仅如此，勃兰兑斯视文学史为一种心理学，它研究人的灵魂，是灵魂的历史，这样，文学又与作家乃至整个时代的感情和思想密切联系了起来。比如蒋承勇等合著的《欧美自然主义文学的现代阐释》一书，对自然主义的理论、自然主义的“人学”观、自然主义的文学创作技巧及文本、各类自然主义小说的比较等角度出发，对“自然主义”这一 19 世纪后期兴起的文学思潮进行全面考察，揭示了自然主义文学思潮的文化成因、文化内涵、美学追求以及创作个性，论证了自然主义对于欧美文学的重要贡献。此外，这类研究在有关外国文学史的教材或者著作当中普遍存在，目前在学界影响较大的有朱维之、赵澧等主编的《外国文学史》（南开大学出版社）、郑克鲁主编的《外国文学史》（高等教育出版社）、李明滨主编的《世界文学简史》（北京大学出版社）等等。

国别文学思潮的研究以国家为界限，考察文学思潮在某一国家范围内的具体发展情况。比如唐运兰、潘秋琳的《英国文学史上的浪漫主义时期》一文，简要介绍、评析英国浪漫主义的历史背景、重要派别及其代表作家作品，强调其重要性以及在英国文学史上的深远影响。比如史敬轩的《雁声远过潇湘去：英国浪漫主义文学历史分期探疑》一文，从文本解读、社会关系、文学流派、文论与教育等几个方面，阐述了以往对英国的浪漫主义时期进行明确划分的不足，主张从更加开放、包容的视角来看待英国浪漫主义文学。比如柳东林的《法国早期象征派诗歌的生命意识》一文，将寻求与万物生命的对话视作19世纪法国象征派诗歌的一个核心精神，指出从波德莱尔的“感应”、到兰波的“通灵”、再到马拉美的“无限”，法国象征派诗歌建立起一种完全不同于人类中心论的全新的生命意识，这对20世纪初的后期象征主义文学乃至20世纪60年代以来兴起的生态文学都产生了一定的影响。

各种文学思潮有其独特的文学观念和相对较为成熟、稳定的创作队伍，但这并不意味着其彼此之间风马牛不相及，而往往彼此牵涉，有着极为密切的关联。由此，对各种文学思潮之间关系的研究也构成了文学思潮研究中一块大有可为的领地。比如上述蒋承勇等合著的《欧美自然主义文学的现代阐释》，便花了相当篇幅对自然主义与现实主义两种文学思潮进行辨析，在肯定自然主义对现实主义不无继承关系的基础上，更强调了自然主义的独立地位和特殊贡献。

3. 20世纪文学思潮研究

相比较19世纪，20世纪的文学思潮显得更为活跃，也更为纷乱，大体上可分为三大板块，即现实主义、现代主义、后现代主义。其中，探究现实主义文学的新动向、辨析现代主义与后现代主义的关系等，成为这一阶段文学思潮研究的热点话题。

总体而言，进入20世纪以后，现实主义文学走出了19世纪中后期以来高度发展的黄金时代，在世界文学大格局中失去了“独尊”地位。但与此同时，20世纪现实主义文学也在不断地注入新的活力，获得新的意蕴，因此而经久不衰，继续向前发展。具体来看，20世纪现实主义文学继承了此前现实主义文学正视现实变迁、力求真实反映时代风貌的现实主义基本创作方法。与此同时，对于人物内心世界的描绘更加丰富多样，其中内心化、主观化的趋势明显，甚至于着力探索人物的潜意识；与此相关，这里的人物性格更具多重性特征，主人公显得更为常见、普通，甚至表现出明显的缺陷。不同于19世纪现实主义文学“塑造典型环境中的典型性格”的创作原则，20世纪现实主义文学表现出了淡化情节、淡化塑造典型人物的倾向。朱红素、韩颖的文章《试论20世纪欧美作家审美视角的内向化》，指出审美视角的内向化普遍存在于20世纪欧美文学的创作当中，现实主义文学亦不例外；作家们重视开拓人的内心世界，挖掘和表现人的不同心理层次，通过人物对外部世界的感受与心理冲突，来展现现代人的经历和命运。

至于现代主义与后现代主义的关系，也引起了学界持续的关注，其中不乏争议。比如存在主义，在郑克鲁主编的《外国文学史》和李明滨主编的

《世界文学简史》当中，均被划入“后现代主义”部分；然而，在刘象愚等主编的《从现代主义到后现代主义》一书中，以萨特为代表的存在主义戏剧则被归至“现代主义”的名下。这种现象看似矛盾，却也并非不可理解：各种文学思潮之间既相互区别，同时也紧密相连，并不存在不可逾越的界限。笼统地看，后现代主义是从现代主义内部生发出来的现代主义反动，因为从其“内部生发”，故而带有与现代主义的千丝万缕的联系；又因为是其“反动”，故而与现代主义表现出针锋相对的断裂。

## 二、作家作品研究

欧美文学作家作品，尤其是其中的经典，历来深受关注，旺盛而持久的生命力可以看作是经典之所以为经典的根本要素之一。诚然，对于什么是经典，一直存在着众说纷纭的情况，对此，汪介之进行了较为中肯的界定：“文学经典是一定的文学生产过程的最佳结果，它积淀着某些最重要的文学经验，并对以后的文学生产起着一种导向作用。文学经典往往指涉、概括、隐喻或表达了一个时代，往往是既切中时代而又超越时代、既扎根于民族而又跨越了民族的疆界、具有某种广远而永恒的价值和‘纯诗’品格的作品。”由于牵涉各国不同的现实状况以及国际关系之间复杂多变的态势，欧美文学经典的重读显得变化多端而精彩纷呈。对此，近年来学界关注的热点话题主要围绕以下三个方面展开：一是对于文学经典本身判断依据抑或标准的讨论；二是对文学经典研究状况的回顾与反思；三是结合历史文化、社会政治、哲学思潮、文学传统、批评方法等因素对具体经典作家作品的重新阐释。

以莎士比亚研究为例。近年来，外国文学界对于莎士比亚研究一直兴趣不减，出版的专著、论文等在同类论著中均可谓名列前茅。其中著作类方面，张沛的《哈姆莱特的问题》以札记和诗话的形式，对莎士比亚的经典悲剧《哈姆莱特》进行文本细读，眼光独到，文思洒脱，在中西双重视域下观照哈姆雷特这一人类永恒镜像所面对的牺牲、自我认识、复仇、生死等生命问题，深入解析了哈姆雷特的性格和存在境遇以及二者冲突形成的个体命运，显示出一个青年学者独到的学术眼光和稳健的学术品格，在同类成果中堪称佼佼者。华泉坤、洪增流、田朝绪合著的《莎士比亚新论：新世纪，新莎士比亚》不囿于传统、他人及主流之见，对莎士比亚戏剧进行跨学科、多流派和全视角的研究，在梳理莎士比亚评论不同流派的基础之上，结合莎士比亚的剧作以及其中的艺术形象，对诸如人文困惑、非传统因素、独白、隐喻、意象、疯癫等等问题进行深入剖析，其学术创新的自觉意识及努力令人称道。无独有偶，李伟民的《中西文化语境里的莎士比亚》也是一部对世界莎学进行全面总结与反思的莎学研究专著，其主要内容包括浪漫派莎评回顾、莎士比亚作品中的基督教精神、后现代理论与莎士比亚、马克思主义莎学以及当下中国的莎学研究，该书介绍客观，分析中肯，材料翔实，反映出论者在莎学研究中厚重的学识积累和宽广的学术视野。上述种种专著对近年来我国的莎士比亚研究进行全面梳理、评价，是我国现阶段莎学研究成果的集中展现。

相较莎学专著，有关莎士比亚研究的理论文章更是层出不穷、蔚为大观。比如上述《中西文化语境里的莎士比亚》的作者李伟民长期专事莎士比亚研究，近年来发表相关学术论文数十篇，其中既有像《莎士比亚喜剧批评在中国》、《中国莎士比亚批评：现状、展望与对策》之类对莎士比亚研究的宏观把握，也有像《〈鲁克丽丝受辱记〉与女性主义视角》、《莎士比亚的〈居里厄斯·恺撒〉中安东尼的叙事策略》之类对莎士比亚单个作品的具体分析。难能可贵的是，李伟明教授密切关注莎士比亚剧作与中国戏剧的对比研究，发表了诸如《互文与戏仿：顾仲彝〈三千金〉对〈李尔王〉的改编》一类带有明显中西比较文学研究性质的文章，密切了莎士比亚研究与中国戏剧实践之间的关系，为当今中国莎学注入了新鲜、生动的能量。至于杨正润的《对莎士比亚戏剧中的“梦”的解读》，则主要围绕《暴风雨》和《仲夏夜之梦》两部莎士比亚戏剧，对美国学者荷兰德的相关精神分析式的解读进行评介，填补了国内莎学研究在这一领域里的空白。还有潘道正的《凯列班：人文主义者想象的他者——莎士比亚〈暴风雨〉的殖民主题与人文精神》，分析莎士比亚传奇剧《暴风雨》的早期殖民主义烙印，进而探讨了莎士比亚基于人文精神所传达出的凯列班身上蕴含的积极意义。上述莎士比亚研究论文的大量涌现，充分证明莎士比亚在外国文学界中的经典地位，同时也可见当今外国文学界试图通过莎士比亚这一经典个案的分析，为相关外国文学研究提供参照、检验抑或修正的良苦用心。当然，在莎士比亚重读的过程当中也还存在一些问题，首当其冲表现为具有中国原创性的莎学理论尚告阙如，由此造成近年来固然我国莎士比亚研究成果层出不穷，研究队伍日益壮大，但总体上看，莎学理论体系的建构对中国学者来说尚任重而道远。

总之，近年来欧美文学经典的不断重读，为外国文学研究提供了继往开来的源泉，其中固然有差异、甚至矛盾，但不应将之等同于简单的否定或者说颠覆，不管怎样，如何促使外国文学经典的意义与价值在当下语境之中获得进一步的拓展，这应该成为外国文学研究者努力的方向所在。

## 三、文论研究

由于种种原因，西方文论已经悄然成为现代中国学界文学研究的重要参照抑或支撑，西方文论的最新成果乃至核心关注也在近年来的欧美文学研究当中体现出来。它主要涉及两大领域：一是对相关理论的引介、探究、生发；二是借助于某种理论阐释具体的欧美文学作品。

以生态理论为例。生态理论于20世纪90年代在中国迅速崛起，至今仍保有极其旺盛的学术生命力。说到中国的生态理论研究，则恐怕不能不提厦门大学的生态文学研究团队，尤其是其学术带头人王诺，多年来一直致力于欧美生态文学研究，在该领域享有一定的权威。王诺的《欧美生态文学》被公认为国内第一部研究欧美生态文学的专著。该书在追根溯源的基础之上，对欧美生态文学的思想内涵、艺术特征等进行系统研究，在“导论”部分对生态文学的定义作如下概括：“生态文学是以生态整体主义为思想基础、以生态系统整体利益为最高价值的考察和表现自然与人之关系和探寻生态危机之社会根源的文学。生态责任、文明批判、生态理想和生态预警是其突出特点。”这一定义的确立，对国内围绕生态文学展开的相关研究产生了深远的意义。近年来，王诺又陆续推出《生态与心态：当代欧美文学研究》和《欧美生态批评：生态学研究概论》两部力作。前者旨在探讨缓解生态危机与加强生态意识之间的关系，以求借此推动生态文明的建设。该书注重将生态理论分析与生态文学家的个案研究结合起来，积极引进国际生态文学研究的最新成果，无论是对于学理层面的讨论、还是对于生态文明建设的实践，均富有一定的启示意义。至于后者，则包括欧美生态批评研究的发展、生态批评的对象、生态批评的贡献与限度、生态文学研究的哲学基础、生态的和谐观与正义观、生态文学研究的切入点、征服与控制自然观批判、欲望动力论、消费文化批判等内容，将生态文学研究与哲学、经济、伦理乃至人们的日常生活结合起来，思路开阔，论证翔实，富于启发性。王诺还连续发表相关学术论文十余篇，包括《从生态视角重审西方文学》、《生态美学：发展、观念与对象——国外生态美学研究述评》、《生态批评的美学原则》等，从各个不同的角度对生态学问题进行研究，反映出论者对于该领域颇为全面而深入的观照及把握。此外，其他一些知名学者也在密切关注或者持续不断地进行相关的生态文学研究，取得了丰硕的成果，如曾繁仁《生态存在论美学论稿》、《生态美学导论》、《当代生态美学观的基本范畴》等，鲁枢元《生态批评的空间》、《自然与人文：生态批评学术资源库》、《20世纪中国生态文艺学研究概况》等。

总之，除理论本身的学术魅力之外，相关学者的积极引介及其与当今现实环境问题、与中国传统文化的巧妙契合，使得生态理论在中国学界的影响迅速扩大。近年来，就外国文学界而言，相关研究在以下几个方面的成果颇引人瞩目：一是某些重视书写人与自然关系的作家备受学者青睐，如罗斯金和梭罗；二是将生态批评与女性主义批评相结合，探讨一种所谓生态女性主义的文学批评新视角和新方法；三是将生态批评与伦理批评相结合，解读作品中的生态伦理观。当然，在取得极其丰硕的成果的同时，近年来的生态理论研究在理论体系的建构、本土生态文化资源的开发利用等方面也还存有不足；但可以预见，在今后的一段时期内，相关研究仍将保持旺盛的学术生命力。

至于借助某种理论阐释具体的文学作品，在文学研究中一直较常见，欧美文学研究亦不例外。它为文学研究提供了便利而充分的理论营养，同时也在很大程度上为文学研究开启了新思路。

仍以生态理论为例。伴随着生态理论热，以该理论为参照或者框范对具体欧美文学作品进行解读，可谓成果斐然。如高青的《海明威自然观的双重性及其悖论：生态批评视域中的〈老人与海〉》，文章从《老人与海》中主人公圣地亚哥的著名宣言“一个人可以被毁灭，但不能被打败”引入，从老人的“硬汉精神”当中探询人类与自然相抗衡的勇气和决心，进而将之归结为人类中心主义思想的膨胀，指出其中人定胜天的盲目乐观以及随之而来的对自然的肆意掠夺与征服，是导致全球性生态危机的根源所在；与此同时，由圣地亚哥的黯然返航，文章引申出作家自然生态观的另一侧面，即“自然给予人类最严酷甚至毁灭性之惩罚的原因，完全是因为人类在处理自己与自然关系时，人类自己‘走得太远了’。打败和摧毁人类的，正是人类自己”。基于这样蕴含悖论性的两个层面的分析，文章在最后一部分主要从生态批评的视角探询人与自然关系的重构问题，主张克服人类中心主义之傲慢与偏见，唤醒人类与自然和谐共处的意识。又比如张明兰的《叶芝诗歌生态观解读》一文，同样从生态批评的视角考察叶芝诗歌当中所体现出的诗人的自然观，其中既有对于自然的热爱，也有对人类中心主义的谴责，还有对人类内部生态平衡的积极探求。

再以女性主义为例。女性主义文论虽然在发展过程当中饱受争议，其内部也派别林立、众说纷纭，但它的确在女性创作、女性形象以及其他相关话题方面，为人们提供了一个崭新的文学研究视角，因此这方面的成果也有目共睹。如谭颖沁的《论简·奥斯丁小说叙述声音的女性主义立场》，将女性主义与叙事学相结合，以“叙述声音”为切入点，指出简·奥斯丁小说以女主人公为内聚焦视点，利用大量的自由间接话语，颠覆了男权叙事传统，建构了女性叙述声音和叙事权威，作为女性作家的简·奥斯丁为表达女性主义立场而采取的这种叙事策略，使得其小说成功地在读者与女主人公之间建立起同情的纽带，叙述声音的女性权威得以加强，读者亦由此认可小说女主人公的价值判断，在此基础之上，有望对社会现实产生一定的影响。又如贺萍、侯旭的《性别视角下的透视：哈代小说创作中的女性意识》，从弗吉尼亚·伍尔夫对哈代的评价切入，即：“他对女人比对男人表现了更为温情的关切，这也许是他对她们有更加强烈的兴趣。”文章通过哈代笔下的经典女性形象游苔莎、苔丝、淑等的具体分析，指出作为一个男性作家，哈代虽然未曾公然提倡男女平等，但他却以男性作家特有的柔情和女性意识，关注女性的不幸和痛苦，展现女性的美好品质，倾吐女性的心声，摆脱了以往文学界中的女性形象“天使或魔鬼”的传统偏见，作为一个维多利亚时代的男性作家，哈代所表现出的这种超越时代的卓越女性观，无疑是难能可贵的。

需要补充说明的是，在文学研究中寻求理论的支撑原本无可厚非，但理论与文本简单拼接，或者一味囿于理论、甚至削足适履般地屈从理论，或者远离文学实践、洋洋自得于理论的空谈，抑或不加辨析、一味追新逐异地炫耀新的批评话语，如此等等，显然是当前乃至今后外国文学研究所应尽力避免涉入的误区。对此，盛宁在《“理论热”的消退与文学理论研究的出路》一文中，结合西方“理论热”的消退现象进行了深入的批判性反思。

**【范文选读】**

## 安东尼奥的下场

### ——谈《威尼斯商人》中的友爱和性爱

方　平

2002 年 5 月 30 日，英国皇家莎士比亚剧团来沪献演喜剧《威尼斯商人》。除了剧组成员的精湛的演技给人留下深刻印象外，最令人难忘的是两个主要人物的最后下场。

先说夏洛克。一磅肉的诉讼非但没能让他报仇雪恨，反而倒赔本金，甚至全部家产，加上自己一条老命，都听候庭上发落；这还不算，还得被胁迫着当场背弃本民族的信仰，改宗仇人的基督教。对这一切迫害，他只能含垢忍辱，吐出了“我愿意”，这才容许他步子踉跄地退出法庭。随即听到从后台传来了撕心裂肺的一阵嚎叫。在法庭上任人宰割，忍气吞声，可内心在流血；剩下他独自一人时，这满腔痛苦怨愤，终于爆发出来了。让人不由得感到一阵震撼；尽管夏洛克已下场了，但此时此际仿佛有一个受苦受难的灵魂正面对着我们。

再说安东尼奥，主要想谈的是他的下场。

月光下的贝尔蒙庄园，两位郎君都给自己的新娘尽情嬉弄了一番，又言归于好，欢天喜地，各自拥着娇妻，回他们的爱巢去了。就在这喜气洋溢的气氛中，喜剧就此告终。在笑声中落幕，该是导演最好的选择吧，这也该是最符合剧作家的原始意图。他老人家搁笔之前写下最后两个字结束全剧：［同下］。

可是那一晚的演出，导演有他独到的处理。并非皆大欢喜的［同下］；而是在喜气洋溢中，只见斯人独憔悴，被遗落在空荡荡的舞台上，形影相吊，他黯然下场时，那孤独凄楚的形象使人突然意识到：原来在这个喜剧里，除了夏洛克之外，还存在着第二号悲剧性人物：威尼斯大商人安东尼奥。

细读原作。我们会有这样的印象，剧作家为了营造一个皆大欢喜的圆满结局，可说费尽了心机，务必面面俱到；为罗伦佐和吉茜佳一对小夫妇带来了犹太人的笔据：身后财产授予书；又为安东尼奥准备了一份意外的惊喜：原来他那三艘大商船并未沉没海底，而是满载财货，一齐进港来了。罗伦佐固然感激涕零，下半辈子可以稳稳地靠妻财过日子了。就是安东尼奥听到那天大的好消息，也激动得“我话都说不出来啦”。其实那三艘沉船忽然又浮出水面，安然回来了，只能是神话罢了，细究不得（不论那财产授予书，由法庭作出判决）。编造这一神话，目的只有一个，无非图个热闹，给喜剧气氛加温。导演英格拉姆不是不明白，一个煞风景的斯人独憔悴，面对着空荡荡的舞台，和喜剧气氛格格不入；但他更看重的是，一个出乎意料的震撼所能激发起的活跃的思考。那悲剧性的舞台形象似乎成了导演手中的一把解剖刀，向观众呈现了我们原来不曾注意的一面——安东尼奥的内心世界原来还有它阴暗的一面。

我国古代的封建伦常，讲究长幼尊卑，同样一个“爱”吧，在汉语的表述上，规格等级就有许多讲究，体现着浓重的伦理色彩，所谓“亲亲而仁民，仁民而爱物”，所谓“父慈子孝”，在弟曰悌，朋友曰义，为臣尽忠，为官爱民如子，君主之于后宫曰宠幸，“恩爱夫妻”是民间口语和通俗文学中的说法，古书中则以“相敬如宾”为美谈，莎士比亚向以词汇量丰富庞大著称，无奈表述人与人之间的深情厚谊，却寒伧得很，不问男女长幼尊卑，往往笼统使用一个词："love"包揽一切。巴珊尼奥启程去贝尔蒙求婚，临别之际，安东尼奥自有一番叮嘱，千万别急着回来，"不要为了我而误了你的大事，且等到瓜熟蒂落，结果美满，再回来吧"。至于签给犹太人的借据——

别让它来打扰你的柔情蜜意。

Let it not enter in your mind of love. ①

这话听来冠冕堂皇，是应有的门面话，拙译"love"因之作为有情人之间的"柔情蜜意"。可是稍加辨味，却话里有话，未尝不可以这样理解："别让它来打扰你我之间的情谊。"似乎在预祝好友婚事美满，却又悄悄地把"性爱"和"友爱"叠合在一起，难分彼此，这无异在提醒好友：两情相悦的欢爱割不断存在于你我之间的友爱啊。

发挥这弦外之音的妙用，莫过于安东尼奥写给巴珊尼奥的那封绝命书了。借约到期，眼看落在债主手里，"你我之间的种种债务，就算一笔勾销——只盼望临死之前，能见你一面。然而此事悉听尊便；如果你的心上人不敦促你赶来（If your love do not persuade you to come），那就别理会这封信吧"。②

在最后一句话里，你对我的友爱，你对新夫人的情爱，你的心上人，这三者借"your love"而交织成一片混响（拙译只能择其一端，而不能尽其全貌），怎样解读，全凭读信的以及听信的人了。

彭镜禧教授在他的《论安东尼奥致巴珊尼书》③一文中，对信中的弦外之意作了精辟的解读，有独到之见，兹特介绍如下。

论文认为，从字面上，这信显示出这位皇家巨商胸怀宽宏，好友欠他的债远不止三千两银币，他愿意一笔勾销；可是这信也让人——尤其让波希霞——看清楚了安东尼奥，以及他和巴珊尼奥之间的关系。安东尼奥的宽宏大量是有条件的：临死前能和好友再见一面；但又并不勉强好友赶来，而是请他自行斟酌；接下来那句话语气就重了，带有谴责的意味。这暧昧闪烁的"your love"，可以有多层次的体会，当然，可以理解为"你对于我的友爱"（如果这份友爱不足以促使你抛下新欢赶来和我诀别）；但也可直指"你的心上人"而言（假使你的她不放你来）。波希霞正是这样理解的。信一读完，她

① 见《威尼斯商人》2幕4景42行（据Signet Classic版《莎士比亚全集》，1987）。

② 见《威尼斯商人》3幕3景320—322行（据Signet Classic版《莎士比亚全集》，1987）。

③ 论文标题为"An Explication of Antonio's Letter to Bassanio"，发表于M. Marrapodi编Shakespeare and Intertextuality（2000），P. 271—280.

立即作出反应："亲爱的，快料理一切，立即动身吧。"①

本来，在波希霞这方面，她显示出高尚的心地，信还未宣读，她先就愿意交付给亲人二十倍借款的钱，催促他快去搭救安东尼奥。现在听信中所言，分明把她波希霞作为较量的对手，要和她争夺巴珊尼奥的爱。正是这来势不善，促使波希霞下决心亲自去威尼斯走一遭，探查情况。

更有甚者，听方才巴珊尼奥向她坦白，原来她寄托终身的亲人，还和另一个男人有非同一般的关系：他不但欠了好友一身债，这位好友又为他，不惜以身家性命作抵押，和仇人订下了生死文书。再加上信中又别有所指，无怪会激起她的疑虑，要赶往威尼斯法庭了。

彭镜禧教授独到的见解有很大启发性，有助于我们更深入地理解喜剧中存在着的友爱和性爱间的紧张关系，以及女主人公怎样步步为营，作出她的反应。

波希霞以法学博士的身份出现在法庭上，把一磅肉断然判给了原告，一对好友拥抱诀别。安东尼奥表现得置生死于度外。这一从容就死的姿态他看得比自己的生命更重要。血溅法庭，对于他，甚至是一种成全，能让他取得精神上的胜利。此时此际，扬着尖刀、面目狰狞的夏洛克已不在他眼里了；他心里只翻腾着一股辛酸的哀怨，这么些年来他全心全意所奉献的友爱，一夜之间将被新婚夫妇的你恩我爱取而代之了。趁这生死关头，务必把以身殉（友）爱的形象尽量往高里抬，为了好在小夫妻俩今后的感情生活中投下抹不去的他的身影。在临别遗言中，波希霞再一次成了他心目中有你没我的对手，他这样说道："替我向尊夫人致意"——

> 对她说我怎样地爱你，我临死关头
> 死得又多从容；把故事讲完了，
> 请她评一评，巴珊尼奥是不是也有过
> 一个知心的好友。②

这一回，不难听出这弦外之音了：想想吧，我为好友做到的，娇妻也能为她亲丈夫做到吗？这一着果然有效。在这以身殉爱、"死而无怨"的精神力量的感召下，巴珊尼奥感情冲动，忘乎所以，嚷道：

---

① 见《威尼斯商人》3幕2景323行（据Signet Classic版《莎士比亚全集》，1987）。
② 见《威尼斯商人》4幕1景274—276行（据Signet Classic版《莎士比亚全集》，1987）。

安东尼奥，我新娶了媳妇儿，我爱她，
就像自个儿的生命；可生命也好，
媳妇儿也好，就算是整个世界，
在我的眼中，都比不上你的生命。
我情愿丢开这一切，牺牲了它们，
全拿去献给这个恶魔，来救你。

这让还未圆房先就被“抛弃”的新娘听来最为寒心的一番话，我们不妨想像，却成了安东尼奥的内心欢呼：“有了好友这几句话，我付出生命的代价太值得啦！友爱和性爱的较量，赢得最终胜利的是不惜一死的我！”

做丈夫的异想天开，要把新娘献给魔鬼（夏洛克），全不想她就在自己身后，而且拍拍他的肩背，以第三者的语气冷冷地警告道：“尊夫人要是就在这儿，听见你这么慷慨，怕不见得会感谢你吧！”

男女之间的性爱是排他性的，要求忠诚，要求专一，这是人类进入配偶婚姻社会后建立起的美德。而同性之间的友爱，只能是一种非正常的情况，才会产生容不下第三者的排他性。好友求婚成功，按理应该为之高兴；对于安东尼奥却成了难言的隐痛：原来属于他的爱将为另一个女人占有了。

波希霞不失为一位贤德的妻子，为了对丈夫的尊重，愿意把美好的情爱向友爱延伸：

这位安东尼奥既然是我丈夫的知交，
也一定像我那夫君。要真是这样，
把一个跟我“灵魂”相似的人
从没顶的苦难中救出来，我付的代价
可真是微不足道！①

可是在威尼斯法庭上，她终于听出了对方语中带刺，别有用心，证实了她的疑虑。这位“好友”并没有因为爱巴珊尼奥而为他美满的婚姻祝福。他的“友爱”只容得下一个人；使她倒抽一口冷气的是，全心全意爱着丈夫的她，反而成为闯进两个男人中间来的第三者！

由此看来，实际上这一喜剧涉及两对矛盾在推动着戏剧情节的发展。首

① 见《威尼斯商人》3幕4景17—21行（据Signet Classic版《莎士比亚全集》，1987）。

先是迸发为基督徒和犹太人之间，涉及种族的、宗教的矛盾，剧作家用浓墨泼笔加以勾勒，这里不多说了。另一对矛盾却像潜伏着的一条暗流，并不引人注目，需要有心去发掘（甚至需要波希霞那样的警觉），那就是环绕着巴珊尼奥的友爱和性爱间的矛盾。

历来评述《威尼斯商人》，往往倾向于把“慷慨无私的友谊”和真诚的爱情看成在这喜剧中相互辉映的两种美德。中外评述皆然。这里只举一例。“在巴珊尼奥和波希霞之间，以及他和安东尼奥之间的情谊，不存在根本性的冲突……是爱的能量在起作用，爱能够扩伸，并不停留于唯一的对象……安东尼奥把戒指交回（按剧情，应是转变）给巴珊尼奥，取得了一种象征：他也分享着夫妇俩的幸福。”①

笔者曾为这一喜剧（译本）所写的前言中接触到“友爱”和“性爱”有不能相容的一面，提出安东尼奥在法庭上为好友死而无怨，“暗示这是连巴珊尼奥的爱妻也难以做到的，他的自我牺牲因此证明了友谊重于爱情……给予了他一种精神上的胜利”。戒指的风波在于确立爱情的位置，虽然在贝尔蒙庄园“保留着友谊的位置，但是居于至高无上地位的应该是爱情”②。

直到欣赏了英国皇家莎剧团的演出，又从彭镜禧教授的论述中得到了启示，才有豁然开朗之感，意识到还有再往深里挖掘的可能，不是到此为止，从而发现这里潜伏着一条若隐若现、仍可以辨识形迹的暗流：非正常的排他性的友爱和卫护忠贞、专一的性爱间的几番较量。

如果成立了这么一对矛盾的指导思想，那么一些不动声色、尽在不言中的场合，仿佛一下子被照亮了，在我们眼里成为具有特殊意义的关节。试举一例，有这么一个问题我们多半不大会考虑：波希霞既然愿意拿出二十倍于借款的钱去救急，按常情，应该足以把大商人从债主手里赎回来吧；又何必十万火急去信向外地的法学博士请教，商借衣帽服装等，亲自赶往威尼斯呢？我们可能会这样想：原来的意大利故事（为喜剧所取材）就有郡主赶往威尼斯的情节，莎翁无非现成移植过来罢了，好让才貌双全的女主人公的形象格外光彩丰满。

其实在原来的故事中，营救的是丈夫的义父，而出现在喜剧中的是一个像章鱼般长满着吸盘的腻友，这是不容忽视的差别。在女主人公这一边，虽说她从未透露一丝口风，但以她的机智敏慧，我们作出这样的推断是并非没

① A, Legatt: “Shakespeare’s Comedy of Love” (1974)，转引自 Signet Classic 版单行本 (1987) P. 189.

② 见方平主编《新莎士比亚全集》卷二，第 146 页。

有依据的：这是她果断地对这位好友来信所作出的反应。她怀着疑虑，要亲自到现场察看究竟。

胜诉之后，巴珊尼奥满怀感激，请求法学博士务必接受一份礼物，于是闹出了戒指的风波。这同样是意大利故事中原有的情节，但是要看到二者内涵大不一样了。巴珊尼奥求婚成功，向波希霞发誓，永远不把订婚戒指送人。安东尼奥明知道这回事，可还是趁机（法学博士一怒而去）规劝道：这戒指让他拿去吧——

> 他的这番功劳，和你我的交情，
> 就算是重于你的夫人的命令。①

这似乎是深明大义吧，其实可说别有用心。听从了他，巴珊尼奥果真捋下手上的订婚戒，派人赶紧去送给法学博士。这时，可想而知，他内心制不住发出欢呼："两个男人间的友爱分明重于新婚夫妇的爱情！看，这一实际行动不就是最好的证明！"

在另一方面，似乎一怒而去的波希霞还没走近法庭大门，已听得安东尼奥迫不及待地在那里怂恿她丈夫了——不出她所料！她回头向这位"好友"打量了一眼，于是当真一怒而去了。舞台演出如果这样处理（把文本上的[波希霞及奈莉莎下]下移三行，置于安东尼奥说完他的劝说之后），也许有助于观众看得更清楚些，体现在爱妻和好友之间的性爱和友爱的较量。

良辰美景的贝尔蒙庄园，做丈夫的喜洋洋回到新娘身边，满以为小别重逢，新婚初夜，自有一番旖旎缠绵的风光，却不料为了小小的戒指却闹了一场风波。一家之主只能低声下气、听着妻子的教训："怎么能把你太太的第一件礼物随随便便给了人？你戴上这戒指，立下了誓，只要你真心诚意，那么套在你指上就等于钉在你的肉里！"他只有知错认罪讨饶的份；给妻子戏弄得狼狈不堪，下不了台。最糟糕的是，两个妻子都一口咬定，这里另有一个第三者：

> 奈莉莎的话，我相信；我豁出我的命，
> 要不是给哪个女人弄了去：这戒指！②

---

① 见《威尼斯商人》4幕1景449—450行（据 Signet Classic 版《莎士比亚全集》，1987）。

② 见《威尼斯商人》5幕1景207—208行（据 Signet Classic 版《莎士比亚全集》，1987）。

这真是百口莫辩的天大冤枉，做丈夫的急得双脚直跳；可是在这场妻子占尽上风的争吵中，更难堪、惶恐、无地自容的，恐怕是那个真正的第三者：安东尼奥。尽管巴珊尼奥讲义气，没有把他招出来做替罪羊；可是他早已深深地卷了进去，怎么也脱不了干系啦。出于无奈，他不得不站出来在对手面前认输了："这一番口角都为了我这个害人精。"而且愿意拿自己的灵魂做担保："你的丈夫再不会发了誓再犯第二次错误啦。"

波希霞很有策略，表面上宽宏大量："大爷，没你的事。你来，我们很欢迎。"她拿出戒指，却故意交给她的对手，而不是直接交回自己的丈夫：

> 那么就请你做保人，把这个交给他。
> 叫他这一回可要比上回看得牢些。①

要他作保人，绝不是出于对他的信任，给他一个面子；而是套住他，叫他脱不了干系，让他明白，他拿在手里的订婚戒，乃是神圣婚姻的信物，有多重的分量。表面上是信不过自己的丈夫，要另找人替他担保；实际上信不过的正是这位保人，要他发誓担保的就是保证他本人，从今以后好好管住你自己，给我守住友谊这条界限，再不许节外生枝，做一个第三者，闯进属于爱情的领域中来了。

最了不起的是，波希霞做到了恩威并施，尽在不言中。我于你有救命之恩，以前夫君积欠你的我加倍奉还（在喜剧中，代之以传奇式的喜讯：所有失事的商船都财货齐全地进港了），你也该知足了吧。今后做一个明白人，再不要自讨没趣，来跟我争夺已属于我的巴珊尼奥了。安东尼奥的悲剧性的下场，在于他不得不认输了。他内心在流血。

这悲剧性下场，前面说过，不会符合剧作家的本意。皆大欢喜的结局更能满足当时台下观众的娱乐性要求。这是导演的独到处理。不过揭示这个大商人的悲剧性格，并非强加于他，还是有所依据的。巴珊尼奥即将乘船出发，去向富敌公侯的美女求婚，一对友人分手时，安东尼奥口头上劝说好友不必急于回来：

> 你只管欢欢喜喜、一心一意地
> 进行你的好事，在美人儿跟前

---

① 见《威尼斯商人》5幕1景254—255行（据 Signet Classic 版《莎士比亚全集》，1987）。

随时随刻献上你的爱情吧。

可是说到这里，他忍不住泪水盈眶，只能转过脸去，把手伸到背后，抓住了好友的手不放。朋友们议论道："多亲热，多浓厚的感情啊！""我看啊，他只是为了他的缘故，才感到人世的可爱。"①

安东尼奥的悲剧性格尽在上述这一声感叹中了。友爱高于一切。友爱成了衡量人生唯一的价值标准。固守着中世纪骑士道精神的遗风，认定友爱重于性爱；全不知时代已进入了文艺复兴时期，在现代文明的曙光中，人文主义者热情歌颂的是爱情的幸福。

附 记

"皇家莎剧团"的演出，全剧结束，黯然下场的不止安东尼奥一人。另有吉茜卡，孤身只影地同时从另一扇门下。可能要她给安东尼奥作陪衬吧；也可能由于割不断的骨肉之情，听说父亲在法庭上遭受的屈辱，不免为之伤神（这一阐释，并无文本上线索可寻）。导演的意图何在，不便臆测。

## 【评 析】

西方的莎学犹如中国的红学，是当之无愧的"显学"，无论是研究的数量还是质量，莎学在外国文学界均鲜有可与之相比肩者。尤其值得注意的是，20世纪以来，莎士比亚已俨然成为各种批评方法的竞技场或者说各种理论的试验田。由此，可否验之于莎士比亚，似乎已经成为某家学说可否立足的一个重要依据。换言之，能够适用于莎士比亚，该学说便似乎具备了一个重要担保。与此同时，不可否认，在每年汗牛充栋般涌现出来莎学成果当中，亦不乏鱼目混珠的现象，比如牵强附会、人云亦云等等。这里所选读的文章以大家都颇为熟悉的莎士比亚喜剧《威尼斯商人》为个案，从安东尼奥最后的悲剧性下场入手，层层剖析了存在于安东尼奥、巴珊尼奥、波希霞之间微妙的"三角"关系，揭示其中"友爱"与"性爱"之间的冲突，同时结合文艺复兴时代背景，得出"性爱战胜友爱"的结论。对于莎士比亚喜剧代表作《威尼斯商人》，以往的研究成果多关注于夏洛克与安东尼奥之间的矛盾，尤其是夏洛克形象，因为带有深厚的悲剧交融的特质而饱受争议，至于安东尼奥形象，则以慷慨大方、乐善好施而著称，似乎并没有什么特别值得追究之处。然而，本文作者显然并不满足于人们惯常的看法，而是另辟蹊径，通过

① 见《威尼斯商人》2幕8景48—50行（据Signet Classic版《莎士比亚全集》，1987）。

细读文本的方式去发掘隐匿于字里行间的潜台词，由此，安东尼奥与波希霞之间微妙的“竞争”态势终于一步步地明朗起来。文章以“新”求胜，在很大程度上突破了已有的见解，又因为论之有据、言之成理而颇令人信服，其研究思路和方法对于解读《威尼斯商人》乃至其他文学作品，均有一定的借鉴与启迪。再从行文风格看，文章娓娓道来、深入浅出，虽然是进行严肃的学术探讨，却并没有高深之态，读来倍感亲切并乐于接受。

**【文献链接】**

1. 冯文坤：《福克纳〈喧哗与骚动〉之时间主题》，《外国文学研究》2007 年第 5 期。

2. 李毅：《奥赛罗的文化认同》，《外国文学评论》1998 年第 2 期。

3. 李树欣：《双重写作中的异域幻象：解读〈乞力马扎罗的雪〉中的非洲形象》，《国外文学》2007 年第 2 期。

4. 刘锟：《论陀思妥耶夫斯基“罪”与“罚”思想中的东正教文化内涵》，《国外文学》2009 年第 3 期。

5. 刘象愚：《哲学与科学语境中的〈芬尼根守灵夜〉》，《北京师范大学学报》1999 年第 3 期。

6. 盛宁：《“理论热”的消退与文学理论研究的出路》，《南京大学学报》2007 年第 1 期。

7. 吴笛：《论哈代的创作中鸟的意象》，《外国文学研究》2001 年第 1 期。

8. 吴岳添：《从拉伯雷到雨果：从巴赫金的狂欢化理论谈起》，《外国文学评论》2005 年第 2 期。

9. 杨正润：《文学的颠覆与抑制：新历史主义的文学功能与意识形态论述评》，《外国文学评论》1994 年第 3 期。

10. 张京：《〈百年孤独〉的艺术结构》，《国外文学》1998 年第 4 期。

## 第二节　东方文学研究

在外国文学研究界，相较欧美文学，由于种种原因，东方文学受关注的程度明显较低。然而，东方文学毕竟与中国文学有着天然密切的联系，且有其独特的艺术品质和历史文化内涵，因此东方文学研究构成了外国文学研究中无法割舍的一部分。近年来，其研究队伍不断壮大，研究成果也日益丰富。研究大体可从以下三方面进行：一是东方文学与中国文学关系研究；二是作家作品研究；三是文论研究。

## 一、东方文学与中国文学关系研究

因为中国原本隶属于东方，所以东方文学应当是包括中国文学在内的，只不过由于外国文学是特指中国文学以外的世界各国的文学，相应地，东方文学实际是指中国文学以外的东方各国的文学。不管怎样，单就名称而言，东方文学与中国文学便有着无法割舍的联系，又由于彼此邻近，两者之间有着深厚的历史渊源。因为这一领域的研究跨越了单个国家、民族的界限，带有明显的比较文学性质。我们可从比较文学的视角，将东方文学与中国文学关系的研究分为以下两个层面：一是东方文学与中国文学的影响研究；二是东方文学与中国文学的平行研究。

1. 东方文学与中国文学的影响研究

因为彼此相近，东方文学与中国文学在历史交往过程当中存在着明显的事实联系，这就为二者的影响研究奠定了必备基础。这里，根据“影响”的放送抑或接受情况，相关研究可从两个向度展开。

首先看中国作为影响的放送者的情况。这部分研究关注中国文学对其他东方文学的影响，即中国文学通过一定的传播渠道流传到其他东方国家，由此对其他东方文学的精神气质、艺术技巧、题材、主题等产生的一定影响。宁夏人民出版社曾出版相关丛书，如刘顺利著《半岛唐风——朝韩作家与中国文化》、孟昭毅著《丝路驿花——阿拉伯作家与中国文化》、王晓平著《梅红樱粉——日本作家与中国文化》、郁龙余等著《梵典与华章——印度作家与中国文化》等，均以详尽的史料，分别考察了中国文化对朝韩、阿拉伯国家、日本、印度等国的影响，尤其是对这些国家的文学创作的影响，饶有兴味地探讨了中外文化交往过程当中诸般景象，其中既有继承、吸收，也不乏改造、变形。

除了上述这些较为宏观的研究之外，还有大量的围绕具体作家作品展开的影响研究。以《金云翘传》为例，傅光宇的《也谈〈金重与阿翘〉的流传演变问题》、李群的《〈金云翘传〉：从中国小说到越南名著》等，均详细分析了中国小说《金云翘传》经由越南诗人阮攸的改写而成为越南名著的情况。首先，从命名上看，越南的《金云翘传》与中国的小说完全同名，这一现象显然并非偶然，而是作为后来者的越南作品直接沿用了中国小说之名。更重要的是，在情节上两者也大体相似，主要写的都是中国明代嘉靖年间员外之女王翠翘与书生金重一见钟情、后几经劫难而终于结为夫妻的故事。在越南的《金云翘传》当中，甚至能够找到直接出自中国原著的诗词、典故等等。凡此种种，无不表明作为后来者的越南的《金云翘传》的确深受中国同名小说的影响。而考察作者生平可见，越南《金云翘传》的作者阮攸精通汉语，且曾经出使中国，了解中国的政治、历史和文化习俗，读过中国的《金云翘传》，在此基础上进行改写。与此同时，也应当看到，越南的《金云翘传》绝非简单的译作或者仿作，而是一次成功的再创作。与中国原作相比，越南的《金云翘传》在相似之余，也有其明显不同，如情节更加精当，体裁则由中国的章回体小说演变为越南民间独特的诗歌体——六八体；就文学史地位而言，相较中国《金云翘传》的默默无闻，越南的《金云翘传》可谓声名显赫。正因为如此，在阮攸之前或者之后改编自《金云翘传》的作品几乎都被淡忘了，而唯有这一部经受了时间的考验，成为越南文学史上当之无愧的经典。

其次看中国作为影响的接受者的情况。与上述情况相反，这部分研究关注其他东方文学对中国文学的影响。中华文化本身就是一种极具包容性的文化，这也正是它千百年来能够源远流长的强大生命力之所在。作为隶属于文化的文学，在这一点上当然也不例外。换言之，中国之所以有如此丰厚的文学宝藏，也离不开对其他东方文学的借鉴、吸收与改造。就目前学界看，这一研究在以下两个领域成果颇为显著：一是古代印度文学对中国文学的影响；二是现代日本文学对中国文学的影响。就印度看，季羡林、郁龙余等学者在这一领域学有专攻，成果斐然。如季羡林的《中印文化关系史论丛》、《中印文化关系史论文集》，郁龙余的《中印文学关系源流》、《中国印度文学比较》等等。在进行相关的影响研究当中，他们既看到印度对中国文学的影响，更强调了影响的“相互性”，如季羡林所言：“如果中印两国之间没有相互学习和交流，两国文化的发展就不可能是今天这个样子”，两者之间是“互相学习、各有创新、相互渗透”的关系。应当承认，这一主张在整个比较文学研究当中具有广泛的指导意义。

说到古代印度对中国的影响，恐怕不能不提佛教。从某种意义上说，佛教是印度对中国产生影响的一个重要媒介或途径。正是这样，佛教成为中印文学比较研究当中的一个重要因素，引起了不少学者的关注，相关研究成果包括张中行的《佛教与中国文学》、陈洪的《佛教与中国古典文学》、俞晓红的《佛教与唐五代白话小说研究》、陈允吉的《佛教与中国文学论稿》等。这里，可以陈寅恪的《西游记玄奘弟子故事之演变》一文稍作分析。在这篇文章当中，陈寅恪着力考察了在中国家喻户晓的《西游记》中唐僧的三个徒弟孙悟空、猪八戒、沙僧形象的印度渊源，指出这些形象最初来自印度神话故事，然后经由佛教传入中国，其间不乏种种有意无意地加工，因此中国古典小说《西游记》中的这几位玄奘弟子形象与其原初形象相比，或多或少都存在一些差异。比如孙悟空大闹天宫的故事，就杂糅了印度神话中顶生王闹天宫和印度史诗《罗摩衍那》中神猴造桥渡海的故事；又比如猪八戒高老庄招亲的故事，则有印度神话中牛卧苾刍惊犯宫女以及与此相关的天神变大猪故事的影子。在这里，陈寅恪既肯定了印度对中国文学的影响，同时也强调这并非简单的模仿或拼接，而是在流传的过程中经历了种种演变，其中不乏中国本土因素的渗透。因此，与原作相比，差异与距离也是有目共睹的。陈寅恪是著名的史学大师，在印度文化和佛教方面有很深的造诣。这篇文章虽然篇幅不长，看似信手拈来，其实有着极其扎实的考据之功，其材料之完备、论证之翔实，在影响研究当中堪称典范。

进入20世纪以来，日本文学对中国文学的影响不容忽视。从某种意义上看，日本成为处于相对落后地位的中国接受西方先进文化的一个重要渠道，相关研究成果也颇为丰富。比如黄爱华的《中国早期话剧与日本》，就通过对中国早期话剧的考察，有力地证明：文明新戏（即早期话剧）来源于日本新派剧，文明新戏在其形成的过程中又接受过日本新剧的影响，日本新派剧和新剧同时综合地影响了中国早期话剧，由此对中国戏剧现代化初期借鉴西方戏剧的曲折历史进行了明晰勾勒和深入剖析。其他相关论著还包括肖霞的《日本之桥与“五四”文学》、靳明全的《中国现代文学兴起发展中的日本影响因素》、方长安的《选择·接受·转化：晚清至20世纪30年代初中国文学流变与日本文学关系》等。

在进行上述影响研究的过程当中，有两点还须特别强调：一是把握“影响”发生、发展的事实依据，避免主观臆造，如法国学派的代表人物巴尔登斯贝格所批驳的：“仅仅对两个不同的对象同时看上一眼就作比较，仅仅靠记忆和印象的拼凑，靠一些主观臆想把可能游移不定的东西扯在一起找类似点，这样的比较决不可能产生论证的明晰性。”二是注意“影响”的相互性，客观、公正地对待中国文学与其他东方文学，尤其是要防止民族情绪的膨胀。

2. 东方文学与中国文学的平行研究

从文学艺术本身的特质和规律出发，对东方文学与中国文学进行平行研究，也构成了两者关系研究的一个重要方面。这里，因为不受事实联系的束缚，可供比较的领域显得更加宽泛、灵活。

比如意象研究。蔡春华的《中日文学中的蛇形象》一书，即以蛇形象在全世界的多重文化象征话题，引入中日蛇文化的历史回顾，正文部分就“异物婚恋故事及其类型”、“中日人蛇之恋故事类型探究”、“非异物婚恋故事中的蛇形象”、“20世纪中日文学中的蛇形象内涵的转变”等话题展开具体探讨。该书立论的依据在于，各个民族文学出现的相似性并非全是“影响”使然，相同的文化发展阶段、相近的心理发展水平、相似的历史境遇都有可能导致文学相似性的产生。该书通过有关中日文学中蛇形象的平行研究，对不存在事实联系的世界文学中的相似现象进行了有意义的探索，其中某些结论因为不乏作者的想象和猜测而可能存在争议，但这样的研究思路确实弥补了影响研究的不足，在相关论题的探讨上富于启发意义。

又比如主题研究。周阅的《川端康成〈竹叶舟〉的中国文学渊源》一文，即比较分析了川端康成笔下竹叶舟的故事与中国古代文学作品中的类似描写，指出两者都基于对现实的不满、绝望而抒发了人生如梦的感慨。文章通过比较分析指出，虽然在具体的故事内容上，中日文学存在很大差异，但在“人生如梦”的主题表达上，两者却表现出惊人的一致。至此，文章的相关讨论带有明显的平行研究色彩，没有拘泥于中日文学的事实联系，而单就主题表达问题，分析两者的异曲同工之妙。文章还从影响研究的角度，考察中国有关竹叶舟的文学作品在日本的传播情况，通过具体史料，搜寻川端康成受相关中国文学作品影响的依据，最后得出结论：“中国文学对川端文学的浸润，是一种‘基础性浸润’，即作者的中国文学修养‘细微地浸润在作品的若干情节组成方式中，或者表现在描写方法上，或者透露在观念表达中’。这种浸润‘是中国文学几乎不显露动情的融入方式，它渗透于情节的观念与方法之中’。”简言之，川端康成结合自身情况，巧妙“化”用了中国文学的元素，使之不露痕迹地与自己的文学创作达到了妙合无间的效果。很显然，在这篇文章当中，平行研究与影响研究已经紧密联系在一起。

由此可见，东方文学与中国文学的影响研究和平行研究既各有特色，也并非决然对立，在研究过程当中可根据论题的需要有所结合、有所侧重。就平行研究而言，虽然相对较为灵活，却不能仅仅满足于异同现象的简单比照，否则难免流于浮泛而失去了研究的意义。

## 二、作家作品研究

与欧美文学研究相类，东方文学中的经典作家作品也备受研究者的青睐。须注意的是，与欧美文学相比，东方文学呈现出不同的艺术特质和思想境界，如鲜明的泛道德意味和浓厚的宗教色彩等；而具体到不同国家、民族，又各自分别有所侧重，比如就宗教看，印度文学的佛教色彩、阿拉伯文学的伊斯兰教色彩、犹太文学的犹太教色彩等等，均十分突出。与此同时，基于文学创作的本质规律以及人类的共通性，东方文学与欧美文学也遵循着大体一致的共性原则。正是这样，在文学经典研究方面，虽然东方文学与欧美文学的研究对象有所不同，但其中的研究思路与方法却是可以互通的。

以泰戈尔研究为例。作为第一位荣获诺贝尔文学奖的亚洲作家，无论在东方还是在西方文坛，泰戈尔均享有盛誉。又因为泰戈尔与中国有着极深的渊源，学界对泰戈尔研究一直兴趣不减，也取得了丰硕的成果。概而言之，泰戈尔研究主要围绕以下三个问题展开：一是泰戈尔作品分析；二是泰戈尔思想探究；三是泰戈尔与中国的关系讨论。就泰戈尔作品分析看，其中涉及泰戈尔各种体裁的创作，如诗歌、戏剧、小说等，尤以诗歌评论为主。胡舒莉的《泰戈尔〈新月集〉爱的主题论析》，分析泰戈尔诗集《新月集》的爱的主题，表现在对大自然、对母亲与孩童、对存在于自然与人中的神的爱三个方面。欧东明的《泰戈尔〈吉檀迦利〉的宗教思想试析》，从印度的宗教文学传统以及泰戈尔的宗教哲学思想出发，探析泰戈尔代表诗作《吉檀迦利》所包含的宗教意蕴，表达了人与神、亦即“有限”与“无限”之间的“爱的关系”。徐志啸、李金云的《泰戈尔戏剧中的宗教冲突及其解脱》，指出宗教冲突是泰戈尔戏剧创作中反复出现的一个主题，并结合泰戈尔剧作，如《古鲁》、《纸牌国》、《牺牲》等，分析了宗教冲突的具体表现，即功能与信仰的冲突、生命与形式的冲突、杀生祭祀与仁爱祭祀的冲突三个方面，最后得出结论：“泰戈尔以戏剧为工具，解析了印度社会的宗教冲突，并初步提出了解脱这种冲突的方法。虽然并没能从根本上解决问题，却为人们提供了有助思索和参照的有效途径，这本身便显示了泰戈尔的伟大。”泰戈尔丰富而深邃的思想也受到了学界高度的关注。郁龙余的《泰戈尔的自然观与自然诗》指出，泰戈尔的自然观体现了印度哲学传统和现代科学的结合。他认为自然是真实存在的，并且充满神灵与爱意，充满生机和人性，泰戈尔的自然诗是其自然观的诗化产物，是诗歌与哲学的完美融合，因此他的自然诗就不仅仅是抒发个人情感或者安抚自己灵魂，而能启发民众，鼓舞斗志，为获取“真实中的自由”而歌唱。宫静的《泰戈尔和谐的美学观》，从美的本质、美感、艺术美三个方面，论证了泰戈尔和谐的美学观，其中包括人与神的和谐、人与人的和谐以及人与自然的和谐等。泰戈尔与中国的关系、尤其是泰戈尔与中国现代文学的关系，也是泰戈尔研究中的一个热点话题。孙宜学的专著《泰戈尔与中国》，就详细梳理了泰戈尔在中国的传播过程，以及泰戈尔本人在中国的游历和当时中国思想文化界的不同反应，作者以历史事实为依据，对其中的前因后果展开深入剖析。侯传文的《泰戈尔与中国现代诗学》，以泰戈尔为个案，探讨中国现代文学发展过程中的中外诗学对话现象，其中无论是郑振铎、郭沫若、徐志摩等对泰戈尔诗学的推崇和借鉴，还是陈独秀、闻一多等的拒斥和批判，都是中印现代诗学的对话方式，文章肯定了这种对话“为初生的中国现代诗学注入了外来文化因子，激发了思想活力，在中国现代诗学发展史上留下了一段佳话，而且为后来的中外诗学对话开辟了道路”。至于秦弓的《鲁迅与泰戈尔》、韩燕红的《爱的宗教哲学：冰心与泰戈尔诗歌之比较》等，则通过具体的作家作品比较，将泰戈尔与中国现代文坛联系起来。

需要说明的是，泰戈尔研究中的误读现象有其独特的研究价值。它反映了不同文化的冲突和碰撞，与文化的融合一样，是文化交往过程中的正常现象，无须回避或者掩饰，相关研究当有助于不同文化的相互认识和理解。

## 三、文论研究

与西方文论的大行其道不同，相较而言，东方文论在外国文学界受关注的程度较低，未受到足够的重视。然而，基于独特的文化土壤与文学传统的东方文论，也有其无法取代的理论资源。它既可为西方文论提供必要的参照和补充，同时也为解读东方文学奠定了坚实的基础。此类研究主要涉及两大领域：一是发掘传统东方文论之精华；二是开展相关的比较诗学研究。

以日本诗学研究为例。胡稹的《一位“煽情家”的求“真”呼叹：本居宣长“物哀”思想新探》，以日本诗学中的一个重要概念“物哀”为研究对象，回顾了日本国学家本居宣长对“物哀”的解释以及该解释背后所隐含的社会历史背景，通过将“物哀”与其他内涵相通的词汇进行比较分析，指出该思想的提出与儒学在日本的传播及其在江户时代被泛道德化的“義理”过程和“人情”反抗有关，是反中国朱子理学的产物，而本居宣长的“物哀”思想之所以不易为人所理解，则与他的“古道”神秘主义思想、不使用汉语词汇的语言态度以及方法论等有关。张伯伟的《论日本诗话的特色：兼谈中日韩诗话的关系》，在深入考察日本诗学文献的基础上对日本诗话进行综合研究，指出日本诗话的产生同中国诗话向日本的大量传入以及由此而引发的论诗风气有关。与此同时，文章通过与韩国古代诗话的对比，得出对中国诗话的批评是日本诗话特色之一的结论。此外，文章还结合日本汉诗的历史演变，分析了日本诗话的“诗格化”和“小学化”特色，为中日韩诗话的交流提供了例证。

再以印度诗学为例。郁龙余等著的《中国印度诗学比较》一书，以中印诗学为比较研究对象，以西方诗学为必要参照，从诗学的发生、诗学家身份、诗学阐释方法、审美思维、味论诗学等十二个方面，比较中国和印度诗学的异同，进而分析其生成原因及学理启示。该书材料翔实，尤其是从汉译和藏译佛典中发掘出丰富的诗学资源用于中印诗学比较，视野宽广，观点新颖，立论公允，对中印诗学在世界诗学中的地位进行了正确定位，同时对于当今诗学领域普遍存在的西方中心论和中华本位论进行了有力的批判，富于现实指导意义。

值得注意的是，因为不少东方国家与中国有着极深的历史渊源，表现在诗学领域，也往往是互相渗透、彼此融合，这就使得很多学者在进行相关的东方文论研究当中，自觉不自觉地将中国诗学纳入研究视野，以中国诗学作为背景、参照或标准。这固然有其可能性与必要性，但应杜绝想当然式的简单比附，而要追根溯源、理清流变，进行具体、深入的探究。这样，才可能获得客观、公允的结论，且对中国诗学或东方诗学的发展，才可能真正有所推进。

**【范文选读】**

## 《西游记》玄奘弟子故事之演变

陈寅恪

印度人为最富于玄想之民族，世界之神话故事多起源于天竺，今日治民俗学者皆知之矣。自佛教流传中土后，印度神话故事亦随之输入。观近年发现之敦煌卷子中如维摩诘经文殊问疾品演义诸书，益知宋代说经与近世弹词章回体小说等多出于一源，而佛教经典之体裁与后来小说文学，盖有直接关系，此为昔日吾国之治文学史者所未尝留意者也。

僧祐出三藏记集玖贤愚经记云：

> 河西沙门释昙学威德等凡有八僧，结志游方，远寻经典，于于阗大寺遇般遮于瑟之会。般遮于瑟者，汉言五年一切大众集也。三藏诸学各弘法宝，说经讲律依业而教。学等八僧随缘分听，于是竞习胡言，析以汉义。精思通译，各书所闻，还至高昌，乃集为一部。

据此，则贤愚经者，本当时昙学等八僧听讲之笔记也。今检其内容，乃一杂集印度故事之书。以此推之，可知当日中央亚细亚说经，例引故事以阐经义。此风盖导源于天竺，后渐及于东方。故今大藏中法句譬喻经等之体制，实印度人解释佛典之正宗。此土释经著述，如天台诸祖之书，则已东方化，固与印度释经之著作有异也。夫说经多引故事，而故事一经演讲，不得不随其说者听者本身之程度及环境，而生变易，故有原为一故事，而歧为二者，亦有原为二故事，而混为一者。又在同一事之中，亦可以甲人代乙人，或在同一人之身，亦可易丙事为丁事。若能溯其本源，析其成分，则可以窥见时代之风气，批评作者之技能，于治小说文学史者傥亦一助欤？

鸠摩罗什译大庄严经论叁第壹伍故事，难陀王说偈言：

昔者顶生王。将从诸军众。并象马七宝。悉到于天上。罗摩造草桥。得至楞伽城。吾今欲升天。无有诸梯隥。次诣楞伽城。又复无津梁。

寅恪按，此所言乃二故事，一为顶生王升天因缘，见于康僧会译六度集经肆第肆拾故事、涅槃经圣行品、中阿含经卷壹壹王相应品四洲经、元魏吉迦夜昙曜共译之付法藏因缘传壹、鸠摩罗什译仁王般若波罗蜜经下卷、不空译仁王护国般若波罗蜜经护国品、法矩译顶生王故事经、昙无谶译文陀竭王经、施护译顶生王因缘经及贤愚经卷壹叁等。梵文 Divyāvadāna 第壹柒篇亦载之，盖印度最流行故事之一也。兹节录贤愚经壹叁顶生王缘品第陆肆之文如下：

［顶生王］意中复念，欲生忉利，即与群众蹈虚登上。时有五百仙人住在须弥山腹，王之象马屎尿下落，污仙人身。诸仙相问：何缘有此？中有智者告众人言：吾闻顶生欲上三十三天，必是象马失此不净。仙人忿恨，便结神咒，令顶生王及其人众悉住不转。王复知之，即立誓愿，若我有福，斯诸仙人悉皆当来，承供所为。王德弘博，能有感致，五百仙人尽到王边，扶轮御马，共至天上。未至之顷，遥睹天城，名曰快见，其色皦白，高显殊特。此快见城有千二百门，诸天惶怖，悉闭诸门，著三重铁关。顶生兵众直趣不疑，王即取贝吹之，张弓扣弹，千二百门一时皆开。帝释寻出，与共相见，因请入宫，与共分坐。天帝人王貌类一种，其初见者，不能分别，惟以眼眴迟疾知其异耳。王于天上受五欲乐，尽三十六帝，末后帝释是大伽叶。时阿修罗王兴军上天，与帝释斗，帝释不如。顶生复出，吹贝扣弓，阿修罗王即时崩坠。顶生自念，我力如

是，无有等者，今与帝释共坐何为？不如害之，独霸为快。恶心已生，寻即坠落，当本殿前，委顿欲死。诸人来问：若后世人问顶生王云何命终，何以报之？王对之曰：若有此问，便可答之，顶生王者由贪而死。统领四域，四十亿岁，七日雨宝，及在二天，而无厌足，故致坠落。

此闹天宫之故事也。

又印度最著名之纪事诗罗摩延传第陆编工巧猿名 Nala 者造桥渡海，直抵楞伽，此猿猴故事也。

盖此二故事本不相关涉，殆因讲说大庄严经论时，此二故事实相连接，讲说者有意或无意之间，并合闹天宫故事与猿猴故事为一，遂成猿猴闹天宫故事。其实印度猿猴之故事虽多，猿猴而闹天宫，则未之闻。支那亦有猿猴故事，然以吾国昔时社会心理，君臣之伦，神兽之界，分别至严。若绝无依藉，恐未必能联想及之。此《西游记》孙行者大闹天宫故事之起源也。

又义净译根本说一切有部毗奈耶杂事叁佛制苾刍发不应长因缘略云：

时具寿牛卧在 憍闪毗国，住水林山出光王园内猪坎窟中。后于异时，其出光王于春阳月，林木皆茂，鹅雁鸳鸯鹦鹉舍利孔雀诸鸟，在处哀鸣，遍诸林苑。时出光王命掌园人曰，汝今可于水林山处，周遍芳园，皆可修治。除众瓦砾，多安净水，置守卫人。我欲暂住园中游戏。彼人敬诺，一依王教。既修营已，还白王知。时彼王即便将诸内宫以为侍从，往诣芳园。游戏既疲，偃卧而睡。时彼内人，性爱花果，于芳园里随处追求。时牛卧苾刍须发皆长，上衣破碎，下裙垢恶，于一树下跏趺而坐。宫人遥见，并各惊惶，唱言：有鬼！有鬼！苾刍即往入坎窟中，王闻声已，即便睡觉，拔剑走趁。问宫人曰，鬼在何处？答曰，走入猪坎窟中。时王闻已，行至窟所，执剑而问，汝是何物？答曰，大王！我是沙门。王曰，是何沙门！答曰，释迦子。问言汝得阿罗汉果耶？答言不得。汝得不还，一来，预流果耶？答言不得。且置斯事，汝得初定乃至四定？答并不得。王闻是已，转更瞋怒，告大臣曰，此是凡人，犯我宫女，可将大蚁填满窟中，蜇螫其身。时有旧住天神近窟边者，闻斯语已，便作是念：此善沙门来依附我，实无所犯，少欲自居。非法恶王，横加伤害。我今宜可作救济缘。即自变身为一大猪，从窟走出。王见猪已，告大臣曰，可将马来，并持弓箭。臣即授予，其猪遂走，急出花园。王随后逐。时彼苾刍，急持衣钵，疾行而去。

《西游记》猪八戒高老庄招亲故事，必非全出中国人臆撰，而印度又无猪豕招亲之故事，观此上述故事，则知居猪坎窟中，须发蓬长，衣裙破垢，惊犯宫女者，牛卧苾刍也。变为大猪，从窟走出，代受伤害者，则窟边旧住之天神也。牛卧苾刍虽非猪身，而居猪坎窟中，天神又变为猪以代之，出光王因持弓乘马以逐之，可知此故事中之出光王，即以牛卧苾刍为猪。此故事复经后来之讲说，憍闪毗国之憍以音相同之故，变为高。惊犯宫女以事相类之故，变为招亲。辗转代易，宾主淆混，指牛卧为猪精，尤觉可笑。然故事文学之演变，其意义往往由严正而趋于滑稽，由教训而变为讥讽，故观其与前此原文之相异，即知其为后来作者之改良。此《西游记》猪八戒高老庄招亲故事之起源也。

又慈恩法师传壹云：

> 莫贺延碛长八百里，古曰沙河。上无飞鸟，下无走兽，复无水草。是时顾影，惟一心念观音菩萨及般若心经。初法师在蜀，见一病人身疮臭秽，衣服破污，愍将向寺，施与衣服饮食之直。病者惭愧，乃授法师此经。因常诵习。至沙河间，逢诸恶鬼，奇状异类，绕人前后。虽念观音，不能令去，即诵此经，发声皆散。在危获济，实所凭焉。

此传所载，世人习知（胡适教授《〈西游记〉考证》亦引之)，即《西游记》流沙河沙僧故事之起源也。

据此三者之起源，可以推得故事演变之公例焉。

一曰：仅就一故事之内容，而稍变易之，其事实成分殊简单，其演变程序为纵贯式。如原有玄奘度沙河逢诸恶鬼之旧说，略加附会，遂成流沙河沙和尚故事之例是也。

二曰：虽仅就一故事之内容而变易之，而其事实成分不似前者之简单，但其演变程序尚为纵贯式。如牛卧苾刍之惊犯宫女，天神之化为大猪。此二人二事，虽互有关系，然其人其事，固有分别，乃接合之，使为一人一事，遂成猪八戒高老庄招亲故事之例是也。

三曰：有二故事，其内容本绝无关涉，以偶然之机会，混合为一。其事实成分，因之而复杂。其演变程序，则为横通式。如顶生王升天争帝释之位，与工巧猿助罗摩造桥渡海，本为各自分别之二故事，而混合为一。遂成孙行者大闹天宫故事之例是也。

又就故事中主人之构造成分言之，第叁例之范围，不限于一故事，故其取用材料至广。第贰例之范围虽限于一故事，但在一故事中之材料，其本属于甲者，犹可取而附诸乙，故其取材尚不甚狭。第壹例之范围则甚小，其取材亦因而限制，此故事中原有之此人此事，虽稍加变易，仍演为此人此事。今《西游记》中玄奘弟子三人，其法宝神通各有等级。其高下之分别，乃其故事构成时取材范围之广狭所使然。观于上述此三故事之起源，可以为证也。

寅恪讲授佛教翻译文学，以《西游记》玄奘弟子三人，其故事适各为一类，可以阐发演变之公例，因考其起原，并略究其流别，以求教于世之治民俗学者。

## 【评　析】

这是一篇明显具备影响研究特色的比较文学论文。研究的对象是印度神话故事对中国小说《西游记》的影响，进而言之，即分析《西游记》中的孙悟空、猪八戒、沙僧故事的印度渊源。文章围绕《西游记》当中广为流传的孙悟空大闹天宫、猪八戒高家庄招亲以及流沙河沙僧的故事展开讨论，将之与相关的印度故事、尤其是佛经故事相对照，则前者接受后者的影响不言而喻。当然，“接受”不等于“照搬”，如文中所谓“故事一经演讲，不得不随其说者听者本身之程度及环境，而生变易”，正是这样，作者所选择讨论的三个故事便分别代表了原有故事演变的三种不同情况，既承认影响，亦不回避变异，颇具辩证意味。文章开篇即假设佛教与小说有直接的关系，但仅仅凭借猜测或者主观的想象、联想，无疑是影响研究之一大忌，本文作者则以事实为根据，主要从佛经中发掘中印故事相互牵涉的情况，探讨中国文学的印度渊源，相关分析清晰、透彻，极具说服力。对此，除高超的文学修养外，作者深厚的史学及佛学功底亦可见一斑。唯其如此，文章虽然篇幅短小，且从看似不经意的小问题着眼，但其中的学术含量以及进一步拓展的研究空间都极为丰富，从中亦可见作者严谨、扎实的学术品格，相关研究对于探讨中印文学关系、文学与佛教的关系等，均具有典范性意义。

## 【文献链接】

1. 崔雄权：《论韩国古代山水田园文学中的“武陵桃源情结’》，《吉林大学社会科学学报》2009 年第 6 期。

2. 丁淑红：《文化冲突与文学意境主题的嬗变：考察阿拉伯文学文本中的〈古兰经〉天堂、火狱意境》，《外国文学》2001 年第 2 期。

3. 何乃英：《川端康成笔下女性形象的嬗变》，《外国文学研究》2005 年第6期。

4. 侯传文：《泰戈尔“人格论”探析》，《外国文学评论》2006年第1期。

5. 李满：《〈雪国〉人物岛村的禅学文化心理分析》，《外国文学研究》2003年第2期。

6. 刘燕：《泰戈尔：在西方现代文化中的误读——以〈吉檀迦利〉为个案研究》，《外国文学研究》2003年第2期。

7. 王晓平：《越南汉文小说女作家阮氏点和她的〈传奇新谱〉》，《国外文学》1998年第3期。

8. 姚继中：《〈源氏物语〉的爱情审美与辩证：析光源氏人物性格》，《外国文学》2004年第5期。

9. 叶渭渠：《大江健三郎文学的传统与现代》，《日本学刊》2007年第1期。

10. 郁龙余：《印度诗学阐释方法》，《深圳大学学报》2003年第5期。

# 编后记

为适应汉语言文学专业方向课程《文学研究导论》的开课需要，我们组织相关专业骨干教师编写了这部教材。教材各章分别介绍不同时代、不同国家各类文体研究的主要内容和基本方法，并辅以相关方向“学术范文”的精读和解析，期望中文本科生在学完本课程之后，能够懂得文学研究的基本途径，训练初步的学术思维，提高本科学位论文写作的能力，并为确定考研方向提供参考。

目前所见“文学研究导论”的书籍大致有两种：一种学术性较强，充分体现学者的研究个性与专长；一种方法论意识明确，充分展示研究的知识体系特征。前者有周仁政著《现代文化与中国现代文学研究导论》（中国社科出版社，2009），它立足于现代文化的体制与功能，阐明了现代文学流派及文学现象产生与发展的必然性。后者有李浩主编《中国古代文学研究方法导论》（高等教育出版社，2011），它着力于古代文学研究方法论体系的构建，从宏观上帮助读者把握古代文学研究过程，也指明古代文学研究的具体操作方法与技巧。它们各有适用对象，后者更适用于中国古代文学、古典文献学、古代文学批评史、审美文化史等相关专业的研究生学习。

本教材由“绪论”和6章15节构成。各节均有以下四个部分的内容：

研究概述：本节研究的对象、领域和空间，研究的基本方法。

范文选读：精选当代学者的优秀学术论文1篇，力求在结构安排、材料选用、研究思路、价值判断、写作规范等方面为本科生论文写作提供学术借鉴。

范文评析：对所选范文作出精当的解读评析，为本科生论文写作提供直接指导。

文献链接：选择与本科论文写作的内容和形式均密切相关的单篇学术论文10篇，提供题目、作者、出处等相关信息，以方便学生检索和自学。

本书特色是：

（1）体系较完备。该教材由古代文学、现当代文学、外国文学三大板块组成，在文学研究内部自成体系，概括性和具体性兼备。

（2）有学术含量。各时段从文体角度切入文学研究，将研究综述和研究方法相结合，撰写者多为该时段文体研究的专家，有一定学术深度，并探及学术前沿问题。

（3）选文较经典。所选范文多为当代学者的优秀论文，对高校中文学生的学习、借鉴、提高有直接的学术范型意义。

（4）多文献信息。各章节后附有文献链接，为阅读拓展了学术空间。

本书的读者定位有三项：可用作高校中文专业本科生《文学研究导论》专业方向课教材；可用作高校古代文学、现当代文学、外国文学等相关专业硕士研究生《中国语言文学研究方法论》专业基础课教材；可为高校中文教师及相关研究人员的阅读与研究提供参考。

本书是集体智慧和劳动的结晶。根据学校课程建设的精神和专业方向课教材编写的原则，主编拟出编写宗旨，经集体讨论后确定编写纲要，各位编写者分别执笔，最后主编统稿。2011 年上半年，该教材曾以胶印版在安徽师范大学中文本科生中试用一轮。在综合教学实践体会和有关专家意见的基础上，编写者又对原稿进行了修改提炼，并对部分选文作了调整。以章节先后为序，各节编写者如下：

俞晓红：绪论。

叶文举：第一章第一节“先秦至南北朝诗赋研究”。

李建栋：第一章第二节“先秦至南北朝散文研究”。

吴振华：第二章第一节“唐宋诗研究”。

叶帮义：第二章第二节“唐宋词研究”。

郭自虎：第二章第三节“唐宋文研究”。

王　昊：第三章第一节“元明清戏曲研究”。

王海洋：第三章第二节“元明清小说研究”。

黄　静：第四章第一节“现代小说研究”。

张公善：第四章第二节“现代诗歌研究”。

许　德：第四章第三节“现代散文研究”。

朱菊香：第四章第四节“现代戏剧研究”。

叶永胜：第五章第一节“当代小说研究”。

杨四平：第五章第二节“当代诗歌研究”。

刘　萍：第六章第一节“欧美文学研究”和第二节“东方文学研究”。

本教材的编写倾注了全体编写者的心血。由于国别、时段、文体的差异和编写者研究专长、写作个性的不同，各章节思路与布局亦略显个性差异，统稿时除格式稍作调整外，其学术观点和写作风格均遵从原貌，未加改动。“范文选读”所选论文，均为前贤时俊的学术力作，收入本书时我们得到了论文作者的大力支持，在此特向他们致以崇高的敬意和诚挚的谢忱。所选论文除格式因体例需要略有调整外，其他均一仍其旧。丁放教授、胡传志教授、杨柏岭教授就教材编写的体例与思路提出诸多建设性意见，安徽师范大学出版社领导为本书的及时出版提供了良好的条件，责任编辑胡志恒先生付出了辛勤劳动，在此谨表衷心的感谢。

因编者水平有限，本教材难免有错讹或不足之处。希望广大师生在使用过程中提出宝贵意见，便于我们修订完善。

编　者

2012 年 1 月 8 日